Achim von Arnim, geboren am 26. Januar 1781 in Berlin, ist am 21. Januar 1831 in Wiepersdorf gestorben. Bettina von Arnim, geboren am 4. April 1785 in Frankfurt am Main, ist am 20. Januar 1859 in Berlin gestorben.

1811 hatten sie geheiratet: Bettina Brentano und Achim von Arnim. Heimlich und ohne der „beiderseitigen Verwandten Wissen". „Beans Beor", beglückend werde ich beglückt, und „Armans Amor", liebend werde ich geliebt: der märkische Dichter, dessen Hauptwerke in den Jahren zuvor erschienen waren, und die aus Frankfurt stammende Kaufmannstochter, die erst nach Arnims Tod als Dichterin hervorzutreten begann. In den Ehebriefen aber tritt der Dichter Arnim kaum in Erscheinung. Die innere Spannung, das eigentliche intime Drama dieser Brieffolge besteht nämlich darin, daß sich im Laufe der Ehejahre die Gewichte zwischen beiden Partnern verschieben und Arnim im selben Maße unproduktiv wird und sich künstlerisch verschließt, in welchem Bettinas künstlerischer Antrieb zu wachsen und zu erstarken beginnt. „Den Beweis für diese liebende, nie nachlassende, nie erlöschende ‚Annäherung' liefern die 541 Ehebriefe: Das Fazit eines gelebten Lebens." *Deutsche Zeitung*

insel taschenbuch 1095
Achim und Bettina
in ihren Briefen
Zweiter Band

Achim und Bettina in ihren Briefen

Briefwechsel
Achim von Arnim und
Bettina Brentano

Herausgegeben
von Werner Vordtriede

Mit einer Einleitung
von Rudolf Alexander Schröder

Zweiter Band

Insel Verlag

insel taschenbuch 1095
Erste Auflage 1988
Insel Verlag Frankfurt am Main

Vertrieb durch den Suhrkamp Taschenbuch Verlag
Umschlag nach Entwürfen von Willy Fleckhaus
Druck: Nomos Verlagsgesellschaft, Baden-Baden
Printed in Germany

1 2 3 4 5 6 – 93 92 91 90 89 88

Inhalt

Der Briefwechsel

243. *Arnim an Bettina.*

Wiepersdorf, d. 12. März 1824

Liebe Bettine,
meine Fahrt hieher war rasch, ich kam fast zu gleicher Zeit mit Hanow hier an. In wenig Tagen denke ich zurückzukehren, da ich alles so ziemlich in Ordnung gefunden habe und unsere Berliner Angelegenheiten drängen. Ich habe Getreide verkauft, Pferde eingekauft, Baupläne gezeichnet und dazwischen noch mit meinem Fuße viel zu tun gehabt, der sich nur langsam bessert. Mein kleiner Wagen ist himmlisch von Gestalt, bequem zum Einsteigen geworden und der blaue Wagen, der auf den letzten Reisen sehr gelitten, soll zu einer gleichen Zauberschönheit erhoben werden. Sag dem Savigny, daß bei Donat in Dahme eine Droschke für 150 Taler steht ganz neu, aber leider durch die Bizarrerie des Grafen Blumenthal, der sie bestellte und nachher nicht nehmen wollte, mit rotem Gestell und gelbem Kasten, das Gestell kann für 5 Taler umgestrichen werden, was sich wohl noch einhandeln läßt. Der Kutschbock ist ohne Lehne, weil der Graf gewöhnlich selbst fahren wollte, diese Zugabe würde auch nicht so viel kosten. In jedem Fall mag Savigny die Prellerei in Berlin daraus erkennen. – Ich bin neugierig, welchen Bedienten ich finden werde; der Georg war doch der erste, seit ich verheiratet bin, der mir ordentliche Aufwartung leistete.

Einliegenden Brief sende an meinen Bruder, aber vergiß es nicht.

Viele herzliche Grüße den Kindern und meine Ermahnung, daß sie sich ordentlich aufführen. Ich küsse Dich mit den Wünschen, daß Du inzwischen ganz hergestellt bist von den Halsschmerzen. Achim Arnim

244. *Bettina an Arnim.*

Berlin, 18. März 1824

Ich habe jeden Tag gehofft seit Deinem Briefe, Du würdest kommen, und darum nicht gleich geantwortet; obschon ich Hofmeister, Bedienten, Wohnung mit Garten, alles nach Wunsch gefunden habe, so erwarte ich mit Sehnsucht Deine Wiederkunft. Es hat mir viel Überwindung gekostet, nach Quartier zu laufen bei meinem kranken Hals; kein Mensch hat mir beigestanden, ich habe manche Nacht darum nicht geschlafen; eines Abends, da ich ermüdet und trostlos nach Hause kam vom Quartiersuchen, fand ich Caroline Engelhard mitten unter meinen Kindern sitzend. –

[. . .] Die Kinder sind gesund bis auf Armgards Auge. Komm ja bald, sonst muß ich fürchten, daß Dein Fuß wieder schlimmer, was mich ohnehin schon ängstigt.

Deine Bettine

245. *Bettina an Arnim.*

10. Mai 1824

Wichmann hat meine [Zeichnung gesehen und sich] gleich anheischig gemacht sie zu [gravieren], [will] sie zu diesem Behuf modellieren. Grüße Liepes und den Herrn Gruhl. Heute war die Mummenthey hier. Mache ja eine Reise nach der sächsischen Schweiz, es muß jetzt am schönsten dort sein. Die Mummenthey bringt Dir Orangen mit. Laß mich nicht zu lange ohne Nachricht, es bedarf ja nur einiger Worte, daß Du gesund bist und heiter.

Ich küsse Dich tausendmal wenn Du es nur leiden willst.

Savigny schreibt am 7. März dieses Jahres an J. Grimm: „In der Frau v. Arnim hat sich seit einiger Zeit ein so bedeutendes Zeichentalent entwickelt, daß jedermann in Erstaunen darüber ist. So hat sie den

Traum aus Goethes Faust auf eine sehr geistreiche Weise komponiert. Besonders aber hat sie jetzt zu dem Frankfurter Monument von Goethe eine Zeichnung gemacht, die sehr vortrefflich ist, und sie ist jetzt damit beschäftigt, sie mit Hilfe eines Bildhauers in Ton zu modellieren." (Stoll II, 317). Dieser Bildhauer war der Schadowschüler Ludwig Wichmann, von dem es auch eine Savigny-Büste gibt.

246. *Arnim an Bettina.*

Wiepersdorf, 10. Mai 1824

Liebe Bettine,

auf den Birnbäumen, von denen ich die trocknen Zweige absäge, und auf meinem Braunen, den ich mit dem trocknen Zweige antreibe, wird mir allmählich wohl, oder vielmehr ich vergesse den Berliner Trübsinn, der mich in mancherlei Gestalt dort zu allen Zeiten geplagt hat. Auch mein Bein scheint sich der natürlichen Gestalt wieder zu nähern, ich konnte heute schon ein paar engere Stiefel anziehen, die ich in Berlin vermeiden mußte. Wie glücklich würden die Kinder hier sein, es tut mir immer weh, wenn ich denke, wie sie dort unter den Lazzaronis leben, besonders die Max! Wahrscheinlich ist eine reiche Obsternte; alles blüht recht ungestört ab, auch alles Getreide läßt sich gut anschauen. Die Reise nach Dresden wurde durch mancherlei hiesige Geschäfte behindert, auch möchte ich dort nicht gerade mit einem Tage geizen, was doch wegen des Berliner Termins vom 20ten notwendig wäre.

Die Veranlassung meines heutigen Schreibens ist ein schöner Rehbock, der gestern geschossen wurde. Laß ihn nicht wie den Hirschbraten den Katzen oder der Fäulnis zur Beute werden, gieb einen Braten sogleich an Schinkels. Ich habe nicht ohne Selbstüberwindung ihn abgesandt, obgleich ich in manchen anderen guten Dingen hier schwelge, besonders in Spargel, der reichlich auf meinen neuen Beeten wächst. Auf einem der Kindergärten findet sich in einer Umgebung von

Erdbeerbüschen viel edler Schnittlauch, der mir dient, da aller übrige verpflanzt ist; dies melde dem Eigentümer zur Aufmunterung, weil dies allein von allen den kleinen Gärten als verständige Pflanzung Dauer erhalten hat.

Mit den hiesigen Angestellten ist es ziemlich gut. Liepe baut sich in Wiepersdorf ein Häuschen, also werde ich ihn wohl nicht sehr lange behalten.

Vom Torgauer Wunderdoktor [Schäfer Grabe?] habe ich hier viel vernommen, die meisten Personen müssen sich nackt auskleiden, wenn er sie streicht, er spricht dabei etwas leise und die Genesenen versichern eine eigne Einwirkung empfunden zu haben, wissen aber nicht recht wie. Die Ärzte in Torgau benutzen ihn jetzt als Geldquelle und lassen sich teuer für die Erlaubnis bezahlen, ihm zu nahen. Wenn sie ihm nur davon etwas sammelten, aber bis jetzt haben sie ihm nur einen feinen modernen Rock angeschafft. Wenn der Mensch viel mit ekelhaften Kranken verkehrt hat, läßt er sich nackt in die Erde eingraben, wodurch er sich von aller Ansteckung zu befreien meint. Dies wird dem Langermann [Joh. Gottfr., Arzt u. Psychiater] gewiß sehr antik scheinen, vielleicht bringt es ihm Gnade.

Viele Grüße an alle Bekannte, auch an H. Kallenbach, ich küsse Dich und die Kinder in Gedanken.

Achim Arnim

Hiebei ein Rehbock.

247. *Bettina an Arnim.*

Berlin, 12. Mai 1824

Lieber Arnim,

soeben kommt der Rehbock; ich hoffe Dir noch einen Braten zum Kosten zu bewahren. In unserer Wirtschaft hat sich gestern eine Tragikomödie ereignet; die große, starke Hausmagd Kristel hat sich erst als Soldat anwerben lassen, aus

Verzweiflung über einen geliebten Tafeldecker aus Dresden; da sie bei der Ausführung aber Schwierigkeiten fand, so ist sie Leibjäger bei einem Adjutant von Linsner geworden und wird nächstens ihre neue Charge antreten. Sie hat zu diesem Behuf ihre weibliche Kleidung verkauft um weniges Geld; das Sonderbare ist, daß sie es jedermann erzählte und keiner sie warnte, sondern alle Leute vor Erstaunen verstummten. Ich mußte erst drüber lachen, nachher hab ich mich aber so geärgert, daß ich mich erbrechen mußte. [. . .] Ich grüße und küsse Dich von Herzen, der Bauer hat Eile, ich kann Dir daher nicht mehr zufügen. Es sollte mir sehr leid sein, wenn Liepe abging, grüße ihn und seine Frau herzlich. Seit unsere liebe Mamsell weg ist, ist Max viel artiger, sie attachiert sich an Kallenbach und lernt zu seiner besten Freude. Unsere Wohnung wäre und bliebe mir recht besonders angenehm, wenn der Plebs nicht wäre und die rauchenden Öfen, und zu wenig Platz für vieles Geld.

Nochmals küß ich Dich,

Bettine

248. *Bettina an Arnim.*

Berlin, 28. Mai 1824

Lieber Arnim,

um Dir gute Nachricht von Friedmund zu geben, schreib ich Dir ein paar Zeilen. Heute am Freitag hat er zum erstenmal etwas gegessen. Sein Fieber ist vorbei, doch ist er noch sehr matt, schläft viel und trinkt täglich eine Drittelflasche Wein. Ich habe wenig geschlafen die ganze Zeit über und kann die Gewohnheit noch nicht wieder bekommen; ein paar Tage hat mir der Magenkrampf übel mitgespielt; ich hoffe, daß er nicht lange verweilen wird. Ich kann Dir nicht mehr schreiben, Friedmund will vorgelesen haben, und die Armgard hängt auf meinem Buckel.

Lebwohl, und wenn es möglich ist, so mache Dir die Freude

mit der Reise nach der sächsischen Schweiz, daß Du einen menschlichen Genuß im Leben hast.

Ich küsse Dich von Herzen.

Bettine

249. *Arnim an Bettina.*

Wiepersdorf, 31. Mai 1824

Liebe Bettine,

viele Termine mit den Separationscomissarien, die manchmal bis in die Nacht währen, zerstreuen meine Sorge um die kranken Kinder, da ich bis heute keinen Brief von Dir erhalten habe. Besonders sorgte ich, daß die kalte Witterung ihnen könnte geschadet haben. Nun ist es warm und sehr schön überall, und indem ich über die Weide auf den Weiden mit den ehrwürdigen Bauern rechte, ergreift mich zuweilen ein eigener Mitgenuß an Luft und Erde, und die Geister meines Viehs flüstern mir in die Ohren, was ich bewahren, was ich vermeiden soll. Besonders gestern stand so eine Schafherde über mir am Himmel und deutete mir an, wo sie ihres Lebens einst froh geworden. Heute werden Schafe gewaschen, und die Wollpreise scheinen sich etwas zu heben. Schon ist ein Engländer durchgereist, der kein Wort Deutsch verstanden, und hat sich dem Baron in Ahlsdorf empfohlen. Die Kanne Butter gilt jetzt nur noch 7 Gr. hier, weswegen ich nach Berlin senden möchte. Schreib mir doch, was an Vorräten fehlt.

Oben, wo die kleinen Kinder wohnten, will ich einen neuen Ofen setzen lassen. Es giebt hier überall vielerlei zu tun, und was würde ich noch anderes tun und unternehmen, wenn die Zeit der landwirtlichen Unternehmung durch gute Preise günstig wäre.

Die Nachbarn empfehlen sich Dir alle bestens, und diesmal fehlen die kuriosen Geschichten, die sonst wohl die Gegend erheitern. Nur eines sei erwähnt – die treffliche Tümmelhanne in Dahme wird von ihrem Mann geschieden.

Siehst Du Prof. Mitscherlich, so frage ihn doch nach dem jungen Unverdorben in Berlin, ob er ihn kenne. Nach einer chemischen Abhandlung die ich von ihm gesehen, scheint es ein junger Mann, der viel versteht.

Unser Jäger Wolff hat einen Bruder in Löben verloren, worauf er mit Geldfingern eilig hingereist war, die Erbschaft zu regulieren und die Kinder in Vormundschaft zu nehmen. Damit waren die Brüder unzufrieden, – kein Wunder – denn er hatte den alten Götzen vergessen, der dabei zum Ausflicken der Kleider so nötig gewesen wäre.

Den Kindern sag nur, daß ihr Hund ein sehr wachsames Tier werde und gar sehr wachse, ermahne sie in meinem Namen zur Ordnung und Folgsamkeit, daß sie statt des unordentlichen Verlaufens am Wasser mit den Straßenbuben lieber regelmäßig mit dem Hofmeister abends nach irgendeiner Richtung gehen, wo sie Ballspiel treiben können.

Ich muß schließen, denn die Termine kommen schon wieder wie eine dunkle Schicksalswolke angerückt, meist in weißen Kitteln mit Knütteln, im blauen Rock mit Knotenstock, hagre Gestalten vom arbeitsamen Walten, schreckliche Stimmen, wenn sie ergrimmen, ohn es zu wissen grob, keiner verdient ihr Lob, diese zerschmetterten Titanen müssen dem Bessern die Wege bahnen, tun Gutes nur aus Neid, so sind diese Bauersleut.

Ich küsse Dich und die Kinder herzlich und schlage ein Kreuz zu Eurem Heil.

Achim Arnim

250. *Bettina an Arnim.*

Berlin, 4. Juni 1824
[7. Juni abgeg.]

Lieber Arnim,

Friedmund ist nun ganz auf der Besserung, er steht seit zwei Tagen morgens auf und bleibt den ganzen Tag munter, ich muß ihn jedoch mit Wein und Kaffee unterstützen, denn er ist sehr schwach. Kühnemund hatte auch eine Halsentzündung, ist wieder ganz wohl, in diesem Augenblick liegt Freimund im Bett auch an einem geschwollenen Hals. Kallenbach ist außerordentlich treu und gut in seiner Pflege, so daß ich eine bedeutende Stütze an ihm habe, die Kinder lernen gern und gut. Siegmund hat mir mit großem Triumph seine sehr gute Zensur zum Abschreiben für Dich gebracht, Herckt belobt sich seiner auch sehr, er hat für diesen Monat 8 Taler erhalten.

So weit wäre alles gut, allein ich habe von dem fortwährenden Mangel an Nachtruhe einen bösen Brust- und Magenkrampf bekommen, der mich des Tages 3 bis 4 mal befällt und mich ganz entkräftet, ich hoffe jedoch, mich seiner durch Bäder zu entledigen. Zu dem Torgauer Schäfer darf man seine Zuflucht nicht nehmen, es wird ihm sehr mitgespielt, es ist schon unter seinen Widersachern die Rede davon, daß er den Staupbesen [große Rute zur öffentl. Züchtigung] bekommen werde. Ich habe wieder gestern bei Pistor den Tieck darüber prambieren hören, daß es wirklich zum Lachen war.

Du wirst mich für recht nachlässig halten, daß Du noch keinen Brief von mir hast, ich war, seit ich diesen Brief angefangen, mit mancherlei Not geplagt; der Krampf hatte so zugenommen, daß ich oft an einem Tag zwanzig Tassen Kamillentee hinunterstürzte. Freimund ist jetzt auch wieder besser, es ist Zeit, denn zur Pflege hab ich keine Kräfte mehr.

Unser Brot ist heute all geworden, so auch die Butter und Eier; ich glaube wohl, daß ich hier eine Portion Butter loswerden kann, es haben sich verschiedene Käufer gemeldet. [...] Wenn Du kannst, so schicke bald Vorrat, und wenn Du kannst, so komm bald. Taub bin ich auch wieder, aber das achte ich nicht bei den Schmerzen in Brust und Magen. Savignys sind am Freitag in die Branntweinschlempe zu Itzenplitz gereist, um ein Paradies auf Erden in dieser Gesellschaft zu genießen und haben mich in einer argen Klemme von Gesundheitsumständen zurückgelassen, ohne Abschied zu nehmen. Wenn ich krank bin, kränkt mich jeder erneute Beweis von Lieb- und Anteillosigkeit, dessen ich schon so lange gewohnt bin; wenn ich gesund bin, möchte ich gern jedem dienen und nichts dafür gewinnen.

Adieu, ich hoffe, daß wenn Du wiederkömmst, alles im besten Gleis ist. Neues kann ich Dir nicht sagen, da ich das Haus nicht verlassen habe, und zwar nicht allein aus Krankheit, sondern aus Gründen, die Dir Sorgen machen werden und meine Last bei dem kranken Körper aufs höchste gesteigert haben: Die Hanne ist nämlich mit Polizei aus dem Hause geschafft, und beinah wär dem Bedienten ein Gleiches widerfahren, dabei hab ich Geld gespart, denn ich habe der Hanne an 6 Taler für Schadenersatz abzuziehen gehabt. Die ganze Geschichte erzähle ich Dir mündlich. Das Loch in der Haushaltung ist auch wieder zugeflickt, denn die brave ehmalige Köchin von Savigny, die vor kurzem geheuratet hat, kocht jetzt; also laß Dir nicht bange sein. Ich darf nicht lange schreiben, wenn ich mir nicht Krankheit zuziehen will, also begnüge Dich mit dem besten Willen und mit der besten Aussicht, daß es bald ganz gut sein wird und behalte mich lieb, obschon ich Dir manche Sorge auf den Hals lade. Wagner zeichnet die Kinder für Dein Stammbuch.

Deine Bettine

251. *Arnim an Bettina.*

Wiepersdorf am ersten Pfingsttag 1824 (8. Juni)

Liebe Bettine,
Dein kurzes Brieflein hat mir mitten in der Beunruhigung von Terminen viel Ruhe gegeben. Zwar will mir der viele Wein bei Kindern nicht gefallen, aber Wolfart ist doch sonst immer vorsichtig befunden worden.

Es ist ein himmlisch schöner Pfingsttag heute, auf wen der Geist nicht kommen, den bescheint doch das Licht, und auch der kann zufrieden sein. Seit vorgestern sind die Kommissare fort und auch die Wolle geschoren, ich kann mit beiden Geschäften zufrieden sein. Übermorgen erwarte ich einen

Engländer als Käufer, doch wenn der ausbleibt, geht es nach Leipzig. Heute eile ich mit diesen Zeilen nach Dahme, um zu sehen, ob die Reisewagen fertig sind, denn außer der großen Chaise wird auch der blaue Wagen zur Eleganz umgewandelt. Übermorgen reist auch der Prediger nach Berlin.

Dahme

Ich fand nichts von Dir, dagegen manche gute Nachrichten über Wollpreise, so daß ich wahrscheinlich übermorgen nach Leipzig mit der Wolle abreise. Ich hoffe, bei meiner Rückkehr gute Nachricht von Dir und den Kindern und küsse Euch alle aus der Entfernung im Geiste.

Achim Arnim

252. *Bettina an Arnim.*

Berlin, Juni 1824

Lieber Arnim,

meine Taubheit ist fort, ich habe sie ganz plötzlich verloren, indem ich sang, ich fühlte mich wie neugeboren und empfand jetzt erst, wie sehr peinlich die Taubheit gewesen war. Steffens ist gleich den Tag nach Deiner Abreise angekommen, am Sonntag wieder abgereist, hat seine Frau und Kind hier gelassen; erstere ist sehr gealtert. Steffens ist viel dicker, spricht noch ebensoviel von sich und ist in der fortwährenden Voraussetzung, daß man seine Bücher alle gelesen habe, weswegen er mir auch ganz breit seine Theorie vom Teufel auseinandersetzte, ohne welche ein wahrer Christ nicht bestehen könne; Pistor war auch in Eile nach Stralsund gereist, um dort ein Dampfboot zu untersuchen. Die Lotte [Frau Pistor] konnte ihre Freude nicht verbergen, daß sie ihren rußigen Brummer los war, und wünschte öffentlich, er möge nicht so bald wiederkommen. Mitscherlich, der 5 Monat in Paris gewesen, hat mich mit französischer Galanterie auf den

Spitzen der Füße mit zögernden Schritten nach Hause geführt; er sagte mir, daß er mit Alexander Humboldt auch manches über Dich gesprochen, und daß dieser auch der Meinung sei, ich habe Dich damals von der Chemie abgezogen, indem Dir meine Begeisterung über Dein Dichtertalent zu teuer gewesen. – Hößli ist auch fort, ich hab ihm ein Schreiben an Hügel nach Wien mitgegeben; die Helvig packte ihm ein Dutzend Rekommandationsbriefe nach Dresden auf, wo er doch nur 24 Stunden bleiben wird; sie hatte großen Wohlgefallen an ihm, gab ihm eine Soirée, bei welcher er Gelegenheit hatte, sich über die Bardeleben zu wundern, was er auch in vollem Maße tat, denn er kam am andern Tage und ergoß sich in Verwunderung und Lachen, er behauptete, niemals was Ähnliches von Sentimentalität und Derbheit verbunden gesehen zu haben; Wach, der auch da war, fand ihn sehr schön, verglich ihn mit einem Antinouskopf, mit welchem er auch, wenn man die Linien sich etwas korrekter denkt, viel Ähnliches hat; der jüngere Wichmann, der ihn nicht gesehen hatte, wie wir im Atelié waren, begegnete ihn auf der Straße, ging ihm nach in ein Kaffeehaus, traktierte ihn mit Orangeade und Limonade und betrachtete ihn von allen Seiten. Am letzten Abend führte mich Savigny in den Standhaften Prinzen [von Calderón], Hößli war auch mit, und höchst glorreich durchschauert, als er nach Haus ging, versicherte er mich, er sei vorher beklemmt gewesen, da er an den Abschied gedacht, und jetzt sei er ganz glücklich, die ganze Welt komme ihm vor, als sei da keine Trennung wichtig; er ging mit leichtem Sinn von uns und ließ uns allen den angenehmsten Eindruck; von Dir hat er sich noch etliche Bücher gekauft, die er voraus nach der Schweiz schickte, dies freute mich sehr, denn es ist ein Beweis von herzlichem Anteil, inniger Anhänglichkeit. –

Kallenbach ist fortwährend gut und sanft mit den Kindern, ich glaube, er könnte lernen ein guter Hofmeister werden, er läßt keinen außer acht und lehrt sogar die Maxe regelmäßig. Jetzt ist die Zeit, wo Herckts Monat aus ist; es tut mir leid, ihn zu verabschieden, ich möchte ihn von Herzen gern bei Freimund behalten, um ihn zu treiben, daß er gut beschlagen und bald ins Gymnasium komme, es würde vielleicht auf ein paar Monate hinaus ein wesentlicher Vorteil dabei sein und doch den Monat über nur 6 Taler betragen. Siegmund ist jetzt sehr lernsam und folgsam, Kallenbach ist ungemein gutmütig gegen ihn, und dies ist von guten Folgen; dagegen ist Friedmund etwas halsstarrig. Daß die Kinder schwimmen lernen, habe ich ihnen bewilligt, es ist auch hier in der Wohnung durchaus notwendig, Kühnemund ist 2 mal in den Graben gefallen, und dies hat so viel gewirkt, daß er ohne Beisein eines andern nicht mehr hingeht; unser neuer Bedienter ist in diesem Stück sehr brav, er nimmt sich seiner sorgfältig an und läßt ihn die Sonntage, wenn Kallenbach ausgeht, nicht von sich.

Grf. Brühl hat seinen Abschied sehr ernstlich gefordert, ein dringend eiliger Brief an Deinen Bruder, den er mir sendete, um die Adresse draufzumachen, macht mich vermuten, daß dieser wirklich vielleicht erst interimsweise seine Stelle besetzen wird, das wird viel Verdruß und wenig Glück geben. Feinde und Gerede wird er sich genug zuziehen, und viel wird mißraten, ich glaube dies allein fehlte noch, um ihn zum Mittelpunkt aller Tadelsucht zu machen, aber ich glaube auch nicht, daß da ein guter Einfluß von Deiner Seite möglich ist, er wird durch Schaden klug werden müssen. Den beiliegenden Brief von ihm habe ich deswegen geöffnet, um dem Grafen Brühl die Adresse zu geben.

Über die diesmalige Butter habe ich auch eine Klage, und ich bitte Dich, sie der Wirtschafterin sehr ans Herz zu legen; sie war so bitter und schlecht, daß der Kaufmann der mit Sehnsucht darauf gewartet hatte, sie mit Protest zurückschickte; wir mußten sie zum niedrigsten Preis, 8 gr. Münz, verkaufen, um sie nur loszuwerden. Die in den großen Töpfen war die schlechteste, ich glaube, daß es sehr notwendig ist, daß es der Wirtschafterin scharf eindringlich gemacht wird; sie hat einen guten Platz und wird ihn nicht gern verlieren, also wird eine strenge Forderung sie doch wohl bewegen, sich zusammenzunehmen. Sollte die Butter dort in ebenso gutem Preise stehen, nämlich die Kanne zu 8 gr. Kurant, so wäre es freilich besser, sie dort zu verkaufen.

Jetzt geht mein Papier zu Ende, und ich hab Dir noch nicht gesagt, wie sehr ich um Deine Gesundheit besorgt bin, wie leid es mir ist, Dich nicht hier zu haben; obschon ich Dich am Tag wenig sehe, so war es mir doch am Abend eine wohltuende Empfindung, von Dir geweckt zu werden, wenn Du nach Hause kamst. Ich bitte Dich von Herzen, komm recht bald wieder; ich möchte auch mit Dir besprechen, ob wir eine Reise machen.

George ist mit beiden Töchtern in Paris; Meline erwartet täglich ihre Niederkunft, ich bitte, wenn Du ihr noch nicht geschrieben hast wegen der Patenschaft, so tue es jetzt noch.

[. . .]

253. *Arnim an Bettina.*

Wiepersdorf 14. Juni 1824

Liebe Bettine!

Deinen Brief erhielt ich, als ich eben von Leipzig zurückgekommen war, wo der Wollpreis mir eben auch nicht sonderlich günstig gewesen. Also immer noch mehr Krankheitsnot und Gesindeverdruß! Wie der Aufenthalt in Berlin angefangen, so dauert er fort, ein seltsamer Unsegen. Was Du Brustkrampf nennst ist gewiß nur Magenkrampf, aber darum nicht minder fatal. Dir Vorsichtsregeln in Briefen zu geben würde nichts helfen, da sie selbst mündlich nichts fruchten, und des Menschen Herz bekanntlich ein verzagt und trotzig Ding in der Bibel genannt wird.

[. . .] Von Leipzig hatte ich wohl Lust auf einige Tage Dresden zu besuchen, aber die Besorgnisse wegen der Nachrichten aus Berlin trieben mich hieher zurück. Kaufe Dir selbst eine Wollm[?], ich fürchtete etwas zu wählen, was Dir wieder nicht gefällt. Solltest Du Geld brauchen so ist Savigny wohl so gefällig Dir einen Vorschuß zu machen. Rüge nicht manche gesellige Vernachlässigung von der Gundel, erinnere Dich erst, ob Du nicht manche der Art veranlaßt hast, und indem Du selbst jede Rücksicht beiseite gesetzt, jenen gleiche Freiheit gegeben. Es giebt Scherze und Umgangsmanieren, die durchaus sich nicht vertragen, das scheint Verwandtschaft am leichtesten zu übersehen, weil es eine Jugendzeit gab, die keine Zurückhaltung gestattete. So etwas ist also nicht eigentlich Abnahme von Zuneigung, sondern gehört mit zu der Altersschwäche, in der sich die menschlichen Schwächen und Eitelkeiten leicht fixieren.

Den Fleißigen gieb gutes Lob, und Herrn Kallenbach bestelle freundschaftliche Grüße.

Ich küsse Dich herzlich mit tausend guten Wünschen.

Achim Arnim

254. *Bettina an Arnim.*

Berlin d. 18. Juni 1824

Lieber Arnim

Du hättest immer Deine Ausflucht nach Dresden machen sollen und Deinem Sterne trauen dürfen, der Dir zwar schon mancherlei Not, aber doch nie ein bestimmtes Unglück gebracht. Es tut mir sehr leid, daß Du nicht einmal für die viele Sorgfalt und Mühe, die Du im Jahr verwendest, einen günstigen Verkauf machest; hier hat man vom Wollmarkt große Erwartungen und spricht sogar von 30 Prozent verbesserten Preisen; aber dies wird sich wohl noch wenden.

Mein Magen- oder Brustkrampf hat sich sehr gemildert und ich bin im ganzen schon zufrieden, daß es besser ist. Kamillentee hab ich in großer Masse getrunken, denn ich empfand, daß es mir guttut, also ist mein Herz doch nicht gar zu trotzig; auch läßt sich mein Herz gern Deine Ermahnungen gefallen, und ich empfinde in Deinen Ansichten über mich immer einen Grund von Wahrheit; ich kenne mich nicht und vergesse leicht, wo ich den andern in seinen Verhältnissen gestört habe, ich glaube selbst, daß ich den Freunden die Gelegenheiten zur Teilnahme erschwere, und wenn ich erst einen Rückblick auf meine ehemaligen guten Vorsätze tue, so muß ich mir selbst gestehen, daß ich sie nicht erfüllt habe, sondern im Gegenteil sich Schwächen in mir entwickelt haben. So will ich mir doch die Schwäche nicht beikommen lassen (zum wenigsten nicht wenn es möglich) daß ich Deine besseren Einsichten und Ermahnungen nicht als einen Schatz der edelsten Teilnahme und Liebe anerkennen sollte, sei also nur immer streng und schmäle, wenn Du willst, ich will es lernen die Wahrheit nicht verleugnen, wenn sie mich bessern will. Freilich sollte es der erste Grad von Zutrauen sein, daß man seine Fehler zugestehet dem, der einem wohlwill; und ich wollte, mir gelänge dies, denn es giebt Momente, wo ich sehr hell sehe, daß ich keine Verdienste habe.

Heute ist große Gesellschaft bei Gneisenau; da wird viel vom Wollmarkt zu hören sein. Ich habe schon gehört, daß er nicht sehr brillant ist, Du kannst Dich also trösten. Itzenplitz hat verkauft, ich weiß den Preis nicht. Recht angenehm wär mir, wenn Du eine Fuhre schicktest, wir brauchen alle Tage für 12 gr. Münz Brot und für 16 gr. Münz Butter, die noch gar nicht eßbar ist. Eier, Mehl, Hirse und Buchweizen tut uns auch not. Die Kinder sind alle gesund, Kühnemund hat zwar einen sogenannten Ziegenpeter und muß das Bett hüten, aber es vergeht schon, ohne daß er krank ist.

Wenn ich nicht einen kranken Finger hätte, der mich beim Schreiben sehr geniert, so könnte ich Dir noch manches sagen, von Theatergeschichten p.p., aber daß der Regierungscommissair Schultz seinen Abschied mit großer Grobheit begehrt hat, kann ich nicht verschweigen.

Ich grüß und küsse Dich von Herzen und bitte, daß Du bald kömmst.

Bettine

255. *Arnim an Bettina.*

Wiepersdorf 29. Juni 1824

Liebe Bettine,

ein geschossenes Reh und ein geborenes Kalb veranlassen die Sendung eines Wagens, dessen Befrachtung am Schlusse oder auf besonderem Zettel sich finden wird.

Pred. Salpius sagte mir, daß er mit Dir zur Savigny gegangen, und so bin ich wenigstens versichert, daß Du wegen des Magenkrampfes nicht bettlägerig bist. Er versicherte auch den berühmten Niebuhr gesehen zu haben, scheint ihn aber, wie ich vermute, mit dessen Vater zu verwechseln. Im Anfang nächster Woche soll der Wagen fertig sein, neu lackiert im höchsten Glanze, daß Dich jedermann am Rhein darum beneidet.

Merkwürdig ist, daß in Leipzig ähnliches Lob und gleiche Verfolgung gegen Hahnemann und seine Schüler, wie in Berlin gegen den Schäfer Grabe obwaltet. Adam Müller glaubt sich, seine Frau, seine Kinder, den Herzog von Köthen usw. durch ihn gerettet. Sein Hauptmittel ist der frische, ausgepreßte Kamillensaft mit *vielem* Wasser verdünnt, wobei man sich aber aller Reizmittel wie Kaffee enthalten muß. Müller rief freudig aus, daß mit wenigen Kamillen so viele Menschen geheilt werden könnten, daß nun die Apotheker viel zu viele wären. Und auch der Kamillen viel zu viele in der Welt, fügte ich hinzu. Übrigens scheint mir seine Diät sehr bedeutend, er verbannt, um seine Mittel wirksam zu machen, alle störenden Einwirkungen auf lange Zeit, so daß die Müller versicherte, ihr sei diese Kurmethode zwar sehr nützlich gewesen aber auch höchst angreifend. Seine ganze Apotheke kostet etwa fünf Gulden.

Die Memoiren der Mad. Campen habe ich aus Leipzig mitgenommen. Sie enthalten manches recht Lebendige, doch erwartete ich mehr Neues. Der letzte Band des Casanova hat wenig anziehende Kraft, die Abenteuer sind meist von gemeinster Art, auch hat sich Schütz der Fortsetzung unter dem Vorwande entsagt, daß er sich ganz der Wissenschaft widme.

Die Kinder begrüße ich mit tausend guten Wünschen, so auch Dich mit ganzer Seele.

Achim Arnim

[...]

Jeanne Louise Henriette Campen hatte den Sohn des geheimen Sekretärs der Königin Marie Antoinette geheiratet und war als erste Kammerjungfer bei der Königin angestellt. Nach dem Sturz Robespierres und unter Napoleon war sie als Erzieherin tätig. Ihre Memoiren erschienen deutsch als „Erinnerungen an das Privatleben der Königin M. A." und sind reich an Anekdoten über die Großen jener Zeit.

256. *Bettina an Arnim.*

Berlin – [Ende Juni oder 1. Juli 1824]

Lieber Arnim,

mein kranker Finger läßt kaum zu, daß ich Dir für die Besorgung der Lebensmittel danke, die alle gut angekommen sind. Der Savigny hab ich ein halbes Kalb abgelassen und einen Topf Butter, die übrige Butter werde ich auch wohl loswerden, so auch Eier.

Mit Kallenbach bin ich zufrieden, er scheint wirklich Anhänglichkeit an die Kinder zu haben, er sagt mir von Freimund, daß er vortrefflich lernt, mit Siegmund ist er auch zufrieden, Friede ist etwas durch die Krankheit zurückgekommen, nun ist er auch wieder so ziemlich am Lernen. Am Kallenbach lerne ich doch, daß ich die Menschen zu achten weiß und ihnen zu Gefallen lebe, wenn sie im mindesten sich anhänglich zeigen, denn was ich ihm zu Gefallen tun kann das tue ich gewiß.

Der Wollmarkt ist vortrefflich ausgefallen, es sind im Durchschnitt 15 bis 20 Prozent gewonnen gegen vorm Jahr, einer hat sogar 40 Prozent, wie Savigny von demselben hörte, gewonnen; es geht mit meinem Magenkrampf viel besser, ich habs auch mit Kamillentee gezwungen, und zwar den Tag 10 bis 12 Tassen, in der Nacht auch ein paar. Es geht überhaupt jetzt in der Wirtschaft gut, und ich bin ruhig und habe Zeit daran zu denken, daß ich allein bin und lieber Dich alle Abend erwarten möchte zum Gutenacht sagen.

Niebuhr hat meine Zeichnung gesehen, mich ermahnt mit Tränen, mich für den größten Künstler Deutschlands ausgeschrieen p. p. – er läßt Dich grüßen. Rauch ist in Weimar, um den Goethe zu modellieren – sonst ist alles am alten Fleck. Gneisenau gab gestern eine große Gesellschaft, 120 Menschen mußten sich ennuyieren, damit 5 wie Wanzen sich amüsieren konnten. Ich war auch eingeladen aber nicht da, das Anziehen und lange Aufbleiben verträgt mein Magen nicht.

An meinem Finger löst sich wahrscheinlich der Nagel ab, es ist eine Kleinigkeit, aber ich wär ihrer doch lieber überhoben.

Ich küsse Dich und auch die Kinder küssen Dich, die Armgard ißt mit am Tisch und ist allerliebst, sie sagt alle Tage: wenn Vater kömmt, so sitze ich neben ihm. Gestern fand sie ein paar Hosen vom Kühnemund und zog sie an, sie schrie: „ich bin ein Junge und schlaf beim Vater im Bett!“ Mir macht nichts mehr Freude, als wenn ich Dir sagen kann, daß die Kinder fleißig und gut sind, denn mir deucht, daß es eine Gerechtigkeit ist, dafür, daß Du in Deiner Jugend so fleißig warst. Leb recht wohl und komme so bald als möglich. Ich befinde mich eigentlich besser wie sonst, außer dem unbedeutenden Anfalle von Magenkrampf fehlt mir nichts, aber alle Leute sagen, daß ich übel und garstig aussehe. Ich küsse Dich.

Bring Hirse, Bohnen und Backobst mit; die Wirtschafterin hat diesmal bessere Butter gemacht.

Ich küsse Dich herzlich,

Bettine

257. *Arnim an Bettina.*

Wiepersdorf, 20. Juli 1824

Liebe Bettine,

die Kinder sind glücklich angekommen, ich sende Dir den Wagen zum Donnerstag, wie Du ihn verlangt hast. Wenn Du Freitag recht früh abreisen kannst, so bist Du hier bei guter Zeit.

... [Wirtschaftsbedürfnisse] ...

Ich wünsche Dir eine glückliche Herfahrt und küsse Dich herzlich.

Achim Arnim

Am 21. Juli 1824 schreibt Schleiermacher an seine Frau: „Heute abend ... hat mir Bettina einen Abschiedsbesuch gemacht. Sie war sehr artig und sprach gescheute Sachen.“ (Sch’s Leben, IV, 386 f.)

258. *Bettina an Arnim.*

Weimar d. 27. Juli 1824
[29. Juli 1824 abgeg.]

Lieber Arnim,

ich schreibe in aller Eile, die von Müdigkeit noch beschleunigt wird, daß ich aufs schnellste und wohlbehaltenste in Weimar am Montag um 7 Uhr abends eingetroffen bin; unterwegs hab ich beinah auf jeder Station Pfeffermünztee trinken müssen, wegen fortgesetztem Magenkrampf. Auf der letzten Station hab ich bei dem schwachen Regen die Erfahrung gemacht, daß unser Sprützleder nicht wasserdicht ist, denn in Zeit von fünf Minuten regnete es durch und wir kamen ganz durchnäßt hier an; ich sehe mich also genötigt, wenn es schlecht Wetter wird, einzukehren, und heute war der Regen schon mit die Veranlassung, daß ich hierblieb, wo ich mich nicht wenig langweilte, obschon ich abends bei Goethe war, den ich ganz allein fand so wie auch gestern: er war ungemein gut, ich werde den Abend nicht vergessen, ich mußte von Dir und besonders viel von den Kindern erzählen, er hat mir viele Grüße an Dich aufgetragen, mit denen ich diese schläfrigen Zeilen beschließe. Wollte Gott, Du kämest auch bald des Weges und holtest mich ab; obschon ich wenig zu Deinem Vergnügen beitragen kann, so fühle ich mich dennoch in der Schuld, wenn ich ohne Dich etwas genieße.

Sei auf herzlichste geküßt

Bettine

259. *Arnim an Bettina.*

Wiepersdorf bei Dahme. D. 1. August 1824

Liebe Bettine!

Nach meiner Rechnung mußt Du nun längst in Frankfurt sein, insbesondre, wenn Du die Nachtreisen, wie in Torgau, fortgesetzt hast. Ich hoffe Du bist wohl angekommen, ebenso die Gipslast des Goethe [Bettinas Modell, bald im Städelschen Institut aufgestellt], der die Sendung freundlichst empfangen, auch eine Notiz davon im Rhein- und Main-Hefte gegeben hat oder noch geben will. Die Kinder sind wohl und werden allmählich ordentlich bekleidet, wie sie denn schon heute in reinlichen Anzügen prangen. Freimund und Friedmund waren bei Deiner Abreise nicht beim Jäger, wie Siegmund sagte, sondern im Garten, sie sollen sich noch schriftlich entschuldigen. Die Max ist von allen Kindern am meisten ungelehrig, beschwerlich, und nur Strenge wirkt auf sie, doch Gott besserts.

Kallenbach weiß noch nichts weiter von seiner Pfarre, er scheint sich hier zu gefallen. Die Stobwassers und Bonne zeigen sich ordentlich und fleißig. Die Kornernte naht sich bei gutem Wetter ihrem Ende, ich werde wohl zwei Mieten setzen, aber was hilfts, die Preise sinken noch auf nichts.

Den Brunnen trink nach Vorschrift, sonst hilft er nichts, die Krankheit fürchtet sich nicht davor, wenn sich einer seltsam anstellt. Eine Hauptsache beim Brunnentrinken ist regelmäßige Speisung, weswegen alles Essen außer der Mahlzeit zu meiden ist. Lasse Dich auch in keinen Streit ein, z. B. über Lord Byron, sondern befleißige Dich nach dem Frieden, der höher ist als alle Vernunft. Die Zartheit Deiner Rede gleiche der Deines Kleides, ein Schnurrbart ist nur einem Mann zu tragen erlaubt. So ungefähr hätte Polonius zu seiner Frau gesprochen, wenn sie eine Badereise gemacht hätte; ich füge noch hinzu, daß ich zweierlei Bäder hier brauche, ein Schwitzbad draußen und auch ein Wasserbad mit Hühnerschlamm, welches den berühmten Marienbader Schlammbädern noch vorzuziehen, besonders wenn einer nur zufällig hineinkommt. Heute wird der erneute blaue Wagen von Dahme abgeholt, der sehr glänzend ausgefallen, einer ganzen Familie Platz gewährt; vielleicht finde ich da einige Nachrichten von Dir. Den Dienstag zum Geburtstag des Königs ist großes Mittagsmahl in Jüterbog mit Musikbegleitung, ich weiß noch nicht, ob ich mir da den Magen überladen und das Trommelfell sprengen lasse. Der König hat auf seiner Heimreise Gelzen und Zützen und Luckau besucht. Kleist in Zützen hat seine ganze Orangerie dazu an den Weg gesetzt und den König genötigt, Eis zu essen, auch ihm zu versprechen, bei ihm einzukehren, wenn er wieder in der Gegend durchkäme. Von zwei Luckauer Deputierten hat der eine auf dieselbe Frage Ja, der andere Nein geantwortet, weswegen der König, der diese Hauptdifferenz nicht ausgleichen konnte, sich an einen abgedankten Offizier Heiland wendete, den sein Name schon als Vermittler bezeichnete. Sonst giebt es keine merkwürdigen Ereignisse in hiesiger Gegend, als daß ich gestern ein Kind sah, das ein anderes Kind auf dem Schoße hatte, und als ich fragte, wem das Kind gehöre, sagte es, daß es die Mutter desselben sei. Von dieser Art Produktion hat man in der Natur nur bei Wasserflöhen Kunde, woher kommt's, von den wohlfeilen Zeiten; auch schrecklich dicke Gesichter findet man unter der anwachsenden Menschenmasse.

In diesen Tagen beginnt das Direktorialgeschäft meines

Bruders, möge ihm der Geist Georg's beistehen, der auch, ohne zu unterliegen, diesem theatralischen Geschäfte vorgestanden hat.

Die Kinder und ich, wir wünschen Dir alle von Herzen Gesundheit, darum strenge auch Deine Augen während der Brunnenzeit nicht an mit Zeichnen oder nächtlichem Lesen, wir küssen Dich herzlich –

Achim Arnim

260. *Bettina an Arnim.*

Rödelheim, 3. August 1824

Lieber Arnim,

am Montag um 4 nachmittags hier angelangt, alles ausgeflogen, Franz mit Familie am Rhein, George mit den Seinigen in Rödelheim, Meline war durchaus nicht disponiert mich aufzunehmen, indem die Haushaltungsnot wieder in allen Ecken brannte; ich mußte also noch nach Rödelheim, so müde wie ich war. Dort fand ich alle im Umarbeiten des ganzen Hauslokals beschäftigt, nun bin ich 3 Tage hier, morgen geht's ins Bad, aber nicht nach Ems, was mir Wenzel sehr abgeraten hat, sondern Schlangenbad, und Emserwasser trinken; ich bin hier so mit Magenkrampf geplagt, daß ich mich bloß mit Kamillen nähren muß, so ging's auch auf der Reise; in Kassel mußte ich meiner Gesundheit zulieb 3 Tage bleiben. Grimms waren sehr glücklich und disponiert zu Scherzen, allein ich konnte nicht viel mitlachen vor Wehtum. Das böse Wetter verfolgte mich, ich kam mit Sturm und Regen hier an, die Weizenfelder waren alle gelagert, man fürchtet großen Schaden. –

Clemens ist in Bonn, man erwartet täglich seine Erscheinung; aber nicht mit Lust, die Cousinen sagen täglich: ach wenn nur der Onkel heute noch nicht kommt. – Goethe war wunderbar in seiner Erscheinung wie im Betragen, mit großer, erhabner Feierlichkeit entließ er mich, er legte mir beide Hände auf den Kopf und segnete mich mit folgenden Worten, indem er die ausgepackte Skizze betrachtete, an der die Leier und Psyche zerbrochen war: „Dies Werk hast Du nur aus Liebe zu mir vollbringen können, und dies verdient wieder Liebe, und darum sei gesegnet, und wenn mir's Gott vergönnt, so sei alles Gute, was ich besitze, auf Dich und Deine Nachkommen vererbt" – er grüßt, er rief mir noch auf der Treppe nach „grüß mir den Arnim recht ordentlich." Ganz ungemein interessiert er sich für das Berliner Theaterwesen; über des Pitt Theaterverwaltung schlug er die Hände über dem Kopf zusammen; und sagte, „die Menschen wissen nicht, daß sie profan mit dem Heiligsten, und heilig mit dem Profanen schalten und so sich doppelt kompromittieren. Dein Mann sollte so eifrig und tätig wie Dein Schwager, und dieser wieder so nachlässig wie Dein Mann sein, so wär für beider Ehre besser gesorgt"; und nun lächelte er als wolle er beweisen, daß er ernsthaft scherze, und sagte, „ich bin Deinem Arnim recht gut und nur darum böse, daß ich ihn vergessen konnte, das ist aber nicht meine Schuld allein." – Er wollte von den Berliner Frommen und Predigern erzählt haben und sagte: „Ich weiß wohl, daß sie mich alle verdammen, im Himmel ist der Luxus verboten, aber um ihre Hölle auszuputzen bin ich ihnen ein bedeutender Gegenstand, die höflichsten sprechen mir nicht vom Jenseits, um mir keine unangenehme Empfindung zu erregen, aber es ist mir gerade recht, denn ihr Anteil an meiner Zukunft würde mir eine Landplage sein die mich schneller hinüber beförderte."

Er wollte viel von unsern Kindern wissen und fragte sehr, wie Du Dich mit ihnen beschäftigst. – Hier in Frankfurt ist nichts Besonderes, in Schlangenbad verspreche ich mir angenehme Tage, wenn Brust und Magen nicht wie hier rebellieren. Dort ist es dies Jahr ganz leer, in Ems aber ganz voll Hoheiten. –

Adieu *bester Freund*, von Schlangenbad schreib ich wieder, ich verspreche mir viel Gutes davon, daß ich die Armgard nicht mitgebracht habe, hat großes Gemurre unter dem Gesinde erregt, jedoch warst Du weise, mich davon abzuhalten, denn die Kinder der Meline haben den Keuchhusten; grüß mir alle Kinder, pflege Dich und sie, und sei eines dankerfüllten Herzens gewiß. – Wenn Du mich abholtest, so wär dies ganz herrlich, indessen kann ich Dir nicht zureden, es herrscht eine sonderbare Langeweile hier, so daß man nicht weiß, ob die Leute schon halb gestorben sind, schreib hierher, man wird mir die Briefe nachschicken.

Deine Bettine

Mündlich erzähle ich Dir noch viel von Goethe, Loulou und ihrem Liebhaber, von George und Christian, der noch dieses Jahr als Missionar an den Ohio ziehen wird.

Über diesen Besuch schrieb Wilhelm Grimm an Bang: „Der merkwürdigste Besuch in diesem Sommer war Bettine Brentano, die eines Morgens ganz unerwartet in das Zimmer trat, sie war kränklich und wollte in ein Bad, ihr Geist war aber noch so lebendig wie sonst, und wir haben uns, die Tage über, wo sie hier war, sehr daran vergnügt. In Erfindung eines Denkmals für Goethe hat sie ungemeine, bewunderungswürdige Gabe gezeigt. Sie sollten Sie einmal von Goethe, von dem sie eben kam, erzählen hören! wie hat uns alle diese Lebendigkeit der Gedanken und Worte ergötzt!" Und um dieselbe Zeit an Suabedissen: „Wie hätte ich gewünscht, daß Sie diese wunderbare Natur gesehen und näher kennen gelernt hätten. Sie gehört zu den geistreichsten, die mir mein Lebtag begegnet sind, und wer sie frei und unbefangen beurteilen kann, muß eine große Freude empfinden, wenn er sie reden hört, es sei nun daß sie erzählt oder daß sie ihre Gedanken äußert über das, was ein menschliches Herz bewegen kann und wovon das höchste ihr nicht fremd geblieben ist. Noch hat ihr Geist nichts von seiner Lebhaftigkeit verloren und selbst kränklich – was sie vorher nie war – ist er noch so tätig, wie vor siebzehn Jahren, wo ich sie zuerst kennen lernte. Erstaunenswürdig durch Erfindung und Ausführung sind ihre Zeichnungen, eine Komposition aus Goethes Faust und ein Denkmal für Goethe." (Steig III, 542, ff.)

Weniger liebenswürdig beschreibt Ernst v. Malsburg einen dieser Abende mit Grimms. Am 8. August 1824 schreibt er an Tieck: „Die Dualität meiner Lebenserscheinungen führte mir in Kassel zwei geniale Weibsleute vorbei. Primo die Helvig, die auf die Galerie lief, um kein einzig Bild anzusehen, sondern über ihre eigenen zu schwatzen . . .; secundo die Arnim, die einen andern Abend bei meiner Kusine so unablässig schraubelte, daß sie von einem plötzlichen Halskrampfe ergriffen wurde. Die Grimms und andere saßen ihr bewundernd und beifallachend gegenüber und es ist wahr, daß mitten unter dem Tollen, Rohen und Groben, das ihre Zunge drosch, auch wohl dann und wann ein Mutterwitzkorn emporflog." (Briefe an Ludwig Tieck, herausgegeb. v. Karl v. Holtei, 1864, II, 323, f.).

261. *Arnim an Bettina.*

Wiepersdorf, 7. August 24

Liebe Bettine!

Dein Brief aus Weimar hat mich überzeugt, daß Du auf einer Reise zur Herstellung der Gesundheit diese am wenigsten berücksichtigst, denn mit dem Magenkrampf kämpfend solltest Du wohl keine Nächte durchreist haben, insbesondere bei Regenwetter. Das Durchnässen des Leders ist leicht zu meiden, wenn das darauf sich sammelnde Regenwasser immer zur rechten Zeit abgegossen wird, es kann aber auch sein, daß das Fenster nicht ordentlich geschlossen hat.

Die Kinder sind gesund, leben aber fast nur von Kirschen, Johannisbeeren, Stachelbeeren. Besonders Kühnemund hat sich von seiner Berliner Schwächlichkeit ganz erholt und sein altes Gesicht wiederbekommen.

Die Ammer ist sehr sinnreich in Naturbetrachtungen und behauptete gestern vom Puthahn, dem wie gewöhnlich der Kamm über den Schnabel hing, er habe eine lange Rotznase die ihm gewischt werden müsse.

Mit dem Roggen sind wir fertig, drei Mieten stehen im Feldchen, jetzt geht es an den Weizen.

[...]

Benutze Deine Reise zu Lust und Gesundheit. Wie Du an dem einen Tage in Weimar schon Langeweile empfinden konntest, sei den Göttern geklagt, die Dir das Geschick versagten, so viele naheliegende Unterhaltung zu ergreifen. Wo war die teure Freundin Johanna Hoppensauer? [Als Scherzname für J. Schopenhauer, da sie so einmal in der Zeitung verdruckt stand.] Wo steckte Kunschtmeyer? Wo schnäbelte die Heygendorf mit ihrem Bassisten? Hast Du auch den Erfurter Dom mit der großen Glocke auf dem Wege besucht? Vielleicht höre ich etwas darüber in Dahme, wohin ich den Brief bringe.

Ich wollte, Du wärest schon in Ems und verweiltest nicht lange in Frankfurt, die vielerlei angenehme Geselligkeit wird Dich da angreifen. Wenn Dich nur die gute Claudine Piautaz begleiten könnte. Grüße sie und Alle herzlich.

Die Ammer fürchtet sich sehr, hoch zu springen, weil sie meint, sie spränge dann in den Himmel, und den scheint sie demnach nicht sonderlich zu suchen.

Dieser Lehre gemäß nimm Dich auch vor allen wilden Sprüngen in acht, wache über Deine Gesundheit, trinke regelmäßig, esse in der Ordnung, lese nicht nachts, auch wenn Du nicht schlafen kannst, und meide Gesellschaften, denn diese regen unvermeidlich zu sehr an, während der Brunnen alle Lebensgeister ins Gleiche und Gemäßigte bringen soll.

Folge meinem Rate, ich küsse Dich

Achim Arnim

262. *Bettina an Arnim.*

13. August 1824

Kaum war ich in Winkel angekommen, wo Alles mir entgegenschrie, daß ich Dich hätte mitbringen sollen, so liebenswürdig wie Du wär Savigny nicht p. p. – Clemente wurde erwartet und kam auch in der Frühstunde, wo alles noch im Schlafe lag, den er mit Stiefelangelegenheiten nach allen Seiten hin unterbrach, er ist ganz der alte, sieht eher jünger und gesünder aus; krammelt [frankfurterisch für zanken, brummen (grämeln)] über alles, trägt verbrämte Wundergeschichten vor, fühlt sich in seinen Verhältnissen zum Himmel so einsam wie ehmals in denen zur Welt. In Frankfurt mußt' ich leider 8 Tage zubringen, weil ich an Brust und Magen so litt, daß es mir nicht möglich war das Fahren zu ertragen. Emser Wasser tut mir gut, aber baden soll ich nicht, weil es gerade die entgegengesetzte Wirkung tut von dem, was mir nötig ist, ich habe auch einen Arzt aus hiesiger Gegend gefragt, der mir dasselbe anriet, nämlich Schlangenbad, und Emstrinken, dann Schwalbacher. Bis gestern war ich auch hier krank, nämlich 3 Tage, das Übel löste sich mit Erbrechen. Die Kinder von George kommen mit Klaudine auch nach Schlangenbad, das ganz leer ist, das ist angenehm für Ökonomie und Gesundheit. Neues kann ich Dir nichts sagen, als daß die Ernte von fortwährend schlechtem Wetter sehr gelitten hat. Daß die Schweine hier so teuer sind, daß ich wollte, Du hättest die Deinen hier. Bei Bingen ist eine wunderschöne Besitzung zu kaufen, ich wollt ich könnte sie Dir zum Präsent machen. Indessen hab ich Dir Wein bestellt, der 22er Arbleicher ist so stark, daß er nicht zu gewöhnlichem Tischwein gekauft wird.

Du möchtest wohl gerne von Clemente wissen: er hat eine gesunde Natur, daß ihm aller Unsinn, den er in sich aufgespeichert, nichts schadet, und daß er ebenso heiter, so brummig, so gerührt, so eitel wie sonst ist, daß er alle mögliche Versuche macht, auf anderer Leute Unkosten zu leben wie sonst, und daß diese Versuche ihm meistens gelingen. Er nimmt nie Geld bei Franz auf; das ärgste ist, daß er auch auf anderer Leute Rechnung Präsente erteilt und Gefälligkeiten erzeigt. Er ist darin so pfiffig, daß man sich mit ihm in Acht nehmen muß. Mir wollte er Gesellschaft in Schlangenbad leisten, da ich ihm sagte, daß ich nicht Geld genug für uns beide habe, so bleibt er nun hier. – Lebwohl! Täglich sehe ich mehr ein, daß es gut für mich war, daß mich der Himmel aus dem Familienkreis geführt hat, wo alles in so elenden, nichtsbedeutenden Schnörkeln endigt. Daß Christian nach Louisiana geht, hab ich Dir schon geschrieben. Clemente und er haben sich so gestritten, daß sie's nicht mehr unter einem Himmelsstrich aushalten, sonst wär dieser auch hingereist. Sailer fürchtet sich vor diesen beiden Brüdern und Heilspredigern so, daß er ihnen aus dem Wege geht. Die alte

Kleist ist mit allgemeinem Beifall abgezogen, man war froh daß sie ging. Sie hat in unserer Familie nicht wenig auf uns gelogen. Ich hoffe, daß Ihr alle gesund seid, und wünsche baldige Nachricht hierüber; grüße mir besonders Herrn Kallenbach, ich wünsche recht sehr, daß aus seiner Stelle nichts wird, und daß er länger der Freund unserer Kinder bleibe; bis jetzt können wir noch immer Gott danken, unsere Kinder sind nicht zurück gegen die hiesigen an Lernen und sind unschuldig dabei. Der alte Franz erlebt viel Jammer an seinem Sohn George, dieser hat in einem Jahr 80,000 Fl. verloren und dadurch den Vater beinahe in die Grube gestürzt. Die Geschichte werd ich Dir mündlich erzählen.

Schreib mir über die Quartierangelegenheiten in Berlin, ich hoffe es möglich zu machen, daß ich vor Ende September zurück bin, ungefähr den 16ten. Küsse mir alle Kinder und sei meiner treuen Liebe versichert; gestern war ich auf der Ruine, wo Du mir einst die erste Strafpredigt gehalten, ich erinnere mich, daß ich Dir Deine graue Kappe in den Rhein warf, und daß Du nachfahren mußtest, um sie wieder zu fischen. Heute Nachmittag gehe ich nach Schlangenbad.

Bettine

Winkel, 13ten August

Könntest Du nur selbst kommen, mich abholen – die Winkler Kolonie hat Dich außerordentlich lieb, soeben geben sie mir den Auftrag, Dich unter tausend Versprechungen aller Liebkosungen und Pflege hierher zu locken. Seit gestern scheint die Sonne, und ich wünschte Dir von Herzen, daß Du, der Du unter tausend Menschen vielleicht allein den wahren Genuß dabei zu haben vermagst, mit Deiner tiefen Seele in diesem Paradies herumwandeln möchtest.

263. *Arnim an Bettina.*

Wiepersdorf, d. 16. August 1824

Liebe Bettine,
endlich erhielt ich gestern die erste Nachricht von Deiner glücklichen Ankunft in Rödelheim. Den Umweg über Kassel in krankem Zustande kann ich nicht loben, Du hättest bei der Heimkehr, wenn das Bad seine Dienste leistet, dort annehmlichere Tage leben können und wärest früher ins Bad gelangt. Wohl kann ich mir denken, daß wenn Melinens Kinder am Keichhusten leiden, sie selbst noch ein Kleines stillt, der Mann fast immer kränkelt, die Sorge für eine unwohle Schwester keinen Platz im Hause fand. Es kommt noch dazu, daß Du ohne Ankündigung dort eingetroffen bist.

Wir haben regnichte Tage, ich wünsche Dir bessere zum Trinken und Baden, noch liegt ein Teil von meinem Weizen und sehr viel Haber, meine Nachbarn haben ihr Korn noch nicht einmal eingebracht. Vor drei Tagen weckte mich ein starkes Gewitter, ich machte Licht, weckte Kinder und Leute, alles war auf seinem Posten. Vorüberziehende Schweinetreiber behaupten, daß ein Wetterstrahl in den See eingeschlagen und dieser sehr gezischt habe. Als Probe Deiner Einwirkung auf Freimunds Zeichentalent lege ich das von ihm verfertigte Bild Siegmunds bei, der ihn auslachte. Dieses Bild hat den Siegmund nicht wenig gekränkt, er hat es mit heimlichen Praktiken fortzuschaffen gesucht, es ist aber doch von mir glücklich dem Raube entrissen. Auch die Armgard übt fleißig Deinen ihr erteilten Unterricht in der Musik. So kann sich Goethe nicht rühmen, daß Du ihm zuliebe allein die Kunst geübt hast. Ob sein angekündigter Segen wirklich ankommen wird, muß die Zeit lehren, ich werde die Sendung mit Dank annehmen. Von den Grimms schreibst Du wenig oder nichts, und doch hörte ich von ihnen lieber als von Goethe, von dessen künftiger Seligkeit bei mir nicht die Rede ist (er mag es sich wohl nur einbilden, daß sich die Leute darüber sehr bekümmern), dessen jetzige ich aber schon lange bezweifle, seit mir selbst bei seinen Arbeiten nicht recht wohl wird.

Giebt es aber wirklich Leute, die sich für seine ewige Seligkeit bemühen, so sollte er wahrlich diese Leute nicht so über die Achsel ansehen, denn ein solcher Anteil reicht doch ein klein Stück Weges über das Leben hinaus, wohin weder Präsent-Austern reichen, noch Wildbraten hinstinkt, wohin weder frische Heringe schwimmen, noch die große indische Pfeife der Helvig ihren Tabaksdampf aufwolkt, denn dergleichen Dinge sah ich im Geiste zu seiner Freude (Goethes) teils unter dem Namen von Gedichten, teils in der Wirklichkeit zu seinem Geburtstage versammelt, alle von ihm mit freundlichem Danke aufgenommen und im nächsten Hefte von Rhein und Main angepriesen, während er der ganzen übrigen Welt vergißt, die nicht gerade in direktem schmeichelndem Verkehre mit ihm steht. An einem ordinären Gelehrten oder Poeten möchte so etwas hingehen, aber weil eben Goethe sich sonst anders gegeben, sich in Biographien anders dargestellt hat, so glaubt man endlich, das sei nur eine dramatische Maske gewesen, die ihm endlich unbequem geworden.

Hier im Hause ist bis jetzt Friede. Anzüge sind doppelter Art fertig geworden, auch mein Familienwagen, dessen Anstrich ich sogar mit eigener Hand gefördert habe, und in welchem Du jetzt schwerlich den alten blauen Himmelswagen erkennen würdest. Laß nur den Wagen durch *ehrliche* Leute besehen, ob auch alle Schrauben u. s. w. noch festsitzen. Vorgestern habe ich beide kleine Mädchen nach Nonndorf gefahren, die nun alle Tage dahin sich sehnen. Kallenbach hat über Predigerstelle und Examen noch gar keine Nachricht.

Herzlich grüße ich alle werte Verwandte, alle lieben Gegenden, wo ich Dich geküßt habe

Achim Arnim

264. *Arnim an Bettina.*

Wiepersdorf, 24. August 1824

Liebe Bettine!

Von George empfing ich aus Frankfurt die Nachricht, daß Du nach Schlangenbad abgegangen, daß Claudine P. Dir dahin folgen werde, zugleich viele Einladungen für mich, dahin zu kommen. Aber wenn mich auch alle andren Verhältnisse frei ließen, was doch nicht der Fall ist, so würde mich die Ungewißheit über Kallenbach, wann dieser zum Examen nach Magdeburg beschieden wird, davon abhalten. Fällt er nicht durch, so scheint seine Anstellung mit dem Anfange Oktobers unfehlbar. In der Zwischenzeit muß er durchaus sein Examen machen, während dessen er gewiß ein zehn Tage von hier abwesend ist, wo dann die Kinder ganz verlassen wären. Die Kinder befinden sich sämtlich wohl. Vor zwei Tagen war Erntekranz in Bärwalde, wo die Bonne zu aller Freude getanzt hat und für eine Mamsell gehalten worden ist.

Das einliegende Schreiben von Hößli wird Dir angenehm sein. Er kommt mir doch etwas vor, wie der Schweizer, der, bevor er in Gesellschaft ging, über alle Stühle sprang, um sich lebhaft zu machen.

Armgard ist jetzt in der merkwürdigsten Frageperiode. Ihr war ein zahmer Sperling gestorben, sie hatte ihn mit der Max vor der Kellertür begraben und sang sehr viel von Glück, was ohne Zusammenhang war. Endlich fragte sie mich, was Glück sei, ob das einerlei wäre mit der Kommode. Erst warnte sie mich sehr, ich sollte den Hügel nicht berühren, dann bat sie mich, ich möchte hineingucken. So würfelt Sprache und Empfindung in Kindsköpfen.

Vor ein paar Tagen war ich in Dessau und kaufte drei junge, feine Pferde sehr wohlfeil, um sie groß zu ziehen. Man versucht alles, um etwas zu verdienen, aber das Verderben der Wohlfeilheit vernichtet jede Hoffnung der Landleute. Das Elend ist wirklich mitten in überflüssiger Ernte überall zu Hause.

Aus Berlin habe ich keine Nachricht, welche Reise-Entschlüsse Savigny's gefaßt haben, auch von meinem Bruder habe ich nichts gehört. Quartiere sehe ich wohl in der Zeitung angezeigt, aber an wen kann man sich denn wenden!

Vielleicht bringe ich selbst diesen Brief nach Dahme, um zu sehen ob etwas von Dir angekommen ist. –

Dahme

Eben empfange ich Dein Schreiben aus Winkel und freue mich herzlich, daß Du Dich wohler zu befinden scheinst. Ich wollte nur, daß Du nicht so sehr lange zögertest, ehe Du zum Brunnen kommst. Was Du mir von Clemens sagst, glaube ich gerne, aber Du sagst kein Wort, wo er nun bleibt, wo er sich wird hinsenden lassen. Übrigens glaube ich noch keinen Augenblick daran, daß Christian nach Louisiana geht. Lebt wohl, ich küsse Dich herzlich

Achim Arnim

265. *Bettina an Arnim.*

Schlangenbad, 24. August 1824

Lieber Arnim,

heute kann ich Dir die besten Nachrichten von meinem Wohlsein geben, ich bin jetzt überzeugt, daß „Schlangenbad nicht bloß eine lauwarme Brüh in einem kalten Loch" ist. Bis ich hierher kam, war ich voll Schmerzen und zwar durchaus krampfhafter Art; das furchtbare Sturmwetter, die unaufhörlichen Regengüsse, verbunden mit meinem Unwohlsein, was mich oft Tage lang im Bett erhielt, verzögerten meine Reise ins Bad, auch hatte mir der sehr gescheute Arzt, der im Rheingau waltet, geraten, das bessere Wetter abzuwarten. Dieser wie auch Wenzel waren beide der Meinung, daß Ems mir nicht gut sei zum Baden, obschon es zu trinken mir sehr zuträglich ist, ich kann wohl sagen, daß ich seit Jahren nicht so behaglich war, es ist ganz leer, und wir sind sozusagen

Herr des ganzen Bades. Sophie [Tochter Georgs] und die alte Claudine sind mit hier, wir machen Menage zusammen. Morgens wird Wasser getrunken, um 1 Uhr auf unsrem Zimmer, welches gerade auf die Terrasse geht, gespeist, nachmittags gehn wir spazieren, die Esel lassen wir ungeritten, denn sie stoßen und sind teuer, ist das Wetter nicht gut, so lesen wir aus einem Haufen *Scott*, den Sophie mitgebracht. Wir sind so heiter, daß wir fortwährend lachen, obschon die Veranlassungen dazu selten zu ergründen sind. In den ersten Tagen war die Fr. von Goethe auch hier mit Mademoiselle Schopenhauer, um nach Ems die Nachkur zu gebrauchen. Ems hat ihr nicht gut getan, wenn es nicht noch nachwirkt, der Ort an ihrem Leibe, wo die Leber ist, ist ganz geschwollen, sie war trotzdem aufgelegt zu Extravaganzen und wurde von der Schop. sehr unterstützt, und wenn sie daran dachte, nach Hause zu müssen, von wo sie schon bereits 11 Wochen entfernt war, fing sie an zu weinen, sie verzögerte ein um den andern Tag ihre Abreise, packte jeden Tag ein und aus trotz den dringendsten Briefen des alten Goethe, der bat, befahl, ja zürnte; sodaß die Kammerjungfer immer in Todesangst war, was es geben würde, wenn sie nach Hause ankämen. Hier sind uns 2 Personagen näher gekommen mit denen wir jetzt täglich spazieren gehen und Tee trinken, denn die Verzweiflung der Langenweile und Einsamkeit macht sie sehr bedürftig, eine Fr. Doktorin Lenthoff aus Lübeck mit ihrer Tochter, und ein Graf Luckner auch aus Lübeck, in Wien angestellt, wahrscheinlich bei der Diplomatik, er scheint sehr krank zu sein und an seiner Gesundheit ganz zu verzweiflen, er hat dies Jahr schon Karlsbad, Ems und Wiesbaden gebraucht, behauptet, nichts habe ihm geholfen, ist sehr traurig und sieht aus wie ein Gespenst. Man hat das angenehme Gefühl bei ihm, daß er ganz dankbar ist, dafür daß man ihn duldet; noch ist ein Baron Traitteur hier, wahrscheinlich schon in den 70 Jahren, zu dessen Umgang wir aber darum nicht kommen können (trotz daß er die größte Lust bezeugt) weil ihn der Schlag auf eine Weise gerührt hat, daß er keinen Augenblick stillstehen kann und wie ein Pfeil an einem vorbeischießt. Dieses ist die Liste derer, die uns hier allenfalls von der Sorge für die Gesundheit abziehen könnten, und Du siehst, daß Schlangenbad insofern schon heilsamer ist wie Ems, das so besucht ist, daß jetzt noch schwer ein Unterkommen zu finden. –

Clemente wollte anfangs auch nach Schlangenbad kommen, ich bin überzeugt, daß er die unvernünftigste Aufführung gehabt haben würde und sich mit jedermann verfeindet hätte, da habe ich ihn abgehalten, daß ich ihm geradezu sagte, ich wär nicht genug bei Geld, um ihn als Gast zu bewirten, und es sei teuer hier, er ist vielleicht jetzt noch eitler und inkonsequenter wie sonst; er lügt sich selbst am meisten vor, ist überzeugt, daß er durch den Umgang mit der Nonne ein halber Prophet geworden. Alles was geschehen, will er vorher gewußt haben, er hat einen ganzen Koffer voll blutiger Tücher und Binden von der Nonne, die will er jedermann zum Anrühren geben, und wer sich davor ekelt, der kriegt eine tüchtige Salve; ans Übertreiben hat er sich so gewöhnt, daß nichts wie Wunder und Wunder aus nichtsbedeutenden Dingen gemacht werden. Mit Christian scheint er sich gar nicht zu vertragen, denn er sagte, daß wenn jener nicht nach Louisiana gehen würde, so würde er hingegangen sein, aber unter einem Himmelsstrich könnten sie beide nicht existieren.

Du fragst, ob in Weimar niemand war, weil ich mich an dem einen Tag langweilte, ja denke nur, daß kein Mensch dort war von allen, die ich kannte, oder die ich nur hatte nennen hören, außer der alten Schopenhauer; und Goethe ließ mich erst am Abend zu sich kommen, wo er freilich so liebenswürdig war wie ein Kind. – Ich denke doch womöglich in der Mitte September reisefertig zu sein und Euch dann Alle gesund zu umarmen, wofür ich Dir nächst Gott den besten Dank wissen werde. Ja erhalte Dich und die Kinder und berichte mir, daß Ihr es jetzt seid, noch einmal nach Frankfurt. Vorzüglich eile ich deswegen nach Hause zurück, weil ich wegen dem Logis und den Möbeln in Berlin nichts weiß, solltest Du unterdessen eine Vorkehrung getroffen haben, so schreib mir. Ich dank Dir tausendmal für alles, was Du mir von den Kindern schreibst. Die kleine Armgard ist ein Engel und ist doch ganz wie Du, ist das nicht wunderbar?

Alle Niècen nennen Dich aber einen Engel und keine schämt sich laut zu sagen, daß sie nur einen Mann haben möchte wie Du. Sie sagen: Savigny ist angenehm, aber Arnim tausendmal liebenswürdiger. Ich unterschreibs,

Bettine, und küsse Dich.

266. *Bettina an Arnim.*

Schlangenbad, 31. Aug. 1824

Lieber Arnim

Deine wohltätigen Briefe mit befriedigenden Nachrichten von Dir und den Kindern krönen meine Gesundheitskur, die mir in jedem Betracht vortrefflich anschlägt; Magen- und Brustkrämpfe sind gänzlich ausgeblieben, ich bin sehr heiter, was für uns alle 3 einzigen Schlangenbadsbewohner ungemein zuträglich ist, da wir ganz auf uns allein beschränkt sind; gestern ist der einzige gesellige Mensch, ein Graf Luckner, abgereist, Sophie bemerkte, daß wir alle bei seinem Abschied vor Rührung lachten weil wir nicht weinen konnten und doch unsere Empfindung ausdrücken wollten; er hat viel Unglück gehabt während seinem Aufenthalt, das was ihn aber ganz unglücklich machte, war eine Krankheit, die seinen jungen, starken Bedienten befiel, an welcher er am 8ten Tage starb; dieser Mensch schrie die ganzen Nächte und erbrach sich fortwährend mit grausenhaftem Stöhnen, sodaß er alle Badegäste störte; niemand glaubte, daß er sterben würde. Die Gretchen (Kammerjungfer bei Sophie und Claudine [Piautaz]), welche sehr mitleidig ist und ihn oft besuchte, bat mich dringend, mit ihr hinauf zu gehen, weil es ihm ein so großer Trost sei, wenn jemand zu ihm käme; er war ganz allein mit dem Wärter; sowie ich hereintrat sagte er mir, er habe noch eine Mutter mit Namen Winckler in der sächsischen Schweiz in Grunebach, wenn er sterben sollte, so möge man ihr nicht sagen, daß er so schrecklich gelitten habe, er stöhnte gewaltig, ich frug ihn, ob er einen Geistlichen haben wolle, er antwortete, „ich kann an nichts denken wie an meine Schmerzen, wen Gott so martert, den hat er ja in Händen und ist ihm Bußprediger genug; und wenn ich nur einen Augenblick der Schmerzen wieder erledigt wär – und wenn ich nur noch einmal wieder schlafen dürfte!“ Ich stellte mich an sein Bett und magnetisierte ihn, keine 10 Mal hatte ich über ihn hingefahren als er einschlief und ganz sanft atmete zum großen Erstaunen des Wächters und der Hebamme, die beide anfingen zu beten; nach einer Stunde wachte er auf, verlangte ein reines Hemde und wusch sich; er sagte er sei gar zu schläfrig, worauf er sich hinlegte und nicht wieder aufwachte. Sein Herr war ganz bestürzt als er seinen Tod vernahm; eh der Sarg zugemacht wurde, ging er allein hin und drückte ihm noch die Hand, dieses erzählte der Wärter wieder an die Domestiken, worüber alle sehr gerührt waren.

Clemente, der in Winkel wohnt, hat uns hier besucht mit den Söhnen von George und Guaita, die zu Fuß bis Winkel gegangen waren und so oft unterwegs Butterbrot gegessen haben, daß ihnen dieser Artikel allein 12 fl. gekostet hat. Sie waren hier seelenvergnügt; auf der sonnenbeleuchteten Terrasse machten sie Seifenblasen, wozu sich das Badewasser sehr eignet, sie erfüllten damit den ganzen Platz, denn sie hielten sich sehr lang und schwebten sehr allmählich aufwärts, sodaß es gleichsam eine feenhafte Tagesillumination schien, alle Leute versammelten sich, um zuzusehen. Nach Tisch ritten sie auf Eseln nach Winkel, Clemens ging mit.

Dieser scheint mir wirklich sehr bedauernswürdig, kein Mensch mag ihn leiden in der Familie, weil er einen immer ausfragt, um es dem andern zu erzählen, was dieser von ihm denke. Mit Prophezeiung und Vorauswissen giebt er sich auch ab, aber nicht eher, als bis man es ihm gesagt hat, dann behauptet er, es längst gewußt zu haben, kein Mensch glaubt ihm ein Wort, obschon er immer seine Seligkeit zum Pfande setzt, daß es wahr sei; er hat viel weniger Konsequenz wie je, was er in diesem Augenblick beschwört, verleugnet er im nächsten. Er möchte gar zu gern seine mühsam zusammengebrachten Beschreibungen des Lebens Christi p.p. vortragen; ich habe mich gehütet, ihm den geringsten Lust dazu zu bezeigen, obschon ich glaube, daß viel Interessantes sein wird, so traue ich meinen reizbaren Nerven nicht zu, seine überspannte Lügenwelt zu ertragen; er fühlt es, daß ich mich zurückziehe und ist ganz böse, aber er hat mir schon gar viel Skandal gemacht, so daß ich mich vor ihm hüte, und dann ist mir auch die Sache zu heilig, als daß ich ihm meinen Unglauben verbergen möchte, und die Wahrheit würde er doch nimmermehr vertragen. Er hat einen ganzen Kasten voll blutiger Lappen, die durchaus keine Wunderkraft an sich haben, und daher nichts mehr sind, als was sie scheinen; wären sie nun mit der guten Nonne begraben, so wär es gut, jetzt aber läuft alles, wenn er einen vorzeigt, davon und ekelt sich vor ihm und ihr. Er hat allerlei bunte damastne Lappen, wahrscheinlich von alten fürstlichen Sofas p. p. in Gebetbüchern liegen, von denen er behauptet, es sei von den Kleidern der 3 Könige und der heiligen Magdalene; ich frug ihn wo er sie herhabe, „die Nonne hat sie gefunden" war die Antwort, die ganze Autorität liegt nun darin, daß er diese Gott weiß wo gefundenen Lappen, die aber noch nicht 100 Jahre alt sein können, ihr vorlegte, und daß sie solche wahrscheinlich auf sein eigenes leuchtendes Antreiben taufte. Er ist unruhig und schwankend in allem, was er tun soll, die Lüge fliegt ihm immer vor der Wahrheit aus dem Munde, so daß, wann er dies für inspirierten Zustand hält, er allerdings immer Sachen sagt die er nicht erfahren hat als nur durch Eingebung. Dem Franz hat er von der Tonie Dinge gesagt, die diese berechtigten, ihn aus dem Hause zu stoßen, so hat er ihn auch gegen seinen Sohn George aufgebracht, welches ihr sehr viel Kummer macht; den Töchtern erzählt er immer von ihrer sündhaften Natur und daß der kranke Sohn eine Strafe für ihre Sünden sei; sie sollen für sie beten, damit sie sich bessere. Da nun der kranke Karl täglich besser wird so behauptet er gegen Andere, es käme von ihm und seinem Gebet und man wäre sehr undankbar gegen ihn. Letzt ließ er den Schneider kommen, um sich einen feinen schwarzen Rock machen zu lassen; er verlangte große, sehr große Taschen, denn er müsse Eier darin herumtragen für die armen Leute; als der Schneider ganz bekümmert war über die ungeheuere Taschengröße machte er's immer ärger und verlangte eine hinten und eine vorn, wo kein Mensch Taschen trägt, immer mit dem Bedeuten, daß er nicht zur Ehre des Menschen, sondern zur Ehre Gottes den Rock machen lasse, und daß er durchaus bequem Eier darin transportieren wolle ohne Risiko, sie zu zerbrechen. Der erstarrte Schneider wagte kein Wort vorzubringen und ließ sich die Taschen anempfohlen sein; da er aber sichs gefallen ließ, die Taschen nach Befehl zu machen und wegging, rief ihn Clemente zurück und sagte: Machen Sie den Rock, daß er gut sitzt und nach der neuesten Mode, denn es ist feines Tuch, und lassen Sie es vorderhand bei gewöhnlichen Taschen bewenden. Er hat mir mehrere Zeichnungen von Heiligen gezeigt, die er nach den Visionen der Nonne gemacht hat, die nichts weniger als interessant oder fremdartig aussehen, sondern sehr dürftig zusammengestoppelt scheinen; unter andern hat er der Samariterin, die dem Christus am Brunnen begegnet, den Wasserschlauch, den sie am Arm hat, nach seinem ledernen, in doppelte Falten gelegten Tabaksbeutel gezeichnet. Es ist traurig, was nun mit ihm werden soll; für sich allein mag er nicht bleiben, ruhig unter den Andern kann er auch nicht sein; er verlangt ganz besondere Aufmerksamkeit, es ist kein Mensch, ders lang mit ihm aushält, den armen Sailer hat er als Bischof schon ein paarmal kompromittiert, er vertraut einem jeden, daß dieser in Rom mit dem Motto *der Bezweifelte* angeschrieben sei. Er ist von einem ungeheuren Geiz besessen, sodaß er immer andern zur Last fällt und auch auf ihre Kosten tut; von Franz hat er seit langer Zeit kein Geld aufgenommen sondern immer bei diesem oder jenem sich durchgefressen, jetzt will er bei George eine Zeitlang bleiben, wenn er es so weit gebracht hat, daß ers und die andern in Winkel nicht mehr aushalten können; ich seh ihn nächstens wieder nach Berlin angerückt kommen, obschon die Nonne es ganz schwarz gesehen hat, ich wollte, ihm wäre geholfen, aber auf diesem Weg wird nichts.

Adieu, ich habe mich verspätet, der Bote wartet; die Kinder und [Du] müssen wohl sein, denn sonst hätte ich gewiß eine trübe Ahndung und mir ist doch so leicht, wie mir lange nicht war; ich schlafe gut, kein Husten, kein Krampf weckt mich, ich bin den ganzen Tag lustig, obschon keine Zerstreuungen da sind als die Natur bietet, sodaß Claudine und Sophie mich für ihren Trost und Heil halten, weil sie sonst vor Langerweile vergehen würden. Ich habe lange keinen Begriff von solcher Behaglichkeit gehabt, ich schreibe es dem Emser Wasser zu, welches ich mit großem Appetit trinke, sage dies dem Wolfart, wenn Du nach Berlin kömmst.

Wir denken noch 10 Tage hierzubleiben, dann werd ich mit großer Eile einpacken müssen, wenn ich noch vor Ende Sept. bei Dir sein will, und werde also keine Frankfurter Freunde sehen können, wovon mich bei meiner Ankunft mein Unwohlsein abhielt. Solltest Du mir indessen Nachricht schreiben, daß Du Dich mit dem Quartier und Transport der Möbel schon eingerichtet hast, oder könntest Du gar lieber selbst mich abholen, so wär dies das Beste. Der gute Franz hat mir 22er Aarbleicher für Dich gekauft und es an Savigny adressiert, weil die Fracht nicht über Dahme geht; ich weiß zwar nicht, ob er schon abgesandt ist.

Sei tausendmal von mir geküßt und auch die Kinder, ich freu mich, daß ich gesund in Eure Arme zurückkehren werde. Grüße mir auch den Kallenbach recht freundlich.

Adieu.

Bettine

267. *Arnim an Bettina.*

Wiepersdorf
[7. Sept. 1824 in Frankfurt eingetr.]

Liebe Bettine!

Dein letzter Brief war aus Winkel, noch habe ich keine Nachricht von Deiner Ankunft in Schlangenbad und ich fange an zu fürchten, daß Du die Sommerzeit ohne zu baden verstreichen läßt. Wo meine Briefe stecken, weiß ich nicht, ich habe bis jetzt viermal geschrieben, vermutlich hält sie der

Umweg über Frankfurt auf, aber Du hast ihn mir vorgeschrieben, und es ist, da Du bald an einem, bald am andern Orte verweilst, sicherer.

Die Kinder sind gesund. Als Sonntagsvergnügen fuhr ich mit ihnen im neuen Prachtwagen vorgestern nach Lebuse, wo dem Freimund ein Backzahn, woran sich ein Geschwürchen bildete, dem Friedmund zwei Reste von zwei schlechten Zähnen und dem Kühnemund ein loser Vorderzahn in wenig Augenblicken ausgezogen waren unter vielem Lachen. Es sind lauter Wechselzähne, und hier bekommen sie keinen Zucker, sodaß die neuen gewiß ganz gesund erscheinen werden. Von Berlin habe ich keine Nachricht. Wegen des Umpackens dort brauchst Du Deine Reise nicht so zu beschleunigen. In den letzten Tagen September reise ich nach Berlin, und finde ich keine Wohnung, so finde ich doch eine sichere Kammer, wo die Mobilien untergebracht werden können, vielleicht sogar im Schumannschen Hause. Wegen eines Hofmeisters will ich an Strauß schreiben, denn höchstwahrscheinlich geht Kallenbach doch zu Michaeli zur Predigerstelle über. Kann ich einen musikalischen Lehrer finden, so soll er mir höchst willkommen sein. Mit der Ernte geht es nun zu Ende, ist sie gleich reichlich, so steht sie doch in keinem Verhältnis zu den sinkenden Preisen.

Von allem aufgezogenen Vieh genießt der Pidas einer fortwährenden Vergötterung von allen Kindern, besonders bei den Kleinen spielt er die Rolle eines Heiligen. Eine zweite Vergötterung erfährt mein aufgezogener Falber von Gruhl, der ihn jetzt reitet und küßt.

Schröder gehört fortdauernd zu meinen hiesigen Qualen, wenn er mir für die Mission nach dem Ohio taugte, ich wollte ihn gern auf meine Kosten dahin fördern. Warum hat sich denn Clemens mit dem Christian so ernsthaft entzweit? Gern spräche ich den Clemens, grüß ihn herzlich.

Du sprichst von Aarbleicher, den Du bestellt hast, aber wohin? Doch hieher, denn in Berlin wird er uns gestohlen. Ein Fäßchen 22er Mosler, wann er gut und wohlfeil, wäre auch nicht zu verachten; doch nicht zu groß, da wir eigentlich alle nicht viel Wein trinken.

Die Ammer präsentiert sich eben mit ihrem Albanoskopfe, sie hat sehr zugenommen, besonders an Sprech- und Singlust, was ich ihr vorpfeife, will sie zehnmal hören, ein vortreffliches Publikum.

Dahme

Eben erhalte ich Dein erstes Schreiben aus Schlangenbad, herzlich erfreut, daß das Bad Deiner Gesundheit zusagt. Über Quartier habe ich oben das Nötige gesagt. Grüße herzlich Deine lieben Badegenossen und behalte mich lieb.

Dein Achim Arnim

268. *Bettina an Arnim.*

Schlangenbad, 9. September 1824

Lieber Arnim,

soeben erhalte ich Deinen Brief, worin Du mir die Zahnoperation der Kinder meldest; Du wirst nun wohl wissen, vom wievielten, da Du kein Datum schriebst. Soeben meldet mir Hr. von Nagler, der seit gestern der Gefährte unserer Einsamkeit ist, nebst Frau und Schwägerin, daß in einer Stunde die schnellste Gelegenheit nach Berlin geht; wovon ich profitiere.

Mein Aufenthalt hat mir unbegreiflich wohlgetan, sodaß ich es beinahe für ein Wunder halte. Ich kam so krank hier an, daß ich mich kaum aus dem Wagen erheben mochte; nach dem 1ten Bad war ich ganz besser, kein Magen- noch Brustkrampf hat sich mehr gezeigt, nur Nachts ein ganz geringer Anfall von Husten, von dem ich hoffe auch bald erlöst zu werden. Täglich trinke ich 2 Krüge Emserwasser, ich glaube, wenn ich jetzt noch 14 Tage Schwalbach brauchen könnte, so wär es vortrefflich, dies haben mir die hiesigen Ärzte geraten, indessen ist es zu spät im Jahr, und wenn ich 4 Wochen gebadet habe, werde ich noch ein weniges bei den Geschwistern verweilen und dann zurückeilen. Obschon wir die letzten 14 Tage ganz allein hier waren, so kann ich sie doch zu den angenehmsten rechnen, denn jeder Tag war mir ein Zuwachs an Gesundheit; meine Augen sind wieder ganz hell, mein Humor ist wieder ganz lustig, so daß der alte Matthes behauptet ich sei ganz wie vor 16 Jahren. Eine meiner besten Unterhaltungen ist die, daß ich eine Schiefertafel mit ins Bad nehm und die Sophie nackend darauf zeichne, bald von hinten, bald von vorne, nachher zeichne ich sie ab in ein Büchlein und am andern Tag zeichne ich neue; Du kannst Dich auf die Kollektion freuen, sie ist schon bis auf 12 gestiegen. Wenn ich ein Vierteljahr so zeichnen könnte, wenn auch noch so flüchtig, würde ich Wunder tun.

Die Sophie ist so schön gewachsen, wie man nicht leicht einen findet; ihre Arme und Beine sind gewiß schön wie die edelste Antike, alles im kolossalen Stil. Die Fine [Josefa, Tochter von Franz B.] ist auch sehr edel gebaut, aber sehr mager.

Du wirst jetzt einen Brief von mir haben, in dem ich Dir noch manches von Clemente schrieb. Der geistlich Hoffart hat ihn überwachsen wie eine Schlingpflanze, das heißt, ich glaube er ist nur davon umstrickt, nicht durchwachsen, denn er fühlt sich zugleich so hülfsbedürftig, daß er dem ersten besten Mahomedaner in die Arme sinken würde, der ihm Haus und Hof anböte, jedoch wenn dieser eine schöne Fatima hätte, so würde er nicht umhin können, diese zu bekehren und ihr auch zugleich Gelegenheit zur Buße zu geben.

Er war mit Franz und Tonie auf dem Johannisberg bei Mumm, der sich oben ein Haus gebaut. Frau Mumm kam ohne Unterrock, bloß in einem dünnen Muslinkleid zum Vorschein, weil es sehr heiß war. Clemente fand den Aufenthalt so schön, so himmlisch, daß er sich gar nicht trennen mag; ich vermute er wird an der Mumm eine Proselytin machen und ihr seine Lappen und Grindchen zu küssen geben. Das Tollste ist, ich bin beinah überzeugt, daß er einstens noch umsatteln wird und vielleicht die Lutheraner noch protegiert.

Der Wein ist nach Berlin adressiert, an Savigny, weil Franz

behauptet, daß kein Fuhrmann nach Dahme lade. Mosler werd ich noch bestellen und sehen, ob es möglich ist, ihn nach Dahme zu senden.

Für mich ist es ein großer Vorteil, daß Clausner [Claudine Piautaz] hier ist und Sophie, sonst wär ich ganz allein hier gewesen.

Soeben geht die Gelegenheit Adieu herzlich

Bettine

269. *Bettina an Arnim.*

Schlangenbad – 12. Sept. 1824

Ich setze meinen Brief fort, weil wieder eine Schnellgelegenheit geht mit Nagler, der unser Stubennachbar ist und mit Frau, Schwägerin und Kind unser einziger Badegenoß; er ist wirklich liebenswürdig und seine Frau haben wir alle lieb.

Gestern ist der Minister Altenstein gekommen ihn zu besuchen, wird einige Tage hier bleiben, hat sich gleich mir präsentieren lassen und um Erlaubnis gebeten, von meiner Gesellschaft zu profitieren. Gunda würde besser von solchem Glück Gebrauch zu machen wissen. – Mit der Gesundheit geht es so, daß ich, da ich nun nicht so sehr zu eilen brauche, noch eine Woche zugeben werde; ich bade ganz mit natürlichem Wasser ohne Zulaß von Warmem, was ungefähr ist wie abgeschrecktes Wasser; ich bleibe anderhalb Stunden drin in fortwährender Bewegung, mit Sophie tanzend oder auch duellierend, Abends baden wir wieder. Zu Nacht wird gar nicht gegessen, aber gleich nach dem Bad wohl eingehüllt im Mondschein eine Promenade gemacht. –

Daß wir den Herrn Kallenbach verlieren, tut mir sehr leid, er hat gewiß ein sehr gutes Herz und hat einen ernsten Anteil an den Kindern genommen, und ich war nicht wie bei den Andern gekränkt, daß sie im Familienzirkel waren, ich glaube nicht einmal, daß er in diesen Verhältnissen, wie die Fruchtpreise sind, sich bequem und behaglich fühlen wird, und am Ende wird er es bereuen, wenn ihm die Nahrungssorgen über den Kopf wachsen. – Denke doch auch an Herckt, der war ein tüchtiger Lehrer und durchaus nicht abgeneigt, unter gewissen Bedingungen die Kinder zu unterrichten; zum wenigsten war dort die Überzeugung, daß er sie nicht im Unterricht vernachlässigte.

Solltest Du noch irgend etwas aus hiesiger Gegend für Dich oder die Kinder wünschen, so schreib mir, den Mosler Wein werd ich bestellen am nächsten Sonntag bei Franz.

Du glaubst nicht wie viel Freude Du mir machst, wenn Du mir von Armgard erzählst, ich muß es immer der Gretchen vorlesen, ich habe von allen Leuten im Hause Vorwürfe erhalten, daß ich sie nicht mitbrachte; aber von Max sagst Du mir nichts, sie war ja sonst Dein Liebling, sie gehorcht Dir auch am liebsten und hat der liebenden Zucht am nötigsten, denn sie macht leicht ungeduldig; also bitte ich Dich, sei ihr ein zärtlicher Vater, weil ich ihr oft eine ärgerliche Mutter war, und schreib mir was von ihr. Es wär nicht übel, wenn Du den Freimund dazu antriebst, mir zu schreiben, damit er sich gewöhnte, Nachricht von sich zu geben; ich würde diesmal schreiben, wenn ich Zeit hätte. Halte Inspektion bei der Bonne, ob sie die Kinder gehörig kämmt.

Ich weiß nicht wie es kommt, daß unsere Jungen die Renommée von großer Schönheit und Liebenswürdigkeit haben; die Fr. v. Nagler und ihre Schwester, Gräfin Fernemont kennen sie ganz gut und haben sie zuweilen unter den Linden angesprochen; die Nagler hat auch einen Sohn bei sich von 11 Jahren, er spricht sehr gut französisch und englisch und ist ein sehr liebenswürdiger Junge, sie hütet ihn vor jedem Umgang, nur wünschte sie den von unseren Knaben; ich glaube indessen, daß sie sich in der Ferne am besten ausnehmen. –

Meine Kollektion von Badezeichnungen wird täglich vermehrt; Du wirst das Glück haben, eine schöne griechische Gestalt von hinten und vorne bewundern zu können in meinen Zeichnungen, nur schade, daß ich sie nicht zum allertreuesten kopieren kann. Denn einmal ist es kein Spaß, auf einem Stuhl der sowie man sich setzt, anfängt zu schwimmen, im Wasser halb zu sitzen und eine Figur zu zeichnen die ewig von den Wellen scheinbar bewegt wird – und zweitens ist die Erscheinung einer so mächtigen Gestalt ganz erschütternd und verwirrend im ersten Augenblick, denn sie gleicht mehr einer Pallas, und ich zeichne denn auch im ersten groben Stil der Pallas Athene ins Erhabenste hinein. Ich muß lachen, daß ich im vollsten Maße genieße, was ich nicht verdiene und nur der Lächerlichkeit gewisser Personagen zu danken habe, nämlich den Ruhm, ein Künstlergenie zu sein. Niebuhr hat mich als die einzige malerische Erfindungsquelle bezeichnet, gegen die sein geliebter Cornelius sich beugen muß; alle Künstler wollen meinen Fausttraum sehen p.p.

Nun leb tausendmal wohl, sei tausendmal bedankt für alle Sorge, die Du auf Dich nimmst, küsse meine Kinder, die von ihrer Mutter das Glück unverdienten Ruhms geerbt zu haben scheinen; und der einzige Vater, von dem ich weiß, daß er ein Phönix ist, ist der Gläubiger aller. Frau v. Nagler sagte mir jedoch bei dem ersten Gruß: „Warum haben Sie Ihren liebenswürdigen Gemahl nicht mitgebracht, ich würde diesen Aufenthalt gewiß zu meinen glücklichsten Tagen rechnen, wenn ich seinen Umgang hätte genießen können." Siehst Du, so ist es Deine Schuld, daß die Armgard Dein bestes Publikum ist, und Deine Zeitgenossen würden ebenso gern Deiner Pfeife lauschen und nach ihr tanzen wie sie, wenn Du sie nur manchmal wolltest hören lassen.

Dein treues Weib Bettine

270. *Bettina an Arnim.*

Schlangenbad, 18. September 1824

Lieber Arnim,
wenn es mit des Herrn von Nagler seiner Schnellpost richtig ist, so mußt Du mehrere Briefe hintereinander von mir haben. Die Bade-Zeit ist nun glücklich vollendet, wir werden

am Montag weiter reisen nach Frankfurt, von da aus bald zu Dir und den lieben Kindern zurück. Ich befinde mich fortwährend wohl und hoffe mit besseren Kräften zurück zu kommen.

Soeben erfahre ich, daß Savignys in Frankfurt angekommen sind, daß sie den Rhein hinunterreisen, gut wäre es, wenn ich die Rückreise mit ihnen veranstalten könnte. Hier wird, seit Nagler hier ist, jeden Tag eine Eselspartie gemacht. Ich habe Aussichten hier gesehen, die ich den meisten nahe am Rhein vorziehe, jetzt haben wir das beste Wetter vom ganzen Jahr. Es ist ungemein warm, man hofft daß der Wein noch reifen soll.

Clemente hat wirklich einen Bekehrungsversuch an der Frau Mumm gemacht, voller Verdruß, daß es nicht anschlagen wollen, hat er sie endlich mit Grobheiten überhäuft und verlassen.

Ich bin heute unruhig, seit 10 Tagen hab ich keine Nachricht von Euch, Ihr werdet doch alle gesund sein? Wir haben ja bis jetzt immer Glück hierin gehabt, also will ich mir keine Sorgen machen. Leb herzlich wohl, schreib nach Frankfurt und behalte mich lieb. Die Schnellgelegenheit geht ab, ich muß also schließen mit herzlichem Lebewohl. Im nächsten Brief hoffe ich, Euch meine Abreise zu bestimmen. Küsse mir die Kinder recht herzlich. Mündlich hab ich Dir manches zu erzählen.

Bettina

271. *Bettina an Arnim.*

Frankfurt, 30ten September 1824

Lieber Arnim –

seit 8 Tagen bin ich hier in Frankfurt. Morgen geh ich mit Franz nach Winkel und bleibe 3 Tage, dann packe ich und komme zu Euch, ich denke ungefähr den 10ten Oktober in Wiepersdorf zu sein. Doch werde ich vorher noch schreiben;

wenn Ihr nur alle gesund seid! Solltest Du noch keinen Hofmeister haben, so ist ein junger Mensch in Delaspes Institut in Wiesbaden, der mir sehr gut gefällt, er ist in den Elementarwissenschaften sehr fest, auch in der Mathematik, zeichnet sehr gut und ist der beste im Unterricht und in dem geselligen Leben mit den Kindern. Der arme Delaspe ist sehr krank, man fürchtet für sein Leben; ich glaube daß er der edelste Kindererzieher ist und beinah zu gut für diese Welt. Clemente ist hinweg, ohne Abschied zu nehmen, ohne zu sagen wohin. Ich hoffe, liebster Arnim, daß Du und die Kinder gesund seid, und ich werde Dir aufs herzlichste Dank wissen, daß Du mir sie vor allem Unfall bewahrt hast.

Mein Goethe ist hier auf die Bibliothek gestellt worden, mit großem Beifall aufgenommen, besonders hat Boisserée ihm Reputation verschafft, der selbst Reputation hat, und dem er gefällt; er läßt Dich herzlich grüßen.

Savignys hab ich nicht gesehen, weiß auch nicht, wohin sie sind. Ich freue mich herzlich auf Euch Alle und küsse Dich in aller Eile, denn es ist heute Claudinens Geburtstag und ich werde abgerufen. – Mein Aufenthalt im Bad hat mich nicht viel gekostet; so hab ich Dir denn zwei Fäßchen Wein bestellt, ein Aarbleicher und ein Mosel, noch konnte ich die Adresse an Hanow umstellen, denn er wird erst in 8 Tagen abgehen.

Gott erhalte Euch alle gesund, grüße den Kallenbach, den Gruhl und auch Liepens.

Deine treue Frau *und* Freundin Bettine

Es wird hier oft und viel von Deinen besten Eigenschaften, von Deinem herrlichen Wuchs und Charakter gesprochen und es ist wirklich wahr, daß die 5 Cousinen in Dich verliebt sind.

272. *Bettina an Arnim.*

[Berlin, Anfang Oktober 1824]

Lieber Arnim,

bei meiner Ankunft kamen mir alle Kinder entgegen, gesund und freudig und meldeten mir mit tausend Zungen, das Korn sei auf 1 Tlr. 22 und 25 Groschen gestiegen. Freimund machte mir gleich den Vorschlag, mit einem Bäcker einen Accord zu schließen, auf welchen Du das Korn schicken könntest, weil's nach der Saatzeit vielleicht wieder fallen könnte. Er schickt Dir hier die Zeitung, Du wirst selbst am besten wissen, was Du tust, und ob Du abkommen kannst. Hier ist alles überzeugt, daß große Teurung kommen werde, ich wünsche Dir den besten Segen.

Die arme Verdier ist krank, jedoch hoffe ich, es hat nichts zu sagen. Die Haushaltung in der besten Ordnung.

Adieu, ich grüße und küsse Dich wie Du erlaubst und zugiebst

Bettine

273. *Bettina an Arnim.*

Berlin, 3. November 1824

Lieber Arnim!

Ich habe Dir Getreide verhandelt, Weizen zu 1 Tlr. 18 gr. courant, das heißt, wenn es die beste Gattung ist. Der Bäcker will aber durchaus die Proben erst sehen, und dann will er so viel nehmen, als Du immer herfahren kannst, und wenn Du die Woche 80 Fuhren bringst, so nimmt er sie Dir ab, jedoch muß es sehr gut sein. Auch will er Roggenproben haben und Dir den höchsten Preis schicken, Gerste will er auch zu 17 bis 18 Tl. den Wispel, es ist der Bäcker Püschel, und die Stobwasser hat die Sache in Gang gebracht; es ist hier der Glaube, das Getreide werde steigen, weil es überschwemmt worden sei in Schlesien; es kömmt nun auf Dich an, ob Du noch abwarten willst oder von diesen Preisen profitieren; auf jeden Fall schicke augenblicklich die Proben und zwar starke, denn es haben sich noch zwei Mehlhändler gemeldet und der Bäcker Schleuß, die den Preis von 1 Tl. 18 gr., wenn es ganz gut ist, gern geben wollen. Schicke aber die Weizen- und Kornproben gleich, wenn Du etwas machen willst, und schreib mir zu welchem Preis Du es hierher liefern kannst, damit ich auf jeden Fall handelseins werde.

Adieu, ich kann wegen Abgang der Post nichts mehr schreiben. Die Kinder küsse ich samt Dir und wünsche herzlich, daß ich diesmal zum wenigsten mit meiner Spekulation was eintrage.

Bettine

Laß mich nun ja nicht auf die Proben warten, damit die Leute sich nicht woanders versorgen denn sie haben mir versprochen noch acht Tage zu warten.

274. *Bettina an Arnim.*

Berlin, 5. November 1824

Lieber Arnim,

ich habe Deinen Bruder gesehen in der Glorie seiner Tage, denn höher bringt er es wahrscheinlich nicht, als daß er die einzige Branche des Staates, die der König selbst dirigiert, so zur allgemeinen Zufriedenheit verwaltet, er ökonomisiert trotz der luxuriösen Ansprüche von Spontini, hat die schärfste Disciplin eingeführt und die Hausvogtei immer mit etlichen Theaterfiguren besetzt; jetzt hat er dem Königstädter Theater eine gute Schauspielerin abgewonnen, es waren viel Debatten dafür und dawider bei dem Prinz August, unter anderm, ob der König es zugeben würde oder nicht, Pitt war dabei und hatte die Cabinetsordre schon in der Tasche, sagte aber nichts davon und dies hat ihm den allgemeinen Ruf eines guten Diplomaten erworben; kurz er kömmt wahrscheinlich durch die kurze Periode seiner Regie zu einer Reputation, zu einem bedeutenden Vorteil, nämlich zu dem guten Ruf eines brauchbaren Menschen. Er muß fast jedes Mal die Entreacten in des Königs Loge zubringen, ich selbst sah ihn darin vor dem König mit seinen beiden Armen wie mit Windmühlenflügeln fechten.

Kallenbach war bei mir, mit seinem Predigeramte steht es noch gar nicht so, daß er grade in den Hafen einsegeln könnte, sondern ein wirklich schon angestellter Prediger, der aber zu alt ist und die Stelle zu angreifend für ihn, will sich zurückziehen und die Stelle ihm mit dem Beding überlassen, daß er ihm alle Jahr 100 Taler gebe. Das will Kallenbach nicht, nun kömmt es drauf an, ob der Prediger ohne allen Profit abziehen will; am Sonnabend will Kallenbach sein letztes Wort bringen. Er war sehr froh, wie er hörte, daß wir noch niemand haben. Da ich hier auch gar niemanden gefunden habe, außer dem Baumeister, den mir Strauß anempfohlen, und der mir auch sehr gut gefallen, der wohl auch bis Neujahr mit aufs Land gegangen wäre, der aber jetzt sein Examen zu machen hat und also viel Zeit für sich braucht, so halte ich's fürs beste, wenn wir ihn wieder haben könnten; ich glaube gewiß, daß seine Anhänglichkeit an die Kinder, sein prätentionsloses Wesen und seine Folgsamkeit, wenn man ihm mit Verstand etwas anempfiehlt, manchen Mangel ersetzen; so glaube ich, daß er mit dem Freimund so eifrig fortarbeiten wird, wenn er einmal auf der Schule sein wird, als wenn es ihn selbst beträfe. Zu meinem Erstaunen habe ich gehört, daß Carl Savigny bei seinem Examen eines andern Lehrers so bestanden habe, daß er für Obertertia beinah schon zu viel wissen soll. Dies giebt mir einen wunderlichen Begriff von Obertertia. Hier sagt mir jeder, daß es hohe Zeit wäre, daß Freimund ans Gymnasium käme, nämlich Franz und Savigny, dann Herckt und Kallenbach und zwar letzterer noch aus dem Grund, weil Siegmund und Friedmund müßten drunter leiden wie auch Kühnemund, und Freimund auch für sich den meisten Schaden dabei hätte; vom Freimund sagt Kallenbach, er sei schon zu weit, als daß er ihm noch Mathematik lehren könne und Herckt ließ sich anbieten, er wolle ihn umsonst unterstützen, wenn er hier wäre, denn er habe gar viel Freude an ihm. Ich möchte nun, daß Du mir Deinen Entschluß schriebst, wie es Dir lieb wäre daß ich es einrichte, ich möchte nicht gegen Deine Neigung handeln, und lieber will ich den Winter auf dem Lande sein als mir Vorwürfe von Dir zuziehen, also schreib mir deutlich. Daß den Kindern ihr Unterricht nicht mehr so hinschleppen darf, wirst Du selbst besser einsehen als ich; ich glaube nicht, daß Kallenbach ein außerordentlicher Lehrer ist, und dazu kommt, daß 200 Taler sehr viel ist und daß man vielleicht um die Hälfte einen bekommen kann, der mehr weiß; aber wo können wir auf der Stelle einen andern haben? –

[...]

Als ich hier ankam, fand ich bei Savigny den ganzen Tisch mit Gold belegt, er hat diesmal nicht alle Studenten in sein Colleg aufnehmen können und mehrere aus Mangel an Platz zurückweisen müssen, was der Gunda nicht angenehm war. Mit der Gesundheit geht es auch gut, man hatte hier das Gerücht verbreitet, er sei auf der Reise wahnsinnig geworden, und jetzt kann ich mir auch erklären, warum in Weimar alles den Savigny so bedauerte über seinen Unfall. Bettinchen ist bei Itzenplitz auf den Gütern und wird noch 8 Tage dableiben, aber nicht um zu heiraten.

Von einem Quartier hab ich nichts gefunden, was mir brauchbar wäre; das Wetter ist zu schlecht, meine Gesundheit ist zu schlecht, auch ist es zu spät; wenn nicht ein besondrer Zufall kommt, werd ich nichts finden.

Auf der Ausstellung war ich auch, außer den Landschaften und den Bildern des Robert und Girard kannte ich alles früher schon.

Wenn Du jetzt wolltest, so könntest Du Dein Lustspiel sehr leicht und wahrscheinlich mit großem Erfolg auf das Königstädter Theater bringen. Die Savigny schlägt Dir vor, es ohne Dich zu nennen selbst dort anzubringen; sie hat Konnexionen, die sie nicht nennt, die aber großen Einfluß haben und die selbst sagten, daß wenn nur noch Stücke mit Geist und Witz verbunden aufzufinden wären, daß es jetzt noch Zeit sei, eh der Geschmack noch mit dem Sinnlosen und Gemeinheiten zu vertraut werde, das Beste dieser Art dort geltend zu machen; ich glaube gewiß, es könnte viel Ersprießliches für Dich daraus erfolgen; Savignys versprechen Dir, daß sie ein Stück von Dir aufführen lassen wollen, ohne daß ein Mensch wisse, von wem es sei, Du hast also gar nichts zu riskieren, und ich wollte wetten, man würde dann auf dem großen Theater auch dran denken, etwas von Dir zu spielen, denn der beste Erfolg, ja der ausgezeichnetste ist Dir zu verbürgen; die Savigny wird Dir schreiben, sowie sie mit ihrer Hauptperson, die sie mir nicht nennt, gesprochen hat, und wird Dich bitten ihr Dein Lustspiel anzuvertrauen pp.

Servière war soeben hier, er hat für 48 000 Taler eine große Fabrik von Brenn- und Brauanstalten gekauft, ich weiß es nicht genau, in der Zimmerstraße; dieser will gern Branntwein haben. Weil ich nicht zu Hause war, konnte ich nicht um den Preis fragen, ich werde es Dir mit nächstem Posttag melden, vielleicht ist es etwas für Dich, damit Du nachher um so mehr brennen kannst.

[. . .]

Küsse tausendmal die kleine Armgard und alle andern Kinder.

Deine Bettine

Beikommenden Brief gebe an die Bonne.

Schon vor einiger Zeit, am 17. September 1824, hatte Gunda an Arnim geschrieben: „. . . Ein guter Freund von uns hat mich beauftragt, Sie zu fragen, ob Sie nicht geneigt irgend ein Lustspiel auf das Königstädter Theater zu geben . . .“ (Henrici-Katalog, S. 36).

275. *Arnim an Bettina.*

Wiepersdorf, 9. November 1824

Liebe Bettine!

Ich erhielt gestern Abend Deinen Brief vom 5ten Nov., worin für unser Hauptgeschäft, einen guten Lehrer der Kinder zu finden, noch nichts enthalten ist. Die Prätension des alten Predigers scheint mir so grundlos, daß Kallenbach gewiß darüber siegt; denn einer von beiden kann nur mit Fug und Recht präsentiert sein, ja es ist etwas Unerhörtes, einen Emeritus einzuschicken, der sogleich einen Adjunkten annimmt.

Ich befinde mich in diesen Tagen ganz besonders im Gedränge, so daß ich ordentlich auflachte, als ich von Lustspielschreiben las. Denn während die vier Ökonomiehöfe ihre Art Sorge fordern, schreiten die für mich ohnehin sehr angreifenden Separationsverhandlungen fort, dazwischen sollen den Kindern Aufgaben zur Arbeit gemacht werden, dabei der Küchenzettel im voraus und für den Tag, einer schreit nach Öl, der andre nach Kaffee, *Klassenstein*listen, statistische Tabellen sollen geliefert werden, der Töpfer in Deinem Zimmer will in Hinsicht der Ofenzüge belehrt sein, der Tischler im Keller die neue Tür einrichten, daß der Wein verschlossen werde, der in Treuenbriezen glücklich angekommen ist. Kurz ich weiß keinen andern Stoff zum Lustspiel als mich selbst und den vielen Moder, der jetzt mit fünf Gespann täglich aus dem See herausgefördert wird.

[...]

Die Kinder sind gesund und küssen Dich so wie ich.

Achim Arnim

276. *Bettina an Arnim.*

Berlin, 11. Nov. 1824

Lieber Arnim!

Trotz aller Mühe hab ich bis jetzt niemand für unsre Kinder gefunden, Kallenbach hatte eine bestimmte Antwort auf den Sonnabend versprochen, erst am Dienstag ist er hier gewesen. Er weiß noch nicht gewiß, ob er die Stelle bekommen wird, auf jeden Fall hofft er noch bei uns bleiben zu können bis Neujahr; heute ist er nach Charlottenburg, um mit Knesebeck zu sprechen, er wird mir vielleicht noch vor Abgang der Post Nachricht geben. – Über die Getreideproben hast Du mir keine Antwort gegeben; gestern war ich noch beim Mehlhändler Neubauer. [...]

Steffens ist hier, er wird den Winter hier lesen, sehr leid ist ihm, daß Du den Winter nicht hier sein willst, er sagt, es sei ihm viel leider, als es den Anschein habe, er hatte sich viel von Dir versprochen.

Ich selbst bin ganz unwohl, die wenigen Wege, die ich bei dem schlimmen Wetter habe machen können, nach einem Quartier, waren ganz vergeblich, auch ist mir aller Mut benommen, noch ferner nachzusuchen, indem Du mir auch kein Wort schreibst, das mir Deine Einwilligung bestätigt – so schicke mir also den Wagen sobald Du's möglich machen kannst, und wenn Du noch Lust hast auf ein Quartier, so schreibe mir bestimmt, ich werde dann Kommission geben. Willst Du noch Getreideproben mitschicken so werd ich sie besorgen. Den Kindern sage im voraus, daß ich ihnen nichts bringen kann von alledem, was sie mir in ihren Briefen gefordert, denn ich habe nicht einen Heller Geld. Adieu, leb recht wohl, dann befindest Du Dich besser als Deine Frau Bettine.

Ich bitte Dich, vergiß nicht mir den Wagen zu schicken, indem ich nichts mehr hier ausrichten kann, so fällt mir jede Stunde schwer, die ich andern zur Last falle.

277. *Arnim an Bettina.*

Wiepersdorf, d. 16. November 1824

Liebe Bettine,

gleichzeitig mit der Ankunft Deines Briefes, der schnelle Absendung des Wagens wünschte, trat hier so starker Regen und so heftiger Sturm ein, daß ich es scheute, Dich so außerordentlichen Unwetter auszusetzen. Dazu kam, daß Dir aus der Anwesenheit der Separat-Kommission manches Unbequeme erwachsen wäre. Heute hat sich der Sturm gemildert, und zu Deiner Ankunft gehn die Herren fort. Die Bonne geht mit dem Wagen, um sich in dem neuen Dienste, wovon Du ihr den Brief übersandt hast, darzustellen. Sie ist folgsam, tut so viel sie kann und hat doch einigen Anstand bei der Aufwartung am Tische, so daß wir sie vielleicht vermissen werden. Freilich ist es zu bedauern, daß sie keine andre weibliche Handarbeit als Kantenknüppeln versteht. Da sie nicht die Fertigkeit hat, ihr bißchen Französisch auf die Kinder zu übertragen, so überlasse sie ihrem Geschick. Ganz verwundert war ich über Deine Äußerungen wegen eines Quartiers, nachdem Du hauptsächlich deswegen in Berlin gewesen. Ich wünschte wegen der ungünstigen Zeitumstände zu sparen, aber Dich in beständiger stummer Verdrießlichkeit oder in Ärger über unbedeutende Vorfälle mit Dienstboten zu sehen, ist mir härter zu tragen als die Einsamkeit. Wenn nun gleich diese Quelle des Verdrusses in Berlin noch reichlicher fließt, so ist doch da eine auftrocknende Kraft von mancherlei Zerstreuung, in welcher das bißchen eigne Dasein vergessen wird. Die Kinder könnten Dir eine reichere Unterhaltung gewähren, wenn Du ihnen auch geistig etwas sein wolltest. Das erste Lied, die erste Zeichnung, die einem Kinde beigebracht, fordert gewiß so viel Kunstsinn, wie zu irgend einer Erfindung für die Welt nötig. Eltern stehn den Kindern näher als bezahlte Menschen, wenn sie Autorität bei ihnen haben. Ohne dieses Ansehen, ohne diesen Ernst schwindet aller Segen des elterlichen Hauses, und es tritt die Notwendigkeit jener Pensionsanstalten ein, die schon deshalb eines ernsten Mittelpunktes bedürfen, weil ohne einen solchen diese größeren Familien sich in Nichts auflösen müssen. Erinnerst Du Dich noch des wahrhaft tiefsinnigen Gedankens von einem der Kinder, als Du ihm von der stets lachenden Pension des Delaspe erzählt: „Ach, wenn wir lachen wollen, da können wir zu Hause bleiben." Mit solcher Ursprünglichkeit sehen Kinder die Welt an.

Ich fühle, wie weit ich ab bin von dem, was ich den Kindern sein möchte, und wenn Du auch nichts mehr von mir lernst, als diese Überzeugung, so kannst Du mir doch schon sehr dankbar sein. Ich würde so etwas nicht aufschreiben, aber es läßt sich mit Dir nicht besprechen, denn da geht es, wie ich bei dem Singen mancher Töne Tränen ohne Rührung vergießen muß, in ein Geweine über, das jede Art der geistigen Auffassung unmöglich macht.

Allen Unannehmlichkeiten vorzubeugen, daß dieser Brief nicht in unrechte Hände fällt, verbrenne ihn sogleich im nächsten Kaminfeuer.

Mein Rat wegen der Rückreise ist nun, Du bleibst eine Nacht in Gottow – es ist da ein eignes Zimmerchen – und nimmst dazu etwa noch ein Unterbette aus dem Berliner Vorrat mit. Die Tage sind zu kurz, die Wege schlecht. Du brauchst dann vor 10 Uhr nicht aus Berlin zu fahren, unterhältst Dich Abends mit einem mitgebrachten Buche; fährst den andern Tag auch nicht vorzeitig aus, so bist Du gegen Mittag hier.

Ich hoffe, Dich bis Sonnabend hier zu sehen, denn den Sonntag muß ich zum engeren Ausschuß nach Berlin und möchte doch die Kinder nicht ganz allein lassen.

Viele herzliche Grüße an alle Savignys von Deinem

Achim Arnim

278. *Bettina an Arnim.*

Wiep. 3. Dezember 1824

[...]

Justizrat ist heut Morgen abgereist. Erkundige Dich bei der Bardeleben, wie es mit der Verdier ist, wenn sie zaudert, so möchte ich sie nicht persuadiert haben. Lebe recht wohl und übereile Dich nicht mit Deiner Zurückkunft, Du versäumst hier wahrhaftig nichts, ich befinde mich wohl und heiter; wenn ich *Dich* hier in der Wüste sehe, das ist mein schwerster Stein.

Bettine

Gestern schrieb Franz, meldete die Verlobung seiner Tochter Max mit Baron Blittersdorf, badischer Gesandter. Schreib ihm doch darüber von Berlin aus.

279. *Arnim an Bettina.*

Berlin, Dezember 1824

Liebe Bettine,

das Umziehen, das Anfahren von zwei Haufen Torf und einem halben Haufen Holz hat die Pferde beschäftigt. Ich sende sie heute zurück, weil ich mit meinen Angelegenheiten noch nicht fertig, und habe sie auf nächsten Sonnabend hieher bestellt.

Im einliegenden Brief der Sophie, den ich bloß aus Neugierde wegen der Heirat der Max mit H. von Blittersdorf erbrochen habe, wirst Du außer dieser Neuigkeit nicht viel finden.

Von Förster ist eine Anzeige Deines Goetheschen Sitzbildes auf ziemlich ungeschickte Art mit der Beschreibung der hiesigen Ausstellung verflochten. Er sagt, daß er so viel beschriebe, was lieber hätte wegbleiben können, nun wäre es ihm nicht zu verdenken, daß er etwas beschreibe, was er vermißt habe. Schlimm ists, daß der ganze Aufsatz die Künstler sämtlich durch seine Unwissenheit und Anmaßung geärgert hat, so daß man täglich einem feindlichen Aufsatze wiederum entgegensehen kann.

Der Weizen ist in den letzten acht Tagen hier sehr gefallen, der damalige hohe Preis scheint nur durch die grundlosen, unfahrbaren Wege veranlaßt zu sein. Der Himmel weiß, wozu er uns in so nahrungslose Zeit versetzt hat, überall ist Jammer und Sorge zu hören.

[...]

Ermuntre die Kinder zum Fleiße und zur Ordnung.

Dir wünsche ich gute Gesundheit, überschütte Dich mit vielen Grüßen und küsse Dich herzlich.

Achim Arnim

280. *Bettina an Arnim.*

Wiepersdorf, 7. Dez. 1824

Lieber Arnim,

ich freue mich recht, daß Deine Geschäfte Dich noch eine Zeit in der Stadt aufhalten, zum wenigsten sehen Dich manche Menschen, die einen Wert darauf legen, wenn Du Dir auch nichts Besonders draus machst. Von Gruhl kann ich Dir sagen, daß er wieder ganz wohl ist; er war vorgestern in Dahme und brachte die Zeitung, daß der Weizen zu 1 Taler und 2 Groschen verkauft war, also beinah so teuer wie in Berlin. [...]

Ich hoffe, daß Du mir nochmal schreibst, eh ich die Pferde schicke, denn ich weiß nicht, was Du Dich so sehr übereilst. Es kann jeden Tag und jede Stunde etwas Interessantes für Dich vorfallen in der Stadt, Du hast so viel Übersicht über manche bedeutende Dinge, Du kannst gesprächsweise so manches Nützliche entwicklen, daß es Sünde wäre wenn Du Dir die Zeit abkürzen wolltest, Du hast hier in Deiner Einsamkeit zwar Glauben und Lust verloren, aber es versteht sich von selbst, ein rechtlich gesinnter Mensch, dessen Geist sich so glücklich regt, kann nicht ohne Einfluß sein. Du hast es ja bewiesen, daß in diesen anteillosen Zeiten, wo Du wahrlich nicht einen Schritt getan, der das Andenken unter Freunden erhielt, dennoch alle mit wärmerem Interesse von Dir sprechen. Ich kann nicht begreifen, daß Du keine Stimme in Dir hast, die Dich mahnt, die Dir Vorwürfe macht. Ich weiß, Du lachst mich aus, oder ärgerst Dich über solche Anmerkungen, drum hab ich das Unglück, was ich Dir zu erzählen habe, auf die letzt gespart, um Dich zum Mitleid zu stimmen:

Gestern fuhr ich nach Dahme, um die Hemden dort nähen zu lassen, ein Hausmann von hier fuhr mich, bei der Rückfahrt, die bei hellem Mondenschein begann, warf er gleich bei den drei ersten Schritten den Wagen um, ohne daß wir zu Schaden gekommen wären, außer daß der kleine Luftschifferwagen die Hängriemen brach und ich nun aufs erbärmlichste auf der Kippe sitzend die weite Fahrt beginnen mußte. Jette war mit, das hielt mich noch in gutem Humor, denn sie lachte so, daß ich auch nicht widerstehen konnte. Wär es nicht besser, Du behieltest den Familienwagen noch so lange, bis die Kinder in der Stadt sind, wo er dann gleich dort bleiben könnte, oder hast Du gleich eine Gelegenheit ihn zu verkaufen? Schreib darüber.

Vergesse nicht, mit Deinem Bruder über die Pacht ins reine zu kommen. Du kannst es ihm beweisen, indem der Herbersdorfer Pächter nicht mehr wie die Hälfte der Pacht zahlen will, wenn er noch ferner bleiben soll. Leb recht wohl, sei lustig und verzeih mir meine Naseweisheit. Wenn ich wär wie Du, ich kaufte jetzt Hafer und Gerste wie andre Leute; im Frühjahr wird sie gewiß teurer. Für diesen guten Rat giebst Du mir gewiß keine guten Dank. Bring mir von meinem Geld ein paar hundert Taler: so mache ich die Probespekulation, um Dich zu überführen, daß ich gut spekuliere.

Herzlich die Deine

Bettine

Schreib mir doch ob Schinkel glücklich angekommen ist.

281. *Bettina an Arnim.*

Wiepersdorf, Dezember 1824

Lieber Arnim,
die Wagen sind gepackt und werden morgen früh mit diesem Brief abgehen; hier ist alles in bestem Wohlsein, mir wird die Zeit auch gar nicht lang, so daß Du recht gut noch an 8 Tage abwesend bleiben kannst, wozu ich Dir sehr rate. [...] Ich sage Dir, daß es bloß auf Deinen Humor ankömmt, noch 8 Tage zu bleiben, denn hier geht alles in bester Ordnung; Kallenbach hat auf mein Zureden es unterlassen, Sonntags auszugehen, und ist so gutmütig, daß ich trotz meiner Beschwerden nichts gegen ihn haben kann. Er giebt sich sehr viel Mühe, die Kinder besser Deutsch zu lehren, denn ich hab ihm den Vorschlag gemacht, so oft die Kinder einen Fehler machen, den er nicht rügt, einen Dreier zu zahlen, und nun korrigieren die Kinder einander selbst.

Der Prediger läßt Dir sagen, daß das Dienstjubiläum vom Schulmeister in 8 oder 14 Tagen stattfinden soll, ich hab die Zeit wieder vergessen. Wenn Du mir ein angenehmes Weihnachtspräsent machen willst, was Du wahrscheinlich aber nicht willst, so suche bei einem Antiquar einen Preißler zu kaufen [Joh. Daniel P.; seine „Zeichenschule“ oder seine Anweisung zum Blumenzeichnen]; Helvig kann Dir wahrscheinlich dazu verhelfen. Grüße Savignys recht herzlich, und wenn Dir's nicht gar zu unangenehm ist, so erwarte noch eine Fuhre Getreide. [...]

Ich küsse Dich von Herzen und bitte Dich, noch ein paar Tage vergnügt und ohne Sorgen zu leben.

Deine Bettine

282. *Arnim an Bettina.*

Berlin, d. 10. Dezember 1824

Liebe Bettine!

Heute war ich noch zweifelhaft, ob ich Deinem Rate folgen soll und noch einige Tage hier bleiben. Inzwischen sind einige Gegenstände hier, die mich allerdings fesseln; einmal eine mittelalterliche Auktion voll der seltensten Bücher, wo ich schon manches Seltene gekauft habe, was ich lange suchte, zweitens die Bequemlichkeit des Besuchs der Schauspiele, solange mein Bruder die hohe Würde trägt, und das dauert acht Tage, endlich Wangenheim, endlich Steffens' Vorlesungen, und daß mir die Wohnung nichts mehr und nichts weniger kostet, als wenn ich sie nicht bewohnte und überhaupt so als einzelner Fremdling der Aufenthalt nicht viel kostet; zuletzt endlich kommen auch ein paar Geschäfte, die ich aber freilich aufschieben könnte und die mich nicht bezwingen. Den Preißler hoffe ich zu bekommen, obschon es ein Zufall ist, da er zu den ältern Büchern gehört. Demnach erwarte ich die Pferde in acht Tagen, so daß ich entweder Sonnabend Nachmittag oder Sonntag früh reise.

[...]

Von hiesigen Neuigkeiten wird Dich nur interessieren, daß die Heirat des Denant mit der Servière rückgängig worden, weil das Mädchen ihn nicht leiden konnte und er sie mit plumper Eifersucht marterte. Ferner lege ich Dir eine Gevatterschaft ein, auf die Du aber weiter keine Rücksicht zu nehmen brauchst. [...]

Viel Grüße an Herrn Kallenbach und Dir und den Kindern herzliche Küsse

A. Arnim

283. *Bettina an Arnim.*

Wiepersdorf, d. 14. Dezember 1824

Lieber Arnim,

dein Brief hat mir den langweiligen Sonntag, der von Morgens bis Abends das Wasser nicht halten konnte, recht erheitert. Die Empfindung, daß Du unter Menschen bist und Dich für Menschen wieder zu interessieren scheinst, gab mir ein Festtagsgefühl und ich glaube, ich würde es eher auf dem Lande aushalten, wenn ich Dich nicht in der Lage hier sähe, die mir für Dich so unangemessen scheint. Deine Zeit halte ich für echtes Gold, und nun seh ich sie hier häufig für geringfügige Dinge verspendet, Gott bewahr mich, daß ich nicht wirklich einsehen sollte, wie Du Gutes gestiftet hast, was Segen bringen wird; allein eins hast Du vernachlässigt, Dich selbst, Du hast dem, der das beste verdient, gar nichts gegönnt, und ich möchte Dich in dieser Hinsicht mit dem Pächter Lehmann vergleichen, der seine Pferde ohne Futter erhalten wollte; so manches ärgerliche Geschäft hat oft Deine ganze Seele in Besitz genommen, und ich weiß ja, wie es geht, man kann gerade die kleinlichsten Dinge am wenigsten loswerden; wenn am Tage Mist gefahren wird, denkt man am Abend dran, wie er ausgebreitet daliegt, und in der Nacht träumt man, daß man allen Pferdeäpfeln nachgehe, sie in einen Sack sammle, und daß aus ihrem Dünger lauter Feigenbäume wachsen; man wacht mit einer stolzen Empfindung auf, daß man etwas Außerordentliches vollbracht habe ... [Bis hierher ist im Original das Geschriebene durchgestrichen.]

Lieber Arnim, Du siehst aus oben Durchstrichenem, daß mein Brief erst hier anfängt und brauchst mich daher nicht dafür auszuputzen; Gruhl hat hier bessere Geschäfte mit Getreide gemacht wie in Berlin; er hat nämlich das Pachtkorn zu 17, Gerste zu 16 und Hafer zu 12 den Bauern verkauft, er hat etwas über 200 Taler bar, Liepe wird auch an 300 haben, und nun möchte er nicht gern mehr verkaufen; die Reiseunkosten machen 3 Taler also einen Groschen auf den Scheffel. Zu 11 Groschen kann er auch in Jüterbog verkaufen, will aber nicht und hat recht; wenn Du das Geld nicht durchaus nötig hast und Dich bis Fastnacht gedulden kannst; er kann es noch recht gut aufheben, meint, es gelte im ganzen Jahr nie weniger als um Weihnachten. Konrad hat auf seiner Reise 1 Taler courant vertan und nur Hiobsposten mitgebracht, nämlich daß viele Menschen Hafer kaufen und Magazine anlegen, aber alle zu geringen Preisen. Gruhl hat sich über den Verlust des Talers sehr geärgert und meint: er habe es voraussagen wollen, daß es so komme; ich fürchte sehr: wenn noch eine Zeit hingeht mit dem Konrad, so wird Dir eine Last durch ihn aufgebürdet sein, die Du nicht mehr abschütteln kannst, und es wird gut sein daran zu denken, ihn gehen zu heißen, solang er noch auf zwei Beinen stehen kann. Deinen Stolzenhahn hätte ich Dir schier auch in die Lappen gejagt, er brambierte weil ich ihm befahl, dem Justizrat Feuer zu machen, und da er sich wehrte, gab ich ihm einen scharfen Verweis, worauf er sich in der Küche gegen die Mamsell verlautete, daß er durchaus unseren Dienst nicht nötig habe, nicht an uns gewachsen sei und überall sein gutes Brot habe; ich hatte große Lust, ihn beim Wort zu nehmen, aber er kam mir am andern Tag mit einem süßen Lächeln entgegen und hatte mir verziehen. Gruhl ist ein unablässig treuer Diener; trotz seinem Kranksein und schlechtem Wetter macht er seine Ronde, jetzt ist er wieder wohl. Man kann zwar einen Betrüger nie ganz sicher erkennen, aber einen ehrlichen Menschen erkennt man bald, und man dürfte nur denjenigen unbedingt ausmerzen, der einem nicht das sichere Kennzeichen der Ehrlichkeit zu haben schiene, um ganz sicher zu gehen; wenn man dafür nur gleich den besseren hätte; ja, ich möchte es auf mein Gewissen nehmen, diesem Gruhl ganz zu vertrauen; obschon er Dir etwas furchtsam und schwankend zu sein scheint, so ist dies eigentlich nur Respekt vor Deiner Meinung. Wenn ich mir den Schmidt denke, mit seinem Eifer für Deinen Nutzen, der nichts wie Betrügereien vorhatte! Die Mamsell ist auch recht brav. Sie ist ökonomischer wie die andern alle, sie hilft sich mit ihrer einen Kuh mit Ach und Krach durch;

es sollte mir sehr leid tun, sie zu verlieren; die Stobwasser hat ihren Verwandten in Berlin ein Langes und Breites vorgeklatscht über ihren üblen Stand hier, so daß sie ihr angeboten haben, sie soll zu ihrem Bruder ziehn, ich habe ihr aber zugeredet, daß sie bleibe; sage der Stobwasser nichts darüber, sie hat hierhergeschrieben, sie habe einen Dienst, welches mir recht lieb ist, denn sie würde mir doch nur die Leute zusammen hetzen; sie kostet 40 Taler, die ich sparen kann, besonders da sie durchaus nicht kochen mag, wozu allein ich sie brauchen könnte. Ich nehme mir hier eine vom Land mit, entweder die Marie oder dem Riemer seine Tochter. Die Jette ist mir sehr anhänglich und treu, sie ist diskret und wird mir in der Haushaltung beistehen, so brauche ich keine Verdier. Kallenbach ist jetzt an Suppe und eine Schüssel gewöhnt; dazu brauch ich keine großen Kochkünste und so hoffe ich denn, daß auch Du Dir's in der Stadt gefallen lassen wirst und daß ich mich dort eines friedlichen Lebens erfreuen kann; ich werde gewiß alles vermeiden, was Dir Kosten machen kann, um Dich, der Du in dieser Hinsicht zu ängstlich bist, zufrieden zu stellen. [...]

Um Dir meinen Eigensinn zu beweisen, schicke ich Dir die Pferde erst zum Mittwoch, an welchem Tag Du denn auch sicher abreisest, denn in Gottow wird Relais sein, um Dich nicht wie ein Schw – im schlechten Wirtshaus liegen zu lassen, es macht nicht mehr Kosten, denn die Pferde müssen bei diesen schlechten Wegen doch übernachten, und wenn es auch mehr Kosten macht, so sind sie zum rechten Zweck angewendet; sollte es Dir aber lieb sein, die Feiertage in Berlin zuzubringen, so würde es mich doppelt freuen, und Du darfst alsdann nur ein paar Worte schreiben, Du darfst nicht besorgen, mich allein zu lassen, es kann an den Feiertagen manches Erheiternde für Dich vorfallen, hier hab ich durch Deine Gegenwart das alles Angenehme überwiegende Mißbehagen, daß Du nicht da bist, wo Deine Freunde durch Dich noch einmal so lustig sein könnten, wo Du sie mehr und mehr gewinnen könntest, daß sie Dir endlich zum Element würden, aus dem Du tausendfältiges Leben schöpftest, Potz Element!

Den Kindern hab ich ohnedem nichts zu bescheren, als was Du mitbringen wirst, und dies kann immer später geschehen, also rate ich Dir, wenn es nicht ganz gegen Deine Lust ist, bleib immer dort, wenn Du ein paar heitere Abende haben kannst. Es ist sonderbar und schwer zu glauben, aber doch wahr, daß ich in Dir das Doppelte entbehre. –

Dahmer Öl brennt so schlecht und stinkt so arg, daß ich alle Abend bei dem Schlafengehn das Fenster aufmachen muß, der Ofen stinkt alle Tage und wird wohl ewig stinken, des*wegen* muß ich auch jedesmal bei dem Feuermachen das Fenster öffnen, aber gerade heute stinkt er nicht, das giebt mir Hoffnung!

Ein Zimmer neu zu tapezieren kommt 3 Taler, es ist also unverschämt, daß er mehr fordert, ich dächte, wenn Du ihm 5 giebst und ja nicht mehr, so hat er mehr wie zu viel, denn was ich ihm anbefohlen hatte, war nur, die Tapeten unten wieder zu befestigen und die Löcher und großen Ölflecken zuzukleben.

Ich denke, die Gänse abzuschlachten und sie nach Berlin auf den Markt zu schicken, da es lauter uralte sind, können wir sie nicht beißen und andre Leute auch nicht; rede doch mit der Stobwasser, sie weiß vielleicht einen traiteur oder zwei, die sie ihr abnehmen, wenn wir auch nur 14 Groschen kriegen. Auch soll mir die Stobwasser durchaus schreiben, wieviel Betten dort sind, sowohl Matratzen wie Federbetten. –

Schreib mir nun, ob Du nicht lieber die Feiertage in Berlin bleiben willst, und glaube gewiß, daß ich Dir Dank wissen werde, wenn Du mir den Beweis giebst, daß Du wieder so viel kindliche Lebenslust mehr gewonnen hast, eine an sich unbedeutende Unterhaltung nicht zu verschmähen.

Daß Siegmund einen Hasen geschossen hat, wird er Dir wohl selbst geschrieben haben, wie auch, daß sich der Jäger darüber ärgerte und behauptete, daß er ihn an der Blume erkenne, er habe ihn früher schon angeschossen; es war aber an der Blume durchaus kein Merkzeichen eines früheren Schusses.

Ich rede Dir nochmals zu, zu bleiben, es ist im ganzen Ländchen nichts vorgefallen, was Deine Gegenwart forderte;

jedoch auf jeden Fall schicke ich die Pferde zum Mittwoch, wenn Du nicht schreibst; setze die Kommission mit Löffel und Tassen nicht hintan; wenn zinnerne Löffel gekauft werden, wofür ich stimme, so muß es von der besten Art sein.

Leb wohl und denke meiner im Guten; was ich nicht bin, kann mir Dein guter Wille ersetzen, und so kommt es nur auf Dich an, eine recht liebe Frau zu haben, deren herzlicher Kuß Dir nicht unwillkommen ist; ich habe Dir ja so nichts Besseres zu bescheren.

Bettine

284. *Bettina an Arnim.*

Wiepersdorf, 17. Dez. 1824

Weil ich keine Nachricht von Dir habe, so sende ich Dir die Pferde. In Gottow wirst Du frische Pferde finden. Hier ist alles gesund. Konrad hat wieder eine Plaisirreise gemacht, um Korn zu verkaufen, hat nichts ausgerichtet. Das Jubiläum des Schulmeisters ist gefeiert, und dem Herrn Prediger zum doppelten Skandal sind wieder etliche Unziemlichkeiten vorgefallen. Es war eine große Versammlung von fremden Schulmeistern da, welche musizierten; die keine Blaseinstrumente hatten, mußten zugleich singen. Da die Melodie häufig gegen den Strich der accompagnierenden Violine ging, so konnten sie trotz alles Widerstands es nicht dahin bringen, daß der Gesang und Strich einander nicht verwirret hätten. Die Hauptabsonderlichkeit fiel bei dem feierlichen Einzug in die Kirche vor; eine Blumenguirlande, welche am Altar befestigt werden sollte, wurde von einem munteren Bauernmädchen, welche mit ihren kurzen Röcken auf den Altar geklettert war, in Ermangelung eines Nagels dem Engel mit einem Brotmesser in den *Bauchnabel* befestigt; in diesem kritischen Augenblicke führte der Prediger, rot wie ein Zinshahn vor Ärger, und der fremde Schulinspektor den Küster herein. Kallenbach selbst gestand, bescheiden errötend, daß das Mädchen nicht ihre schönste Naturseite zur Schau gegeben habe. Drei Stühle standen dicht vor dem Altar, und da es der Prediger nicht anständig fand, dieses Schauspiel länger mit anzusehen, so placierte er sich mit seinen Gesellen auf die Stühle; das Mädchen besäumte im Herunterspringen des Predigers Haupt mit ihren Röcken, wodurch mancher zum Lachen gebracht wurde.

Der Prediger fing seine Rede sehr ernst und ruhig an, aber durch den Enthusiasmus getrieben gingen bald alle Register durcheinander los – und er heulte wie die Wölfe und quietschte wie die Katzen. Zu den Kindern sagte er in ganz feinem Ton „meine lieben Kinderchen, dieser Mann lehrt Euch nun schon 50 Jahre". –

[. . .] – Ich wünsche Dir glückliche Reise zu uns. –

Adieu herzlich

Bettine

[. . .]

285. *Bettina an Arnim.*

Wiepersdorf

Lieber Alter, ich bin gesund und die Kinder auch; bring frischen Zwieback mit für Max, womöglich Brennöl, große Lampendochte, Kaffee für uns, meinen Schwarzsamtüberrocke, wenn wir noch eine kleine Reise machen sollten, ist er mir nötig; die Pferde warten, darum sag ich nichts mehr; von Rügers Eltern über die Wirtschafterin ist keine Nachricht.

Ich wollt, ich könnte Dich hier schon küssen –

Bettine

286. *Bettina an Arnim.*

Berlin – Ende Januar 1825

Spät und mit tausend Nöten angekommen. Savigny hat den roten Adlerorden bekommen. Rudolphi – Rektor der Universität – hat beim Ordensfest vor den Prinzessinnen in die Stube gepißt und sich sehr artig entschuldigt, jedoch hat der Schloßhauptmann Buch die Entschuldigung nicht wollen gelten lassen. Wagner hat mir heute Morgen schon einen Gypspatzen von seiner Arbeit geschickt; von Frankfurt sind sehr schöne Nachrichten über das Monument eingegangen, ein Stich nebst Beschreibung ist in der Iris herausgekommen. Mache, daß Du bald kömmst.

Bettine

[...]

Die Zeitschrift „Iris. Frankfurter Unterhaltungsblatt für Freunde des Schönen und Nützlichen" erschien 1817–1829. Am 16. Januar 1825 stand dort Böhmers Aufsatz „Modell zu einer Bildsäule Goethe's", der die Aufstellung des Bettinaschen Modells im Städelschen Kunstinstitut zum Anlaß nahm. Man erfährt daraus, daß das Modell „beinahe zwei Fuß" hoch war. Ein Steindruck begleitete den Text. Fritz Bergemann hat diesen Aufsatz, dessen Verfasser damals noch nicht ermittelt war, wiederabgedruckt im „Jahrbuch der Sammlung Kippenberg", II, 1922 („Neues von und über Bettina").

287. *Bettina an Arnim.*

Berlin, 29. Januar 1825
Dorotheenstr. 8

Lieber Arnim,

ich wollte, Du wärest schon hier, bloß damit ich die vielen Fragen loswerden möchte, wann Du endlich kömmst; Steffens ist sehr begierig auf Deine Herkunft, er liest ein Colleg für Damen und Herren bei Gneisenau Donnerstag und

Dienstag und hofft ganz gewiß, daß Du dabei sein wirst; das Billett zu lösen kostet einen Louisdor; obschon die Helvig Himmel und Erde bewegte, um mich dazu zu bewegen, hab ich dennoch widerstanden, indessen glaub ich, daß Du ohne dem Steffens weh zu tun, nicht leicht davon bleiben kannst; der Kronprinz wird auch da sein, Schleiermacher p.p. –

Unsre Haushaltung haben wir gut eingerichtet, Jette ist brauchbar und von Herzen sehr gut; die Milchbrote morgens hab ich gar nicht eingeführt und die Ökonomie so sehr wie möglich besorgt.

[...]

Eine Rezension in der Iris von Doktor Böhmer über meinen Goethe ist sehr schön geschrieben, sehr delikat, und für mich sehr erfreulich, er hat sie mir geschickt und einen kleinen Brief dazu geschrieben, er sagt mir, daß er Deine Schauspiele gelesen und vielen seiner Freunde mitgeteilt habe, die sehr große Freude daran haben.

Savigny ist unwohl, er liegt Tage lang auf dem Sofa. Niebuhr kam gestern in großer Staatsuniform mit östreichischem Orden von Prinz Friedrich, ihn zu besuchen und sah so toll wunderlich aus, daß ihm die Kinder auf der Straße nachliefen. Ich bitte Dich von Herzen, recht bald zu kommen, ich erwarte Dich schon heute, obwohl ich weiß, daß Du vor 8 Tagen nicht zu erwarten bist, aber den nächsten Sonntag mußt Du hier sein. –

Meine Zeichnung hat eine abermalige Korrektur erlebt; Kolbe war so gut, eine halbe Stunde zu korrigieren, Du kannst denken, wie gewischt wurde; die Dir höchst fatalen Beine des Endymion sind mit wenig aber sehr wesentlichen Strichen ins Geschick gebracht. Die Frau Luna hat die Amputation eines halben Schenkels überstanden, der ihr auf der entgegengesetzten Seite glücklich wieder angesetzt ist.

Die Zimmer heizen sich mit einiger Sorgfalt alle recht gut! Nach dem Herrn Singer, getaufter Jude, von Strauß als Hofmeister empfohlen, habe ich mich vielfältig erkundigt und das beste Lob erfahren; ich glaube, das Beste ist, ihn ein paar Monate zu erproben, ich hoffe ihn für 150 Taler zu bekommen.

Ich grüße Dich nochmals aufs herzlichste mit allen Dich liebenden Freunden und wünsche Dich baldigst hier zu umarmen. Ich bitte Dich auch die Mamsell anzuweisen, Käse mitzuschicken und immer aufs neue welche einzulegen, die Kinder essen sie ungemein gern zum Abendbrot. Wenn Du Gänse und Hasen mitbringst, die kann ich leichtlich hier verkaufen.

Von steigenden Fruchtpreisen hört man viel, wenn es erst wahr geworden, dann ist Zeit es zu glauben.

Adieu und komme bald.

Bettine

Die Kinder sind alle gesund.

288. *Arnim an Bettina.*

Wiepersdorf, der 4. Februar 1825

Liebe Bettina,

es freut mich, daß es Dir und den Kinder[n] wohl ergeht, auch würde ich gern Deinem Wunsche Folge leisten und zum Sonntag eintreffen, aber eine Forstabschätzung fordert meine Gegenwart. Den Dienstag wird ein Wagen abgehen, den Mittwoch ankommen, worauf Fensteruntersätze, Zeichenbrett, viele Lebensmittel zu Dir gelangen, was auf meinem Wagen doch nicht Platz hätte. [. . .] Die angekommenen Käse (Limburger und grünen) haben hier mein besonderes Vergnügen in einsamen Stunden gemacht, auch Hanow war vom grünen Käse entzückt; ich glaube, Bopp hat eine Wandlung des Wischnu heimlich hinein besorgt, als er da im Keller den Monat geruht hat. Du weißt doch, daß dieser Indianische Rheinländer im Hinterhause wohnt. Folgende Reime [nicht vorhanden] habe ich zur Erinnerung eines Gerichtsstreites zwischen dem Töpfer und der Mathis, die ihm ein Kind geboren, in der Gerichtsstube gemacht; behalt sie aber für Dich und laß den Brief nicht umherliegen, zeig sie allenfalls Savigny, der muß es als Jurist beurteilen.

Du schreibst nicht, ob Kallenbach bis Ostern bleiben kann, überhaupt nicht, wie es mit seiner Pfarre steht, und doch ist dies Hauptsache.

Wir haben heute viel Schnee, ich hoffe, daß er bis zur Abfahrt des Wagens Platz machen wird. Ich kann jetzt Holz schlagen, wie ich hoffe, und muß auch deswegen noch etwas weilen. Auch fürchte ich Berlin ein wenig wegen meiner Gesundheit, die Luft bekommt mir da nicht, und hier behagt mir die Ruhe, mit der ich wieder meiner Schreibereien denken kann.

Ich küsse Euch alle

Achim Arnim

289. *Bettina an Arnim.*

Berlin, 8. Februar 1825

Lieber Arnim!

In Erwartung des Wagens schreib ich Dir heute Mittwoch den 8ten oder 9ten. Savigny habe ich Deine allerliebsten Verse bis jetzt noch nicht mitteilen können, mir haben sie viel Freude gemacht, und schon, daß Du so freundlich bist, mir sie abzuschreiben, giebt ihnen einen großen Wert außer dem Beweis von heiterer, tätiger Lebendigkeit, die sich unter allen Umständen in die Poesie ergießt, und die mich berechtigt, Dich höher zu schätzen als alle Zeitgenossen. – Savigny ist krank, schon seit 8 bis 10 Tagen bettlägerig, der Staatsrat [dessen Mitglied S. seit 1817 war] hat seinetwegen eingestellt werden müssen. Dies alles hat ihn sehr niedergeschlagen; solange er liegt, fühlt er wenig, auch hat er Appetit; sobald er sich erhebt, bekommt er einen Anfall, als wenn er ersticken müßte. Wolfart sagt, es sei nicht gefährlich, indessen ist Gunda sehr abgespannt; die Helvig hatte eine ähnliche Periode und befindet sich jetzt besser und zwar nach einem Brechmittel; dies hat Savigny gestern auch genommen, und wir hoffen alle die beste Wirkung. Ich weiß nicht, ob ich Dir geschrieben, daß Steffens ein Kolleg liest, zweimal die Woche Abends, wozu Gneisenau seinen Saal hergiebt, der beau monde esprit geht hinein, unter anderen auch Strauß. Die Helvig hat mir alle Drangsale angetan, um mich hineinzubringen, da aber ein Louisd'or, den's kostet, mir notwendiger ist als mich zweimal die Woche zu langweilen, so hab ich widerstanden. Steffens selbst hat mir die bittersten Vorwürfe gemacht; die Pistor und Alberti, die regelmäßig hingehen und immer hoffen, in der nächsten Stunde werde er deutlicher werden, haben mich auch ausgeputzt. In der ersten Stunde hat er von der Wildnis der Natur, ihren ungeheuern Orkanen gesprochen; dies war allen ziemlich plausibel wegen den schrecklichen Wassersnöten dieses Jahres; – dann hat er gesagt, die Natur habe eine Geschichte und die Geschichte eine Natur, darüber steht die Alberti vor dem neuen Scheunentor, und die Pistor sagt: es sei ihr einerlei. Die Varnhagen hat eine schöne Relation darüber geschrieben, die Bardeleben sagt, er habe ihr eine prachtvolle Bildergalerie aufgestellt; Hegel nennt ihn den Damenphilosophen, und viele Menschen finden es unwürdig. – Wenn seine Philosophie so gut wäre wie unser Bier hier geworden, so könnte er sich gratulieren; diesem hat die Reise nicht allein gar nichts geschadet, sondern es scheint vielmehr sich verbessert zu haben, denn wir finden es ganz vorzüglich, ich hab's mit aller Vorsicht abziehen, pfropfen und umlegen lassen, es deucht mir beinah noch einmal so stark wie in Wiepersdorf; und ich glaube, unsre Mamsell könnte es auch mit etwas mehr Sorgfalt behandeln; 48 Quart waren darin, nun ist gerade die Hälfte getrunken, wir gehen recht ökonomisch mit um. Es liegt im Keller, verschlossen wie der beste Wein, und Jette holt alle Tage das nötige. Diese führt sich exemplarisch auf, bekümmert sich um alles, ist stets freundlich und gutwillig, macht keine Prätensionen, so daß sich die andern auch alles gefallen lassen; leider hat sie sich am Sonntag verlobt und wird sich zu Ostern verheuraten. [. . .] Ich werde wahrscheinlich die Marie der Mamsell nehmen, wenn Du nichts dawider hast; vielleicht kann die Riemerstochter dort in die Küche, sie ist ehrlich, arbeitsam und gehorsam, sodaß es mir leid ist, sie gehen zu lassen, allein sie hat kein Geschick, etwas allein zu machen; ich werde es noch ein paar Tage mit ansehen.

[...]

Was Kallenbachs Predigerstelle anbelangt, so hat er noch keine Nachricht und hätte immer noch 4 Wochen auf dem Lande sitzen können; er glaubt, daß es immer noch bis Ostern dauern könne; mir wäre nichts daran gelegen, wenn ich nur einen andern hätte! Denn er ist jetzt im Lehren sehr zerstreut, sodaß sich Freimund darüber beklagt und sagt: Sie lehren uns jetzt gar nicht mehr so ordentlich wie sonst. – Ich hatte einen auf der Spur, von dem ich Dir schon in Wiepersdorf gesprochen, ein getaufter Jude mit Namen Singer, von Strauß, Neander und Schleiermacher gleich geachtet und geliebt. Er war bei mir, verbreitete aber trotz seines neuen Christentums einen so altjüdischen Geruch, daß ich das Maul nicht aufzutun wagte, um nicht mit hinunterzuschlucken. Er sprach so geistreich und bedeutend, daß es mir im Herzen weh tat, daß er so stank, daß er die Gosche hängen ließ, die Oberlippe hinaufzog und mit blinzelnden Augen von der Seite sah. Nachdem er weg war, mußt ich Tür und Fenster aufmachen, um den Gestank zu vertreiben; auch Kallenbach war ganz übel geworden. Strauß, der Dich herzlich grüßen läßt, hat mir noch mehrere zur Auswahl versprochen; alle Leute sagen aber, daß der Freimund durchaus aufs Gymnasium muß, wenn er und die andern was lernen sollen. Dies Alles wird sich hoffentlich machen nach Deiner Einsicht und Wunsch. Wenn der Wagen angekommen sein wird, werde ich Dir weiter schreiben. –

Deinen Bruder hab ich einen Augenblick gesehen, er hat mir alle Geheimnisse, die Du so wohl zu bewahren gewußt, herausgeplaudert, er hofft, ja ist überzeugt, daß er das nächste Jahr an Brühls Stelle ist wegen dessen Kränklichkeit, er sollte die Stelle als Vize-Generalintendant haben und wochenweise mit Brühl abwechseln, dies wollte Brühl durchaus nicht eingehen. Schilden sagt: Ich bin übel dran; ich liebe Brühl und liebe Pitt und kann keinem genügen. – Indessen scheint mir Pitt durchaus leichtsinniger wie je, er plaudert gewiß in der ganzen Stadt so unvorsichtig wie bei mir und denkt nicht, daß seine besten Freunde Zwischenträger sind, er prahlt sich mit dem roten Adlerorden, den er noch nicht hat, und den er doch schon haben könnte, wenn er ihm so gewiß wäre, wie er jedermann erzählt.

[...]

Soeben war ich bei Savigny, er ist immer noch nicht besser und ich bin mit allen sehr betrübt darüber, obschon ich überzeugt bin, daß nichts Gefahrvolles ist.

[...]

Adieu, und wenn Du bald kömmst so ist alles gut.

Deine Bettine

An Deiner Ermahnung, die 8 Taler von der Jette mir verrechnen zu lassen, erkenn ich, für welch schlechte Wirtin Du mich haltest. Die 9 Ellen Molton sind gekauft, und der Max und Armgard Unterröcke draus gemacht.

Ich wünsche nichts mehr, als daß wir mit dem Lehrer in Ordnung wären, denn Kallenbach ist voll Zerstreuungen, er läuft alle Augenblick davon; das kann er doch nicht, wenn Du nebenan wohnst.

290. *Arnim an Bettina.*

Wiepersdorf, 13. Februar 1825

Liebe Bettine!

Die Marie ist zufrieden nach Berlin auf einige Zeit zu wandern, ich habe ihr etwas Zulage versprochen. Sie kann mit dem nächsten Victualienwagen abgehen, denn ich könnte sie wohl auf meinem Wagen mitnehmen, aber nicht ihren Koffer, und solche Leute haben große Angst in solchen Fällen, daß sie etwas verlieren, auch könnte dann die Andere gleich mit ihrem Koffer zurückgehen. Übrigens fürchte ich, daß wenn sie auch geschickter als die Schönwalderin, sie dennoch die Stelle einer Köchin nicht erfüllen kann. Es mag jetzt bei

Euch ein teuflisch Essen sein und ich wundre mich nicht, daß der Kallenbach zuweilen auswandert. Entweder aus dem Speisehaus zu holen, oder eine Köchin zu nehmen, wird doch das notwendige Resultat sein, was ich immer vorher verkündigte. Welchen Tag ich komme, weiß ich noch nicht, aber ich denke bald. Savigny's Krankheit betrübt mich und mir gehen viele Arzneimittel im Kopf herum, mit denen ich ihm helfen möchte. Insbesondere rate ich ihm, Blutigel an den Hintern zu setzen, die ihm in Töplitz so wohltätig waren; diese Beklemmung ist nur gehemmter Blutumlauf. Dann aber soll er zu Hahnemann reisen nach Köthen, denn gerade Savigny, der sich in seiner Lebensweise so genau nach ärztlicher Vorschrift richten kann, würde von seiner Methode am leichtesten gründlich zu kurieren sein. Spanische Fliegen auf dem Rückgrat täten ihm auch gut, hauptsächlich aber Entwöhnung vom Staatsrat, mit dessen langweiligen Sitzungen er sich nun lange genug gequält hat, und der, wie es scheint, nimmermehr zu einer verständigen Geschäftsführung kommen wird.

Mit dem stinkenden Manne war es freilich ein bös Ding, aber es fragt sich, ob es nur ein Zufall, Krankheit und dgl. gewesen, oder immerwährend, worüber der Carl zu befragen, der doch länger bei ihm Stunde genommen hatte.

[...]

Nächstens hoffe ich, bei Dir und den Kindern zu sein und küsse Euch herzlich in Gedanken.

Achim Arnim

291. *Arnim an Bettina.*

Wiepersdorf, d. 23. Februar 1825

Liebe Bettine!

Die Marie, welche erst willig schien nach Berlin zu gehen, hat sich wahrscheinlich durch die Rede, die hier geht, als könnte die Riemerstochter nicht fertig werden, vielleicht durch sonstige Ursachen (Liebhaber und dgl.) davon abbringen lassen, und da ich ihren Eigensinn kenne, ließ ich es nicht darauf ankommen, Dir ein widerspenstiges Mädchen zu schicken, die Dir statt der gehofften Bequemlichkeit nur neue Sorgen machen könnte. Ich bot ihr an, sie möge es nur auf 14 Tage versuchen, aber auch dazu war sie nicht zu bringen, sie sagte immer, sie könne nicht in der Stadt dienen, sie würde da ausgelacht. Der Vater der Riemerstochter hat in Bärwalde gesagt, ein Schönwalder habe ihm berichtet, die Tochter habe da übermäßig zu tun, sie müsse allein tun, was sonst viere getan, worüber ihm die Liepen hat Frieden eingepredigt, es sei der Tochter recht gesund, wenn sie arbeiten müsse. Nun bin ich in Verlegenheit, da ich gleich abreisen wollte, ob ich nicht besser tue die Rückkehr des Wagens abzuwarten, um Dir vielleicht, wenn Du sie noch nötig hast, irgend eine andere Magd aufzusuchen.

Die Bedürfnisse an Lebensmitteln glaube ich diesmal sehr vollständig befriedigt zu haben. Übrigens brauchst Du Dich über die Riemerstochter nicht zu ärgern, so in neuer Arbeit glaubt sich jede beschwert, und da Du jetzt wieder badest, mag es auch wohl viel zu tun geben.

Vom Schönwalder Prediger giebt es wieder eine gute Geschichte. Er hatte es sich in einer Punschgesellschaft so gut schmecken lassen, daß die eine Frau im Nachhausegehen daran dachte, ob er auch wohl – weil er früher fortgegangen – glücklich nach Hause gekommen wäre. Und eine heilige Ahndung ergreift sie, ein Engel winkt ihr: Er liegt gewiß in Piesdows Pfuhl! Sie macht den kleinen Umweg, und siehe, sie findet ihn halb erstarrt, halb schlafend, und bringt ihn nach Hause getragen mit Hülfe anderer, und die kleine fromme Hausfrau des Predigers sagt weiter nichts als: Warum bist Du auch allein nach Haus gegangen! Worauf der fromme Mann antwortet: „Meines Herren Haus ist überall.“ Das ist die Legende vom Prediger in Schönwalde, aber erzähle sie nicht Geistlichen, sie könnte ihn um sein Amt bringen.

[...]

Wüßte die Marie, daß die Riemertochter bliebe, sie hätte

wohl noch nicht so viel Umstände gemacht, aber sie fürchtet sich vor lauter Mädchen, die vornehm tun und sie arbeiten lassen.

Dem Freimund sage meinen Dank für seinen lateinischen Brief, aber ich fürchte, daß ihm nicht viel daran gehört. Herr Kallenbach soll ihm doch fleißig Geschichtsunterricht diktieren, da gewöhnt er sich an das Nachschreiben, was auf der Schule nötig ist.

Ich sehe und küsse Euch bald.

Achim Arnim

292. *Bettina an Arnim.*

B., 25. Februar 1825

Lieber Arnim,

ich muß Dich auszanken, daß Du glaubst, es wär doch eine Möglichkeit, daß die Küchenmagd zu viel zu tun habe. – Die Hauptursache, weswegen ich sie fortschicke, ist wegen ihrer *Nascherei.* Sie hat immer ein fettes Maul, lappert das Fette von den Gänsebraten, sodaß die Jette immer noch Butter zutun mußte, bis wir endlich dahinter kamen, denn einmal wie sie Hühner ausbacken sollte, kam ich dazu, wie sie eben die zweite Brust davon verzehrte; wir waren immer in Sorge, wovon sie sich ernähre, indem sie nie mit den andern Leuten aß, und glaubten sie sei krank. Die Arbeit, die ihr zugeteilt ist, besteht lediglich darin, zu bereiten, entweder eine Milchsuppe oder eine Brühsuppe, dann: einen Ofen zu heizen. Der Bediente, der sehr ordentlich ist, putzt Messer und Gabel, wäscht Silber, Tassen und Gläser, reinigt und putzt alle Lampen, trägt mit der Bonne und der Küchenmagd zusammen alle zwei Tage mein Bad, wozu nur 4 bis 5 Trachten Wasser gehören und welches immer Morgens um 8 Uhr schon fertig ist und daher auf jeden Fall ihr nicht zuviel Last macht. Auf den Markt geht allemal die Jette, die Kleinigkeiten holt der Bediente, die Stuben scheuert die Bonne, und ihr bleibt nichts als die Treppen alle Woche 1 mal zu scheuern. Sie liegt von allen zuerst im Bette; wenn es 9 geschlagen, so sind ihre Ohren unter den Federn begraben. Im Anfang stand sie früh auf, jetzt nicht vor 7 Uhr; dabei hat sie eine Ruhe, wenn man ihr einen Verweis giebt, als ob sie kein Deutsch verstände, und wenn ihr was nicht recht ist, so ist sie gar nicht blöde sich zu verteidigen. Du siehst also, daß sie viel zu wenig zu tun hat. Ich schreibe Dir alles so ausführlich, um es der Marie durch Gruhl oder die Mamsell vorstellen zu lassen; indessen mache ich mir nicht so viel daraus, wenn sie nicht will; ich kann mich hier schon so einrichten. Geärgert habe ich mich noch nicht, denn die Wirtschaft geht gut und ordentlicher denn je, weil die Jette sehr ehrlich ist; Jammer, daß sie einen groben, eifersüchtigen Bedienten heiratet, der sich jetzt schon alle Tage mit ihr zankt. Ich hoffe sie ersetzt zu bekommen durch eine sehr tüchtige Person, die ich auf dem Korn habe, mit der die Jette 3 Jahr bei Gneisenau gedient, und die jetzt im 11ten Jahr dort ist, wo die Leute sehr streng von der Generalin gehalten werden und wenig Lohn haben.

[. . .]

Savigny geht wieder in den Staatsrat und liest auch wieder Kolleg, ist aber sehr elend und erholt sich nur langsam. Laß uns nun nicht mehr warten auf Deine Ankunft; über Hofmeisterangelegenheit behalte ich mir mündliche Nachricht vor.

Bettine

Gar zu lieb wär mir, wenn Du meinen Zeichentisch, den mir Gruhl gemacht hat, ihm übergäbst, daß er ihn mit dem nächsten Wagen schickte, ich habe ihn durchaus nötig. Auch rate ich Dir noch etwas Wein für Dich mitzubringen, 10 Flaschen werden nicht weit reichen.

293. *Bettina an Arnim.*

B., 2. März 1825

Lieber Arnim,

schon seit 2 Tagen hab ich Dein Zimmer geheizt, ich kann nicht begreifen, warum Du nicht kömmst, und bin recht ärgerlich darüber; wenn Dir's möglich ist die Marie mitzubringen, so tue es. Diese hat sich wo anders hin vermietet, sie nascht so arg, daß es ihr gar nicht abzugewöhnen ist. Ich weiß gewiß, daß die Marie fertig wird. Adieu in Eil, ein Hofmeister präsentiert sich, den mir die Fr. von Kalb schickt.

Bettine

Komm doch ja gleich.

Während seines kurzen Aufenthaltes in Berlin hospitierte Arnim wirklich mehrere Male in Steffens' Privatvorlesungen, ohne sich indessen sehr bereichert davon zu finden. Aus Steffens' Lebenserinnerungen geht hervor, daß Frau v. Helvig die Aufgabe übernommen hatte, Leute für die Vorlesungen zu gewinnen.

Freimund wurde nun in die Tertia des Grauen Klosters in Berlin geschickt.

294. *Bettina an Arnim.*

23. April 1825

Lieber Arnim,

ich habe noch gar keine Nachricht von Dir und das vermehrt meine Sorgen; ich schreibe Dir zwar heute auch zum erstenmal, hab es aber bis jetzt aus gutem Grund unterlassen, nämlich um Dir keine Sorgen zu machen. Jetzt sehe ich doch wieder Tageslicht und kann Dir das Vergangene eher mitteilen. Erst hab ich den Kühnemund zwei Tag in meiner Stube im Bett erhalten, wodurch er wieder vom Husten losgekommen, dann hat Friedmund einen fürchterlichen Husten bekommen, bei dem das Fieber so stark war, daß er zuweilen fantasierte; er hat auch häufig Galle erbrochen, er ist 6 Tage im Bette gewesen, heute zum erstenmal aufgestanden aber noch sehr matt. Dies wär nun eine schon oft wiederholte Lektion und konnte mich nicht sehr irre machen, wenn ich nur nicht zugleich große Unannehmlichkeiten mit dem Hofmeister Sander gehabt hätte. Franzens Warnungen hatten ihren guten Grund. Ich kann heute noch nicht aus diesem Menschen klug werden; in den 14 Tagen, wo er hier war (denn er ist heute abgegangen) hat er den Kindern keine 6 Stunden Unterricht gegeben, ich habe sehr Ursache zu vermuten, daß er heimlich andern Unterricht gegeben, indem er des Morgens 2 mal regelmäßig, manchmal 3 mal ausging und allemal über 1 Stunde ausblieb, dann zog er den Kindern Ohrfeigen, den Siegmund prügelte er einmal im Bett tüchtig durch und lachte ihn tüchtig aus, daß er nicht zu mir gehe und ihn verklage. Das Tollste war, daß er in meiner Gegenwart die Kinder so oft küßte und zu sich auf den Schoß nahm, daß ich ihn ersuchen mußte, dieses für die Knaben unschickliche Betragen zu unterlassen; dem Freimund annoncierte er auch Schläge, mit dem Bedeuten, daß wir ihm den Auftrag dazu gegeben; seitdem hat Freimund nicht ein Wort mehr mit ihm gesprochen, Unterricht gab er ihm ohnedem nicht. Beim Abgehen versicherte er den Kindern, daß er ihnen keine einzige lateinische Stunde gegeben, denn sie wären es nicht wert, drohte ihnen auch, er wolle sie noch alle durchprügeln, ehe er abgehe. – Jetzt giebt ein Württemberger, der bei Wagner im Hause ist, Unterricht, und wir haben überlegt, ob es nicht gut sei, sie nach *Groß*-Quarta zu bringen ins graue Kloster. Siegmund wünscht es sehr und lernt jetzt sehr eifrig, um sein Examen gut zu überstehen, Friedmund ist noch sehr kaputt, und ich muß es mit dem abwarten. – Meine Gesundheit wird zum wenigsten davon nicht besser; ich wollte, Du wärst hier, das wäre gut. Gestern hab ich den Strampf gesehen, der auf die nächste Woche zu Kunowsky beschieden ist wegen Deinem Stück, ich werde Dir dann Nachricht geben. –

Unsere Vorräte sind all. Backobst fehlt, Mehl, Eier pp. Wenn die Mamsell noch Mus hat, so soll sie es schicken. Ich wollte doch nichts lieber, als daß Du bald kämest. Ich bitte Dich, komme so bald wie möglich, schreib mir auch, ob ich eine Wirtschafterin mieten soll, denn jetzt ist die höchste Zeit.

Savignys waren in Kunersdorf, er hat sich da vollkommen erholt. Lebwohl aber komme bald, denn ich bin unruhig, wenn Du nicht hier bist.

Deine Bettine

295. *Arnim an Bettina.*

Wiepersdorf, d. 23. April 1825

Liebe Bettine!

Ich fand mich hier bei meiner Ankunft vom Justizrat begrüßt, dem sich in den nächsten Tagen Emden und ein Oberförster anschloß, der hier Holz abzuschätzen hatte. So war ich bald in der Geschäftsbewegung, die mich behinderte, in den ersten Tagen nach Ahlsdorf zu kommen, obgleich ich hörte, daß der alte Seyffertitz sich schlecht befinde. Drei Tage nach meiner Ankunft starb er, nachdem er ein paar Tage vorher prophetisch geäußert, der alte Ritter, der auch gestorben, sei sein Quartiermacher gewesen. Noch am Abend hatte er sehr heiter erzählt, und Conrad mußte ihn in den Nächten vorher an alte Liebschaften erinnern, deren er noch mit Vergnügen gedachte. Ich machte einen Trauerbesuch der Frau, die nichts eiliger zu tun hatte, als den Verstorbenen mir zu Ehren auf seinem Paradebett erleuchten zu lassen, wobei eine Demoiselle versicherte, der Tote habe rote Backen bekommen. Die beste Ehre aber, die ich dem Toten innerlich erweisen konnte, war meine Überzeugung, daß mit ihm dieses Haus allen inneren Zusammenhang verloren habe. Baron Anton kann nun heiraten, frag Bettinchen, ob sie noch die alte Zärtlichkeit für ihn fühlt, ich habe ihn schon nach Berlin eingeladen. Dem Leichenbegängnis wohnte ich nicht bei, aber Kessler erzählte mir, daß es sehr feierlich gewesen.

Die Weiber des Dorfs, ihm alle mehr oder weniger verwandt, nahmen ohnehin herzlichen Anteil, und die Männer hatten meist Wohltaten von ihm empfangen.

Der Prediger aus Schönwalde und seine Frau spielten wie gewöhnlich ein heiteres Intermezzo; sie, indem sie sich in Kesslers Überrock, den er zum Anziehen vor sich trug, verwickelte und sich nicht herauswickeln konnte, während er nicht begreifen kann, was sich zwischen seinen Beinen bewege; er, indem er mit seinen kurzen dicken Beinen lange vergebliche Versuche machte, auf einen Korbwagen zu steigen, bis ihn einer aus Mitleiden hinüberschob.

Heute war Schulprüfung hieselbst und die Kinder sangen recht gut nach Ziffern, die auf eine Wandtafel geschrieben waren, obgleich der Prediger sich durchaus nicht davon abbringen ließ, mit ganzem Leibe vor der Tafel zu stehen und Takt zu schlagen, obgleich dadurch die Kinder am Sehen gehindert wurden. Eine eigne Meinung hat sich über die Liturgie (aus der auch hier in der Schule gesungen wurde) in Dahme verbreitet; sie meinen nämlich, daß sie für Festtage mit der Sache wohl zufrieden wären, aber alle Sonntage wäre es ihnen zu viel und verlangten sie lieber gar nichts als immer dasselbe alte Lied von dem versoffenen Fahnenschmied. Dies erzähle Schleiermacher, dem gerade diese echt praktische Ansicht der Liturgie vielleicht neu ist. In andern Dörfern kommen sie erst, wenn die Liturgie zu Ende ist. Merkwürdig war mir, daß der älteste Sohn vom Schulzen Lehmann so richtig, was ihm diktiert worden, nachgeschrieben hatte, daß er z. B. dem Siegmund weit überlegen.

Schicke doch Freimund und allenfalls auch Siegmund nach der Zeichenakademie zum Zeichenunterricht. Franz hat auch dort gezeichnet und wird wissen, bei wem sie sich melden müssen.

Von der Schule fuhr ich zum Mittagessen nach Werchau zum Hr. v. Kleist, wo trefflich champagnert wurde, und zugleich erhandelte ich zwei Kliphäuser Böcke, um die ich schon voriges Jahr mich bemüht hatte.

Die Luft, die uns bisher mit Schnee beschenkte, ist auf einmal vollkommen warm und heiter geworden, die Natur dringt hervor mit alter Gewalt und Lieblichkeit, und auch ich habe den Spaten in die Hand genommen, um ihr zu Hilfe zu kommen. Daß nur die Kinder nichts versäumen von all der Herrlichkeit! Treib Sanders an, daß er mit ihnen ins Freie geht und tue Du auch desgleichen, das ist besser als alle Bäder.

Daß die Leute nur alle Kober, Tonnen, Kasten, Töpfe senden, wir haben hier gar nichts mehr, um etwas nach Berlin zu schicken. So hätte ich Dir gern Wein geschickt, aber es war keine Kiste aufzutreiben. Übrigens hast Du den Wein zu demselben Preise bei Mitze und laß nur immer etwas holen. Sorge auch, daß Herr Sanders und die Kinder Abends nicht zu schlecht abgespeist werden.

[...]

Herzliche Grüße an Savignys und an alle Bekannte. Ich küsse Dich und die Kinder.

Achim Arnim

296. *Bettina an Arnim.*

Berlin, 24. April 1825

Dein Wagen ist glücklich angekommen und grade zu der Zeit, wo ich Dir gute Nachricht geben kann. Friedmund war recht krank, er hatte einen Husten mit Erbrechen, was auch nicht ganz vorbei ist, indessen befindet er sich heute viel besser, ist zum erstenmal aufgestanden, er taumelt zwar noch vor Schwäche, aber er erholt sich allemal sehr schnell. Sander ist abgegangen und Hohl, der Protegierte von Wagner, giebt Stunden. Siegmund lernt trefflich, er steht morgens um $^1/_2$ 6 Uhr auf, um sich vorzubereiten, auch am Sonntag hat er sich den Lehrer bestellt und tüchtig gelernt. Nun bin ich noch unsicher, ob ich diesen behalte, der nicht viel für den Unterricht von täglich 5 Stunden verlangt, oder ob ich einen anderen annehme, den mir Strauß rekommandiert, und der mir sehr wohlgefällt, Siegmund ist so verliebt in seinen Lehrer, daß es mir schon deswegen leid wäre, eine andere Einrichtung zu treffen. Ich muß abwarten, wie die Sachen sich gestalten. In die Zeichen-Akademie sind die 3 Kinder eingeschrieben; es hat für jeden 4 Taler gekostet außer den Mappen und anderen Werkzeugen. Savigny war in der Branntweinschlempe und ist ganz vollkommen wohl und heiter zurückgekehrt, er hat mich ins Königstädter Theater geführt. Die Sutorius kann ich nicht so schön finden, als wenn ich ein Mann wäre, sie mag auch in der Nähe schöner sein. Niebuhr hat mich beim Abschied trefflich viel geküßt. Sonst weiß ich dem eilenden Knecht nichts Neues mitzugeben, als daß ich Gott danke, daß ich endlich Nachricht von Dir habe. Die Nächte, wo mich Friedmunds Krankheit wach hielt, hab ich mir viel Gedanken gemacht, ob Du auch gesund sein möchtest; nun ist alles gut. Deiner Nachricht zufolge wird es nun wohl geraten sein, eine Wirtschafterin zu suchen, wozu ich gleich morgen Anstalt machen werde.

Die Max sehnt sich ungemein nach Dir, ich auch, ruhig bin ich nicht, wenn ich nicht mit Dir unter einem Dache bin. Gott erhalte Dich gesund und führe Dich bald wieder her.

Deine treue Frau Bettine

297. *Arnim an Bettina.*

Wiepersdorf, d. 30. April 1825

Liebe Bettine!

Es freut mich herzlich, daß die Krankheit des Friedmund vorüber, und daß Herr Sander abgezogen ist. Man kann in unserer Zeit mit ziemlicher Gewißheit annehmen, daß junge Leute die nicht religiös sind auch sonst nicht viel taugen. Denn alles das, was sonst wohl selbstdenkende Menschen zum Widerspruche reizen konnte, enge Ansichten des Glaubens, beschwerliche Äußerlichkeiten, alles das ist verschwunden, sogar das Großartige fremder Religionsmeinungen wird nicht mehr ängstlich abgewiesen, und so bleibt zur Erklärung eines Verschließens gegen das Grundgute nur eine Erklärung aus dem Grundschlechten, der Lasterhaftigkeit, der Verkehrtheit des Hochmutes u. dgl. Übrigens ist jemand, der bei den Kindern bleibt, sehr wesentlich und deswegen allerdings der von Strauß empfohlene Lehrer, der Dir wohlgefällt, einem vorzuziehen, der bloß Stunden giebt. Im Notfall könnte ja dieser auch noch ein paar Wochen beibehalten werden, bis Siegmund ins Gymnasium kommt. Die Schläge, die er von Sander bekommen, sind mir lieb gewesen, mit Güte ist nicht viel bei ihm auszurichten und selbst sein Ehrgefühl von einer leeren Spaßhaftigkeit leicht unterdrückt. Ich fürchte, selbst im Gymnasio nicht viel Gutes von ihm zu hören. Sein Brief an mich war wie von einem vierjährigen Kinde, – doch Geduld bricht Rosen. Das abwechselnde Geheul von Siegmund, Friedmund und Kühnemund in den Stunden, wo ihnen Kallenbach auch nichts im mindesten zuleide tat, war mir förmlich grauenvoll, ich hatte so etwas weder bei mir noch bei meinen Bekannten in der Kindheit erlebt, und es gab mir das Gefühl, als ob manche Kinder förmlich an der Güte einen Überdruß bekommen und an der Freiheit, die ihnen gewährt wird.

Erinnere den neuen Lehrer, daß er ihm recht viel diktiert, seien es grammatische Regeln oder historische Bruchstücke, damit er sich in Rechtschreibung übt, und daß er hiebei auf höchste Genauigkeit hält. –

Gern würde ich Deinen Wunsch erfüllen und schnell nach Berlin kommen, aber Liepens wollen durchaus zu Johanni fort, weil er sich (o Wunder der Liebe!) in die gräßliche alte Mairose verliebt hat und zu der schleicht, worüber sie in Verzweiflung ist und durchaus um keinen Preis länger bleiben will. Nun muß ich für Andere sorgen, und da ist mir hier in der Nähe jemand vorgeschlagen. Ebenso notwendig ist meine Gegenwart wegen des Getreideverkaufs.

Der Frühling ist in Gewittern über uns ausgebrochen, und ich erinnere mich dabei des Jahres unsrer Verheiratung, wo auch fast jeder Abend mit Blitzen bezeichnet war, doch war dies später im Jahre, als schon die Blumen in vollem Treiben waren. Hättest Du nicht mit den Notschüssen aus Berlin allen Mut mir niedergeschlagen, ich wäre vielleicht auf ein paar Tage in die sächsische Schweiz gegangen. Es wird mir allmählich zur Gewohnheit, daß ich jeden Deiner Briefe mit Besorgnis erbreche, und auch wenn Briefe ausbleiben, gleiche Sorge empfinde.

Schicke mir die Kinder fleißig ins Freie und benutze selbst die Gärten der Bekannten, wie Schleiermacher's, in Ruhe, ohne Dich in Disputationen einzulassen.

Ich küsse Dich und die Kinder.

Achim Arnim

298. *Bettina an Arnim.*

2. Mai 1825

Lieber Arnim,
ich danke Dir tausendmal für Deinen Brief und auch für die an die Kinder, der Siegmund war voll Freuden. Freimund ist noch in der Schule und hat den seinigen noch nicht empfangen. Ich kann Dir sagen, daß Deiner Ansicht von Siegmund durch sein ganzes Betragen widersprochen ist, sein Verhältnis zu seinem Lehrer ist durchaus edel, er kömmt ihm in allem zuvor, lernt mehr als er soll, Sonntag Morgens steht er um 4 Uhr auf, läuft zu ihm, um ihn zu wecken und geht dann mit ihm und allen übrigen Medizinern und dem Professor botanisieren; er holt ihnen die Pflanzen aus dem Wasser und war schon glücklich im Finden mehrerer seltner Pflanzen, sie heißen ihn den kleinen Botanikus, dessen freut er sich sehr. Von Geheul ist keine Rede, kein einziger hat, solange Hohl bei ihnen ist, geweint; Du kannst glauben, daß Kallenbach nicht der beste Lehrer war und vorzüglich keine Ordnung hatte; der jetzige ist ganz frisch und hat von Natur; was die andern nicht durch Verstand hatten; heute hat Friedmund zum ersten Mal bei ihm gelernt und sich ganz glücklich gefühlt dabei. Der arme Junge war sehr krank, noch einen Anfall hatte er nach meinem Brief, der mich eine

ganze Nacht an seinem Bette magnetisierend erhielt, wobei ich erstaunt war über die Wirkung. Denn solange ich magnetisierte, hörte der Krampfhusten auf, und er schlief; und wenn ich ermüdete, fing er wieder an. Mehrere Bäder, in denen er unbändig schwitzte und eine gute Portion Opium haben ihn ganz hergestellt; er schläft doch noch in meinem Zimmer, allein, er befindet sich ganz wohl und ißt wie ein Drescher. Das Sonderbare ist, daß es mich nicht angegriffen hat, ich befinde mich in diesem Augenblick ganz wohl, obschon ich beinah 9 bis 10 Nächte gewacht habe und mich auf die fest schlafenden Leute nicht verlassen konnte. Er hat sich manchmal 6 mal in einer Nacht erbrochen und 2 bis 3 mal Kamillentee getrunken. Jetzt ist nun alles wohl, und Du darfst keine Sorge haben. Wenn mir auch manches andre abgeht, so habe ich doch die glückliche Natur, nicht leicht niedergeschlagen zu werden, und ein Gefühl der Sicherheit. Wolfart wird mir allemal lieber bei solchen Gelegenheiten. –

Die Kinder gehn auf die Zeichenakademie und o Wunder, Siegmund arbeitet mit großer Reinlichkeit und Präzision, ja er macht es beinah besser wie Freimund. Dieser hat von Bellermann schon mehrmals auszeichnendes Lob erhalten, er hat einen ruhigen aber sehr festen Eifer, er hat eine ungemeine Ordnung, ißt lieber nicht zu Mittag, als daß er ein paar Minuten später ginge, um nicht erhitzt in der Schule zu sein; er hat sich bei seinen Mitschülern schon sehr in Respekt gesetzt, wie mir Singer versichert, der sich nach ihm erkundigt hat. – Morgen gehn sie unter der Aufsicht von Hohl und Franz, der sie sehr lieb hat, zum Hallorenschwimmen, was sie ungemein glücklich macht. Klage mir nur nicht mehr über den Siegmund, er hat einen Charakter, der Dir gewiß noch lieb werden wird, er hat Wahrhaftigkeit in sich und Treue. Kallenbach war ohne Konsequenz und oft erbärmlich eigensinnig. Mit dem Lehrer von Strauß konnte es nichts werden, denn der wollte 250 Taler und dabei konnte er nur die alten Sprachen; nicht Französisch, nicht zeichnen, nicht Musik. –

Savigny ist so geneigt zum Kranksein, daß jedes Gelegenheit wird, ihm den Kopf auf die Schultern zu ziehen. Der

Schlingel von Bedienten in Jägeruniform, der jetzt den Dienst verlassen muß, hat ihn ganz malade gemacht; er warf sich auf das Sofa, um mit mehr Bequemlichkeit die Last, einen neuen Bedienten zu suchen, zu bejammern. Er möchte nun gar zu gern unsern Robert zum Bedienten haben. Wenn er wüßte, wie der stinkt, sodaß ich ihn von den Kindern weg auf den Boden logieren mußte, so würde er nicht so nach ihm seufzen. Bei Servieres ist auch was Romantisches vorgefallen; sie haben entdeckt, daß ihre Tochter mit dem abgewiesenen Liebhaber Denant eine Correspondance in Versen in dem Watzeckschen Wochenblatt unterhielt; die Verse waren besonders von ihrer Seite gar nicht schlecht; und was die väterliche Eitelkeit nicht tut – es gefiel dem Alten so wohl, daß er ihr erlaubt, es fortzutreiben, und sie hat so große Freude daran, sich gedruckt zu sehen, daß sie ihm eine zierliche Liebeserklärung nach der andern schreibt, ohne Lust zu haben, eine in Erfüllung gehen zu lassen. [. . .] Die Geschichte mit Liepen beweist, daß überall Dinge vorgehen, bei denen man sich eher des Himmels Einfall gedacht hätte. Die Mairose ist eine Hexe und ich rate Dir, auf Deiner Hut zu sein. –

Um frische Luft und Bewegung bei den Kindern sei unbesorgt, sie haben den Universitätsgarten ganz nah, wo sie häufig Ball schlagen. Wie steht es mit einer Wirtschafterin, soll ich Dir eine für Wiepersdorf mieten? Ich habe bald Lust Dir die zu geben, die ich jetzt habe, sie hat immer Landwirtschaft getrieben, ist ehrlich, geduldig, läßt sich was sagen, sie kann melken und buttern, kocht nicht übel, und da ich eine bekomme, die recht gut Französisch spricht, so zu den Kindern, so würde mir diese überflüssig sein. Behalte ja die andre nicht, sie würde nur um so weniger taugen.

Schinkels Frau hat mich vorige Woche besucht und mich vorgestern zum Abendessen eingeladen, wo General Schöler auch war nebst Gattin und Kindern; dieser lange Mann ist auch sehr länglich in seinen Reden, und man machte da viel Sonnenschein mit den Gesichtern.

Lasse nur alle Butter verkaufen, die mir nicht nötig, denn sie gilt hier wahrscheinlich nicht mehr wie dort. Die Eier hab ich zu 17 gr. verkauft im Schock. Adieu, behalte mich lieb und erwarte Dir, daß Deine Kinder Dich einst glücklich machen; sie werden gewiß alle gut und brav. Und hab Nachsicht mit meinen Schwächen und Rücksicht auf meinen besten Willen, und mache Dir keine Sorgen, denn sie sind gut besorgt, und reise ja noch jetzt in die sächsische Schweiz, es würde mich grämen, wenn Du Dir etwas dieser Art zu gewähren vermagst und es nicht tun wolltest. Du bist Dir's schuldig, da Du selbst weißt, wieviel Genuß Leib und Seele dabei hat; mache mich so glücklich, mir zu schreiben, daß Du Dir diese Freude machest.

Behalte mich lieb –

Bettine

299. *Bettina an Arnim.*

B., 10. Mai 1825

Lieber Arnim,

wenn unser gesunder Herr Prediger mir nicht Nachricht von Deiner Gesundheit gegeben, so würde ich wieder in Ängsten sein, aber so bin ich der Sorgen nie ledig und mache mir also keine unnötige. Unsere Kinder sind jetzt alle gesund, Kühnemund geht zu Kutsch in die Schule, bis ein neuer Hofmeister erscheint. Er lernte am 1ten Tag die 10 Gebote und sprang den ganzen Abend im Hof herum und repetierte sie zum Skandal der Wirtin.

Fried- und Siegmund lernen bei Hohl, vielleicht können sie zu Johanni in die Schule. Freimund ist einen Tag wie den andern sehr regelmäßig und ordentlich, er legt es drauf an, zu Johanni in die höhere Abteilung seiner Klasse zu kommen. Er bittet um einen französischen Lehrer. Die Maxe macht mir manchmal noch Not; Armgard ist ein kleiner Engel. Ich bitte Dich, mir zu schreiben, ob ich eine Wirtschafterin mieten soll. –

Ich gehe oft Abends zur Gräfin Beust, die mir gegenüber

wohnt, sie ist sehr übel dran, ich fürchte, daß ihre Kur ein schlimmes Ende nimmt. Es gehört eine gute Überwindung dazu, bei ihr auszuhalten, weil Eiter an ihrem Halse sehr stark riecht; ich habe nie gedacht, daß sie so gescheut, so gut und resigniert sein möchte, wie sie es nun zeigt.

Kolbe hat seinen Achilles verkauft für 1000 Taler an die Stadt, die ihn der Prinzeß Louise zur Hochzeit schenkt nebst mehrerem andern Schund, als da ist der Minnesänger von Dähling p. p. Auch Schinkel malt eine Landschaft fertig, die er vor Jahr und Tag angefangen, und die nach Aussage aller, die sie gesehen haben, die prachtvollste aller seiner Kompositionen sein soll, ich hoffe, sie auch noch zu sehen. Was er dafür bekommt, weiß ich nicht. –

Daß die Kinder schwimmen lernen, hat Dir Friedmund geschrieben, alle Morgen um halb 5 Uhr sind sie schon fort. Dies macht sie ungemein glücklich. Ich kann Dir nichts andres schreiben, als was in jedem Brief steht, daß ich mich nach der Stunde sehne, wo Du wieder kömmst. Kunowsky ist verreist und kommt erst in 8 Tagen mit dem Wunder, der Mlle Sontag, dann werde ich von Deinem Stück Nachricht geben. Die Kalb hat das Unglück erleben müssen, ihren ältesten Sohn zu verlieren, er hat sich aus Liebe zur Tochter eines Superintendenten erschossen; ich habe sie besucht, sie war sehr niedergeschlagen.

Dem Singer hab ich 15 Taler bezahlt für den Unterricht an Freimund, dem Sander 10 Taler. [. . .]

In Friedmunds Krankheit hab ich auch alten Malaga für 1 Taler die Flasche gekauft und andern Wein. Verschwendet habe ich weiß Gott nichts, es ist nicht möglich eingeschränkter zu leben, also sollte es mir sehr leid tun, wenn Du meine Ökonomie bezweifeltest. Gott gebe, daß Deine Geschäfte Dir bald Zeit lassen, zu uns zu kommen.

Bettine

Savigny's sind alle wohl.

300. *Bettina an Arnim.*

Berlin, Dorotheenstraße 8, 24. Mai 1825

Lieber Arnim!

Da nun endlich der einundzwanzigste Tag glücklich vorübergeht, so kann ich Dir wohl schreiben, daß unsere Armgard so lange das Fieber hatte, ein Mittelding zwischen schleichendem und Nervenfieber; sie hat mehrere Nächte fantasiert und dann fortwährend geschlafen, ohne das mindeste dabei zu essen. Wolfart hat mir diesmal sehr viel Zutrauen gegeben durch seine Konsequenz. So habe ich denn, seitdem Du weg bist, noch keine Nacht ruhig geschlafen. Die Krankheit der Armgard hat mich noch mehr in Anspruch genommen wie die des Friedmunds, der freilich nur durch alten Malaga seinen Brechkrampf verloren hat. Die Armgard hat durch einen Krebs, den Siegmund beim Schwimmen in der Spree gefangen, großen Appetit bekommen, er wurde gekocht und mit zitterndem Verlangen hat sie ihn verschluckt; seitdem ißt sie abwechselnd einen Krebs oder einen Teelöffel weißen Käse, und Wolfart hält sehr darauf, daß sie diese Diät fortsetze, ich hoffe, auch Dir in wenig Tagen von ihrer völligen Herstellung Nachricht zu geben. Sehr traurig ist es mir, daß ich Dir lauter Sorgenbriefe zu schreiben habe, ich würde Dir alles gern verschweigen, wenn Dir dies dann nicht doppelte Sorgen machen müßte; ich kann Dir jedoch mit Wahrheit versichern, daß meine Gesundheit nicht darunter gelitten hat und daß ich kaum begreife, wie ich es ausgehalten habe.

Kühnemund geht bei Kutsch in die Schule, die beiden andern lernen alle Tage 5 Stunden bei dem Studenten Hohl, und es ist ruhiger im Hause wie sonst; jedoch wird eine ander[e] Einrichtung jetzt stattfinden. Ein Herr von Görz aus Hildesheim hat es übernommen, für freie Station und mit Vorbehalt, ein Kolleg zu hören, die Kinder zu unterrichten; er kann Französisch und Musik; bei einem Ritt hat er zu Ostern den Arm gebrochen und kann deswegen nicht schreiben, welches die Veranlassung ist, warum er so wenig Kolleg hört. Wir haben uns nach ihm erkundigt und Gutes von ihm gehört. –

Der Franz hat von Frankfurt aus geschrieben, daß unser Bruder Doctor [Dominicus Brentano], der schon lange abzehrend war, eines sanften, sehr rührenden Todes gestorben ist, nachdem er alle Sakramente empfangen. Savigny's hatten vergessen, mir die Nachricht mitzuteilen, ich erfuhr es erst bei der Gelegenheit, daß ich Gunda und Bettinchen in tiefer Trauer erblickte, mit schwarzen Hüten und Kreppschleiern; es war mir höchst lächerlich, daß diese alles schon im Gang hatten, ohne daran gedacht zu haben, mir's mitzuteilen; indessen bin ich in meiner Kleidung unverändert geblieben, der wirklichen Sorgen waren zu viele.

Dein Bruder hat bei Gelegenheit der Vermählung den kleinen roten Adler erhalten mit dem Bedeuten, er solle ihn groß ziehen. Selig wie ein Kind zieht er damit in der Stadt herum, man sieht doch, daß Gott noch für unschuldige Menschenfreuden sorgt, kein Mensch zweifelt mehr, daß er Intendant werde, und Brühl geht wie eine erschütterte Kalkwand herum.

Schinkels Landschaft, die er für die Stadt gemalt, um sie der Princeß Louise zu schenken, war ein paar Tage zu sehen; sie hat allgemeines Entzücken erregt, die Erfindung ist neu und ganz dem Baumeister angemessen. Der Vorgrund ist das erste Stockwerk eines Griechentempels, der Beschauer steht auf gleicher Höhe mit der zweiten Säulenreihe; die Gerüste, eine Bildhauerwerkstatt die im Tempel unter einem Zelt für den Bedarf des Bau's eingerichtet ist, das Maschinenwerk, womit die großen Marmorblöcke und Basreliefs bewegt werden, und hinter denen die Wimpel der Orangenbäume hervorschauen sind märchenhaft lieblich komponiert. – Der Mittelgrund ist eine griechische Stadt nach Beschreibung und Ruinen gebildet, mit Tempeln, Denkmälern, Markt, Zirkus, Palästen und Festungswerken, in der Mitte eine umbuschte Anhöhe mit Jupiters Tempel; es fehlt nicht an heimlichen, lieblichen Plätzchen, Springbrunnen, Gärten p. p. Dies alles ist umkreist von einem Fluß mit Inseln, die zum Teil fruchtreiche grüne Auen, zum Teil ihre heißen Sandsteppen der

Sonne entgegenbreiten; am Horizont geht eine Gebirgskette von der Linken zur Rechten, von den majestätischsten, ja ich möchte beinah sagen heiligen Formen, so schön umduftet vom Brand der Sonne und von ihren Dünsten umlagert, die Häupter halb in der Sonne, halb in Wolken gehüllt die sich am Ende der Landschaft ins Meer verlieren. Wer diese Landschaft gesehen, war erstaunt, und ich möchte beinah sagen, daß sie ihm mehr Ruhm einbringen wird als seine Gebäude; ich habe sie Dir express beschrieben, weil ich denke, daß Du Dir sie am Ende schöner vorstellst, als sie wirklich ist, und insofern ein besserer Landschaftsmaler wirst als Schinkel.

Recht sehr würde es mich beglücken, Dich wieder hier zu haben, außer wenn Du etwas ausschließlich zu Deinem Vergnügen tust und allenfalls eine Reise in die sächsische Schweiz machest; überlege es doch, wieviel Du dabei gewinnest, wie reichhaltig Deine Genüsse dieser Art allemal sind, und wie sehr Du es Dir schuldig bist; Du bist so wahrhaft in Deiner Anschauung und steigerst Dich nicht, und bist so unzerstreuet, Du gehest aus Frömmigkeit in die kleine, von schmutzigem Atem und albernem Gepredig durchheulte Kirche und wolltest Deinem Gott nicht einmal des Jahres in seinem großen Tempel dienen. Gehe doch hin und erlebe ein paar Naturabenteuer und erfahre, ob sie Dich nicht besser begeistern als alle Kirchenmoral, verzeih mir nur meine burschikosen Reden und wolle nur überzeugt sein, daß ich damit nichts sagen will, als Du sollst Dir selber gut sein und etwas gönnen.

Nun Adieu, mein Blatt geht zu Ende. Schickst Du noch einen Wagen, so vergiß keinerlei Vorrat, besonders Mehl, Backobst, Seife, Habergrütze, Butter p. p. An eine Wirtschafterin denke ich allerdings nicht, denn es ist hundertmal besser, daß sich Gruhl selbst eine mietet, er weiß was ihm wichtig, und das geht vor, ich glaube auch gewiß, daß er eine viel bessere Autorität über eine solche ausüben wird, die er gemietet hat. Unsere Leute in der Stadt sind jetzt sehr gut, ich glaube, daß dies viel zu meiner Gesundheit beiträgt. Unsere Kinder haben glückliche Feiertage, indem sie zweimal des Tages schwimmen, der *Hallore* ist ihnen sehr zugetan und ist zu jeder Stunde bereit, sie zu unterrichten; besonders ist

Siegmund glücklich, daß ihm der ganze Leib weh tut und alle Knochen, denn der Hallore hat gesagt, wo es am wehsten tut, da werde man am stärksten. –

Freimund ist fortwährend fleißig in seinen Schularbeiten und befindet sich sehr glücklich; wenn nur die anderen auch schon so weit wären! Zu meinem Erstaunen hat er für sich allein ganz gut Französisch lesen gelernt und übersetzt auch schon recht gut. Savigny genießt einer trefflichen Gesundheit in dieser Zeit; er grüßt von Herzen. Lebwohl und behalte mich lieb.

Bettine

Ich hoffe Dir doch bald Nachricht über Dein Stück zu geben, ich bin so lange nicht aus dem Hause gekommen, daß ich Niemand gefragt habe. Ich schreibe Dir mit nächstem gewiß die besten Nachrichten über Armgard, es ist auch gar nicht ängstlich, denn die Perioden, wo es schlimm hätte werden können, sind vorüber, und sie hat sich nur zu erholen.

Geschrieben am zweiten Pfingsttag im einsamen Haus mit der kleinen Kranken allein, während alles spazieren war.

Schadow erbittert, daß er ohne Auftrag zum Malen war, hat eine Tragödie geschrieben, um zu beweisen, daß er ein Universalgenie, und hat sie dem Kronprinzen vorgelesen. Die Humboldt hat sie sehr gelobt.

Dieses Bild Schinkels, „Die Blüte Griechenlands", rühmt Bettina auch in dem Brief an Goethe, mit dem sie Mitte Juni Konstantin Schinas, den späteren Gatten Bettina v. Savignys, nach Weimar schickt.

301. *Arnim an Bettina.*

Wiepersdorf, d. 7. Juni 1825

Liebe Bettine!

Der Wunsch, Dir ein echtes doppeltes Klebebier zu senden, hat die Abfahrt des Wagens um ein paar Tage verzögert.

Diese Seltsamkeit scheint nun trefflich geraten und ist in der halben Tonne enthalten, während die ganze Tonne mit Schmalbier gefüllt ist, ich meine mit dem gewöhnlichen. Es muß in die Tonne Doppelbier ein wenig Wasser zugegossen werden, nämlich soviel als durch das Fahren sich geleert hat und dann muß es auf Flaschen gefüllt werden und wohl gepfropft. Hier schmeckte die Probe sehr gut und kann vielleicht eine *kleine* Quantität auch unserm Armgärtlein gesund sein, an die ich noch immer mit großer Sorge denke, noch mehr aber Dir, um den Magen zu stärken.

Von hiesigen Neuigkeiten nur dies, daß sich Feste auf Feste drängen, daß ich gestern Abend zum Polterabend beim Prediger war und heute Abend zur Hochzeit. Der Polterabend wurde durch eine Verkleidung der M. Stilme als Bäuerin verherrlicht, die eine poetische Rede recht gut sprach und einen sehr kunstreichen Beutel in einem Buttertopf überreichte. Der Sohn ist jetzt wieder in Berlin und entwirft für Minister Stein einen großen Schlachtenkarton, den der in dessen Schlosse Lappenburg ausführen soll, so wie er auch schon von Schinkel für das neue Museum dereinstige Aufträge hat. Es scheint demnach, daß aus dem jungen Mann wirklich etwas geworden ist. Die Hochzeit wird übrigens ohne Lärmen gefeiert, und ich bin wohl eigentlich der einzige Gast, weswegen ich wohl gar den Brautführer werde agieren müssen.

Ich habe bei meiner Abreise einen ledernen Handschuh und zwei Bände der *Raumerschen Hohenstaufen* vergessen, die ich mitzugeben bitte. Über die Ausgeberin ist noch alles unbestimmt, doch scheint die Mamsell jetzt wieder Lust zu haben, zu bleiben und erwartet nur mit diesem Wagen noch einige Familiennachrichten. Sie scheint ehrlich und kocht erträglich, und eine neue würde auch wieder ihre neuen Fehler haben. –

Wenn die Wollpreise besser sind in diesem Jahre, so vermindert sich doch wieder dadurch der Vorteil, daß überall in hiesiger Gegend weniger als in den vorigen Jahren geschoren ist.

Wir sind beim Einpacken in großer Not, weil die meisten

Kisten und Säcke in Berlin geblieben sind. Sende diese und die Buttertöpfe mit dem Wagen zurück.

Nun noch tausend Wünsche für Armgard, für Dich und für alle Kinder, ich küsse Euch Alle in Gedanken,

Achim Arnim

302. *Bettina an Arnim.*

[B., 9. Juni 1825]

Die Sachen sind alle richtig angekommen. Die Brote sind naß geworden, jedoch hoffentlich noch zu trocknen. Ich bin Deiner Meinung, die Wirtschafterin zu behalten, wenn sie Lust hat. – Armgard erholt sich nur langsam aber recht sicher, sie kann erst seit zwei Tagen wieder allein gehen, sie mußte Champagner trinken. –

Unser Görz ist ein sehr guter, anspruchsloser Mensch; der neue Bediente ist noch nicht zu beurteilen. Alles geht auf dem einfachsten Fuß, ich selbst bin sehr müde, und ist mir das Liebste, mich noch vor 9 Uhr ins Bett zu legen. Wagner wird in 3 Wochen abgehen und fängt jetzt schon an einzupacken und wehmütig zu werden. In Alcidor [Oper von Spontini] hat mich Savigny geführt, es war uns allen sehr langweilig, ich selbst konnte nicht bis zur Hälfte aushalten, und Savigny hatte lang daran zu verdauen; es ist also gar nicht schade, daß Du ihn nicht gesehen. Varnhagen hat mich letzt begegnet und mich gefragt, ob Du nicht zu bewegen sein würdest, Dich des Königstädter Theaters anzunehmen, und ob es Dir zuwider sein würde, eine Zeitlang es zu rezensieren, er kenne Holtei, und man habe häufig den Wunsch geäußert; er freute sich, daß Du bald kommen würdest, um selber mit Dir darüber zu reden, und Du möchtest auch zu gleicher Zeit Lustspiele dafür schreiben; ich schwieg still zu allem.

Vor 8 Tagen ist Gneisenau für tot vom Pferd gefallen, hat sich aber bald wieder erholt, man glaubte erst der Schlag habe ihn gerührt. –

[...]

Es sehnt sich mein Herz nach dem Wollmarkt, damit ich Dich wieder hier habe; ich grüsse und küsse Dich tausendmal. Ein Herr Hauser aus Kassel, ein Bekannter von Grimms war hier, er ist ein großer Verehrer von Dir, ist zu Savigny gegangen, um Dein Porträt zu sehen; er ist von Tieck als Sänger zum Dresdner Theater engagiert. Lebwohl, die Armgard will jetzt mehr gepflegt sein wie früher, das arme liebe, liebe Kindchen, ich bin so froh, daß es wieder gesund ist, es war so sehr krank.

Bettine

Die Heringe sind schon alle verspeist; ich wollte wir hätten noch mehr.

303. *Bettina an Arnim.*

[10. Juni 1825]

Lieber Arnim,

ich bin in bester Erwartung, daß die Zeit endlich vorübergehe und ich Dich bald sehe, Armgard sieht noch sehr elend aus, sie muß noch viel schlafen. Heute Morgen machte der Baron Seyffertitz eine unerwartete Erscheinung, ich ergreife die Gelegenheit, Dir die vergessenen Bücher zu schicken und hoffe, daß Du endlich kommst. Es ist schon viel Wolle hier eingetroffen, so wirst Du auch nicht mehr lange ausbleiben.

Der Hofmeister und die Kinder sind zufrieden miteinander; dies war zufällig ein glücklicher Griff; man spürt ihn gar nicht im Hause, er ist die Diskretion selbst. Wagner wird mit Savigny's reisen in der Mitte des nächsten Monats; sie reisen in zwei Kutschen.

Freimund ist unermüdlich fleißig in der Schule, er hat jetzt so viel zu tun, daß er nicht mehr schwimmen kann und sich die Zeit zum Essen nicht nimmt.

Beeile Dich, bald zu kommen, und behalte mich lieb. Neues

kann ich Dir gar nicht mitteilen, denn ich komme nicht aus dem Hause.

Bettine

Daß Dein Stück nach starker Beschneidung am nächsten Donnerstag der Direktion von Holtei wird zur Prüfung vorgelesen werden, hab ich unter der Hand erfahren.

304. *Arnim an Bettina.*

Wiepersdorf, d. 16. Juni 1825

Liebe Bettine!

Ich hoffte gewiß zum Anfang des Wollmarktes bei Dir einzutreffen, aber da kam ein Reisender aus Leipzig, der auf meine Wolle ein günstiges Gebot machte, und so geht es morgen dahin fort. [. . .] Den 25. oder 26. Juni denk ich nach Berlin zu kommen, habe auch meinen Bruder gleichzeitig benachrichtigt. Von dem Hochzeitsfeste, Kranztanze usw. hätte ich viel zu schreiben, aber die Zeit fehlt.

Danke Siegmund und Friedmund für ihre Briefe, aber sage ihnen, sie möchten künftig die Gelegenheit benutzen, wenn ein Wagen geht, da keine eiligen Nachrichten in den Briefen enthalten waren. Spute Dich mit dem Malen, denn nach den Zeitungen ist in Konstanz die Ellenrieder als eine mächtige Nebenbuhlerin aufgetreten. Ich küsse Dich und die Kinder und hoffe, Euch gesund wiederzusehen.

Achim Arnim

Maria Ellenrieder war Malerin und Radiererin. Sie malte meist religiöse Bilder und war 1822–24 in Rom im Overbeckkreise. 1829 wurde sie badische Hofmalerin.

305. *Bettina an Arnim.*

Berlin, 8. Juli 1825

Die Kinder haben die Nacht wieder fantasiert. Siegmund hat 4 bis 5 Mal stark aus der Nase geblutet, auch Freimund; Kühnemund am wenigsten, und der scheint am kränksten zu sein. Siegmund hat von selbst gebrochen, Freimund leidet fortwährend an Übelkeit, sie sind bedeutend krank, aber doch scheint es mir nicht gefährlich, nur Kühnemund macht mir zuweilen Sorge, daß es länger dauern möchte. Du wirst Dir's gewiß selbst zur Pflicht machen, so bald wie möglich zu kommen, wenn es schlimmer werden sollte. Ich werde Dir mit jeder Post schreiben, damit Du Dir nicht vergeblich Angst machst.

Der armen Canitz geht's sehr übel. Sie ist sehr nahe ihrer Entbindung und hat sehr starke Verblutungen; das Kind hat eine falsche Lage, man fürchtet, daß sie die Entbindung nicht aushalten werde. Adieu, mache Dir keine Sorgen, überlege, daß meine Gesundheit wirklich wunderbar gestärkt ist, denn obschon ich gestern sehr müde war, indem der Tag viel unruhiger war, ich mit eigner Hand Fußbäder trug, den ganzen Tag kalte Umschläge machte, die Nachttöpfe ausleerte, die Betten machte (denn die Köchin und ich besorgten alles allein, die Charlotte war krank, und der Bediente war nach einem andern Dienst gegangen und nicht wiedergekommen) so hat es mich keineswegs angegriffen, die Nacht 7 bis 8 Mal aufzustehen. Ich habe zum Teil auf Deinem Bett gelegen. Lebwohl, wenn es möglich wär, mit Gelegenheit *Eier* und Seife und *etwas* Brot und Pflaumen, das wär mir lieb.

Bettine

306. *Bettina an Arnim.*

10. Juli 1825

Vor allem die trostreiche Nachricht, daß unsre Kinder auf der Beßrung sind und außer Gefahr; dies hätte ich Dir vor ein paar Tagen nicht schreiben können, die Hirnentzündung hat sich noch am Tag Deiner Abreise förmlich entwickelt zum Staunen Wolfarts und zu meinem Schrecken, besonders noch bei Freimund; ein fortwährendes Nasenbluten, was beinah einem Blutsturz glich, da das Blut auch inwendig aus der Nase strömte, war ihre Rettung. Sie sind noch nicht ganz vom Fieber verlassen, ich mußte Tag und Nacht Umschläge auf den Kopf von kaltem Wasser und Salmiak machen, das Fantasieren zwang mich, sie auseinanderzulegen, nämlich den Siegmund in Dein Zimmer, weil keiner vor dem Lärm des andern schlafen konnte. Siegmund hat einen sehr starken Durchfall, der ihn Tag und Nacht auf den Beinen hält, oder vielmehr von den Beinen bringt, denn er kann nicht mehr stehen, dies aber hat nichts zu sagen. Wolfart kam täglich 3 Mal, jetzt nur noch zweimal, Freimund leidet an Verstopfung, Kühnemund ist am abgespanntesten, aber es war weniger gefährlich als die beiden Andern. Das Zeichen der Hirnentzündung ist fortwährende Übelkeit bis zum Erbrechen und Schwindel, so daß alles im Drehen ist, worüber Freimund immer weinen mußte und endlich in Ohnmacht fiel. Dies Alles machte mir in manchen Augenblicken bang, ich kam in 5 Tagen in kein Bett, sondern schlief, nachdem es kam, bald eine halbe Stunde in Deinem Zimmer, bald bei Freimund, im übrigen marschierte ich herum, von dem Hin- und Herlaufen hast Du keinen Begriff, das fortwährende Schreien nach Hülfe ließ in 3 Tagen nicht nach, es konnte sich keiner regen, nicht einmal den Kopf emporheben, und noch jetzt muß ich sie tragen auf den Nachttopf und von einem Bett ins andere. Freimund ist gar nicht leicht; die Savignys, welche heut Morgen abgereist sind, konnten nicht begreifen, wie ich es aushielt, doch bin ich ganz wohl; sie nannten mich *wahrhaft großartig* und *musterhaft*. Das Rätsel liegt eben darin, daß wenn [man] niemand hat, auf den man sich verlassen kann, so fühlt man sich stark zu allem wie jede Bauerfrau, und ich kann wohl sagen, ich war in diesen Tagen der Trübsal guter Dinge, bis mich endlich eins niederschlug, und das wird Dich auch sehr schmerzhaft berühren: der arme Canitz hat die liebenswürdigste Frau, die beste Mutter für seine armen Kinder an Verblutung vor der Niederkunft verloren! Gar zu jammervoll ist dieses, und obschon ich mit Sorgen beladen bin, so muß ich es dennoch beweinen. Wir wollen Gott danken, daß wir kein Unglück erlebt haben, Amen. –

Bettinchen war krank, der Abschied vom Griechen [vermutlich Konstantin Schinas, ihr späterer Gatte] schmerzlich, der Trennungsabend psychologisch merkwürdig. Wagner durch meine Künste von der Rührung bis zum Lachen gebracht. Er hat mir noch ein paar lederne Hosen in Biester verehrt und noch einmal alle Noten, die ich von ihm verloren, abgeschrieben. Ich hab ihm ein Notizenbüchelchen, worin ich ein paar Verse gemacht, die aufs Vergißmeinnicht zielen, und auch eine kleine Zeichnung dazu geschenkt; er schwört nun auf dieses Büchelchen. Heute nach seiner Abreise kam noch ein Blumenstock an mich; er hat alles um ihn her noch beschenkt und mit Wohltaten überhäuft, kurz er hat einen guten Geruch hinter sich gelassen.

Lebewohl und mache es mit dem Herkommen nach Deiner notwendigsten Einrichtung, die Gefahr und Angst ist jetzt ganz vorbei obschon die Nachwehen noch an 14 Tage dauern dürften. Ich weiß, daß wenn Dich nicht dringende Geschäfte abhalten, so kann ich auf Dich rechnen, besonders da ich so allein bin; und wenn ich auch nichts mehr habe als daß ich Dich manchen Abend in heiterer Gesellschaft weiß.

Deine Bettine

Siegmund hat mich beschworen, Dir zu schreiben, daß er gern nach Wiepersdorf wolle; er [hat sich] häufig in seinen Fantasien dahin versetzt gefühlt.

307. *Arnim an Bettina.*

Wiepersdorf, 12. Juli 1825

Liebe Bettine!

Dein erster Brief vom 8ten brachte mir keine tröstliche Kunde; ich erhielt ihn, als Gruhl ebenfalls zu Bette lag und ich an Terminen litt. Gruhl ist etwas besser, sein Übel scheint aber ein Leberübel, das ihn gewiß so bald nicht verlassen wird. Die Termine dauern auch noch fort und ich kann nicht sagen, wie bald ich nach Berlin zurückkehren kann.

Bringe die Kinder unterdessen mit ihren Betten in *mein* Zimmer, es ist luftiger als die Schlafkammer der Kinder, und Du kannst leichter aus Deinem Zimmer sie bewachen.

Du erhältst, so viel sich neben dem Getreide aufpacken ließ. Dringend notwendig sind uns die alten Kisten, besonders die *drei Biertonnen*, laß sie zurück befördern, wenn es irgend möglich, wir haben daran Mangel. Herzlich wünsche ich Dir Gesundheit und Mut und uns beiden baldige Herstellung der Kinder. Die quälendsten Gedanken, wie es Euch allen ergeht, machen mir die Geschäfte oft zur Höllenpein.

Ich küsse Dich und die Kinder.

Achim Arnim

308. *Bettina an Arnim.*

14. Juli 1825

Lieber Arnim!

Ich muß lachen über mein Geschick, denn jetzt ist es durchlebt und also ein besonderes Glück, daß es hinter mir ist und nicht vor mir; ich schreibe diesen Anfang so, damit Du gleich alle Ängste beseitigest und mit mir Dich freuest, daß wir so glücklich durchgekommen sind. Die Hirnentzündung hat sich bei allen Dreien vollkommen entwickelt, bei Freimund sowohl, der doch schon früher Spuren davon hatte, wie bei den andern ist es zu gleicher Zeit zum Durchbruch gekommen. Obschon er viel schmerzlicher krank war, so hatte er doch nicht viel Hitze, hat auch keine kalten Umschläge bekommen wie die andern, schon wegen der Ohrenentzündung, aber oft in einem Tag 5 bis 6 Mal mit der größten Vehemenz geblutet; er ist jetzt vollkommen auf der Besserung und hat gestern zum ersten Mal gegessen, 3 Kartoffeln; er litt an Verstopfung, ich mußte ihm Lavements geben mehrmals, eh es wirkte; Siegmund, der in seinen Fantasien immer nach Dir schrie, und der erst seit vorgestern die Besinnung wieder hat, liegt in Deinem Bett, denn da sie zu verschiedener Zeit ungeheuer polterten, konnte ich sie nicht in einem Zimmer lassen. Dieser hatte einen Durchfall, der so heftig war, daß er Tag und Nacht alle 4tel Stund ja oft alle 5 Minuten kam, er ist auch jetzt noch nicht ganz vorüber. Dieser und Kühnemund, der nichts wie Schimpfworte sagte in seinen Fantasien, haben noch Fieber, aber es bessert sich so regelmäßig, daß ich keine Besorgnis habe. Von der ungeheuren Masse von Besorgungen, die auf mir lagen und auch noch jetzt, hast Du keine Idee. Die Charlotte war gleich, als ob sie simpel wäre, sie konnte oder mochte weder gehen noch stehen sondern nur sitzen, alle Nachttöpfe habe ich ausgeleert, alle Betten gemacht, die Stuben gereinigt, die Kinder getragen, hatte Umschläge von in Bronnenwasser getauchten Servietten gemacht, nachts gewöhnlich quer über Deiner Bettstelle, worin Siegmund liegt, gelegen, denn er hatte eine größere Angst wie die Andern und rief immer, daß man bei ihm bleiben möge. 8 Tage habe ich nicht im Bett gelegen, heute Nacht zum ersten Mal besser geschlafen, obschon ich zwei bis dreimal die Ronde machte. Das Sonderbare ist, daß ich nicht eine Spur von Müdigkeit habe, keinen Schmerz, kein Kopfweh und auch von keiner Angst bewegt war in der Zeit der höchsten Not, das einzige was mich bewegte, war der irre Blick von Siegmund, wenn er strebte zur Besinnung zu kommen, wer ich sei. Freimund glaubte, er müßte sterben, wahrscheinlich, weil er weniger Fieber hatte und mehr Blut verlor. Die Krankheit hatte das Eigne, daß sie den Kopf nicht halten konnten, er schwankte von einer Seite zur andern, sie konnten kein Glied regen, ja oft den Mund nicht auftun zum Trinken, sich weder auf die rechte noch linke Seite wenden, ich mußte drehen, halten und tragen, besonders war dies bei den Fußbädern beschwerlich und Freimund ungemein schwer. Wolfart kam den Tag 3 Mal und hat wirklich einen ungemein glücklichen und trostreichen Einfluß gehabt.

Den Brief worin ich Dir den Tod der armen Canitz meldete, müßtest Du jetzt schon haben, ich begreife nicht, wie er sich verzögert. Savigny's sind am Montag mit Wagner, dem einzigen Hausfreund und wahrhaftigen Teilnehmer unserer Leiden abgereist, gestern ist der Grieche [Schinas?] abgegangen; nun bedenke, daß ich niemand habe, bei dem ich um Geld bitten könnte, die Bezahlung des Lohns der Dienstboten, eine Schusterrechnung von 15 Taler 2 Groschen, Wein, den ich für die Kinder kaufen mußte, die Apotheke und viele bedeutende Ausgaben die die Krankheit veranlaßte, denn ich bin den Tag nicht unter 3 Taler ausgekommen, haben meine Kasse geschmälert. Ich bitte Dich also, mir gleich zu schreiben, wo ich Geld bekomme, ich habe ungefähr noch 20 Taler. – Nun leb tausendmal wohl und mache Dir über die Kinder keine Sorgen und ängstige Dich nicht, denn Du siehst, daß wir Glück haben und daß es ein unbegreifliches Wunder ist, daß ich so gesund bin, und daß selbst die Unbeholfenheit der Leute, daß ich nicht einmal eine Flasche Wasser fordern kann, mich nicht aus dem Text bringt.

[. . .]

Verstünde die Wirtschafterin nur, gute Käse zu machen und schickte mir diese, allein sie ist faul und nachlässig; auch Bier, wenn es möglich, schicke das nächste Mal mit, und allemal einen Topf *ganz frische* Butter; zu Kochbutter haben wir noch eine ganze Weile, also viel braucht es nicht; denn zum Verkaufen sind hier weder Preise noch habe ich Gelegenheit dazu. Wäre diesmal ein frischgeschlachtetes Federvieh mitgekommen oder lieber gar ein paar Schnepfen, nach denen Freimund sich besonders sehnt, nach denen ich schon weit und breit herum geschickt habe; endlich hat man mir ein paar *Breitläufer* geschickt, lebendig, sie wurden geschlachtet, gebraten aber nicht gegessen, denn sie waren nicht eßbar. Lebewohl, nächstens schreibe ich mehr, besser wärs jedoch Du kämest, und ich glaube Du hättest alle Geschäfte liegen gelassen, wenn Du die ungemeine Sehnsucht der Kinder in ihren Fantasien, besonders des Siegmund, erfahren hättest.

Deine gesunde Frau Bettine

Eine Menge von Leuten haben sich nach unser[en] Kindern erkundigt.

[...]

309. *Bettina an Arnim.*

17. Juli 1825
[20. Juli abgeg.]

Ich hätte Dir eher geschrieben, allein die Geschäfte waren zu groß, der Abend brach an, noch eh ich glaubte, daß 5 Uhr heran wäre, und dann war ich so müde, daß ich kein Glied mehr regen konnte; Du wußtest nicht, wie krank die Kinder waren, so konnte Deine Besorgnis nicht so groß sein; auch hätte ich Dir nichts Tröstliches schreiben können. Freimund ist seit 3 Tagen wieder auf den Beinen und hat nach langem Fasten ungemein viele Bedürfnisse. Er trinkt von Morgens bis Abends Weißbier, manchmal 3 Flaschen. Siegmund machte mir die meisten Sorgen. Dein Knecht sah ihn, da war er noch sehr krank und fantasierte die Nachmittage und Nächte, endlich vor 4 Tagen warf sich die Entzündung auf die Lungen bei ihm und Kühnemund, aber dieser war nicht so angegriffen. Siegmund ließ mich die Nächte nicht von sich, er glaubte bei seiner Heiserkeit und Husten zu ersticken, ich mußte immer seine abgemagerten, brennenden Hände halten; seit gestern hat das Fieber sehr nachgelassen, er schläft mehr, der Husten ist beinah ganz weg, und soeben hab ich ihn auf Wolfarts Anordnung zum erstenmal gebadet, worauf er ganz sanft schläft. Angst hatte ich nur in den bedeutendsten Augenblicken gehabt, aber Sorgen und Mitleid mit seinen Schmerzen viel, kurz dieser Tage will ich gedenken und wie viel ich ertragen kann, wenn es sein muß. Neues kann ich Dir natürlich nicht sagen. Von Weimar sind Nachrichten, daß Savignys wohlbehalten dort ankamen. Wagner war mit bei Goethe und fühlte sich ungemein beglückt, daß dieser ihm die Hand bot.

Du bist zwar in diesem Augenblick um der Krankheit der Kinder willen nicht mehr so wesentlich nötig, da der Sturm vorüber, ohne daß wir Schiffbruch gemacht haben, aber Du fühlst wohl selbst wie erquicklich mir sein müßte, Dich wiederzusehen, indessen bitte ich Dich sehr, in dieser Hitze nicht zu reisen, mir wird es zum Verschmachten wenn ich Dich im engen Wagen denke; Du könntest wahrhaftig auch ein hitzig Fieber bekommen!

Die Verdier, deren Tugend und Rechtlichkeit beinah zu windschief steht, läßt aus lauter Ökonomie den Franz [Sohn von Savigny] verhungern, er läßt aus dem Speisehaus Essen holen und soll davon zum Nachtessen übrig behalten, da es aber zu wenig ist, ist immer große Not, und er mag noch so heißhungrig in sie dringen, sie bleibt dabei, ihm nichts vorzusetzen als die vom Mittag unaufgewaschenen Schüsseln, aus Furcht, die Savigny könne denken, sie habe mitgegessen; auch nicht zu Kartoffeln oder saurer Milch läßt sie sich erweichen.

Adieu, komme bald, die Kinder machst Du ungemein glücklich, auf jeden Fall will Freimund die Ferienzeit auf dem Lande zubringen, sie gehen in wenig Tagen.

Bettine

Ich küsse Dich herzlich. Besorgt darfst Du nicht mehr um die Kinder sein.

310. *Arnim an Bettina.*

Wiepersdorf, d. 18. Juli 1825

Liebe Bettine!

Zwei Briefe erhielt ich inzwischen mit Nachrichten von der Besserung der Kinder und von den Beschwerden, die Du auszustehen hattest. Eine Wartefrau hättest Du Dir wohl in der Zeit nehmen sollen, da die Dienstboten meist fühllose Entfremdung bei solchen außergewöhnlichen Hülfsleistungen zeigen.

Wann ich komme weiß ich nicht, da zum 20ten sich wieder einer zum Termin in der Rinow'schen Streitsache hat anmelden lassen und morgen schon gemäht wird, also die Roggenernte alle Kräfte in Beschlag nimmt, während Gruhls Gesundheit höchst schwankend bleibt. Auch Sendungen sind jetzt schwer abzuschicken, denn selbst die kleinen Kärrner gehen jetzt nicht nach Berlin. Sobald diese Gelegenheit sich findet, soll die Leinewand erscheinen, die Du neulich wie das Geld verschmähtest.

An Geld erhältst Du 53 rx hiebei. Sollte Dir zufällig einmal dergleichen fehlen, so würde gewiß Alberti Dir mit Vergnügen einen kleinen Vorschuß machen.

Von der Tischer habe ich lange nichts vernommen; sie hätte Dir auch gewiß Beistand geleistet, wenn Du sie nicht ganz vergessen hättest. Ich war immer so kurze Zeit in Berlin, daß ich jede Stunde benutzen mußte, und als ich etwas längere Zeit da war, fand ich sie nicht zu Hause.

Wenn ich die Krankheit der Kinder überdenke, so möchte ich sie, da alle in der Verdauung gestört sind, eher in einer Unordnung der Leber durch Nahrungsmittel und Erkältung veranlaßt, aufsuchen und die Einwirkung auf den Kopf für sekundär halten, wenigstens Hirnentzündungen, von denen ich gehört, hatten alle einen andern Charakter.

Wenn sie nur erst ganz hergestellt wären! Vielen Dank an Wolfart für alle Sorgfalt.

Ich küsse Dich und die Kinder mit ganzer Seele.

Achim Arnim

311. *Bettina an Arnim.*

23. Juli 1825 [abgeg.]

Lieber Arnim,

Dein Brief mit dem Gelde ist glücklich angekommen; ich danke Dir dafür. Diesmal ist Deine Ansicht von der Krankheit der Kinder nicht die wahre, und ich fühle mich bewogen, dem Wolfart Glauben beizumessen, der es für eine Hirnentzündung in aller Form erkannt, besonders da die Folgen auch so bedeutend sind, die Krankheit 21 Tage dauert, eh das Fieber sie verläßt. Freimund ist ganz durch aber matt, Kühnemund macht mich jetzt wieder mehr bedenklich als Siegmund, er ist auch sehr schwer zu regieren; sie haben beide öfter noch Fieberanfälle, Zittern an allen Gliedern und können die Stimme kaum erheben; jetzt fangen sie an, mitunter Fleischbrühe zu genießen, bisher hab ich sie mit Orangen, Pfirsich und Aprikosen ernährt. Wein trinkt Siegmund, aber Kühne will noch keinen, er blutet noch öfter aus der Nase. Armgard wird wieder recht dick, von ihrer Krankheit aber ist ihr eine Unruhe in der Nacht übrig geblieben, die mir jetzt sehr zur Last fällt, denn wenn die andern mich auch in Ruhe lassen, so will sie 3 bis 4 Mal trinken.

Der Justizrat Krause ist vorgestern an Entkräftung gestorben womit er schon 4 Monate zu kämpfen hatte. Wagner hat von Weimar aus geschrieben, Goethe in bestem Wohlsein gesehen. Savigny auch wohl.

Weiter kann ich Dir von meiner dunkeln Kammer aus nichts melden, die Kinder seufzen alle nach Dir; wenn sie wieder gesund sind, so kann ich sie schwerlich abhalten, nach Wiepersdorf zu reisen. Sei gegrüßt und geküßt von uns allen und um *baldiges Kommen* gebeten.

Deine Bettine

312. *Arnim an Bettina.*

Wiepersdorf, 29. Juli 1825
[30. Juli 1825 abgeg.]

Liebe Bettine!

Freimund nimmt sichtbar zu, und ich wünschte, daß ich ihn bei seiner Ankunft gewogen hätte, um die Zunahme für jede acht Tage zu bestimmen. Er bewohnt Dein Zimmer. An Effekten hatte er leider für nichts gesorgt, so daß er außer ein Paar geflickter Hosen nichts besaß, auch keine andre Stiefeln, als die er trug. Dadurch kommen die hiesigen Künstler in Nahrung. Meine Ankunft war hier in mancher Hinsicht sehr nützlich.

Ich hoffe, daß Siegmund und Kühnemund ihre Fieberperiode heute oder morgen überstanden haben, daß Armgard ruhiger schläft, und daß Du Dich endlich von so mancher Sorge und Mühe erholen kannst. Die Pferde sind bereit, wenn Du Lust hast, mit den Kindern zu kommen, und auch der gelbe Wagen ist repariert.

Ich muß Dich nochmals warnen, den beiden Kranken keinen Kuchen zu geben, besonders zum Frühstück, Du tust mit dem Wunsche, ihnen einen Vorteil, eine Annehmlichkeit zu verschaffen, wesentlichen Schaden. Bei schwachen Magen ist ein kleines Stück so nachteilig wie sonst ein großer Kuchen, und Kühnemund besonders klagte in letzter Zeit allein über die Magengegend, wenn man ihn da berührte. Sollten die beiden Kranken noch nicht ganz gesund sein, so hielte ich für Dich bequemer, wenn Du den Kühnemund auch in Dein Wohnzimmer nähmest und mein Zimmer dazu benütztest, Besuch zu empfangen. Wenigstens wärest Du von aller nächtlichen weiten Lauferei dadurch befreit.

Neuigkeiten finden sich hier nicht vor, die Ernte beschäftigt alle Gedanken. Hier ist in der ganzen Zeit, wo ich in Berlin naß wurde, kein Tropfen Regen gefallen.

Picas begrüßt den Siegmund, ebenso die Hasen und Rebhühner, die von ihm allein geschossen sein wollen. Ich küsse Dich und die Kinder herzlich. Achim Arnim

313. *Bettina an Arnim.*

B., 1. August 1825

Lieber Arnim,

soeben kommt Dein Brief an, die Kinder bessern sich sehr langsam und können noch nicht aus dem Bett sein, besonders, da sie der Husten sehr zurückhält; aber das Fieber scheint sehr nachgelassen zu haben. Siegmund ist besser wie Kühne, dieser letzte verlangt jetzt keinen Kuchen mehr; ich hätte diese ungestüme Forderung von ihm nicht befriedigt, wenn Wolfart mir die Erlaubnis nicht gegeben hätte; er hat mehr davon gesehen als gegessen.

Armgard ist jetzt sehr unruhig und hat den Husten. Ich habe seit gestern Nachmittag Fieber und Kopfweh, mehr Kälte wie Hitze, ich hoffe, daß es keine Folgen hat. Wie es mit unserm Logis wird, weiß ich nicht, ich kann keinen Menschen auftreiben, der sich darum bekümmert.

Ich sage Dir von wegen meines Unwohlseins aufs schleunigste Adieu; ich denke mich ein wenig nieder zu legen und das ganze Übel zu verschlafen.

Sei gegrüßt und geküßt und bedankt für Deine freundlichen Zeilen.

Bettine

314. *Arnim an Bettina.*

Wiepersdorf, d. 7. Aug. 1825
[9. Aug. abgeg.]

Liebe Bettine!

Dein letzter Brief hat mich in große Unruhe versetzt. Du schreibst, daß die Kinder sich nicht merklich besserten, und daß Du selbst krank wärst. Ich hätte alles stehen und liegen lassen, aber mit derselben Post erhielt ich ein Schreiben meines Bruders, daß er in diesen Tagen, nämlich morgen mit einem Pächter aus der Uckermark hier eintreffe und, so einfältig diese ganze Reise ist, es war zu spät sie abzubestellen. Aber außerdem war es mir schmerzlich, den Freimund, der hier so wohlaussehend und lustig geworden, ehe seine Ferien zu Ende, hier fortzureißen, da ich ihn doch ganz allein besonders in dieser Erntezeit sich nicht überlassen konnte, wo oft Niemand zu Hause ist. Seltsam ist es, daß solche Schrecknisse mir immer regelmäßig in den Zeiten kommen, wo ich etwas arbeiten möchte und mich dazu in guter Stimmung fühle, als ob ein Anti-Genius mich und mein bescheidnes Wirken nicht mehr auf der Welt dulden wolle. Und nun dazu die vielen kleinlichen Quälereien, womit der Besuch mich reichlich beschenkt! Da wird ein Braten zu einer wichtigen Person! Freimund kommt mir mit seiner Jagd zu Hülfe, er schießt mir fleißig Rebhühner, ist sehr wohl und munter und sieht frischer aus als vor der Krankheit. Auch meine ich, er sei gewachsen.

Seine Ferien werden mit dem Ende der nächsten Woche ebenfalls zu Ende gehen. Vielleicht bringe ich ihn selbst dann zurück und hole die Genesenen. Schreibe mir nur recht schnell, auch hoffe ich durch meinen Bruder Nachricht von Dir zu erhalten.

Der Himmel stärke Dich, erfrische Dich, daß Dir die unselige Berliner Sommerluft nichts anhabe, ich küsse Euch Alle mit der Andacht, wie sie bei so quälender Unruhe möglich.

Achim Arnim

315. *Bettina an Arnim.*

29. August 1825 [abgeg.]

Lieber Arnim,

ich danke Dir für die Nachricht Eurer glücklichen Ankunft. Kranke Leute sind ängstlich. Mit meiner Gesundheit geht's bergauf aber nur langsam, der Schwindel im Kopf ist noch nicht ganz vorüber, und ich spüre im Unterleib immer noch was Krampfhaftes; ich muß des Tags 2 mal schlafen und kann nicht länger aufdauern als bis 8 Uhr, auch hab ich keine Freude an Menschen, im Gegenteil machen sie mich verwirrt im Kopf. Ich geh nachmittags in Savigny's Garten, wo mir nichts lieber ist, als wenn ich ganz allein bin, ich spüre jetzt erst, wie krank ich war, allein ich kann doch sagen, daß es allmählich besser geht.

Lebwohl, behalte die Kinder, so lange Dir gut deucht. Meine Sorge ist die Wohnung, absonderlich die Küche. Kein Wirt will was machen lassen. Freimund ist recht fleißig; ich muß ihm im Französischen helfen, er hat letzt einen sehr gewandten Aufsatz im Deutschen gemacht, nur war er schlecht geschrieben. Der Franz ist wieder recht krank an einer heftigen Kolik, die Verdier ist faul und bequem und kommt nie zum Mittagessen. Adieu, Du mußt Dich mit wenig Geschriebenem begnügen, denn ich bin müde, und absonderlich tun mir die Augen weh beim Schreiben; ich muß hier den Freimund neu kleiden, denn in seinen grünen Hosen behauptet er durchaus nicht gehen zu können ohne sehr zu ermüden, und daß sie ihn an allen Ecken genieren.

So lasse Dich also warnen vor Augustarbeit.

Leb recht wohl und behalte lieb

Deine Frau Bettine

316. *Arnim an Bettina.*

Wiepersdorf. 1. Sept. 1825
[2. Sept. 1825 abgeg.]

Liebe Bettine!

Noch habe ich keinen Brief von Dir, doch beruhigt mich der Gedanke, daß niemand so in den ersten Tagen nach einer Krankheit zum Schreiben aufgelegt ist. Hanow war in den letzten Tagen hier und hielt Gericht. Heute wäre ich nach Lorenzkirchen mit den Kindern zum Markt gereist, hätte ich Nachrichten von Dir, aber so in der Ungewißheit mag ich nicht von hier fort, obgleich das Wetter höchst günstig ist.

Gestern war ich in Ahlsdorf und brachte außer vielen Grüßen für Dich noch eine recht merkwürdige Geschichte zurück. Im oberen Zimmer sind viele Landschaften, Scenen u. dgl. in Öl auf eine Tapete gemalt, manche höchst seltsamen Erfindungen, besonders Seegegenden mit Wohnungen in Felsen, Seeschlachten, auch Lokalscherze, z. B. wie einem protestierenden Advokaten die Perücke abfliegt. Diese höchst seltsame Tapete ist das Werk eines preußischen Unteroffiziers, welcher sich als Deserteur dort längere Zeit aufgehalten hatte und endlich seine Arbeit unterbrechen mußte, weil er als Lord Macdonald im prächtigsten Wagen abgeholt wurde. Wegen eines Duells hatte er fliehen müssen aus England, aus Not hatte er preußische Dienste genommen, die Seinen hatten ihn nur mit Mühe aufgefunden, weil er desertiert war, er hatte unterdessen Verzeihung erhalten. Die Bilder zeigen deutlich, daß er auch Besseres hätte malen können, für solche Wandbilder sind sie übermäßig sauber ausgeführt.

Wenn ich diese Geschichte mit der Expedition des Prinzen Eduard verbinde, durch welche viele Mac-Donalds flüchtig werden müssen, so habe ich einen Walter Scott fertig. Darum bewahre diese Geschichte und erzähle sie niemand, es ist damit vielleicht noch Geld zu verdienen, wenn der Scott sich lahm geschrieben hat.

Wenn Du Geld brauchst, so schreib es mir im voraus, auch gieb mir etwas Nachricht von Savignys. Die Kinder, auch ich küssen Dich herzlich und hoffen auf gute Nachricht von Dir.

Achim Arnim

317. *Bettina an Arnim.*

[Anfang Sept. 1825]

Lieber Arnim!

Ich bin sehr verwundert, daß Dir noch kein Brief von mir zugekommen ist, denn wenn ich nicht irre, so sind es beinahe 10 Tage, daß ich Dir geschrieben habe und zwar, daß es ganz langsam besser mit mir geht; indessen bin ich schon wieder krank gewesen und habe 3 Tage zu Bett gelegen, ohne weder Tag noch Nacht eine Minute schlafen zu können, und ich hatte Fieber und Zucken und ziehende Schmerzen in den Händen und Füßen. Wolfart glaubte schon, ich würde meine Krankheit noch einmal bekommen und gab mir Opium; ich weiß nicht, ob es von dieser Medizin herkömmt, allein seit gestern befinde ich mich besser. Es haben sich jedoch merkwürdige Umstände ereignet, die der Wolfart für Schwangerschaft erklärt und dabei bleibt; nun wird es sich offenbar zeigen, ob ich Dir untreu war; ich halte es jedoch für große Schwäche und hoffe, daß es zu meinem Besten ausschlagen soll; nur hab ich oft Brustweh, wenn ich mich anstrenge und Schwindel im Kopf, aber meine Melancholie hat sich sehr gemildert. Geld würde ich wohl in zwei Monat nicht brauchen, wenn ich nicht folgende Exzesse begangen hätte (doch glaube ich mich noch 14 Tage hinhalten zu können). Deine Hemden nämlich, die Du zum Flicken zurückgelassen, und die an der Zahl nur 10 sind (wo die andern geblieben, ist mir ein Rätsel, denn Du hattest zum wenigsten an 26), sind durchaus nicht mehr zu flicken, ein einziges ist ausgebessert worden, dies hat mich 12 Groschen Näherlohn gekostet, die Kost ungerechnet und wird wohl nicht 8 Tage halten; ich habe also auf dem Markt ein Stück Leinwand zu 26 Taler gekauft, ebenso schön wie das für 34 Taler bei Bütow; diese Hemden werde ich jetzt machen lassen, und da es mehr Leinwand ist, so bekomme ich 14 Hemden. 2^{tens} habe ich ein Stück Leinwand gekauft für die Knaben zu 17 Taler, gröber als die dem Pistor seine Kinder heimlicher Ehe tragen, aber doch haltbar; 3^{tens} Tuch zu 1 Taler 10 Groschen für 4 Habiter 12 Ellen, macht 17 Taler; 4^{tens} feines blaues Tuch, was Du recht gut zum Überrock tragen könntest zu 1 Taler 16 Groschen: 16 Ellen, macht 19 Taler 8 Groschen. Dieses Tuch verkaufte mir ein armer hiesiger Fabrikant, der in der Landsberger Straße wohnt, ich habe dieses alles kaufen müssen, denn die Kinder sind ganz aufgerissen und Du wirst gewiß finden, daß ich billig gekauft habe, denn 3 Taler 12 wurde mir für das Tuch gefordert, 1 Taler hab ich geboten. Dies alles zusammen macht an 80 Taler; ich habe noch 36 Taler übrig, davon kriegt der Schuhmacher noch 10 Taler, bleiben 26 Taler, mit diesen denke ich noch an 14 Tage auszukommen, weil ich doch auch jetzt noch Wein trinken muß. Nun muß ich mir aber auch eine Decke über mein Bett machen lassen, denn die zwei, welche ich habe, sind bei der Kinder Krankheit ganz zerrissen, ich habe schon 22 Jahre drunter geschlafen. Diese soll mich aber nicht mehr wie höchstens 4 Taler kosten; wenn Du mir also in 14 Tagen wieder etwas kannst zukommen lassen, so soll es mir sehr lieb sein.

Nun muß ich Dir doch erzählen, welcher Veranlassung ich meine zweite Krankheit zuschreibe. Serviere war bei mir und bat mich bei ihm zum Mittagessen; er holte mich im Wagen ab, Schinkels und Schwager Kuhberg waren auch da, man aß prächtig fünferlei Braten p.p. Zuletzt, wie die Tochter den Kaffee bestellen will und die Türe aufmacht, so fällt die Köchin mit dem Besen und fürchterlichem Geschrei der Tochter Jette auf den Kopf, der Bediente liegt in der Küche auch mit einem Besen und den Haaren der Köchin; sie hatten sich tüchtig vor der Tür geprügelt, ohne ein Wort zu sagen; in dem Augenblick, wo die Tür los ging, ging auch der Lärm los, und Du kannst wohl denken, daß dies zum Erschrecken eingerichtet war; nachher gingen wir in ein zinnoberfarbnes Zimmer, wo mir gleich so übel ward, daß ich abseits gehen mußte und mich erbrach, ich ließ jedoch nichts merken. Endlich fuhren sie mich noch ein wenig spazieren, Schinkels waren ins Theater gegangen. Die ganze Nacht hatte ich tüchtig Fieber, jetzt bin ich jedoch besser wie vorher.

Der Wirtschafterin habe ich heute die Schlüssel abgenommen, weil sie sehr schlecht haust und auch betrügt; dies hat gar kein Ärgernis gesetzt; aus diesem Grund hab ich auch die meiste Butter verkauft, zu 4 Groschen cur:, sie war schon verderbt, *die Mamsell soll die Butter besser auswaschen und besser salzen*, denn ich muß es hier tun. Ich habe also nur noch einen Topf im Vorrat; wenn Du Gelegenheit findest, so schicke, aber nur nicht den Wagen. Vom Brot haben wir auch verkauft, es wurde uns zu trocken, es wird zu stark gebacken. Jetzt bin ich so müde vom Schreiben, daß ich Dir kaum herzlich Adieu sagen kann. Von Savignys kann ich nichts sagen, denn sie schreiben nicht. Adieu, ich küsse Dich herzlich und danke Dir nochmals für alles Gute, was Du mir bei Deinem Hiersein hast angedeihen lassen.

Bettine

318. *Arnim an Bettina.*

Wiepersdorf, d. 10ten Sept. 1825

Liebe Bettine!

Es freut mich, daß Du Dein neues Unwohlsein glücklich überwunden hast, aber das Erschrecken um Kleinigkeiten mußt Du Dir abgewöhnen, oder Du wirst nie gesund; denn wie ist es zu meiden, daß eine Magd und ein Bedienter nicht zuweilen Haar-Collusionen haben, und dabei wie bescheiden von den Leuten, daß sie es ganz in der Stille ausfechten wollten. –

Die neue Leinewand benutze für Dich, ich habe jetzt Hemden genug. Übrigens mußt Du Dich nicht wundern, wenn meine Hemden sich der Zahl nach vermindert haben, im Wesen sind es dieselben, aber in einer großen Ausflickung zur Zeit der Stobwasser wurde eine große Zahl kassiert. Die Hosen von Freimund sind wegen der harten Futterleinewand, die August auszuwaschen vergessen hatte, so unbequem zu tragen; wenn sie einmal ausgewaschen werden, wird es sich schon legen. Es wäre schade um das Tuch, wenn sie weggeworfen würden, und sie saßen sonst recht gut. Das Oberleder an den Stiefeln des neuen Schusters ist von gar keiner Dauer, ich mußte die Stiefeln von Friedmund schon flicken lassen. Daß die Wirtschafterin nicht zu wirtschaften verstand, hatte ich längst weg, es war unglaublich, was für die schlechte Küche in den wenigen Tagen ausgegeben worden, besonders für Semmel oder Milchbrot u. dgl. – Hier denkt keins der Kinder an Semmel, und weil sie Abends regelmäßig etwas Warmes zu essen bekommen, so denkt keiner daran, den schädlichen Tee zu verlangen oder ein paar Pfund Butter auf Brot herunterzuschlingen wie ich es mit Grauen in Berlin erlebte. Überhaupt frage ich keinen, was er essen will, so ißt jeder was vorhanden ist, und der Gedanke, daß eins oder das andre nicht schmeckt, verliert sich allmählich gänzlich.

Am vorigen Sonntag wurde die neue Liturgie eingeführt, die Kinder sangen noch besser als ich dachte, aber die Sache war doch den Leuten sehr langweilig. Nachmittags war Erntefest in Bärwalde, und ich dachte mir es spaßhaft genug, wenn die alte Kranzrede mit ihren Knispelchen und Wispelchen, mit Rinder und Kinder auch in die Liturgie aufgenommen wäre, ob die wohl alle Sonntage gleiche Freude machen würde.

Einliegend sende ich Dir 80 rx in Kassenanweisung, es war mir unmöglich in diesem Augenblick hier zu Dahme, wo ich den Brief schließe, mehr als dies in Papiergelde zu erhalten, so wird es zur Miete nicht genügen.

Die Kinder begrüßen Dich herzlich und freuen sich des Kuchens beim morgenden Erntefeste. Ich küsse Dich und die Kinder.

Achim Arnim

319. *Arnim an Bettina.*

Wiepersdorf, d. 18. Sept. 1825
[20. Sept. abgeg.]

Liebe Bettine,

[. . .]

Vor acht Tagen wurde hier das Erntefest gefeiert bei dem schönsten Wetter. Keßlers und Salpius bewirtete ich hier im Hause. Abends wollte der Schenkwirt die ohnehin trunkenen Leute nicht mehr einnehmen, und da entstand eine

Verschwörung gegen ihn, acht Tage darauf ohne ihn in selbst angeschafftem Biere und Branntwein bei dem Kossäten Linke sich zu betrinken und zu tanzen.

Dies Fest wurde nun gestern gefeiert, und der Schenkwirt in seinem Zorne hatte zwei Gensdarmen geholt, um es zu stören. Und die Gensdarmen gingen mit ihren Schwestern in den Tanzsaal und sprachen zu der Menge: Kinderchen, wenn der Wirt kein Bier und Branntwein schenkt, so ist es Euch unverwehrt hier zu trinken, aber Ihr müßt die eilfte Stunde der Nacht nicht überschreiten. So endete alles in Frieden.

Ich hoffe, daß Du mit den Kindern das schöne Wetter benutzest, soviel das in Berlin möglich ist. Wie gern hätte ich es zu einer Reise nach der sächsischen Schweiz benutzt, aber ich mochte die Kinder nicht hier zurücklassen, und mit ihnen würde die Freude von allen Seiten nicht zu groß gewesen sein, sie sind für so etwas noch zu jung.

[...]

Ich habe Dir keinen Wagen mit Lebensmitteln geschickt, weil wir mit dem Heu sehr beschäftigt waren, und weil diese Vorräte eigentlich nur bei einer ordentlichen Wirtschafterin etwas nützen. Der Preis der Butter ist hier in der Gegend ebenso hoch.

Die Kinder küssen Dich und ihre Geschwister, so auch ich von ganzer Seele.

Achim Arnim

320. *Bettina an Arnim.*

21. Sept. 1825 [abgeg.]

Lieber Arnim,

ich bin die ganze Zeit recht faul gewesen aber auch recht matt; wenn ich mir noch so fest vorgenommen, den Tag zu schreiben, so überfiel mich der Schlaf unwiderstehlich, und wenn ich aufwachte, wollte gewöhnlich die Sonne schon bald untergehen; ich habe nämlich meine ganze Krankheit noch einmal von Anfang an durchgemacht, ich mußte wieder brechen und dann Brausepulver nehmen, konnte gar nicht schlafen in der Nacht und nicht essen; alles in geringerem Maßstab aber sehr miserabel. Seit 8 Tagen fühle ich mich gottlob anders p.p. –

Schreibe mir nun doch, wann Du denkst die Kinder zurück zu bringen, auch wie es mit dem Unterricht des Görz steht, ob er ihnen was lehrt oder nicht, welches letztere ich sehr vermute. Freimund konnte beim Griechischen nie Auskunft von ihm bekommen; jetzt geht er alle Woche zweimal zu Püllemann, und es ist ganz notwendig, daß er eine gute Unterstützung habe. Auch habe ich einen ganz guten Lehrer im Französischen aufgegattert, der die Stunde zu 4 Groschen giebt, er war lange in Paris und soll sehr gut lehren, besonders im Sprechen; ich denke, daß da die Kinder alle zusammen Unterricht nehmen könnten. –

Gestern hat uns Klingemann ein Lied von Dir aus dem Auerhahn vorgespielt, was Otto singt, wie er im Kahn ist. „Starkes Herz das atmet freier" – so trefflich, daß ich mirs auf keine Weise besser denken kann, ja Du selbst bist im Jugendfeuer Deiner Poesie drinnen ausgesprochen. Dieser Mensch hat Dich wirklich lieb in Deinen Dichtungen, so hast Du manchen stillen Anbeter, von dem Du nichts ahndest; und obschon Du Deinen Namen nicht so oft nennen hörst wie andre, so kannst Du doch auf tieferes Gefühl rechnen bei denen, die Dich verstehen, das kommt daher, weil Du eine Tiefe hast, in die man sich versenken kann. –

Die Helvig, die seit 3 Wochen wieder hier ist, hat sich vor 8 Tagen, umringt von schwedischen Freunden und Gelehrten, Professor Geyer, Lindblat, Rosenblad, Lilienjelm, Silfverstolpe p.p. in Savignys Garten ausgebeten, den ich ihr auch gab und noch mit einem Kuchen krönte. Sie hat diesen armen Leuten, welche gekommen waren, um Berliner Gelehrte und sonstige Merkwürdigkeiten kennenzulernen, alle Zeit mit Vorlesung ihrer Werke abgeschnitten, so daß sie aus einer Kunstnot in die andre kamen; statt aber Lob mit der Übersetzung ihrer Romanzen [die „Frithjofsaga"] einzuernten, trat der Geyer, mit dem Original in der Hand, an sie heran und bewies ihr, daß sie den Dichter nicht ganz verstanden habe, und daß sie notwendig alles noch einmal überarbeiten müsse, um ihm nicht unrecht zu tun. Dies war kein kleiner Schreck für alle Zuhörer.

Neues ist hier nichts geschehen, von Savigny weiß ich, daß die Reise ihm sehr wohl bekömmt und auch Bettinchen; – ich bin hier einsam, helfe dem Freimund, so viel ich kann, im Französischen und auch zuweilen in den Deutschen Aufsätzen; Nachmittags geh ich mit den Kindern in Savigny's Garten. Strampf hat uns ein paar Mal dort besucht, sonst hab ich niemand gesehen. Tieck hat auf der Kunstakademie eine Vorlesung über den falschen Weg der Maler gehalten, die *sehr gehaltvoll und tief sei;* es war bei Gelegenheit der Preisausteilung, Begas und Wach saßen ihm gegenüber und ärgerten sich, denn er verachtete gerade ihren Weg. Der arme Preiserhalter stand vor ihm in einem sehr engen, verwachsenen Rock, in größter Verlegenheit; denn er hatte nichts vom Glück geahndet. Tieck sang Discant und Baß durcheinander.

Vergesse nicht, daß ich zu Oktober das Quartal zu bezahlen habe. Lebwohl, entwöhne Dich meiner nicht gar zu sehr. Ich küsse Dich und die Kinder und wünsche, daß die Zeit herannahe, wo wir wieder beisammen sind. Daß ich den Brief mit dem Gelde empfangen, hat Dir Konrad, dem ich es aufgetragen, wohl ausgerichtet.

B.

Die schwedische Schriftstellerin Malla Silfverstolpe hat in ihrem Reisejournal „Das romantische Deutschland" (Leipzig, 1812) Bettina geschildert. Die wichtigsten Stellen sind abgedruckt in „Andacht z. Menschenbild", 237 f.

321. *Arnim an Bettina.*

Wiepersdorf, d. 23. Sept. 1825
[24. Sept. 1825 abgeg.]

Liebe Bettine!

Konrad hat an Gruhl gesagt, daß Du und die Kinder sich wohl befänden und das beruhigt mich bei dem Mangel an Nachrichten, auch hat er die Bestellung in Deinem Namen gebracht, daß der Brief angekommen, ich vermute der Geldbrief mit den 80 rh. Ich sende Dir heute noch 60 rh. und glaube, das Du nun die neunzig Taler Miete wirst zahlen können, die zum ersten Oktober fällig ist. Dem Konrad mochte ich das Geld und auch den Brief nicht anvertrauen, denn er ist in allem nachlässig. Ich wünschte, Freimund wäre in diesen Tagen hier gewesen, wir haben nach Dachsen gegraben und einen Fuchs im Bau gefangen. Stolzenhain hat große Pläne, sich, seiner Frau und Kindern ein Schloß in Meinsdorf zu bauen, für jetzt aber hat er das Zifferblatt an der Turmuhr in bunten Farben, den Zeiger rot, gemalt, auch eine Treppe zum Turm gebaut. Der Jäger, um sich ebenfalls auszuzeichnen, hat eine junge Trappe geschossen, die sehr wohl schmeckte.

Kühne kann seine Berliner Stiefeln gar nicht anziehen, darum sei vorsichtig mit dem Schuster. Er nimmt sehr zu, alle Woche müssen seine Jacken erweitert werden, auch wächst er in Geist und Körper, während Friedmund in Tölpelei emporschießt.

Ich schließe in Dahme meinen Brief, wo ich wieder keine Nachricht von Dir vorgefunden habe und auch keine Kassen-Anweisungen, weswegen ich das Geld bar sende.

Die Kinder tragen mir viele Grüße auf, ich küsse Dich von Herzen.

Achim Arnim

322. *Bettina an Arnim.*

28. Sept. 1825 [abgeg.]

Lieber Arnim,

vermutlich wirst Du jetzt meinen Brief haben und außer allen Sorgen sein; meine Gesundheit ist so, daß sie keine Abweichung vom ruhigsten Leben erlaubt. Nach 9 Uhr Abends befällt mich eine Entkräftung, die nur durch Schlaf kann gebessert werden, ich gehe alle Tage in Savigny's Garten, bin aber am Abend immer zu Hause.

Du wirst wahrscheinlich den Freimund bei Euch erscheinen sehen, er hat ungefähr noch 14 Tage Ferien und sucht eine billige Gelegenheit halbwegs Dresden, das heißt bis Erdmannsdorf; er hat auch in der letzten Zeit wieder an Ohrenweh gelitten, also wird es ihm recht gut sein, noch eine kurze Zeit in Ferien zu sein.

Pistor hat seiner Frau einen wunderlichen Spektakel und saure Tage gemacht; es hat ihm geträumt, er werde sterben, und da Piautaz so schnell mit Tode abging glaubte er, daß es ihm grade so gehen werde. Als der Tag herankam, an dem sein Traum in Erfüllung gehen sollte, war er so voll Angst, daß er nur immer flehte, Gott möge ihn nicht hart strafen; seiner Frau beichtete er seine Sünden. Nun kam heraus, daß die Dame von Moabit eben mit dem 6ten Kinde glücklich niedergekommen; wie aber der Tag sich geneigt hatte, ja endlich Mitternacht vorüber war, fing er an wieder Hoffnung zu schöpfen und ward endlich fröhlich und gesund.

... [lange, detaillierte Rechenschaft über Ausgaben] ... Wenn Savigny hier wäre würde ich gleich Geld aufnehmen, um Dir nicht zur Last zu fallen, und habe auch schon an Gunda geschrieben, daß mir Franz eine Anweisung schicken soll, wo ich Dich dann nachher wieder schadlos halte; aber ich muß jetzt noch um Geld bitten und ich hoffe Du siehst klar ein, daß ich nicht verschwende. Was ich genieße, ist ein Muß und sonst gebe ich nur das Notwendigste aus; Strümpfe sind mir nötig, Nachtjacken, Hemden p.p., dazu kommt, daß *die Verdier 50 Taler wiederhaben will* wegen notwendiger

Ausgaben, die ihr die Savigny bestellt. Nun genug von diesem schlechten Thema, es macht mir und Dir keine Freude; es wär mir ein großer Stein vom Herzen wenn ich einmal im reinen darüber wäre, was ich auszugeben berechtigt bin; ich werde zu dem andern Hauskreuz, was Gott mir täglich schickt dies wohl auch noch tragen müssen bis ans Ende meines Lebens.

Die Armgard hat wieder schlimme Augen, ich muß mich den ganzen Tag mit ihr beschäftigen, um sie bei dem kalten Wetter im Zimmer zu erhalten. Dies ist viel lästiger und mühsamer als die Pflege der Krankheit war. Savignys grüßen, sie sind wohl auf der Reise. Adieu, die Post geht ab; ich küsse Dich tausendmal und bitte Dich mir nichts übel zu nehmen.

Bettine

323. *Arnim an Bettina.*

Wiepersdorf, d. 30. Sept. 1825
[1. Okt. abgeg.]

Liebe Bettine!

Dein Brief überhob mich mancher Sorgen; Du bist also wieder wohl und ich hoffe jetzt auf einige Dauer. Da Du nichts Schlimmes von den Kindern schriebst, so hoffe ich von denen ein Gleiches.

Die Kinder sende ich mit dem Anfang Oktobers, aber genau kann ich nicht sagen, an welchem Tage. Die Betten sind dort, und Du brauchst also diese nur überziehen zu lassen.

Görz beschäftigt sich mit den Kindern, aber er mag wohl keine sonderliche Anlage zum Unterricht haben. Ich hoffe das Beste von der Schule.

Ich habe noch eine Decke machen lassen aus der Klunterwolle [Klunter = Klümpchen] und kann Dir, wenn jene in Berlin noch nicht fertig, eine mitschicken.

Der brave Conducteur Emden, der hier alle Vermessungen

machte, ist unerwartet, weil er von längeren Brustübeln hergestellt schien, am Blutsturz gestorben. Der Himmel reißt alle ordentlichen Leute an sich, wir werden nicht leicht wieder einen so geschickten Mann in seiner Art bekommen. Jetzt macht mir sein Tod noch dadurch Umstände, daß ich gern Karten und Vermessungspapiere sichern möchte.

Ich bin zu dem Entschluß gekommen, den alten braunen Wagen, den Niemand mir abnahm als für wenige Taler (mir wurden nur 20 rtl geboten, obgleich die Federn allein 30 rtl wert sind) in eine höchst elegante Droschke umzuwandeln, die Dich und mich nicht mehr so derb wie der kleine Wagen prellen soll, obgleich ich diesen keineswegs abzusetzen denke. Als Angedenken an unsere Kometenreise 1811 bleibt uns dann immer noch die sanfte Federwiege des neuen Wagens. Ich lasse ihn grün lackieren und mit grünem Tuch ausschlagen, wenn Du gegen diese Farbe keinen Widerwillen hast. Er wird schöner als die Droschke von Savignys.

Was Du von Savignys schreibst ist wenig, nicht einmal, wohin die Gundel sich gewendet hat. Von meinem Bruder habe ich keine Nachricht, es muß ihm also wohlergehen.

[. . .]

Ich werde Dir mit der nächsten Post Geld senden und wünsche herzlich, daß Armgard sich bessert, kann nicht begreifen, daß ihr die Luft nachteilig sein sollte bei einer wie es scheint unbedeutenden Augenentzündung.

Herzlich

Dein Achim Arnim

324. *Arnim an Bettina.*

Wiepersdorf, d. 4. Oktober 1825

Liebe Bettine!

Freimund versichert seine glückliche Ankunft schon von Hartmannsdorf Dir gemeldet zu haben. Ich hatte den Kindern nichts davon gesagt, die nun mit einigem Neide ihn betrachten, wie er so frei und allein durch die Welt gezogen.

Er spricht von neuem Tuche, das für alle Knaben gekauft sei, und somit mag ich hier nichts anschaffen. Für Stiefeln werde ich dagegen sorgen, welche von dem Berliner Schuster gar nicht zu halten scheinen.

[...]

Siegmunds Geburtstag ist gefeiert worden und in Rheinsdorf war Erntefest. Zu der Frau des verstorbenen Emden hat sich schon ein Liebhaber gefunden, ein kleiner Postsekretär.

Friedmund hat der Mamsell ein Paar Katzen totgeschlagen und dadurch viele Tränen fließen machen. Bis jetzt gefällt er mir unter meinen Kindern am wenigsten.

Alle grüßen und küssen Dich herzlich, sowie Dein

Achim Arnim

325. *Bettina an Arnim.*

7. Okt. 1825

Lieber Arnim!

Ich bin ganz zufrieden, daß Du eine grüne Droschke aus dem alten Wagen bauen läßt, mache nur ein rechtes Wunder daraus, wofür die Leute 200 Taler bieten – viel weniger hat Savigny's Droschke nicht gekostet.

Soeben war Hassenpflug [Schwager der Brüder Grimm] mit seiner Schwester hier, die Helvig kam auch zufällig und Olshausen aus Königsberg, der auf 8 Tage hier ist, besuchte mich zugleich, es war ein großes Geschnatter. Olshausen ist ganz mager und doch sehr aufgeblasen. Hassenpflug geht morgen wieder nach Kassel, er hat mir manches von Dir und über Dich gesagt, was mir sehr viel Freude machte; an Grimms habe ich geschrieben. Von Savigny kann ich wenig schreiben, weil ich nichts erfahre, sie werden wohl in 3 Wochen wieder hier sein. Franz [v. Savigny] ist vorgestern nach Frankfurt abgegangen, um die Mutter noch zu treffen, dann wird er nach Bonn gehn. Wie er Abschied von mir nahm, war er so tief bewegt, er drückte mich so fest ans Herz und die Tränen liefen ihm stromweis die Wangen herab; er weiß, daß ich ihm gut bin, und glaubt, daß seine Mutter ihn nicht lieb habe. Bei seinem Examen sind große Streitigkeiten gewesen; der Direktor hatte ihm die erste Nummer zuerkannt, so wie alle Lehrer, außer Baumann, der dadurch beleidigt, daß Savigny den Franz von seinem deutschen Vortrag hatte dispensieren lassen, sich an ihm zu rächen, ihm durchaus die 1 nicht zugestand; es dauerte daher wohl 4 bis 5 Tag bis er sein Zeugnis bekam. Die übrigen Lehrer zeichneten ihn um so ehrenvoller aus.

Was Du von Friedmund bemerkst, würde mich an Deiner Stelle sehr bewegen, ihm mit ausgezeichneter Freundlichkeit zu begegnen; erstlich weil Du schon dadurch, daß er Dir mißfällt, leichter dahin kommen kannst, ihm Unrecht zu tun, und weil Ungerechtigkeit einem harten Gemüt noch mehr Härte und Verstocktheit giebt. Der Friedmund hat einen heftigen, leicht empörten Sinn unter seinem scheinbaren Phlegma verborgen. Sein Starrsinn ist sehr schnell durch Güte gebrochen, er schämt sich nicht, Abbitte zu tun, wenn ihm Verzeihung zuvorkömmt. Dazu wäre wahrscheinlich keiner der Andern zu bewegen, und doch sind sie alle gut, das weiß ich. Wenn man sieht, wie eine Blumenknospe verschlossen ist, wie gleichsam alle Blätter aufeinander kleben, und wie ihr endlich alles Wohltuende den Trieb zum Leben giebt, nicht aber wenn ich dächte sie zu züchtigen, dadurch daß ich ihr die Erde oder sonst einen wesentlichen Teil der Nahrung entzöge! Wie oft hat Friedmund den Siegmund beschämt und übertroffen im Lernen und dann wieder jener diesen. Dies besonders zu bemerken halte ich für nachteilig, denn erstens wirkt es auf den Esel von Hofmeister ein, der auch meint, er müsse die Geduld verlieren, 2tens fühlt sich ein Kind zu einer anerkannten Unart gleichsam berechtigt, oder es hält sie für etwas Untrennbares von sich und bleibt ruhig darin verharrend – mit einem Worte, ich stehe Dir für Friedmunds Liebenswürdigkeit, sobald Du sie in ihm voraussetzest. Darum hast Du auch die Maxe immer bändigen können.

Mit unserer Wohnung sieht es traurig aus. Öfen, Türen, Fenster und Wände fallen ein; wenn ich eine andere hätte, so würde ich mir die Erlaubnis der Polizei, aus einem gestützten Hause auszuziehen, zunutze machen; ich bin auch noch im Suchen begriffen, um zu Neujahr wenigstens davon erlöst zu werden. Gestern hat mir der durchdringende Wind Gicht in beiden Armen zugezogen. Die drei neuen Leute haben auf der Stelle aufgesagt wegen der schlechten Wohnung, die Hausjungfer hab ich müssen gehen lassen, die Köchin welche ganz vortrefflich kocht und auch sonst sehr brauchbar ist, hab ich mit Müh und Not erhalten. Der Bediente geht mit dem Nächsten. Die Stobwasser ist einstweilen da und macht ihre Sache recht gut. Armgards Augen geht es noch immer nicht besser. Alles frägt nach Dir und hofft, daß Du bald kommst; schon weil das Haus so viel Löcher hat, ist es notwendig, daß Du es stopfen hilfst, und daß einer am andern sich wärme.

Ich habe trotz Not und Plage viel Gelegenheit zum Lachen gehabt, die Bardeleben, die täglich zunimmt an Albernheit und Tugend, hat nicht wenig beigetragen; so was läßt sich besser mündlich erzählen.

Ich freue mich einstweilen, daß unsre Köchin Dir ganz vortrefflich kochen wird, ich kann Dir nicht sagen, wie wohl mir die erste genießbare Suppe schmeckte.

Daß Freimund eine verständige Reiseprobe ablegte, wird Dir gewiß Freude gemacht haben; ich wollte, Du schicktest die Kinder so spät als möglich, weil es möglich ist, daß ich noch ausziehe. Mit dem Gymnasium wird es in diesem Vierteljahr doch nichts werden, denn Görz scheint mir nicht dazu gemacht, sie vorwärts zu bringen; Hohl wäre mir tausendmal lieber. Ich bitte Dich, wenn Du es auch einsiehst, daß an Görz nichts ist, so bereite ihn einstweilen vor, abzugehen, wir brauchen ihn ja nicht gleich fortzuschicken, sondern nur, wenn er und wir besser beraten sind. Freimund wird Dir gesagt haben, daß er bei Püllemann Stunden hat, und wie vorteilhaft er es findet.

Adieu tausendmal, wenn nur einmal wieder Willkommen wäre; ich eile, von Hassenpflugs Abschied zu nehmen. Das Geld ist angekommen.

Ich küsse Dich herzlich – Bettine

326. *Bettina an Arnim.*

B., 10. Okt. 1825 [abgeg.]

Lieber Arnim,

Freimund ist heute Morgen grad zu rechter Zeit angekommen, denn es war Zensur seiner Klasse. Ich habe auch heute Morgen Herrn Giesebrecht besucht, der mir von Freimund sehr viel Gutes sagte. Ich fragte ihn über die Schule in Quarta wegen Siegmund und Friedmund, aber er riet mir bestimmt ab, er schickt seinen eigenen Sohn in die Margrafenschule, wo er zu klein Tertia vorbereitet wird; daß unsere Kinder bei Görz nicht vorwärts sondern rückwärts kommen, bin ich überzeugt; ich werde also die Sache übers Knie brechen und auf jeden Fall eine andre Einrichtung treffen. Du bist also so gut und benachrichtigst den Görz einstweilen, daß Du für den Winter mit den Kindern etwas anders vorhast; es ist nicht nötig, daß er gleich gehe, aber er soll sich doch nach einer andern Versorgung umsehen; es ist viel zu wichtig, als daß man Nachsicht haben könnte.

[...]

Eichhorn ist von seiner Reise zurück und kann nicht genug von Savigny's umgeänderter Stimmung erzählen, wie glücklich und freudig er war. Savigny wird nach Florenz und noch weiter gehn *und also vor Ende November nicht hier sein.*

Ich kam letzt dazu, wie Wildermeth und Klingemann sich gegenseitig Stellen aus Deinen Schauspielen hersagten und Wildermeth Dich als den einzigen deutschen Dichter rühmte. Du bist ruhig dazu, ich aber kann so was nicht ohne Enthusiasmus und Wehmut hören. Ich hoffe doch, daß dieser Winter etwas weniger einsam für mich sein wird, und daß den vielen Menschen, die nach Dir fragen, Antwort zu geben die Zeit nehmest.

Armgards Augen sind immer noch nicht besser. Lebwohl, heute kann ich nicht mehr schreiben, mit nächstem Posttag kann ich Dir vielleicht melden, wie sich eine bessere Einrichtung mit dem Lernen der Kinder machen läßt.

Die Margrafenschule ist auch die, wo Ritter den jungen Bethmann hinsendet, der sie allem Privatunterricht vorzieht.

Ich küsse Dich von Herzen,

Bettine

327. *Arnim an Bettina.*

Wiepersdorf, d. 26. November 1825
[27. November abgeg.]

Liebe Bettine!

Meine Reise ward ohne Störung zurückgelegt. Ich fand den Teich fast beendigt und sah ihn in den nächsten Tagen ganz fertig schon mit dem hellen Wasserspiegel glänzen. Die Leute verwundern sich, daß er so groß sei. Vielleicht wird auch der kleinere Teich noch angefangen, wozu ich alles umher gestreute Baumwerk habe ausheben und im Garten vor der Türe zur Vergrößerung der englischen Anlage habe einpflanzen lassen. Über die Butter habe ich strenges Gericht gehalten und der Ursach ihres Geschmacks nachgeforscht; auch hoffe ich auf Besserung dieses Fabrikats.

Der Prediger hatte eine ziemlich gefährliche Entzündung im Unterleibe, ist aber jetzt auf der Besserung. Hanow ist unverändert. Daß der alte Birkner gestorben, wird Dich nicht rühren, Du hast ihn kaum gekannt, ebensowenig der Tod des alten Querulanten, des Pächter[s] Schulz, der mich sonst so oft mit einem alten Stamme turbierte, der in Hersdorf einstmals gestohlen sein sollte.

Picas, das erzähle den Kindern, scheint endlich alle Folgen der Staupe überwunden zu haben und springt über die höchsten Zäune.

Die Mamsell bleibt vorläufig bis Ostern. Ich finde sie doch brauchbarer und ehrlicher als viele Andre, die ich schon gehabt habe.

Meine Ankunft hängt noch von einigen Verkäufen ab, in jedem Fall kommt aber nächst ein Wagen mit Lebensmitteln.

Möge Dich die Kälte, welche sich jetzt fühlbar macht, von Deinen Nervenübeln heilen, auch den Kindern wünsche ich Gesundheit.

Ich küsse Dich herzlich.

Achim Arnim

328. *Bettina an Arnim.*

B., 30. Nov. 1825 [abgeg.]

Lieber Arnim –

mein Magenweh oder wie soll ich's nennen, hat sich seit einigen Tagen vermindert, jedoch kann es das Überraschen noch nicht lassen. Savigny hat noch oft Kopfweh, er geht mit mir im Tiergarten spazieren und ist humaner *wie vor seiner Reise*. Klingemann ist bei mir Savignys präsentiert worden; die Helvig, Bardeleben, Silfverstolpe, Schinkel, den Savigny sich express bei mir bestellt hatte, waren auch da, man bewunderte allgemein mein angenehmes Logis; es war so viel diskutiert worden über Klingemanns Wahlfähigkeit, daß wirklich eine feierliche Spannung in das Zusammentreffen kam. Den Tag, wo Du Morgens fort warest, wollte Wildermeth Dich besuchen und brachte die Gleichen, von denen er ganz entzückt war; er ist jetzt bei Savignys in Ungnade gefallen, denn Karl hat sich heimlich das Vergnügen gemacht, sein Pferd mit Steinen zu werfen und es im Stalle zu peitschen. Das Pferd, welches von Natur wild ist, schlug aus, Wildermeth kam dazu und putzte ihn tüchtig aus, welches er ihm nie verzeihen wird und auch der Mama so vorgebracht hat, daß sie sich darüber ärgerte.

Gestern kam Beelitz, und da er hörte, Du seist nicht hier, so umarmte er mich 20 mal, bat Dir zu schreiben, daß er bereit sei, die 3000 Taler Gold an Fuß zu zahlen, daß er aber gern erst mit Dir verabreden möchte, auf welche Weise die Zahlung am vorteilhaftesten zu machen sei. Ich hab ihm versprochen, daß Du innerhalb 14 Tagen hier sein werdest, und das hoffe ich auch ganz gewiß, es ist mein bestes Glück, Dich im Nebenzimmer zu wissen.

Adieu, tausendmal küßt Dich

Bettine

329. *Arnim an Bettina.*

Wiepersdorf, 2. Dez. 1825

Liebe Bettine!

Möge Dich mein Brief wohler und gesunder antreffen, als ich Dich verlassen habe. Ich sende, was das Haus vermag, aber darunter ist kein Speck, und ich kann nur raten, diesen im Ganzen, nicht in einzelnen Pfunden, bei den Großhändlern zu kaufen; aber auch nicht zu viel, denn ich denke in 3 Wochen hier schlachten zu lassen. Vom Weine hoffe ich, daß er nicht einfriert, obschon heute ein Ansatz zum Frost ist.

[...]

Ich sende Dir den eisernen Ofen mit Fleisch bepackt und die Röhren dazu, daß Du ihn in Deinem Zimmer in der Mitte aufrichten läßt und ihn mit der Röhre in den Ofen leitest, so wirst Du nie über Kälte klagen. Durch ein kleines Staket umher müssen aber die Kinder gesichert werden, auch müssen Steine unter seine Füße gelegt werden, daß er nicht einbrennt in den Boden.

Bei den vielen Packereien fällt mir Jean Paul und seine Dornenstücke ein [Blumen-, Frucht- und Dornenstücke oder Ehestand, Tod, Hochzeit des Armenadvokaten F. St. Siebenkäs, 1796–97], und daß in ihm der einzige Geist seiner Zeit untergegangen, der die bemitleidetsten Zustände des menschlichen Daseins bis zum höchsten Lebensreize schildern konnte, der einen Bonbon zum Nachessen gab, wenn die schwierige Lebenslatwerge heruntergeschluckt war. Keinen Poeten habe ich so innig bedauert, obgleich ich ihn nicht gekannt habe, manche, wie seine ästhetischen und erziehenden Schriften auch nicht einmal genießen konnte, aber er war in vielen

Stellen allen Gemütern auf Erden so nahe verwandt, als ob er sich in einen Teil von ihnen verwandelt hätte. Wohl ihm, er ist eingekehrt bei seinen Freunden.

Schreibe mir gute Neuigkeit von den Kindern; sobald meine Geldsäcke voll, komme ich zu Dir und küsse Dich.

Achim Arnim

330. *Bettina an Arnim.*

[4. Dez. 1825]

Lieber Arnim,

alles gut hier angekommen, ich danke Dir dafür, auch daß Du so gut warst, mir Wein zu schicken. Mit der Gesundheit geht es insofern besser, als es doch wirklich schlimmer gehen könnte. Ich könnte ja alle Tage Schmerzen haben, die hab ich nun nicht mehr. Dafür kann ich die fatale Empfindung nicht los werden, als ob mir das Gehirn wackelte, auch hab ich ganz schlaflose Nächte. Ich bin aber doch der Meinung, alles in Geduld zu tragen, weil es dann wahrscheinlich besser wird, ich wollte gern noch kränker sein, wenn nur Armgard wieder gesunde Augen bekäme. Ich hab ihr noch 3 bis 4 mal Glaubersalz gegeben, es hat nicht viel geholfen; ich selbst fühle mich doch insofern viel gesünder, als ich gar nicht mehr ärgerlich bin, die Leute sind gut, der Bediente ist sehr gut gegen die Kinder und sehr ordentlich. Die Stobwasser ist ehrlich, und ich habe bemerkt, daß wenn man sie tüchtig ausputzt, sie sich wie die Hunde, die Prügel kriegen, mehr attachiert. Die geheimnisvolle Liebschaft der Verdier ist endlich am Tage; sie war brouilliert, aber die Versöhnung ging in meinem Schlafzimmer vor sich, während die Helvig hinter dem Vorhang Coulcoul machte welches beide sehr überraschte. Es ist nämlich Rehdorf. –

Der Tod des Jean Paul hat mir sehr leid getan, ich hab ihn sehr lieb gehabt und sehr viel gelesen und wiedergelesen. Hier hat sein Tod nicht viel Bewegung gemacht in dem

Kreis von Menschen, die ich kenne. Man gedachte seines körperlichen Schmutzes etc. – bei dieser Gelegenheit. Seine „Dämmerungen" [„Dämmerungen für Deutschland" 1809], die grade hier sind, hab ich zu seiner Totenfeier gelesen, und da ist grade soviel drin, daß man ihm die tiefste Achtung und Liebe nachsenden muß.

Klingemann ist feierlich bei Savignys eingeführt; er hat aus dem Auerhahn komponiert: „Wenn die Vögel aufwärts steigen", aber wenn ich Dir sage: „Göttlich schön" – so sage ich nicht zu viel; mein Herz war halb unter Wasser, und halb schwebte es in dem Duft seligster Wonne, und das Ganze ist Deinen Worten so untergeordnet, daß diese als das Herrlichste den Menschen rühren. Auf mein Lob gab er mir zur Antwort, daß Du es ihm mit ein paar Worten so ans Herz gelegt, daß er diesen es zu verdanken habe, wenn die Melodie befriedige.

Dieser Mensch verdient wahrlich Dein Freund zu werden, weil er Dich so im Herzen trägt, daß er Dich ganz versteht; er kann mit schönem Enthusiasmus alles Treffliche von Dir darstellen, daß man sieht, Du hast auf ihn eingewirkt. So auch Wildermeth, und wer weiß, welche Freunde Du Dir noch erziehen würdest, wenn Du nur ein wenig Dich ihnen hingäbest, so wie Gott Vater denen Cherubim und Seraphim die mit ihren Fittichen ihn spazieren tragen durch die Wolken.

Meine Gesundheit ist zu schwach, als daß ich Anstalten zu Weihnachten machen könnte; ich warte auf Dich, auch hab ich aus demselben Grund bis jetzt nach keinem Logis mich umsehen können, mein Kopf hat eine wankende Empfindung, die oft so stark ist, daß ich meine, mein Gehör sei ganz geschwunden; ich hoffe auf das Frühjahr, Gott wird mir ja nicht alle Jahr solche Lasten auferlegen wie diesmal.

Ich küsse Dich von Herzen,

Bettine

Kinder gesund.

Lieber Vater!

Wir wünschen sehr daß Du herkommen mögest daher schicke Nachricht wann Du kannst und willst. Du wirst doch wohl wissen daß es bald Weihnachten ist daher ist Dein Kommen so nun so notwendig weil wir ohne Dich nicht aufbauen können. Der in die Beine geschossene Siegmund ist wieder recht munter, er läuft umher, wie ein Reh.

Dein Friedmund

Siegmund war in Wiepersdorf von seinem Lehrer aus Versehen durch beide Beine mit Schrot geschossen worden. „Dieser Lehrer (Görz) hatte einige Liebhaberei zum Kümmel und brachte ihn zur Vergeltung für diese Schmerzen in seine Kümmelgesellschaften, weswegen ich ihn entlassen mußte.“ (Arnim an W. Grimm am 7. Januar 1826, Steig III, 549).

331. *Arnim an Bettina.*

Wiepersdorf, d. 11. Dez. 1825
[13. Dez. abgeg.]

Liebe Bettine!

Ich wäre in diesen Tagen abgereist, aber da hielt mich auf einmal ein rheumatischer Schmerz am linken Ellenbogen fest. Ich beachtete ihn nicht, ging aus, da packte mich aber der Kerl in einer Nacht so heftig an, daß ich am andern Morgen auf Wustand's Rat mir acht Blutegel dran setzen ließ, die zwar so gute Wirkung taten, daß die Heftigkeit des Schmerzes fast augenblicklich nachließ, aber doch immer noch nicht jede Art Empfindlichkeit verschwunden ist und wenigstens die Luft noch einige Tage nur mit Vorsicht mich umspielen darf. Vielleicht hat dies den Nutzen, daß inzwischen mein Bruder hier eintrifft, so wie denn auch hier mancherlei zu tun ist. Unterhaltung gewährten mir in der Zeit Grimms neue Irische Elfensagen, die er mir hieher geschickt hat [„Irische Elfenmärchen“, übers. v. den Brüdern Grimm,

1826, nach Crofton Croker's „Fairy Legends and Traditions of the South of Ireland", 1825], und woraus ich deutlich entnehme, daß ich irgend so einer Elfe zu nahe getreten, ihnen durch mein Pflügen vielleicht den Tanzplatz verdorben habe. Übrigens will ich mich nächstens beschreiben lassen, wenn ich etwa gestohlen werden sollte, denn die Einbrüche und Diebereien haben in diesen stürmischen Nächten sehr um sich gegriffen. Einem guten Kerl hier im Dorfe sind gegen viertehalb hundert Taler und alle Kleidungsstücke gestohlen; er heißt Arndt, auch Winckelmann genannt – die Kinder werden ihn schon kennen.

Zu den seltsamen Geschichten gehört die Lehrmethode des Schulmeisters in Meinsdorf, der während der Stunde immer an der Seitentüre vorübergehend, horcht, was seine Schwiegereltern, mit denen er sich nicht verträgt, zu seiner Frau sagen. Ist es nun etwas Verdrießliches, so haut er augenblicklich blind drein mit langem Stabe in die Kinder und läßt das Schicksal walten.

Sprich doch einmal mit Wolfart, ob der Armgard nicht ein ganz schmales Blasenpflaster, nur ein Strohhalm breit, von der Haarwurzel bis zu der Schulter an Nacken u. Rückenwirbeln zu legen? Ich las neulich, daß ein Quäker auf diesem Wege sogar rheumatische Blindheit kuriert habe.

Ich freue mich, daß Du in der Besserung bist und empfehle Dir gleichfalls dies Mittel, wenn jenes gichtische Gefühl im Kopfe, was Du wackeln nennst, nicht nachläßt.

Ich küsse Dich herzlich,

Achim Arnim

Danke den Kindern in meinem Namen für ihre Briefe, aber den Vorschlag Freimunds, daß er in den Weihnachtsferien hieher reist, kann ich nicht billigen bei so schlechtem Wetter.

332. *Arnim an Bettina.*

[Wiepersdorf, den 15. Dez. 1825]

Liebe Bettine!

Einige Weizenfuhren nach Berlin geben mir Veranlassung, Dir Lebensmittel aller Art zu senden, deren Verzeichnis ich entweder noch beifüge, oder welches Herr Gruhl Dir übergeben wird, der diesmal den Wagen begleitet.

Mit meinem Arme hat es sich sehr schnell gebessert, ich brauche aber jetzt Schwefelbäder und mag mich nicht auf der Reise erkälten. In wenig Tagen denke ich nachzukommen. Sag den Kindern, daß sie nicht mit der Post schreiben, sondern Gelegenheit abwarten, das Postgeld würde sonst die Weihnachtsgeschenke aufzehren.

Von meinem Bruder habe ich noch keine Nachricht und erwarte ihn täglich.

Wieviel hast Du der Mamsell im vorigen Jahr zu Weihnachten geschenkt?

[...]

Ich küsse Dich und die Kinder recht herzlich

Achim Arnim

333. *Bettina an Arnim.*

[17. Dezember 1825]

Servisgeld –	3 Taler –	
Bedientenlohn –	7 Taler	
Monatsgeld f. die Leute –	9 Taler	
Torf –	10 Taler –	
$^3/_4$ Haufen Holz mit Macherlohn	20 Taler	
Freimund f. Püllemann	3 Taler –	16 gr. –
Dem Hohl Monat bezahlt	4 Taler	
Schneiderrechnung für 4 Habiter –	9 Taler	
für Flicken und Waschen der alten Kleider –	4 Taler	

Schneiderrechnung für 3 Mäntel –	9 Taler –	
Schuhmacherrechnung		
3 Paar Stiefel pp.	8 Taler –	
Tischler –	7 Taler	
Dem Hohl gelehnt –	8 Taler –	14 gr.
Medizin für Armgard ungefähr	3 Taler –	
Emserwasser	4 Taler	
Hemden zu nähen –		
Strümpfe stricken an –	4 Taler	
	120 Taler –	6 gr.

Dieses alles, lieber Arnim, hab ich in den ersten Tagen Deiner Abreise bezahlt, ausgenommen das Holz, welches ich erst gestern gekauft, und die Lehrer hab ich auch später bezahlt. In der Küche und andern häuslichen Bedürfnissen habe ich 30 Taler – so hab ich denn 150 Taler verbraucht. Von Savigny hab ich 200 Taler Gold, denn er hatte nichts andres – davon hab ich noch 50 übrig. Dies alles sind notwendige Ausgaben, ich habe für mich nicht einmal einen Wintermantel der mir not tut, wenn es kalt wird. Mache Dir darüber keine Sorgen, denn es quält mich ins Grab, wenn ich denke, daß dieser Ballast noch in Deiner Seele sein soll. Unsere Kinder sind gut, sie werden gewiß alle brav, wieviel trauriger wärs, wenn ein Windbeutel oder tückischer Charakter darunter wäre, wir würden es ja gern mit Tausenden abkaufen. Ich habe mir ein Gesetz gemacht: nichts Unwesentliches anzuschaffen, aber auch bei dem übrigen mir keine Skrupel zu machen. Dem Gruhl hab ich zu Weihnachten einen silbernen Löffel und echt plattierte Messer und Gabel geschenkt, kostet im ganzen 3 Taler 20 gr. Der Mamsell hab ich vorige Weihnachten 10 Taler gegeben.

Sehr lieb wär mir, wenn Du mir die Lämmerwolle zu Futter für einen Mantel schenktest und mir dort zurechtkratzen ließest und dann mitbrächtest, sie hält viel wärmer wie Baumwolle. [. . .]

Verzeih, daß ich Dir nur häusliche Notwendigkeit vortrage, Gruhl eilt; komm bald, aber sei vorsichtig mit Deiner Gesundheit, ich küsse Dich herzlich. Bettine

334. *Arnim an Bettina.*

Wiepersdorf, 9. März 1826
[10. März abgeg.]

Liebe Bettine,
ich bin hier wohl angelangt, war aber sehr beschäftigt mit mancherlei Angelegenheiten, auch schon in Jüterbog und fahre heute nach Dahme.

Der Brief an den Banquier Müller, welchen der Knecht mitbrachte, ist doch bestellt – es liegt dem Kessler viel daran.

Ferner muß ich Dich erinnern, weil es Dir fremd ist, die Coupons bei dem Staatsschuldschein von 100 rtl, die ich Dir gab, nicht zu verlieren, ich meine die Reihe der daran angeknifften Zinsen. Stecke sie mit einer Nadel daran fest. Ein solcher Verlust macht nachher viel Mühe.

Die Mamsell ist sehr unwohl an gichtischen Schmerzen in den Füßen und in der Brust und will deswegen zu Ostern fort. Gruhl weiß hier in der Nähe keine. Sieh Dich um, nur eine Vornehme, welche die Arbeit scheut, mag ich nicht haben.

Hanow ist heute Morgen von hier abgereist und läßt sich Dir empfehlen. So auch Salpius, der sich jetzt selbst in einem Einspänner fährt. Er hat Sorgen wegen seiner Tochter, die mit dem Manne in keinem guten Vernehmen steht.

An das Examen der Kinder habe ich Dienstags viel gedacht. Kampz zeigt sich dienstbeflissen, nur habe ich ihn wegen andrer Geschäfte nur wenig in seiner Schreibfertigkeit benutzen können. Übrigens war die Luft dieser Tage sehr schön, gestern ein warmer Frühlingsregen und die Lerchen sangen lieblich.

Mein Teich steht seit einem Regen voll Wasser, denn Gruhl hatte das laufende Dorfwasser hineingeleitet.

Viele herzliche Grüße an Savigny und die Seinen.

Ich küsse Dich und die Kinder herzlich.

Achim Arnim

335. *Bettina an Arnim.*

13. März 1826 [abgeg.]

Lieber Arnim!

Am Sonntag morgen wurde ich im Schlaf gestört durch Rumohr, der von Hamburg angekommen mit Grf. Luckner, dessen Bekanntschaft ich in Schlangenbad gemacht hatte. Rumohr geht in wenig Tagen wieder weg, es hat ihm ungemein leid getan, Dich nicht zu treffen. Er ist viel dicker wie Savigny und sieht komisch aus; kein Mensch kann ihm gut kochen, aber Fliedermus ist sein Lieblingsgericht, ich muß ihm alle Morgen einen Tassenkopf voll schicken. Der Alberti hat sich auch damit kuriert und nennt mich die Retterin seines Lebens; all diese bedeutenden Kuren haben dem Fliedermus ein nahes Ende bereitet und ich muß bitten, daß wenn noch welches im Vorrat ist, mir es zukommen zu lassen.

Die Kinder waren am Dienstag bei Bellermann, Siegmund war zufällig unwohl, und da es sehr heiß in der Stube war und die Magd die Türe aufmachte, so daß Zugluft entstand, so ward er ganz ohnmächtig. Das Examen fiel nicht zum Besten aus, doch war er gewillt, sie nach Groß-Quarta zu tun, ich ließ sie ein paar Tage darauf noch einmal bei Giesebrecht examinieren, wobei sie viel besser bestanden, jedoch nahm dieser nicht sowohl der Kenntnis wegen als vielmehr des Alters wegen Anstand sie nach Klein-Tertia zu tun, weil bis jetzt keiner von diesem Alter drinnen ist, auch will er sie vom Französischen durchaus nicht dispensieren. Er ließ mir durch Herckt sagen, er könne uns mit gutem Gewissen nicht raten, sie nach Quarta zu tun; die Schule sei ganz vernachlässigt, und sie würden da in zwei Jahren nicht das Erforderliche lernen, während sie durch Privatunterricht in wenig Monaten dahin kommen könnten. Es ist also vorderhand nichts anderes zu tun, als daß sie nach 4 Wochen noch einmal examiniert werden, und wenn sie nicht nach Tertia kommen, sie noch bis zu Johanni zu Hause zu unterrichten, was mir Giesebrecht durch Herckt als höchst wohlmeinend raten läßt.

Mit Friedmund bin ich noch einmal bei dem Zahnarzt Hesse gewesen, weil mir schien, als ob die Verletzung am Zahn größer würde. Dieser sagt, daß sowie die Witterung wärmer wird, er ihn wegfeilen will als das einzige Mittel und daß man es gar nicht sehen werde.

Gneisenau hat am Tag Deiner Abreise Dich zum Mittagessen einladen lassen. Savigny ist halb und halb gewillt, zu Dir nach Wiepersdorf zu kommen, er wollte erst nach Kassel, aber die Visiten bei dem Kurfürsten machen ihn unschlüssig. Mir deucht, seine Gesundheit geht viel besser, er glaubt es zwar nicht, ehe er sich's versieht, wird er sich wohl befinden.

Rumohr der bei allen Künstlern herumgewandert ist, hat in allen Ateliers von meiner Skizze von Goethe losposaunt und dem Rauch in aller Unschuld gesagt, es sei die erste Gruppe seit 300 Jahren, in welcher der Stoff ganz überwunden sei. Ich habe mir auseinandersetzen lassen, was das hieße und bin dadurch wieder zu einer neuen artigen Manier gelangt, von Kunstwerken zu urteilen.

Die Kinder sind ungeduldig, nach Wiepersdorf zu kommen, und wenn Du mir in dieser Woche den Wagen nicht schickst so werden die 3 ältesten zu Fuß marschieren; Hohl geht mit.

[...]

Adieu, behalte mich lieb, wenn Du säest, so viel Samen der Anhänglichkeit und Herzlichkeit und Freundschaft und alles Guten.

Bettine

336. Arnim an Bettina.

Wiepersdorf, d. 20. März 1826

Liebe Bettine!

Der Wagen kommt ein paar Tage später an, weil unsere Ausgeberin hier an einem rheumatischen Fieber und Gichtschmerzen bettlägerig wurde und ich erst eine neue Ausgeberin anschaffen mußte. Diese fand sich zufällig in der Nähe von Ahlsdorf, wo der Inspektor kürzlich geheiratet hat und dieselbe ohnehin zu Johanni entlassen wollte, weil dessen Frau die Wirtschaft übernehmen sollte. Sie heißt Oehmchen, ist von der Mulde gebürtig, wo die Schafe so gut gedeihen, daß doch etwas auch auf die Menschen übergehen muß. Gestern ist sie eingetroffen und hat die Schlüssel der Regierung empfangen. Sie bekommt nur 40 rtl, aber ich nehme ihr eine Magd noch an, da ich ohnehin bald mehr Vieh halten werde. Der Landrat besuchte mich in dieser Zeit, auch war hier Separations-Termin, ich hatte manche kleine Reise zu machen wegen des Scheunenbaus und so war es mir sehr lieb, daß ich nicht noch nebenher auf die Kinder Achtung zu geben brauchte. Kampz ist recht ordentlich und habe ich ihn schon zu einem Getreideverkauf nach Luckenwalde gebraucht.

Zwar sende ich den Verdeckstuhl mit, aber wegen der zu transportierenden Sachen mußte ich einen festern Unterwagen nehmen. Die Kinder ohne einen Lehrer sind hier nichts nütze, denn es ist mir jetzt fast unmöglich, viel auf sie Achtung zu geben, und Savigny, wenn er kommt, möchte dazu auch wenig Lust haben. Ich bedaure jährlich, daß die Osterferien nicht später fallen, wieviel angenehmer könnten sie von Kindern, Studenten und Professoren benutzt werden, wenn sie erst mit der Mitte des April einträten. Was ich kann, will ich zur Erheiterung von Savigny tun, will ihm nach Gefallen entweder nach Dresden, Leipzig, Herrenhut, Dessau, Bamberg fahren, obgleich meine Droschke noch immer in der Arbeit ist. Aber dafür wird sie auch so schön und der Stoff, der widerspenstige des Holzes und Eisens zeigt sich gänzlich überwunden. Will Rumohr hier kochen, so mag er kommen, eine Küchenschürze soll ihm sogleich als Ehrenzeichen umgebunden werden.

Meine Teiche habe ich mit einer Tonne kleiner Schleie und Karauschen besetzt, in diesen Tagen kommen auch die Karpfen an. Die Hasen schone ich auch, und sie rammeln schrecklich. Lämmer werden täglich zu Dutzenden geboren, so auch Kälber und Lerchen. Pflaumenbäume und Kirschbäume habe ich gepflanzt zu Hunderten, auch Abreschen

[Ebereschen], um Krammetsvögel zu fangen. In ein paar Jahren ist die Küche vortrefflich besetzt.

Was Du begehrst ist gesendet, mit Ausnahme der Seife, welche nicht gekocht worden wegen Krankheit der Mamsell, den Pflaumen aber hatten die Kinder bei letzter Anwesenheit so ziemlich den Garaus gemacht, wie ich denn auch mehrmals dergleichen gesendet habe. Auch die Wäsche konnte deswegen diesmal nicht besorgt werden, weil die Mamsell krank war. Auf zwei sehr schöne Kapaunen mache ich aufmerksam.

Ich wünsche Euch recht herzlich, daß Du und die Kinder gesund bleiben und küsse Euch herzlich.

Achim Arnim

[...]

337. *Bettina an Arnim.*

[20. März 1826]

Lieber Arnim,

die Kinder die sich vor Ungeduld nicht mehr zu lassen wußten, sind von Savigny bis Munsdorf gefahren und so war also kein Risiko. [...] Neues weiß ich nichts, als daß wir in dieser Woche schon ausziehen. Der Stall ist nicht vermietet, ob ich mir auch alle erdenkliche Mühe gab.

Rumohr ist noch hier, geht aber Mittwoch ab; ich habe Gelegenheit gehabt, wunderliche Bemerkung über ihn zu machen; er selbst hat sich bei den Künstlern seltsam aufgeführt, bei Wichmann setzte er sich mit dem Rücken gegen die Statue der Kaiserin und war nicht zu bewegen aufzustehen, bei Begas lobte er den Federbusch an des Königs Portrait. Adieu und komme, um die Kinder einzuschulen.

Gneisenau läßt Dich herzlich grüßen. Ich küsse Dich und liebe Dich von Herzen.

Bettine

Dein Bruder ist wieder hier!

338. *Arnim an Bettina.*

Wiepersdorf, 22. März 1826
[24. März abgeg.]

Liebe Bettine!

Die Kinder, Karl und Hohl sind gestern glücklich hier eingetroffen.

[...]

Einen Schrecken machte mir die Meldung wegen der Ausgeberin, da ich doch darauf wetten wollte, ich hätte geschrieben, daß ich mich nach einer hier umsehen würde, also nur Vorschläge, keinen Abschluß von Dir erwartete. Zwar habe ich diese 1/4 Jahr zur Probe gemietet, könnte also zu Johanni wechseln, aber warum, wenn diese einschlägt? Sieh zu, wie Du mit dem geringsten Verluste mich aus der schlimmen Affäre ziehst. Seltsam ist es, daß, weil ich Deine Hast in Mieten und Verabschieden der Leute kenne, mir so etwas vorschwebte, Du könntest statt der bloßen Besprechung gleich zuschlagen, da es doch jetzt Hunderte von Ausgeberinnen für eine Wirtschaft wie die hiesige giebt. Es ist nun einmal ein Unglücksjahr, wo überall Verlust, der Absatz schlecht!

Die neue Ausgeberin läßt sich ganz gut an, nur in der Kochkunst muß ich ihr Unterricht erteilen.

Ich küsse Dich und die Kinder herzlich.

Achim Arnim

Dahme, 23. März

[...] Ich empfing inzwischen durch den rückkehrenden Wagen Deinen Brief, in welchem Du die gemietete Ausgeberin so außerordentlich rühmst. Demnach, wenn sie große Entschädigung verlangt, wäre es besser, sie käme auf ein Vierteljahr hieher, sie könnte der Andern im Kochen forthelfen, woran es jener fehlt, die sonst bei der Viehwirtschaft vortrefflich auf dem Zeuge ist. In jedem Fall sagst Du ihr das Verhältnis, und daß sie nicht länger als bis Johanni rechnen könnte auf den Dienst. Ich würde dann die Arbeit zwischen

Beiden teilen, sodaß die Berlinerin die Küche, die hiesige aber das Vieh besorgen muß. Schreib darüber so bald wie möglich, ich sage meiner Ausgeberin nicht eher davon, bis etwas feststeht, nur Gruhl habe ich darüber gesprochen, der eine allgemeine Furcht vor Berliner Ausgeberinnen hat, weil sie viel sprechen und nichts tun.

Vielleicht könntest Du sie auch noch besser für die Wirtschaft in Berlin brauchen, wenn eine der Neugemieteten nicht anschlüge.

339. *Bettina an Arnim.*

[26. März 1826]

Lieber Arnim,

soeben habe ich Deinen Brief erhalten. An der Mietung der Wirtschafterin hast Du selbst Schuld, der Brief in welchem Du mir den Auftrag giebst, eine zu mieten liegt hier auf dem Tisch, Deine eigenen Worte sind die: „Gruhl weiß hier in der ganzen Gegend keine aufzutreiben, also suche eine zu bekommen, die nicht vornehm ist und keine Arbeit scheut, denn eine solche mag ich nicht haben.“ Du siehst aus der Anmerkung, daß dort keine zu haben sei wohl ein, daß ich glauben mußte, Du wolltest wirklich eine haben; meine Hast zu mieten kömmt daher, weil sich die Leute sonst anderswo vermieten und man dann wieder von vorne anfangen kann und endlich mit der schlechtesten vorlieb nehmen muß. [...]

Was nun das Geld anbelangt, so hab ich mir von Savigny welches von dem meinen geben lassen, um das letzte Quartal zu bezahlen, denn mit 84 Taler Staatsschuldschein kann ich nicht 100 Taler Miete bezahlen; mit den andern 80 Talern, die Du mir hier gelassen und die auf 30 zusammengeschmolzen, werde ich ohnedem die Lohngelder der Domestiken und das Ziehen nicht bestreiten. Wenn ich hier einen Platz hätte, wo ich das nötige Geld aufnehmen könnte, das täte mir sehr wohl; indessen lasse ich mir alle Unbequemlichkeit gefallen, lebe so lang Gott will, und sterbe zu rechter Zeit, wo es am Ende einerlei ist, wie man sich durchgeplackt hat; viel schwerer ist es, im Getümmel aller verkehrten Lebensanstalten sich selber nicht zu verlieren oder sich nicht hinreißen zu lassen zu allen Verkehrtheiten, wozu ich auch die rechne, daß man mit solchem Eifer für manches leibliche Bedürfnis sorgt, daß man der Seele oder dem Gemüt aufs Maul schlägt, wenn es einmal muckst und auch etwas verlangt, oder sich selbst so abspannt, daß man nichts mehr verlangt, als was der zufällige Tag mit sich bringt, und nicht ein Glied rühren mag nach etwas Freude und Neues-Leben-geben-dürfen; ich sage Dir dies hier, weil es doch möglich wär, daß Savigny noch über Wiepersdorf käme, um Dich zu einer Reise vielleicht nach Kassel zu engagieren und 10 wollt ich gegen 1 wetten, Du es aus lauter Philisterei abschlügest. Ich habe es nicht zu meinem geringsten Kummer anzuschlagen, daß Du aus einem freien, mutigen Staats- und Freudenpferd einen schlechten Ackergaul aus Dir machst und Dir nichts gönnst, was Dir am wesentlichsten ist. Nun will ich Dir meine ganze Intrigue mitteilen: ich suche schon die ganze Zeit Savigny zu bewegen, über Wiepersdorf zu reisen, damit Du bewogen werdest, mit ihm zu gehen; ich sage ihm, daß Du große Lust habest, mit ihm nach Kassel zu reisen; nun kann es sehr möglich sein, daß Du aus dummen Gründen Dir diese Freude mißgönnest, die Du Dir und den Freunden schuldig bist; der eine Grund besteht darin, daß es Dir zu entfernt ist, welcher Grund doch dadurch, daß Du ein paar Poststationen weiter reisest ganz gehoben wird, der zweite Grund ist daß Du sagen wirst: bin ich so weit, so möchte ich auch wohl weiter reisen, und da ich dies nicht kann, so lasse ich es lieber ganz bleiben. Dieser Grund, den ich bei Dir zu meinem Ärger schon mehrmals wirksam gefunden, ist ganz dumm; der dritte Grund sind die Kinder, die jetzt dort sind. Wenn Du dem Kampz eine Spezialaufsicht aufträgst, so wüßte ich nicht, was sie groß dadurch entbehrten; wenn Du nur voraus bestelltest, daß sie zu rechter Zeit wieder hergeschickt werden, nebst allem Küchenvorrat, den ich diesmal sehr schnell, bis aufs Brot zu Geld gemacht habe.

Adieu – Gott gebe Dir gute Lebegedanken, die Deine Seele erheben zu Genuß und Lust.

Bettine

Savigny fuhr allein nach Kassel, wo er am 3. April ankam, drei Stunden nach der Geburt von Wilhelm Grimms erstem Kind, das aber schon im Dezember 1826 wieder starb.

340. *Arnim an Bettina.*

Wiepersdorf, 4. April 1826

Liebe Bettine!

Du hast mir Deine Hausnummer nicht angegeben, worum ich Dich ersuchte, doch hoffe ich, daß die Kinder glücklich zu Dir gelangen werden. Dazu kommt, daß ich eben im Augenblick auf den Einfall kam, den Kontrakt mit Guretzki nachzusehen und glücklich die Hausnummer No. 101 entdeckte.

[...]

Die neue Ausgeberin hat sich vortrefflich ausgebildet in der Küche für die kurze Zeit, in welcher ich sie unterrichtete. Sie macht die erste gute Butter, die ich seit langer Zeit hier esse, und wenn noch von den Kindern etwas übrig gelassen wird, so sende ich Dir zur Probe. Auch ihr Brot ist sehr gut. Dabei ist sie bescheiden, gesund, sparsam, und wenn nicht die in Berlin angeworbene Person sie verdirbt, so kann ich die Veränderung loben. Aber jene da liegt mir wie eine Qual auf dem Herzen, denn es giebt gewiß Streit. Erkläre jener im voraus das ganze Mißverständnis, vielleicht ist sie so vernünftig zurückzustehen. Hiezu kommt, daß die Busse, die sich nur mit Mühe regt und gar elend aussieht, jetzt ihrer Schwester nötiger bedarf als früher, teils zu ihrer Pflege, teils um mit ihrem Beistande Brandenburg zu erreichen. Ich habe den Vorschlag gestattet, sodaß diese Busse auch mit dem Wagen ankommt und ich wie Gott Vater auf vier Tieren in dem Raphaelschen Ezechiel herrsche. Ich habe wahre Angst vor der Rückkehr des Wagens. Nach Bärwalde kann ich die fremde Person gar nicht setzen, obgleich die Dabergots gewiß noch manches im Buttermachen lernen sollte. Aber dazu fehlt ihr die Bildung, dies auf solchem Wege von einer andern Ausgeberin anzunehmen, da wären alle Teufel weiblicher Sprachfertigkeit schon in den ersten Stunden los und meine ganze Wirtschaft stände still. Ich gedenke der neuen Ausgeberin die Du gemietet, gleich aufzusagen und sie interimistisch mit Näharbeit, mit den Federn und mit Einmachen zu beschäftigen, auch in etwas mit der Küche und Wäsche. Ich bin gesund und tätig, habe sehr viele Bäume gepflanzt, den großen Scheunenbau eingeleitet, nachdem ich mit Cossin abgeschlossen, auch einen Band Erzählungen [„Landhausleben", 1826] nach Leipzig zum Druck befördert, auch, wie sich bald ausweisen wird, einen so wohlfeilen Weinankauf auf der Auktion in Hohenahlsdorf gemacht, daß wir ein Jahr genug haben; doch bedarf es hiezu noch einer vormundschaftlichen Genehmigung. Es ist ein trefflicher Bleichert, und den verstehen hier die Leute nicht. Mit einem wohlfeilen Ankaufe in Flaschen habe ich hier die Kinder öfter bewirtet, um sie bei dem schlechten Wetter zu stärken.

Die Aufnahme der Kinder ins Gymnasium scheint mir höchst wichtig. Nach ihrer Verwöhnung durch schlechte Lehrer werden sie ohne Schule zu garnichts kommen, ja ich möchte beinahe versichern, daß auch das schlechteste Quartal ihnen mehr nützen wird als diese unordentliche Stümperei ohne Aussicht und Ernst, in der sie bisher ihre Zeit verloren haben, alle Nachteile einer großen Stadt ohne die aufwiegenden Vorteile empfinden mußten. Was aus den Mädchen werden soll, weiß der liebe Himmel, der es meist besser lenkt als der Mensch denkt. Bin ich fort von Berlin, so mache ich mir Vorwürfe, daß ich mit den Kindern nicht mehr zusammen gelebt habe, aber die Frivolität der dortigen Lebensweise gestattet es nicht anders, und wäre sie mir dabei genußreich, ergreifend und anregend, aber zumeist nichts als eine äußere Beweglichkeit. Wohlfeile Fortepianos habe ich mehrmals angezeigt gesehen. Die Ochernal könnte der Max etwas Unterricht geben, auch dem Kühnemund.

Wie bald ich nach Berlin komme, weiß ich nicht. Habe ich erst den großen Kampf der Ausgeberinnen geschlichtet, so schaue ich nach dem Dessauischen, um mir einen Gärtner an die Stelle des Stolzenhain zu suchen, der mir wesentliche Vorteile bringen kann, sowohl durch Gartengewächse wie durch Baumschulen.

In Dahme etabliert sich jetzt der Sohn des Banquier[s] Schulze aus Berlin, der eine Tochter der Schauspielerin Wolff zur Frau hat und erzählt von glänzenden Festen, die er da anstellen will. Ringsumher bilden sich neue Rittersitze. Wenn uns die Türken nicht stören, wird bald alles aufblühen wie im Paradiese. Doch zur Hauptsache noch einmal: Ist es ohne große Kosten nicht möglich die gemietete Ausgeberin zurück zu weisen, so mache ihr wenigstens das ganze Mißverständnis deutlich, wie ich mit einer kranken Ausgeberin und Mägden, die völlig unbrauchbar waren, durchaus nicht bestehen konnte, und mir jede Zögerung zum Wählen und Vergleichen mit denen, die sich in Berlin meldeten, unmöglich wurde. Ohnehin würde sie gewiß von der mitreisenden Bussen von der Sache unterrichtet sein, und sie könnte es für eine absichtliche Fopperei halten.

Ich küsse Dich herzlich und die beiden Mädchen.

Achim Arnim

Im ganzen gefällt mir Hohl besser als Herckt, aber es scheint mir, daß seine ziemlich weitläufigen Studien ihn absorbieren und daß er deswegen den Kindern immer nur wenig leisten könnte. Doch war das auch bei Herckt der Fall.

Strenge Dich einmal an, daß möglichst viel von Töpfen, Tonnen und Tüchern, worin etwas eingeschlagen wurde, wieder hieher zurückkommt. Immer bleibt in Berlin mehr der Art zurück.

341. *Bettina an Arnim.*

Berlin, 5. April 1826

Lieber Arnim,

die Kinder sind glücklich angekommen, Dein Geld habe ich empfangen; die Miete habe ich mit meinem Geld bezahlt sowie den Lohn und eine Schuhmacherrechnung von 17 Taler, welches zusammen an 60 Taler ausmachte, den Staatsschuldschein habe ich also noch aufbewahrt.

Wir haben erst am 3ten ziehen dürfen, waren daher noch nicht in Ordnung bei der Heimkehr der Kinder. Der außerordentlichen Tätigkeit des Johann hab ich viel zu danken; er hat nur einen Träger genommen und mit dem wie ein Taglöhner geschleppt; ich bin recht zufrieden mit unserer Wohnung, wenn sie nur nicht so teuer wäre, denn bis jetzt ist noch keine Aussicht, den Stall zu vermieten; ich habe daher dem Wirt, der mich dringend bitten ließ, ihm das Quartier zum Oktober wieder zu überlassen, solches mit der Bedingung zugesagt, daß er mir dafür den Stall zu 50 Taler für das halbe Jahr wieder abnehme; hierauf habe ich noch keine Erklärung. Was nun die Wirtschafterin betrifft, so möchte ich gern Alles nach Deinem Wunsch einrichten, ich sehe aber zum voraus ein, daß es nicht möglich ist; ich habe ihr freilich gleich gesagt, wie die Sachen stehen, nur nicht, daß Du bestimmt *sie* zu Johanni wieder wegschicken willst, denn Du kannst Dir ja die Sache erst mitansehen; Deine Wirtschafterin kann ja nach und nach noch manchen Fehler äußern, den Du jetzt noch nicht kennst. Obschon ich auf die Äußerungen der Leute nicht schwören kann, so haben diese doch bemerkt, daß sie vergeßlich ist, und die Kinder haben sehr über sie geklagt, sie meinen daß die Kranke viel flinker und tätiger gewesen, daß die Mägde gar nicht von ihr angehalten würden, daß sie mehr wie einmal in ungemachten Betten geschlafen und die Stube sei nie ausgekehrt worden. In etwas bin ich auch schon ihre Vergessenheit gewahr geworden, denn sie hat mir einen großen Bündel schwarze Wäsche mit zurückgeschickt; indessen wollen wir das Ganze auf sich beruhen lassen; die Andere konnte ich aus dem Grund nicht zurücklassen, weil sie sich viel zu verständig benahm, als daß ich's nicht fürs Beste gehalten hätte, die Probe mit ihr zu machen, da hiebei am wenigsten Nachteil stattfindet, besonders wenn Streitigkeiten vermieden werden, was sie mir versprochen hat zu vermeiden; ich habe die Bedingung mit ihr eingegangen, daß sie mit *einer* Magd, die ganz unter ihrem Befehl steht, die *Küche* und das ganze *Hauswesen*, auch wenn Gäste da sind, besorgt; zweitens die ganze Flachswirtschaft, welches eine Lieblingsbeschäftigung von ihr ist, obschon sie sich keine Leinewand ausbedungen, 3tens die Besorgung des *Federviehs*, 4tens den Küchengarten anzugeben, 5tens die Wäsche zu besorgen, sowohl die von Dir wie von mir. Dies wünscht sie alles unter sich zu haben und mit einer Hausmagd zu besorgen. Ich halte es auch für das Beste, indem sie ausgezeichnet gut kocht und mit dem Einmachen sehr gut Bescheid weiß; sollte dies Dir jedoch nicht recht sein, so will sie die Molkerei, die Kühe und Kälber nebst der Schweinemast und Zucht unter sich haben, auch mit *einer Magd*. Ich kann wohl sagen, daß ihr ganzes Betragen bei dieser Sache mir viel Zutrauen eingeflößt hat, und daß ich immer glaube, Du wirst sie nicht verwünschen, und sie wird sich in diesem halben Jahr nützlich machen; so groß wird der Verlust auch nicht sein, wenn Du jene Magd, die die Andre noch mehr begehrte, sparst und die Wirtschafterin dafür eintreten läßt. Diese hat mir versprochen, sich in alles zu fügen, insofern sie ihr eigenes Regiment bekömmt; doch wär es mir lieber, daß sie das Hauswesen übernähme, und so macht sich ja die Sache nicht so gefährlich. Um eins wollte ich Dich bitten, daß auf alle Fälle der arme Kampz nicht zu schlecht besorgt werde; ich höre, daß er häufig kein warmes Essen bekömmt. Heut werden die Kinder examiniert, auf jeden Fall lasse ich sie in die Schule einrücken, entweder in die Margrafenschule oder nach Quarta; dabei werde ich mich an den Rat des Giesebrecht halten, den ich besuchen will, sowie ich wieder ganz wohl bin, denn ich befinde mich in diesem Augenblick nicht ganz behaglich.

Was nun die beiden Mädchen anbetrifft, so bin ich um diese gar nicht sehr bange, die Max spielt jetzt sehr lebhaft und macht tausend neue Erfindungen, sie bringt ihren Tag ganz glücklich zu. Lernen kann sie alles noch und vielleicht mit mehr Erfolg, wenn sie auch noch ein ganz Halbjahr länger spielt.

Savigny ist vor 8 Tagen nach Göttingen abgereist, hat auch schon einmal geschrieben und über Kopfweh geklagt. Der Franz, den man beinah für närrisch erklären möchte, hat ihnen in zwei Monat kein Wort geschrieben; ich muß sagen, daß mich so was schmerzlich treffen würde, wenn ein Kind mit so viel Anlagen solche Unnatur entwickelte. Indessen freue Dich mit mir, soeben kommen die Kinder von einem 3ten Examen bei Bellermann und er hat sie in klein Tertia aufgenommen, ich danke Gott, und niemand hätte mir auf meinen Geburtstag, der gestern war, ein besseres Geschenk machen können. Das Antrittsgeld für Beide macht 14 Taler, auch werden mehrere Bücher angekauft werden müssen, und Hohl wird zur Übung des Lateinischen täglich eine Stunde beibehalten, auch haben sie versprechen müssen, einen Lehrer im Französischen anzuschaffen. Der Kühnemund kommt bei Kutsch hoffentlich in eine der höheren Klassen, darüber werde ich Dir noch ausführlich schreiben das nächste Mal. Ich bin also ganz froh und vergnügt diesmal und habe Dir weiter nichts Neues mehr zu sagen. Jordis, von dem ich Dir wohl geschrieben, daß er unvermutet hier angekommen, geht morgen wieder ab, er grüßt Dich herzlich, sein Onkel Firnhaber hat ihm ein sehr schönes Landgut bei Gießen geschenkt. Adieu, füge Dich in die Wirtschafterin, ich hoffe gewiß, daß es gut ausschlagen wird.

Bettine

342. *Arnim an Bettina.*

Wiepersdorf, 6. April 1826
[8. April abgeg.]

Liebe Bettine!

Voraus mein Glückwunsch zu Deinem Geburtstage. Die Einsetzung der Kinder nach kl. Tertia hat mir gleichfalls Freude gemacht und ich ersehe daraus, daß Giesebrecht nach meiner Bitte dabei mehr auf das Fortkommen als auf das gegenwärtige Wissen der beiden Kinder Rücksicht genommen, wie mir denn auch Bellermann dabei bestens mitzuwirken versprach. Anstrengen müssen sie sich jetzt freilich, um nicht zum Spott der Klasse zu werden, denn sie sind noch viel weiter in allem zurück als Freimund, als er in diese Klasse eintrat. Die Methode des Dortbleibens während der Mittagzeit und des Essens um vier Uhr will mir nicht recht in den Sinn. Freimund ist gesetzter, diese beiden werden zu vollständigen Gassenbuben in dieser Stunde erzogen. Ich halte das Laufen ihnen für recht nützlich, auch sind sie gewöhnt, nicht allzu lange zu tafeln. Wenn also der Tisch und das Essen nur regelmäßig für sie bereit ist, daß sie sogleich sich daran setzen können, so scheint mir dies viel zweckmäßiger, und Du brauchst nur ein für allemal den Auftrag zu geben, um diese Zeit ohne Anfrage anzurichten und Dir aufzuheben, wenn Du eben ausgegangen oder sonst nicht zum Essen aufgelegt bist. Ich halte diesen Gegenstand, der ich das Lokal und die Verhältnisse der Schule kenne, für höchst wichtig, und wenn Du nach Gewohnheit mir nicht glaubst, so befrage Dich bei andern Leuten, die auch Schulen kennen.

Das fünfte Rad am Wagen, die neue Ausgeberin, ist mit den übrigen vieren hier glücklich angekommen. Ich habe das Gefühl des alten Wolff, der sich für den Herkules ausgab, der alle unerträglichen Arbeiten übernehmen müsse. So füge ich mich denn in Geduld, meiner Apotheose harrend. Vorläufig muß ich sagen, daß mir dieses Mädchen wenig Vertrauen einflößt, doch soll dies durchaus noch für kein Urteil gelten, nur für eine Wirkung erster Gespräche. Ich habe ihr

Küche und Wäsche übergeben und möchte sie wohl mit Nähen beschäftigen, aber ich habe nichts zu nähen. Was die Kinder klagen, ist ganz wahr, Du mußt aber bedenken, daß wir ein gänzlich unbrauchbares Hausmädchen hatten, das zum Schluß davonlief, so wie wir jetzt des Jägers Tochter haben, die nicht minder ungeschickt ist. Wahr ist auch, daß die Oehmchen mit Besorgung des Tisches und Hauses noch wenig bekannt war, aber dann doch überall selbst angriff und lernte. Sollte es zum Kampf zwischen beiden kommen, so verliere ich wahrscheinlich beide. Übrigens soll's ein Kampf wie bei Gottesgerichten werden, das Küchenlicht zwischen beiden gleich geteilt, mit gleichen Waffen, ohne Einmischung anderer.

Ich habe meine Weine erhalten 1) 100 Flaschen Kochwein, ein guter Burgunder, der aber ein wenig Stich hat à 1 Groschen 6 Pfennig die Flasche. 2) Ein angenehmer, leichter Burgunder, die Flasche noch nicht 4 Groschen, etwa 3 Groschen 9 Pfennig, circa 300 Flaschen, denn er ist noch nicht abgezogen. In Hinsicht des Kochweins hege ich sogar die Hoffnung, daß er sich durch das Liegen auf Flaschen, denn ich habe ihn abgezogen, bessert. Dieses Geschäft war wohlgelungen. Der Zuschlag wurde mir erst in der Hohen Ahlsdorfer Auktion verweigert. Ein Apotheker in Jüterbog bot mehr, aber als Meistbietender in der Auktion erhielt ich den Vorzug. Bei dieser Gelegenheit aß ich in Hohen Ahlsdorf zu Mittag und fand die Leute wie gewöhnlich viel besser als die umgehende Beschreibung.

Ich küsse Dich und die Kinder,

Achim Arnim

343. *Arnim an Bettina.*

Wiepersdorf, d. 14. April 1826
[18. April abgeg.]

Liebe Bettine!

Der besorgliche Krieg zwischen den beiden Ausgeberinnen ist rasch zum Ausbruch gekommen, als ich während drei Tage nach Pöthwitz zum Ankaufe eines Schafbockes verreist war. Die neue Ausgeberin, das merkte ich bald, taugte nichts, sie konnte wenig kochen und wußte von der Landwirtschaft nur meist vom Hörensagen, sprach aber dabei sehr weise und suchte sich besonders durch das Gesinde die Oberherrschaft zu sichern. Ich hatte ihr die Küche und Wäsche übertragen, als ich abreiste; sie hatte durch übermäßige Austeilung von ländlichen Delikatessen an das Gesinde sie sämtlich zur Impertinenz gegen die andre Ausgeberin veranlaßt. Diese hatte der Jule für eine impertinente Antwort eine Ohrfeige gegeben, diese war davon gerannt zum Papa Wolff, dieser war gekommen, hatte die Ausgeberin ausgeschimpft und bedroht. Das alles fand ich bei meiner Rückkehr und mußte Ordnung stiften. Die neue Ausgeberin hatte sich auf ihr Zimmer zurückgezogen, sie mußte wieder am Inspektortisch speisen und erhielt Näharbeit, der völlig betroffene Wolff wurde ausgefenstert und zeigte sich nach Art der Trunkenen. Kampz der sich auch ein wenig mit Wolff eingelassen wurde gewarnt. Das alles griff mich mehr an als ich dachte; die Verzweiflung durch den einen unseligen Mißgriff mit der verfluchten Berliner Ausgeberin aus einem behaglichen Zustand in allen Verdruß gesetzt zu sein, nagte an mir. Ein Bad, das ich gestern nahm, und viel Bewegung im Garten hat mich einigermaßen hergestellt. Heute hat diese fatale Person Fleisch zum Frühstück sich bestellt und ein Mädchen mit der Bedienung ihrer Person vom Füttern der Schweine abgehalten; sie spricht von lauter Anordnungen, und wenn sie auch nur das Kleinste selbst tun soll, z. B. Seife kochen und Nähzwirn machen, so weiß sie nichts davon. Wenn Du etwas zu nähen hast, so schicke es her, denn die wenigen

Kleinigkeiten, die ich ihr aufgebe, sind nicht für acht Tage Beschäftigung. Die Busse bessert sich und hoffe sie baldigst zu spedieren, denn auch sie und ihre Schwester waren bei diesen Unruhen nicht untätig gewesen. Der Frieden des Herrn aber, der höher ist als alle Vernunft, sei mit uns allen. Amen.

Über die neuen Schloßbewohner in Dahme, Sohn des Banquier Schulz in Berlin, gehen seltsame Erzählungen. Einmal, er, der Ältere und sein Buchhalter täten nichts, als ihren Frauen, die auf Faulbetten lägen, die Füße zu krabbeln. Zweitens, sie haben ihre Besuche beim Postmeister und andern in der Kutsche gemacht, worüber diese im ersten Schrekken sie gar nicht annahmen, weil sie nicht zu solcher Feierlichkeit angezogen. Ferner ist ein neuer Superintendent eingezogen und zu seiner Einführung ein Abendessen gemacht worden, das 1 Taler 12 Groschen die Person kostete und doch nur aus vier Schüsseln bestand.

Der Himmel erhalte Dich und die Kinder gesund.

Achim Arnim

344. *Bettina an Achim.*

17. April 1826

Lieber Arnim,

ich hätte Dir schon früher schreiben sollen und wollen, allein ich war krank und bin es noch, ich habe Gichtschmerzen am Kopf und im Gesicht, ich habe mir das ganze Gesicht mit Gichtpapier belegt und mich dadurch sehr garstig gemacht, die Zeit wird hoffentlich alles wieder ins Gleis bringen. Die Kinder arbeiten sich im Gymnasium durch, Friedmund mit Phlegma und Siegmund mit Ungeduld, letzterer arbeitet oft bis zwei Uhr in die Nacht, und wenn ich ihn abhalten will, gerät er außer sich, denn er will durchaus nicht nachstehen. Mit dem Französischen geht es sehr übel, und ihr Lernen dort ist ganz überflüssig, indessen kann ich es doch nicht dahin bringen, daß es ihnen erlassen werde; ich habe etwas im Werk, wenn es angeht, so werde ich Dir das Nähere mitteilen. Savigny ist gestern von seiner Reise zurückgekommen, ohne Verminderung seines Kopfwehes aber dennoch sehr vergnügt, besonders über seinen Aufenthalt bei Grimms. Wenn ich denke, wie Du dieses Vergnügen hättest mitgenießen können, so muß ich mich betrüben, daß es nicht geschehen.

Es ist in dieser Zeit ein Brief von Ringseis gekommen, der ihm meldet, sowie die Universität nach München versetzt würde und nur im mindesten Hoffnung da wäre, daß Savigny geneigt sei, Savigny dahin berufen würde werden; wohl nicht als Professor sondern mehr, um das Ganze der Universität zu leiten. Ich glaube, daß Savigny sehr dazu geneigt ist und nicht mit Unrecht. Ringseis schreibt mit Enthusiasmus über alles, was jetzt vorgeht, ja ich glaube, es ist eine wahre Freude jetzt dort in Tätigkeit zu kommen, von [Eduard v.] Schenk ist ein Trauerspiel Belisair in München aufgeführt worden, *mit ungeheurem Beifall.*

Von Kühnemund kann ich Dir erzählen, daß er sein Glück wahrscheinlich auf Lebenslang gemacht hat, denn er speist alle Sonntage mit dem kleinen König von Hannover zu Mittag, der ihn sehr liebt und ihm versprochen hat, sowie er zur Regierung gekommen, ihn zum Grafen, General und ersten Minister zu machen; er wird alle mal von einem Kammerhusaren nach Hause gebracht, auch hat er mit der Prinzessin [Friederike Caroline Sophie, Herzogin v. Cumberland, Schwester der Königin Luise] sehr vertrauliche Gespräche über Dich gehabt, in denen sie ihm sagte, daß Du ihr in Königsberg vorgelesen, und daß Deine Schönheit ihr immer sehr angenehmen Eindruck gemacht.

Dein Bruder hat mir 300 Taler courant gegeben, von Bennewitz habe ich noch nichts erhalten. Schinkel ist vorgestern abgereist mit Beuth, Ruhberg, sein Schwager, ist vor 14 Tagen an der schnellen Brustwassersucht gestorben, vorher hat er bedeutenden Verlust gehabt, was wohl mit dazu beigetragen. Die Frau ist ganz trostlos.

Ich habe nun nichts Bedeutendes mehr zu wünschen, als

daß Dein Serail von Wirtschafterinnen Dir zum möglichsten Nutzen ausschlagen möge. Du hast uns das letzte Mal weniger Butter geschickt so daß wir keine verkaufen konnten; vielleicht ist es, weil Du fürchtest, es möchte bei der Stobwasser ihrer Abwesenheit nicht so ordentlich hergehen, ich muß Dir aber sagen, daß ich sie in der Speisekammer nicht vermisse; Johann hat mir außer mancher anderen, recht wesentlichen Dienstleistung, noch die beste in Anschaffung einer fleißigen, treuen, im Kochen ganz passablen Köchin getan, die besonders sparsam ist; überhaupt ist Johann unermüdlich in allem und ich halte ihn für einen Segen im Hause.

Ich wünschte mir nun nur noch, daß Du bald kommen mögest, und daß ich dann gesund wäre. Heute wird mir das Schreiben ganz peinlich, so tobt es in meinen Zähnen und geschwollenem Gesicht, leb also wohl und nimm fürlieb mit diesen Zeilen, die Dich hoffentlich zum wenigsten gesund antreffen.

Deine Bettine

345. *Bettina an Arnim.*

[19. April 1826]

Lieber Arnim,
an Deinem Klagebrief über die Wirtschafterinnen hab ich wirklichen Anteil genommen, und ich weiß aus Erfahrung, wie widerwärtig dies alles ist. Indes bin ich hier auch nicht ohne Sorgen gewesen, das Schulleben der Kinder machte viel Unannehmlichkeit, sie konnten anfangs garnicht drein finden, und die Aufgaben von Arbeiten sind so stark, daß sie in der ersten Zeit vor 2–3 Uhr in der Nacht nicht fertig wurden. – Du kannst denken, daß mir um ihre Gesundheit bange war. Hohl bekümmert sich gar nicht um ihre Aufsätze, und ich faßte daher den kurzen Entschluß, einen andern zu nehmen, und habe allem Anschein nach eine glückliche Wahl

getroffen. Ein Pole, der Deutsch ganz gut spricht, vortrefflich Französisch, giebt ihnen alle Tage zwei Stunden, wovon ein Teil immer zum Französischen benützt wird und die übrige Zeit zu den Arbeiten. Der Mensch ist ganz vortrefflich in seinem Umgang mit den Kindern, er war mir auch so rekommandiert; und seitdem geht es auch recht gut, allein zu angestrengt ist doch die Arbeit für die Schule, und nur die Unermüdlichkeit der Kinder tröstet mich. Gestern Abend blieb ich mit ihnen bis 1 Uhr in der Nacht und diktierte ihnen, was sie ins Reine zu schreiben hatten; und heute Morgen mußten sie um 6 Uhr schon wieder bei der Arbeit sein. Kühnemund wird alle Sonntag von Cumberlands Kammerhusar abgeholt und ißt an fürstlicher Tafel und amüsiert die ganze Gesellschaft durch seine Fabeln und Einfälle. Der Herzog betrachtet ihn mit dem luking glasse [d. i. looking glass] und sagt: Du bist ein hübscher Junge, und Du sollst einmal eine große Rolle spielen, wenn der König von Hannover groß ist. Zu dem kleinen Kohlrausch sagte er: was ist ein Osterei? Der antwortet: eine flüssige Materie, da sagte der Herzog: Du bist ein Esel; wenn der Kühnemund Dein Treiber wird, so kannst Du noch fortkommen.

Die Collektion für die Griechen wird hier mit Macht betrieben, man hält die Aufforderung dazu für ein sehr günstiges Vorzeichen. In allen Schulen wird gesammelt, man rechnet im grauen Kloster auf 600 Taler die bloß von den Schulkindern zusammen kommen, denn in den höheren Klassen haben die meisten einen Louis d'or gegeben, zuguterletzt hat sich das tugendhafteste Paar der ganzen Stadt, wie Gneisenau sich ausdrückt, nämlich der Graf Nostitz und Gräfin Boss entschlossen, Haus für Haus zu wallfahrten und zu sammeln; man erwartet, daß die Collecte durch das ganze Land geh und durch alle Dörfer, und mir haben noch Mehrere gesagt, daß ich Dich daran erinnern solle, der Sache im *Ländchen* einen Anfang zu geben. Dein guter Bruder, den der Cumberland Mocktortel [d. i. mock turtle] heißt und den Kühnemund belehrte, daß er so heiße, weil er ein Mockbrühl wäre, ist in der ganzen Stadt herum gelaufen und hat allen Leuten auf der Straße zugerufen, er habe 20 Taler an die Griechen spendiert, so sehr brennt ihn diese große Tat auf dem Herzen. Ich habe die ganze Zeit auf einen Wagen gewartet; unsere Butter, welches 28 Pfund waren, wovon wir 5 Pfund verkauften, hat gerade 27 Tage gedauert; das ist besser gespart als zu Zeiten der Stobwasser; unser Brot ist alle und das Bier auch. Wenn Du recht viel Butter schicken willst, so kann ich sie recht gut verkaufen.

Die Verdier, welche wahrscheinlich bald nach Schlesien geht zu der Gräfin Blücher als Gesellschafterin, ist seit 10 Tagen bei uns im Hause. Savignys konnten und wollten sie nicht länger behalten, ich kann nicht anders sagen, als daß sie sich sehr verdient macht ums ganze Hauswesen; sie lehrt den beiden Mädchen sehr regelmäßig schreiben, lesen und nähen, sie sät und pflanzt im Garten und ist immer heiter; ich kann sagen, daß ich bedaure, daß sie bald weggeht. Ich muß immer die alte Leier anfangen, daß ich wünsche, Du mögest bald kommen; wenn es eine Zeit währt, bis ich Dich wiedersehe, wird mir allmählich das Herz schwer; wenn es auch nur der Kinder wegen wäre, so ist es doch notwendig, daß Du bald kommst, vielleicht kannst Du sie in der Schule von einer Stunde, namentlich der Geschichte, dispensieren lassen, die ihnen am meisten Zeit hinweg nimmt mit Abschreiben und gar nichts nützet, und wofür sie dann sich besser zum Latein halten könnten. Savigny war auf seiner Reise sehr krank an Kopfweh, aber jetzt befindet er sich besser als sonst und auch heiterer; er wird nun bald nach Karlsbad gehen, wenn's die Gunda nicht hintertreibt, die keinen Glauben zu dem Gebrauch dieses Bades hegt. Was mich anbelangt, so denke ich die Eselsmilchkur zu gebrauchen, und zwar glaub ich ihrer sehr zu bedürfen, dann muß ich Dich aber bitten, mir Futter dazu zu geben, sowie ich eine Eselin gemietet, werde ich Dir schreiben.

Der Einschlag ist gestern von der Post zurückgekommen, mit der Bemerkung auf der Adresse, daß der Buchhändler Hartmann keine unfrankierten Briefe annehme; da es nun schon bereits im Februar abgegangen war, so schloß ich, es sei zu spät, ihn frankiert wieder zurück zu senden, Du magst nun selbst darüber beschließen. Wenn der Hartmann nur ein braver Mensch ist und kein Esel, da er den Brief wieder zurückschickt; Du hast kein Glück mit den Buchhändlern. Savigny freut sich sehr auf Dein Buch.

Kannst Du nur bald kommen so bin ich zufrieden; ich bitte Dich, schreibe mir nur wenigstens, wann Du denkst zu kommen. Die Kinder möchten die Pfingstferien gern wieder hinlaufen; sie dauern 10 Tage, und ich wollte es ihnen noch gönnen, denn ich glaube, es ist ihrer Gesundheit wesentlich.

Leb recht wohl und denke daran, daß Du bald kommst; unser kleiner Garten ist recht hübsch, wir haben ihn ohne Beihülfe zurecht gemacht, er steht voll Blumen, der Major läßt jetzt die Gartenstube anstreichen.

Komme bald Bettine

Seit 1821 kämpfte die griechische Stadt Missolunghi unausgesetzt gegen die Türken, um Griechenland von der Türkenherrschaft zu befreien. Lord Byron hatte dort 1824 seinen Tod gefunden. In eben diesen Tagen fiel die kritische Entscheidung für die Belagerten. Da sie keine Lebensmittel und Kriegsmaterialien mehr hatten, mußten sie am 22. April sich durch die Belagerer hindurchschlagen. Nur wenigen gelang es. Die meisten wurden in die Stadt zurückgedrängt, die sie nun, mit den eingedrungenen Türken, in die Luft sprengten. Es ist die Zeit der Griechenbegeisterung und der Griechenlieder. Auch Amalie v. Helvig ließ im Mai „Gedichte zum Besten der unglücklichen Greise, Witwen und Waisen in Griechenland“ drucken. Eines daraus, „Weihe an Hellas“, wurde von Bettina komponiert (Melodie mitgeteilt bei Bissing, S. 446).

346. *Arnim an Bettina.*

Wiepersdorf, d. 26. April 1826
[28. April abgeg.]

Liebe Bettine!

Diese Nacht in Sturm und Regen, mehrmals verirrt, traf ich hier mit einem kleinen Prachtbocke aus Machern nach fünf

Tagen Abwesenheit wieder ein. Meine Fahrt hatte außer diesem Bockskaufe auch literarische Zwecke in Leipzig, nächstdem die Erforschung unserer Wollzukunft, die sich bis jetzt noch nicht erfreulich erschließt. Ich habe in diesen wenigen Tagen viel Merkwürdiges gesehen, unter andern Mamsell Blahntke, die an und für sich schon ein artiges Schätzchen ist, mit ihr aber ein Paar Gemäldegalerien bei Hofrat Keil und bei dem Ritter von Speck, denn also schreibt sich der Mann auf allen Prachtbänden seiner Sammlung, seit er einen russischen Orden erhalten hat. Abends sah ich den Ritter Götz von Berlichingen, und da fand ich freilich einen Unterschied in der Ritterschaft. Übrigens ist der Mann ausgezeichnet in seiner Art. Ganz arm geboren, einer Bedienten Sohn aus Machern, hat er neben großem Vermögen durch Wollhandel auch wirkliche Kunstkenntnis erworben, weiß sein Interesse mit etwas Wissenschaftlichem in seinen Unternehmungen zu paaren und hohe Herren zu behandeln. So hat er von seinem prachtvollen Gute Lütschena 1000 Stück Schafe an die russischen Großen verkauft, und so konnte ich freilich mit meinen bescheidenen Bietungen auf ein Böckchen keinen Effekt erreichen, doch muß ich unparteiisch ihm das Zeugnis geben, daß er aus dem Gute ohne eigentliche Verschwendung alles gemacht hat was wünschenswert und zweckmäßig war. Er selbst versichert, daß ihm die Schäferei 30 000 Taler koste; da läßt sich freilich ohne Hexerei etwas erreichen. Das Gut liegt nur zwei kleine Stunden von Leipzig, und so hat er mit Erfolg einen Tanzsaal bei der Schenke für die Leipziger erbaut, der jede Stadt erfreuen könnte.

Noch waren in Leipzig Bilder von Schnorr, Ph. Veit, Olivier u. a. über christliche Gegenstände ausgestellt, die F. Tieck nicht wenig Verdruß gemacht hätten, das Beste von Schnorr und Olivier, und wenn dieser, woran ich doch zweifle, eben jener unser Bekannter und nicht ein Bruder ist, so hat er im Historischen ungemeine Fortschritte gemacht. Mehr aber als dieses gemalte Christentum interessierte sich die Welt für das Geschriebene unsres Königs im Briefe an die Herzogin von Köthen, daneben das sehr unchristliche Buch über die Sontag, genannt *Henriette*, das bei 50 rh Strafe in Berlin verboten ist. Es enthält nur für die Kaffeehausmenschen in Berlin die nötige Bosheit und Klatscherei, trägt alle Theateranekdoten schonungslos zusammen und verkümmert den Leuten ihr bißchen Vergnügen ohne ein größeres, edleres zu schaffen.

Ich freue mich des Fortschritts der Kinder nach Deinem Briefe und wünsche Dir herzlich das Aufhören der Gesichtsschmerzen und den Anfang des Frühlings, indem ich Dich küsse.

Achim Arnim

Die Herzogin Julie von Anhalt-Köthen, Tochter Friedrich Wilhelms II., war mit dem Herzog 1825 in Paris zum Katholizismus übergetreten. Der Brief des Königs, der bald überall in Abschriften herumging, machte dem Paar Vorwürfe über diesen Schritt.

Für Henriette Sontag, die gefeierte Opernsängerin, spätere Gräfin Rossi, mag eine Entschädigung für das klatschhafte Buch geworden sein, daß Goethe ihr im Herbst dieses Jahres das Gedicht „Ging zum Pindus, dich zu schildern ..." widmete.

347. *Arnim an Bettina.*

Wiepersdorf, d. 4. Mai 1826

Liebe Bettine!

Die kranke Ausgeberin hat die Absendung verzögert, indem ich hoffte, sie mitschicken zu können. Jetzt fühlt sie sich doch noch zu schwach und fiebernd und ich muß länger Geduld haben.

[...]

Hohls Abgang ist mir nicht verwunderlich, denn obgleich er unverkennbar sein Gutes hatte, so war er doch so sichtlich und eigentlich auf sein eignes Fortkommen gerichtet, daß er für jede Bemühung mit Gelde den kräftigsten Antrieb verlangte, was ihm andre eher als wir gewähren können.

Möge der Pole gut einschlagen, aber besonders ermahne Freimund, der nun die Klasse durchgemacht hat, daß er den andern mit Rat beisteht, da oft nur in der Ungeschicktheit des Anfängers der Schein vieler Arbeit liegt.

Wegen der Reise der Kinder macht es sich wohl am besten, wenn ich den Wagen mit den beiden Mamsellen (Busse) gegen den Sonnabend vor Pfingsten schickte, wo jene dann als Rückfracht ankämen. Wenn der Wagen am Pfingstsonntage nicht da wäre, so ist dies ein Zeichen, daß sie sich zu Fuß aufmachen. Der Kühnemund ist für solche Fußreise eigentlich noch etwas zu klein, doch ist es freilich hart, wenn er sich sehr danach sehnt. Übrigens sind die Pfingstferien sehr kurz und ist die Reise kaum der Mühe wert.

Wegen meiner Ankunft in Berlin weiß ich wegen der bevorstehenden Termine noch nichts Gewisses zu sagen, dazu kommt der Bau des großen Gebäudes, die streitigen Ausgeberinnen. Alles grünt und blüht! Besuche mich hier auch einmal.

[...]

Savigny tut recht, nach Karlsbad zu gehen, ich riet es ihm vielleicht zuerst und gleich, als ich sein Übel hörte.

Wenn Du Näharbeit hast, so schicke sie her, um die Colberg zu beschäftigen.

Futter für die Eselin ist schwer herauf zu schicken, außer etwa Haber, den Du erhalten sollst. Ich fürchte, daß Dir der trojanische Krieg [eine Zeichnung Bettinas?] Schaden getan hat, die Anstrengung war zu groß. Aber was hilft das jetzt zu betrachten, sorge für Deine Gesundheit und nimm meine herzlichen Wünsche dafür, die ich am heutigen Himmelfahrtstage zu Dir sende.

In Dahme, wo ich gestern war, um zu sehen, ob von Dir etwas Neues, wird das Schloß fast umgekehrt von 70 Arbeitern. Im Garten läuft ein Hirsch, Perlhühner und Pfauen fliegen umher. Auch die Unverdorben läßt sich ein Schloß bauen.

[...]

Ich grüße alle Bekannten und küsse Dich und die Kinder.

Achim Arnim

[...] Ein Lot Blumenkohlsamen, Astern- und Levkojensamen wären mir sehr nützlich.

348. *Bettina an Arnim.*

6. Mai 1826

Lieber Arnim,

der Wagen ist glücklich angekommen. Fürs erste muß ich mich von der Schuld befreien, daß die Packgeräte nicht mitgekommen sein sollten. Alles, was frei war, hab ich mit zurückgegeben, das Bier war noch nicht abgezapft, drum blieb das Faß noch hier. Was Du bestellt, das schicke ich Dir hiermit und wünsche, daß es so recht ist. –

Mit Siegmund geht es in der Schule über alles Erwarten gut, obschon die Schularbeiten überhäuft sind, so ist auch Friedmund sehr fleißig aber nicht so verständig. Am unverständigsten sind die Lehrer, die unbegreiflich dumme, unnütze Arbeiten aufgeben; mit dem Polen geht es gut. Kühnemund geht zu Kutsch, wo auch nichts Gescheutes vorgenommen wird, die übrige Zeit ist er mit dem kleinen Kohlrausch, (der Alte ist gestern gestorben). Sonntags ist er von Morgens 9 Uhr bis Abends 8 Uhr regelmäßig bei dem Prinz Cumberland, er wird allemal vom Kammerhusaren abgeholt und wieder heimgebracht; dies Zusammensein mit den hohen Herrschaften hat einen merkwürdigen Einfluß auf ihn.

Mit Savigny's Gesundheit schwankt es hin und her. Gunda war auch 8 Tage krank, die Unentschiedenheit über die Reise macht allen üblen Humor. Der Winter wird wahrscheinlich im Ausland verlebt, und zwar in Neapel, jedoch ist mir darüber nichts vertraut; sie wissen indessen noch nicht, ob sie alle mitgehen oder zum Teil nach Paris. Es mag gehen, wie es will, so ist es gut, daß sie von hier fortkommen, wo sie alle nicht mehr sich aufrecht halten können. Wir haben unsern Stall zu meinem großen Verdruß nicht vermietet, ich weiß nicht, ob ich ausgemacht, daß ich zu Oktober wieder ziehe; denn natürlich ist es für diesen Preis zu teuer. Savignys werden wahrscheinlich ihr Quartier zu vermieten suchen, gern möchte ich's benützen, jedoch wage ich es nicht, Ansprüche zu machen. Oft kommt mirs vor, als ob sie am längsten hier gewesen wären und als ob die Sage, daß Savigny als Minister nach Bayern berufen würde, sich vielleicht bestätigen könne. Die Eselsmilch habe ich aufgegeben, denn es ist über alles Erwarten teuer; mein Unwohlsein rührt wohl auch mehr von der Sehnsucht nach dem unbekannten Lande her, vom Singen kömmt es nicht.

Sehr wünsche ich, daß Du den Wagen, womit die Kinder abgehn sollen, so schickst, daß sie am Sonnabend von hier abgehen können, denn die Ferien dauern im ganzen kaum 8 Tage, es wäre also nicht der Mühe wert, wenn sie die ganze Zeit nicht benützen können und doch halte ich's für ihre Gesundheit sehr wichtig. Vielleicht kann ich später auch nach Wiepersdorf, wenn die Verdier noch eine Zeitlang hier bleibt und mir die Wirtschaft führen wollte; auch möchte ich diesen Sommer womöglich den Goethe noch einmal besuchen, wenn es ohne große Anstrengung einzurichten; man muß nicht Alles, was nicht zum Notwendigsten zu gehören scheint, zum Unnützen rechnen; ich hab schon diesen ganzen Winter eine geheime Lust danach. Ich glaube, es würde mich sehr kränken, wenn er stürbe, ehe daß ich mich befriedigt hätte.

Nun schreib ich nächstens mehr; die Max hat einen ersten Brief eingelegt. – Rauch ist nach München abgegangen, vorläufig ist die Berechnung gemacht, daß die Statue des Königs von Bayern in Bronze mit Reiseunkosten, Erbauung eines Ateliers, Bossierstuhl p.p. 150 000 Taler kosten soll: nun steht es sehr zu bezweifeln, ob sie gemacht wird. Adieu, ich wollte, ich sähe Dich bald.

Deine Bettine

Beikommend zwei Schlüssel, wovon wohl der eine der zum Kutsch-Kasten ist.

349. *Arnim an Bettina.*

W., den 11. Mai 1826

Liebe Bettine,
ich danke für die übersandten 6 Apfelsinen, für den Cognac, Kaffee und für die Sämereien. [...]

Mein Bau schreitet vorwärts, ich mache täglich neue Erfindungen, wovon Schinkel nichts ahndet.

Ist es nicht notwendig, so schicke den neuen Lehrer für die wenigen Tage nicht hieher. Lernen werden sie doch hier in den Tagen nicht viel, die Gefahren der Reise wird er auch nicht mit Wunderkraft abhalten, und will ich hier mit den Kindern eine Fahrt in der Gegend machen, so ist er mir ein Hindernis. Hier habe ich den Kampz, der einige Aufsicht führen kann.

Hätte ich gedacht, daß dem armen Kohlrausch ein so nahes Ende bevorstehe, ich hätte ihn besucht, obgleich ich ihn in so manchen Jahren nicht gesehen hatte. Mich hielt nur der Gedanke zurück, daß er sein eignes Elend recht fühlen würde, wenn er einen alten Bekannten noch munter vor sich sähe, dem er einst an Körperkraft überlegen war, wofür ich ihm in keiner Art Trost schaffen könnte, da unsre Mitteilung selbst in gesunden Tagen höchst unbedeutend war und von meiner Seite fast immer in genereller Mißbilligung dessen bestand, was und wie es ihn beschäftigte in Wissenschaft und Kunst.

Das Zankwesen unter den 4 Ausgeberinnen hatte noch in letzter Zeit sehr zugenommen, jetzt hoffe ich auf Frieden.

Die Kinder können nach meinem Wunsche gleich den Sonnabend sehr früh von Berlin abfahren, so sind sie Abends hier; das Notwendige an Wäsche und Büchern kann in den Sitzkasten gepackt werden. Überflüssige Bücher sollen sie ja nicht mitbringen.

Ich danke der Max für ihren hübschen Brief und werde ihr nächstens ausführliche Antwort geben und küsse Dich herzlich.

Achim Arnim

Ist die Zeit zu kurz, so quäle Dich nicht mit den Einkäufen, ich kann auch hier Rat schaffen.

350. *Bettina an Arnim.*

13. Mai 1826

Lieber Arnim,

[. . .] Die Wirtschafterin ist sehr elend hier angekommen, hat mir viel erzählt von allem Unglück. Du wirst am besten tun, nicht so sehr für die Wirtschafterin von 19 Jahren eingenommen zu sein; wenn eine solche so tollkühn schon ist, Ohrfeigen auszuteilen, so ist nichts Gutes hinter ihr; lasse Dir nur Kampz nicht verleiden, der meint es sehr ehrlich mit Dir und ist auch nicht vom Jäger noch von den andern aufgehetzt, der wird Dir gewiß die Wahrheit sagen; ich fürchte, wenn Du sie behältst, so wird Gruhl mitsamt ihr verderben, es ist nicht möglich, daß nicht etwas von den Geschichten wahr sein sollte. Die Ausgeberin behauptet, daß Du am besten die Wahrheit von der Ahlsdorfer Baronin erfahren könntest; sie soll Schlackwürste im Milchkeller versteckt haben, die noch da zu finden sein sollen; von 16 großen Schlackwürsten sind nur 6 und einhalb dagewesen; die Mamsell hat mir ein Stückchen gegeben, welche sie mit von dem Reiseproviant brachte, sie waren für die Herrschaft gemacht, ich habe aber keine hier bekommen, sondern ganz schlechte, die die Leute nicht einmal mochten. [. . .]

Savigny's reisen eben nach Kunersdorf, ich werde sehr einsame Feiertage haben, ich bin beschäftigt mit einer Zeichnung, die zu einem Frauenverein für die Griechen verkauft wird. Addio, leb herzlich wohl, wegen Abreise der Kinder kann ich nicht mehr schreiben.

Bettine

351. *Arnim an Bettina.*

Wiepersdorf, 14. Mai 1826
[15. Mai abgeg.]

Liebe Bettine!

Die Kinder sind heute am Pfingsttag um 8 Uhr glücklich angekommen, nachdem ich in der Nacht einige Sorge empfunden, die sie in Gottow zubrachten.

Die beiden Busse sind interessante Charaktere von dummer Bosheit, aber so offen in dieser Operation, daß sie sich ganz zur Schau legen. Erst operierten sie gegen die Colberg, sagten mir, sie sei völlig unbrauchbar, eine Karnalie, die Oehmchen hingegen würde meine Wirtschaft trefflich besorgen. Nachher und zwar erst sehr spät, wollte die Oehmchen nicht gleich die Wäsche der Kranken besorgen und sagte, die gesunde Schwester könne doch auch etwas tun, da entstand der Haß. Was sie von den Würsten sagt, ist dahin zu ergänzen, daß sie selbst mit Gruhl heimlich verabredete zur Zeit, als die Colberg in die Küche versetzt war, daß er diese Würste in der Milchkammer bewahren möchte, weil die Colberg beständig davon esse, statt zu Mittag zu essen. Daß übrigens ein Teil der Würste sowie das Eingeweide des Ochsen verdorben, ist allein Schuld der Kranken, aber ich rechne es ihr nicht hart an, weil sie wirklich schon länger die Krankheit in sich trug und sich nur mit Mühe fortschleppte. Daß viel von der Wurst aufgegangen, ist wohl hauptsächlich aus dem Interregno der Schäferin zu erklären, auch ist zu bemerken, was ich aus eigener Ansicht weiß, daß sie sehr klein waren. Der Hauptfehler endlich, wenn sie Würste für Berlin bestimmt hatte, warum sie mir diese nicht gleich übergab, als sie aus dem Rauche kamen und, wenn ich mich in meiner Vermutung nicht irre, so mag gar mancher Weg und Hülfe, die sie empfangen, mit dergleichen Dingen bezahlt sein. Die Oehmchen ist übrigens einige zwanzig Jahre alt und hat das Ansehen von 25 Jahren, sie kocht bloß durch das, was sie von der Schwester der Busse abgesehen, mir jetzt völlig zu Dank. Die Ahlsdorfer habe ich natürlich vor der Annahme befragt, und sie gaben ihr das beste Lob; sie kam fort, weil die junge Frau des Inspektors selbst die Wirtschaft übernehmen wollte, nachdem sie sie kennengelernt. Die Colberg scheint so für Landwirtschaft völlig unbrauchbar, möchte aber wohl in einer Stadtwirtschaft Lob verdienen, da ihr Nähen und Reinmachen recht gut von der Hand geht. Ihr Kochen ist auch nur mittelmäßig, aber die bösartige Schwester der Busse war in dieser Hinsicht ausgezeichnet, und man konnte sie wohl eine perfekte Köchin nennen. Die Ohrfeige hatte das Jägermädchen reichlich verdient, nicht durch bloße Ungeschicklichkeit sondern durch plumpe Impertinenz, war aber freilich dazu durch die Colberg aufgehetzt worden. Der Colberg habe ich längst aufgekündigt und die Oehmchen angenommen, wie ich Dir auch geschrieben habe. Sie rühmt sich, einen langen Brief von Dir erhalten zu haben.

Genug von diesen Bestien. Ich denke den Kindern viel Freude zu machen durch die Reise, auch wird wohl etwas für mich abfallen.

Die übersandte Lampe leuchtet recht schön, scheint aber im Radwerke sehr schwach, auch war gleich die Drehstange los. Es muß Coblenzer Arbeit sein. Die Messer werden auch nicht lange halten, ich kenne diese Sorte. Inzwischen mindert das nicht meinen Dank für die Besorgung.

Durch die Kinder wirst Du mein nächstes Schreiben erhalten.

Ich küsse Dich und die Dreie bei Dir und wünsche Deiner Zeichnung so guten Fortgang wie den Griechen.

Achim Arnim

352. *Arnim an Bettina.*

W., d. 24. Mai 1826

Liebe Bettine!

Von unserer Gebürgsreise bis zum Prebischtore werden Dir die Kinder genug erzählen. Ich hatte förmlich die Rolle eines Prinzenhofmeisters übernehmen müssen, dem das

Leben seiner Zöglinge sehr empfohlen ist, dem sie aber alle Augenblicke entschlüpfen, und der nun wie ein Narr in die Natur hineinschreit, als ob sie nur die fürstlichen Namen widerhallen sollte. Deinen Namen habe ich in den Büchern vergebens aufgesucht, aber Du wirst wahrscheinlich denselben allgemeinen Kreislauf wie wir durchlaufen haben, da es sich bei so weniger Zeit nicht anders einrichten läßt; auch Savigny's Namen konnte ich aber nirgends finden.

Die Kinder haben Tieck [in Dresden] die Weiber von Windsor vorlesen hören, fanden die Sache ganz gut, nur zu lang. Friedmund ist noch ein sehr gedankenloser Schwätzer, mein stetes Bemühen war, ihn darauf aufmerksam zu machen, denn so etwas tut in der Schule wie im Leben den meisten Schaden. Sie sahen die erste Bildergalerie und wußten freilich nicht viel davon, dafür gefiel ihnen die Rüstkammer um so besser. Auch eine Gesangsmesse haben sie gehört, scheinen aber keine katholische Anlage zu besitzen. Bei Quandt war ich allein und fand ihn ganz behaglich in einem wunderschön liegenden und eingerichteten Hause neben jenem Gasthause, wo Du meines Wissens gewohnt hast, unfern der Brücke am Elbstrom. Das Haus ist geräumig, der Garten zwar nur klein aber unübertrefflich durch seine Aussicht und Einrichtung. Seine Gemäldesammlung enthält nur gute alte Sachen und interessante, sogar sehr treffliche Arbeiten neuerer Meister. Seine Kupferstichsammlung hätte mich zu weit geführt und mußte ich es bei dieser Galerie bewenden lassen. Er verspricht, nach Berlin zu kommen und die dortigen Künstler auch etwas in Nahrung zu setzen. Er hat eben eine Geschichte der Kupferstecherei herausgegeben. Er besitzt einen Karton von *Overbeck* zum Tasso von höchster Schönheit, ein Musterbild schöner, bedeutungsvoller Gestalten und Gesichter. Wir hatten etwas [gegen] Kühlung anzukämpfen, auch mit gefrornem Regen, doch hätte uns große Hitze vielleicht noch weniger Spaß gemacht beim Marschieren. Die Kinder waren unermüdlich, und es mußte ihnen vorkommen, daß die Natur nur darum so hohe Berge baue, damit sie herunter werfen könnten. Besonders grell war dies Bemühen bei der Bastei, und wenn alle Reisenden ein

Gleiches tun, wird bald von der Natur nichts mehr übrig sein. Übrigens fällt solche Reise teurer aus, als man denkt, selbst wenn mit großer Ökonomie verfahren wird, und wenn wir gleich über die Wirtshäuser uns nicht beschweren konnten. Das in Dresden wählte ich nach dem Rate des Torschreibers.

Ich kann Dir heute nur Eier, Butter und Brot senden, weil der Wagen nicht mehr faßt. Den großen Sack, worin die Sachen der Kinder, empfehle ich bestens zur Rücksendung.

Ich küsse Dich und die Kinder herzlich.

Achim Arnim

Die beiden Ausgeberinnen sind jetzt, seitdem die beiden Busse fort, die besten Freundinnen.

353. *Arnim an Bettina.*

Wiepersdorf, d. 20. Juni 1826

Liebe Bettine!

[. . .] Ich werde wohl erst in nächster Woche gegen den letzten d. Mts. in Berlin ankommen und hoffe, Dich und die Kinder gesund zu treffen. Von meinem Bruder fehlen mir alle Nachrichten, wann die Übergabe von Blankensee an uns erfolgt.

Ich küsse Dich herzlich,

Achim Arnim

354. *Bettina an Arnim.*

[Juni 1826]

Lieber Arnim,

ich habe den Freimund ganz wohl gefunden, noch nicht ganz vom Ausschlag frei, die Krankheit war nicht unbedeutend;

sie ist von Überhitzung beim Schullaufen entstanden und heißt Cristal-Friesel. [...]

Savigny ist sehr fröhlich, seine ganze Krankheit besteht jetzt in Hypochondrie, die freilich auch Krankheit ist. Ich fand Strauß, Hollweg und Ritter bei ihm; sie grüßen Dich alle und Savigny erwartet Dich mit Sehnsucht. Die Reise geht in 4 Wochen vor sich, und es ist beschlossen, daß sie den ganzen Winter wegbleiben. Hollweg übernimmt Savigny's Colleg.

Ich kann Dir gar nichts mehr schreiben als daß Dich alle Kinder küssen.

[...] Bettine

355. *Bettina an Arnim.*

[22. Juni 1826]

Lieber Arnim,

der Wollmarkt ist schlecht; kein Mensch verkauft. Gneisenau hat die seinige an die Seehandlung übergeben, die sie als Commissionär sortiert nach England schickt und dort verkauft. Ich weiß nicht, ob Dir dies auch passen würde, da ich glaube, daß Deine Wolle von derselben Qualität ist. Dein Bruder war heute Morgen bei mir und sagte, daß er Dich in nächster Woche erwarte um mit Dir in der Uckermark ein Geschäft abzumachen; er hat den Freimund in der Krankheit oft besucht. Heute ging Freimund zum erstenmal in die Schule.

Savigny sehnt sich nach Dir und hat nicht übel Lust, Dich mit nach Italien zu nehmen. Er hat manchen leidenden Augenblick, wo er vor Schmerzen stöhnt.

Ich sage Dir Adieu, denn die Studenten sind da, die einen Psalmen mit mir probieren wollen. Die Kinder sind alle gesund. –

Wenn Du nicht bald kommst, so ist mein Geld zu Ende, auch muß ich das Quartal bezahlen, daran denke. Adieu, von Herzen küsse ich Dich. Bettine

356. *Arnim an Bettina.*

W., 23. Juli 1826
[25. Juli abgeg.]

Liebe Bettine!
Ich hoffte auf ein paar Zeilen von Dir, wie Savigny's abgereist sind, ob Du Quartier gefunden usw. Uns geht es hier so nach Gewohnheit. Die Kinder baden, schwimmen, jagen und ich muß sie sehr ernst zum Schulfleiß ermuntern, damit die geistige Saat nicht auch verdorrt wie die Sommersaaten. Erst seit zwei Tagen hatten wir Regen, und jene Dürre hat mir und allen Nachbarn großen Schaden getan. Die Ökonomie ist des Teufels Spielzeug geworden. Mein Bau geht unterdessen fort und ebenso die Ernte. Gestern hat Freimund Reitstunde – von mir gehalten – mit seinem Hintern genommen, denn bis zum Kopf dringt es nicht gleich vor. Die Droschke ist vorgerückt, aber der Rücksitz will sich nicht gut anbringen lassen ohne den Bock in schlechte Lage zu bringen. Ich muß schließen, denn der Knecht eilt fort, mein Brief sollte Dir ohnehin nur als Gesundheitsattest für uns alle dienen, und von Neuigkeiten weiß ich nichts, als daß ein Courier mit frischen Heringen durch Dahme an den König gegangen ist.

Ich küsse Dich und die Kinder.

Achim Arnim

357. *Bettina an Arnim.*

26. Juli [abgeg.]

Lieber Arnim,
Savigny ist lustig und unter vielem Gelächter am Dienstag als am 17ten abgereist, und Rudorff half diesmal sein Trauerornat, in dem er erschien, gar nicht, es war höchst lächerlich anzusehen, wie er sich zu einem tragischen Abschied

vorbereitet hatte; und Savigny der die indezente Idee aussprach, er sei vielleicht zufällig schwanger, und daher rühre seine Krankheit, gar nichts davon merkte, sondern mit lauter Witzelei davon rollte. Er hatte sich einen nach eigenem Geschmack gewählten hellrehfarbnen Reiserock machen lassen, in dem er sich sehr schön und sehr wohl befand, eine bunte Halsbinde, einen roßhaarnen Schabbesdeckel, alles neu, machten ihn ganz glücklich; Gunda in einem bunten schottischen Plaid mit der alten Pariser Flormütze war auch bewunderungswürdig, Bettinchen wie eine alte Jungfer nahm im Vorübergehen bei Rudorff, der ihr im Latein und Griechisch so manche nützliche Stunde gegeben, mit folgenden Worten Abschied: *„Guten Morgen“*. Rudorff, der so manches getan hatte, um es fühlbar zu machen, war ganz perplex. Beim Abschied wurde ihm für die viele in der Bibliothek verwendete Zeit, für Augen- und andre Dienerei dafür gedankt, indem man ihn bat, künftig sich eigenes Bett zu schaffen, auch wurde ihm sein Holzkeller für die etwaigen Mieter in Beschlag genommen; er ging ganz stupefakt von dannen und wußte nicht mit der Rührung wo aus noch ein. Die Verdier war mit Geschäften und Räumung des Hauses beauftragt, welches aber von Lebensmitteln schon vorher so rein gemacht war, daß ich ihr Essen schicken mußte und sogar auch Holz, um es zu wärmen, mit dem Vermieten war man in fortwährendem Schwanken, und die Bardeleben mußte die 3 letzten Tage fortwährend im geheimen Kabinett mit Konsultationen zubringen. Im Einsteigen änderte die Savigny noch halb ihre Meinung und wünschte, es möchte doch lieber gar nicht vermietet werden; die Helvig verlor bei der eingetretenen Kühlung den Appetit auf den Garten und sagte wieder auf; sie hängte dem Savigny einen Frithjof [Exemplar ihrer Übersetzung] auf, auch mir, und nachdem ich ihn bezahlt hatte, hatte sie die seltene Großmut, umsonst eine Dedication an Dich hineinzuschreiben, als ob sie ihn Dir schenke, und meinte, so wär es doch viel artiger. Ich war ganz erstaunt über diese Artigkeit und ließ es geschehen. Ein Quartier habe ich noch nicht, ich habe keins gesehen, wo mir nicht das über uns noch brauchbarer vorkäme, das wir vielleicht auch billiger bekommen. Ich möchte gar zu gern diesen Sommer noch etwas für meine Gesundheit tun, wenn ich also bald einen Abschluß machen kann, so tue ich's gewiß.

Neues kann ich Dir auch nichts mitteilen, als daß die Wanzen in solchem Maß bei uns zugenommen haben, daß die Nacht gewöhnlich zwei bis drei Mal Jagd auf sie gemacht wird. Dies ist mir gar nicht gesund, und schon deswegen möchte ich mich von hier entfernen. Ich höre von andern, daß Rauch die Disposition zu des Königs von Baiern Statue gemacht, und daß sie kolossal aber sehr garstig sein soll. Sie ist wirklich auf 250 000 Taler berechnet. Auch hat er das Monument von Goethe schon in Arbeit, und es kann ihm nicht fehlen, daß er reich werde.

Wann wirst Du die Kinder wiederbringen oder schicken? Sollte ich mit dem Quartier in Ordnung sein, so gehe ich mit dem Wagen zurück. Indessen leb recht wohl, die Kinder sind auch gesund.

Bettine

358. *Arnim an Bettina.*

Wiepersdorf, d. 5. August 1826

Liebe Bettine!

Ob Savigny wirklich mit solcher Heiterkeit abgereist ist, wie Du meinst, wer weiß es; vielleicht fand sein Ernst keine Stelle, wo er sich ein Nest bauen konnte. Schreib mir, wenn Du etwas von ihm hörst.

Die Kinder werden gegen den 13ten in Berlin eintreffen müssen, wo Du dann, wenn es Dir anstände, die Rückfahrt hieher antreten könntest. Aber wer bleibt zur Aufsicht bei den Vieren? Denn der Aufsicht bedürfen sie sehr, als wahre Musterbilder von aller Art Nachlässigkeit, Unordnung und Unreinlichkeit. Wenn sie bis in die Nacht hinein arbeiten, so ist dies nur Folge ihrer Unordnung und ihres Umherlaufens.

Ich suche nach allen Kräften, sie in Ordnung zu bringen, aber das Jagd- und Badewesen vereitelt alle meine Erziehungspläne. Sie sind alle wohl und gesund, aber ich selbst leide etwas am Fuß an einer rosenartigen Entzündung, die aber schon vergeht, als Folge eines leeren Schrecks durch Unvorsichtigkeit des Siegmund. Ich rief ihn und Kühnemund in die Kirche vor acht Tagen, fand aber den Friedmund nicht. Stattdessen finde ich am Gartenteich ein Kinderhemde und eine Kinderhose, er aber ist nirgends zu errufen. Ich denke, er ist ertrunken und will eben im Teich mit Stangen suchen, da fällt mir ein, die Beiden aus der Kirche zu befragen wegen des Hemdes und der Hose, wo Siegmund erst nach langer Weile Hose und Hemde für die seinen erkennt, die er Abends zuvor am Ufer vergessen hatte. Ein paar Schwefelbäder taten mir sehr gut, um mir dieses Schrecken aus den Gliedern herauszutreten. Das Seltsamste bei der Sache aber war, daß inzwischen Friedmund die Balgen auf dem Kirchenboden zu dem Liede trat, also sich lauter machte als irgend ein Andrer. –

Die neue Scheune ist nicht nur fertig, sondern auch gefüllt, ein Prachtwerk das allgemein bewundert wird. Die Hitze war während der letzten Wochen wieder sehr arg, die Arbeiter wollten schier verschwitzen.

Die Kinder grüßen herzlich, aber zum Schreiben habe ich sie nicht gebracht. Ich küsse Dich und Max und die Armgard.

Achim Arnim

359. *Bettina an Arnim.*

5. August 1826 [abgeg.]

Lieber Arnim!

Von Savigny haben wir Nachricht, daß ihm Karlsbad so halbwegs gut bekömmt; er ist angegriffen und muß im Bette liegen, jedoch ist der Arzt dort auch der Meinung, daß es ihm heilsam. Die Nachricht der Heirat von Clödchen

[Claudine, Tochter von Georg Brentano, mit Georg Firnhaber v. Eberstein, dem Stiefbruder von Karl Jordis] und Jordis wird Dich gewiß auch freuen. Mit dem Quartier bin ich noch auf dem alten Fleck. Die heißen Tage über war ich wie ein gehetzter Hirsch. Gestern war ich auf dem Punkte, über eines abzuschließen, was sich in jeder Hinsicht ganz vortrefflich für uns eignet, doch das Haus ist neu und zu rechter Zeit erinnerte ich mich, was ich auf dem Schiffbauerdamm riskierte.

Das Einzige was ich noch hoffe, ist daß Gurizky mir einen Teil von Oben vermietet, wenn er sieht, daß er es nicht los wird; er hat es mir zusamt der Stallung für 600 Taler anbieten lassen, vielleicht läßt er mir's ohne Stallung für 500 und dann nehme ich's für den Winter und komme dann gleich zu Dir aufs Land, denn ich bin ganz abgefallen; ich hoffe auch, daß wenn wir Zimmer genug haben, einen Studenten zu finden, der bloß für Wohnung den Kindern die Schularbeiten unterstützt – so hätte ich doch auch im Jahr nah an hundert Taler gespart.

Nimm mir nicht übel, daß ich nichts mehr schreibe, ich bin wirklich heute ganz krank vor Müdigkeit; ich war in der Leipziger-Straße nach einem Quartier, und dies hat mich elend gemacht. Ich küsse Dich von Herzen und wünsche mit Dir zusammen zu sein. Die Verdier wird auch gern die Haushaltung führen, sie machts zum wenigsten so gut wie ich. Max und besonders Armgard küssen Dich tausendmal. Ich auch. Adieu, behalte mich lieb,

Bettine

Bettinchen hat mir aus Frankfurt geschrieben, daß Clemens jetzt wieder dort wohnt, daß er ganz heiter aber etwas alt aussieht, daß er und alle wünschen, Du mögest dort sein. Wenn ich doch wüßte, wie lange es noch dauern wird mit Deinem Buch. Die Frithjofsaga habe ich jetzt im Zusammenhang gelesen und war nicht sehr erbaut. Die Helvig hat mich sozusagen genotzüchtigt, daß ich ihr ein Exemplar abkaufte, und dann hat sie aus Großmut eine Deklaration an Dich hineingeschrieben: An Herrn Achim von Arnim, hochachtungsvoll zugeeignet von der Verfasserin Amalie von Helvig. Hast Du in Deinem Leben so etwas gehört?

Vergesse nicht, einliegenden Brief an Freimund abzugeben, Du verdirbst ihm sonst einen großen Spaß.

Bettina schreibt auf dem leergebliebenen Bogen eines Briefes:

Lieber Arnim, liebe Schwester!

Es ist volle Freude im Haus, George Jordis, izt Firnhaber, hat sich das Herz meiner Claudine gewonnen, und beide haben allen unseren Liebe und Segen; daß auch Ihr, unsere treue und Herzensverwandte, ihnen beides gewähren möget, darum bitte ich Euch.

Vergebens habe ich gehofft, die Versuchung Nied [d. i. ein Vorort v. Frankfurt] und Rhein zu besuchen käme über Euch, und Ihr würdet ihr erliegen ... Alles Gute komme über Euch und Eure Kinder,

Euer George

Fft., 29. Juli 1826.

360. *Bettina an Arnim.*

Berlin, 9. August 1826 [abgeg.]

Lieber Arnim!

Ich habe mir bis auf den heutigen Tag Mühe gegeben, ein Quartier zu finden, ich bin bis am Hallischen Tor beinah gewesen und habe nichts gefunden; unser alter Major will für die oberste Etage, die aus 6 Zimmern besteht und dem langen Saal ohne den Garten 600 Taler, und wenn er auch 50 Taler abließe, so steckt das ganze Haus so voll Wanzen, daß es ohne daß die Zimmer neu beworfen werden, gar nicht zu bewohnen ist. Ich opfere schon lang meinen meisten Schlaf bei der Jagd auf diese Tiere, denn die armen Kinder sind oft ganz übersäet und ich muß sie ihnen absuchen.

Nun habe ich endlich ein Haus gefunden, was alle Bequemlichkeit vereinigt, die man wünschen kann, wie Du aus beigefügtem Plan ersehen wirst; es liegt in der Dorotheenstraße neben den Artilleriegebäuden, hat die Aussicht über den gegenüberliegenden Holzhof nach der Spree und hinten läuft der Garten mit Beelitz seinem parallel nach den Linden hin; der Wirt ist voll Attention und Artigkeit, er läßt alles drin einrichten bis auf Gardinenhaken, Klingelzüge, Flurlampe u. s. w. – [...] Überlege es und glaube nicht, daß es mich verdrießt wenn Du nicht zusagst, obschon ich dann nicht fortkann, was ich so gern möchte.

Von Savigny haben wir seitdem keine Nachricht, aber indirekten Nachrichten zufolge bekömmt ihm Karlsbad recht gut. Von Fr[ankfurt] hat Bettinchen geschrieben, der Franz macht verwunderliche Verkehrtheiten; die Meline, die ihm sonst so gut war, ist ganz irre an ihm geworden, er spielt den Stutzer; geschrieben hat er keine Zeile an seinen kranken Vater, Gott weiß was aus ihm wird, ich hoffe, daß wir zum wenigsten solche unnatürlichen Dinge nicht an den Kindern erleben werden, wenn sie auch sonst nicht exemplarisch sind und manche Sorge und Schrecken machen, wie ich denn Deinen Schrecken Dir recht nachempfunden habe und Gott bitte, daß er uns vor allem Unglück behüte.

Ich bitte Dich sehr Deine Beantwortung wegen dem Quartier zu beschleunigen und lebe wohl, ich freue mich, Dich zu sehen.

Bettine

361. *Arnim an Bettina.*

Wiepersdorf, d. 11. Aug. 1826

Liebe Bettine!

Mitten im Tumulte von Sep.-Terminen, von der Abreise der Kinder erhalte ich durch Expressen (der 6 gr. kostet) Dein Schreiben über eine Wohnung. Ich kenn wohl das Haus, es ist noch entfernter vom Gymnasio und steht allein und darum etwas kalt. Gott weiß, welcher Fluch auf uns ruht, daß wir nie ein Quartier finden, welches unseren Vermögensumständen angemessen ist. Dient es zu Deiner Beruhigung, so nimm dies Quartier, ein Jahr werden wir es doch bezahlen können; dann aber suche gleich im Winter nach einem, welches der Schule näher und wohlfeiler ist. Die Kinder sind schrecklich faul und unwissend, ich quäle mich jeden Tag und Nacht, wie ich es bessern soll, dabei kann ich sie wegen der Plumpheit ihres Betragens keinem anständigen Besuche vorstellen, ja, nicht einen Bissen wissen sie in gesitteter Weise zum Munde zu bringen und in ihrem Zimmer hausen sie wie die Schweine. Du mußt es mit meiner Verzweiflung entschuldigen, wenn ich so offenherzig bin, aber heute war kein Auskommens, so wie sie denn diese Ferien ohne allen Nutzen für ihr Fortkommen hingebracht haben.

Meinen Bruder erwarte ich in diesen Tagen, wahrscheinlich den Montag.

Sollte es Dich jetzt übereilen, hierher zu kommen, so schicke den Wagen gleich wieder fort und lasse ihn ja nicht umsonst warten, denn wir haben noch zu ernten.

Dein Zimmer lasse ich reinigen, denn die Kinder haben drin gehaust. Die Badewanne steht dicht davor, so daß Du mit Bequemlichkeit jetzt diesen heilgen Dienst verrichten kannst. Sollteſt Du später eintreffen wollen, so bestimme nur die Tage, wann ich den Wagen senden soll. [...]

Die Heirat von Clödchen hat mich sehr erfreut, ich vermutete die Sache schon aus Äußerungen in Berlin.

Ich küsse Dich und die Kinder herzlich.

Achim Arnim

Bettina, die wieder kränkelte, erfüllte sich Ende August ihren Wunsch und reiste nach Weimar, wo sie kurz vor Goethes Geburtstag ankam und wo sie bis ungefähr zum 12. September blieb, oft an Goethes Abendtafel teilnahm und den Umgang seines Kreises genoß. Sie spielte der Henriette Sontag, die eben aus Paris gekommen war, in Weimar die Rosine gesungen hatte und für die Goethe ein Fest vorbereitet hatte, den Streich, sie so lange von dem Fest fernzuhalten, daß Goethe bis nach ein Uhr nachts auf sie warten mußte. Arnim schreibt am 10. Oktober 1826 an Savigny: „Meine Frau brachte mir Myrtenzweig und Rosenknospen von der Gräfin Egloffstein, einen Lorbeerzweig von Goethe und einen Eichenzweig vom Herzog; ich denke mir aber, daß sie es heimlich irgendwo abgeschnitten hat und diese Gaben den Leuten aufbürdet. ... Eine gute Ausgeberin, die gut kochen kann, wäre mir lieber gewesen." (Andacht z. Menschenbild, 240 ff.).

362. *Bettina an Arnim.*

[7. Oktober 1826]

Lieber Arnim,

wir sind zwar im neuen Hause [Dorotheenstr. 31, wo sie nun bis zum Ende des Briefwechsels wohnen bleibt], aber noch lange nicht in Ordnung. Unser Umziehen war mit viel Umständlichkeit verknüpft, weil noch so manches fehlte und an ein und demselben Tag 18 Familien einzogen. Die Verdier hatte den dümmsten Streich von der Welt gemacht bei dem Kontrakt-Abschließen, und wenn Gericke nicht ein ehrlicher Mann war, so entbehrte ich 3 Zimmer. [...]

Die Verdier geht morgen oder übermorgen aufs Land zu einer Freundin, um ihr die Wirtschaft zu führen, und ich bin dann ganz allein, dies ist mir unangenehm, indessen werd ich bald Gesellschaft bekommen an einer Eselin, die ich zu 12 Taler nebst Fohlen erstanden habe, und wovon ich die Milch trinken werde; wenn Du mir also das nächste Mal 2 Scheffel Haber und etwas Heu schicken willst, so wirst Du mich sehr verbinden. [...]

Varnhagen läßt sehr grüßen und für Dein Buch danken, die holländische Erzählung [„Holländische Liebhabereien"] hat ihm am besten gefallen und das Schauspiel [„Marino Caboga", als „Donnerstags-Erzählung" dem Bande beigefügt] findet er ganz außerordentlich. Klingemann hat es auch gelesen und die holländische Erzählung zweimal hintereinander.

Alexander Humboldt ist hier; die Ausstellung ist sehr bedeutend und ich rate Dir, früher zu kommen als im November, weil Du sonst wenig mehr siehst. Es sind soviele Sachen da, daß man in zwei Mal nicht durch kommen kann. Das ganze Gebäude steht voll.

Von Savigny haben Birkeners Nachricht. Klenze hat in Bonn gehört, daß er von Regensburg aus sehr traurig an Niebuhr geschrieben, weil er von Karlsbad gar keine gute Wirkung gespürt. Weiter wissen wir nichts. Savigny's Pferde haben wir für 80 Taler verkauft und haben noch froh sein müssen, sie los zu werden, denn die Pferde sind hier wegen der Teuerung des Hafers außerordentlich billig, jeder will seine Equipage verkaufen. [...]

Ich bin so müde, daß ich nichts mehr schreiben kann. Die Kinder küssen Dich von Herzen und ich auch.

Deine Bettine

Die allgemeine Berliner Kunstausstellung fand alle zwei Jahre statt. Arnim hatte schon 1810 in Kleists „Abendblättern" darüber berichtet. (Steig III, 554).

363. *Arnim an Bettina.*

Wiepersdorf, d. 8. Oktober 1826

Liebe Bettine!

Wahrscheinlich bist Du im neuen Hause jetzt eingerichtet. Da ich aber die Nummer nicht weiß, so wird der Kühnemund sich wohl durch Nachfragen im alten Quartier dahin zurechtfinden.

Gleich nach Deiner Abreise bekam ich heftigen rheumatischen Schmerz im Fußgelenk und kurierte mich mit Schilling'schen Schriften und Separations-Terminen.

Dann verkaufte ich die Wolle, um Dir Geld zu schaffen, und weil ich keine Hoffnung habe, daß die Preise sich verbessern. Schreib mir, was Du nötig hast bis November, wo ich in Berlin einzutreffen denke.

Am letzten Sonntage feierte ich das Erntefest in neuer Erfindung am Ende des Gartens in der breiten, neuhinzugelegten Allee unter den hohen Eichen. Hier war es, ungeachtet der Dürre, noch grün, die Übergabe des Kranzes, die Tücherfahnen, alles nahm sich vortrefflich aus. Ich eröffnete den Tanz mit der gebetenen Gesellschaft, dann mit der großen Magd. Die Gesellschaft bestand aus Kesselers, Bruneri Seyffertitz, Salpius, wozu sich am Abend noch Hanow gesellte. Die Küche besorgte ich selbst und erfand Saucen, die alle rühmten. Zwölf zinnerne Teelöffel und eine Kaffeekanne hatte Dahme geliefert. Mein Weinpunsch erntete großes Lob, denn mein geringer Wein ist durch das Liegen auf Flaschen edel geworden. Du erhältst davon vier Flaschen mit eingekerbtem Pfropfen.

Der Stall auf dem Hofe ist hereingerückt und viel Gräben gezogen. Die Dürre ist so groß, daß wir nicht säen können.

Durch mein Unwohlsein ist mir die Fahrt nach Leipzig, welche ich vorhatte, gehindert worden; mit Hartmann hoffe ich alles abzumachen.

[...]

Hanow reist eben ab, und ich bin im Gedränge der Abfertigung. Töpfe, Tonnen, Flaschen schicke zurück, ebenso Beutel und dergl. Dem Freimund sage ich Dank für seinen lateinischen Brief, sag nur den Kindern, daß sie öfter schreiben, aber mit Gelegenheit, nicht durch die Post.

Für meinen Bruder lege ich ein Schreiben ein, da ich nicht weiß, wo er wohnt, ob noch im Stern in der Leipzigerstraße oder in der Uckermark. Besorge den Brief bald. Im Notfall wird Justizrat Bennewitz, der auch in der Leipzigerstraße, im Hassauerschen Hause wohnt, Auskunft geben.

Ich küsse Dich und die Kinder

Achim Arnim

364. *Arnim an Bettina.*

Dahme, d. 12. Okt. 1826

Liebe Bettine!

Indem Du meine Bitte nicht erfüllt hast, mir die Nummer Deiner Wohnung zu schreiben, hast Du mich in große Verlegenheit gesetzt, in Hinsicht der Geldsendung einliegender 100 Taler. Ich riskiere, daß es in unrechte Hände gerät und möchte doch nicht gern andre belästigen und die Sendung verzögern.

Dennoch komme ich hier in neue Zweifel, wohin ich es sende, und muß mich ordentlich mit Gewalt bestimmen, es unter der unbestimmten Adresse abzuschicken. Ist das Paket wenigstens von meinem Bruder besorgt? Nach seinem Briefe scheint er nichts erhalten zu haben.

Deine Laken sind alle vorhanden, aber noch nicht genäht, weil die Lange mit Knutten [Stricken] viel zu tun hatte. Die rote Decke ist fertig.

Ich küsse Dich und die Kinder.

Achim Arnim

365. *Arnim an Bettina.*

Dahme, d. 20. Oktober 1826
[21. Oktober abgeg.]

Liebe Bettine!

[...] Von [C. H. F.] Hartmann [Arnims Verleger] fehlen mir alle Nachrichten aus Leipzig und von niemand habe ich vernommen, daß mein Buch ausgegeben als von Varnhagen, der mir einen verbindlichen Brief schrieb, und dem ich dafür nächstens schriftlich meinen Dank sagen will. Nach Frankfurt habe ich an George ein Exemplar geschickt, auch bei der Gelegenheit an Savigny geschrieben.

Es scheint, daß Förster die Vossische Zeitung verlassen hat, man merkt ihn nicht mehr darin. Erkundige Dich doch danach.

Einige rheumatische Schmerzen halten mich inne; der Fliedertee und ein Bad taten gute Wirkung. Gern hätte ich in diesem Jahr eine Heilquelle besucht, aber die schlechten Wollpreise machten es untunlich.

Ich hoffe, bald von Dir und den Kindern zu hören und ich hoffe Frohes. Ich küsse Euch Alle

Achim Arnim

366. *Bettina an Arnim.*

B., 21. Oktober 1826 [abgeg.]

Lieber Arnim,

[...]

Gestern erhielt ich von Herrn v. Holtei eine Einladung, seiner Vorlesung beizuwohnen, ich ging mit Fr. v. Helvig in Begleitung von Strampf hin, er las Kain von Byron [B. schreibt Beyron] und „Jahns erster Dienst" [von Arnim] sehr gut, es war gedrängt voll, das Publikum blieb in einem Lachen; nach der Vorlesung bedankte ich mich bei Holtei, er sagte mir, daß er auf Veranlassung von dem Schauspieler Wolff diese Vorlesung gehalten, weil er es gern zur Aufführung bringen wolle. Bethmann ist vom Königstädter Theater ab und ich habe Dein Stück noch nicht zurückbekommen.

Von Savigny haben wir Nachrichten, daß ihm Genua sehr wohl tut, er wird nach Gebrauch der Seebäder mit Franz nach Neapel gehn; die Savigny mit den Kindern wird den Winter in Florenz zubringen. Varnhagens haben sich sehr an Deinem Buch ergötzt; sie sagt, Caboga sei das Größte aller Schauspiele, er hat etwas darüber in den Gesellschafter [Zeitschrift von Gubitz] setzen lassen; ich hab's noch nicht gelesen. Der Helvig will ich ein Exemplar zum Präsent machen, in Deinem Namen; sie scheint darauf zu warten.

Von dem Gärtner Phulmann muß ich Dir was Lächerliches erzählen, er hat die Bardeleben, welche in Gesellschaft der Helvig den Garten besuchte, fürchterlich *ausgeschumpfen*, sie: *Hör Sie* genannt und sich alle möglichen Grobheiten erlaubt.

Ich bitte Dich, komme recht bald, damit Du doch die Ausstellung noch genießen kannst; sie ist wirklich sehr sehenswürdig. Gräme Dich nicht über schlechte Zeiten, sondern erkenne in einliegendem gedruckten Gedichte, daß es schauerliche Geistesprozeduren giebt, und daß der große Mann, nachdem er mit vergoldetem Lorbeer gekrönt worden, beinah oder vielmehr wirklich ein Narr und der Kinder Spott geworden, nachdem er so vieler Bestrebungen gespottet, ist doch nicht zum Lachen, so sehr die breitgerührte Dankeskräftung zum Lachen zwingt. Verliere das Gedicht nicht.

Bettine

Unser Haus hat No. 31 d.

Dein Bruder hat das Paket richtig erhalten, durch Bennewitz, er ist nicht hier.

Der „Allgem. Anzeiger der Deutschen" (Gotha) brachte in Nr. 253 am 17. September 1826 einen angeblich aus Weimar stammenden Aufsatz, in dem ein „Freund des Klaren und Deutlichen" folgende Verse von Goethe mitteilt und die Leser auffordert, einen Sinn in ihnen zu erkennen:

Göthe's vielfacher Dank für die Feier
seines Geburtstages in Berlin

Meinen vielfach hochbedingten,
Tiefbegabten, langbedachten,
Hebe vor und Liebe nach,
Daß das Mahl, das sie vollbrachten
Mit den Bechern ausgelagten,
Stets und ewig habe Dank.

Gebe vielfach steter Wechsel
Große Lust, sanft süßes Leiden,
Theure Freunde! Geistgenossen!
Schroffen Züglern unverdrossen
Selbst sich und dem Schein der Zeit
Größern Dank zur Ewigkeit.

Dieß der vielfach breitgerührten
Thränerweichten Dankeskräftung.
Ich! dem vieloft mehrsam Bilder
Heißer Zukunft zu erscheinen
Süßer Lust dabei zu weinen,
Meinen Dank Euch, ewig Euch.

Daraufhin erhält die Zeitschrift eine große Zahl von Zuschriften, die in den folgenden Nummern abgedruckt werden. Während die meisten an dem offenbar senilgewordenen Goethe ihren Zorn auslassen, gibt es doch auch solche, die an Goethes Verfasserschaft nicht glauben wollen, obwohl die Redaktion versichert, daß Goethe das Gedicht eigenhändig für seine Berliner Verehrer geschrieben habe. Im Oktober erschien dann im „Freymüthigen“ (Nr. 198), der ja früher von Kotzebue herausgegeben wurde, eine Antwort, deren Verfasser die Verse wirklich ernst nimmt und sie nicht nur als echt, sondern auch als schön verteidigt. Diese Zuschrift also bekam Bettina zu Gesicht. Der „Allgem. Anzeiger“ reagierte darauf mit einer pseudo-ernsthaften boshaften Auslegung des Gedichts und schließlich druckte das „Mitternachtsblatt für gebildete Stände“, herausg. von Müllner in Braunschweig am 29. November 1826 die Verse noch einmal nach mit folgendem Begleittext: „Mehrere Zeitschriften haben folgende wunderlichen Verse mitgeteilt. ... Über diese Verse sowohl, als über Goethes Autorschaft daran, beginnen Federzwiste sich zu erheben. Im Allg. Anz. d. Deutschen wird jene Autorschaft vorausgesetzt und angefragt, ob vielleicht irgend ein sublimer Sinn in den Versen verborgen liege. ... In der Berliner Schnellpost hingegen werden Alle, denen es möglich ist, über diese Sache Auskunft zu geben, zu der Erklärung aufgefordert, ob dieses Gedicht wirklich von Goethe sei. ... Die neue Sammlung seiner Werke wird die Frage entscheiden.“

Goethe hat sich nie dazu geäußert. Natürlich sind die Verse eine Parodie auf Goethes Dankverse vom vorigen Jahr:

Meinen feierlich Bewegten
Mache Dank und Freude kund:
Das Gefühl, das sie erregten,
Schließt dem Dichter selbst den Mund.

(Vgl. hierzu G. Wustmann, „Auch eine Goetheerinnerung“, Grenzboten, Nr. 35, 1886).

367. *Arnim an Bettina.*

Wiepersdorf, d. 25. Oktober 1826

Liebe Bettine!

Schreib mir die Nummer unseres Hauses. Den 12ten Okt. schickte ich 100 Taler mit der Post, den 20ten schrieb ich wieder um zu fragen, ob sie unter der Adresse richtig angekommen, mit der ich die Wohnung beschrieben. Bis heute habe ich nur die eine Nachricht, daß Kühnemund bei Humboldts gewesen, durch die jungen Humboldts, also daß wenigstens einer sich wohlbefindet, und daß diese wenigstens etwas würden davon gehört haben, wenn sich ein Unglück ereignet hätte.

Die Humboldts fand ich bei dem Obersten Hemiac, und so erklärte es sich bald, daß alle Schreckensnachrichten aus Weimar falsch gewesen, auch erfuhr ich dort, daß ich bei meiner Ankunft im November die Kunstausstellung noch eröffnet finden würde. Ich denke über Leipzig zu reisen, um meinen Freund Hartmann in Hinsicht unserer Berechnung anzustoßen. Auf meinem Hofe geht die Arbeit jetzt fast zu Ende, die Häuser sind alle gerückt, der Brunnen wird jetzt eingesenkt, nur die Grabenarbeit auf den Hütungen hält mich noch und ein Termin. Ich weiß nicht, ob ich Dir geschrieben habe, daß der Sattler Eim in Dahme gestorben, daß also mein endloser Wagen dadurch wieder ein neues Hindernis in seiner Anfertigung erfahren hat. Seltsam war es, daß ich dem Manne, als ich ihn das letzte Mal sah, auf den Kopf zusagte: Sie machen ihn nimmermehr fertig! So wird man im Ärger zum Propheten. Der Schloßschulz in Dahme hat dem Baron Anton [v. Seyffertitz] in Ahlsdorf für 6 Frd'or seinen Adler abgekauft und will das Schloß hauptsächlich für wilde Tiere einrichten. Ich habe inzwischen Bekanntschaft gemacht mit dem Oberst Brockhusen in Mahlsdorf, auch war ich vorgestern beim Prediger zur Kirmes, wo in Pfänderspielen viel geküßt wurde, was mir sehr wohl schmeckte.

Die Schönwalder wollen Chaussee bauen über ihre Feldmark, wenn die Post dahin verlegt wird, und so kann es noch kommen, daß Du dem Könige bei der Durchreise im weißen Kleid, mit Grün besetzt, ein seidenes Kissen überreichst, worauf ein Glas Wasser und ein Strauß Vergißmeinnicht, und daß dies alle Zeitungen Europas bekannt machen.

Gern hätte ich Deiner Eselin, wenn Du sie wirklich hast, etwas gesendet, aber das Futter, was wir noch schuldig sind dem Tiroler, nimmt allen Platz ein. Übrigens empfehle von den heutigen Sendungen das Kalb. Kannst Du es nicht gleich benutzen, so verkaufe lieber einen Braten, es ist ein raritätisch Kalb, wie Steller spricht. Die Kuchenkränze habe ich für die Kinder backen lassen, doch fehlen zu ihrer Vollendung die Mandeln; die Mamsell hat mir auch Prophetenkuchen gebacken, die allzu zerbrechlich sind um die Reise zu ertragen, sonst aber allen Ansprüchen genügen. Die rote Decke ist fertig, aber ich fürchte sie mit Kälberblut zu besudeln, sonst schickte ich sie mit. Die Schachtel, worin die Kuchen, schicke ja zurück, sie gehört mir nicht. Doch wozu schreibe ich das alles, vielleicht liest Du es nicht einmal und es bleibt nur zum Spiel für die Kinder liegen, die mir nachher erzählen, was in meinen Briefen gestanden. Lieber küsse ich Dich in Gedanken.

Achim Arnim

368. *Bettina an Arnim.*

[26. Oktober 1826]

Lieber Arnim!

Dein Wagen ist glücklich angekommen. Du hast meinen Brief worin ich den Empfang der 100 Taler und auch ihren Verbrauch, sowie die Nummer des Hauses anzeige, also noch nicht erhalten! In Hoffnung, daß Du ihn jetzt haben wirst, will ich die fatale Rechnung Dir nicht noch einmal hinschreiben, Du wirst daraus ersehen, daß ich im Augenblick des Empfangs so viel zu zahlen hatte, daß mir nur 10 Taler übrig blieben, die ich eigentlich auch noch an Leftens schuldig war; in diesem Augenblick hab ich gar nichts und bin in großer Verlegenheit; die Kinder gehen mit zerrissenen Kleidern und Freimund macht mir die größten Vorwürfe, daß er so elend in der Schule erscheinen müsse. Die Köchin will bezahlt sein, und ich muß sie von einem Tag auf den andern vertrösten, diese Lage ist mir die peinlichste von der Welt. Schickst Du mir Geld, so überlege, daß am 1ten des

Monats Meister und Domestiken an 30 bis 40 Taler bekommen, daß die Knaben Kleider haben sollen, daß die Mädchen Hemden und Kleider und wollne Unterkleider zum Winter haben müssen, und daß 100 Taler dabei wie nichts weg sind; wenn es Dich kränkt, so bitte ich Dich gebe mir die Schuld nicht; ich koste nichts; ich hatte noch 6 Louis d'or, die hab ich auch in die Haushaltung verbraucht, für mich hab ich 20 gr. in die Ausstellung vertan, und gestern war ich zu Stägemann invitiert, wo die Fr. v. Wismann ist, die Dich herzlich grüßen läßt, aber ich bin nicht hingegangen um den Wagen zu sparen, denn zum Gehen war es zu weit.

Varnhagen hat etwas über Dein Landhausleben in den Gesellschafter rücken lassen, und ich weiß durch ihn, daß ein Bekannter von ihm eine bedeutende Rezension über dies Buch sowie über Novellen, die eben von Steffens herauskommen, und über Tiecks letzte Erzählung zugleich projektiert; es soll in der Schnellpost herauskommen, ob diese eine gute und anständige Quelle ist, weiß ich nicht.

Ich habe hier Dein Buch noch einmal mit Muße gelesen, obschon Du mir's nicht zutraust, so wär ich vielleicht am ersten fähig, etwas darüber zu schreiben; was bei Deinen Werken den Leuten ein Anstoß ist, das empfinde ich auch, aber ich entwickle es aus einer andern Ansicht, wobei Du nicht zu kurz kommst; es deucht mir, ich habe ein Sieb in Händen, wo ich mit leisem Rütteln die Goldkörner von der Sprei reinige, während andre einen Genuß an der eigenen Weisheit haben, und je vorzüglicher und bedeutender ihnen etwas scheint, je wichtiger ist es ihnen, sich darüber zu erheben und zu beweisen, daß sie es besser verstehen. Daß ich keine Parteilichkeit für Dich habe, noch gehabt habe, ist schon dadurch bewiesen, daß ich jetzt nach so manchem Jahr noch mit ebendemselben Enthusiasmus Deine Sachen lese wie in der frühesten Courzeit, es ist also der Geist, der darinnen ist, der mich ebenso berührt, so ewig wie der Geist Schäkespears und Goethes; und wenn ich dann durch die Zeiten bewährt fühle, was der Geist im ersten Augenblick bei Deinen Werken empfindet, dann muß ich mich wundern, dann muß ich verzagen, daß Du nicht wie jene Dich ganz diesem großen Zweck opferst, wenn Dir auch der Lohn nicht von Deiner Zeit gespendet wird. –

Adieu, mach mir kein sauer Gesicht, daß Du Geld schicken mußt. Wissen wirst Du wohl, daß der Weizen hier 2 Taler und Korn beinah ebenso hoch steht, man verspricht sich eine noch größere Teuerung. Nummer 31 ist mein Haus.

Bettine

Wenn ich bis zum ersten kein Geld habe, bin ich in der größten Verlegenheit, denn von mir hab ich nun keinen Heller mehr.

Auf der Ausstellung sind große Veränderungen vorgegangen; ein Bild von Spontini, von einem Franzosen Hersent gemalt, hat so viel Aufsehen gemacht, daß die hiesigen Maler alle verzweifeln, aber öffentlich ganz gelassen darüber urteilen; es ist aber so vortrefflich, daß es alles andre totschlägt, besonders hat Hollwegs Familienbild einen wahren Schrekken bekommen und allen Menschen ein Greuel.

Dein Paket an Deinen Bruder habe ich noch am Tage seiner Ankunft an Bennewitz geschickt, der mir sagen ließ, er würde es besorgen. Ich höre, daß er bei Schlitz ist.

An Varnhagen habe ich den Brief besorgt. Deine Briefe enthalten Vorwürfe, die ich nicht verdiene, wenn ich auch manchmal vergesse, etwas zu beantworten, so ist es kein Wunder, die Kinder machen mir den Kopf zu toll. Die Max kann ich nicht aus den Augen lassen, sie hat Tage, wo man glaubt, sie sei wahnsinnig. Ich beklage mich nicht, aber ich beteure Dir, daß ich unter der Last, die auf mir liegt, aufseufze, und daß es mir nicht zu verdenken. Aus der Ferne klingt nun ein Vorwurf gar zu unangenehm.

Am 26. Oktober 1826 schreibt Arnim an Varnhagen: „Herzlichen Dank für Brief und Einlage. So fühlt man sich von der Welt zuweilen vergessen und verlassen, während wohlwollende Freunde uns mit der Welt verbinden und mehr Gutes von einem sagen, als man selbst weiß. Ihre Anzeige in der Wiener Zeitschrift war mir unbekannt, Ihre Anzeige im Gesellschafter ist mir noch nicht erschienen." Es handelt sich um Varnhagens Besprechungen des „Landhauslebens". (Mitgeteilt von W. Dorow, Reminiscenzen, Leipzig, 1842, S. 115).

369. *Arnim an Bettina.*

Wiepersdorf, d. 29. Oktober 1826

Liebe Bettine!

Daß das menschliche Herz ein trotziges und verzagtes Ding sei, hat mir Dein Brief von neuem bewährt, indem ich aller Kühnheit gedachte, mit der Du von den Geschicken sprichst, und nun die Not sah, weil das Geld ein paar Tage ausgeblieben. Und diese Not, in die Du nimmermehr wieder zu versinken wünschst, nicht etwa in der Fremde, sondern unter einer Menge von Bekannten, die Dir sehr leicht diese kleine, gesellige Freundlichkeit eines Vorschusses für wenige Tage gewähren würden, wenn Du nicht etwa in der Zwischenzeit mit ihnen gesellig zerfallen bist, was ich nicht wissen kann. So nenne ich Dir einen nahen Verwandten La Roche, ferner Alberti, Hollweg, Serviere, alles Leute, die ohne geniert zu sein, Dir gewiß auf einige Tage einhundert Taler vorstrekken, wenn Dir das Geld ausgeht. Ferner bedürfte es nur eines Briefes an Franz oder George, um Dir bei irgend einem Handelshause in Berlin einen solchen kleinen Kredit zu eröffnen. –

Das Gedicht was unter Goethes Namen dort im Freymüthigen abgedruckt ist, kann nicht von ihm sein, oder er müßte geistesschwach geworden sein, ich halte es für eine plumpe Parodie von einem Liede, das vielleicht von ihm gesandt worden und wie manche seiner späteren an Sprachkünstelei leidet. Ich nenne es plump parodiert wegen solcher Ausdrücke wie breitgerührt u.s.w.

Mit dem französischen Bildnisse, wie dies die ganze Ausstellung vernichten soll, nun dergleichen Berlinismen sind mir schon bekannt, und ich weiß, was davon zu halten; aber solche Ausdrücke machen mich so tief traurig, daß ich mich wider meinen Willen des Grams nicht enthalten kann, als ob darin so recht das Verderben, der Untergang aller Kunstbemühung in unserer Gegend liege. Welch ein Aufschreien, wenn einer eine Kleinigkeit leistet, um eine Masse der trefflichsten Bemühungen herabzuwürdigen. Du wirst dasselbe

Geschrei damals gehört haben, als der junge Mann, der den Schinkel malte, zuerst auf der Ausstellung mit ein paar Bildnissen sich zeigte, da waren alle andern nichts. Es ist, als ob die Köpfe unserer Kunstschreiber zu eng sind, es hat nur immer eine Kleinigkeit drin Platz. Ohne das Bild des Spontini gesehen zu haben, ahnde ich, was es auszeichnet. Wie lange hat es gedauert, ehe die Leute in Berlin eingesehen haben, daß des Königs Bild von Gerard, bei allem Effekt technischer Fertigkeit, doch in der Hauptsache gänzlich verfehlt sei. Vielleicht dauert es noch zehn Jahre, ehe die Leute einsehen, daß das Bild der Recamier eine der ekelhaftesten Ziererereien ist, was bei der vorigen Ausstellung alle andern Bilder verdunkeln sollte.

Ich sende einliegend 100 Taler, obschon ich bald zu kommen denke, bloß um Deiner Sorge mit Sicherheit ein Ende zu machen.

Ich habe 22 Puten von der Keßler gekauft und lasse sie mästen, sie sind schön groß. Von Hamburg habe ich seltsamen Saatroggen bekommen.

Mein neuer Brunnen ist mit vieler Mühe fertig worden.

Ich küsse Dich und die Kinder

Achim Arnim

Louis Hersent, der franz. Historienmaler, hat eine Reihe damals berühmter Porträts geschaffen. Auf Grund seines in Berlin ausgestellten Spontini-Bildnisses wurde er zum auswärtigen Mitglied der Akademie erwählt.

Anfang November kam Arnim nach Berlin: „Der Reichtum dieser Ausstellung hat mich hieher gezogen, obgleich ich in Wiepersdorf noch sehr mit Bauwesen und Entwässerung beschäftigt war", schreibt er am 8. November an W. Grimm. (Steig III, 555).

370. *Arnim an Bettina.*

Wiepersdorf, d. 20. Dez. 1826

Liebe Bettine!

Ich schreibe Dir aus dem Wirbel eines großen politischen Lebens und der mit ihm als Wellenbewegung verbundenen geselligen Erheiterung. Erst war der Justizrat hier und schlichtete die intrikatesten Fälle, morgen soll ich als Deputierter der Wahl eines Lordmayor, wollte sagen Landrats vorstehen, gestern war große Jagd, vorgestern Gänseschlachten, wo 71 Stück ihr Leben einbüßten. Dazwischen ist mein neuer Wagen fertig geworden, mein alter Überrock ist in eine Kutscherlivrée verwandelt. Doch genug von allen großen Staatsaktionen, ich wende mich zum Kreise der Häuslichkeit und berichte, wie ich zum gestrigen Jagdfeste eine Straßburger Gänseleberpastete gebacken habe, wovon ich Dir, wenn es irgend zu packen, ein Stück sende. Außer den übersandten Bratgänsen werden nämlich noch ein 25 Gänsebrüste geräuchert und die Keulen zu Sülze gekocht. Was nun den Verkauf der Bratgänse betrifft, so hoffe ich, daß er sich leicht machen wird bei den bevorstehenden Feiertagen. Allenfalls kann der Knecht und der Johann damit auf den Markt fahren, so daß er erst den Sonnabend mit den Kindern von Berlin abfährt und in einem Tage hier anlangt. Vielleicht will uns das Glück wohl, und wir erhalten für das Stück 20 gr. bis 1 rx.

Was Du selbst brauchen willst, behalte gleich zurück. Bier und Wein waren schon bereit zur Sendung, da ich aber Verdeck und Rücksitz für die Kinder, also einen kleineren Wagen senden mußte, so konnte es nicht mehr aufgepackt werden und muß bis zu nächster Fuhre zurückbleiben.

Der Unfall des Königs hat mich betrübt, ein Beinbruch hat in späteren Jahren oft gefährliche Folgen wegen der unbequemen, den Blutlauf hemmenden Lage, worin sich der Leidende so lange befinden muß.

Von Savigny bin ich ebenfalls begierig etwas zu hören. Ich sende ein paar Reste von alten Fußsäcken, die für die Kinder zusammengeflickt werden können, auch einen alten, dicken Mantel. Dein Fußsack ist auch noch in Berlin und Du kannst ihnen den auch mitgeben.

Ich küsse Dich und die Kinder

A. Arnim

Vielleicht reise ich mit den Kindern nach Leipzig, aber gegen Neujahr bin ich in Berlin.

371. *Bettina an Arnim.*

[B. 22. Dezember 1826]

Lieber Arnim,

ich habe Gott gedankt, daß der Wagen kam, denn Kühnemund hat das Scharlachfieber, und so bin ich wenigstens dieser Sorgen los um diese Drei; schick sie auch vor 14 Tagen nicht zurück, denn so lange, meint Wolfart wird die Anstekkung dauern. [...]

Der beiliegende Brief wird Dir Savigny's *Unbehagen* schildern, denn ich mag nicht glauben, daß es so arg ist. Bettinchen schreibt auch etwas tröstlicher wie Gunda; da sie nun so viel auf Deine Briefe halten, so wirst Du gewiß bald schreiben. Rate ihnen doch ja, so lang wie möglich in Italien zu bleiben und sich nicht abschrecken zu lassen. Wolfart glaubt gewiß, daß der Sommer alles wieder einbringt, hier aber glaubt er, werde ihm viel Kränkung bereitet sein und ich glaub es auch, besonders bei seiner Empfindlichkeit, und gewiß ist es besser, wenn er das Frühjahr noch in Italien bleibt. –

Dein Bruder ist seit 3 Tagen hier und hat mir beiliegendes Paket geschickt.

Verzeih, daß ich nicht mehr und nicht anders schreibe, mir ist der Kopf toll, es lastet gerade in diesen Tagen viel auf mir. Die Kinder haben von Wolfart ein Preservationsmittel bekommen, ich bitte Dich sehe darauf, daß sie es morgens nüchtern noch ein paar Tage einnehmen.

Ich küsse Dich herzlich

Bettine

Wegen Kühnemund mache Dir keine Sorgen.

372. *Arnim an Bettina.*

Wiepersdorf, 24. Dez. 1826

Liebe Bettine!

Die Kinder kamen bei guter Zeit hier an, leider hörte ich, daß Kühnemund von dem Scharlachfieber mitergriffen, das so allgemein verbreitet ist. Lasse ihn nur gegen Erkältung bewahren, und daß er nicht zu frühzeitig die Augen anstrengt. Ich wollte, Du hättest die beiden Mädchen auch hergeschickt, denn hier weiß niemand von Scharlachfieber, wie ich denn auch Gottlob sogleich von allen Schmerzen in den Beinen frei wurde. Der Zustand von Savigny bekümmert mich, ich habe ihm sogleich alles Lustige mitgeteilt, was ich irgend wußte.

Einliegend 70 Taler in Tresorscheinen. Ich weiß noch nicht, wie ich es mit den Kindern mache, da ich selbst zu Neujahr wegen Zahlungen in Berlin eintreffen muß. Vielleicht schicke ich das Geld durch die Post. Der Himmel erhalte und bewahre Euch. Amen.

A. Arnim

373. *Bettina an Arnim.*

28. Dez. 1826

Lieber Arnim,

ich schreibe Dir um Dich über Kühnemunds Krankheit zu beruhigen, es geht bis jetzt allem Anschein nach gut, obschon der arme Kerl unsägliche Schmerzen ausgestanden, denn seine Hände waren ihm angeschwollen, er konnte vor Schmerzen die Berührung der Decke nicht leiden; ich mußte daher die ganz Nacht mit meinen beiden Händen die seinigen umklammern, sonst konnte er nicht schlafen und weinte fortwährend; jetzt hat sich dies gebessert, doch ist er noch nicht fieberlos und muß sehr in Acht genommen werden. Wolfart glaubt nicht, daß die beiden Mädchen angesteckt werden, weil sich keine Spur bis jetzt zeigt, obschon sie Schnupfen und etwas Katarrhalfieber hatten. Du kannst wohl denken, daß Weihnachten nicht brillant bei mir ausfiel; ich mußte dem Kühnemund einen Baum allein aufputzen, er freute sich doch inmitten seiner Schmerzen. Ich glaube, daß die Ansteckung noch länger als 8 bis 10 Tage währt – ich bitte Dich daher sehr, darauf acht zu geben, daß die Kinder die Preservationspulver Morgens nüchtern schlucken.

Soeben erhalte ich Deinen Brief mit 70 Taler. Solltest Du zu Neujahr nicht selbst kommen, so vergesse nicht, mir das Geld für die Miete zu schicken. Adieu, ich hoffe recht bald, Dich und die Kinder gesund zu sehen.

Bettine

374. *Arnim an Bettina.*

Wiepersdorf, d. 28. Dez. 1826
[30. Dez. abgeg.]

Liebe Bettine!

[. . .] Die Kinder sind gesund und beständig auf der Jagd. Der Siegmund scheint mit seiner Doppelflinte recht gut gekauft zu haben in seiner Dummheit.

[. . .]

In Hohenahlsdorf, wo ich am dritten Feiertag zu Mittag gegessen habe, fand ich einen Esel männlichen Geschlechts, so daß Deiner Eselin hier Vermehrung des Geschlechts verschafft werden kann.

Ich küsse Dich und die Kinder recht herzlich und erinnere Dich nochmals an das Schreiben.

A. Arnim

Willst Du so gut sein, meinem Bruder melden, daß ich wegen des Scharlachfiebers erst den 8. Januar nach Berlin komme.

375. *Bettina an Arnim.*

Berl., 2. Januar 1827

Soeben habe ich Deinen zweiten Brief erhalten, auf den mit den 70 Talern hab ich sogleich geantwortet, Du mußt jetzt also wohl über Kühnemund beruhigt sein; er hütet noch immer das Bette; obschon er sich ziemlich wohl befindet, so empfindet man ihm noch an, daß er noch sehr leicht einen Rückschlag bekommen könnte, auch Wolfart will ihn gehütet wissen. Ich weiß nicht, ob Dir die Kinder gesagt haben, daß er in Deinem Zimmer liegt; es war das einzige, wo ich ihn so absondern konnte, daß Ansteckung verhindert wurde. Bis jetzt haben die Kleinen keine Spur davon, ich aber leide seit einigen Tagen an angegriffenen Nerven, so daß mir immer grün und blau vor den Augen ist; manchmal befällt mich der Wahn, ich sei schwanger, und dann erfüllt mich eine unsägliche Angst, die ich gern mit einer andern Krankheit umtauschen möchte. Du kannst denken, wie einsam es bei mir ist, meine Wohnung wird geflohen von Alt und Jung wie wenn die Pest darinnen wär.

Deinem Bruder wollte ich gern Meldung tun von Deiner Ankunft, allein ich weiß die Wohnung nicht, die er verändert hat, und er hat mich seit dem Scharlachfieber auch nicht besucht. Ich glaube gewiß, daß Du ohne Gefahr die Kinder bis zum 8ten herbringen kannst, wo ich dann meinen Kummer in Deinen Busen ausschütten werde.

Bettine

Dies war kein „Wahn“ Bettinas. Ihr letztes Kind Gisela wurde am 30. August 1827 geboren.

376. *Arnim an Bettina.*

Wiepersdorf, 6. Jan. 1827

Liebe Bettine!

Gestern Abend sind wir von Leipzig zurückgekommen, wo ich meine Angelegenheiten mit dem Buchhändler [Hartmann] besorgte. Die Kinder verloren hier ihre Zeit mit kindischer Jagdlauferei, so war es mir erfreulich, sie auf zweckmäßige Art zu zerstreuen und bloß deswegen wählte ich den Umweg über Wittenberg.

Meine Absicht ist, den 9ten ds., Dienstags, in Berlin einzutreffen, doch ist es mir eingermaßen bedenklich, daß Kühnemund noch im Bette ist, also sich und seine Kleider noch nicht gelüftet hat.

Ich selbst erinnere mich nicht, ob ich Scharlachfieber gehabt habe; von Masern und Röteln habe ich bestimmte

Erinnerung, das Scharlachfieber wurde erst später allgemeine Kinderkrankheit. Die Kinder haben sehr eilig geschrieben, dem Friedmund ist deutlich anzumerken, daß er noch keine Reife für Tertia hat und so bald haben wird.

Ich küsse Dich herzlich

Achim Arnim

377. *Arnim an Bettina.*

Wiepersdorf, d. 6. März 1827

Liebe Bettine!

Durch Tauwasserfluten kam ich hier an, die mich fast zwingen wollten, in Neudorf zu bleiben; das Dorf war ein See, so auch mein Garten rings an den Teichen, Grundzahl hatte sein Vieh forttreiben müssen, der Müller ebenso, ihre Zimmer standen im Wasser. Das alles war Wirkung des schnellen Auftaus und ebenso schnell wie das Wasser gekommen verteilte es sich auch, daß am andern Morgen von dem gewaltigen Strömen nur noch ein unbedeutendes Gerinn im Dorfe übrig war. In den folgenden Tagen bin ich in Geschäften nach Jüterbog und Dahme gewesen. In Jüterbog hat eine Schauspielergesellschaft bei größerem Zulaufe als das Kön. Theater fast 3 Monate die Einwohner entzückt und war eben nach Wittenberg unter den Klagen der kunstliebenden Bürger abgegangen.

Ich lebe nun hier in meiner einsamen Sparsamkeit und denke aller Völlerei in Berlin, indem ich moralische Sentenzen gegen alle Überflüssigkeit sammle, welche die Köchin ausgehen läßt, gegen das Kaffeetrinken und Nichtbrotessen der Kinder, alles dies Anfänge von dem, was Menschen unbrauchbar und unglücklich macht. Leider scheinen unsre Kinder ziemlich talentlos, fast nichts ergreifen sie mit Eifer, sie fügen sich nur in die Notwendigkeit des Lernens, kein Wunder daß sie bei diesem schalen Treiben nicht Fortschritte machen. Freimund hat durch die Jagd seinen Fleiß verloren und möchte nun gern der Schule die Schuld aufbürden. Ich fürchte, die nächste Zensur wird viel schlimmer lauten als die vorjährige. Zuweilen meine ich, es wäre den Knaben besser, sie auf eine entfernte Schulanstalt zu bringen, wo sie zu allen Jahreszeiten mit Ernst und Strenge gehalten werden, beten und arbeiten. Doch ich breche ab von den Kümmernissen, die mich stets plagen, und denen ich doch nicht begegnen kann, weil Du mir aus beliebter Konversationsform in solchen Dingen immer entgegenwirkst, bis der böse Erfolg da ist und Du mit Staunen wie bei der Max bemerkst, daß die nun noch ärger vom Geist des Widerspruchs besessen ist. Genug davon, ich spreche aus Pflicht, nicht um Dich zu kränken, da Du ohnehin leidend genug bist, nur um Dich zum Ernst, zur belehrenden Mitteilung an die Kinder zu bewegen, die Du mit Späßen doch nicht groß ziehen kannst.

Auf Neuigkeiten von Savigny bin ich sehr begierig, vielleicht erhalte ich heute etwas. In diesen Tagen kommt Krumbholz und der Justizrat. Allerlei Diebereien kommen zur Untersuchung.

Schone Dich, nimm Dich vor Gesellschaften in Acht, sie greifen Dich an, suche Dir freundlichen, belebenden Umgang.

Ich küsse Dich und die Kinder.

Achim Arnim

378. *Bettina an Arnim.*

[B., 12. März 1827]

Lieber Arnim,

der Wagen ist glücklich angekommen, die Butter von Wiepersdorf scheint diesmal sehr gut, und ich wünsche, daß die Wirtschafterin dafür gelobt werde. [. . .] – Du hast mir diesmal Betten geschickt, die kein gut Zeugnis für der Wirtschafterin ihre gesunde Vernunft ablegen, sie sind voll Flecke, zweitens verbrannt und drittens viel zu klein in mein Bett; ich hatte die Inlette geschnitten wie ich sie brauche.

Wenn ich niederkomme, so ist es wahrscheinlich auch ganz notwendig, daß noch etwas Bett da ist, daß zum wenigsten ein Krankenwärter oder Arzt etwas hat. Ich kann zum wenigsten beteuern, daß ich jetzt so gebettet bin, daß ich nirgendwo eine Ruhestätte finde. Dies kommt aber mehr von meinen Beschwerden her als von meinem Bett. Vorgestern Nachmittag habe ich mich über zwanzigmal erbrochen, ich wurde am Ende so matt, daß ich über dem Gefäß, worin [ich] gebrochen hatte, einschlief. Gestern war ich in einer Pensionsanstalt in der Oranienburgerstraße und so müde, daß ich ohne Nachtessen schlafen ging, kaum lag ich eine halbe Stunde zu Bett so fing Maxe an über Zahnweh zu klagen, es wurde so arg, daß sie Fieber bekam. Sie hatte nicht anders Ruhe als wenn ich ihr die Hand unter den Backen legte, am Morgen hatte sich ein Zahngeschwür gebildet. Gegen 6 Uhr schliefen wir beide ein, um halb 8 Uhr kam der Wagen, ich wurde geweckt. Dies alles sind Ereignisse, von denen Du nichts ahndest und noch vieles, was zu langweilig ist, nimmt Kräfte des Leibes und der Seele in Anspruch. Du kannst mir glauben, daß ich gewissenhaft mit dem umgehe was ich zum Gebrauch nötig habe, wenn Dir es auch ein Rätsel ist, wo alles hinschwindet, z. B. die Betten; glaube nur gewiß, daß es seinen natürlichen Gang geht. – Den Tag nach Deiner Abreise habe ich 200 Taler bei Mendelsohn holen lassen. ... [Rechenschaft über Ausgaben] ... Hier sind also schon 160 Taler aufgezählt, die durchaus alle notwendige Ausgaben waren. Es ist kein entbehrungsmäßiger Artikel dabei, viel weniger zum Luxus. Einen Sessel habe ich zwar gefunden aber eben um der Ausgabe willen nicht gekauft. Siehst Du daher ein, daß man Geld ausgeben muß, ohne daß man ahndet wie; ich würde es selbst nicht glauben, wenn es sich nicht von selbst gestaltete vor meinen Augen. Laß Dir also die Kümmernis nicht noch zu Deinen vielen andern Sorgen beikommen, daß etwas möchte verschwendet werden. Diese Sünde haftet nicht auf mir, im Gegenteil glaube ich, daß ich manches nicht ersparen sollte, wobei Gesundheit und auch die Seele leidet, die doch ihre Bedürfnisse hat, besonders bei einer so beengten Lage wie die meinige.

Mit Gericke habe ich wegen dem Quartier gesprochen, er war sehr artig, sagte gleich einem Mieter auf, der Tags zuvor auf Anstiften des Schreibers der Max mit einer Spate in den Leib gestoßen; er wollte auch den Schreiber fortjagen, allein ich gab's nicht zu, weil er ihm wirklich ein brauchbarer Mensch sonst ist. Das Quartier will Gericke zum alten Preis noch diesen Winter lassen. Neuschüpers haben in den letzten Tagen auf das schauderhafteste von Morgen bis Abend mit den Fäusten der ganzen Familie auf dem Klavier herumgepaukt, gestern sind sie zu meinem Entzücken und zu meiner Freude ausgezogen; ich hatte kein Wort davon gewußt und nun schickt sichs an, als ob das Quartier noch bewohnbar werden könnte für den Winter. Ich muß um Verzeihung bitten, daß ich Dich mit so vielen Lappalien aufhalte, es scheint mir aber ganz notwendig, Dir so kurz wie möglich Rechenschaft zu geben, damit auch Du etwas sicherer in Deiner Ansicht werdest und also womöglich auch sorgloser; es leuchtet mir nur gar zu sehr durch, daß Du mich der Verschwendung geneigt haltest. Die Kinder werden nächstens Ferien haben, sehr lieb wär mir, wenn sie wenigstens 8 bis 10 Tage auf dem Lande zubrächten, Siegmund hats so lang entbehrt, auch ist der Stadtaufenthalt, wenn sie nicht in die Schule gehen, viel unangenehmer wie auf dem Lande. Ich bin zu müde, um Dir mehr zu schreiben, auch erfahre ich nichts neues, es besucht mich niemand. Ich kann Dir nur beteuern, daß ich täglich bete – wenn feurige Wünsche Gebet heißen – daß Dein Leben doch von nun an etwas weniger karg sein möge.

Die Landkarte hab ich nach bestem Vermögen einem guten Buchbinder rekommandiert; vielleicht wird sie einmal eine Ausflucht mit Dir machen. Blomberg war gleich hier nach Deiner Abreise um Gegenvisite zu machen, Ranke hat mir seinen Sonntagabend aufgeopfert, Hollweg war auch hier, er entdeckte mir mehrere Windbeuteleien des Klenze; was besonders die Untersuchung mit Altenstein anbelangt, so ist diese zum Teil gefabelt, zum Teil ist gerade das Gegenteil wahr; das hat mir oft so vorgeschwebt, als sei er ein Großsprecher. Dem Schinkel hab ich die Trappenfedern geschickt als ein Geschenk von Dir, sie sind dicker wie Schwanenfedern und ihm scheinen sie sehr brauchbar. –

... [Wohnungsmöglichkeiten] ... Dir kommt dies alles gewiß recht weitläufig und überflüssig vor, denn Du bist geneigt, nie einen Entschluß zu fassen, ich aber denke daran, daß ich mich diesen Winter mit Logissuchen abzuquälen habe, daß ich auf hundertfältige Art Verdruß und Erschwerung und Verteuerung des Hauswesens habe, daß ich nicht allein dies alles mir erleichtere sondern gewiß auch noch manches erspare.

Adieu, leb herzlich wohl, mit nächstem genauere Nachricht, wann die Kinder Ferien haben, und Du bist so gut, mir zu melden, ob Du sie wenigstens auf kurze Zeit dort haben willst.

Bettine

Der junge Professor Leopold Ranke verbrachte seit dem Herbst 1826 manchen Abend bei Arnims. An seinen Bruder Heinrich schreibt er im Februar 1827: „Diese Frau hat den Instinkt einer Pythia: eine so strömende Beredsamkeit in bewegten oder geistigen Augenblicken ist mir noch nicht vorgekommen; wer wollte ihr aber alles glauben? Sie hat Anmut und Eigensinn, Liebenswürdigkeit und nicht; ich habe schon recht schöne Abende da gehabt, ich halte zuweilen bis zwölf aus, bis H. v. A. nach Hause kommt. Auch ihre Kinder sind mir lieb." (L. v. Ranke, Das Briefwerk, 1949, S. 106.)

379. *Bettina an Arnim.*

13. März 1827 [abgeg.]

Lieber Arnim,

soeben schickt Gericke einen langen Brief, worin er auseinandersetzt, daß er unter 700 Taler in Gold die Wohnung nicht länger lassen will, ich habe sie daher aufgegeben und sehe mich genötigt nach einer andern zu sehen. Du hast Dich also sehr geirrt, da Du glaubtest er würde die Miete herunter lassen. Einliegender Brief, den ich um das Porto zu vermindern um seine Hälfte verkürzt habe, veranlaßt mich zu diesem Schreiben. Ich mahne Dich nochmals, wenn Du allenfalls nicht zu Ende März kommen solltest, ja das Geld nicht zu vergessen, ich mag den Gericke auch nicht einen Tag warten lassen. Lebwohl, Thomas [der Frankfurter Senator] steht vor der Tür und will Abschied nehmen. Nächstens werd ich Dir über die Kinder schreiben. Der Mann der die Häuser verkauft, war wieder da, ich habe mehrere besichtigt, unter aller Kritik schlecht; das auf dem Leipziger Platz hat einen Hof und Garten wie einen Abtritt und viel zu teuer. Riedel war hier und aß bei uns zu Mittag; er riet auch ein Haus zu bauen und zugleich während des Baues eigne Pferde zu nehmen, denen er bei seiner Ziegelei Stallung geben will, von wo aus er uns die Steine zum Bau senden will. So haben wir denn manches hin und her geschwätzt, was mirs immer annehmlicher macht, ein eigen Haus zu haben. Indessen ist so etwas sehr zu überlegen, und wenn man nicht den offenbaren Vorteil vor Augen hat, ist es besser, sich nicht zu binden. Komm nur bald, damit wir überlegen, gestern ist mir das Haus No. 5 auf dem Leipziger Platz zum Kauf geboten. Adieu, ich küsse Dich herzlich; die Leute fangen an zu merken, daß ich sehr dick werde.

Bettine

Freimund hat ein sehr gutes Schulzeugnis bekommen, ich hoffe, ihn damit unterzubringen in Joachimsthal.

380. *Bettina an Arnim.*

17. März 1827

Von Savigny sind endlich Nachrichten da, und zwar gute an Hollweg; er ist am ersten von Florenz ab, am 7ten in Rom angekommen, hat sich während der Reise wohlbefunden aber bei eintretendem schlechten Wetter wieder Schmerzen empfunden, er bittet wie ein Kind um Nachrichten und Teilnahme, er grüßt Dich und bittet um Deine Briefe. –

Was Du mir über die Kinder sagst, ist immer anzunehmen, denn Du willst das Beste, und ich will nicht untersuchen, ob ich Vorwürfe verdiene, sondern nur überlegen, wie ich Deinen Wünschen nachkommen kann; ich hätte Dir viel zu sagen über das Gymnasium, wenn Du nur nicht so viel Kümmernis hättest in der Ferne; indessen hab ich Energie genug, wenn etwas mir ganz überlassen bleibt, alles mögliche zu tun, was die Sache ins Geleis bringen kann, und ich hoffe, Du sollst damit zufrieden sein. Gleich den Tag Deiner Abreise kam Siegmund nach Hause aus der Schule mit der Nachricht, daß *Wendt* ihnen keine Stunde mehr geben wolle, weil er von 3 Schülern zusammen 1 Taler 16 Groschen bekommt; er sagte daher: Siegmund solle auch nach Quarta gehen, da habe er keinen Unterricht nötig und brauche sich nicht anzustrengen; ich schickte Freimund mit ihm zu Spilleke um zu fragen, wie die Sache beschaffen sei, der ließ mir sagen, ich möchte ihn ein paar Wochen zu Haus unterrichten lassen p.p. Freimund erfuhr ein anderes Schicksal, nämlich Bellermann, der Alte, ließ ihn zu sich kommen und sagte ihm unter dem Siegel des tiefsten Geheimnisses, daß Köpke die Lehrer alle gegen ihn aufgewiegelt habe und ihm selbst täglich zusetze, den Freimund zu Ostern abzuweisen, sie wollten schon Gelegenheit finden, dies plausibel zu machen; er könne dies nun nicht übers Herz bringen, weil er wirklich nicht gern ungerecht weder gegen ihn sein möge, noch Dich, den er sehr hochschätze, beleidigen möge; doch sei Köpke auf so schlechtem Fuß mit ihm und mache ihm alle Augenblicke bei höheren Behörden so viel zu schaffen, daß er ihm geradezu nicht entgegen handeln könne. Er bäte ihn also selbst, seinen Abschied zu fordern, so wolle er ihm gewiß das beste Zeugnis geben, so daß er vielleicht in einer andern Schule nach Sekunda versetzt werden könne. Dies ist nun auch geschehen, und ich habe gestern mit Meinecke gesprochen, der mir sehr wohl gefallen und auch Hoffnung gemacht, daß es angehen könne. Freimund, der gern zu Ostern nach Wiepersdorf wär, hat Jagd und Reiseplan aufgegeben, um zu studieren in Hoffnung auf Sekunda, nun geht also insofern alles gut. Meinecke sagte mir: in seinen Klassen werde gar nicht geschlagen p.p. Friedmund ist in seiner Klasse ungemein vergnügt, er hat wenig oder gar nichts zu tun; seit das Wetter besser ist, laufen die Lehrer die Woche zweimal mit den Quartanern bald auf den Kreuzberg, bald auf die Hasenheide, dagegen hab ich gar nichts, aber für Siegmund ist's gewiß keine Klasse mehr, der sich doch im Kloster über ein halbes Jahr sehr gut gehalten in Tertia.

Kühnemund hat über 10 Tage gänzliche Appetitlosigkeit; Wolfart versuchte Dein beliebtes Bitterwasser und andre Mittel, die alle nicht anschlugen. Madeira hat ihm geholfen.

Deinen Prinzen Kosloffsky hab ich bei Varnhagen getroffen, er hat die seltsamsten Dinge gesagt unter anderem über den katholischen Glauben und über Luther, den er als die ärgste Sau beschrieb; der rülpste und furzte und noch mehr, was sich besser sagen als schreiben läßt.

Was Dein Kapitel über die Köchin betrifft, so hab ich mirs ad notam genommen und den Mut gehabt, Speisekammer und Alles selbst unter Schlüssel zu nehmen, es kann also nicht mehr betrogen werden; dazu hat mir meine Gesundheit jetzt Mut gemacht, die besser ist wie seit langen Zeiten. Über unser Essen würdest Du auch nicht zu klagen haben, es ist frugaler wie je. Lasse Dir also nicht vor der Zeit graue Haare wachsen, sondern sei vergnügt und komme so bald als möglich zurück. Solltest Du nicht Ende März dasein, so vergiß nicht die Miete zu rechter Zeit zu schicken. [...]

Von dem Onkel hab ich nichts gehört. Thomas hat Deine Briefe empfangen, ich habe für ihn an Gneisenau geschrieben, der mir einen allerliebsten Brief wieder geschrieben und den Thomas sehr wohl empfangen hat; Thomas hat sich Gneisenaus Brief zum Andenken erbeten um den Frankfurtern zu zeigen, in wie hohen Gunsten ich bei ihm stehe. Meine Büste von Schinkel geht mit nach Frankfurt, nachdem ein Gypsarbeiter ihm die Nase und Bart mit *Schaftelstroh* [Schachtelhalme] abgerieben. Thomas konnte keine fertig haben und wollte sie doch gern mitnehmen, daher bekomme ich nun die neubestellte. Er hat mir erzählt, daß Guaita das Bild von Grimm habe kaufen wollen, da dieser aber auf dem Preis von 800 Talern bestanden, so sei die Sache zu Wasser geworden. Du solltest doch an Grimms einmal freundschaftlich schreiben hierüber.

Die Frau von Kray ist in der Nacht von einem Ball nach Haus gefahren und umgeworfen, hat beide Knochen des rechten Arms, einmal ober und einmal unter dem Ellbogen gebrochen. Diese Nachricht hat mir Dein Bruder gebracht.

Adieu, mache daß Du bald kommst und genieße meinen guten Humor, der mit meiner Gesundheit wiedergekehrt ist, so daß ich zu allerlei lustigen Streichen aufgelegt bin, wozu ich auch rechne, daß ich mir von dem grauen Seidenzeug, welches wir bei der Unverdorben zu einer Decke gekauft haben, einen Überrock machen lassen mit Blau ausgeschlagen, heute Abend gehe ich mit Thomas zur Helvig in diesem vortrefflichen Rock und Thomas sagt, er habe ihn als Geschenk von Frankfurt mitgebracht, er sei aus Paris, die neueste Mode die Kaiserin von Brasilien zu betrauern. Ich küsse Dich tausendmal von Herzen und wünsche, daß Du so bald als möglich kömmst.

Bettine

Bettinas neues vertraulicheres Verhältnis zu Varnhagen, den sie so lange verabscheute, ist, wie man sah, durch dessen Brief an Arnim über das „Landhausleben" verursacht worden. Es verstärkte sich wohl durch Varnhagens lobende Besprechung des Buches im „Gesellschafter". Ihr erster erhaltener Brief an Varnhagen ist vom 20. Februar 1827, worin sie auch diese Besprechung erwähnt. Arnim trat bereits 1826 mit ihm in Verbindung. In einem Brief vom 19. Oktober 1827 fordert er Varnhagen auf, die Geschichte des Feldmarschalls Hans Georg v. Arnim-Boytzenburg (1581–1641) zu schreiben: „Geehrtester Freund! Eben las ich blätternd in Grundmanns Uckermärkischer Adelshistorie, um meinem Kinde einen Namen zu suchen, und fand mich von dem Leben des aus dem dreißigjährigen Kriege bekannten General Arnim seltsam angezogen . . . Ich möchte Sie zum Geschichtsschreiber des Mannes anwerben . . ." (Dorow, Reminiscenzen, S. 117).

Der Brief von Gneisenau, den sich der Frankfurter Freund erbittet, ist wohl der vom 9. März 1827:

„Die Umrisse Ihres Entwurfs zu einem Basrelief für das Monument zum Andenken des verstorbenen Königs von Bayern trage ich noch immer in angenehmer Erinnerung mit mir herum und werde mich auch nicht von ihnen trennen. Sie sehen, wie sehr ich der Künstlerin huldige; die Philosophie vermag ich nicht zu erreichen; sie steht mir zu hoch. Ihr Gr. Nd. von Gneisenau."

(Briefe aus Varnhagens Nachlaß II, 277).

Louis Grimm hatte in der Berliner Kunstausstellung ein Bild „Die heilige Jungfrau mit dem Kinde" ausgestellt, das er gerne verkaufen wollte.

381. *Arnim an Bettina.*

Wiepersdorf, 21. März 1827

Liebe Bettine!

Mit dem Gericke muß es schlecht stehen, weil er auf so seltsame Schrullen kommt, sich in dieser Zeit, wo so viele Quartiere leer stehen, durch so übermäßige Forderung bereichern zu wollen.

Es freut mich, daß ich ihm nicht meinen Antrag gemacht habe, unter der Bedingung nur 500 Taler zu geben den Kontrakt zu verlängern, er hätte mich für verrückt gehalten. An Quartieren wird es diesen Herbst nicht fehlen, wo wieder mehrere Dutzend neuer Häuser wohnbar werden.

Ich sende diesmal sehr viel Fleisch, verkaufe es, wenn es sollte warm werden, überhaupt hält sich das Kalbfleisch nicht lange. Nicht viel besser ist es mit dem Schweinefleische, doch kann dies durch Salz geschützt werden.

Das Bücherpaket an Meusebach befördere doch so bald wie möglich.

Was Du von Freimund und Bellermann schreibst, ist mir fast befremdend, obgleich ich dem Köpke nie viel Gutes zutraute. Noch befremdlicher ist mir das Betragen von Wendt gegen Siegmund. Ich komme bald, und es wird sich zeigen. Zum Ersten hoffe ich gewiß in Berlin zu sein, sonst schicke ich Geld, sollte sich dies verspäten, so wird Hollweg Dir gern auf ein paar Tage vorschießen, oder Servière oder Mendelssohn, es liegt bei mir bereit und ich mag es nur nicht dem Knecht anvertrauen, der auf vielerlei zu achten hat.

Gericke hat auch an mich geschrieben, daß er 650 Taler für das nächste Jahr begehre, ich lege den Brief ein, damit Du seine Vorschläge ersiehst, worauf meines Erachtens nicht Rücksicht zu nehmen. Oder noch besser, ich ziehe ihn aus, damit ich ihn bewahre. Er erbietet sich, die Küche in den Entresol zu legen, eine Treppe durch den Speisekammerverschlag, dagegen aber die drei Zimmer hinten zurück.

In Hinsicht der Flaschen, Buttertöpfe und Beutel flehe ich Dich an, doch nur einen Blick in die angekommenen Sachen zu tun, um die ich mich, oft unwohl, tagelang in allem Kot herumtreiben muß. Selten kommen Töpfe zurück, fast niemals Flaschen, der Johann denkt nicht zu rechter Zeit daran, die Kasten müssen dableiben, mit den Töpfen und Flaschen, die leer sind, vollgepackt werden von Johann, so auch das leere Bierfaß, dann holt der Knecht bei der Abreise die Sachen ab.

Über Deine bessere Gesundheit und Heiterkeit bin ich herzlich erfreut, erhalte Dich darin. Überlauf Dich nicht, aber nimm Dir täglich das Besehen von ein paar Quartieren oder Häusern vor, so hast Du Bewegung, die Dir sonst wohl fehlt.

Riedels Pferdehalterei ist ohne Einsicht dessen, was so etwas in Berlin für Aufsicht kostet. Wie würden die Mauermeister, die bloß für Profit bauen, das Fuhrwesen bei Bauten in Akkord geben, wenn sie es wohlfeiler selbst schaffen könnten. Dergleichen Baufuhren sind in Berlin sehr billig, wenn im Ganzen akkordiert ist, wo das so nach und nach mit wohlfeilen alten Pferden geleistet wird.

Ich bin jetzt in vollem Gerichtstag, zweie sitzen geschlossen wegen Scheunendiebstahl, zugleich sind Separationstermine.

Der Prediger in Lebuse soll gestorben sein, ein wahrer Verlust für die ganze Gegend. Hast Du keine Nachricht vom Kriegsrat Du Bois, ob der H. Wawre aus Neufchatel kommt?

Was Du von Savignys weißt teile mir mit. Ich küsse Dich und die Kinder. Achim Arnim

382. *Bettina an Arnim.*

[B., 23. März 1827]

Lieber Arnim,

der Wagen kam sehr erwünscht. Schon seit mehreren Tagen war uns aller Vorrat bis auf das steinharte Brot ausgegangen. Ich gedenke die Butter zu verkaufen und auch die Eier, die zwar jetzt nur noch 4½ Silbergroschen gelten. Wenn ich nicht an Leib und Seele krank bin, so bin ich immer eifrig bei dem Auspacken der Sachen, sowie auch diesmal noch eh ich Deinen Brief gelesen; Du überlegst aber nicht, daß ich in der Kälte, in der furchtbaren Zugluft der Speisekammer mir den Tod hätte holen können, wenn ich lange drinnen blieb und es ebenso vorteilhaft war, erst nach dem Auspacken das Ganze zu übersehen, was ich auch nie unterließ, ich habe die Energie gehabt, die Köchin ohne Lärm und Zänkerei abzusetzen, und die Marie, die viel Anlage zum Kochen hat, eingesetzt, und habe dadurch viel in der Ökonomie gewonnen; unsere Schüsseln sind einfach und mir dadurch viel genießbarer, Du kannst nicht ökonomischer leben wie wir.

Freimund, der ein sehr gutes Zeugnis von Bellermann bekam, hat sich bei Spilleke [Leiter des König Friedr. Wilh. Gymnasiums] nach groß Tertia einschreiben [lassen]: dieser sagte ihm, er würde ihn nach Sekunda genommen haben, wenn es nicht gegen das Interesse des Gymnasiums wär, aus einer geringeren Klasse eines fremden Gymnasiums ihn in eine höhere zu bringen. So ist auch das ganze Verfahren mit Siegmund bloßer Schulstolz, denn Spilleke, der das Abgangszeugnis nicht hatte, glaubte, daß Siegmund sich dort nicht habe halten können, und hat ihn auf meinen Betrieb wieder in Tertia zu Ostern angenommen.

Der Friedmund hat sehr gebeten, daß er mitdürfe, ich habe nichts dagegen, er hat keine besonderen Studien nötig da er nun noch ein halb Jahr in Tertia bleibt, wozu ihn selbst der Direktor für vollkommen reif hält; er wird Dir das übrige erzählen. Siegmund hat täglich 2 Stunden bei Bosch, der wirklich sehr gründlich unterrichtet und 3mal die Woche bei Leftens. Von dem fr. Schweizer hat Dubois noch keine Nachricht, obschon er durch einen anderen erfahren, seinen Brief habe er erhalten. Dein Onkel Schlitz war sehr krank, er hatte ein Blutgeschwür in der Seite, seit wenig Tagen ist er erst außer Gefahr. Von Savigny wissen wir seit dem, was ich Dir meldete, nichts. Ich hoffe das Beste. Die Bardeleben hat ihre Mutter begraben und in der letzten Zeit über ihre Kräfte ausgestanden.

Dein Stück wird bei dem Königstädter Theater jetzt wirklich einstudiert. Varnhagen, der durch einen Dritten davon hörte, ging zu Kunowsky, um davon zu hören, dieser sagte ihm, daß er trotz allen Prophezeiungen der Schauspieler, die über die Neuheit und Originalität darin sich ganz in ein neues Feld versetzt fühlten und also durchaus keine sichere Ansicht davon hätten, die besten Erwartungen habe, und daß er sehr froh sei, einmal ein Stück geben zu dürfen, das ohne Plattheit ja sogar im erhabenen Stil dennoch seine Wirkung im Lachen habe, und er sei fest überzeugt, daß es wenn auch nicht das erste Mal, dennoch durch öfteres Geben Glück machen werde. Schon dieser Aufführung wegen wär mir lieb, daß Du hier wärest, es ist so manches, was nur Du mit Delikatesse ändern und einrichten kannst. *Klingemann bittet sehr um die Abschriften der Lieder und zwar mit umgehender Post, nämlich die aus Hans Warsch* [d. i. „Die Kapitulation von Oggersheim", Lustspiel von Arnim], ich bitte Dich also dringend, schreibe sie gleich ab. Deine Anstalten mit dem Geld sind mir sehr verdrießlich, ich tue nichts weniger gern als Geld leihen, wenn auch nur für wenige Tage; in meinem Pult sind nur noch 4 Taler und im Rechnungsbuch sind schon viel Schulden. Ich habe noch Torf und Holz kaufen müssen, wir haben meistens aus dem Beutel gezehrt denn der Vorrat, wie Du weggingst, war sehr gering, und diesmal ist mir noch außerdem eine seltsame Geschichte begegnet, die Dir zugleich beweisen kann, daß ich weiß, wenn mir etwas entwendet wird; es fehlten mir nämlich 3 Taler 4 Groschen von meinem Gelde aus dem Pult, ich sagte es der Verdier, sie glaubte, ich irre mich, ich ließ mit Fleiß eines Tages den Schlüssel liegen, nachdem ich mit ihr das Geld gezählt hatte. Wir machten zu verschiedenen Zeiten des Tages den Pult auf um zu sehen, ob es noch da sei, und es fand sich abermals ein Verlust von 1 Taler 8 Groschen, die Verdier beschwor mich, nur noch einmal den Schlüssel liegen zu lassen, sie wolle sich alle Mühe geben, den Täter zu entdecken, indessen gelang es ihr so wenig wie mir und am Abend fehlte 1 Taler 12 Groschen, macht zusammen 6 Taler. Es wär mir nicht zu teuer bezahlt, wenn ich den Schuldigen entdeckt hätte, denn es liegt mir vorzüglich daran, ob es Johann nicht ist; indessen ist die Vermutung gegen die Köchin, die wahrscheinlich in der Eßstunde dies durchführte, wo sie nicht in der Küche zu tun hatte. Du magst mich nun unvorsichtig schelten, so ist dies doch ein Beweis, daß ich weiß, was ich habe, und daß ich in solchen Fällen aufrichtig bin. Die Schinkel hat eine Köchin 3 Jahre, während dieser ganzen Zeit hat die Gelegenheit gefunden, den Pult heimlich zu öffnen und Geld herauszunehmen, und erst jetzt wurde es entdeckt, das Lächerliche ist, daß die Schinkel sie mir als Köchin rekommandierte, ohne mir ein Wort von dieser Geschichte zu sagen, er aber, der davon nichts wußte, sagte mir in seiner Frau Beisein, daß ich mich ja hüten solle, sie zu nehmen. Sie kam sehr in Verlegenheit.

Freilich ist Gericke ein Narr, einen Mieter wird er gewiß auch nicht bekommen, seine Keller sind alle voll Wasser; sie haben sich in dieser Not an uns gewendet, und ich habe die hintern 3 Stuben abgetreten bis zum 1. April, die dadurch ausgetrocknet werden.

Lieber Arnim, kaum glaubst Du den Esel gesund, so ladest Du ihm schon seinen Pack auf, allein obschon er ganz heiter sich in sein Schicksal ergiebt, und sich insofern wohl nennen durfte, so hat ers doch im *Kreuz* und kann daher keine Last auf sich nehmen; sei froh wenn er nicht krepiert und menagiere ihn so viel als möglich; 1^tens^ kann er im schlechten Wetter nicht gehen, zweitens wenn er auch gehen könnte, so sind die Quartiere für Oktober noch nicht vakant, 3^tens^ wird mit der Zeit das Quartiersuchen dadurch erschwert, daß der Esel auch schwerfälliger wird und sich schämt in solcher Gestalt allein durch die Straßen zu ziehen, und wenn mir

Gott keins schickt, so werde ich wahrscheinlich keins finden. Apropos von Esel, hast Du gesorgt, daß der meinige trächtig werde? Ich sehe schon zum voraus, daß ich alles aufbieten muß, um meine Gesundheit zu unterstützen. Ich bitte Dich nochmals, schicke mir mit der Post das nötige Geld für Logis und Lohn der Leute und Nahrung und sonstige Bedürfnisse. Wenn der Franzose kommt, werde ich vielleicht etwas weniges an Möbeln kaufen müssen, dies alles berücksichtige und halte mich nicht zu kurz. Obschon mir das Unglück begegnet, daß mir Geld gestohlen, so ist es zum erstenmal, auch hab ich's an allen Orten und Enden gespart und kann Dir beteuern, daß ich mir alles versage, was mir nicht höchst notwendig ist. Ich schicke drei Inlett und will sie gefüllt wieder zurück, erstens für den Hofmeister, und dann will ich die andern ausflicken.

Adieu, ich küsse Dich von Herzen. Übereile Dich nicht im Kommen, damit Du nicht gleich wieder fortmußt, sondern wieder 4 bis 6 Wochen dableibst. Glaube nicht, daß ich in Deiner Abwesenheit Gesellschaft gebe noch sehe; eine Bemerkung von Dir, ich solle mich der Gesellschaft enthalten, sie sei mir schädlich, scheint mir darauf hinzudeuten; wenn mich etwas krank macht, so ist es eher diese unausgesetzte Einsamkeit, dieses Brüten und Nachdenken über meinen Zustand. Zu nervenschwach, um mit der Nadel zu arbeiten, ohne Bücher, ohne Menschen, ohne Aussicht in die Ferne als bloß Schmerzen, ist die modernde grüne Wand meines Zimmers der trübe Spiegel meiner Seele. Wär unter den Pflichten, die in Deine Seele geschrieben sind, doch die unterstrichen, alles zu tun um mich zu zerstreuen und zu erleichtern! Ich weiß wohl, daß Du tausend Sorgen hast, es ist keine Frau die weniger Prätensionen macht, allein mein Leib erlaubt mir nicht, mich über mich selbst zu erheben. Und somit alle Liebe und aller Segen und alles Glück, das Dir die Zigeunerin prophezeite mitsamt dem 7ten und *letzten* Kind, das trotz unserer Vorsicht nun die Wahrheit bekräftigt, über Dich!

Dein Buch an Meusebach wird besorgt, wie wir nicht mehr unter Wasser sind. Bettine

Ich küsse Dich von Herzen.

383. *Arnim an Bettina.*

Wiepersdorf, 26. März 1827
[Jüterbog, 28. März abgeg.]

Liebe Bettine!

Freimund ist hier gesund angekommen und treibt Scheibenschießen. Ich denke, ihn vor dem 1ten mit mir nach Berlin zurückzubringen. Was Du vom Gelde sagst, begreife ich nicht, da Du von Deinen Brüdern bei Mendelssohn u. Fränkel auf 400 Taler kreditiert bist, also im Notfall, wenn ich ausbleiben sollte, doch immer diese sichre Zuflucht hast. Ich lege Dir seinen Brief zum Überfluß hier ein, obgleich es weiter nichts bedurft hätte – wenn Du Geld verlangst – als daß Du ihm durch einen Bekannten, z. B. Klingemann, der beim andern Mendelssohn wohnt, als diejenige vorgestellt würdest die ihm accreditiert ist. Mendelssohn und Fränkel wohnen in der Jägerstraße. Über den Hausdieb bin ich sehr betrübt. Ehe Du aber ernstliche Schritte versuchst, gieb wohl Achtung, ob es nicht eine Spielerei von den Kindern ist. Kinder denken oft gar nicht was sie tun, besonders am Friedmund habe ich manchmal solche Schwäche der Überlegung bemerkt, die ihm zur Entschuldigung diente.

Ich schreibe in Eile, indem ich den Brief nach Jüterbog, wo ich Geschäfte habe, selbst auf die Post bringe.

Ich küsse Dich und die Kinder

Achim Arnim

384. *Bettina an Arnim.*

B., 7. Mai 1827

Lieber Arnim!

Daß Du Dich auch noch ganz sanft dazu herabläßt, meinen kurzatmenden Zustand noch zu erschweren dadurch, daß Du gar nicht schreibst, ist grade nicht das beste, was Du tun kannst; ich denke oft daran, daß Dir im Frühjahr leicht was zustoßen kann, ich bitte Dich, mir mit wenigen Worten zu sagen, daß Dir's wohlgeht, so hab ich eine Sorge weniger; Armgard hatte zwei Tage sehr starkes Fieber, ich habe zwei Nächte gewacht denn sie konnte durchaus nur in meinem Bette Ruhe finden. Die Schlaflosigkeit nimmt sehr bei mir zu und ich kanns vertragen. Das neue Mädchen, was ich statt Rosette nahm, ist für 28 Taler tausendmal brauchbarer als jene, allein die Köchin taugt nicht; in allen Stücken besser als die früheren, besonders in der Ökonomie, ist sie doch so zänkisch, daß kein Friede mit ihr zu halten ist; die einzige Erleichterung des Hauskreuzes ist, daß man es gewohnt werde.

Freimunds Geburtstag war am Sonntag, ich habe ihn mit neuen Sammethosen und einer seidnen Halsbinde gefeiert. Daß August Wilh. Schlegel hier ist, wirst Du durch die Zeitung erfahren haben, er geht in wenig Tagen wieder weg, gesehen hab ich ihn nicht. Bei Schleiermacher sagten sie mir, daß er wohlkonserviert, geschminkt und frisiert sei, aber sehr angenehm; Tieck führte ihn zu Schinkel, dem er zu beweisen gedachte, daß die Indische Bauart die einzig große und wahrhaft erfindende sei, worauf Schinkel aber ihn seines Irrtums zu überweisen geglaubt. Von Savignys ist nichts Neues, worüber ich mich jedoch nicht ängstige. Dein Bruder wollte Wigram's Logis mieten, für 20 Taler monatlich, da er aber entdeckte, daß kein potdechambre bei dem Ameublement war, so glaubte er sich übervorteilt und ging wieder zurück.

Neues kann ich Dir nichts sagen. Mit der Verdier sind alle Teetrinker zerstoben und so erfahre ich nichts, gehe früh zu Bett und ersetze mir damit die Gesellschaft; also sage ich Dir noch, daß ich Dich herzlich liebe und daß mir zu meiner Gesundheit notwendig zu wissen, daß Du gesund bist.

Ich küsse Dich herzlich.

Bettine

385. *Arnim an Bettina.*

Wiepersdorf, d. 11. Mai 1827

Liebe Bettine!

Die Zeit vergeht schnell in dem blühenden, singenden Garten, dabei vielerlei zu tun an allen Orten, so kommts, daß ich erst heute schreibe. Meine Umreise über Potsdam ward reichlich belohnt, ich bedauerte, daß Du mein Anerbieten nicht angenommen hattest, bis dahin mitzugehen. In Sanssouci unzählige Nachtigallen, ein neuer schöner Garten als notwendiger Zusatz und das zierliche kleine Schlössl des Kronprinzen fast beendigt und meines Wissens nach Schinkels Zeichnung. Wie er drin Platz haben will und kann, was kümmert mich das (ein Stockwerk und nur drei Fenster auf jeder Seite) vielleicht wohnt sein Hofstaat im neuen Schlosse; aber der Garten ist mit viel Einsicht angelegt, der Vorplatz mit den Säulen zur Weinlaube gar reizend, sag dem Schinkel in meinem Namen viel Ehrendes. Auch eine neue Unteroffizierschule ist im Bau, die ihm alle Ehre macht. Zur rechten Zeit sprach ich den Präs. Bassewitz dort, der mir erzählte, wie ich einen neuen Wahltag zur endlichen Gewinnung eines Landrats anstellen sollte, was denn auch auf morgen ausgeschrieben ist. Hätte mich das nicht abgehalten, so wäre ich nach Machern zum Bockskauf und auch auf einen Tag nach Leipzig gereist. An der Elbe war ich wegen Pferdekauf und sah die Zerstörung der Deichbrücke. Die menschliche Betriebsamkeit hatte die verdorbenen Saaten schon wieder durch andre ersetzt, ehe noch die Deiche erhöht und geschlossen waren, ein starker Regen, und es steht alles wieder unter Wasser, das selbst in die Stuben der Leute drang. Und doch gebe ich willig meinen sichern Grund und Boden gegen die schwellende Fruchtbarkeit jener reichen Auen hin.

Über die Kinder, wie sich besonders der Siegmund und der Kühnemund in der Schule machen, lasse sie ausführlich selbst schreiben. Die Briefe können mit dem Wagen hieher gelangen, den ich nächstens schicke, sobald es die Saatzeit irgend erlaubt. Aber schreibe mir auch recht bald darüber durch die Post.

Mit dem Wagen schicke doch auch die Einlette der Betten, welche Du wolltest nähen lassen, oder insofern Du keinen Näher hast, so schicke sie zugeschnitten, so mag August nähen.

Wolltest Du selbst kommen, wie Du einmal Lust hattest, so müßte wenigstens für eine Aufsicht bei den Kindern gesorgt werden, freilich da weiß ich niemand. Versäumen dürfen sie jetzt nicht, es ist hohe Zeit, daß sie endlich ihre Zeit zu nutzen lernen. Schreib mir von Savignys etwas Neues, ich küsse Dich tausendmal, so auch die Kinder.

Achim Arnim

386. *Arnim an Bettina.*

Wiepersdorf, 17. Mai 1827

Liebe Bettine!

Du wirst meinen Brief erhalten haben. Es tut mir leid, daß mein Schweigen Dir Besorgnisse gemacht hat. Ich war zwar einige Tage unwohl, aber es hinderte mich nicht an äußerer Tätigkeit. Jetzt muß ich nach Böcken ausreisen, ich verlor einen durch Unfall, ein paar andre werden zu alt. Gestern stand ich Gevatter bei H. v. Erdmannsdorf, bei einer Anna Isidora, deren Heil ich künftig bedenken soll und wahrscheinlich ebenso vergessen werde wie das meiner übrigen taufbescheinigten Kinder, denn wer hat zu allem Zeit, Böckekaufen und Kindtaufen, das geht nicht zusammen. Als Mitpaten erschien H. Schulz aus Dahme, Frau v. Reichenbach aus Jüterbog und Fräulein Teubner aus Gräfendorf. H. Schulz in höchster Vollendung der Mode, in schwarz-seidenen Strümpfen, eine Tazette im Knopfloch [eine Narzissenart], die aus der Ferne ein Stern schien, mit Schnurrbart, in einem kleinen Wagen mit vier Pferden bespannt. Übrigens ist es ein harmloser Jüngling, der nicht eigentlich weiß, ob er zu irgend etwas andrem in der Welt bestimmt ist als die Mode mitzumachen, gleich andern zu leben. Nachmittags wurde Tee getrunken in einer Obstplantage an der Poststraße. Ich machte aufmerksam auf Inschriften an den Wänden, ein paar ernste reizten zum Weiterlesen, die Gesellschaft sammelte sich umher, endlich, o Schrecken, sehe ich mich vor einem fatalen Zeichen über alle, ich verwandle es also kurz in ein Auge Gottes, das über alle Gefühle und Gedanken aufgeht und die Gesellschaft scheint sich dabei zu beruhigen und sieht nicht weiter nach Inschriften. Mit dem gehörigen Auge betrachtet ist dies ganze Haus, Hauswesen und Gesellschaft ein interessanter Roman, diese Taufe war es insbesondre.

Die Chaussee von Treuenbriezen bis Jüterbog soll bis zur Reise des Königs nach Teplitz im Juni beendigt sein, ebenso ist ein Teil derselben von Herzberg bis Hartmannsdorf dann fertig. Die erste Schnellpost aber hatte ein lächerliches Schicksal. Sie wurde von den sächsischen Behörden in Grossenhain arretiert, die Passagiere mußten zu Fuße nach Dresden wandern, der Schirrmeister kam auf der ordinären Post zurück. Hier wird schon vom Ausbruche eines Krieges wegen der Schnellpost gesprochen. Pistor wird Dir das Nähere erzählen. Ich habe an Savigny geschrieben, die Bardeleben sei gerade auf der Post gewesen, die werden ihr Beileid darüber bezeugen, das giebt Spaß, aber sage ihr nichts davon.

Die Krankheit der Armgard hat mich betrübt, weil sie so oft dergleichen kleine Anfälle hat. Es wäre doch notwendig, die Max jetzt irgendwo in Unterricht zu geben. Und schreib mir ja von den Knaben. [. . .]

Bewahre Deine Gesundheit, vielleicht ist es Dir gut, daß ich nicht dort bin, und so küsse ich Dich aus der Entfernung.

Achim Arnim

387. *Bettina an Arnim.*

[19. Mai 1827]

Lieber Arnim,
diesmal glaub ich doch, daß mein interessanter Abend den ich mit Schlegel, Schinkel, Rauch, Tieck, Varnhagen pp. bei der Helvig zubrachte, Deine Kindtaufe überwiegt. Schlegel der Dich grüßen läßt, giebt hier Vorlesungen; eine allgemeine Theorie der Künste, in dem Saal der neuen Singakademie, und wird in 6 Wochen 12 mal lesen. Er hat eine blonde Perücke, höchst rote Wangen, die aber nicht geschminkt zu sein scheinen, trägt einen Brillantring am Finger, von ungeheurer Größe; ich engagierte den General Helvig mit seiner Donnerbüchse im Nebenzimmer danach zu zielen, und er behauptete, ihn sicher zu treffen. Schlegel hat besonders Neigung, mit Schinkel zu sprechen und ihn zu überweisen, daß alles Große aus dem Indischen herrühre. Ich hörte ihm eine Weile zu, wie er mit Gemächlichkeit eine halbe Stunde über gemaltes Haar und Haarputz der Frauen sprach; grade als ob ein alter Rumpelkasten über den Damm fährt, auf dem er Angst hat einzubrechen; ungeheuer selbstgefällig, leer, matt, ich sah deutlich, wie Schinkel elend wurde; ich beteure Dir, Du hättest Dich nicht genug erstaunen können, übrigens war der Abend sehr hübsch, Rauch war besonders freundlich gegen mich, ich saß neben Schlegel, der bis halb eins in der Nacht erzählte und zwar absurdes Zeug und mit höchster Selbstgefälligkeit über Andere sich aufhielt, eine Dose mit einem Spiegel aus seiner Tasche zog, mich fragte, ob die Miniatüre mir nicht gefiele, eine andre Dose hervorholte, die der Goldschmied nach seinem Leib geformt hatte, damit sie in der Westentasche nicht drücke. Ich sagte: ach, was freu ich mich den Rippenkasten eines so bedeutenden Mannes auf seiner inwendigen Seite kennenzulernen! Schlegel verbeugte sich lächelnd und reichte mir seine wohlgenährte Hand mit dem großen Ring mit den Worten: Wollen Sie denn meine Pretiosen nicht eines Blickes würdigen? Ich: „Mir ist alles schätzbar an Ihnen, nur nicht in

dem Augenblick, wo ich Sie selbst zu bewundern habe etc." – aber dem Schinkel hab ich Deine Lobeserhebungen aus Potsdam mitgeteilt, er dankt Dir tausendmal, er ist doch der beste von allen; selbsttätig würde er wohl in Verlegenheit geraten, wenn er eine Theorie der Künste lehren sollte. Schade, daß Schlegel nun wieder ein Aufschneider ist, der gewiß nichts vorbringt, als was allen mundrecht ist, aber was sie gern und gut entbehren können. Gestern hab ich den Abend mit General Pfuel bei der Varnhagen zugebracht, der Dich herzlich grüßen läßt. Ich habe tausendmal gewünscht, Du möchtest ihm zuhören, er sprach über die Gymnasien, um deren Mißbräuche er sich sehr bekümmert, auch schon der Militärschulen wegen; er sagt es sei an dem, daß alle durch die Gewerbschule entweder zu bedeutenden Revolutionen oder gar zu Falle kommen müßten. Mehrere von unserm Stande haben das Vorurteil schon überwunden und schicken ihre Kinder in die Gewerbschule, unter anderen auch Mendelssohn, Felixens Bruder; dieser der in keinem Gymnasium aushielt und doch voll Talent ist, befindet sich dort ungemein wohl und lernt vortrefflich; ich mag Dir das Papier nicht vollschmieren mit Allem was Pfuel wichtiges darüber sagte, soviel ist gewiß, daß das Griechische und Latein, weswegen die Kinder so viel gequält werden, in den Gymnasien auf eine so tölpische Art eingerichtet wird, daß es nur als Ballast den Kopf beschwert und auch alle sonstigen Organe untüchtig macht; als zum Beispiel wurde in voriger Woche in Joachimsthal in Quarta ein Kapitel von Cornel[ius Nepos] Wort für Wort auswendig zu lernen aufgegeben. Siegmund strengte sich zwei Nachmittage an bis in die Nacht um 11, sperrte sich in ein Hinterstübchen alleine ein und repetierte fortwährend den höllischen Unsinn. Leffens kam jedesmal, ihn zu überhören, er mußte einen ganzen Nachmittag die Schule versäumen bloß um zu lernen; ich schrieb ihm auf den Entschuldigungszettel, daß er um des Auswendiglernens eines Lateinischen Kapitels von *4 Blättern* die Schule versäumt habe – ich war nun Zeuge gewesen, wie er sich angestrengt hatte, und war mehrere Male an die Tür gekommen und hörte wie er ganz unsinnig in den Zimmern herum lief und memorierte an den beiden schönen Abenden bis in die späte Nacht, Essen und Trinken und Schlafen versäumte; ich hörte vor der Tür, wie er in Tränen des Unmuts ausbrach, daß es ihm nicht gelang, es Wort für Wort herzusagen; in der Schule brachte ihm diese vergebliche Marter nur soviel zuwege, daß ihm der Ordinarius mit trockenen Worten sagte, er passe nicht in die Schule, welches ihn ganz mutlos machte, besonders wegen Dir; er sprach mir den ganzen Abend mit Tränen davon, wie Du gewiß ganz andere Erwartungen von ihm hegtest, als daß er zwei Jahr in Quarta sitze, wie ihm der Lehrer bei dieser Gelegenheit versichert habe. Alles andre, was da vorgenommen wird, ist weit hinter dem, was Siegmund weiß, und Latein und Griechisch lernt er nur von dem Lehrer, der ihm zu Hause gehalten wird; es war mir sehr peinlich, seine Klagen mit anzuhören, denn mir tut es länger schmerzlicher weh, die Verkehrtheiten an meinen eigenen Kindern erproben zu sehen, während bessere Einsicht mich belehrt. Allein ich hielt geduldig aus und dachte daran, wie wohltätig mir in ähnlicher Lage ein solches Vertrauen sein müßte; der Siegmund kann mir ohnedem viel näher gehen in allen Verhältnissen, weil er besonders Liebe und Ehrfurcht vor Dir hat, und das liegt so in seinem Wesen; was Du sagst, dem widerspricht er nicht, ihm ist tausendmal lieber dasselbe von Dir zu hören als von andern. – Friedmund schließt sich immer mehr und mehr an Freimund an, und dieser giebt sich Mühe, ihm zu helfen; manche halbe Stunde opfert er ihm auf, jetzt wo sie in die Hinterstuben ziehen wegen der unbändigen Hitze in ihrem überfüllten Schlafloch, wollen beide in einem Stübchen sein.

Kühnemund ist wie ein Bärenhäuter, er ist, als sei der Teufel in ihm los, er wäscht sich in allen 4 Waschbecken, er hat sich Erde in die Stube getragen ans Fenster, selbige mit Kresse besäet und tüchtig begossen, wenns die Andern nicht leiden wollen, so schlägt er um sich und brüllt schrecklich, es ist possierlich anzusehen, welche Curiosa ihm einfallen; wenn ich nicht schon manche Periode hätte so vorüber gehen sehen so würde mir bange werden, ob und was er lernt weiß ich nicht, Freimund meint Unarten und sonst nichts, er selbst ist aber sehr überzeugt von seinen Fortschritten und meldet, daß er bald versetzt werde. Alle nehmen ihre Zuflucht zu Bosch, morgens lernt die Maxe, nach der Schule geht Friede und dann Kühne zu ihm. Die Maxe lernt sehr ordentlich und mit viel Genuß, sie liest Griechisch, und ich glaube die Katze ließe sich eher ihre Jungen nehmen als sie ihre Stunde. Sie ist viel besser und garnicht mehr eigensinnig, giebt der Amsel sehr nach, diese will nichts lernen aber singt die schönsten Melodien. Die Max lernt sehr gut Musik. Es wär noch viel zu sagen über die Kinder, beruhige Dich mit diesem. Den Bosch nehme ich zum 1ten Juni ins Haus, er kostet mich weniger, denn er hat den Mittagstisch frei und kann den Kindern mehr nützen.

Von Savigny sind seit gestern Briefe an die Bardeleben, ihm gehts viel besser, ein deutscher Arzt hat ihn in der Kur, und er fühlt sich viel besser. Noch ist er nicht nach Neapel, die Gunda kann das Klima nicht vertragen, Karl leidet an Augenweh. So wär denn alles Neue mitgeteilt. Ich schicke dir Crême de Perse, eine Pomade die ganz vortrefflich für die Haare ist, ich bitte Dich reib Dir den Kopf dann und wann damit ein, damit Du Dein Haar nicht zu früh verlierst; auch schick ich Dir zwei Inlett zu zwei großen Federbetten, sie sind so angefangen zu nähen, wie es werden muß.

[auf einem anderen Blatt]

Ich bin in diesem Augenblick drauf und dran eine Eselin zu kaufen, sie soll 30 Taler kosten und dies ist mir zu viel, indessen wenn ich bedenke, was mir bevorsteht, und wie wenig ich auf meine Kräfte rechnen kann, so glaube ich es mir schuldig zu sein; wenn Du meine Eselin dort hättest besorgen lassen, so würdest Du es mir gewiß schon geschrieben haben; ich habe mich schon drein ergeben, daß sie eine Witwe bleibt. Was nun unsere künftige Wohnung anbelangt, so ist durchaus bis jetzt noch keine zu finden gewesen, ich habe Kommissionär und Bureau benützt und obschon tausend zu Gebot stehen, so sind selbige meist so abgelegen wie Frankfurter oder Dresdner Straße. Wenn mir der Himmel keine ins Haus schickt so mags gehen wie es will, suchen kann ich keine und würde auch wenig ausrichten. Dein Wageneisen schicke ich Dir mit.

Jordis ist seit 8 Tagen weggereist, seine Angelegenheit ist ohne Schwierigkeit gelungen; da er den Scheidungsbrief bekam, war er ganz erschüttert. Seine Rosalie hat ein paar Abende mit ihm bei mir zugebracht, sie brach in Tränen aus, da sie Abschied von mir nahm.

[...]

Mein Geld ist alle; ich habe dasjenige was ich durch Wigrams Möbel in Händen bekommen, einstweilen im Verbrauch und denke bis zu Deiner Ankunft damit zu reichen, wenn Du nicht über 3 Wochen bleibst, was Dein Gewissen doch wohl nicht anders dulden wird.

Leb tausendmal wohl, ich werde unterbrochen. Ich küsse Dich herzlich. Ich hoffe, daß die Pomade von meiner Zärtlichkeit nicht schmilzt.

Bettine

Aug. Wilh. Schlegel war von Anfang Mai bis zum 24. Juni in Berlin, wo er vor einem ausgesuchten Zuhörerkreis eine Vortragsreihe über Theorie und Geschichte der bildenden Künste hielt. Über seine Eitelkeit bei zunehmendem Alter gibt es viele zeitgenössische Beschreibungen, etwa die in Immermanns „Epigonen". Der alte Freund aus der romantischen Frühzeit, Ludwig Tieck, aber will in den Spott über den großen Gelehrten nicht einstimmen. Er schreibt am 3. Februar 1830 an seinen Freund Raumer: „Weh tut mir –s Darstellung von Schlegel. Also einem Gelehrten lassen wir Schmutz, Zynismus, Tabak, Faulheit, Eigensinn, Grobheit, Unwitz und Ungeselligkeit, wenn er sonst nur tüchtig ist, gern hingehen: wenn aber ein ausgezeichneter Mann einmal (aus Haß gegen die Steife der meisten deutschen Gelehrten) den Chevalier etwas spielt, da verdammen wir ihn! Schlegel ist auf seine Ringe um nichts eitler, wie ich auf manche meiner Bücher. Der Mensch ist dabei so kindlich und wohlwollend, daß ich dies und manches gern übersehe, wenn ich es auch nicht loben kann. ... Wie heißt's im Tasso: seiner Freunde schonend sich erfreun? so ungefähr." Worauf dann Raumer am 15. Februar antwortet: „Mit dem, was Sie über Schlegel schreiben, bin ich ganz einverstanden, und habe – im wesentlichen schon dasselbe geschrieben." Das stimmt, denn am 12. Mai 1829 hatte er an Löbell geschrieben: „Ich kann auf seine kleinen Eitelkeiten kein Gewicht legen, jeder hat dergleichen in irgendeiner Art, und sie sind mir bei ihm so gutmütig und offen erschienen. Z. B. der kleine Spiegel, und sollte nicht jeder einen mit sich führen, der Tabak schnupft, rote Augen hat, eine bewegliche Perrücke trägt u. s. w.?" (Friedrich v. Raumer, „Lebenserinnerungen und Briefwechsel", Leipzig, 1861, II, 311, 313, 294).

388. *Arnim an Bettina.*

Wiepersdorf, 25. Mai 1827
[29. Mai abgeg.]

Liebe Bettine!

Du empfängst 70 Taler. Schreib mir den Empfang.

Über die Schulen ließe sich viel sagen, aber nur das Eine glaub mir, daß nur die eine Stimme darüber haben, die darin waren. Was Pfuel sagt – er war nie auf Schulen, sondern bloß in der Militärakademie – beruht auf nichts. Gewerbschule ist recht gut für das einseitige Bedürfnis eines Handwerkers, Fabrikanten und Kaufmanns berechnet, mehr will und kann sie nicht leisten. Wer eine höhere Bildung verlangt, findet darin nicht sein Genügen. Es ist falsch, daß in den Schulen nichts als Latein und Griechisch getrieben wird, es werden die andren Studien wie Mathematik, Physik, Geographie und Geschichte recht gründlich unterrichtet. Glaubst Du denn, daß Siegmund, der vor ein paar Seiten Latein, die er auswendig lernen soll, zurückbebt, irgend etwas anderes gründlicher lernen wird? Er wird an allem etwas auszusetzen haben, und Du wirst ihm immer beifällig zuhören. Es ist ein Unglück für ihn gewesen, daß ihn Bellermann und dann Spilleke nach Tertia versetzten, ein größeres Unglück, daß Du ihn zu Hause behieltest, als er in die 4te Klasse kommen sollte, für die er nach seiner Kenntnis gehörte. Du hättest Pistors Vorsorge immer mit Dank annehmen können, ich habe ihm nie davon gesprochen, aber ich habe ihm innerlich ein lebendiges Dankgefühl dafür geweiht. Ich rede davon, weil ich fürchte, daß Du mit neuen Gewaltschritten das Heil der Kinder wieder gefährdest. Gieb ja auf Freimund Achtung, daß er nicht wieder in die fatale Jägerei hineingerät, es hatte ihn für alle Studien abgestumpft.

Es ist mir lieb, daß ein wissenschaftlicher Mensch ins Haus kommt, obschon ich bei dem Unterrichte des Bosch nicht viel Nutzen verspürt habe.

Schlegel und seine Vorlesungen reizen mich nicht. Seine dramatischen habe ich nie durchlesen können, und da ist er doch noch immer besser zu Hause als in den bildenden Künsten. Ich vermute, daß er jetzt sucht, was er sonst gemieden, nämlich eine Anstellung in Berlin.

In Dahme hat ein Zeitungsartikel (der Spenerschen) großes Vergnügen erregt. Es hat nämlich ein Spaßvogel im Namen der beiden Schultz, die sich immer Banquiers auf ihren Karten nennen, ohne irgend ein Geschäft zu besorgen, dort die Aufforderung ergehen lassen, daß sich doch Buchhalter melden möchten, weil sich ihre Geschäfte so außerordentlich vermehrten, sodaß sie dieselben nicht mehr betreiben könnten; der Buchhalter müsse aber, da er einer großen Kasse vorstehe, 10 000 Taler Caution stellen. Nun ist jetzt die Kasse der jungen Herren außerordentlich gering, woraus denn doppelter Scherz hervorgeht. Der Vater kam als Courier, um Untersuchungen über den Frevel anzustellen, allein es ließ sich nichts ermitteln, er hat versichert, daß der Hof innigen Teil genommen an dieser Kränkung. Nun, der Hof wird sich wohl jetzt zu trösten wissen.

Ich küsse Dich und die Kinder mit ganzer Seele.

Achim Arnim

389. *Bettina an Arnim.*

Ende Mai 1827

Lieber Arnim,
ich hoffe, daß Du es genehmigst, daß die Kinder die 14 Tage Ferien auf dem Lande zubringen. Siegmund ist aus dem Grund zurückgeblieben, weil er sein Lernen nicht unterbrechen will und hofft auch, daß Dir dies Freude macht. Sein Lehrer scheint vernünftig zu sein, er hat lange mit ihm gesprochen und sich nach seinen Fähigkeiten in den Ferienaufgaben gerichtet; nun will Siegmund auch alles tun, um vorwärts zu kommen. Neues ist hier nichts; von Weimar haben sie mir wieder einen Engländer geschickt; ich hab ihn nicht angenommen und bin auch gesonnen, ihn sofort zu ignorieren. Görres hat mit einem Schweizer einen Brief geschickt, er war offen, Du empfängst ihn einliegend.

Leid tut mir, daß ich diesmal fast gar keine Nachricht von Dir bekommen, Du müßtest etwas besorgter um mich sein den Umständen nach; es fällt so manches vor in einer Haushaltung, was einem Leib und Seele mürbe macht. Unsere Köchin hat erst den Johann bettlägerig geärgert, und gestern kam an mich die Reihe, so daß ich die ganze Nacht mit Erbrechen und Durchfall zubrachte; einen Esel hab ich mir angeschafft, der milcht, aber Schlegels Kollegien höre ich nicht aus Ökonomie. Die Verdier ist gestern abgereist, sie ist nicht mehr zu mir gekommen seit 6 Wochen, und ich habe zu meinem Erstaunen erfahren, daß sie weg sei. Das Merkwürdigste ist, daß sie in der letzten Zeit sich auf das gehässigste gegen mich erwiesen, die Details mündlich. Ich habe mich schon darauf gefaßt gemacht, Dich nicht eher zu sehen bis zum Wollmarkt, aber dann sollst Du auch gleich Deinen Dienst zum Wochenbett antreten. Die Helvig ist nach Schlesien und Dresden mit der Bardeleben, Varnhagens werden nächstens abreisen, bei diesen habe ich Kalckreuth mit der heiseren Stimme gesehen, ich gehe gar nicht aus; die beiden Mädchen sind Nachmittags in Savigny's Garten, die Jungens haben zwei Badeabonnements, wo sie alle 4 abwechselnd baden;

Bosch wird während der Abwesenheit der beiden Kinder installiert, er wohnt mit Kühnemund in einem Stübchen, Siegmund bekömmt das mittelste allein, und Freimund mit Friedmund das dritte. Von Savignys keine direkte Nachricht, an Schleiermacher schrieb er, als würde er seinen Posten aufgeben; zum wenigsten ist er unentschlossen und, wie er vorgiebt, seiner Gesundheit wegen; daß er des Königs von Bayern Ankunft in Rom abwartete, ehe er nach Neapel ging, hat mich argwöhnisch gemacht, und nun erzählt mir Wolfart, daß er ziemlich offiziell wisse, daß Savigny mit der Bayrischen Regierung in Unterhandlung sei, die im Abschluß begriffen, und zwar von einem Mitgliede der Bayrischen Regierung selbst. Es kann zwar möglich sein, daß alles nur Geschwätz ist, allein es kann auch wahr sein; indessen halte ich es nicht für ratsam, irgend etwas dafür oder dagegen zu sagen noch zu tun, denn gewiß ist, daß wenn nur die Anlagen begünstigt werden, die zu verschiedenen Intrigen gemacht sind, es an tausend Chikanen nicht fehlen wird. Ich glaub auch nicht, daß die biederen Freunde Savigny's sehr untröstlich sein werden, wenn er Abschied von hier nimmt; die Herren Juristen haben es sehr empfunden an ihren Kollegiengeldern in diesem halben Jahr, daß kein Savigny hier war, und ich glaube, daß Klenze unter Andern, dem Weisheit und Wissenschaft so sehr am Herzen liegt, auch völlig überzeugt ist, daß sein patriotischer Geist, sein Enthusiasmus einst diese Lücke völlig decken werde.

Die Logisangelegenheiten sind noch im mindesten nicht vorgerückt; das unsrige ist noch offen, indessen wird es immer wünschenswerter dasselbe zu verlassen; der Wahnsinnige von oben veranlaßt immer unangenehme, ja gefährliche Geschichten. Er ist an den Kutscher des Grafen Reck zum Reinemachen des Wagens vermietet, nach diesem warf er mit einem Backstein, der ihn dafür derb abprügelte. Die Mutter und Geschwister und er erfüllten das Haus mit Geschrei, den Tag zuvor hatte er den Kellerwirt geprügelt. Ich bin dennoch nicht ängstlich, denn was sich fügen muß, fügt sich oft am besten. –

Von Deinem Bruder höre ich wenig, er war ein einzigmal

hier; nach den Feierlichkeiten wird er wohl kommen. Der Einzug der Neuvermählten [des Prinzen Friedr. Karl Alexander v. Preußen mit Maria Luise Alexandrine, Prinzessin v. Sachsen-Weimar-Eisenach] war höchst traurig, ja elend, die Polizei mußte dem Pöbel die Mützen vom Kopf werfen, Vivat hörte man nicht rufen.

Ich bitte Dich, schreibe mir über das Geld. Zum Ersten werde ich wohl den letzten Heller den ich von Wigrams Gelde in Verwahrung habe, weggeben, vom Gelde bei Mendelssohn nehme ich ungern, ich habe in diesem Jahr schon an 3 bis 400 Taler in die Haushaltung vertan und Rechnungen vom vorigen Jahr bezahlt, nun ist das Jahr noch lang, und ich hab noch manches zu erwarten; es ist auch mein weniges Vermögen den Mädchen zugedacht, und wer weiß, wie und ob ihnen je ersetzt werden kann, was zuviel ausgegeben wird; gewiß ist, da ihr Los so unentschieden ist und immer von andern abhängt, daß ihnen Geld oft große und nötigere Unterstützung ist wie den Jungen; nehme mir diese Reflexionen nicht übel, wenn sie Dir schwach scheinen, und ich tue was Du haben willst, und wenn Du jetzt kein Geld hast, so schreibe mir eine Quittung an Mendelssohn auf 200 Taler, denn ich verstehe dies nicht gut. Adieu sei mir gut, und vor allen Dingen schreibe, daß es Dir wohlgeht, und zwar so bald als möglich.

Bettine

390. *Arnim an Bettina.*

Wiepersdorf, d. 1. Juni 1827

Liebe Bettine!

Die beiden Söhne sind hier munter eingetroffen und erfreuen sich des ländlichen Vergnügens. Sie sollen zur rechten Zeit wieder nach Berlin geschafft werden. Es freut mich, daß Siegmund zur Arbeit den Entschluß gewinnt, die Lust daran wird folgen. Vom Kühnemund versichern die Kinder, daß er auch fleißig sei. Der Brief von Görres machte mir viel

Freude, weil ich lange nichts von ihm gehört, obgleich sein Inhalt wenig besagt, was ich ihm nicht selbst geschrieben. Offenbar ist sein Verhältnis zur Welt jetzt trüber als je. Er fühlt wohl, daß er gar viel mit Unrecht von sich gestoßen und zurückgewiesen, um einer vermeinten politischen Prophetenschaft zu dienen. Diese ist ihm selbst zweifelhaft geworden, und in der religiösen Entwickelung hat er sich nun wohl offenbar mit den meisten in ein gespanntes Verhältnis gesetzt, die ihm sonst sehr wohl wollten, ja er riskiert von der Masse in die Zahl der Jesuiten usw. eingerechnet zu werden. Ob er nach München paßt, scheint mir höchst zweifelhaft, mit seinem Trotze wird er sich die Nationalbayern sehr bald verfeinden und die friedlichen Leute wird er ebensowenig für sich gewinnen. Ein Glück ist's, daß er nicht ebenso empfindlich ist wie Savigny, den schon das mindeste übelwollende Entgegentreten empört; Savigny, wenn er zu dem tollen Schritte käme, aus einer der erwünschtesten Lagen sich nach Bayern wegen einiger schmeichelhaften Reden des Königs versetzen zu lassen, würde bald unleidlich sich gekränkt fühlen. Brächte diese neue Stelle seiner Gesundheit Vorteil, so würde ich nichts dagegen sagen, aber was hindert ihn hier dem Staatsrat abzusagen, der ihn anstrengt, er könnte sich ja immer noch zu schriftlichen Arbeiten dafür anheischig machen, und da seine Gesundheit ein so bestimmter Grund ist, wo würde es Niemand für eine Zurücksetzung halten.

Meinen Brief mit 70 Taler wirst Du erhalten haben. Bei Mendelssohn bedarf es meiner Quittung nicht, der Kredit ist auf Dich bestellt, Du brauchst nur zu schreiben: Von Herrn Mendelssohn und Fränkel für Rechnung des H. Franz Brentano zu Frankfurt die Summe von ... Taler bar ausgezahlt erhalten zu haben bescheinigt hierdurch. Übrigens sollst Du bald mehr erhalten, ich verkaufe jetzt Getreide. Ich schreibe in Eile, bloß um Dir Nachricht von der Ankunft der Kinder zu geben, und küsse Dich herzlich. Achim Arnim

Görres erhielt die Berufung an die Münchner Universität und siedelte Ende Oktober 1827 als Professor der Geschichte dorthin über, während Savigny doch keinen Münchner Ruf annahm.

391. *Bettina an Arnim.*

B., 2. Juni 1827 [abgeg.]

Lieber Arnim,

ich schicke Dir nur in Eile den Empfang des Geldes. Johann, der sich eben bereitet auf die Reise nach neuen Küchen-Subjekten zu gehen, nimmt den Brief mit; ich hoffe zu Gott, daß die Kinder gesund bei Dir angekommen, und daß Du es genehmigst, ich gab es schon gerne zu, weil dann die Feiertage doch verbracht sind, die vielen Ängste, die mir durch die Aufsicht über die Kinder zustehen, mir in etwas zu erleichtern. Über Siegmund kann ich Dir nicht ausführlich schreiben; der Kapitel die auswendig zu lernen sind nicht *1*, sondern bereits *5*. Der Ordinarius selbst findet es abgeschmackt, allein es soll eine Marotte des *Meinecke* sein; ich bin schon zufrieden, daß dieser Lehrer dem Siegmund gefällig ist und sich als Mensch gegen ihn beweist. Was ich von der Gewerbschule sagte, in die jetzt schon mehrere Kinder aus vornehmen Ständen gehen, war nicht sowohl um Siegmund als um Kühnemund, der ganz gottverlassen im Pfuhl der abgefeimtesten Schulkinder sitzt und zu nichts wie zu Untaten aufgelegt ist, Latein und Griechisch sowie Mathematik dort gar nicht lernt, sondern nur höchstens Anweisung zum Auswendiglernen erhält und doch alles zu Hause lernen muß; hierüber ist noch reiflich zu sprechen bei Deiner Anwesenheit hier, auf die ich harre; wenn Du nicht mit den Kindern zurückkömmst, so wirst Du mir doch wenigstens schreiben, wann ich Dich gewiß erwarten kann; ich fürchte, daß die Schafschur ein Hindernis ist. [...]

Schlegel ist in seiner letzten Vorlesung total stecken *geblieben und hat sich mit Bauchweh entschuldigt.* [...]

Adieu, leb herzlich wohl.

Bettine

„Ich halte meine Vorträge frei, ohne die mindeste schriftliche Aufzeichnung", schrieb Schlegel an F. G. Welcker am 28. Juni 1827. (Briefe von u. an A. W. Schlegel, S. 458).

392. *Arnim an Bettina.*

Wiepersdorf, d. 8. Juni 1827

Liebe Bettine!

Lange war ich schwankend, ob ich auf einen Tag Dich besuchen und die Kinder heimführen sollte. Aber das Bauwesen hält mich fest, auch habe ich mit mancherlei neuen Versuchen im Ackerbau sowie mit der Gunst der Wollhändler meine Zeit besetzt.

[...]

Der Freimund hat mich mit seiner Jagdnarrheit sehr gemartert. Einstmals kam er erst um 12 Uhr nach Hause, ich hatte ihm Wagen und Pferde in der Nacht nachgeschickt. Er hatte nichts geschossen, war gesund, und ich hatte mich umsonst geängstiget. Dulde nicht, daß er in Berlin ähnliche Irrfahrten macht.

[...]

Über meine Ankunft kann ich noch nichts Gewisses sagen, ich denke etwa nach dem 20ten einzutreffen, vielleicht zum Wollmarkt.

Vor einigen Tagen war ich zu einem solennen Mittagessen beim Obersten Brockhusen in Mahlsdorf, der Garten war reich an schönen Blumen; die Frau hat keine Kinder und kann deswegen viel Zeit auf derlei Einrichtungen verwenden.

Übermorgen soll der König durch Jüterbog kommen und die neue Chaussee befahren. Du erzählst mir nichts von der neuen Prinzessin, und die Kinder wissen gar nichts.

[...]

Die Eselin ist immer noch Witwe, die Esel sind hier die größte Seltenheit. Nächstens soll sie mit dem H. Sohn eingespannt werden und täglich Klee fahren. Den einen Band des Cervantes von Kühnemund lege ich mit in den Kasten. Wenn es Dir an Unterhaltung fehlt, so laß Dir doch von [Friedr. Gust.] Schillings Schriften aus der Leihbibliothek schicken, ich habe durch Heineken mehrere seiner Werke geliehen erhalten, die ausgezeichnetes Talent zeigen.

Auch ein seidenes Deckchen lege ich ein. Die Kinder eilen, sonst schriebe ich Dir noch allerlei Freundlichkeit, jetzt küsse ich Dich in Eile.

Achim Arnim

593. *Bettina an Arnim.*

9. Juni 1827

Lieber Arnim,

die Kinder sind glücklich angekommen; grade an einem Tag und in einer Stunde, wo ich von Krankheit und Sorgen ganz erschöpft war. So lange sie weg waren, war ich krank, ein Krampf im Unterleib der mich Tag und Nacht alle 4tel Stunde auf den Nachtstuhl zwang wobei ich falsche Wehen hatte, hat mich sehr mitgenommen. Wolfart meinte, ich dürfe mich unter 3 Wochen nicht vom Fleck rühren, allein kaum war er weg, so zwangen mich die Hausangelegenheiten empor, und ich habe meine Krankheit in Zeit von 6 Tagen stehenden Fußes abgemacht. Durch eine Annonce in dem Intelligenzblatt hab ich mir an zwanzig Kommissionäre auf den Hals geladen, um ein Logis zu mieten, aber bis jetzt noch keins gefunden, wenn ich nicht allenfalls wieder in ein ganz neues ziehen soll, wozu ich mit einem kleinen Kinde keine Lust habe.

Du möchtest gern von der Prinzeß von Weimar etwas wissen; daß ich Dir nichts mitteile ist natürlich, denn wo sollte ich etwas erfahren? Seit die Verdier weg ist, setzt kein Herr mehr den Fuß über die Schwelle, und Damen kommen auch nicht, aber Dein Bruder, der mich gestern besuchte, könnte Dir ebensowenig sagen; sie hat sich in die Reihen der Prinzessinnen eingefädelt und sitzt nun da im Theater unter einem großen Strohhut, der ihr Gesicht verdeckt.

Bosch ist nun eingezogen, man merkt ihn im Hause nicht, er hat Kühnemund in seinem Stübchen, ißt nicht mit, weil er den Freitisch hat. Seinen Freund Krupf hab ich als Portier in

Savigny's Hause untergebracht bis zum Oktober, dafür unterrichtet er die Armgard und den Friedmund.

Von Savigny hör ich durch die dritte Hand, daß er an Hollweg geschrieben, es gehe ihm in Neapel viel besser, und obschon nicht ganz vom Übel befreit, sei er doch mehr wie je entschlossen zum Oktober die alte Lebensbahn wieder zu betreten. Wolfart wünscht sehr, daß Savigny den ganzen Winter noch in Italien bleibe und will ihm deswegen schreiben; wär ich nicht mit Besorgungen und Krankheit beladen gewesen, ich hätte mir bei Hollweg nähere Erkundigung eingeholt. Von Goethe's neuster Ausgabe sind die 5 ersten Bände erschienen; ohne sie noch selbst zu besitzen, hab ich Gelegenheit gehabt, manches daraus zu lesen; eine Elegie, von welcher man sagt, sie sei an die Levetzow, ist das Beste, was seit lange von ihm erschienen; dann kömmt die Helena von Troja in einer Fortsetzung des Faust vor, wo sie mit dem Faust ein Kind bekömmt, welches Lord Byron ist. Der Eingang wo Helena von Troja in das Haus ihres Gatten zurückkehrt und alles zum Opfer vorbereitet, ist majestätisch antik; wie Faust auftritt, flicht es sich zum Teil durch liederartige Verbindungen und endlich bei der Geburt des Euphorion (Lord Byron) geht die ganze Dichtung nach der Opernleier und ermüdet. Es ist ein Ding der Dichtung, was Dich sehr interessieren muß.

Die Catalani hab ich in einem zusammengeflickten Stück von einem Stück *Semiramide* [von Portogallo] gesehen, worin sie einem Puthahn so ähnliche Kolleraturen machte, daß nicht ich allein sondern viele zugleich auf diesen Vergleich kamen. Jetzt sind nicht mehr als 6 erste Sängerinnen von fremden Theatern, die alle hintereinander auftreten, und doppelt soviel Schauspieler und Tänzer.

Bardeleben und Helvig sind in Dresden, erstere sehr degoutiert, daß sie dem König zu Ehren ihr Trauerkleid noch eine Weile tragen muß und durchaus sich kein Liebhaber findet. Die arme Helvig aber bekam dort gleich die Rose sehr arg und hat sich bis jetzt noch nicht ganz erholt; ihr Mann hatte sie bis an den Wagen geärgert, unter anderm weigerte er sich, mit seinem Sohn an einem Tisch zu essen. In ihrer

Not war es ihr ein großer Trost, daß ich die 6 Wochen ihrer Abwesenheit über mich nahm, für ihn zu sorgen; er kömmt nun alle Tage um halb 1 Uhr und ißt mit auf der Verdier ihrem Platz. Unser Tisch hat sich sehr vereinfacht, denn die Köchin, die wir jetzt haben, kocht das Rindfleisch ganz vortrefflich und so auch die Suppe. Überhaupt ist sie außerordentlich ökonomisch, so daß ich einen großen Unterschied in ihren Ausgaben verspüre. Schade, daß ich sie nicht behalten kann, allein sie ist so eigensinnig, daß ich sie ohnlängst mit der Polizei mußte zurechtweisen lassen; es macht mir also alle Tage um 2 Silbergroschen mehr Ausgabe, weil Bror [Helvig] mitißt, ich kann mich darin zwar keiner Ökonomie beloben, indessen ist es auch nicht ohne Vorteil für uns, daß wir uns in dieser Gefälligkeit üben. Die Helvig hat oft geglaubt, über mich und Dich aburteilen zu dürfen, sie wirds jetzt nicht mehr tun. Übrigens gehört die ewiggrünende Hoffnung einer Mutter dazu, von diesem Kind zu erwarten, daß es einem die Mühe es geboren zu haben, vergelten werde; so sehr einerlei ist dieser Mensch, von seinem Vater hat er das Bramarbasieren geerbt, ohne seine Ambition noch seinen Geist zu haben; er führt meistens bei Tisch das Wort und erzählt von seinen Taten, da er doch nichts erlebt hat, ganz im Stil des Vaters, wieviel Pfeifen er geraucht, wie sehr er sich vor dem Wasser fürchte und deswegen nicht schwimme, wie er durch einen Bach geritten und der Vater sich erstaunt über seine Courage. Die Kinder bleiben bei diesem Tischgespräch alle ordentlich sitzen und nur Siegmund hat oft ein sarkastisches Lächeln zu verbeißen, macht mir auch Konfidenzen über diese Albernheit.

Nun muß ich Dir noch etwas ganz Apartes erzählen, was mir unter tausendfachen Sorgen die größte war, sich aber doch zuletzt noch besser löste, als ich ahnden konnte. Freimund war beinah 4 Tage vor den Ferien nicht im Gymnasium gewesen; ich wußte davon nichts, sowie auch nicht, daß er in den Tagen vorher auch ein paarmal gefehlt hatte; aber bei Gelegenheit, daß Bosch hinging, um sich nach Kühnemund zu erkundigen, ließ mir Spilleke sagen, daß es gegen die Gesetze sei auszubleiben, und daß er auf keine

Weise den Freimund wieder annehmen werde. Du kannst Dir denken, wie sehr ich mich betrübte. Bosch hatte alles versucht, die Sache wieder ins Gleis zu bringen, allein vergebens; ich erwartete mit Ungeduld die Rückkunft der Kinder; noch ehe ich Zeit hatte mit Freimund zu sprechen, hattens ihm die andern mitgeteilt, und er in aller Eil beim Rektor kam auch in kurzem triumphierend zurück, und hier das Geheimnis, was mir nicht mitgeteilt, sondern was ich durchdrungen habe und auch gar nicht wage zu sagen, daß ich etwas davon ahnde, denn Freimund würde wahrscheinlich vor Zorn ein Fieber kriegen und hat den Siegmund fürchterlich bedroht, wenn er sich ein Wort entschlüpfen lasse: er hat nämlich ein Trauer- oder Lustspiel geschrieben und das hat ihn zuletzt so in Hitze gebracht, daß er gar nicht mehr vom Schreibpult loskonnte. Was er davon dem Rektor mitgeteilt, weiß ich nicht, genug, dieser war den Augenblick beschwichtigt und hat ihn zu Gnaden wieder angenommen, jedoch mit dem Beding, nie wieder zu fehlen; auch mir hat Freimund in die Hand versprochen, den Umgang mit Riedel sehr einzuschränken oder gar aufzugeben. Du siehst also, daß die Jagdlust nicht seine einzige Leidenschaft war oder ist. Was ich tun kann, um die Kinder in Ordnung zu halten, tue ich gewiß, aber ob ich damit auskomme, ist sehr die Frage; ich kann nicht bellen und kann nicht schlagen, ich kann nur sagen. Kühnemund ist in diesem Augenblick der Unbändigste. Sogar beim Baden läßt er sich vom Halloren nicht zwingen, sonntags ist er gewöhnlich von Morgens 6 Uhr bis Mittags im Wasser, das Schwimmen hat er ganz von selbst gelernt, wo ich bei den Andern 5 Taler bezahlen mußte. Vom Husten seit dem Scharlachfieber keine Spur mehr, obschon er sich allen nur möglichen Verkältungen aussetzt; er wird auch ungemein stark. Der junge Stapfer [Sohn d. franz. Romantikers u. Goethe-Übersetzers Frédéric S.] der von Görres rekommandiert ist, war bei mir, er sagte, daß es noch Schwürigkeit habe mit der Anstellung von Görres in München wegen seiner Angelegenheiten mit unserer Regierung. Görres wohnt mit seiner Tochter in Frankfurt, Steingass ist ihr Name und wohnt vor dem neuen Tor wenn Du allenfalls schreibst. [...]

Adieu ich küsse Dich herzlich und bitte sehr, wenn Du am Ende Monats kommst, es so einzurichten, daß Du da bleibst. Länger wie gegen Ende August glaube ich nicht meine Last zu tragen, aber ich sehne mich ungemein danach, daß Du hier seiest, und es ist auch manches, was mir in dieser Zeit eine wahre Last ist zu besorgen.

Bettine

[...]

Über den General v. Helvig schrieb Caroline v. Humboldt an ihren Mann schon 1813: „Er soll ein guter General sein, ein liebenswürdiger Mann ist er sonst nicht." (Briefe, IV, 97).

394. *Bettina an Arnim.*

B., 12. Juli 1827 [abgeg.]

Lieber Arnim,

ich beeile mich Dir zu melden, daß die Ferien der Kinder den *21ten* angehen und bitte dringend an genanntem Tage den Wagen hier eintreffen zu lassen, weil sie mir sonst unter den Händen fortlaufen würden. Siegmund befindet sich wohl in seiner Schule, obschon er mehr abzuschreiben als zu lernen hat. Der Lehrer hat ihn mehreremal auf eine vorteilhafte Weise ausgezeichnet seit Deinem Besuch. Friedmund ist der ordentlichste und eifrigste Student, er ist schon um 4 Uhr Morgens mit seinen Arbeiten beschäftigt, lernt dabei garnichts; mit großem Eifer schreibt er ab und kommt nie dazu, das ihm Wesentliche zu lernen, sondern wie einer der in Amt und Posten seine Schuldigkeit verrichtet, unbekümmert, was es zu bedeuten habe. Später wirst Du vielleicht einsehen, daß notwendig ein anderer Weg muß mit ihm eingeschlagen werden; ich glaube, ich habe mich und Dich damals geirrt, als ich Dir immer die Gewerbschule nannte, es ist die Schule von Beuth [sein „Gewerbinstitut", 1820 gegr.], die ich meinte, worinnen Physik und alles andre gelehrt wird, Latein kann dann doch mit mehr Verstand und weniger Zeitverlust noch zu Hause gelernt werden; von Kühnemund sage ich Dir nichts und warte, bis Du hier bist.

[...]

Die Hanne ist schon seit 8 Tagen sehr krank, sie muß das Bette hüten, erst glaubten wir es sei Scharlachfieber, nachher ist es wie ein Nervenfieber, und heute hat es sich ins kalte Fieber umgewandelt. So lehrt einem das Schicksal, wenn man glaubt vollaufgeladen zu haben, wie man immer noch besser aufpacken kann, und man wird endlich überzeugt, daß man allem gewachsen sei und daß das Unterliegen meist daher führt, daß man keinen Glauben an die eigene Kraft hat.

Adieu, ich will in diesem Augenblick einen Wochenbesuch bei der [Rahel] Levin abstatten. Behalte die Kinder, solange Du willst, und komme mit ihnen zurück. Erst am Ende des nächsten Monats August kann ich meine Bürde loswerden, also richte Dich danach.

Den Wagen vergiß mir nicht am 21ten.

Bettine

395. *Bettina an Arnim.*

19. Juli 1827, Donnerstag

Es ist sehr mißlich, daß sich unsere Briefe gekreuzt haben, dadurch kannst Du leicht unsicher sein was Du tun sollst. Indessen hab ich mir vorgenommen, mich an die Vorschriften Deines letzten Briefes zu halten und die Kinder erst am Montag nachmittag oder Dienstag früh zu schicken, auf alle Fälle kostet es mehr als die eine Fuhre Eintrag tun würde, auch komme ich dadurch im Buttergeschäft zurück, was die Kaufleute abtrünnig und mir nachher unsäglich viele Mühe macht. Ich bitte Dich daher, wenn es möglich zu machen, eine Fuhre zu schicken, und zwar je früher je lieber, die Ferien gehen von heute schon an, und ich bin fast zu Tode gepeinigt durch fortwährende Sorgen; es ist meiner Gesundheit das Wesentlichste, daß ich zum wenigsten in etwas die Last gemindert habe, und wenn ich auch bis jetzt noch nicht zu Grund gegangen bin, so vermehrt es meine Kräfte nicht, und ich werde bei der Niederkunft dran zu leiden haben. Ich habe jetzt 8 bis 10 Tage an einem Krampf gelitten, der mir den Hals so zuzog, daß ich durchaus nichts wie Flüssiges hinunterbrachte, das ich immer wieder von Minute zu Minute herausbrechen mußte. Dies habe ich von einem großen Schrecken und Jammer, den ich Dir mündlich mitteilen will; und so erfahre ich von Zeit zu Zeit immer etwas, was meiner ganzen Anstrengung bedarf; mein Trost ist, daß es eine Aufgabe von Gott ist.

Behalte die Kinder immer so lang, bis Du selbst mitkömmst, und wenn es auch 14 Tage dauert; ohne Dich ist es mir zu viel, ich kann dem Mittagessen nicht mehr gut vorstehen.

Adieu in Eil. Ich küsse Dich herzlich.

Bettine

396. *Arnim an Bettina.*

Wiepersdorf, 21. Juli 1827

Liebe Bettine!

Deine beiden zugleich eintreffenden Briefe wegen Unterkunft der Kinder haben mich durch die betrüblichen Nachrichten von Deiner Gesundheit sehr bekümmert. Ich wollte, daß ich in Berlin wäre, und doch mag ich die Kinder hier nicht allein wirtschaften lassen und habe eigentlich hier dringend nötig zu tun. Die Roggenernte ist nicht sonderlich ausgefallen und die jetzt wieder herrschende Dürre wird den Sommerfrüchten schaden. Täte ich gut, mich hier nach einer Amme umzusehen? Dir wird diese Sorge diesmal zu schwer, und böse Krankheiten finden sich hier fast nie, wie mir noch neulich der Dr. Wustand versicherte. Die Schulz in Dahme hat sich schon im voraus ein Mädchen, das auch erst in Wochen kommen soll, gemietet.

Meine Einbildungskraft quält sich ab über den Schrecken, der Deiner Gesundheit geschadet hat. Könntest Du nur das Fahren ertragen, Dir würde eine kleine Reise hieher recht nützlich sein, nichts wirkt so sehr wie Luftveränderung auf solche Übel.

Sonst rate ich Dir, alle Tage Dir irgend eine Speise von Jäger oder aus dem Caffee Royal holen zu lassen, das kostet wenig und reizt die Eßlust als eine Neuigkeit z. B. Beefsteak, Makkaroni, Pasteten. Auch halte Dir etwas zum Imbiß an Zervelatwurst, einen bitteren Magenschnaps. Frage die Pistor, was gut schmeckt, und genieße es mit Heiterkeit.

Das sind alles gute Vorschriften aber nicht immer ausführbar, so ist es auch der Wunsch, daß Du Dir gute Freundinnen hättest schaffen können und erhalten. Leider hast Du alle den vorübergehendsten Eindrücken und Scherzen hingegeben, keiner ein dauerndes Gefühl zugewendet. Die Bärensprung ist teilnehmend und verständig, obgleich von eigener Wirtschaft bedrängt; auch die Schleiermacher hat bei mancher Seltsamkeit doch ein wohlwollendes Interesse für Andre. Doch würden sie Dir jetzt beide wohltuend sein. So die Pistor, La Roches, die Lützow, alles Leute, von denen Du Dich getrennt hast um gar nichts. Ich sage das nicht so aus leerer Ermahnerei, sondern weil sich doch noch manches anknüpfen läßt, wie die Gelegenheit giebt, und mir, da ich älter werde, obgleich ich auch schon früher dergleichen nicht liebte, eine bloß scheinbare Gesellschaft, die etwa zueinanderkommt, um einen Scherz zu sagen oder mit etwas Geist zu prunken, unerträglich wird. Ich verlange stilles, festes, wohlwollendes und treu bewahrtes Vertrauen in jeder Gesellschaft, wo ich mich wohlbefinden soll. Ich hoffe, mein Brief trifft Dich schon wohler, als Dein Brief Dich verlassen hat, und küsse Dich herzlich.

Achim Arnim

397. *Bettina an Arnim.*

[22. Juli 1827]

Lieber Arnim!

Soeben kömmt der Wagen, die Kinder sind voll Freuden. Was in Deinem Brief steht, sowohl als Zeichen liebevoller Besorgnis wie auch über Freundschaft fordert mich sehr auf, Dir ausführlich zu schreiben. Nie hab ich eine Zeit gehabt, die so voll Bedrängnis und Widerwärtigkeiten war, und doch bin ich mit der Zeit zufrieden; zuvörderst um Dich über meine Gesundheit zu beruhigen, kann ich sagen, daß ich an dieser Zeit meine Konstitution als felsenfest erprobt habe, zweitens hab ich ebenfalls meinen Charakter, meinen Gleichmut an ihr erprobt und gestärkt, manches hab ich Dir verschwiegen, was Dich nur unnütz bekümmert haben würde, und was mir bei der Vervielfältigung von Unannehmlichkeiten durchaus unbedeutend wurde; manches hab ich mir zugetraut, wozu ich sonst nie den Mut gehabt haben würde, und wovon mich gewiß die Gesellschaft von guten Freundinnen abgehalten haben würde, die Du mir anratest. Ach wie wenig kennst Du diese Menschen und mich, wenn Du glaubst, daß mir aus solchem Umgang Heil erwachsen könnte. Ich beklag mich durchaus nicht über mein Los; mit keinem bessren möcht ich tauschen, es wären doch nur scheinbare Vorteile. Du hast mich traurig und entrüstet gesehen über kleine Unannehmlichkeiten; ich versicher Dich, es hat nicht lange gedauert, so hab ich eingesehen, daß es nur drauf ankommt, wie man so etwas nimmt, damit einem ebensoviel Behagen und lustiger Sinn draus erwachse, und ich hab mirs zugemutet, es mag kommen was da will, alles auf die leichte Achsel zu nehmen. Oft hab ich mir heimlich den Vorwurf gemacht, daß ich in meiner Jugend weit mehr Energie, Großmut, Nachsicht hatte, oft hab ich mir gewünscht, nur wieder so zu werden wie damals wo ich die Unwahrheiten und Ungerechtigkeiten von Clemens und Christian, die Prätentionen, die Erniedrigungen der Lulu und die höchst verkehrten Ermahnungen der Savigny alle ohne Widerspruch erduldete, wo ich wirklich mit Erhabenheit um Verzeihung bat, wenn Narren mich beleidigten. Ich habe mich hundertmal gefragt, ob denn das ganze Leben mit allen Prüfungen um nichts anderes so weit überstanden sei, als um mir sagen zu müssen, daß ich den besten Anlagen in mir ungetreu geworden; ich hab mirs auferlegt nur wieder so zu werden, wie ich als Kind war, und weiter meine Ansprüche an inneres Verdienst nicht auszudehnen; nun kann ich wohl sagen, daß diese Zeit eine wahrhaftige Schule für einen solchen Vorsatz ist, ohne daß die Schwürigkeiten zu groß sind. Ich hab immer Zeit mich zu besinnen, wie ich in jugendlicher Großmut über das scherzte oder ruhig war, worüber ich mir jetzt erlaube zu klagen. Sonst dachte ich: wenn nur keiner meiner Freunde geplagt wäre, ich wollte gern alles tragen, denn mir ist es ein leichtes. Jetzt habe ich mir angewöhnt über das zu klagen, was ich damals zu wenig achtete, um es zu erwähnen; wenn ich nun gar den auserwählten Zirkel von Freundinnen hätte, den Du mir wünschst, so würde ich wie von einem vielfachen Echo meiner eigenen Beschwerden umgeben sein: „das ließ ich mir nicht gefallen, so was ertrüg ich nicht; nein, es geht Dir doch gar zu übel; Du mußt eine Änderung treffen, Du bist Dirs selbst schuldig", dergleichen Äußerungen würden allenfalls das Ergebnis (um mit Rumohr zu sprechen) meiner freundschaftlichen Verbindungen sein; obendrein würden diese Menschen mir noch ein Verbrechen aus allen Neigungen machen, die mir ein unschätzbares Heiligtum sind; sie würden glauben, ein Werk der Liebe zu tun, wenn sie mir wie Prokrust seinen Gästen mitspielten. Siehst Du, und unter allen diesen bist Du am ungerechtesten, denn Du mutest mir zu, was mir unerträglich wär oder mich ganz herunter brächte, und giebst mir die Schuld, daß ich etwas versäume, was ich durchaus nicht genießen kann, grade als wollte man einem Geschöpf, welches nur geeignet ist, sich von Laub und Gras zu ernähren, vorwerfen, daß es sich um seiner Schwäche willen nicht lieber von Fleisch nähre, da dieses doch mehr Kraft giebt.

Der Pistor bin ich von Herzen gut, ich weiß, daß sie das

Beste von mir kennt, ich weiß, daß Er und Sie Dich und mich achten und lieben, ich gehe gerne hin, wenn beide allein sind, und befinde mich dort wohl wie irgend in andern pikanten Gesellschaften. Die Meusebach ist mir samt ihrem Mann ungemein lieb, sie nimmt mehr Anteil an mir wie jede andre, dennoch bringen es ihre Verhältnisse so mit sich, daß sie mir keine wesentlichen Dienste leisten kann; indessen hab ich doch den Vorteil, daß ich weder mit meinen Ansichten noch mit meiner Lebenseinrichtung oder meinen Bekümmernissen zurückgewiesen werde; also Vivat, daß ich keine Freundinnen mit in dem Strom meines Geschickes führe, mögen diese Nymphen andere Ufer verschönern, vor mir können sie mit ihren Nacktärschgen ungelitten bleiben (ich denke hier an Fr. v. Bardeleben die ich in der Badewanne sah und ihr sagte daß mir jetzt erst ihre Bekanntschaft wichtig, indem ich ihre Reize zu beobachten Gelegenheit habe), um mir aber ein Vergnügen zu gewähren will ich Dir nun noch tüchtig die Leviten lesen und heiße Dich einen dummen Peter mit Deinen Freundschaftswünschen ohne Dir weiter auseinanderzusetzen, wie verkehrt Dein Vorwurf ist, daß ich mich von diesen Leuten durch vorübergehende Eindrücke und ungeistige Scherze getrennt habe. Diese Menschen, wie Laroche, Lützow, haben mir so viel Langeweile gemacht, und diese Langeweile ist von ihnen so scharf gerügt worden, daß ich die höchste Anstrengung brauchte, bloß um mein Gähnen in ihrer Gegenwart zu verbergen, und da sind mir wahrhaftig nie Scherze eingefallen, wie willst Du denn, daß ich meine Beine noch einen weiten Weg bemühen soll, um den Genuß dieser widerwärtigen Bekanntschaften zu pflegen, wo ich jeden Augenblick riskiere, zu beleidigen und mich ihrer Herablassung unwürdig zu machen; was hat denn die Savigny davon, die doch jeden Tag herumschlendern kann und Equipage hat, um zu den langweiligen Personen zu fahren? Wer ihr jetzt in ihrer Abwesenheit einen Dienst leistet, der wird sich bei ihrer Ankunft auf eine bescheidene Weise damit zu prahlen verstehen, aber unterdessen sich über ihre Zumutungen entrüsten. Exempel: Bardeleben. Dies bleibe fortan mein Grundsatz, wo ich einem einen

Dienst leisten kann, will ich ihm Freund sein, aber nie will ich mich soweit herablassen, eine Gefälligkeit von ihm anzunehmen; auch will ich mich über Kleinlichkeit wie bei der Savigny mit dem Garten p.p. nicht wieder ärgern und aufhalten; ich will die Augen von all diesem Quark abwenden, und Du lasse Dir die Einbildung vergehen, als ob aus solchem Umgang mir irgend ein Trost erwachsen könne. Denn daß Du darum so bangst, das heißt nichts andres, als daß mein Alleinsein, mein von aller Erholung, allem Genuß entblößtes Leben Dir manchmal ein Vorwurf ist und vielleicht jetzt mehr, da ich in einem Zustand bin, wo andre doch zum wenigsten an ihrem Mann eine Krücke haben. Glaubst Du denn, daß es möglich wäre, diesen Menschen zu gefallen, wenn man ihnen keine Unterhaltung, sei es Gesellschaft, Diners, Vornehmigkeit bieten kann? Sie bilden sich alle ein, sie tun einem einen großen Gefallen, daß sie einen einladen p.p. Ich spreche Dich hiermit frei von aller Pflege, aller Sorge um mich, so wie ich im Herzen schon lange getan habe; nie hab ich Dir einen Vorwurf daraus gemacht, daß Du nicht wie andre Ehemänner manches für mich tust, aber die Menschen, die Du mir zur Gesellschaft aufdringen willst, die kommen mir häufig mit solchen Klagen über Dich, und wundern sich, daß ich es zugebe, so allein gelassen zu werden; andre mögen sich noch anderes denken, und mag mancher Argwohn gegen unser beiderseitiges Verhältnis daraus entstehen; ich allein weiß, was mich dabei drückt; allein, sage ich Dirs, so ärgerst Du Dich, und doch ist es nur Liebe zu Dir, die sich in Deinem Lebensweg bekümmert fühlt; wenn ich in Deinem Brief lese, wie dringende Geschäfte Dich abhalten, Deiner Sorge um mich nachzugehen, so möchte ich Dir zurufen, hier auch nur einen Augenblick nachzudenken; denn wäre Deine Sorge begründet, so wäre es eine Schande, wenn Dir irgend ein Geschäft dringender erschiene als das, mich zu erhalten, aber möchtest Du nur einmal gewahr werden, daß Du ein Bedeutendes und Großes, ja alles was mir wichtig an Dir ist, einem Kleinen aufopferst, und daß hier die Sorgen am rechten Platz wären, nämlich die Sorgen um Dich. Ich weiß wohl, daß Du dies alles für Unsinn erklärst, aber dem sei Trotz geboten: die Pflanzen, die bestimmt sind in dem Schein der Sonne zu gedeihen, müssen auch der Sonne ausgesetzt werden; aller Reiz des Genusses, den Du durch Entbehrungen abgestumpft hast, ist Sonne, die Du Deiner wesentlichen Pflege versagst, und um was? Weil Du mit Ängstlichkeit an Einrichtungen und Geschäften klebst, die jeder andre Praktische doch insofern zu beseitigen wüßte, daß der Lebensatem ihm nicht ausginge, ja Du müßtest Dir Lücken aussparen können, in welchen alles, worauf Du Deiner inneren Anlage sowohl als den Anforderungen von außen nach Anspruch machen sollst, befriedigen könntest. Wie glücklich würde ich sein, wenn ich mir sagen könnte, daß die Welt, die Freuden und Bereicherungen, die mir verschlossen sind, von Dir genossen würden; daß, während ich an Haus und Kammer gefesselt bin, Dein Fuß die Gegenden durchwanderte, wo Natur und alles Schöne einen heiligen Bund mit der Seele desjenigen macht, dessen Genie sich mit ihnen befreundet. Wenn ich nur einmal Dein Gewissen erwecken könnte und Dir fühlbar machen, was Du Dir schuldig bist, was Du an Dir selbst versäumst, bloß weil Du ängstlich bist und nicht andern Geschäfte überläßt, an denen doch *Deine* Zeit Verschwendung ist. Du willst sparsam sein und verschwendest dabei Dein Bestes. So oft bete ich in geheimem Nachdenken für Dich, daß doch Gott die Freiheit der *Jugend* Dir wiedergestatten möge, wo die Lebenssorgen einem höheren Enthusiasmus weichen müssen, und Du schreibst mir: „ich fühle, daß ich alt werde." Woran fühlst Du denn dies? Als bloß an dem Fehler der Abspannung und an der Gleichgültigkeit gegen das Jugendliche, und wie kannst Du denn dies rechtfertigen zu sagen, „ich fühle, daß ich alt werde". Nein, das ist grobe Sünde, zu sagen: es ist zu spät; jeder Tag ist jung, und vollends bei Dir aus doppelten Gründen. Ach, wenn ich doch durch mein Betragen, durch meine Konsequenz Dir soviel Zutrauen abgewinnen könnte, daß Du mir einen Teil Deiner so notwendigen Geschäfte auf ein halbes Jahr aufbürdetest, wenn Du doch so weit von Deinen Skrupeln Dich los machen könntest, einzusehen, daß sie nicht so pedantisch brauchen beobachtet werden und dabei keine

Vorteile errungen werden, die Deine Opfer wert sind; wenn ich mir sagen könnte, daß, während ich Deine Abwesenheit ertrage, Du nicht in Deiner trüben Kammer in Wiepersdorf sitzest, daß nicht Dein Blick vom engen Viehhof beschränkt ist, sondern daß Du auf herrlichen Bergen das unermeßliche Weltmeer überschauest, daß die Natur endlich wieder an Dich kann und die alte getrocknete Schlangenhaut von Dir abstreift und Du wieder verjüngt unter den Göttern wandelst; daß Du endlich (um Dir auch Deine versäumte Gesellschaft vorzurücken) mit denen Menschen zusammenkämest, die Dich würdigen und Dich so Dir selbst wiedergeben; statt daß Du mir vorwirfst, wie ich durch unzeitigen Scherz meine Freunde verscheucht habe, so werfe ich Dir vor, wie Du durch unwürdiges Versagen gegen Dich selbst Dir sogar den Wert solcher Verhältnisse herabsetzest und meinst, daß Dir daraus nichts erwachsen könne; freilich Du alter Sauerteig von Sorgen würdest wohl die Gärung eines frischen Lebens nicht mehr bestehen, sondern eine ganz neue Empfindung würde Dein Blut in Bewegung setzen. Wenn ich mir denke, daß Du mit Savigny jetzt in Neapel sein könntest, daß ich unterdessen mit Beihülfe des Gruhl Deine Schafwolle ebenso gut auf die Seehandlung besorgt haben würde wie Du, daß Deine Ernte ebenso gut unter Dach käme, daß Deine Aussaat ebenso gut bestellt würde, daß Dein Getreide ebenso gut verkauft, Dein Geld Dir verwahrt, Deine Diebe ebenso gut laufen gelassen würden wie jetzt, wo Du dabei bist, und daß Du bei Deiner Rückkunft noch den Vorteil hättest, entweder zu denken, daß Du es besser gemacht haben würdest, und es dann auch nach Deiner Einsicht zu ändern, oder aber den Genuß, alles zu finden, wie Du es Dir nicht besser wünschen kannst – wenn ich mir dies alles denke, so möchte ich aus der Haut fahren. Das einzige, was Dich mehr bindet wie andre Menschen, ist Deine Familie; nun, die besorge ich ja! Soviel Geld zu unsrem Leben auf ein Jahr kann ich ja von dem meinigen liquid machen, so daß Du darin unbekümmert sein dürftest; das Deinige könnte unterdessen zu Deiner Disposition bleiben und Du könntest Dich wie der sorgenfreieste Mensch durch Dein angemessenes

Element durchleben. Ich habe Dir ja schon oft bewiesen, daß ich der Not gewachsen bin; wenn die Kinder krank waren, so hab ich besser allein ausgehalten, als wenn einer an meiner Seite geseufzt hätte und mir das Vertrauen zu meinem Geschick und zu Gott beengt hätte, und wenn mir ein größeres Unglück widerfahren sollte, wofür mich Gott gnädig in Schutz nehmen möge, so will ich das Bitterste gern allein schmecken. Was nun das Lernen der Kinder anbelangt, so hoffe ich, Dir bald Beweise zu geben, daß ich nicht so ganz untätig bin, und wenn ich freie Hand hätte, so würde ich zwar manches anders einrichten, aber gewiß nicht unzweckmäßiger; indessen will ich nicht behaupten, daß mir hier alles gelingen würde, jedoch mein Gewissen sollte dabei nicht ins Gedräng kommen. Nun hab ich genug geschwätzt und bitte Dich um Verzeihung; Du wirst mir gewiß auch nicht mehr mit der Gesellschaft kommen, wenn Du solche langen Widersprüche hören mußt; diese Gesellschaft, die Du mir anhexen möchtest, erinnert mich an das, was der Accoucheur Süss mir einmal erzählte, von einer Gesellschaft Freundinnen, die sich bei einer Niederkunft eingefunden hatten und alle aus Sympathie mit der Kreißenden ächzten.

Was meine Gesundheit betrifft, so besteht sie wie der Diamant alle Proben ihrer Echtheit, denn wenn sie zu erschüttern wäre, so hätte ich's schon erlitten. Mein grausamer Schreck, der mir an 8 Tage Krampf im Hals zuzog, von dem ich jedoch jetzt gänzlich befreit bin, hängt mit so vielem zusammen, was Dir in der Ferne Sorgen machen könnte, daß ich es für besser halte, mündlich mit Dir darüber zu sprechen, wo ich Dir die Beweise gleich geben kann, daß es eher vorteilhaft wie nachteilig war; seit diesem Tag, ja seit längerer Zeit ist kein Tag vergangen, wo nicht Unannehmlichkeiten, bedeutende Beschwerden und Schreckensfälle gewesen wären, die teils durch die Schuld der Leute über mich kamen, teils auch wie vom Himmel fielen; ich sage mir dabei immer, daß ich der Sache gewachsen bin, so nehme ich dem Tod seinen Stachel. Wenn es so gegen den Abend geht, so muß ich mich manches Mal wundern, was noch an diesem Tage vorgehen wird. Gestern z. B. war mir keine geringe

Aufgabe bestimmt, obschon ich zwei Tage vorher auch nicht gefeiert habe. Max und Armgard sollten, weil sie sehr schmutzig waren, gestern am Sonnabend statt meiner baden. Die lange Gans von Mamsell die die Pflege der Kinder unter sich hat, steht bei den Kindern an der Wanne. Das Hausmädchen hatte das Bad ganz kalt eingetragen, wahrscheinlich aus Ärger, denn sie war nicht geneigt dazu gewesen. Die Kinder verlangen noch etwas wärmer, da gießt sie den kochenden Teekessel der Max über die ganze Hüfte und das dicke Fleisch, das nun Blase an Blase ist, wo die Haut nicht ganz ab war. Kannst Du Dir meinen Jammer wohl denken bei dem Geschrei des Kindes, das am ganzen Leib vor Schmerzen zitternd die Hanne umklammert. Es dauerte wohl eine 4tel Stunde eh ich ihr Geschrei zu unterdrücken vermochte; ich habe die ganze Nacht an ihrem Bette zugebracht, um 1 Uhr schlief sie ein, ich aber wachte und wechselte ihr die Umschläge und so ward es Tag, ohne daß ich ein Aug zugetan hätte, oder noch jetzt Schlaf spürte. Der Brandfleck ist größer wie ein Teller, jedoch ist keine Gefahr dabei; ich war die ganze Nacht ohne Hülfe, denn die beiden Schuldigen konnte ich nicht vor Augen leiden. Da sie sah, daß ich auch um ihre Schmerzen weinte, so wollte sie mich trösten und versicherte, es tue nicht mehr weh; zuerst weinte ich vor Schreck und Jammer, und dann mußten meine Tränen vor Dank zu Gott fließen, daß es nicht ärger gekommen war. Ach all dies ist kein Unglück sondern nur Ungemach; denke Dir, der arme jüngste Strampf hat eine Augenentzündung bekommen, wovon ihm die Hornhaut auf dem einen Auge geplatzt ist, und das andere Auge ist auch noch nicht ganz außer Gefahr blind zu werden. Denke Dir die Größe dieses Unglücks; wie sind da meine Leiden gleichsam eine Aufforderung fröhlich zu sein, daß mir die Widerwärtigkeiten gleichsam als bloßer Schein zufließen. Wenn ich ein Kind hätte, das in diesem Zustand wär!! Gott sei ewig gelobt, wir haben noch kein Unglück erfahren und darum wollen wir alles so leicht nehmen wie es wirklich ist. Die Stunde der Schmerzen wird so glücklich vorübergehen wie die 6 andern, ich werde ein schönes Kind haben, auf das ich mich schon im voraus freue, stillen will ich es selbst, nur wenn ich keine Milch habe oder es nicht gedeihet, nehme ich eine Amme. Sehe Dich daher immer nach einer um, miete sie aber nicht. Ich habe kein großes Zutrauen in unsere Leute, sie sind eigensinnig, diebisch, gefräßig, faul, gemein p.p. und daher geeignet, einem das Hauswesen zu verderben; wenn ich mäßig stille und eine gute Wärterin bei dem Kinde habe, wird es wahrscheinlich besser gehen, als Du denkst.

Dem Kühnemund bitte ich Dich während seines Aufenthalts etwas im Lernen nachzuhelfen, er hat sich sehr viel Mühe gegeben und besonders gute Aufsätze geliefert, um die er keineswegs verlegen ist. Adieu, ich verzeihe Dirs, daß Du mir eine so vertrackte Gesellschaft zusammen gewünscht hast. Ich habe mich eben in den Schreibedaumen geschnitten und muß daher aufhören. Wenn die Kinder ihr Sommerplaisir genossen haben, so hoffe ich Dich samt ihnen zu umarmen.

(Später) Du wirst mir einen Gefallen tun, wenn Du mir den Tag der Ankunft voraus meldest; übereile Dich nicht, damit Dich hier keine Sorgen drücken, denn wenn ich erst ein Kindchen habe, fürchte ich, nicht mehr so viel Mut zum Alleinsein zu haben, und dann wird es mir wahrhaftig schmerzlich sein, wenn Du mich während der 6 Wochen Deinem Landgeschäft aufopfertest. Alles was ich Dir in diesen Blättern Überflüssiges gesagt habe, verzeihe, und so hast Du in Bausch und Bogen vieles zu verzeihen. – So oft ich Deine weitläufigen Zeilen heute durchgelesen habe, wirst Du wohl die meinigen nie lesen, wenn Du auch ein warmes Interesse auf eine verkehrte Weise empfunden darinnen erkenntest. Denn mir kommt Deine Gesellschaft von Freundinnen nicht aus dem Sinn, und wenn ich daran denke, daß diese mir nicht auf dem Halse liegen, so bin ich so selig. Ich möchte die Wanzen gern los sein, aber wahrhaftig: lieber noch Wanzen als diese Freundinnen, also freue Dich mit mir, daß diese mich nicht plagen. Die Wanzen werden wir schon noch los werden. –

Von Savignys weiß man hier durch Nachrichten von Rehfues, daß Neapel ihm sehr wohl bekömmt, er soll nur ein einzigmal Kopfweh gehabt haben. Jetzt ist es 9 Uhr Abends, mit der Brandwunde der Max hat es sich sichtlich gebessert, ich habe sie die ganze Nacht mit Bleiweiß gewaschen und heute am Tage mit Lilienöl, dieses tut sehr gut; sie ist heute Nachmittag im Garten herumgegangen und empfindet gar keine Schmerzen. Ich weiß nicht, ob ich im Register meiner Widerwärtigkeiten dir auch die aufgezählt habe, daß Hanne das kalte Fieber sehr stark gehabt hat; seit 3 Tagen ist sie wieder aus dem Bett, und vor 14 Tagen hat sie sich gelegt; es ist doch Alles zu etwas gut: Aus Deinen Anmerkungen über Leute und Gesellschaft, die zusammenkömmt, um sich etwas Witziges zu sagen p.p., glaube ich zu bemerken, daß Du auf die Varnhagen zielst; nun, die bin ich durch das kalte Fieber der Hanne wahrscheinlich auch los, ohne daß dies Deinem Umgang mit ihnen, insofern Du Dich wohl dabei befindest, Eintrag tut. Die Geschichte ist höchst lächerlich, aber zu lang, um sie hier mitzuteilen.

Die Varnhagen war noch den Tag vorher mit mir im Tiergarten, wo sie mich aus Freundschaft gegen meinen Willen räderte. Ihre Tränen flossen, da ich ihr sagte, daß ich dies Jahr zum erstenmal im Grünen wär, sie schimpfte Dich einen Barbar und wurde krank von beleidigter Empfindung, obschon ich ihr tausendmal wiederholte, daß ich durchaus keine Sehnsucht nach dem Tiergarten habe; einerlei, sagte sie, es zerreißt mir das Herz, daß Arnim nicht besser dafür gesorgt hat, Ihre Verbindung mit der Natur zu befestigen; sie nannte mich einen Engel und meine Schwangerschaft einen von bösen Geistern verzauberten Zustand, sie sagte mir, daß man mich auf Händen tragen müsse wegen meiner Erhabenheit, und daß ich und sie ganz aus einem Guß seien. Nun, mein Schutzengel hat, Gott sei Dank, mit dem kalten Fieber der Hanne mich von dieser Liaison befreit.

Adieu, Gott erhalte Dich und die Kinder gesund und beschütze sie auf ihrer Reise; schreib mir, ich bitte Dich, ob sie glücklich angekommen sind. Ihre Ferien dauern bis Mitte August, ich rechne also, daß ich Dich dann ungefähr am 12ten wiedersehe; ich hoffe am Ende August oder Anfang

September erlöst zu werden. – Dieses 7te Kind, was Dir so in die Quere kommt, soll Dir eigentlich das liebste werden, denn es ist das letzte an der Zahl, die Dir zu Deinem Glück prophezeit sind. Ach, wenn es nur recht hübsch ist, mein Leib ist noch nicht gewachsen, und dies Kind ist das lebhafteste von Allen, es läßt mich gar nicht schlafen, Tag und Nacht rumort es. Gestern ist Gerickes Frau auf dem Kreuzberg niedergekommen; über das Logis ist noch nichts abgeschlossen, denn er kommt wenig oder gar nicht in die Stadt; ich will auch, daß Du alles schriftlich mit ihm ausmachst, vorab will ich, daß die Küche ins Entresol, wie er früher versprochen, komme und wir dadurch eine Stube für die Kinder bekommen, ich habs ihm schon oft gesagt, und er scheint auch dazu geneigt. Adieu von Herzen. Dein Bruder ist nicht hier, sonst hätt ich ihm die Brandgeschichte mitgeteilt.

Bettine

398. *Bettina an Arnim.*

30. Juli 1827 [abgeg.]

Lieber Arnim,

Du hast mir kein Wort geschrieben, ob die Kinder glücklich angekommen sind, ich hoffe zwar das beste, indessen in meinem Zustand, wo man Nachts meistens nicht schlafen kann, quält man sich oft mit derlei, und es wäre mir lieb, wenn ich auch noch jetzt etwas Gewisses darüber hörte. Du bist doch nicht böse, daß ich Dich so sehr mit der Gesellschaft geneckt habe? Meine treuherzigste, wohlwollendste Gesellschaft ist Ranke, er kömmt die Woche ein paar Mal, sein Buch was eben herausgekommen, Fürsten und Völker von Süd-Europa im 16ten und 17ten Jahrhundert, hat er mir für Dich geschenkt; es liest sich vortrefflich und ist so eingerichtet, daß auch der Zerstreuteste, Unteilnehmendste eingeführt wird, es wird Dir gewiß gefallen. Lieber Arnim, ich schenke Dir hiermit ein schönes Kapital, das auf meinem Tisch liegt, doch mit dem Beding, daß Du es wirklich zu Deinem Genuß verbrauchst. Du sollst durchaus Alpenketten überfliegen, Meere durchschwimmen, Du sollst auch sehen, wovon Andere das Maul so voll nehmen und doch nichts Gescheutes mitteilen; wenn was übrig bleibt, so bau ich unser Haus mit fertig. Das Kapital auf meinem Tisch ist eine Erbschaft aus Straßburg, die unsere Familie durch den Tod einer Dame Longho [anderswo Longhi] geb. Brentano, gemacht. George schickt uns den broullion einer Vollmacht, die wir auszustellen haben; obschon sich eine große Gesellschaft dazu meldet, so glaubt er doch, daß etwas dabei herauskomme.

Maxens Brandwunde hat sich schnell geheilt, sie hat schon kein Pflaster mehr nötig; es hat mir indessen viel Sorge und noch mehr Mühe gemacht. Die Hanne hat davon vor Schreck wieder das kalte Fieber bekommen und liegt schon wieder 4 Tage zu Bett. Der langen Mamsell mußt die Polizei auf den Hals rücken, weil sie nicht wanken und nicht weichen wollte, jetzt ist Alles in Ordnung bis auf Hannes Krankheit; ich genieße Ruhe seit die Kinder bei Dir sind; wenn Dich Deine Geschäfte ängstigen, so halte immer aus so lange es mit der Schule vereinbar ist, denn ich rechne sicher darauf, daß Du in den Wochen bei mir aushältst und dann nicht vorzeitig mir entschlüpfst; denn ich weiß schon im voraus, daß ich das nicht gut ertragen werde. Mit meiner Gesundheit geht es jetzt gut, bis Ende August rechne ich, richte Dich danach.

Wenn es möglich ist, so schicke ein gutes großes Federbett denn sie fehlen mir hier, Du kannst glauben, daß keine gestohlen werden. Adieu, ich küsse Dich von Herzen und bitte Dich, daß Du mir gleich über die Kinder schreibst, und auch wann Du zu kommen gedenkst, weil ich dann voraus mit dem Krankenlager der Hanne eine Änderung treffen möchte.

Glaube nicht, daß es mit der Erbschaft Spaß ist, es ist ein schöner Ernst, der gleich bei der Geburt Deines Glückskindes eintritt, mit dessen Erscheinen die herrliche Prophezeiung der Zigeunerin in Karlsbad angeht. Ich muß Dich eigentlich um Verzeihung bitten, daß ich seine Existenz so lange verzögert habe! Ich bitte auch um 20 Ellen ungebleichte Leinewand.

399. *Arnim an Bettina.*

Wiepersdorf, d. 3. August 1827

Liebe Bettine!

Die Kinder sind glücklich angekommen und auch Dein Brief, dessen guten Wünschen ich mich zwar herzlich verpflichtet fühle, bei welchem ich aber das Gefühl der Reisenden in Ägypten und Arabien habe, die in der Luftspiegelung weit entfernte Seen und Flüsse schauen, während sie selbst verdursten. Die Lebensereignisse derjenigen Menschen, die das ehrenvolle aber sehr schwere Gehänge von Kindern, wie der Kaiser seine Krönungsrüstung an sich tragen, ist es schwer zum Tanze aufzuspielen, selten ist dann noch die Zeit in ihrer Gewalt, Gutes und Böses wird immer mehr dem Himmel heimgestellt und mit Dank anerkannt, wenn er möglichst mit großem Unglück verschont. Wollen also der großen Reise nicht denken, oder vielmehr daran denken, wie Savigny zur Reise nach Italien nur dadurch gelangt ist, als ihm Krankheit die meisten seiner liebsten Tätigkeiten verschlossen hat.

Die Kinder fischen, reiten auf den Eseln, die vollständig gesattelt werden, auch zuweilen auf Pferden, lauern auf Hirsche und Reiher, die immer dann kommen, wenn sie nicht da sind. Anderthalb Tage mußte ich sie wegen Schaf-einkauf allein lassen. Ich fand meine Wünsche billig befriedigt in einem schönen Rittergute an der Elbe, wo ich an dem Vater des Besitzers, einem achtzigjährigen rüstigen Manne, ein hübsches Bild alter Zeit fand. Er hatte noch ohne Kartoffeln, Klee, Rübsen, ohne seine Schafe u.s.w. angefangen zu wirtschaften, er erzählte, wie sie die ersten Kartoffeln heraushoben und meinten, weiter gäb es keine, als die mit der Pflanze herausgezogen würden. Dann ging ihnen im siebenjährigen Krieg die ganze Kartoffelsaat aus, weil die Preußen sie besser auszumachen wußten. Auf dem Rückwege begegneten mir die Pferde des General Sypontini in Herzberg, wie ihn der Kutscher nannte, und nun meine ich, daß mein Bruder auch nicht fern sein kann im Fluge nach der königlichen

Badegunst. – Wir hatten hier bedenkliche Gerüchte von der Gesundheit des Königs, aber sie haben sich alle zerstreut.

Der arme junge Strampf tut mir leid; ich hoffe doch noch auf bessere Nachrichten. Jung, blühend, geschickt, zu jeder Hoffnung berechtigt, und nun! . . . Wie ich glaube, mag er auch nur wenig Vermögen besitzen. Jänickes Tod muß seiner Gemeine ein unersetzlicher Verlust sein. In der Zeitung war seltsamerweise herausgehoben, daß Schleiermacher ihm zu Grabe gefolgt sei, wahrscheinlich weil die meisten Menschen sich durchaus nichts als die etwa möglichen Gegensätze denken können. Schleiermacher konnte Jänickes hohes Verdienst wohl fassen, aber Jänicke war zu abgeschlossen um Schleiermacher zu würdigen. Der gänzliche Mangel an Nachrichten von Savigny's ist mir doch rätselhaft; vielleicht ist der kleine Grieche Schinas jetzt aufgetreten und vermittelt zwischen den hohen Mächten und den Türken; ich könnte mir wohl denken, daß diese Wendung der Dinge bei seiner Bekanntschaft mit Constantin ihn in eine größere Tätigkeit bringen kann, ich sehe schon Bettinchen bombardierend in die Dardanellen einziehen! Die Gundel aber sehr in Ängsten über den Berliner Garten, wenn sie die Wohnung des Mufti bezieht an der Grenzscheide Asiens und Europas.

Soweit war geschrieben, als eine Botschaft von Kohler ein wildes Schwein verkündete. Ich ließ den Boten warten, ging mit Jägern und Kindern aus, wir fanden es im Cossiner Busch, Wolff gab ihm den ersten Schuß, Siegmund den zweiten und mit meinem altfranzösischen Dolche wurde es abgefangen. Gern schickte ich Dir davon, aber mit acht Groschen hast Du eine Portion von Jäger, der Kärrner kostet fast 3 Taler, einen Teil kann ich gut brauchen zu schuldigen Präsenten. Vielleicht kann ich etwas davon bis zum 12ten halten, wo wir zu kommen denken.

Ich küsse Dich und die Kinder.

Achim Arnim

400. *Bettina an Arnim.*

[4. Aug. 1827]

Lieber Arnim,

soeben erhalte ich Deinen Brief der mich von Sorgen um die Kinder befreit, zwar etwas spät, aber doch immer zeitig genug, um mir zu beweisen, daß meine Beängstigungen mehr in meinem Leib wie in meinem Geist ihren Grund haben. Du bist unschuldig und hast keinen Begriff von meinem Zustand, nirgends hab ich Ruh, kein Stuhl, kein Sofa, kein Bett ist mir bequem, gehen kann ich nicht, nachts bring ich teilweise sitzend auf meinem Bette zu, dann schlaf ich eine 4tel Stunde. Ich muß den ganzen Tag im Hemde gehen und einen Überrock darüber, weil ich durchaus kein Band vertragen kann und so geht mirs denn ein bißchen übel. Die Brandwunde der Max, von der Du gar keine Notiz nimmst, obschon es wirklich das Schreckhafteste war, was mir, seit ich Kinder habe, begegnet ist, ist heil, Dank sei es der unendlichen Sorgfalt, mit der ich sie pflegte; sie drohete erst unter sich zu eitern, ich habe ganze Nächte an ihrem Bette zugebracht, es kamen alle Tage neue Blasen, bis es endlich in einem Schorf abfiel. Eine Kinderfrau hab ich mir gemietet, dafür geht das Hausmädchen ab, eine Wirtschafterin hab ich durch die Rekommandation der Varnhagen, die sehr brauchbar zu sein scheint, aber leider erst im Oktober kommen kann, dafür geht die lange Ahnfrau ab. –

Jetzt hab ich noch eine Bitte an Dich, die Du mir wahrscheinlich nicht erhörst und mich dadurch zu einer Geldausgabe zwingst, indessen um mein Heil zu versuchen, schreib ich's hierher. Ich bitte Dich nämlich um einen Spiegel, und für ein anständiges Wochenpräsent würde sich's erklären, wenn Du mir den schicktest, der hinter Deinem Pult verborgen ist, ich kann ihn hier in der Oranienburgerstraße um ein billiges neu aufglätten lassen. Der runde Spiegel wär mir auch sehr brauchbar; ich glaube indessen, daß ich dies umsonst erbitte, denn Du hast darin eine eigne Laune und kömmst mir vor wie der alte Schwab, der sein

Konfekt von den Würmern fressen ließ. Dein Onkel ist vorgestern hier durch, gewiß nach einem Seebad, ich hörte es von Pitt, der mich flüchtig besuchte. Savignys haben an Dich geschrieben, ich habe mir die Freiheit genommen den Brief zu lesen und schicke ihn nicht mit, weil es doch möglich wär, daß Dich dieser Brief nicht mehr in Wiepersdorf träfe und er Dir daher nur später zu Händen käme. Mich wundert, daß Du mir nicht zur Erbschaft gratuliert hast, oder hast Du meinen Brief nicht erhalten worin ich Dirs melde?

Was Deine Reise betrifft, so hoffe ich, Dir einstens noch so viel befehlen zu können, wenn ich erst die große Erbschaft einkassiert habe, daß Du mir folgst.

Hast Du Rehfelle, die gegerbt sind, so bring sie ja mit, sie können mir wesentliche Dienste leisten, wenn mir recht ist, so sind noch welche da – und ganz alte Servietten und alte Laken – diese sind mir höchst nötig.

401. *Arnim an Bettina.*

Wiepersdorf, 5. August 1827
[7. August abgeg.]

Liebe Bettine!

Du wirst meinen Brief über die glückliche Ankunft der Kinder empfangen haben, ich schreibe inzwischen heute, um Dir jede Besorgnis zu nehmen, insofern jener Brief verloren wäre.

Siegmund hat fortdauernd großes Jagdglück, er hat nämlich einen Rehbock bei Keßler ganz allein geschossen. Ich fürchte, daß ihn dies dumme Jagdwesen wieder ganz vom Studieren abzieht, und doch ist es schwer dies Vergnügen zu verbieten, ohne eine Entschädigung andrer Art darbieten zu können.

Die Dürre dauert fort, neulich kam ein Donnerschlag mit wenigen Tropfen Regen und tötete den Müller in Seefeld und eine Frau, die aus dem Felde kam und einige Worte mit ihm sprach. Auch zwei Kinder, die der Frau folgten, wurden niedergeworfen, erholten sich aber bald. Der Müller, der ein Liebhaber von Gurken war, hatte sich den Tag nach Dahme aufgemacht und dort einen Sackvoll gekauft und heim getragen, er kam eben zurück; auf seiner Mühle hätte ihn kein Unfall betroffen, er war noch weit von ihr entfernt. Die Moral davon: kein Müller soll Gurken in Dahme holen.

Auf Rankes Buch bin ich recht begierig, ich habe kürzlich des Machiavell Florentinische Geschichte zum erstenmal gelesen, wo sich manche Darstellung ihm wird angeregt haben.

In diesen Tagen wurde viel gefischt, die Kinder hatten sich eine schwimmende Insel aus Schilf gemacht und Du hättest daraus ein gutes Bild machen können.

Neuigkeiten giebt es eben hier nicht, ich bin mit dem Bauwesen sehr beschäftigt, doch denke ich den 12ten abreisen zu können.

Von meinem Bruder ist noch nichts zu hören. Ich küsse Dich und die Kinder recht herzlich.

Achim Arnim

Rankes erstes bedeutendes Werk war „Fürsten und Völker von Südeuropa im 16. und 17. Jahrhundert“ (1827).
Rahel schreibt am 2. September 1827 an Varnhagen: „Frau v. Arnim hat ein Mädchen, kam *er* den 29. mir sagen: von 2 nachts bis 8, also zwei Stunden später, als die Mutter wollte, pochte das Kind an: sie wollte zu Goethes Geburtstag.“ (Varnhagen-Rahel, Briefwechsel, VI, 132). Gisela, die spätere Frau von Wilhelm Grimms Sohn Hermann, wurde aber erst am 30. August geboren.

402. *Bettina an Arnim.*

[12. Oktober 1827]

Von Savigny ist ein Brief an Laroche, worin [sie] am Ende Oktober ihre Ankunft in Berlin bedeuten. Savigny ist wieder mit seiner Krankheit geplagt und läßt die Flügel hängen. Da er den Rückfall in Neapel bekommen, so hat er doch die

Überzeugung, daß nicht das hiesige Klima daran schuld ist. Gestern überraschte mich die Heygendorf aus Weimar bei unserm Mittagessen. Sie bleibt bis zur Mitte der nächsten Woche, leider sind ihre meisten Bekannten nicht hier, und ich bin auch nicht in der Verfassung, ihr Ehre anzutun, denn erstens bin ich ganz entblößt von Freunden, zweitens hab ich den Johann nicht hier, und drittens hat mir der Teufel eine unbrauchbare Köchin als Mitgift für dies viertel Jahr gegeben. Die Heygendorf erzählte mir von der Ordensübergabe des Königs von Bayern an Goethe. Ich werde mit ihr die Gewerbausstellung und etliche Künstler besuchen; sie dringt in mich, daß ich den Herzog zu Gevatter bitten soll zu unserm Kind und will selbst den Gevatterbrief überbringen. Wärst Du hier, so könnte sie das Kind in seinem Namen aus der Taufe heben, indessen müßte man doch immer erst die Einwilligung des Herzogs abwarten. Steffens ist auch hier, er besuchte mich gerade wie ich meinem Kindchen die Brust gab, ich machte keine Umstände, ihn anzunehmen, es rührte ihn diese Scene so, daß er mir den reinsten Kuß der Unschuld auf die Stirn drückte. So erzählte er auf einem Diner bei Albertis, wobei er sich sehr wunderte, daß ich meine Kinder selbst pflegte; ich ward daher zum allgemeinen Gespräch. Steffens behauptete, mich aus dem Fundament zu kennen, ich löge sehr viel, sei aber sehr liebenswürdig und ohne Falsch, [Gustav Friedr.] Waagen sagte: *Allerdings*. Willisen kennt mich noch genauer; ich sei arrogant, eitel und sehr falsch, Waagen sagte: ganz gewiß. Alberti: ich sei ausgezeichnet, kein Mensch könne mir's nachmachen, in Erfüllung meiner Pflichten tue ich mehr wie jeder andere, sei voll Wohlwollen gegen jeden, und wer was gegen mich sage, dem würde er nie Recht geben. Waagen war derselben Meinung p.p.

Holtei hat für Dich und mich Freibillette in seine Vorlesungen gesendet. Wildermeth ist gestern auf eine große Reise gegangen, die die Schweiz, Marseille, Neapel, Rom und Bayern in sich begreift.

Heute hab ich Schinkels Bild gesehen. Du wirst erstaunen. Es hat manches in der Komposition von Schick, nur noch viel naiver und erinnert sehr an Leonard da Vinci, nur nicht so tief poetisch, man sieht aber wohl, daß der Mangel an Zeit schuld ist.

Die Kinderfrau, welche ich beim Kinde habe, ist ein wahrer Treffer, sie hat mich sehr erleichtert, dies wird auch Dich erleichtern, allein die Köchin kocht schlecht, sie hat mich so auf den Hund gebracht, daß sich vor Schwäche meine Natur geändert hat, sie bringt keine eßbare Suppe zu Stand. Dies alles ist jedoch nicht zu rechnen, ich bin im Ganzen sehr vergnügt. Das Hausmädchen ist das erste brauchbare, was ich bekommen habe. [. . .]

Es kommen täglich Leute die unser Logis besehn, es wird mit einemmal weg sein, die Logis sind sehr rar und ich kann diesen Sommer nicht dran denken, ein neues zu suchen, wenn mir nicht eins in Rachen läuft.

Ich küsse Dich herzlich

Bettine

Unser Kindchen ist ganz gesund. Der Gevatterbrief an [den] Herzog ist bestellt, denn die Heygendorf hat mir keine Ruh gelassen.

Der Gedanke, den Großherzog v. Weimar zu Gevatter zu bitten, dürfte von Bettina selbst ausgegangen sein. Als Varnhagen am 19. September dieses Jahres in Weimar war, wurde Bettina reichlich besprochen, sowohl mit der Heygendorf wie auch dem Herzog. Dieser „wollte nicht glauben, daß letzterer [Bettinen] des Gebärens Zeit noch nicht versiegt" (Varnh.-Rahel, Briefwechsel, VI, 186 f.). Varnhagen sah auch Goethe bei diesem Besuch und notiert in sein Tagebuch Goethes Worte über Bettina: „Sie ist das wunderlichste Wesen von der Welt, unglücklich zwischen dem Italienischen und Deutschen hin und her schwebend, ohne Boden fassen zu können; sie hat eiserne Beharrlichkeit in dem, was sie einmal nach ihrer Art ergriffen habe, und dann mittendrin wieder die unsichersten Launenblitze, von denen sie selbst nicht wisse, wo sie hinfahren." (Briefe aus V's Nachlaß I, 267).

403. *Bettina an Arnim.*

19. Okt. 1827 [abgeg.]

Soeben höre ich von Hollweg, der wieder hier ist, daß Savigny dem Bunsen gesagt hat, er würde noch vor Ende Oktober hier sein; ich weiß nicht, wann Du kommst, schreibe Dir also, daß alles gut hier geht. Unser Kindchen wird von Allen bewundert, es ist sehr friedfertig und wird Dir gewiß tausend Spaß machen. Die Kinderfrau ist gut; es hat mich noch keinen Augenblick gereut, daß ich sie genommen. Ich hab manche Muße durch sie gewonnen, jede Viertelstunde, wo ich in Ruh bin, ist mir doppelt behaglich.

Gern würde ich auf die Niederkunft des lasterhaften Esels warten, allein ich habe zu sichere Anzeichen, daß ich meine Natur unterstützen muß, so werde ich wohl nächstens Anstalt treffen, den Hausstand zu vermehren. – Ich hoffe doch gewiß, daß Du noch vor Ende dieses Monats kömmst. Die Heygendorf, die Dich tausendmal grüßt, geht morgen nach Weimar zurück, sie hat hier allgemeine Bewunderung erregt durch ihr jugendliches Ansehen, sie würde Dir hier besser gefallen als in Weimar. Da ich außer Stand war, ihr ein Souper zu geben, schon weil ich keine Freunde habe, so hab ich ihr mehreremal die Abende, die sie allein war, ein Gericht geschickt, welches sie selbst kochte; ich aß mit, da hat's dann allerlei Spaß gegeben.

Leb tausendmal wohl, komm bald, Dich Deines Kindes zu freuen, und noch allerlei Angenehmes wartet Deiner. Schinkels Bild wird Dich erstaunen. Ich küsse Dich von Herzen –

Bettine

404. *Arnim an Bettina.*

Wiepersdorf, 23. Oktober 1827

Liebe Bettine!

Ich habe mich herzlich der guten Nachrichten von Dir und dem Kinde erfreut, und daß endlich eine brauchbare Kinderwärterin gefunden. Ich bedaure, die Heygendorf nicht gesehen zu haben, vielleicht hätte ich ihr durch Umherführen nützlich sein können. Die Gevatterschaft des Herzogs behagt mir weniger, die durchlauchtigen Herren bilden sich ein, was sie einem damit gewähren, und endlich gewähren sie eigentlich garnichts, denn ehe das Kind erwachsen, ist ein anderer an die Regierung gekommen, der sich um die Gevatterschaften seines Vorgängers durchaus nicht kümmert. Recht begierig bin ich auf Savigny's, wie sie ihr langes Schweigen entschuldigen. Meine Ankunft kann ich noch nicht so genau bestimmen, weil ich gern noch etwas verkaufen möchte und die Saatzeit mir kein Getreide übrig läßt. Meinen Ofen mußte ich umsetzen lassen, weil er allzusehr rauchte, deswegen zog ich in das rote Zimmer. Der neue Ofen ist noch einmal so groß und stinkt noch einmal so arg. Außerdem hatte ich vielerlei mit einer Besserung an der Bärwalder Brauerei und an der hiesigen Brennerei zu tun. Seltsam war es, daß mich hier ein Hausbauplan beschäftigte und zwar für Berlin, den ich dort immer ferngehalten hatte, und zwar für den Platz des Beelitz. Stuben, Kammern, Stall u. dgl. wurde mit möglichster Ökonomie gebaut, und was mich besonders bestimmte, gerade diesen Platz zu wählen, weil der Raum gegenüber zwischen dem Artilleriegebäude und den Nachbarn wahrscheinlich nie ganz zugebaut wird, so daß von den oberen Stockwerken Aussicht nach dem Weidendamm bleibt.

Ich wollte, Du hättest mir geschrieben, ob der neuen Köchin zu trauen sei, dann schickte ich größere Vorräte, sonst wird die Ökonomie mitsamt aller Transportmühe zur Verschwendung und man fährt besser, einzeln zu kaufen.

Die Bekenntnisse am Alberti'schen Tische über Dich sind

mir in Beziehung auf Willisen merkwürdig, wobei dieser wohl nur nachgesprochen hat, was die Varnhagen ihm kundgetan. Da möchte ich nun mit Zuversicht behaupten, daß Ranke ein kindischer Zwischenträger gewesen und mit allerlei Berichten die Varnhagen erzürnt hat. Ich weiß es recht gut, daß es nicht Bosheit ist, wenn Du über Bekannte sprichst, aber wenn ich Dich nicht näher kennte, würde ich darauf schwören, daß es nicht anders sein könne. Es ist nichts als ein Bedürfnis, den Leuten etwas vorzutragen, worüber sie sich verwundern sollen, wird aber so etwas wiedererzählt als eine trockene Geschichte, so entsetzen sich die Leute, nennens bald Lüge, bald Arroganz usw. und Waagen sagt: Allerdings.

Ich küsse Dich und die Kinder.

Achim Arnim

Ranke stellte in der Tat eine eigenartige Verbindung zwischen Bettina und Rahel her. Rahel schreibt am 14. September 1827 an ihren Mann: „Rankes Besuche sind nicht so sympathisch, als ich sie wohl durch falschen Ausdruck habe erscheinen lassen. Er kam, wenn er etwas wollte und brauchte: immer als ob er *gar* keine Zeit habe: und immer bei Frau v. Arnim sein müßte. Ganz *richtig*. In dem Maße, wie er mich eigentlich nicht vertragen kann, in demselben ist und muß sie ihm Nahrung sein, die er grade bedarf. ... Er liebt Geist und bedarf Geist." (Briefwechsel VI, 173). Es konnte Rahel kaum gefallen, wenn Bettina ihr am 5. Juni 1827 einen Besuch des so eifersüchtig begehrten Ranke schilderte:

„R. war bei mir vor wenig Tagen wie ich noch gesund war, und war artig in seiner grenzenlosen Unart, wo er springt wie ein Hänsper (dies ist ein preußisches Tier, welches ich nur dem Namen nach kenne) und statt zu sprechen jöelt er (dies ist ein Ton, welchen ein Tier von sich gibt, welches ich auch nicht kenne); dabei ist er einheimisch bei mir, so daß er mir gar keine Gesellschaft ist, sondern mehr ein Haushammel, und da er aber noch ist wie ein Engel in verschiedenen anderen Eigenschaften, so entspricht er Schillers Ansicht: ‚Was ist der Mensch? halb Tier, halb Engel', und ist ein *Schillerjaner*." Nun kam auch noch hinzu, daß Bettina am 6. Juli Rahel, die sie besuchen gekommen war, aus einer Laune auf der Treppe abwies. Die sehr Gekränkte fand nun in Ranke keineswegs einen Beschützer, sondern er verteidigte am nächsten Tag Bettina in einem Gedicht, in dem er ihr Betragen nur als Ausdruck der ungebändigten Fülle ihrer Natur sieht, worauf Rahel wieder in ironischen Versen antwortete. (Briefsammlung aus dem Nachlaß V's, I, 279 ff.) Am 21. Oktober 1827 schrieb Ranke aus Wien an Bettina: „Es ist nun ein Jahr, daß ich Sie kenne. In diesen Monat fällt der Tag, wo ich Sie zuerst – dunkel gekleidet, mit Ihrem schwarzen Haar, an das Sophakissen gelehnt bei Varnhagen sah. Seitdem hatte ich manche freundliche Stunde bei Ihnen, obwohl Sie von so ganz anderer Art, Existenz, Bildung sind als so ein armer Exzerpierer, Dozent und Skribent wie ich. Wäre unsere Freundschaft nicht noch besser, wahrer und umfassender geworden, wäre ich daheim geblieben?" (Das Briefwerk, S. 117). Am 6. Februar 1828: „Sie kommen mir vor wie ein an Händen und Füßen Gebundener, der aber über Himmel und Erde prächtig zu träumen weiß." (Ebda., S. 139). Und an Varnhagen am 8. April 1828 schreibt er über Bettina: „Dies verwunderungswürdige Geschöpf ist sozusagen in eine Mitleidenschaft der Natur gezogen, obwohl sie eigentlich einsam lebt. Sie tappt mit der Wünschelrute, mit ihren Gedanken, oft lange hin und her, bis sie einschlägt. Dann ist ihr Predigen ein Weissagen, und die Fülle des Lebens gebiert sich in ihr wieder. Dabei ist sie ein prächtiges Kind; ein Spielhänschen ohnegleichen: unartig, daß es eine Lust ist, gutgesinnt; in aller ihrer Misère unerschrocken. Schade ist es, daß ich . . ." So, mitten im Satz, bricht Ranke ab, als fürchte er ein Geständnis zu machen. (Ebda., S. 152 f.).

Arnim hielt sich doch, bei aller Abneigung gegen sie, nicht fern von Rahel, denn sie schreibt in ihrem Brief vom 14. September 1827: „Soeben war Achim v. Arnim eine große, große halbe Stunde hier. Ich ließ ihr (Bettinen) sagen: ich besuche sie nicht, weil sie mir gesagt, sie liebe es nicht. . . . Er schien *ganz* mit ihr einverstanden, als müsse es so sein: sie ist klüger als er, und als Ranke: und wer weiß, was sie ihnen noch für *Lügen* eingeredet. Er läßt Dich *freundlichst* grüßen; bedauert, Dir keine Briefe gegeben zu haben an einen interessanten Arzt, Dr. Ringseis, vertrauten Arzt des Königs, und an den Architekten Klenze. [Varnhagen war eben in München.] Die Arnim hat auch bei ihm, bei Arnim, *so!* viel Milch, als in Rankens Erzählung: darauf ist sie eitel. . . . Ranke hat ihnen von Dresden Ein Wort geschrieben: die Bibliothekare sind dort verstockt. Bettina konnte – nach meiner ausführlichen Nachfrage bei Ranke – ihm *keine* Empfehlung nach Wien geben: ich aber *mußte* – dafür schreibt er *ihnen.*" (Briefwechsel VI, 174 f.).

Bettina hatte aber doch an ihre Schwester Lulu in Frankfurt geschrieben: „Liebe Lulu, ich rapple mich von meinem Krankenlager auf, um Dir ein paar Worte zu schreiben, die den Freund Savignys Professor Ranke Dir und allen Mitgliedern der Familie herzlich empfehlen sollen; er ist vom ersten Rang wissenschaftlicher Bedeutung, und im Umgang ist er der heiterste, harmloseste Geselle, Savignys Lieblingsunterhaltung." (Stoll II, 392). Sie schreibt ihm auch einigemale nach Wien. So Anfang Oktober 1827: „... Heute ist der fünfte Sonntag seit meines Kindes Geburt. Arm und Bein müde, die Augen voll Schlaf, die Kehle voll Wiegenlieder, werde ich selbst zum Kinde, das sich wundert, in dieser geheimnisvollen Welt zu sein, statt sich zu beklagen." Im selben Brief kommt auch eine Stelle vor, die zeigt, wie Bettina Briefe aufbewahrte und wie berechtigt Arnims schwere Vorwürfe waren: „Ich ging sogleich nach Hause, den Brief von Ihnen besser zu verwahren, den ich auch noch richtig zwischen dem rechten Backen und der Lehne meines Großvaterstuhles fand, wo ich ihn beim Empfang hinsteckte." (Th. Wiedemann, „L. v. R. und B. v. A." Deutsche Revue XX, 2, 1895, SS. 61, 64).

405. *Bettina an Arnim.*

Berlin – 23. Oktober 1827
[24. Oktober abgeg.]

Lieber Arnim,
ich erwarte Dich samt den Kindern täglich, ja stündlich, weil ich so lange keine Nachricht von Dir habe. Mit der Wirtin des Hauses war nichts anzufangen, ich muß das Reparieren der Öfen selbst übernehmen. Noch hab ich allerlei widerwärtige Ereignisse gehabt, die aber keinen Platz auf dem Papier einnehmen sollen. Morgen als am Montag werden Savigny's erwartet. Ich wollte wünschen, daß ich Dich bald wiedersehe; es muß notwendig eine andere Einrichtung mit der Kinder Unterricht getroffen werden, auch die Maxe muß lernen. Dazu würde es mir sehr wesentlich und erfreulich sein, mich mit Dir zu besprechen. Ich bin im Herzen unglücklich, keinen Menschen zu haben, der mit mir ist, der mein ist.

Vorräte wünsche ich zu haben, denn es läuft sehr ins Geld, bei den jetzt sehr erhöhten Preisen alles zu kaufen.

Ich schreibe Dir nur noch, daß ich Dich von Herzen liebe und mitsamt den Kindern aufs baldigste erwarte.

Bettine

406. *Bettina an Arnim.*

31. Okt. 1827

Lieber Arnim,
schon seit 8 Tagen erwarte ich Dich, jeder Tag vermehrt meine Sorgen, es ist mir undenkbar, daß Du so wenig Dich Deines Kindes erinnerst, was noch nicht getauft ist, und meiner, die jetzt so viel zu tragen hat, daß Du mir die Angst wohl ersparen würdest, wenn Dir nichts zugestoßen wäre. So denke ich jede Minute, und bin im Zweifel, ob ich nicht samt dem Kinde hinreise, denn ich sehe Dich immer im Bett, ohne Pflege, voll Schmerzen, ich wär auch schon bei Dir, wenn ich wüßte, wem ich die Wirtschaft und Sorge für die andern übergebe. So viel hab ich beschlossen, wenn ich diese Woche keine Nachricht habe, so reise ich anfangs der nächsten ab, und dann mags gehen, wie Gott will. Savignys sind schon 8 Tage hier, er leidet sehr, ist aber heiterer als ehemals. Gott wolle nur, daß Du gesund bist und aus bloßer Schlamperei mir nicht geschrieben, denn ich werde Dir bald verzeihen und auch die Not vergessen, die Du mir gemacht, wenn ich Dich gesund vor mir sehe.

Bettine

Das Kindchen gedeiht, macht mir aber viel zu schaffen.

407. *Bettina an Arnim.*

31. Okt. 1827

Lieber Arnim,
vor einer halben Stunde hab ich ein Schreckensbillet an Dich geschickt, weil ich wirklich nicht begreifen konnte, daß Du Dich gar nicht um uns bekümmerst, jetzt beeile ich mich Dir die Angst zu benehmen, die es Dir allenfalls machen könnte. Soeben ist Dein Brief angekommen, den Du am 23ten geschrieben, und wir haben den 1ten [abgeg. am 31. Okt.], also gerade 8 Tage.

Unsere Köchin ist zwar nicht gut im Kochen, besonders des Rindfleischs halber muß ich fast verhungern. Darum wünsche ich gerade, daß Du recht viel Eßbares schickst. Die Reich habe ich als Wirtschafterin angenommen, sie wird nächstens zuziehen. Da Du durchaus nichts für die Schuleinrichtung für Friede und Kühne getan, so bin ich selbst zu Klöden gefahren, er bedauerte sehr, daß ich zu spät kam, hat aber die Kinder zum nächsten Semester eingeschrieben; er hat so viel Nachsuchung von Vornehmeren, daß er ein neues Lokal haben muß; sein eigner Sohn, der auch studieren soll, ist auch in dieser Schule. Er hat mir versprochen, die Kinder bis zur Universität zu bringen; Du wirst Dich nicht ärgern darüber, wenn Du hörst, was ich lange voraussagte: sie haben den Friedmund bei Spilleke aus Groß-Quarta nach Klein-Quinta versetzt, obschon sie in die Zensur *untadelhaftes Betragen und angestrengten Fleiß* geschrieben, aber durchaus unfähig zum Studieren.

Lieber Alter, heute ist der 1te, *alle Leute wollen bezahlt sein.* Ich küsse Dich.

Bettine

[...]

408. *Arnim an Bettina.*

Wiepersdorf – 28. Nov. 1827

Liebe Bettine!

Ich bin glücklich angekommen, stecke aber in allerlei Terminen, zwei Ök. Kommissarien logieren hier in Separationsangelegenheiten, auch Hanow waltet oben, ich muß für Frühstück und Mittag sorgen und herausgeben, auch wohl kochen helfen.

Einliegend erhältst Du 50 Taler in Kassen-Anweisung. Die Stiefel des Herrn Sulzbacher sind zu eng, es ist dies der gewöhnliche Fehler der Berliner Schuster, durch das Ausweiten werden sie verdorben und früh schadhaft. Vielleicht passen sie dem Freimund. Ein Schuster, der diesen Fehler hat, ist nicht zu bessern, ich hatte ihm vergebens gesagt, daß sie so weit sein müßten wie die, welche ich trug, darum nimm ihn ja nicht für die Kinder an. Alle verdorbenen Füße kommen von zu engen Stiefeln in der Jugend.

In Dahme ist eine seltsame Historie auf dem Schlosse vorgefallen. Die Mad. Schulz hat wütende Eifersucht gegen ihre einzige Bekannte, die Oberamtmann Keiser gefühlt, aber lange unterdrückt. Endlich reist Keiser fort und sie gebietet ihrem Manne, die Frau nicht zu besuchen, bemerkt aber schon auf dem Markte freundliche Blicke zwischen beiden, so daß sie ihn schon unter wütenden Reden nach Hause führt. Dort trennen sie sich, sie geht zu einer alten Mad. Hermann, klagt ihre Not und sieht mitten in der Erzählung ihren Mann den höchst verdächtigen Weg der Straße von dem gegenüber liegenden Amthause zurückgehen. Wütend zerreißt sie einen Strickbeutel, einst ein Geschenk der Freundschaft jener Keiserin, tritt ihn mit Füßen, eilt nach dem Schlosse, stellt den Mann zur Rede, er leugnet, bei der Keiserin gewesen zu sein. Aber sie eilt hinüber, frägt ob ihr Mann dort gewesen, erhält von der Keiserin ein ruhiges Ja zur Antwort, springt zurück, wütet mit Händen und Füßen gegen den Mann, ja, noch nicht zufrieden, eröffnet sie das Schloßfenster und kanoniert mit schnöden Schimpfworten über Wall und Graben hinüber nach dem Amthause, wo die Keiserin am Fenster zu schauen. Der Mann umklammert sie und trägt sie vom Fenster zurück. Da schließt die Kunde, aber getrennt auf ewig sind die Häuser Schulz und Keiser, und mehrere abbittende Schreiben der Rasenden haben den schönen Kreislauf von Whistspiel, Abendessen u.s.w. nicht wieder herstellen können. Höhnend stehen die Stadtältesten zwischen beiden Häusern, von ihnen einst verschmäht, finden sie sich jetzt doppelt herrlich, nun beide vereinsamt in Winterzeit gleich Festungsgefangenen, ihre stolzen Häuser verschlossen gegeneinander, in Einsamkeit von Niemand besucht werden als von den wilden Tieren, Adlern, Hirschen, Affen, Mäusen und Tauben, denn diese Ménagerie ist wirklich auf dem Schlosse zu finden.

Der Himmel erhalte Dich und die Kinder.

Achim Arnim

Sage Freimund, wenn er es braucht, bei Klöden, soll er sich das Birtsche Lehrbuch von Dümmler holen.

409. *Bettina an Arnim.*

30. Nov. 1827

Lieber Arnim,

heute ist unser Kindchen ein Vierteljahr alt und es ist noch nicht einmal krank gewesen. Wenn ich mich erinnere, wie oft ich mir diese Zeit herbei wünschte, da ich noch schwanger war, und wie sie so sachte herbei geschlichen ist, ohne daß große Not war, und daß ich eigentlich an nichts Mangel litt als nur zuweilen an Geduld, so fühle ich mich sehr glücklich.

Mit Savigny geht es sehr verschieden; die Abende, welche er im Bette zubringt, lese ich ihm die Prätzel, Laun [Friedr. L., Ps. für Fr. Aug. Schulze] und [Friedrich Gustav] Schilling vor, und kann nicht genug erstaunen, mit welchem

Wohlgefallen er zuhört; besonders liebt er den Laun und die Späße von den Jungfern. Heute Morgen war Schleiermacher hier, als ich noch im Bette lag, er wollte Dir einen Gegenbesuch machen, läßt Dich vielmal grüßen. Ich muß doch sagen, daß wo Du ein wenig freundlich bist, man Dir allemal sehr entgegen kömmt; der Varnhagen scheint Dein Busenfreund zu sein, Holtei verehrt Dich höchlich, und so rennen Dir die [Kanikel?] in den Rachen, ich bin überzeugt, daß Dein Kolleg, wenn Du eines für Herren und Damen lesen wolltest, ebenso voll sein würde wie das von [Alexander v.] Humboldt, 800 an der Zahl. Alle Gänse und Gänschen gehen hinein, und so kömmt oft eine mit 6 bis 7 Jungen.

Mit den Schulangelegenheiten geht es jetzt ganz sachte, Siegmund ist im 1ten Zötus geblieben, eingekarzert wurde er auch nicht mehr. Die französische Stunde in meiner Stube zu halten macht mir Mühe, allein ich will doch so viel wie möglich verhüten, daß das Geld zum Fenster hinausgeworfen werde. Ich bitte, schreibe mir, daß Du wohl bist, mich friert, wenn ich an Dich denke, daß Du in dieser Kälte allein bist, und das Mitleid macht mich manchmal in Gedanken in Dein Bett schlüpfen. Unser Vorrat ist verzehrt bis auf einen Puthahn, der am Sonntag gespeist wird. Brot hab ich verkauft, so daß ich noch bis Mittwoch oder Donnerstag auskomme; ich erwarte also baldigst einen Wagen, wobei ich besonders auf Seife rechne, denn da die ganze Woche gewaschen wird, so wird sehr verbraucht; lasse mich daher nicht lange auf Proviant warten, denn Geld habe ich nicht, und was mir Savigny geben kann, ist auch nicht viel.

Adieu, ich küsse Dich und wünsche, daß Du bald wiederkommst. Du siehst vielleicht nicht ein, wie wesentlich mirs ist, daß Du hier bist, weil ich Dich so selten habe; mir gehts indessen wie dem Armen, dem der geringste Tropfen Öl auf seine Lampe immer Licht genug gewährt.

Bettine

Alexander v. Humboldt hielt im November 1827 eine Reihe von Vorträgen über Natur und Philosophie. Sie enthielten die Grundzüge seines großen Hauptwerks „Der Kosmos“, waren vielbesucht und wurden sehr berühmt. Caroline v. Humboldt, die Schwägerin, schreibt darüber an ihre Tochter Adelheid am 6. November 1827: „Alexanders Kollegium hat mit einem großen allgemeinen Beifall, mit einem gewissen Staunen über die namenlose Größe der berührten Gegenstände angefangen.“ Und am 7. Dezember: „Alexanders Vorlesungen, die zweiten, in der Singakademie, haben gestern ihren Anfang genommen.“ Sie führten in die „unermeßlichen Räume des Weltalls“. Wilhelm v. Humboldt berichtet seinem Schwiegersohn Hedemann am 10. Januar 1828, daß Alexander 1400, „wenigstens 1300 gewiß“, in seinen beiden Kursen, auf der Universität und in der Singakademie, habe und daß auch der König öfter dabei erscheine, „der übrige Hof fehlt nie“. (W. u. C. v. Humboldt, S. 325 f.).

Varnhagen berichtet Ranke am 8. November 1827: „Herrn v. Humboldts Vorlesungen, von mehr als 400 Zuhörern besucht, worunter Generale, Gesandte aller Art und wobei doch der Bursch als Hauptperson sich erhält, sind eine bedeutende Erscheinung.“ Im selben Brief steht auch: „Von Circe-Bettina weiß ich diesmal aus eigener Anschauung wenig zu sagen. Da auch Herr von Wildermeth eine neue Reise nach Europa angetreten, so weiß ich nicht, wen sie gerade jetzt hegt; man nennt einen jungen Maler, ich kenne ihn nicht; so viel ist gewiß, sie muß immer jemand im Stall haben.“ (Th. Wiedemann, „L. v. R. und V. v. E., ungedruckter Briefwechsel“, Deutsche Revue XX, 3, 1895, SS. 175–190).

410. *Arnim an Bettina.*

Wiepersdorf, d. 6. Dez. 1827

Liebe Bettine!

Dein Brief hat mich erfreut, weil er der erste war seit langer Zeit, der nichts Betrübliches, Besorgliches enthielt. Ich sende Dir, was ich zusammenschaffen konnte. Hätte ich den schnellen Abgang des Frostes geahndet, so würde ich einige Tage früher gebraut haben, nun ist das Bier noch zu frisch. Inzwischen erhältst Du 12 Flaschen Treuenbriezener zur Probe, wie es Dir schmeckt und bekommt, auch wie es sich transportieren läßt.

Sollte es wieder so kalt werden, so bette die vier Knaben wieder zusammen in die Kammer bei der Stube, wo jetzt Freimund und Friedmund hausen, sie halten einander besser in Aufsicht und Ordnung, und dahinter ist es kaum ohne Heizung möglich zu schlafen. Die Konsumption von Brennmaterial ist ungeheuer in unserer Wirtschaft. Vielleicht tätest Du auch besser, für die kalte Zeit wieder Deine ehemalige Stube zu beziehen, sie heizt sich besser als die Mittelstube, und meinen Bedürfnissen genügt die kleine Stube, die ohnehin wegen des Torwegs darunter Dir leicht Erkältung der Füße machen kann. Du sprachst auch einmal davon, im Zimmer des Kindes zu schlafen, das sich gewiß besser heizen läßt als das kleine zugige Schlafzimmer und der Gefahr nicht ausgesetzt ist, daß die Klappe einmal zu früh zugemacht wird.

Ich sende einen Schreibtisch mit zum Weihnachtsgeschenk für eins der Kinder, dem er noch fehlt. Meines Wissens hat Friedmund noch keinen, oder ist der von Siegmund jetzt vielleicht zu klein geworden, so kann getauscht werden.

Gestern war Herzberger Markt bei furchtbarem Regenwetter, ich mußte hin, um alte Pferde abzusetzen, denn der Preis des Futters steigt, und es könnte endlich Mangel eintreten. Überhaupt, sowie Du jetzt wohler bist, lasse Dir möglichst die Beschränkung täglicher Ausgaben ans Herz gelegt sein. Die Kinder brauchen immer mehr und sind sie an unnütze Bedürfnisse gewöhnt, so schmeckt die künftige Entbehrung umso härter.

Ich küsse Dich und die Kinder recht herzlich.

Achim Arnim

411. *Bettina an Arnim.*

[8. Dez. 1827]

Lieber Arnim,
der Knecht will in diesem Augenblick abgefertigt sein wo er kömmt, also nur mit wenig Worten die Meldung, daß alles gesund ist und zweitens die Berechnung des Geldes, was Du zurückließest:

20 Taler	der Schneider (also 2 Tlr. 20 gr. abgezogen)
10 Taler	für Siegmunds Schulgeld
4 Taler	Bosch – Monatsgeld
7 Taler	Johann für notwendige Ausgaben
9 Taler	der Köchin für 8 Tage –
6 Taler	Lohn an das Hausmädchen –
6 Taler	Lohn der Köchin
12 Taler	Lohn an Johann

im Ganzen – 74 Taler – Ich hatte Deine 50 Taler noch nicht und Savigny hat mir 100 Taler vorgestreckt, jetzt ist die Ochernal noch zu bezahlen mit 5, dann Max und Armgard Schulgeld mit 4,12 –
dann französ. Stunde von Leffens mit 4

13,12 –

Du wolltest auch, daß ich den Siegmund Unterricht nehmen ließ bei Püllemann, dieser ist zu teuer, jede Stunde kömmt 12 gr., ich laß ihn daher bei Leffens lernen unter meiner Aufsicht, mehr kann ich nicht tun. Die Sparsamkeit in Lebensmitteln, die Du mir empfiehlst, ist schon so genau, daß es nicht strenger einzurichten geht. Ich setze den Fall, daß ich den Kindern die Schrippen, die sie zum Frühstück essen, versagte, so essen sie das doppelte in Butter. Die vorige Köchin kochte zu schlecht, als daß ich alle Tage hätte Rindfleisch essen können. Jetzt wird jeden Tag 3 Pfund Fleisch für uns geholt und 2 Pfund für die Leute, von weniger kann ich nicht leben, wir sind zu 13 Menschen im Hause, die wollen leben. Seit 6 Tagen waren die Lebensmittel all, wir haben in allem mit Brennöl und Nebenausgaben, 2 Taler 12 gr. im Durchschnitt vertan. Wenn Du übrigens glaubst, daß meine Gesundheit so fest ist, so wisse, daß ich bei dem Wechsel der Leute, wo ich abends in die Speisekammer und Küche ging, mir eine Verkältung zugezogen, wo mir vom Wirbel des Kopfes längs dem Hals herunter eine Drüse neben der andern geschwollen ist, manche so dick wie ein Taubenei. Du kannst denken, daß dies sehr beschwerlich ist, besonders nachts mit dem Kind an meiner Seite. Ich schlafe nie eher ein bis um 6 morgens, wo das Kind in seine Stube getragen wird, daher kann ich auch nicht in derselben Stube schlafen weil es morgens viel zu viel Lärm macht. Es wird keine Amme so viel Entbehrungen, so viel Lasten tragen wie ich, also beruhige Dich über die Ausgaben, sie sind notwendig, Gott wird darüber mich nicht zur Rechenschaft fordern. Was nun den Mangel anbetrifft, den unsere Kinder einmal mit der Zeit könnten zu leiden haben, so kann ihnen der auch zukommen, wenn wir Haufen Goldes für sie aufgespeichert hätten, und im Gegenteil hat mancher mit wenig oder nichts angefangen, dessen Fähigkeit nicht vernachlässigt war, und hat nie Sorge gespürt. Du spürst Sorge, weil Du sie im Charakter hast, sonst würdest Du auch sorgenfrei sein. Wenn Du mir etwas vorwerfen kannst, so ist es, daß ich allenfalls eine Metze Äpfel mehr kaufe als notwendig, um den Kindern den Appetit zu stillen. Mahne mich nicht mehr zur Sparsamkeit, ich gehe täglich nach dem Herde, nehme das überflüssige Holz zurück, lehre die Leute, wie man wenig Holz bei dem Einheizen braucht. Ich trage nur Schwarz, auch keine Mützen, um die Wäsche nicht zu vermehren, trage jetzt einen 6 Jahr alten Winterhut; ich habe keinen warmen Mantel und lasse mir auch keinen machen, gehe nicht ins Konzert und Oper, obschon Musik mein einziger Lebensgenuß ist, kurz ich weiß keinen Artikel der mich anklagte; aber Hemden muß ich für die Kinder kaufen. Gott hat mir das Glück geschenkt, daß ich mir mit dem Stift, mit dem ich schreibe, am Zeichenbrett manchmal die Grillen vertreibe; sonst lebe ich wie in der Bastille, nur mit mehr Sorgen und Unbequemlichkeit wie die Gefangenen. Ich bin jedoch zufrieden und verlange nicht besser und sehe mit großer Ruhe und Gelassenheit dem Ende meines Lebens entgegen. Ich hoffe, daß wer von uns den andern überlebt, doch überzeugt sein wird, daß der Geschiedene es gut gemeint hat; so hoffe ich gewiß, daß Du wenn ich früher sterben sollte, mich lieb genug hast, um in meinem Sinn freundlich gegen die Kinder zu sein.

Friedmund lernt sehr gut, Kühnemund schneller aber unartiger, Siegmund ist zurückgekommen. Ich habe Dir im letzten Brief nicht gesagt, daß ich noch einen Strauß mit Neudecker wegen 4stündigem und 8stündigem Arrest hatte, es ist jetzt alles beigelegt, sollte es wieder von vorne anfangen, so lasse ich Siegmund auch noch bei Klöden einschreiben, solang es noch Zeit.

Das kleine Kind ist wohl, Max und Armgard haben beide aufgebrochene Zehen von der Kälte; ich muß besonders letztere deswegen aus der Schule behalten. Adieu, ich grüße und küsse Dich herzlich und will auch in diesem Brief nicht geklagt haben, sondern Dir nur Bescheid sagen über alles, was Dich ängstigt.

Bettine

412. *Arnim an Bettina.*

Wiepersdorf, d. 22. Febr. 1828
[24. Febr. abgeg.]

Liebe Bettine!

Deinem Wunsche gemäß vermelde meine glückliche Ankunft. Der Pelz ist von der Mamsell sehr verehrt und belobt worden. Von Neuigkeiten giebt es nur wenig. Conrad, der Alte, ist in Kleinbeeren gestorben, vielleicht hatte der Branntwein, der da sehr wohlfeil, seine Lungenentzündung bewirkt. Ich quäle mich, Geld einzunehmen; sonst wäre mir ganz heiter ums Herz. Schreibe mir, wer die beiden Miniaturen gewonnen. Der Frost dauert, aber er ist nicht lästig; ob er dem Getreide viel geschadet hat, ist noch zweifelhaft.

Schulz in Lebuse hat sich mit der adligen Gesellschaft in Herzberg sehr entzweit, weil er zu einem Balle eine besondere Stube dort als Eßzimmer für sich forderte und einen Wagen mit Silberzeug anfahren ließ. Ich glaube, mein Bruder würde den Einfall sehr hübsch finden, ihn auch mit seinen Messer und Gabel samt Tee- und Ohrlöffel nachmachen, wenn die Gelegenheit sich ihm darböte. Von Stephan bekomme ich noch 1 Taler, den Du in meinem Namen von ihm einkassieren kannst, wenn Du ihn zufällig siehst.

Von der Eselin ist noch nichts zu sagen, ich will ihr jetzt Geschirr machen lassen; sie soll mit dem H. Sohn im Sommer alle Bierfuhren besorgen, es sei denn, daß sie in Wochen kommt.

Mit tausend herzlichen Wünschen für Dich und die Kinder

Dein A. Arnim

413. *Bettina an Arnim.*

4. März 1828 [abgeg.]

Lieber Arnim,

viel Neues, was Du vielleicht schon weißt, weil ich mich nicht beeilt habe, es Dir zu melden: 1^{stens} Canitz ist nach Constantinopel um das Betragen des Herrn von Miltitz zu untersuchen, indessen ist dieser schon abgereist und wird ihm unterwegs begegnen: 2^{tens} Marie Voß ist Braut des Herrn v. Radowitz zum Erstaunen der ganzen Welt, die sehr verschieden darüber auguriert. Er hat es bei Savigny angezeigt und gebeten Dir anzuzeigen: „Wie Gott es gut mit mir meint!" das sind seine eigenen Worte. 3^{tens} bei Serviere, der mir 12 Fl. *Lünel* geschickt hat und 5 Fl. Eau de Lavande, welches beides für Dich verwahrt bleibt, hat es gebrennt, 4^{tens} und letztens, nachdem der Doktor Necher die Stob vollkommen hergestellt, die Bettina sehr auf die Besserung gebracht, ist es ihm endlich gelungen in Savigny's Krankheit zuvörderst eine Veränderung hervorzubringen, und seit 8 Tagen fühlt er sich ganz ohne Schmerz, nur noch eine Ermattung an dem Ort seiner Schmerzen und eine Melancholie, die zuweilen noch eintritt, jedoch nicht anhält. Necher hält ihn zwar noch nicht für geheilt, behauptet aber steif und fest, daß er ihn heilen werde. – Wolfart wollte pfiffig sein und gab Fischenich die Medizin welche Necher verschrieb, jedoch in größerer Dosis, dieses brachte eine sehr üble Wirkung hervor und Necher putzte ihn herunter, wobei Wolfart wie ein Schulkind war. Ich habe die Frau Kuberg zu Necher gebracht, er hat ihr etwas verschrieben und ihr die sichere Hoffnung gegeben, daß sie in kurzem gesund sein werde; die Schinkel ist darüber erbittert und sagt, wenn sie auch gewiß wüßte geheilt zu werden, so würde sie nie etwas einnehmen. [...]

Gneisenau war seit Deiner Abreise wieder da um Dich zu besuchen. –

Johann hat, nachdem ihm 8 silberne Teelöffel gestohlen worden, aufgesagt und beharrt darauf, zu gehen. Ich hatte ihm zwar den Ersatz der Löffel, welcher 8 Taler beträgt, geschenkt, weil ich fürchtete, daß es ihn zur Untreue verleiten könne, wenn er ersetzen müsse, und war daher sehr verwundert, daß er aufsagte.

Die Schiller [Emilie, Tochter Schillers] sehe ich heute Abend; ich habe von anderen gehört, daß sie es sehr bedauerte, Dich nicht mehr hier zu wissen, ich glaube, daß ich es ihr zu danken habe, wenn ich Dich bald wiedersehe, worauf ich sicher rechne.

Was das Geld anbelangt, so tut es mir leid, daß ich es nicht festhalten kann; beiliegende Rechnung wird Dir zeigen, wo das Geld hingekommen ist. Ich habe von Savigny etwas für meine Rechnung genommen, womit ich zugeschossen, wovon ich aber nur noch die Hefen habe; also entschließe Dich, mir bald etwas zu schicken. Das kleine Kindchen ist recht wohl und die andern auch; die Schulangelegenheit mit Friede und Kühnemund muß ich ins Reine bringen; da Du nicht dafür gesorgt, so sei nachher nicht böse, wenn es vielleicht nicht Deiner Einsicht nach geht.

Leb herzlich wohl und schicke bald einen Wagen. Aus beifolgender kleiner Rechnung wirst Du sehen, daß ich nichts ausgegeben, als was die Notwendigkeit mir aus den Händen gerissen hat, und ich denke auch, daß Du bis jetzt mit eigenen Augen hast eingesehen, daß ich mir nie eine Ausgabe hab zu Schulden kommen lassen, die ich nicht hätte verantworten können, außer manchmal eine Metze Äpfel für die Kinder.... [die Rechnung] ...

Heute wird noch Holz gefahren, dann vom 1sten Johanns Lohn, dann noch die Rechnung von Gabain welche 22 Taler beträgt, dies alles wird mir das wenige, was ich von Savigny für meine Rechnung bekommen konnte bald wegspeisen. Von mir sei überzeugt, daß ich nicht das Mindeste weder zu meinem Staat noch zu meinem Vergnügen verwende, und lasse Dich hierdurch nicht ärgern, sondern vielmehr Dich überzeugen, daß ich es mir zur Pflicht rechne, soviel wie möglich nach Deinem Willen zu handeln.

Ich küsse Dich herzlich.

Bettine

414. *Arnim an Bettina*

Wiepersdorf, [5. März 1828]
[im Original fälschlich 5. Febr. datiert]

Liebe Bettine!
Durch Siegmunds Brief hatte ich aller Wohlsein vernommen und freue mich dessen von Herzen. Wer die beiden Bilder gewonnen, schreibst Du mir nicht, ich hatte darum in meinem Briefe gebeten.

Sobald ich nach Berlin komme, werde ich etwas griechischen Unterricht für den Siegmund besorgen, ich bin betrübt, daß er mir soviel unbedeutende Kleinigkeiten über seine Lehrer erzählt und nichts über ein so reelles Bedürfnis.

Eine Menge Geschäfte, Kreistage, Gerichtstage, Sep. Termine habe ich hier vorgefunden, doch hoffe ich in der Mitte dieses Monats bei Dir eintreffen zu können, wo es dann Zeit ist wegen künftigen Schulunterricht der Kinder das Nähere zu beschließen. Ich gestehe, daß mir das Neue der Gewerbschule eine innerliche Sorge macht; wohin die Gymnasien führen, weiß man, und für den Friedmund insbesondere wäre die Cöllnische Schule vielleicht besser, weil nur eine alte Sprache gefordert wird, hingegen viel Realunterricht erteilt wird. Doch die Sorge bleibt bis Berlin ausgesetzt, hat doch jeder der Tage seine eigene Plage.

[. . .]

Den einliegenden Brief an meinen Bruder laß gleich durch Johann hintragen.

Der gelbe Wagen wird jetzt nach gründlicher Verbesserung aller Fehler grün lackiert und ein rechter Staats- und Ehren-Wagen, worin Du zur Akademie der bildenden Künste fahren kannst, wenn Du zum Ehrenmitglied aufgenommen bist.

Dem Savigny sag nur, daß ich meinen Glückwunsch zu seinem Geburtstag bis zu meiner Ankunft in Berlin aufspare.

An Heiderlizchen denke ich oft, wie ich es aufs Bette gelegt habe, es ist gar ein liebes Kind.

Jetzt ist böses Wetter, der Himmel erhalte Dich und die Kinder gesund. Nun ich hoffe, die Zeit ist nicht fern, wo Du den Kindern die verruchten Federbetten fortnehmen kannst, ich denke nachts mit einem wahren Abscheu daran, daß sie unter Federbetten liegen.

Ich küsse Dich herzlich

Achim Arnim

415. *Bettina an Arnim.*

7. März 1828

Lieber Arnim,

die Miniatur 47 hat Prinzeß Wilhelm gewonnen, die andere ist trotz aller Bemühung nicht auszumitteln und muß deswegen an Götzenberger geschrieben werden; denn in die Zeitung solls nicht gerückt werden. Eine politische Neuigkeit wird Dich interessieren, die Proklamation der Türken nämlich, die so gut verfaßt ist, soll von Miltitz selbst den Türken gemacht sein, und deswegen ist Canitz hin um es zu untersuchen. –

Die Frl. Borstel sah vor wenig Tagen im Schloß eine weiße Gestalt in einem berüchtigten Gang, in welchem sich die weiße Frau meistens zeigt; da diese vor ihr zu flüchten schien, ja endlich sich auf dem Gang in eine Ecke duckte, so kriegte die Borstel Mut und lief ihr nach und schrie nach Licht; es kamen von allen Ecken Bedienten herbei und beleuchteten die Gruppe welche aus der Borstel bestand, die auf der Brockhausen lag, beide weißgekleidet hielten sich einander für die weiße Frau.

Meinen Brief, worin ich Dir die Heurat des Radowitz meldete, wirst Du wohl empfangen und Dich gewundert haben, andre Leute haben sich auch gewundert. Eine Kur, die jetzt viel Aufsehen macht, ist die von Müffling, er badet in destilliertem Wasser, und nachdem er gebadet, so ist das Wasser chemisch untersucht worden, und so fand sich eine Masse der verschiedenartigsten Stoffe darin, so daß sie gar keine Auseinandersetzung zu Stande bringen konnten, Phosphor war indessen das meiste. – Savigny's Kopfweh ist am 8ten Tag wieder eingetreten, jedoch vermindert, zum Glück hatte dies der homöopathische Arzt vorausgesagt, und so wurde das Vertrauen nicht gestört; er giebt jetzt nicht nur Hoffnung sondern behauptet mit Gewißheit, daß er ihn gänzlich herstellen werde. Fischenich, der sich ihm auch anvertraut hat, wurde durch seine Mittel sehr krank und wollte verzweifeln. Seit 3 Tagen bessert er sich merklich. –

Daß Johann fortgehet, ist jetzt entschieden. Er war unter keiner Bedingung zu halten; ich habe einen andern im Vorschlag, der sehr empfohlen wird, bei seiner letzten Herrschaft 6 Jahre war und nur entlassen wird, weil der Herr auf Pension gesetzt ist und keinen Bedienten halten kann. – Ich schicke Dir zwei Flaschen Lünel, mehr wirst Du in 14 Tagen nicht herunterbringen, und eine Flasche Riechwasser.

Letztlich komme ich mit der besten Nachricht: Wenn Sie an Arnim schreiben so grüßen Sie ihn und sagen ihm, er soll mich nicht vergessen, sagte gestern Abend Fräulein Schiller bei Savigny, wo sie mit bloßem Hals den schönsten Nacken zeigte. –

Heiderlizchen ist allerliebst, es hat sich das Janken angewöhnt und sagt immer Dadadada, wenn es aber freundlich ist, so sagt es baba.

Was die Schulangelegenheit anbelangt, so unterwerfe ich mich Deinen Ansichten, denn es ist dem Gegenstande angemessen, obschon Deine Bemerkung, daß Du Dich vor dem Neuen fürchtest, durchaus nicht einleuchtend ist, besonders da man mit Recht entgegnen [kann], daß der alte Schaden der Gymnasien nur durch seine Dauer so giftig geworden ist, daß ein Kopf, der nicht zu den stärksten gehört, sich dort auf keine Weise durchbohren kann. Schreib Dirs hinters Ohr, daß Du dem Friedmund einst keine Vorwürfe machen willst, wenn der den Anforderungen keine Folge leisten kann, da er vielleicht unter einer weniger turbulenten Leitung manches gelernt hätte, was ihn durchaus glücklich gemacht haben würde, denn ich kenne wenig Kinder, die soviel Ausdauer haben. Was mich anbelangt, so habe ich keine Ambition, daß sie bedeutend werden sollen, denn es ist nicht der Rede wert, was einer mehr begreift, wie der andre, vor Gott spielen wir alle das Spiel, daß wir mit verbundenen Augen auf einer geraden Linie zu gehen glauben; Gott allein sieht, daß wir schief gehen. Daran gemahnt mich besonders der gebildete Offizier, der mit großer Überzeugung, daß er nicht fehl gehen könne sagt, die Homöopathie sei die lächerlichste aller Charlatanerien, während dem Dr. [Friedrich] Necher die bedeutendsten Kuren gelingen. Apropos, ich war gestern bei Pistor; Tieck war wie ein Ohrwürmchen gegen mich, setzte sich bei Tisch neben mich, flüsterte mir ins Ohr unter Erbittung der Diskretion: er sei bereit Goethes Statue nach meiner Skizze zu machen, denn die Familie Bethmann habe durchaus nicht Lust in Rauchs Kontrakt mit Moritz B. einzugehen, und so würde dies wohl unterbleiben. Ich sagte ihm, daß sich schon mehrere Bildhauer zur Bearbeitung meiner Skizze erboten hätten, daß aber die Frankfurter einstweilen die Sache ungemacht zu lassen gedächten.

Wenn ich wär wie Du, schrieb ich an die Schiller ein billet doux, sie hat den besten Willen, eine freundschaftliche Verbindung mit Dir einzugehen; Herz und Seele erziehen sich nur in so feinen, liebenden, menschlichen Verhältnissen, wo alle Äußerungen wichtig sind und beachtet werden; wenn ich an unsere Schwester Sophie denke, wie wichtig ihr ihre Verbindungen waren, wie glücklich sie manchen durch ihre Teilnahme gemacht hat, welche herrlichen Briefe sie geschrieben, wie manches Bessere sie angeregt, unterstützt hat, so möchte ich behaupten, daß es der teuerste Schatz ist im Leben, edle Herzen sanft zu bewegen und allmählich wahrhafte Teilnahme, feste Freundschaft für einander zu empfinden.

Adieu, leb tausendmal wohl, könnte ich Dir alle Sorge vom Haupte nehmen und dafür Dir allen Genuß verschaffen, der Dich glücklich machte, so würde meine Zärtlichkeit für Dich sein wie die Liebe zu einem Kunstwerk, was mir gelungen.

Wie mein Betragen auch immer sein mag, so ist dies dennoch meine Grundempfindung und sehnlichster Wunsch, den mir Gott verwirklichen möge.

Soeben nehme ich den Knecht in Augenschein, welcher nach Kühnemunds Bemerkung ganz *malibarisch* aussieht, ich vertraue ihm daher den Lünel nicht an, besonders, da er gestern mit der 6ten Wurst erst nach strengstem Befehl herausrückte. Der Lünel bleibt Dir also aufbewahrt, wo Du auch Deine Begeisterung besser benützen kannst; ich rechne darauf, daß Du mir schreibst wenn Du kömmst, und daß Du meine ökonomischen Bedürfnisse, welche ich im letzten Brief angezeigt, nächstens befriedigst.

416. *Arnim an Bettina.*

Wiepersdorf, der 12. März 1828

Liebe Bettine!

Grüß die Knaben und dank ihnen in meinem Namen für die Briefe. Der Abgang des Johann tut mir allerdings leid, er war ordentlich in seiner Arbeit, bescheiden und gab wenigstens, soweit ich bemerken konnte, den Kindern kein böses Beispiel durch freche Reden. Übrigens war er teuer und auf unseren Vorteil nicht sonderlich achtsam, was sich freilich auch nur selten findet. In jedem Fall nimm keinen vornehmen Bedienten, vielmehr sprich immer davon, daß der Angenommene Hausknecht werden solle, sonst weigert er sich nachher aller Arbeit. Auch brauchst Du ihm nicht soviel Gehalt zu geben wie dem Johann, der das auch erst später erhielt, weil Du mit ihm besonders zufrieden warest. Der Himmel weiß allein, wie es bei den steigenden Ausgaben für die Kinder künftig werden soll. Es ist mir lieb, daß ich das Quartier für den nächsten Winter nicht behalten habe, denn soviel Holz habe ich noch nie verbraucht; ein paar Tage vor meiner Abreise hatte ich erst Holz und Torf fahren lassen, und aus Deiner Übersicht sehe ich wieder neuen Torf in Rechnung. Der Krieg gegen die Türken scheint endlich doch unvermeidlich und der Türkenfall tritt nun wirklich ein. Um Dir Geld zu senden, schließe ich den Brief in Dahme, wo ich die Kassenanweisungen eingewechselt, zugleich werde ich wohl einige Karpfen mitgenießen, eine bescheidene Wollust.

Sobald ich Geld habe, komme ich, heute waren nur diese siebzig Taler beisammen, welche ich mitsende.

Möge Necher sein Meisterstück an Savigny vollenden, grüße alle recht herzlich.

Dich und Heiderlitzchen und alle Kinder küsse ich herzlich –

Achim Arnim

417. *Bettina an Arnim.*

Berlin, 15. März 1828 [abgeg.]

Lieber Arnim,

der Brief mit dem Geld ist da. Einen Bedienten für 9 Taler monatlich hab ich angenommen. Die Köchin liegt im Bett. Die Mamsell kocht und scheint guten Willen zu allem zu haben; mit dem nächsten Wagen schicke Grütze und Gratze, d. h. die ganze Litanei, welche ich im vorigen Briefe gebetet habe. Maxe hat das Scharlachfriesel gehabt; ist dabei gesund; die Schiller hat mich besucht, mit der Bardeleben. Sie hat wieder von Dir gefaselt, besonders will sie böse auf Dich sein, weil Du ihr nichts vorgelesen. Meusebach hat sich in die Kur des Doktor Necher begeben, ich muß die Correspondenz zwischen beiden besorgen, weil sie zu weit von einander wohnen.

Mit Savigny gehts in aufsteigender Linie, jedoch mit Unterbrechung; sein Vertrauen ist indessen nicht gemindert, und der Arzt hat die feste Überzeugung, ihn zu heilen.

Heiderlizchen hat ein Zähnchen ohne Kranksein, es schlägt immer mit der Zunge dawider. Das ist meine beste und letzte Nachricht. Adieu, ich küsse Dich von Herzen und hoffe Dich recht bald zu sehen.

Bettine

418. *Arnim an Bettina.*

Wiepersdorf, 17. März 1828
[18. März abgeg.]

Liebe Bettine!

Wenn ich um einige Tage später eintreffe, als ich erst mir vorgenommen (meinen Brief mit den 70 Talern wirst Du erhalten haben), so schreibe das einem kleinen Unwohlsein zu, von dem ich schon wieder genesen bin, das mich aber doch in Hinsicht des Reisens vorsichtig macht. Mich überdeckte nämlich in einer Nacht bei geringem Fieber eine Art Ausschlag, rote Flecken, über den ganzen Körper, besonders dicht auf der Brust, wie ihn hier die Kinder in der Umgegend, unter andern bei Kessler hatten, ohne daß man aber von Gefahr hört. Ich brauche deswegen auch keinen Arzt, nahm Abends Fliedertee und die Schwitzpulver von Wolfart und wurde in vier Tagen, doch nicht ohne Fieber, von dem Übel frei. Ob dies nun Scharlachfieber gewesen oder ein Friesel oder was sonst, weiß ich nicht, denn Kesslers hatten ebensowenig einen Arzt befragt, sondern Flieder und den lieben Gott walten lassen. Es ist mir lieb, daß ich ihn nicht in Berlin bekommen, ich hätte sonst Heiderlitzchen ohne Absicht damit quälen können, ich selbst war wohl in zehn Tagen nicht bei Kesslers gewesen und hielt mich für ganz gesund.

Vor dem 1sten bin ich gewiß in Berlin, soweit menschliche Vorsätze reichen, ich denke sogar schon den 24ten einzutreffen, vielleicht früher.

Der Lünel ist richtig eingegangen durch den Knecht, ich danke Dir und Serviere dafür. Ganz unter uns, aber sage es niemand, möchte ich die Vermutung aufstellen, es sei ein Fabrikat neuer Erfindung. Zwar ist es lange her, daß ich keinen Lünel getrunken, aber soviel ist mir doch erinnerlich, daß der Zucker nicht so stark durchzuschmecken war. Sage ja dem Serviere kein Wort davon, denn einmal könnte ich mich irren, und dann wäre ein Geschenk herabgewürdigt, wäre es aber wahr, und er hatte diese Spekulationen, so könnte es ihn um so mehr ärgern. Seit ich weiß, daß dem Champagner in Frankreich nachgeholfen wird, kann das Gleiche auch dort schon dem Lünel begegnen.

Ich muß schließen, der Bote wartet, sei herzlich umarmt mit den Kindern.

Achim Arnim

419. *Bettina an Arnim.*

19. März 1828

Lieber Arnim,

soeben erhalte ich Deinen Brief mit der Nachricht Deiner Krankheit, die gewiß nichts anderes als das Scharlachfriesel ist, da Du gar kein Halsweh noch Üblichkeit gehabt. Max hatte es auch, sie war über den ganzen Leib scharlachrot mit kleinen Flecken besäet, besonders auf der Brust und hatte 4 Tage Fieber, wurde von Wolfart mit Fliedertee und Zitronensäure behandelt. Du hast wohl meinen Brief, in dem ich Dir die Ankunft des Geldes und Heiderlitzchens 1sten Zahn melde; was wirst Du Dich verwundern, wenn Du hörst, wie es auf Kommando schon die Händchen zusammen schlägt und Papa sagt! Nun muß es nur noch erfahren, daß Du der Papa bist, welches ohne Deine Gegenwart nicht geschehen kann.

Das Geheimnis von Servieres Lünel hab ich leider erprobt, denn ich habe davon getrunken und habe geglaubt, ich sei vergiftet; es hat sich auf ein kleines Glas eine Schwere durch alle meine Glieder ergossen, eine sonderbare Angst, die mir den Schweiß austrieb, mir war, als müßte ich die Augen verkehren und kurz, es dauerte zwei Stunden, da nahm ich eine große Partie heiß Milch und mir wurde besser, aber zwei Tage spürte ich's noch, und ich habe seitdem zuweilen wieder Magenkrampf; ob's daher kommt, weiß ich nicht; ich hätte nicht gewiß daran geglaubt, obschon ich es Savigny sagte, daß ich eine Empfindung habe, als sei ich von dem Wein vergiftet; aber Deine Bemerkung zu meiner macht mir die Sache wahrscheinlicher. Neues giebts nichts, als daß der Doktor Necher heute Morgen mit seinem Herzog abgereist ist, zum Jammer aller Kranken und mit tausend Segenswünschen begleitet; Savigny ist nicht ganz hergestellt aber bedeutend besser. Auf Bettina Sav. hat es außerordentlich gewirkt, die Frau von Alopeus ist durch ihn von einer langwährigen Krankheit geheilt, Fischenich hat große Erleichterung erfahren, was Wolfart bekennt. Er hat über 300 Medizinen ausgeteilt, von niemand einen roten Heller genommen;

ich hab ihn noch gestern Abend an sein Haus begleitet, er ist von Charakter ein sehr angenehmer, freundlicher Mensch.

Lieber Alter, Siegmund und Freimund möchten gern mit Leffens die Ferien, welche d. 25ten anfangen, in Wiepersdorf zubringen. Da Du nun herkömmst, so weiß ich nicht, ob es angeht, allein Siegmund plagt mich, daß ich Dir schreibe, Du sollst ihm die Jagdtasche und Flinte heraus tun damit, wenn Du zugiebst, daß sie mit dem zurückgehenden Wagen hinreisen, er sein Antlitz an diesen lang entbehrten Schätzen weiden könne.

Adieu, ich küsse Dich herzlich und freue mich des Wiedersehens.

Bettine

420. *Arnim an Bettina.*

Wiepersdorf, d. 23. April 1828

Liebe Bettine!

Ich bin glücklich angekommen, fand aber hier große Klagen über die Gewitter mit Schloßen und vielem Regen, was überall Schaden getan hat, besonders den Fruchtknospen in den Bäumen. Auch einiger Ärger fehlte nicht, weil nach Aussage des Knechts die Köchin ihn versichert hatte, Du hättest einen Brief bekommen, in welchem gestanden, Gruhl täte nichts als mit der Mamsell spazieren zu gehen, diese hatte das sogleich an Gruhl berichtet, ich mußte den Knecht ausfilzen usw. Es ist ordentlich merkwürdig, wie reich geschwängert die Berliner Luft mit dergleichen Geklatsch ist; selten geht eine Fuhre nach Berlin, daß nicht dergleichen unnütze Gerede mitzurückgefrachtet werden. So viel weiß ich nun mit Bestimmtheit, daß Bosch kein brauchbarer Führer der Kinder ist, wir können Gott nicht genug danken, daß es so abgegangen; er hat den Kindern die Flinten in die Hand gegeben, ohne sich nur im mindesten um die Art zu kümmern, wie sie damit umgingen, so sind sie weder dem

Freimund noch Siegmund anvertraut worden. Auch hat er sich hier durchaus nicht um die Kleineren bekümmert, die bis 10 Uhr umhergelaufen und mit den Bauernjungen Zoten geredet haben. Ich fühle immer deutlicher, daß es mit den Kindern in bisheriger Einrichtung nicht geht, daß wir einen ernsten Führer für sie brauchen oder sie lieber fortgeben müssen in eine billige Kostschule. Die wenigen Viertelstunden am Tisch Mittags ausgenommen, sind sie ganz dem Gesinde preisgegeben, ohne Umgang mit anständigen Kindern ihres Alters. Da wir dem Leffens so viel für Nebenunterricht geben müssen, so wäre jemand, der dies mitübernähme, nicht einmal teuer zu nennen. In Hinsicht Freimunds muß ich bemerken, daß er in den letzten Tagen sehr bleich aussah und daß ihm Wolfart aus Vorsorge wohl ein wenig Chinin geben könnte, da kalte Fieber wieder sehr häufig werden.

Die letzten Tage haben das Wasser sehr abgetrocknet, alles grünt mit alter Lieblichkeit, der Spargel steigt und die menschliche Sehnsucht.

Dahme

Ich schließe meinen Brief in Dahme, um Dir einliegende achtzig Taler zu schicken, damit Du in keine Zahlungsnot gerätst. Wie bald ich Lebensmittel sende, kann ich nicht sagen, da wegen der Saatzeit die Pferde sehr im Gedränge sind.

Ich küsse Dich und die Kinder.

Achim Arnim

421. *Bettina an Arnim.*

5. Mai 1828 [abgeg.]

Lieber Arnim,

Du wirst denken, Dein Geld sei verloren gegangen, weil Du keine Antwort hast; ich habe so viel Not gehabt, daß ich alles vergessen habe, jedoch bin ich beinah glücklich durch alle Drangsale gekommen; 1[stens] war unser Kindchen sehr krank bei dem Durchbruch des zweiten Zahns, 2tens hat sich unser Bedienter so sehr dem Trunk ergeben, daß er mir alle mögliche Not macht, jetzt liegt er in Folge eines trunkenen Streiches zu Bette, sowie er gesund ist, schicke ich ihn weg und nehme nie wieder einen Bedienten; wir haben einsehen lernen, daß er bei der jetzigen Lebensart zu entbehren ist; morgens kommt der Stiefelputzer und macht alles rein, bei Tisch wartet das Mädchen auf, und die Kinder holen mich Abends ab. –

Du schreibst mit Besorgnis über die Kinder, daß sie mit dem Gesinde umgehen; sie sind gehörig beschäftigt und kommen nicht dazu; Kühne und Friede sind in der Schule öffentlich gelobt worden, sind sehr zufrieden in ihrem Verhältnis zu den Lehrern, und ich danke Gott, daß sie mit Lust in die Schule gehen und die tragischen Geschichten aufhören. Siegmund ist auch jetzt viel zufriedener, Pfund ist ganz ohne Falsch. Freimund ist meine rechte Hand, er steht mir treulich bei in allen Unannehmlichkeiten und hat mir erst dieser Tage bewiesen, daß er sehr praktisch ist; das einzige was mir jetzt noch Sorge macht, ist Max und Armgard; bald werde ich alles ins Gleis bringen. Die Goldschmidt ist krank, und einer ihrer Lehrer hat die fallende Sucht; ich habe schon mit der Böck durch die Bardeleben sprechen lassen.

Unsere Mamsell ist letzt abends in der kleinen Straße die nach dem Holzplatz führt, mit einem jungen Cousin verschwunden und erst nach 1 Uhr in der Nacht wieder zum Vorschein gekommen; ich schließe, daß der Stern der Venus darum am selben Abend so schön leuchtete.

Es geht hier ein boshaftes Gerücht, Ranke sei katholisch geworden, er schrieb mir gestern voll Jammer und bat mich zu widersprechen. Die Schiller ist gestern abgereist und läßt Dich noch tausendmal grüßen. Die Helvig hatte zu guter letzt den Wach ins Bräutigamsnetz gezogen, und wie ich bemerkt, ist er ganz verliebt. George hat an Savigny geschrieben, daß er mir bei Mendelssohn einen Credit von 500 Taler eröffnet, dieses Geld lasse ich womöglich unangerührt bis zu Deiner Badereise, damit Dir dies kein Hindernis wird, etwas für Deine Gesundheit so Notwendiges zu tun; also richte Dich ja ein, daß Du dieses Jahr es nicht versäumst, ich kann und darf es nicht dulden, daß Du in Deinen besten Jahren, mit einem so kräftigen Leib so viel Krankheitsstoff in Dir herbergst.

Unser Kindchen scheint Dich diesmal nicht so schnell zu vergessen. Wenn es in Deine leere Stube kommt, so ruft es ganz ernsthaft: Papa!

Adieu, ich küsse Dich von Herzen,

Bettine

Der Brief Rankes, den Bettina erwähnt, ist offenbar der vom 25. April 1828, für den W. P. Fuchs, der Herausgeber der Rankebriefe, Rahel v. Varnhagen als Empfängerin vermutet, während Helmolt in seinem „Leben Rankes" wohl richtig Bettina mutmaßt: „Ich sehe doch, was ich nicht geglaubt hätte, daß ich Feinde haben muß. Wissen Sie, daß, wenn irgend ein Mensch jemals davon entfernt gewesen ist, katholisch werden zu wollen, so bin ich es. Nie ist es mir, auch nicht im mindesten, in den Sinn gekommen. ... Unmöglich ist es mir, ausfindig zu machen, woran eine so alberne Lüge sich knüpfen mag." (Das Briefwerk, S. 157). Bettina schreibt ihm dann im Mai: „Durch Schickung Gottes kam ich in eine Gesellschaft von hundert Personen; man forderte mich auf zu bekennen, daß Sie katholisch geworden ..." (Wiedemann, S. 68).

422. *Arnim an Bettina.*

Wiepersdorf, d. 5. Mai 1828
[6. Mai abgeg.]

Liebe Bettine!

Ich bin in Sorgen, weil ich gestern, wo ich deswegen allein nach Dahme fuhr, nachdem ich in Bollensdorf gegessen hatte, keinen Brief von Dir vorfand. Allerlei quälende Vermutungen drängen mich, und ich schicke deswegen meinen Brief heute über Jüterbog, da die Post in Dahme jetzt durch Naglers Verbesserungen nur zweimal geht, sonst ging sie viermal nach Berlin. Dazu kommt, daß ich Dir laut Postschein vom 25. April 80 rh durch die Dahmer Post sandte, in Kassenanweisungen, auch dies hätte Dich wohl veranlassen sollen, mir zu schreiben. Der Wagen soll übermorgen gehen, vielleicht schon ankommen, wegen des Bieres mußte ich einige Tage zögern, das alte war schon zu alt, das frische kann erst dann gefahren werden; dazu kommt ungewöhnlicher Drang in der Wirtschaft, weil durch die gewaltsamen Regen und späten Fröste alles in diesem Jahre verzögert worden. Überhaupt haben die Saaten in dieser Gegend allgemein gelitten, doch kann die Witterung manches wieder gut machen.

Den neuen Landrat habe ich hier zugleich mit Hanow bewirtet nach besten Kräften, wobei der Lünel figurieren mußte, auch die Separatisten waren hier. Der neue Landrat scheint ein tätiger Mann, der uns aber mit polizeilichen Angelegenheiten viel unnütze Quälerei machen wird.

Mit meiner Gesundheit geht es im Ganzen besser, doch abwechselnd nach der Witterung. Von hiesigen Bekannten ist nicht viel Merkwürdiges zu melden, das Dich interessieren könnte, auch habe ich bald Gelegenheit Dir mit dem Wagen zu schreiben. Zum 20ten werde ich wegen des engeren Ausschusses in Berlin eintreffen müssen.

Die Kinder ermahne fleißig zum Guten, zum Ernst, zur Ausdauer, ist das vorhanden, wird sich Scherz und Freude von selbst zu ihnen gesellen. Wenn ich nachts erwache, quält mich wie eine seltsame Schwermut, was die Kinder in den Schulen werden pecciert haben, diese Leiden hatte ich nie geahndet, ich kannte aus meiner Natur, welcher Eifer [zur] Ordnung mich mit der Schule ergriffen, und dachte, es müsse so mit allen Menschen sein.

Heiderlitzchen und Dich küsse ich tausendmal.

Achim Arnim

423. *Arnim an Bettina.*

Wiepersdorf, d. 7. Mai 1828

Liebe Bettine!

Ich habe seit der Abreise von Berlin keine Nachricht von Dir und den Kindern. Vorgestern schrieb ich deswegen über Jüterbog; über Dahme hatte ich Dir am 23ten einen Brief mit 80 rh gesendet. Ich habe nur noch Erfindung für allerlei mögliches Unglück und bin beständig dadurch gestört. Du erhältst, was sich jetzt zusammenbringen ließ; selbst durch zwei Stuten, die gefohlt haben, bin ich in meinen Sendungen beschränkt und kann diesmal nur 2 Pferde vorspannen. Das Hühnervieh und die Enten legen jetzt, Puten sollen brüten.

Ich denke, daß 4 Bibeln angekommen sind von Dümmler, 2 Basler sind für Freimund und Siegmund bestimmt, die beiden Hallischen für Friedmund und Kühnemund. Ermahne recht ernstlich den Kühne zur Ordnung, er hat von allen die meiste Unbesonnenheit.

Mein Bauwesen in Bärwalde beschäftigt mich jetzt sehr, ich tue es wahrlich nicht zum Vergnügen, aber die Stallung läßt sich mit allem Stützen nicht mehr halten, und ich besorge, daß ein Sturm mein Vieh zusammenschlagen kann. Da muß ich auf und nieder, nach allen Richtungen, um das Richtigste auszumitteln, ich kann mich wohl dem Archimedes vergleichen.

Aber der Mai wirkt noch in seltsamen Träumen, und so erfreute mich diese Nacht eine treffliche Musik, viel schöner als die Kantate auf Dürer, die Spielerin aber, gewiß eine Muse, geigte mit einem gewöhnlichen Violinbogen auf einer sehr faltenreich eingeknifften Halskrause, vier Stimmen sangen dazu und der Clemens riß allerlei Witze; die Lieder waren alle von mir, und zwar war es sehr merkwürdig, während ich sie sagte, sangen jene alle gleich vierstimmig. Zelter zog schon im voraus die Augenbrauen, schlug den Takt, und während die Leute sangen schrien sie zugleich, daß sie sich erstaunlich gut amüsierten.

Noch muß ich erwähnen, daß Du den Kalbskopf ja sogleich abkochen läßt, wie er ankommt, er verdirbt sonst.

Spargel war heut so wenig, daß Du für 2 Groschen in Berlin Dir denselben Genuß verschaffen kannst.

Über meine Badereise bin ich mit mir selbst noch nicht einig, in jedem Fall würde ich für den Juli nicht fortkommen und wähle vielleicht als das Wohlfeilste eins der schlesischen Bäder.

Ich küsse Dich und Heiderlitzchen und die andren Kinder. Der Himmel erhalte Euch gesund.

A. Arnim

424. *Bettina an Arnim.*

7. Mai 1828

Lieber Arnim,

soeben erhalte ich Deinen Brief vom 5ten Mai; ich bekenn mich schuldig, daß ich Dir nicht gleich geantwortet habe. Ich habe indessen viel Sorgen gehabt und gänzlich auf die Antwort vergessen; unser Kindchen war krank, 5 Nächte hab ich mit ihm gewacht, es hat ein neues Zähnchen produziert; außer diesem hat sich noch sonstiger Verdruß ereignet, Du bist nicht geeignet, sowas mit Gelassenheit anzuhören, drum erspar ich Dirs. Soviel habe ich fest beschlossen, keinen Bedienten mehr anzunehmen; unser Trunkenbold der, sowie Du abgereist warst, sich gänzlich seiner Lieblingsneigung überließ, hätte mich ins größte Unglück bringen können, Gott hats noch glücklich gewendet. Freimund hat sich dabei vor Ärger das kalte Fieber geholt; ich hatte zwar auf Dein Geheiß geachtet und ihm bei Wolfart eine Medizin zur Vorsorge machen lassen, allein er war nicht zu bewegen, sie zu nehmen, weil er glaubte, daß er dann krank werde; ich hoffe indes, daß es bald vorübergeht, denn er hat einen nur sehr leichten Anfall.

Über die Schulangelegenheiten hab ich Dir im letzten Brief geschrieben, Friede und Kühne haben alle Lehrer zu Freunden, sie werden sehr gelobt beim Rektor, sie arbeiten zu Hause sehr fleißig und haben nicht wenig zu tun, so daß Bosch klagt, er könne im Lateinischen nicht mit ihnen vorwärts; ich hab ihm daher den Rat gegeben, ihnen die halbe Stunde bloß Latein zu lehren und die andre Hälfte ihre Arbeiten durchzusehen; was Siegmund anbelangt, so hat auch er keinen Schuljammer mehr, dies nehme ich als eine Gnade von Gott an, denn es drückte mir bald das Herz ab; mit den beiden andern nehm ich die französischen Schulaufgaben durch, dies wird mir sehr sauer, Friedmund hat eine Kopfschwäche, daß ihn das geringste in Angst bringt, und ich muß über die Gebühr mit ihm Geduld haben.

Soeben kömmt der Wagen mit allem, und ich ersehe, daß mein früherer Brief noch nicht in Deinen Händen war, sollte er verloren sein, da ich ihn auf die Stadtpost gegeben? Mache Dich übrigens gefaßt, daß ich Dich diesmal nicht loslasse von Deiner Badereise. Denn mir jeden Augenblick eine Wahrscheinlichkeit zu denken, daß Du unter fremden Menschen krank liegst, ist mir zu peinigend. Deine Anlage zur Gicht hat jährlich zugenommen, ich würde mich schämen, je an meine Gesundheit zu denken, wenn ich nicht alles täte, um Dich zuvörderst zu einer so wesentlichen Fürsorge zu bewegen, und so könnten unsre Kinder um Vater und Mutter zu früh gebracht werden.

Ich weiß nicht, ob Du die Streitigkeiten zwischen den Taschenspielern und Saphir in den Zeitungen gelesen; es hat einer Rühls Unterschrift mißbraucht, um mehrere Aufsätze gegen Saphir drucken zu lassen; man hat Rühl aufgefordert, anzuzeigen, daß er es nicht sei, er lehrt aber durch sein Betragen, wie man sich zu verhalten habe, indem er der Zeit überläßt, diesen Irrtum aufzuklären oder auch nicht.

[Ferdinand] Grimm, den Du in seiner Krankheit besucht, war hier, um sich zu bedanken, und heute hat er der Max und Armgard Bonbon gebracht und den ganzen Abend mit den Kindern gespielt; er hat von seinem Bruder Wilhelm Nachricht, daß sein Kindchen sehr krank sei. Es kostet mich zwar meine Nachtruhe, allein wie sehr muß ich Gott danken, daß wir bisher noch glücklich durchgekommen. Savigny hat wieder eine schlimme Zeit jetzt, schon seit 3 Tagen. Varne ist auf dem Sprung auszuziehen, er gilt jetzt garnichts mehr. Die alte Goldschmidt ist sehr krank; sonst nichts neues, außer daß Schinkel vor ein paar Tagen bei mir war, ganz heimlich und mir ein Stück seiner Komposition für das Museum zeigte, mich veranlaßte, eine Gruppe Taunymphen zu komponieren; er hat durch Dich die erste Idee zu der Komposition erhalten, und ich erinnerte ihn daran, er meinte ja, es sei was ganz wesentliches für einen Künstler, vertraut mit einem Menschen wie Du zu werden, da könne er sich seinen besten Vorteil holen; allein so bepackt mit Geschäften wie er, fühle er sich meistens außer dem Gleise eines menschlichen Umgangs. Was ein groß Geheimnis ist von ihm, ist, daß er seinen Abschied fordern will von der Oberbaudeputation, um diese Komposition selbst zu malen, die schon über 100 Figuren zählt und noch nicht in der Hälfte ist.

8. Mai

Heute kann ich Dir noch zum Schluß melden, daß Freimund sich wohl zu befinden scheint, ich hoffe sein kaltes Fieber wird nicht gar ausbrechen. Adieu, versündige Dich nicht an Gott mit Klagen über die Kinder, sie sind alle gut, Kühnemund ist am leichtesten zu regieren, er lernt gerne, hat enthusiastische Liebe zu seinen Lehrern, wenn sie ihn nicht mißhandeln, und hat außerdem ungemeine Fassungsgabe, Friedmund ist jetzt in einer Epoche der Unbesonnenheit, was jedoch seine Schulpflichten anbelangt, ist er im höchsten Grade gewissenhaft, er erhält gutes Lob für Ordnung und gute Schrift. Siegmund ist am wenigsten mit sich einig, wenn nur ein menschlich Gefühl in seinen Lehrern sich gegen ihn auftut, so wird dies viel würken, besonders da er vorher so viel Ungerechtigkeit erfahren. Freimund hat großen Fleiß, zugleich hat er ungemein viel Konsequenz, und ich fühle mir in ihm eine wahrhafte Stütze, das sich in der letzten Zeit sehr bewährt hat; ich muß Dich also nochmals vermahnen, nicht noch Deine Gesundheit mit Sorgen zu schwächen, sondern Dich Deines Glücks zu freuen. Wenn wir von äußerer Not befreit bleiben, so haben wir alles was der Mensch begehren kann. Mit Bosch bin ich auch zufrieden, er tut, was er kann. Adieu, ich freue mich, daß die Zeit nun bald da ist, wo Du die Bekanntschaft mit Heiderlitzchen erneuern wirst.

Bettine

Am 9. Mai 1828 schickt Bettina den Homöopathen Dr. Necher zu Goethe mit einem Empfehlungsschreiben, das die erste Erwähnung ihres Oktoberfestes enthält: „Die flüchtigen Augenblicke, die mir bei tausend Sorgen übrig bleiben, habe ich schon seit geraumer Zeit zu einer Composition in der bildenden Kunst verwendet, die ziemlich umfangend; sie stellt das Oktoberfest des Königs v. Bayern dar zusamt dem Pferderennen im Basreliefstil, es ist mir gelungen, ohne Combination, unter vorwaltender Naivetät, eine Composition von Hunderten Figuren zu bilden ..." (Schriften d. Goethe-Ges. XIV, 195). Ludwig I. hatte am 12. Oktober 1825 den Thron bestiegen. Zum Andenken an seine Vermählung mit der Prinzessin Therese v. Sachsen-Hildburghausen wird alljährlich das Oktoberfest in München auf der Theresienwiese veranstaltet.

425. *Arnim an Bettina.*

Wiepersdorf, d. 11. Juni 1828

Liebe Bettine!

Mein Brieflein, worin ich Dir melde, daß die Schmidt nicht kommen kann, wirst Du erhalten haben. [Erhalten, aber hier nicht abgedruckt.] Auch keine andere ist mir aufgekommen, die ich zum Entwöhnen des Kindes empfehlen könnte. Vielleicht will Dir das Glück nach so vielem Dienstbotenelend endlich wohl und fördert eine gute Kinderfrau ins Haus.

Ich bin hier in großen Baugeschäften, der Bärwalder große Stall ist abgerissen und soll neu aufsteigen. Sonntag oder Montag den 16ten denke ich nach Berlin mit der Wolle zu kommen. Zufälligkeiten könnten ein paar Tage verspäten, darum habe keine Sorgen.

Die beiden Esel haben nun Geschirr und Wagen und ziehen vortrefflich. Sie bringen täglich vier Fuhren Klee vom Felde, die ungefähr so viel betragen wie zwei starke Fuder.

In Lebuse wird eine große Auktion stattfinden. Der alte Schulz in Berlin hat die neu entdeckten Salinen bei Gotha übernommen, wohin sein Sohn abgeht.

Die Witterung, welche Dir in Berlin vielleicht lästig ist wegen der Regenschauer, ist auf dem Lande sehr angenehm, weil man sich ohne beschwerliche Erhitzung viel bewegen kann, auch hat sie von den Übeln des Winters viel ausgeglichen, und wir erwarten eine ziemliche Ernte, wenn keine Heuschrecken kommen.

Ich erflehe vom Himmel Dir Gesundheit und Zufriedenheit, küsse Dich und die Kinder recht herzlich in Gedanken.

Achim Arnim

426. *Arnim an Bettina.*

Wiepersdorf, 23. Juni 1828

Liebe Bettine!

[. . .] Ich überzeuge mich aus allen Büchern von der Trefflichkeit des Bades Aachen, trinke aber seit gestern von dem Wunderbrunnen, der bei Aussig unweit Mühlberg, wie ich Dir berichtet, mit großem Brausen dieses Frühjahr entstanden. Aus dem Ländchen sind halbe Dörfer dahin gewandert, ob einer geheilt, weiß ich nicht. Gruhl hat mir eine Flasche abgegeben und ich versuche morgens ein Glas. Es schmeckt nach nichts als nach dem Pfropfen der früher einer Branntweinflasche angehörte. Nach Hahnemanns Ansicht muß das Wasser eben drum viel wirken, weil nichts darin enthalten ist. Der Zulauf zu dem Brunnen ist so groß, daß die Leute oft lange mit der Füllung warten müssen. Zehn Fässer sind nach Hamburg gegangen. Den Leuten hier ist einerlei, was ihnen fehlt, der Brunnen soll für Alles dienen wie ein Berliner Mädchen. Wenn die Berliner Mediziner von der Sache hören, stellen sie gewiß eine Schildwache beim Brunnen, daß Niemand trinken soll.

Ermahne die Kinder zu allem Guten, ich hoffe, daß der Freimund in seiner Besserung fortfährt und nebenher seine Schularbeiten treibt, auch wenn er die Schule selbst noch nicht besuchen dürfte.

Ich küsse Dich und die Kinder herzlich,

Achim Arnim

427. *Bettina an Arnim.*

2. Juli 1828 [abgeg.]

Lieber Arnim,

ich bin angeführt worden, Dein Bruder hatte mir gesagt, Du würdest gewiß am 2ten hier sein und da sich Dein Brief mit dem Gelde verspätete, so glaubte ich es sei nicht mehr nötig Dir zu schreiben, Du mußt also nicht übelnehmen, daß Du so spät Antwort bekömmst. Pitt ist in Verzweiflung, daß Du noch nicht hier bist, er erwartet Dich auf jeden Fall innerhalb 8 Tagen, Du hältst ihn auf mit seiner Reise. Ich bin also im voraus überzeugt, daß ich Dich in dieser Woche noch sehe und schließe, denn ich habe heute am 2ten, wo die neuen Leute kommen, zu viel zu tun. Ich bitte, vergesse nicht das Handtücherzeug, unsere Vorräte sind auch alle, und ich erwarte, daß bald ein Wagen kommt.

Heiderlitzchen ist gesund, Freimund auch, aber noch sehr schwach.

Von Herzen Adieu,

Bettine

428. *Arnim an Bettina.*

Wiepersdorf, d. 5. Juli 1828

Liebe Bettine!
Heuschrecken, Hagelschlag und Bauten hemmen noch alle meine Schritte zu den Bädern. In der vorigen Sonntagnacht hatten wir hier eins der furchtbarsten Gewitter, die ich je gehört, mit Schloßen, es dauerte von 10 bis 2½ Uhr nachts. Das Wasser strömte so durchs Dorf, daß es meinen Garten füllte, und was nicht vom Hagel an Gartengewächsen litt, das ertrank, und dieses Jahr war ich übermäßig reich an Gartengewächsen. Von dem Felde, das assekuriert ist, wurde nur ein kleiner Teil beschädigt. Der schönste Mondschein wechselte mit der Dunkelheit der Wetterwolken. In den Tagen darauf wurden Versuche gemacht, den Garten auszuschöpfen. Gegen die Heuschrecken wird der Krieg in Gräben geführt. Dabei hatte ich Übergabe in Herbersdorf, Gerichtstag und Bauten überall.

Meinen Brief mit den 150 rh wirst Du empfangen haben und die Miete berichtigt sein, ich hätte mehr geschickt, aber ich dachte schnell selbst anzukommen und Porto zu sparen. Nun wird wohl Savigny die Gefälligkeit haben und das Nötigste vorstrecken, wenn Dir etwas fehlen sollte.

Ende nächster Woche hoffe ich das große Gebäude in Bärwalde zu richten.

In *Lebuse* war große Auktion, wohin ich Gruhl schickte, um vielleicht ein gutes Gewehr wohlfeil für Freimund zu erhalten, aber vergebens. Ich schließe in Eile in größter Hitze mit den herzlichsten Wünschen für Dich und die Kinder.

Achim Arnim

429. *Arnim an Bettina.*

Wiepersdorf, d. 9. Juli 1828

Liebe Bettine!

Die beiden Söhne sind glücklich angekommen, nachdem sie die Nacht bei einem Feldhüter kampiert und mit ihm Leuchtkugeln in die Luft geschossen haben. Für Freimund war in Hinsicht des Fiebers einiges Risiko.

Die Hagelassekuranzsache und der Bau lassen mich noch nicht fort. Freitag wird gerichtet. Ich war fast beständig auf der Landstraße. Meines Bruders Ungeduld kann ich mir nicht erklären, denn ob die Sache einige Monat früher oder später abgemacht wird, scheint vollkommen gleichgültig.

Ich schreibe nur wenig, eigentlich bloß um Dich wegen der Kinder zu beruhigen, denn wahrscheinlich trifft mein Wagen mit Victualien früher ein als dieser Brief.

Mich wundert, daß mein letzter Brief, der Dir vom großen Gewitter mit Hagel Bericht erstattete, nicht vor Abgang der Kinder eingetroffen; wahrscheinlich ist er jetzt in Deinen Händen.

Auf meinen Salatbeeten fing ich einen Karpfen und andre Fische.

Lebe wohl und sei herzlich begrüßt und geküßt mit den Kindern.

Achim Arnim

430. *Arnim an Bettina.*

Wiepersdorf, d. 10. Juli 1828

Liebe Bettine!

Daß die beiden Jünglinge hier glücklich angelangt, habe ich Dir schon gestern geschrieben, ebenso, daß ich zwischen Bauwesen, Hagelentschädigung und Heuschrecken im Wasserüberfluß meines Gartens schwimme. Nun quält es mich auch, ob ich die beiden hier allein zurücklassen soll, wenn ich reise. Überhaupt, ob ich bei so mancherlei dringenden Aussichten reise? Vom Quartier schreibst Du auch nichts.

[. . .]

Einliegend ein Brief von Siegmund, der sehr schmutzig aussieht.

[. . .]

Ich küsse Dich und die Kinder.

A. Arnim

431. *Bettina an Arnim.*

[12. Juli 1828]

Lieber Arnim!

[. .]

Pitt wird Dir nun wohl selbst seine blauen Wunder vorgemacht haben, er wird Dir auch erzählt haben von Savigny's Ungelegenheit mit dem Quartier. Was nun Deine Unentschlossenheit anbelangt mit dem Reisen, so kann sie mich nur betrüben; Deine Schwäche besteht im Zaudern und Unentschlossenheit; die Kinder können recht gut ein paar Tage allein dort bleiben, Du darfst Dir nur ein Versprechen von ihnen geben lassen, das zu meiden, was Dir gefährlich scheint; ich bitte Dich, frage gar nicht mehr, ob Du gehen sollst oder nicht, sondern halte es für ein Muß; bedenke doch, was Du für einen Winter zugebracht hast, keinen Tag ohne Leiden; das nächste Jahr wird sich das Übel mehren, und Du bist Schuld daran; ich sage Dir zum letzten Mal, Du bist Dir und Deinen Angehörigen schuldig, diesen Sommer menschlich mit Menschen und für Deine Gesundheit zu verwenden. Und nun verliere ich kein Wort mehr, denn es kränkt mich, daß Du, der krank an Leib und an irdischen Sorgen ist, gar nicht dazu kommen kannst, einmal diesen Sorgen zu entgehen.

[. . .] Du mußt Dir die größten Vorwürfe machen, wenn

Du im nächsten Winter krank wirst. Du lebst nicht wie ein Mensch, Du kannst Dir nichts zu Gefallen tun, und Deine eigene Seele wird Dich einmal anklagen, daß Du unmenschlich gegen Dich gehandelt hast.

Ich bitte Dich nur nicht aus Rücksicht auf die Kinder Deine Reise zu unterlassen, sie sind hier in Berlin während den Ferien schlimmer dran als dort. Du kommst also doch gewiß Ende nächster Woche. Das Kind hat jetzt 4 Zähne und ist lustig und grüßen Dich die andern und ich küsse Dich von Herzen.

Bettine

[...]

432. *Bettina an Arnim.*

[Mitte bis Ende Juli 1828]

Lieber Arnim!

In Hoffnung, Dich bald zu sehen, schreibe ich Dir nur ein paar Worte, daß nämlich alles gut und richtig angekommen. Dein Bruder war soeben hier und zeigte mir eine Dose, welche er von der Großfürstin Helene, die sich 3 Tage hier aufhielt, bekommen.

Daß Du Homöopathie gebrauchst, ist sehr gut, da es nichts zu sagen hat, ob man daran glaubt oder nicht, so kann es immer seine beste Wirkung tun. Von hier aus kannst Du nach Kassel, von da nach Frankfurt und Wiesbaden und Dich da nach Herzenslust stärken. Pistor, der ohne eine Reise nach England zu machen, zurückgekommen, erwartet täglich, daß er abermals abreise; da könntest Du vielleicht eine Strecke mit ihm. Vergesse nicht der Wirtschafterin den Auftrag zu geben, die großen Hambutten vor der Gartentür abzumachen und mitzuschicken; sie sind hier sehr teuer oder vielmehr gar nicht zu haben, und ich und die Savigny möchten sie gern einmachen. Adieu, mache so bald wie möglich

Deine Herkunft, daß Du den Sommer nicht ganz verstreichen lassest.

In Hoffnung Dich bald zu sehen küsse ich Dich herzlich.

Bettine

433. *Arnim an Bettina.*

Wiepersdorf – 23. Juli 1828

Liebe Bettine!

Die Kinder, Wolf und Gruhl in Compagnie haben zwei Rehböcke geschossen, mit einem wird der Versuch gemacht, ob er genießbar zu Dir kommt. Laß Dich durch einigen Geruch nicht abschrecken, Kohlenpulver verbessert den gleich, aber es gehört dazu ein praktischer Verstand und etwas Genie, um es anwenden zu können. Sende an Savigny einen Braten, aber sogleich nach dem Empfang, auch fürchte ich, daß die Köchin mit dem Braten nicht fertig wird. An Einlegen in Essig ist nicht zu denken, wohl aber an Abwaschen damit, an Spicken und Abbraten. Sorge für ihn nur einige Minuten bei der Anfertigung, nachher genieße ihn, wenn er nicht ganz verdorben, ohne Kritik und erzähle dabei den Kindern etwas Gutes.

Bis zum Hallischen Tor mußte ich weinen über das trostlose, sich immer neu gestaltende Gesindeelend unserer Berliner Wirtschaft, so etwas giebt es in ganz Berlin nicht, Tantalus, Sisyphus und die übrigen Leidenden der Unterwelt sind in einem viel besseren Zustande, denn ihre Leiden sind bekannt, diese aber erneuen sich stets in überraschender Weise.

Sobald das Dringendste hier verrichtet, reise ich. Die Kinder sind wohl und grüßen herzlich –

Ich umarme Dich in großer Eile, Alles – damit der Rehbraten nicht verdirbt.

Achim Arnim

434. *Arnim an Bettina.*

Halle, d. 29. Juli 1828

Liebe Bettine!

Sadon, Sadon, so leben wir alle Tage in dem allerbesten Saalathen! Du wirst fragen, was Sadon ist? Ich weiß es nicht zu sagen, obgleich ich es sehr oft gesungen habe, es wurde uns aber bei dem Worte immer wohl zumut, und kein Mensch kümmert sich um die Bedeutung. Was aber Saalathen, wird Dir die Geographie sagen, da Halle an der Saale liegt.

Mein Abschiedsabend wurde von Freimund durch ein großes Feuerwerk verherrlicht. In der Begeisterung seiner Schwärmerei warf er aber die Funken des einen der Kiepe zu nahe, wo das große Werk stand, die Kiepe wurde zum pot-au-feu und tourbillon, es leuchtete, knallte, prasselte in derselben, daß sie nach allen Seiten wackelte und halb verbrannte, so ging das Feuerwerk in wenig Minuten in die Luft, freilich ohne Schaden doch auch ohne Lust. Ein seltenes Wunder entdeckte sich dabei. In der Kiepe lag eine Flasche mit etwa 1/2 Pfund Pulver, die wenn sie gesprungen wäre uns schwer verletzen konnte durch die fortgeschleuderten Glasstücke. Diese Flasche war zum Glück zugestopft, sie fand sich zum Verbrennen heiß in der Kiepe, war aber noch unversehrt. Vielleicht ist der Unfall doch so viel nütze, daß sich die Kinder überzeugen, wieviel nötige Vorsicht ihnen zur Feuerwerkerei noch fehlt. Die Kinder werden zur rechten Zeit nach Berlin spediert mit Butter und Brot.

Auf dem Wege war mir das merkwürdigste die Einrichtung des Pretscher Schlosses als Mädchenwaisenhaus, um die Mädchen aus dem Potsdamer Waisenhause dahin zu schaffen. Alles war mit dem Bau beschäftigt. Nie hat ein so schönes Waisenhaus bestanden. Die prachtvolle Lage am Elbufer, der reizende Garten macht es zu einem Waisenhause für Prinzessinnen. Wenn nun die armen Kinder erwachsen sind, müssen sie in irgend ein dunkles Loch kriechen, um ihr Brot zu verdienen.

Die Gegend um Halle hat sich überall verschönt und belebt, die neue Chaussée nach Berlin macht sich vortrefflich mit ihren Obstbäumen, überall sind neue Landhäuser in schöner Umgebung hervorgetreten. Der Weg nach Giebichenstein ist schön geebnet und bepflanzt. Ein Prof. Gondi hat eine große Gartenanlage bei Lafontaine gemacht, ebenso Doktor Eberhard und Doktor Düsse. Wenn man genau nimmt, ist Reichardt die Wurzel von allen diesen Bäumen, er kam zuerst darauf, die Felsen bei Giebichenstein zu bepflanzen, ihm folgte Bartels, dann Reil. Bartels hat jetzt die Insel bei Gimmeritz, zu der ich mit Reichardts so oft glückliche Fahrten machte, als Garten geordnet, eine Chaussée an der Saale bis zum Überfahrplatz geführt; kurz das aufwachsende Geschlecht genießt das doppelte von dem, was uns beschieden war.

Vor Wehmut blieb mir beinahe das Herz stehen, als ich bei Reichardt vorüberging. Als ich nachher mit Bartels eintrat durch einen Seitenweg, ohne nötig zu haben, mit dem jetzigen Besitzer zu reden, kam es mir vor, als wäre der ganze vernichtete Menschenkreis der da in so schöner Geistestätigkeit sich regte, noch beisammen, nur getrennt, wie es wohl auf halbe Tage geschah, durch verschiedene Beschäftigungen. Das Fenster meines Zimmers war mit Weinlaub zugewachsen, ein freundlicher Schutz gegen die Sonne. Mein Steinsitz war noch vorhanden, aber die Bäume davor so emporgewachsen, daß ich nichts von der Aussicht nach dem Wasser mehr haben konnte. Wenn wirs auch an den Kindern nicht merken, daß wir alt werden, so merken wirs doch an den *Bäumen*, sagte ich zu Bartels. Der verstand aber an den *Beinen* und ich sagte, daß er auch recht habe, denn wenn ichs nicht an den Beinen merkte, so hätten mich keine acht Pferde nach Aachen fortgerissen.

Nun sei herzlich geküßt mit den Kindern, der Himmel schenke Dir ein Quartier nach Deinem Behagen, das aber bleibt gewiß, die Unannehmlichkeiten eines alten kennt man, die eines neuen sieht man selten voraus.

Ludwig Achim v. Arnim

435. *Arnim an Bettina.*

Halle, d. 31. Juli 1828

Liebe Bettine!

Auf rosenrotes Papier schreib ich Dir noch einen Gruß aus Halle, wo ich wegen der Schnellpost zwei Tage weilen muß. Ich habe sie zum Baden in Sole benutzt, die mir auch recht wohl tat, dabei mancherlei gesehen, einen Abend bei Prof. Bluhme, den andern bei Bartels in Giebichenstein angenehm verlebt. Tausend Grüße von Bluhme an Savigny, er rechnet darauf ihn in Berlin während den Ferien zu besuchen. Er und Frau und Kind sind alle gleich liebenswürdig.

Bartels hat die ehemalige sogenannte Nachtigalleninsel, die halb dem Staate gehörte, mit dem Vorwerke Gimmeritz gekauft und zu einem Garten eingerichtet, wohlüberlegte Gänge durch das dichte Gebüsch gezogen, unter andern eine Aussicht durch das Gebüsch nach der Saale hin gehauen, daß die Gegend vollständig wie ein Gemälde, in grünem Rahmen wohleingefaßt, vor Augen steht, ein Versuch, den ich in der Art noch nie gesehen, weil dieser Rahmen vielleicht die Breite von hundert Schritten hat und diese Art Gebüsch eine völlig dichte Heckenwand bildet. –

Der Hauptgrund meines Schreibens ist der Wunsch, recht bald etwas von Dir und den Kindern zu hören; deswegen schlage ich Dir vor, einen Brief an Forstmeister Steffens in Aachen zu schicken, wo ich ihn sogleich bei meiner Ankunft finde. Morgen denke ich in Kassel zu sein, ein paar Tage muß ich bei Grimms weilen, dann geht's mit der Eilpost weiter.

Vielleicht finde ich den Schauspieler *Bethmann* in der Schnellpost, ich traf ihn gestern auf der Straße. Er hat das Leipziger Theater übernommen, so wie er auch schon das Aachener übernommen hatte.

Das hiesige Theater ist abgebrochen, ich fand ein Mädchen mit einem schönen Kinde auf den Ruinen, ich fragte, was da gebaut werde, sie sagte das neue Universitätsgebäude. Und wo bleibt das Theater? fragte ich weiter. Sie seufzte:

Ach das schöne Theater, was so schön blühte! Ich fragte, ob das Kind etwa eine Frucht des Theaters sei. Sie lachte, und es schien ihr zu gefallen, bei der Frucht fiel ihr vielleicht der Paradiesapfel ein.

Ich küsse Dich herzlich und die Kinder.

Achim Arnim

436. *Arnim an Bettina.*

Kassel, 5. August 1828

Liebe Bettine!

Heute geht es von hier weiter mit der Schnellpost nach Köln. Drei gute Tage, die ich hier mit Grimms verlebte, haben mich mehr erfrischt als drei Bäder, die ich dadurch versäumte. Einliegend ein Blättchen für Dich, ein Geschenk von Louis, der mancherlei Gutes gezeichnet, aber nur wenig gemalt hat. Ein größeres Zigeunerbild will er noch malen. – Wilhelm ist sehr zufrieden in seinen häuslichen Verhältnissen, seine Frau sorgt für alles, das kleine Söhnlein [Hermann, späterer Gatte von Gisela v. Arnim] ist jetzt gesund und sehr freundlich, gleicht mehr der Mutter als dem Vater. Sie stillt selbst. Jakob leidet seit dem vorigen Winter an einem rheumatischen Schmerz in der Brust, mehr wenn er viel spricht, als wenn er sich sonst anstrengt. Zu einer Badereise, die ihm gewiß wohltäte, ist er nicht zu bewegen, doch braucht er einzelne warme Bäder, die ihm wohltun. Sein neuestes Werk über deutsche Rechtsaltertümer wird die Welt in Staunen setzen durch Mannigfaltigkeit der Entdeckung und Sammlung. Die Hassenpflug [Schwester der Grimms] ist auch durch die Verheiratung in aller Art vergnügter, mitteilender geworden, sie hat zwei hübsche Kinder. Alle begrüßen Dich recht herzlich. Ruhl war verreist zu Waitz, doch kam er auf einen Tag heim. Er hatte außer ein paar Bildnissen nichts gemalt, auch was er mir von seinen beabsichtigten Werken sagte, wollte mir durchaus nicht gefallen.

Er hat hier vom Hofe keine Gunst zu erwarten, und das lähmt ihn gänzlich. Rohden malte an einer sehr schönen Landschaft mit einem Felsen voll Eremiten. Er ist ein sehr eifriger Katholik, und da erzählen sich die Leute viel seltsame Geschichtchen. So wußte einer nicht, ob eben Mondschein an dem Tage sein würde, und er warf ihm ernsthaft vor, daß er sich mit dem Himmlischen gar nicht beschäftige. Als er den großen Holzhof hier betrachtete, behauptete er, es sei noch nicht genug Holz da, um alle Kreuze zu verfertigen, an die er für seine Sünden geschlagen werden müsse.

Schönere Landschaft, als den Grimms in ihrer Wohnung täglich vor Augen liegt, kann man kaum denken. Sie wohnen dicht neben den kurfürstlichen Häusern drei Treppen hoch an der Straße, welche die Aue überblickt. Viel ist hier gebaut worden, doch nichts, was gerade ergreifend herrlich, oder überraschend eigentümlich wäre. Eine neue Wache und ein sehr großes, neues Wirtshaus bei Wilhelmshöhe helfen früheren Mißständen ab. Übrigens war durch Regen und Gewitter unsere Wanderung sehr beschränkt. Am Augarten wird noch jetzt gearbeitet, die alten Teiche sind ausgefüllt, und alles wird zu einem Parke in gleichem Stile. Für Gärten, Bauten und Hausschmuck wird hier am Hofe allein Geld ausgegeben, so kommt's, daß die, welche sich damit abgeben, fast allein wohlhabend sind. Ein Denkmal für einen jungen Grafen Reichenbach war bei dem Bildhauer Henschel, der gerade abwesend, in Arbeit; betende Genien in Bronze an den Ecken eines Sarkophags, wovon ich aber nur einen in der Ausführung erblickte. Es scheint dem Henschel an Veranlassung zu fehlen, sich weiter zu entwickeln, seine Arbeiten sind sonst mit Sinn und Eigentümlichkeit begabt, vielleicht stören ihn auch seine vielerlei Beschäftigungen.

Franz [Savignys Sohn] war zweimal hier aus Göttingen, einmal in den Pfingstferien, um die Familie seines Freundes Rivalier von Meusebach kennen zu lernen, eines jungen Mannes von vielen Talenten, der in Göttingen studiert. Ein andermal wegen der beiden Cousinen die mit Firnhaber Jordis [Claudines Gatte] hier waren, um einen Arzt zu befragen. Natürlich hatten ihn die Grimms sehr verändert gefunden, manche Lieblingsausdrücke, Bewegungen und Manieren erinnerten sie lebhaft an Savigny, obgleich er im Wesen keine Ähnlichkeit mit ihm gezeigt hätte.

Soweit für heute, aus Aachen vielleicht noch ein Nachtrag über Kassel. Ich küsse Dich und die Kinder.

Achim Arnim

437. *Arnim an Bettina.*

Aachen, 10. August 1828

Liebe Bettine!

Zweimal habe ich schon den Zauberbecher getrunken, zweimal lag ich im Schwefelbade. Es scheint, daß das Wasser eine bedeutende Einwirkung hat, ich fühle mich von den heftigen Schweißen, die es erregt, fast ermattet. Viele Grüße sind mir aufgetragen an Dich von Steffens, von Schadow und seiner Frau. Schadow ist hier mit Frau und zwei Kindern, ein drittes hat er verloren. Er leidet an der Leber und sieht krank aus. Er hat sich in Burtscheid dicht vor Aachen sehr angenehm einquartiert, hat die mächtige Kuppel der ehemaligen Abtei vor sich, auch Quelle und Bäder in der Nähe. Wäre es mir nicht um den Schwefel zu tun, so zöge ich auch hinaus, denn bis jetzt habe ich hier im Kaiserbade nur ein Zimmerchen nach dem kleinen Hofe erhalten können, wohin zwar zu meiner Unterhaltung mehrere Familien ausmünden, aber nur wenig Sonnenstrahlen bei dem regnichten Himmel eindringen.

Steffens besitzt ein selbsterbautes Haus an der prächtigen neuerbauten Straße beim Komödienhause, er hatte die eine Seite der Straße übernommen in der Art wie Klenze und dann die einzelnen Räume zu Häusern verkauft. Übrigens ist er mannigfaltig beschäftigt, hat ein bedeutendes Landgut, eine Drahtfabrik, ist Stadtrat. Seine Frau scheint älter als er, oder er scheint vielleicht jünger, als er ist. Er will mir in aller Art nützlich sein und ich glaube, daß er es auch kann, da er alles und alle kennt. – Bethmann, der Theaterdirektor, der unterwegs noch so lustig schien, hat hier gleich nach seiner Ankunft den Banquerut erklärt. Ich besuchte ihn, er nannte sich selbst den Theaterdirektor in der Klemme, er habe auf mehr Einnahmen gerechnet, habe zuviele Schauspieler angeworben. Übrigens soll das Theater gut sein; ich versäumte es gestern, um Schadow zu besuchen, sie führen auch italienische Opern auf. Schinkels Einwirkung ist weder beim Schauspielhause noch bei dem Bau am Brunnen zu verkennen, der letzte macht Abends einen prachtvollen Eindruck, wenn die große zirkelrunde Säulenhalle erleuchtet ist. Überall ist hier gebaut, die Stadt kaum wiederzuerkennen. Von meiner Reise ist wenig zu melden, sind dergleichen Beschwerlichkeiten überstanden, so sind sie auch vergessen, nur eins sei berichtet, wie ich nach Köln nach zweien durchfahrenen Nächten ankam, werde ich morgens um vier Uhr in ein Zimmer gebettet, wo nebenan um 6 Uhr alle Tapeten losgerissen, alle Leisten losgenagelt worden, obenein ist ein Fenster über der Türe, durch welches die damit beschäftigten Personen mich beschauen, da war es aus mit dem Schlafe, und ich lief lieber umher nach Merkwürdigkeiten. Das Wallrafsche Museum ist jetzt in anständigen Räumen aufgestellt, aber als öffentliche Sammlung betrachtet, doch höchst ungenügend, in solchem Übermaß mit schlechten Werken ausgestattet, daß selbst die guten Gefahr laufen, übersehen zu werden, dabei ist auf das historisch Bedeutende einzelner Bilder durch keinen Katalog gesorgt. Ein neues Schauspielhaus ist sinnlos in einer schmalen Gasse angefangen, wo das Anlangen der Wagen die größte Schwierigkeit haben muß. Das Assisengebäude hat einen hübschen Platz, auch manches Empfehlende; dennoch hatte ich nach dem Ruf mehr erwartet. Die alten Gebäude, der Gürzenich, die Kaufhalle, bleiben die Hauptsache. Was am Dom gearbeitet ist, bemerkt man kaum, weil es bloß Reparatur.

Daß ich nun hier bin, daran bist Du offenbar mit Veranlassung, und doch werde ich hier von seltsamen, betrüblichen Träumen von Dir gequält. Ich hoffe auf baldige Briefe, ich bat schon früher, Du möchtest sie an H. Forstmeister

Steffens adressieren. Steffens grüßt Savigny vielmal so wie ich. Ich küsse Dich und die Kinder.

Achim Arnim

438. *Bettina an Arnim.*

[14. Aug. 1828]

Lieber Arnim,

das einzige, was Dir zu Deiner vollkommenen Glückseligkeit mangelt, ist wahrscheinlich die Überzeugung, daß es uns allen wohlgehe, dessen kann ich Dich nun versichern. Siegmund hatte in Wiepersdorf das kalte Fieber bekommen, wie ich höre, hat ihn die Keßler mehrmals besucht; unterwegs hierher hat er es aber verloren und befindet sich jetzt wohl. Unser Heiderlizchen hat sich zum Erstaunen der Welt auf die Beine gemacht und läuft seit 8 Tagen alleine; noch will es die Brust nicht missen.

Neues giebt es nichts, außer daß der Kronprinz am Ende September eine Reise nach Italien macht, Rust, Gröben, Massow werden ihn begleiten. Vorgestern verbreitete sich die Nachricht, daß Scharnhorst den Abschied genommen, gestern, daß er nach Griechenland gereist. Die Diplomaten brachten heraus, daß er gleich Canitz ein geheimer Bote des Königs sei; er behält seine Pension.

Stieler, der Hofporträtmaler des Königs von Baiern, hat hier das Bildnis Goethe's ausgestellt in einem müllerblauen Rock, weiße Weste mit Bördchen, weiße Halsbinde mit Amethyst Tuchnadel, der Puder aus dem Haar liegt sehr natürlich auf der Achsel, hochrot geschminkt, die eine Hand unter dem Tisch verborgen, die andre ein Gedicht des Königs haltend, so abscheulich und dabei so ähnlich, wie nur etwas auf die Nachwelt kommen kann.

Von Frankfurt ist Nachricht da, daß Clemens nach Luzern gereist ist, um dort den Christian abzuholen; er will wieder zurück sein, bis Du kömmst; bei dieser Gelegenheit mahne ich Dich und bitte mirs aus, daß Du nicht aus übelverstandener Sparsamkeit allenfalls zu früh wieder wegreisest, sondern ich erwarte, daß Du Dich umsehest und was Dich gelüstet zu sehen Dir nicht versagest. Ich hoffe, daß Du in der Wirklichkeit empfindest, wie sehr Du Dich seit Jahren durch Deine Einschränkung benachteiligt hast; Deine Briefe von Halle und Kassel beweisen mir schon, wie sehr Deine Seele nach einem reinen Genuß lechzte, und wie wohltätig diese Ausflucht auf sie wirkt; wenn ich es nur dahin bringen könnte, daß Du menschlich gegen Dich wärest, so wäre mein ganzes Schicksal gerecht; richte Dich also danach und höre auf eine Stimme, die vielleicht wenig Gewicht hat aber durch ihren reinen Willen für Dich gewiß das erste Zutrauen verdient. Ich küsse Dich tausendmal und bitte schreibe mir bald, daß dirs wohl gehe; Savigny's grüßen herzlich.

Bettine

439. *Arnim an Bettina.*

Aachen, d. 19. August 1828

Liebe Bettine,

Dein Brief ist mir wie ein guter Stern über dreierlei Wasser aufgegangen. Wir haben nämlich außer dem Trink- und Bade-Gewässer noch eine Regentraufe täglich auszustehen und das Wetter ist so unstet, daß ich nur ungern an die Ernte in Wiepersdorf denke. Übrigens scheint ungeachtet des ungünstigen Himmels die unterirdische Kraft auf mich zu wirken, ja ich habe eine Berieselungsmethode mit dem heißen Wasser erfunden, die Nachahmer findet. Indem ich nämlich die Dusche für die meisten Fälle zu gewaltsam glaube, brauche ich das allerdings auch empfindliche Überströmen der kranken Teile mit dem heißen Quellwasser. –

Der Forstmeister Steffens hat aufs beste für mich gesorgt, er bittet mich immer wieder, Dir und Savignys Grüße zu bestellen. Soviel das Wetter erlaubte, ist die Gegend beschaut worden, ein Paar alte Burgen im Sumpfe, artige kleine Wirtschaften sind die Ausbeute dieser Entdeckungsreisen, doch nirgends etwas, das dem hiesigen Lauseberge gleichkommt. Die Aachener suchen diesen Namen zu verstecken, behaupten bald, er käme von Louis, bald von Lugin her, aber die Aussprache entscheidet sich, ihn als Lausesitz zu bezeichnen, auch ist es sehr erklärlich in einer Zeit, wo man schöne Aussichten eben nicht achtete, einen unfruchtbaren Sandberg mitten in einer höchst fruchtbaren Gegend, als lausig zu verachten. Jetzt ist er bepflanzt, der Sand ist zugedeckt, jetzt ahndet keiner mehr seinen früheren Zustand, wo er wie ein alter grindiger Lausekopf aus der üppig begrünten Umgebung herausgekuckt haben mag.

Von Gemäldesammlungen sind hier zwei. Eine gehört dem Oberst Schepler und enthält Spanier, eine neue Seite der malerischen Entwickelung, oft seltsame Verbindung des Italienischen mit dem Niederländischen. Ich besah sie mit Schadow, der einiges für Düsseldorf kaufen möchte. Viel reicher ist eine Sammlung von Bettendorf, sie enthält einige Bilder, die unseren Museen nicht fehlen dürften. Er beklagte sich über die Berliner, man habe ihn gehindert seine Bilder einzeln gut zu verkaufen, weil man ihm den Verkauf im Ganzen versprochen, nachher habe man ihn aufgegeben.

Zwei Hemmelinks [Memling] sind da von erster Schönheit, ein Roger von der Weyden aber, der ein Zimmer im Museum allein verherrlichen würde. Es ist eine Kreuzesabnahme, die Figuren etwas unter Lebensgröße, von solcher Schönheit der Zeichnung wie bei keinem andern Bilde jener Schule. Der Mann hatte Italien gesehen und die alten Denkmale, so wars kein Wunder. Mir ist kein Bild der Art je vorgekommen. Da es auf Goldgrund gemalt ist, so vereint sich das Eigene verschiedener Zeitalter in ihm. Bettendorf ehrt Schinkel sehr und ist versichert, daß wenn der es hätte durchsetzen können, so würde der Ankauf geschehen sein.

Hofrat Hirt ist von fast allen als ein Hoffartspinsel verlacht, ja sie sprechen noch übler von seinen Verbindungen mit Artaria, worauf ich aber nichts gebe. Sprich einmal mit

Schinkel, ob der Handel mit Bettendorf abgebrochen, oder ob ich einmal vorsprechen soll, ob er sich billiger finden läßt.

Ich weiß nicht, ob ich Dir geschrieben, daß Clemens dem Christian zu begegnen nach Luzern gereist ist, aber im nächsten Monat zurückerwartet wird. Von Dietz erhielt ich eine Einladung nach Koblenz, von George [Brentano] nach Rödelheim. Bis Ende dieses Monats denke ich hier zu bleiben. Dann gehe ich über Trier nach Koblenz, von da über Winkel, Wiesbaden nach Frankfurt, in fünf Tagen geht ein Brief hieher, danach berechne, ob Du hieher oder nach Frankfurt schreiben willst. – Die Milder gab gestern ein geistliches Konzert mit dem hiesigen Singverein zum Besten der Armen, es war aber wenig besucht. Unter dem Volk ist viel Gesang in Chören, in den oberen Klassen ist diese Singakademie erst durch einen Berliner seit kurzer Zeit begründet, bis dahin begeistern sich alle an der französischen Arie: Je suis encore dans mon printemps.

George schreibt mir, daß die gute edle Longhi etwas in der Lotterie gewonnen, wovon Du 6000 Franken erhalten, so verstehe ich wenigstens seinen Brief. Vielleicht sagt Dir Savigny mehr davon, wahrscheinlich muß in dem Nachlaß ein Lotterielos gewesen sein. Herzlich freut mich, daß Heiderlitzchen läuft, jetzt ist es Zeit zum Kuhpockenimpfen und dann zur Entwöhnung. Allen Kindern meine ernstlichen Grüße, daß sie fleißig sind. Ich küsse Dich

Achim Arnim

440. *Bettina an Arnim.*

25. Aug. 1828

Lieber Arnim!

Ich hoffe, daß Du jetzt meinen Brief in Händen hast, und mit gutem Gewissen froh sein kannst, da Du weißt, daß es uns gut geht. Heiderlitz läuft wie ein Wiesel und hat 4 Zähne mehr, also 8 im ganzen. Ein neues Logis hab ich nicht und werde also wohl die Beschwerden von diesem den nächsten Winter noch zu tragen haben.

Neues geschieht nichts bei uns, zum wenigsten werde ich nichts gewahr, denn ich komme nicht heraus; Abends bin ich immer so müde, daß ich mich nicht anziehen mag, um zu Savigny's zu gehen, besonders da ich weiß, daß ich Niemand dort versäume, der mir interessant wäre.

Gericke baut jetzt wirklich 50 Häuser auf seinen Kreuzberg, hat die dummste Anzeige davon in die Zeitung rücken lassen, die verschiedenen Bauten schon im voraus in Wasserfarbe gemalt auf dem Diorama ausgestellt, ich fürchte daß er Bankerott macht, wenn ihm nicht die Philister aufhelfen, die gern ein Rauch- und Schmauchkabinett in einem Kohlgarten bewohnen.

Ich weiß nicht, ob ich Dir erzählt habe von der letzten Luftfahrt des Jan Robertson; bei gewaltigem Sturm platzte der Ballon noch an den Stricken, Robertson wollte trotzdem in die wacklige Gondel steigen, allein die hinter einem Bettschirm verborgene Choristin, welche mit 80 Talern das Vergnügen mitzufahren bezahlt hatte, und auf den Augenblick harrte, sich im Costume Aérien de Paris dem Publikum zu zeigen, stürzte hervor und rief das Volk auf, ihn zu retten. Man rief: „hierbleiben!" und die nächsten hielten ihn, der schon mit einem Fuß in der zerbrochenen Gondel stand, zurück. Auf eine sehr artige Manier gab er nun durch Haarausraufen, an die Erde sich werfen, Tränenbad und Händeringen seine Verzweiflung zu verstehen; die Stricke wurden durchschnitten, der Ballon flog mit Sturmesflügeln ohne ihn davon und zwar eine Stunde zu früh, das hinströmende Volk war höchst erstaunt über diese Erscheinung und hielt den Ballon bloß für die Avantgarde; der König, welcher in Charlottenburg eben in Wagen steigen wollte, in dem er diese Lufterscheinung sah, war entrüstet; man ritt ihm entgegen mit dem wahrhaften Bericht des Vorgangs, was war zu machen, das Theater war leider erst um 7 Uhr bestellt, eine unberechnete Lücke von zwei Stunden setzte die ganze Umgebung in Verzweiflung, [Alexander] Humboldt fehlte, um seinen wahrhaftigen Beruf des Oberhoflückenbüßers p.p. –

Heute hab ich mit Gericke auf ein halb Jahr abgeschlossen, er ist im Begriff nach Paris zu reisen, um dort den jardin Tivoli in Augenschein zu nehmen, welchen er in verbesserter Auflage auf dem Kreuzberg nachmachen wird.

Soeben ist Necher angekommen, und zwar Moutarde après diner [soviel wie: das dicke Ende kommt nach], denn nun kann ich Dir sagen, daß mir Siegmund während 10 Tagen sehr viel Sorgen gemacht hat, schon in Wiepersdorf und zwar am Tag Deiner Abreise bekam er das kalte Fieber; es blieb 8 Tage hier weg, dann bekam er alle Tage Frost, heftig aber kurz, dann Hitze beinah 24 Stunden, was ihn sehr peinigte und ganz den Charakter des Nervenfiebers hatte; ein homöopathisches Pülverchen ist die einzige Arznei, die ihn wieder zurechtgebracht hat, er schläft noch sehr viel, ist aber sonst wohl, gestern hat ihn jede Spur des Fiebers verlassen.

Soeben komme ich von Schleiermacher, der im Begriff ist nach England zu reisen oder vielmehr schon unterwegs, denn er stand mit einem Bein schon im Wagen, da ich Abschied von ihm nahm.

Heiderlitz spricht schon, ans Impfen und Abgewöhnen denk ich vor der Hand nicht. Heiderlitzchen sagt Adjeee –

Bettine

Soeben erhalte ich Deinen Brief vom 19ten August. Sei unbekümmert um die Ernte in Wiepersdorf, der Knecht der uns ohnlängst Vorrat brachte, sagt, daß Alles recht gut herein sei, bei uns hat sich das Wetter auch schon geändert, so daß Du keinen Schaden fürchten darfst. Ich rate Dir nur sehr, nicht zu ängstlich zu sein. Savigny hat Dir vorgeschlagen, die Niederlande zu bereisen; wenn Du vernünftig bist und Dich nicht gebärdest wie ein klein Kind, was schreit wenn es sich so weit verläuft, daß es des Vaters Haustür nicht mehr erkennen kann, so schenke ich Dir Mme Longhi Lotterielos, von dem ich übrigens gar nichts weiß und Savigny's bis jetzt auch nicht. Adieu nochmals und komme mir nicht ungereist wieder.

441. *Arnim an Bettina.*

Aachen, d. 27. August 1828

Liebe Bettine!

Ich hoffte auf Nachrichten von Dir, denn seit Deinem ersten Schreiben ist nichts hier angelangt – aber ich will nicht sorgen, das paßt nicht zum Schwefel dieser Quellen, auch hat das ganze sorgenlose Umherschweifen einen so eigenen Reiz, daß ich am Ende die Sorgen verlerne.

Steffens hat alles aufgeboten, mir angenehme Bekanntschaften zu machen und alles Gute der Stadt mir vorgestellt. Auch die Gegend bin ich mit ihm durchfahren, habe in Eschweiler eine Familie Englert kennen gelernt, die alle Kohlen für die Gegend, auf fünf Hundert Jahre genügend, besitzt, dabei eine Maschinenfabrik, die Pistor gewiß in Erstaunen gesetzt hätte, weil nicht weniger denn 120 Menschen beständig darin beschäftigt sind, die Dampfmaschine macht von 120 Pferden Kraft; kurz wenn Du ihn siehst, versichere ihm, daß er viel versäumte, da er hier schnell durchgelaufen, als er nach England ging, ohne sich umzusehen. Beim Mittagessen wurde dort in Eschweiler viel von einem altdeutschen Bilde der Kirche gesprochen, das die Geistlichen ohne Rücksprache mit dem Kirchenvorstande für 80 Taler verkauft hatten, worüber nun alle in Zorn entbrannten. Als wir uns die Kirche aufschließen lassen, mußte ich lachen, denn so etwas Infames hab ich nie gesehen, und der muß entweder ein Narr oder ein Prinz gewesen sein, der 80 Taler für solch eine Fratze geben konnte.

Steffens besitzt ein hübsches Rittergut in der Nähe, das er ganz neu erbaut hat, alles mit großer praktischer Klugheit, die ihm durchaus eigen ist. Ich kann mich nicht enthalten, ihm zuweilen mein Bedauern auszudrücken, daß er die Meline nicht geheiratet hat, wahrscheinlich hätte sie sich recht gut mit ihm vertragen, und Aachen ist so groß wie Frankfurt. Den dritten denke ich mit Steffens nach Trier zu reisen, von dort nach Koblenz, von da nach Winkel und Rödelheim. Ich will möglichst eilen, denn es beunruhigt mich, daß Du nichts vom Quartier geschrieben hast. In Frankfurt hoffe ich Briefe von Dir zu finden.

Das Theater besuche ich hier aus einem Gefühle der Pflicht, und die alten Stücke gefallen mir sehr gut, besonders Papageno und Papagena. Kleist's Prinz von Homburg wurde recht gut gegeben, das Stück hat unleugbar eine herrliche Seite, es tritt kühn der angenommenen Heldenmaske entgegen, reißt sie ab und zeigt, daß unter der Maske doch noch ein wirklicher Held leben kann. Verschiedene Dialekte, Wienerisch und Berlinisch, kreuzen sich zuweilen. Eine Sängerin ist hier, Mad. Fischer, die ich zuweilen auch im Bade höre, die mit gehörigen Posaunen in Berlin eingeführt, durch Schönheit und Stimme alles entzücken würde. Doch was hilft Dir so etwas, lieber möchte ich Dir von der Schopenhauer und Tochter erzählen, – aber sie sind so eilig durchgezogen, daß ich sie gar nicht gesehen habe. So erging's mir auch mit meinem Nachbar Brockhusen aus Mahlsdorf.

Von der Masse neuer Bauten hier hat Schinkel gewiß keine Vorstellung. Es wäre ein verdienstliches Werk, wenn er ein paar Tausend der besten Façaden von bürgerlichen Wohnhäusern sammelte, besserte, auf gute Verhältnisse aufmerksam machte und sie wohlfeil heraus gäbe, damit jeder Besitzer sich selbst etwas heraussuchte. Die meisten Baumeister sind gar zu arm an Erfindung. Nirgends aber ist soviel guter Stoff zum Bauen so nahe. Der Kalk bricht vor den Toren, die Steine werden da gebrannt, ebenso nahe sind Bruchsteine, ein marmorartiger Kalkstein in einer Meile Entfernung, ebenso ein weicher Kalkstein, in den die Bauzierraten mit dem Messer geschnitten werden, die dann in der Zeit eines Jahres völlig erhärtet sind. Mit diesem Stein könntest Du Deine Basreliefs schneller plastisch als in Umrissen darstellen.

Ich weiß nicht, ob ich Dir Rumohrs großen Zank mit dem König von Bayern geschrieben habe. Er hatte sich eingeschlichen in eine Sammlung altitalienischer Bilder, die der König heimlich gekauft hat, unter dem Vorgeben, daß es ihm der König erlaubt. Nachher ist er leichtsinnig genug davon zu sprechen, die Sammlung zu verachten. Der König begegnet ihm in der Glyptothek und redet ihn mit donnernder Stimme an: Was hat *er* sich unterstanden meinen Namen zu mißbrauchen u.s.w. Davon hat er nichts nach Berlin geschrieben, aber sein Zorn hat sich doch Luft gemacht, indem er die alten Florentiner Bilder nach Berlin verkaufte.

Dem Savigny sage, daß der hiesige Bürgermeister große Achtung gegen ihn hege, weil *Fisch*ring [Vischering?] ihm gesagt, daß er sehr gute Ansichten habe, dabei grüße ihn herzlich und versichere ihm, daß ich mich in derselben Ansicht befinde.

Nun sei geküßt mit allen Kindern, der Himmel bescheine Euch freundlich, wie er mich eben hier bescheint, den Nachfolger Karls des Großen.

Achim Arnim

442. *Arnim an Bettina.*

Aachen, d. 3. Sept. 1828

Liebe Bettine!

Dein Brief, worin Du mir die Verlängerung des Mietkontrakts anzeigst, hat mich sehr beruhigt, denn ich war in aller Art durch Dein längeres Schweigen geängstiget. Jetzt brauche ich mich um ein paar Tage Reiseverlängerung nicht zu quälen und habe deswegen auch beschlossen, noch bis zum 6. Sept. hier zu weilen, damit mein vierwöchentlicher Badekreis sich schließt. Siegmund grüße herzlich zu seiner Genesung, es ist nicht selten, daß kaltes Fieber täglich wiederkehrt und dadurch sehr angreifend werde, obgleich es sich vom Nervenfieber wesentlich unterscheidet.

Das Bad wirkt auf mich in einer neuen Art, die ich mir erfunden habe. Ich nenne sie die *Berieselung* zum Unterschied von der Dusche, und sie besteht in der Methode, wie ich mir vom Kopfe am Rückgrate, nach Armen und Beinen, das heiße Wasser so lange ich es ertragen kann, überlaufen lasse. Das Seltsamste dabei ist, daß während die Badebücher sehr ängstlich sind wegen Eintauchung des Kopfes in ein gewöhnliches Bad, umgekehrt der Kopf am allerunempfindlichsten gegen das heiße Wasser sich zeigt, was sich ganz natürlich erklärt, da er den verschiedensten Wärmegraden von Jugend an ausgesetzt wird. Die Ärzte hier und in den Niederlanden sind noch viel dümmer als die unsern. Der berühmteste der Niederlande verbot einem Niederländer, der an einem mäßigen Rheumatismus litt, alles Ausgehen, so daß der Mann gänzlich elend wurde, vor jeder kalten Luft erbebte und sich viel schlechter befand, als da er angekommen. Steffens brauchte dagegen eine andere Methode mit mir, er ließ mir vorgestern keine Ruhe, ich mußte ein Pferd nehmen und mit ihm in die Berge zur Jagd reiten, da bin ich fast zehn Stunden zu Pferde gewesen ohne üble Folgen, ausgenommen, daß ich fast mein Herz verloren hätte an eine schöne englische Miss, die in blauem, ungeheuerem Reitkleide, das bis zur Erde reichte, mit schwarzem Manneshut und schwarzseidener Halsbinde den Ritt mitmachte. England hätte sie als den vollendetsten Ausdruck seiner Menschennatur patentieren lassen können und hatte sie deswegen schon weit herum geschickt bis Italien, um jedermann in Verwunderung zu setzen. Diese Miss Mary ist die Schwester einer Frau White die mit ihrem Mann auch die Jagd unternahm, oder eigentlich der zu Ehren sie angestellt war. Aus Berlin kannte sie den *Ebers*, der sich für einen Adjutanten des Prinzen Karl in Florenz ausgegeben hatte, wie sie erzählte, es ist der Bruder jener Schönen des Willisen, ferner Mertens, den Grafen Blücher, der eine Engländerin Dallas heiratet, so gabs denn manchen Stoff der Unterhaltung. Der Tag war wunderhell, die Sonne glänzte über die glatten Blätter der Stechpalmen, die hier den Saum der Berge gierig bedecken, wo die Bäume sie nicht beschatten, lustige Rehe wurden an uns vorüber getrieben, aber lauter Ricken mit ihren Kiezen, so daß wir nicht schossen; dabei ein Steigen in den Felsen, daß die Pferde durch ihre Sicherheit alle Bewunderung erregten, ein Blicken in die Täler und in die Dörfer, die vom Kirmesschießen donnerten. Es giebt Tage, von denen man wohl sagen kann, daß sie gut sind. – Steffens ist fortgereist in Landesangelegenheiten, wozu er deputiert war; er ließ mir noch einen Brief zurück, daß ich ihn der Meline und ihrem Mann bestens empfehlen solle. Er ist reicher als ich glaubte, er besitzt noch ein schönes Gut bei Jülich und wirkt überall Gutes. –

Der Maler Schmidt [Schmid?], von dem ich Dir schrieb, war in Düsseldorf und konnte Lessings und Hübners Arbeiten nicht genug rühmen, besonders eine Landschaft des ersteren, eine Burg im Wasser, auch Schadow's Arbeiten, den er nach Berlin sendet, schienen ihm vortrefflich, aber er selbst sehr unwohl und fast verzweifelt, weil ihm die Badekur hier nichts genützt. Schmidt geht im nächsten Monat ganz dahin, um die Hilfsmittel, Werkstatt u.s.w. zu einer größeren Arbeit zu benutzen. Hensels Rühmen in allen Zeitungen hat mich wieder ganz in die alte Zeit versetzt, noch mehr sein Einfall, bei der Kopie vom Bilde des Gerard, den König darstellend, seinen Namen als Verfertiger mit großen Buchstaben einzuschreiben. Schröter ist dem Schmidt wohlbekannt und dieser meint, daß Hess aus München ihm die guten Köpfe zu seiner Galatea eingemalt habe; er nannte ihn einen gefährlichen Menschen, der alle Bekannte überall kompromittiert habe. Übrigens habe ich mich mit Mühe und Not zurückgehalten, einen kleinen Eyck zu kaufen, der hier feil ist. Aber ich dachte an alle Not, die der Oberst Schepler hier hat, indem er seine Bilder wieder verkaufen möchte und alle Reisende ihm das tollste Zeug sagen.

Er hat seine Unterredungen mit Hirt und seinen Zank mit ihm und den anderen, wobei gewiß auch Wagner war, als Vorrede zu seinen spanischen Geschichten erzählt mit mehr Laune als ich ihm zugetraut.

Du schreibst von nun an immer nach Frankfurt. Ich küsse Dich und die Kinder herzlich.

Achim Arnim

443. *Bettina an Arnim.*

5. Sept. 1828

Ich habe versäumt Dir zu schreiben aus Mangel an einem Tintenfaß, heute überwinde ich mit dem Bleistift, um Deinem Vergnügen von meiner Seite keine Störung zu machen. Unsere Kinder sind gesund; Heiderlitzchen tyrannisiert mit seiner Liebenswürdigkeit. Bei Savigny wird alles neu angestrichen und tapeziert, wahrscheinlich wegen der baldigen Ankunft des Bürgermeisters, sie halten daher Quarantaine, damit die Hausfreunde sich nicht mit Ölfarbe beschmutzen. Schinkels Museum wird Dir wahrscheinlich mit allen Verzierungen bei Deiner Zurückkunft entgegenleuchten. Über den Säulen sind Adler mit halb geöffneten Flügeln angebracht, die mir über alle Maaßen wohlgefallen aber nicht so dem Publikum. Die Figuren an den Ecken so wie die Pferdebändiger und die goldnen Galerien sind lauter Gegenstände des Mißfallens. Für mich ist das Ganze zauberisch schön. Man kann leicht sagen, es könnte noch schöner sein und sichs auch denken, aber wenn es da wäre [wie man es sich] besser dächte, und es wäre schlechter, würde man bes[chämt]. Gunda hat letzt Abends dem armen geplagten mit Anforderungen überhäuften Schinkel ihre bessere Einsicht und Pläne vorgetragen und erwartet, daß er manches ändert.

Hier geht alles gut, ich bleibe im Quartier, der Ofen im Saal ist auf Gerickens Kosten neu aufgesetzt und statt 30 Taler kostet es ihn nur 3 Taler. Gruhl schickt sehr regelmäßig den Wagen und besorgt alles aufs beste, wenn er auf dem Lande ebenso ist, wirst Du nichts versäumt finden. Ich hoffe und wünsche, daß Du Dir Dein Vergnügen nicht mit Sorgen verdirbst, daß Du den schönen Herbst genießt. Diesen Refrain Deiner jugendlichen Begeisterung am Rhein überhüpfe nicht, sondern singe mit und lang halte aus, wer weiß, wenn das Lied von neuem anfängt; und esse Trauben, soviel in Dich gehen, und noch einmal lasse Dir sagen und raten, Dich nicht mit Grillen zu plagen, da bleiben, wo es einem zu sein wohlgefällt, ist nach Gottes Willen leben, denn da ist eine innere Stimme, auf die man horcht. Leb tausendmal wohl und in Freuden und mache mein Herz leicht, in dem Du mir sagst daß Du Dich glücklich fühlst.

Bettine

444. *Arnim an Bettina.*

Koblenz, d. 22. Sept. 1828
[23. Sept. abgeg.]

Liebe Bettine!

Endlich komme ich zum Schreiben und doch noch nicht recht, denn mich zerstreut die Aussicht nach dem Ehrenbreitstein, wenngleich der Rhein vom Fensterbrette gedeckt ist. Gute Tage habe ich erlebt und viel gesehen, und das Alles danke ich Deiner letzten Aufforderung, die Niederlande ja nicht aus leerer Ängstlichkeit zu versäumen. Wie läßt sich das Alles erzählen, mit der Sonne ging ich um die Erde, und selbst der Mond mußte mir zur Wanderung scheinen; ich meine einen guten Tag nur verreist zu haben.

Und doch war es am 11. Sept. als ich von Aachen ausfuhr. Es waren Preußen in der Diligence, unser Gespräch lustig, die heißen Quellen waren bald vergessen wie die Türme Aachens, die neben uns versanken. Wir wurden visitiert, ob wir auch keine deutschen Redensarten bei uns hätten, denn kaum war die Grenze überschritten, so konnten wir nur mit dem Französischen fortkommen. Ich sprach bald ganz vortrefflich, selbst das Englische ging mir mit den Engländern, die überall lagerten, sehr vernünftig von der Zunge. Nachts kamen wir erst in Lüttich an, aber welche Rührung, es findet sich ein Kellner, der aus Prenzlau gebürtig, bei Nennung meines Namens seine Abenteuer berichtet. Am Morgen geht es nun umher in der prächtigen Stadt, die seit ich sie zum letztenmal sah, neu aufgebaut hatte. Sage Savigny, daß kein mir bekanntes Universitätsgebäude so schön liegt wie jenes in Lüttich, daß ich aber nicht Zeit gehabt, etwas von seinem Schüler dort zu hören. Nun gings mit acht Personen auf dem Verdeck die reiche Straße nach Namur herunter [Zeichnung des Wagens]. Freundliche Anhöhen mit wenigem Wald, soweit irgend möglich alles bebaut, Kohlenwerke mit ihren Dampfmaschinen in Unzahl. Und inmitten dieser Kultur zuweilen ein wilder Felsen, wie ein derber Fluch, endlich ein mächtiges Gewitter, daß ich mich herzlich meines neuen Mantels freute. Auf einmal ein Sinken des Wagens, ein Geschrei, die Feder ist gebrochen, alles entläuft aus dem Wagen, wir oben konnten nur mit Mühe in der Dunkelheit die Stufen zum Herabsteigen finden. Als wir unten, findet sich alles unversehrt, nur in ein Loch zur Seite war der Wagen gefahren, und wir hatten nun den Vorteil in den Wagen zu steigen, weil sich die Gesellschaft zerstreut hatte. In Namur war kein Unterkommen im Wirtshause, ich wurde daneben in eine Schule des gegenseitigen Unterrichts einquartiert und ließ mir die Sache am Morgen vorexerzieren, ein recht curioses Ding. Am Mittwoch ging's weiter nach Brüssel, wieder obenauf, den Platz hatte ich liebgewonnen. Die Schlachtfelder nahen, meine Augen sehen einen Maulwurfshügel, worauf ein Käfer sitzt. Das ist der Löwe von Waterloo, vierzehn Fuß hoch, in Eisen gegossen, auf einem Fußgestell von 22 Fuß, aber so bedeutend ist der Erdhaufen, daß der Löwe völlig verschwindet. Man muß sich vordemonstrieren, daß das Denkmal die Größe hat, sonst glaubt man es nicht, Erde bleibt Erde, Stein ist Stein, stände der Löwe auf einer Säule von der Höhe des Erdhaufens, so würde er jedermann imponieren, denn man sähe, daß es Menschenwerk, dies kleine, halb natürliche, halb unnatürliche Bergelchen ist ein verrückter Einfall. Das Schlachtfeld ging mir auf unter einem neuen Gewitter, dann ging es durch einen gepflanzten Wald, der ein paar Meilen lang, nach Brüssel [Zeichnung des Löwen von Waterloo].

Schinkel, Schinkel, wärest Du hier gewesen, als sich diese ungeheuren, neuen Steinmassen zu geräumigen Straßen und Palästen ordneten! Solch ein Bauwesen übertrifft alles, was ich irgend sonst gesehen. Es ist, als ob ein Viertel Berlin ganz neu aus der Erde hervorgegangen, dabei sehr viel Sinn für die Anlage der Straßen, schönes Material. Mitten im Regen wurde alles durchlaufen und Mittags nach Antwerpen geeilt. Nun drängt mir die Fülle die Kehle zu, als ob ich zu eilig Bisquit heruntergeschluckt hätte.

Um Brüssel noch einmal mit Muße zu sehen, ging ich denselben Weg zurück, dann nach Luxemburg und Trier. Von Trier zu Wasser in recht freundlicher Gesellschaft die Mosel herunter. Aber ich muß hier noch viel sehen, und ich möchte diese Post noch nützen, Dir Nachricht zu geben.

Noch ein Blick zu Dir als Gebet, daß ich von Dir und den Kindern in Frankfurt etwas Glückliches vernehme. Ich küsse Euch Alle herzlich.

Achim Arnim

445. *Bettina an Arnim.*

24. Sept. 1828

Lieber Arnim,

obschon ich, seit Du von Aachen weg bist, keine Nachricht von Dir habe, so denke ich doch nichts Schlimmes davon, sondern bin überzeugt, daß Du vor lauter Wohlsein vergißt zu schreiben; damit Dich jedoch keine Angst überkomme und Dein Wohlsein störe, so mögen Dich diese Zeilen von unserer aller Gesundheit benachrichtigen, auch bei Savigny's geht es gut, sie haben bis zum Empfang des Bürgermeisters alles mit Öl angestrichen und sind nun vollkommen renoviert. Du hast vielleicht in den Zeitungen etwas von der Zusammenkunft der Naturforscher gelesen, wie feierlich Humboldt und der König sie empfangen. Es ist bei ihren Verhandlungen und Mahlzeiten allerlei Interessantes vorgefallen, und ich glaube, daß es für Dich von ungemeinem Interesse gewesen wäre, hier zu sein, ich habe Dich oft hergewünscht, nun ist die Zeit vorbei, und Du wirst die Nachklänge davon haben, und ich hoffe, daß Du unterdessen auch gute Tage verlebt hast. Versäume nicht die Trauben im Rheingau anzupicken, und lasse

Dich nicht stören durch Sorgen ohne Not an Deinem Vergnügen und bedenke immer, daß Du nicht so leicht zu einem Genuß zu bewegen bist. Unser Heiderlitzchen läuft den ganzen Tag und ist recht lustig und gar nicht unartig, wenn es immer so bliebe, so wär es ein scharmantes Kindchen; auf die Meline freuen wir uns alle sehr, sag ihr dies damit sie uns die Freude nicht verdirbt. Nun lebe herzlich wohl und nehme vorlieb mit diesen wenigen Worten, die Dich nur beruhigen sollen, wenn Du Dich recht vergnügt hast, so hoffe ich Dich gesund ans Herz zu drücken.

Bettine

446. *Bettina an Arnim.*

Berlin, 26. Sept. 1828

Lieber Arnim

ich danke Gott, daß endlich doch ein Brief von Dir kam; der aus Koblenz hat mich aus großen Nöten gerissen, ich war drauf und dran, mich zu ängstigen, unter allen Möglichkeiten, worunter die, daß Dich die Bären gefressen haben könnten, mir keine der unwahrscheinlichsten war, hat doch nun endlich die, daß Du gar zu vergnügt warst, den herrlichen Sieg davongetragen. In Frankfurt wirst Du ein paar Zeilen von mir finden, die Dich mahnen den Rhein nicht so bald zu verlassen; Deine Briefe weisen es aus, wie höchst nötig Dir eine Ausflucht war, Du bist wieder zu Dir selbst gekommen und gleichst beinahe dem Fischerknaben auf dem herrlichen Bild von Hübner aus Düsseldorf, dessen jugendliche, unschuldige Freude an dem feuchten Weib jedermann ins höchste Entzücken versetzt; ich bitte Dich also, bleibe noch so lang wie Du den Genuß solcher Seligkeit empfindest, und lasse Dich doch ja nicht abschrecken; es ist hier alles, wie Du es nicht besser einrichten kannst. Gruhl ist sehr akkurat im Schicken der Wagen, er ist es gewiß auch in jedem andern Geschäft. Das Korn wird teuerer, also ist kein Verkauf jetzt nötig, das Bezahlen des Quartals bei Gericke kann ich jetzt besorgen, also weiß ich nicht, warum Du zu eilen brauchst. Dein Bruder wird auch erst im Mitten Dezember hier eintreffen und gegen Mitte Oktober über Frankfurt nach Weimar passieren, er will sich in Frankfurt nur einen Tag aufhalten, also kannst Du ihn sprechen, wenn Geschäfte abzumachen sind. Verlasse den Rhein nicht, ohne die Weinlese mitgemacht zu haben, und exerziere Dich ein wenig im Vagabundenleben, das Deiner höheren Existenz so notwendig ist, nur lasse Dich nicht verführen, dem alten Guaita zu lieb früher abzusacken, um ihr [Melines] Reisegefährte zu sein. Alle Kinder grüßen, Heiderlitz obenan.

447. *Arnim an Bettina.*

Rödelheim, 28. September 1828

Liebe Bettine!

Christian ist in Wiesbaden, Clemens in der Schweiz, sonst habe ich alle hier gefunden, bin in dem Kreise der Deinen so fröhlich eingetreten, als ob keine Zeit vergangen wäre, wohne hier oben im Eckzimmer nach dem Garten, wo die Aussicht nach dem Feldberge sich öffnet, und schreibe auf einem Tische, der mit einer Messingplatte belegt, unten mit byzantinischen Säulen und Bögen gestützt ist, und auf welchem Du vielleicht auch geschrieben hast. Zu Firnhabers deutet noch ein kleiner Reiseplan, vielleicht noch Wiesbaden, insofern der Christian, welcher die Bäder braucht, nicht hieher kommen kann, dann geht es rasch und ohne die Abreise Guaita's abzuwarten, mit der Schnellpost nach Wiepersdorf und sobald das Nötigste besorgt ist, nach Berlin.

Franz ist heiter und sieht kräftiger aus als früher. Die beiden Töchter malen gar kunstreich, die Josephine hat eine große Landschaft in Öl für den Vater kopiert zum Namenstag, die andre einen Blumenstrauß in Wasserfarben. Was der Sohn eigentlich treibt, weiß ich nicht zu sagen, aber ich sehe ihn doch im Comptoir beschäftigt, obgleich der alte George meint, es gäbe so wenig zu tun, daß er sich ganz von aller Handlung zurückzuziehen Lust habe. Der unglückliche Karl ist durch seine Würzburger Kur um nichts gebessert, der Arzt ist nach Holland gegangen, um dort ein orthopädisches Institut zu gründen, dabei und vielleicht durch die [Geräusche] der Maschinen angeregt, haben sich epileptische Übel gezeigt, und zum größten Unglück ist der treue Schweizer, der ihn so lange verpflegt, tödlich krank an Schwindsucht, und die Tony bemüht sich vergebens, einen andern als Ersatz zu finden. Die Blittersdorf hat nun drei Kinder, das jüngste 6 Wochen alt, sie scheint glücklich, er scheint ein guter Mann, vielleicht von etwas Ehrgeiz geplagt, den er im kleinen Staate nicht befriedigen kann; ich spreche recht gern mit ihm, weil er wirklich von den meisten Dingen wohl unterrichtet ist. Die Rödelheimer [Familie v. Georg B.] sind unverändert, nur kränkelt die Sophie ungeachtet des homöopathischen Rats von Necher. Neues ist seit Deiner Anwesenheit hier nicht erbaut, doch glaube ich, daß sich zum Garten noch einige Vergrößerungen angeschlossen haben. Das Badehaus war wenig Tage vor meiner Ankunft bestohlen worden; der Dieb hatte die Vorhänge und Alabasterstatuen fortgetragen. Er ist entdeckt, die Sachen sind gefunden, und seltsamer Weise ist dieser Diebstahl die Veranlassung geworden, einen der ausgezeichnetsten Diebe zu entdecken. Wäre ich früher eingetroffen, so hätte ich einem Balle für 250 Personen beigewohnt, ein Fest, das in der öffentlichen Meinung dem Rothschildschen Familienvereine zu Ehren angestellt worden, wenigstens durch ihre Anwesenheit mitbefördert wurde. Der Pariser Rothschild habe beschworen, daß er Mühe haben würde, in Paris ein so elegantes Fest zu erwidern. Der Garten war erleuchtet, der Tanz im Saale unten, oben die Spieltische. Nachher hat George den Rödelheimer Honoratioren noch einen Ball gegeben. Sein Sohn Louis ist mit dem ältesten Sohne Guaita's nach Wiesbaden gereist, ich kann Dir also von beiden nichts berichten. Guaita's andre Kinder gewinnt man im ersten Augenblicke lieb, sie haben so anspruchslose Freundlichkeit im Blick, sind so geordnet und eifrig in ihrem Wesen, daß sie jeder loben muß. Die Lulu ist in Brüssel, und ich habe die zwei Abende an ziemlich langweiliger Wirtstafel verlebt, ohne eine Ahndung zu haben, daß sie dort, und daß ich ihr wie mir gewiß einige lustige Stunden gemacht hätte. Der Rozier heißt hier schon zum Scherz der Onkel, die Heirat wird auf geistlichem Wege in Rom betrieben, aber ich kann nicht glauben, daß es Erfolg haben wird. Sie hat alle Meubles in Paris verkauft, sie ist entschlossen nicht wieder dahin zurückzukehren. Der geschiedne Jordis lebt in Mainz, ich kam da spätabends mit dem Dampfschiff an, eilte früh mit der Schnellpost fort, sodaß ich wenig Zeit, auch nicht viel Lust hatte, ihn zu besuchen. Er soll erklären, daß wenn die Lulu heiratete, so wolle er auch seine Sklavin heiraten, sonst bleibe alles beim Alten. Er ist mit Franz und George übrigens im besten Vernehmen, war in Winkel zum Besuch. Daß Görres hier ist, weißt Du, ich fand ihn in einem Garten vor der Stadt wohl aufgehoben mit der Frau und dem Sohne. Nur das jüngste Mädchen ist in Heidelberg bei Schlosser zurückgeblieben, auch die verheiratete Tochter mit drei Kindern und ihr Mann Steingaß fanden sich ein. Die gefährlichen Punkte, das heißt über Religion und Preußen, mied ich im Gespräch, er schien es auch zu meiden, übrigens war er unverändert herzlich und offen, ja ich möchte wetten, daß ihm die Jesuitenliebhaberei ebenso verschwinden kann wie sein politisches Prophetenwesen. Er schreibt fleißig an seiner Sagengeschichte als Teil seiner Allg. Weltgeschichte, sie ist es, die ihm den Ruf zugezogen, daß er ein halbes Jahr über die sieben Schöpfungstage gelesen habe. Thomas ist noch in Kassel zum Handelskongresse, Neeff in Wiesbaden. Auf dem Theater sieht es viel schlechter aus wie sonst, selbst Konversationsstücke werden schlecht gegeben. Eine Familie Crisorti entzückt durch eine Allemande zu Dreien, die ihr Großvater erfunden und musiziert hat, und die sie mit großer Festigkeit tanzen, obgleich sie im andern Tanze nicht eben außerordentlich zu nennen. Nun giebt es noch Riesinnen, Zwerge, Löwen, Schlangen, doch habe ich deren Bekanntschaft noch nicht gemacht. Selbst das Museum habe ich noch nicht gesehen, auch nicht dessen edlen Vorsteher, den Kestner. Bekannt wird es Dir sein, daß der Prozeß mit den Städels durch Vergleich ausgeglichen ist, daß die Stadt ungefähr soviel zahlt als die Zinsen des Kapitals bis jetzt betragen haben. Guaita versichert, daß er vor zwei Jahren einen Vergleich um die Hälfte zu Stande bringen können, daß aber die Vorsteher damals nichts davon hören wollen. In Hinsicht der Saalverzierung möchte ich doch von Georgs Ansicht sein, daß die vorgeschlagnen Gipsverzierungen ihn verengen möchten, daß also eingelegte Basreliefs oder aber Blumengemälde passender sein möchten. Du schwelgst jetzt in Kunstausstellung, nun ich denke auch noch etwas davon zu sehen. Dein letzter Brief war vom 6. Sept.; ich hoffe, daß inzwischen nichts Ärgerliches Dich betroffen. Grüße die Kinder herzlich, ermahne sie in meinem Namen zum Fleiße und zur Ordnung, daß der Himmel über mir walte gnädiglich. Ich küsse Dich herzlich.

Achim Arnim

448. *Arnim an Bettina.*

Frankfurt, d. 8. Oktober 1828

Liebe Bettine!

Ein Brief von Dir ist durch Zufall nach Wiesbaden gegangen, wo ich vier Tage weilte, und deswegen noch nicht in meinen Händen. Ich hoffe ihn vor meiner Abreise zu erhalten, die wahrscheinlich morgen erfolgt. Nach Deinem letzten Schreiben waret ihr alle wohl, und nichts drängte meine Rückkehr, weswegen ich einen Schmerz im Arme, der mich hier befallen, in Wiesbaden glücklich bekämpfte, in dem Gedanken, daß wenn man einmal so viele Meilen gemacht, so viel Geld verzehrt hat, um gesünder zu werden, auch das Letzte nicht unversucht gelassen werden muß. Bei dem abwechselnden Wetter war allerdings manche Erkältung auf der schnellen Reise möglich, ja fast unvermeidlich, und ich schreibe es wenigstens den Bädern zu, daß ich diesmal so rasch von dem Übel frei wurde. Sonnabend soll die Karavane der Guaitas nach Berlin abgehen, sie werden aber in Leipzig ein paar Tage verweilen. Ich habe Dir wohl nicht zu schreiben, daß die Firnhaber und der junge Franz aus Bremen zur Vervollständigung unseres Kreises hier ankamen. Die Firnhaber sieht recht wohl aus, ist heiter in ihrer Wirtschaft, entbehrt aber noch der Kinder. Auch Firnhaber kam hier an, während ich in Wiesbaden, wie George sagte meinetwegen, so tat es mir doppelt leid, daß ich ihn nicht gesehen, noch weniger seine Wirtschaft, wohin der Umweg mich doch zu weit führen würde. – Von Christian, mit dem ich in Wiesbaden zusammen lebte, ist mancherlei zu sagen, er hat förmlich, wie es scheint, der Priesterschaft entsagt, weil er sich für krank hält. Ich glaube dies ist nur eine menschliche Beschönigung, um sich aus Verhältnissen herauszuarbeiten, denen er nicht paßte. Er hat sich geäußert: daß er lieber bei den Seinen als in der Fremde sterben wolle, badet wegen Schmerzen, die er in der Nierengegend zu empfinden glaubt, die ich aber für einen sehr unbedeutenden Rheumatismus halte. Er ist nicht mehr verändert, als die Jahre und das heiße Klima notwendig hervorbringen, dabei ein unleidlicher Streiter, weil er tausend Dinge, von denen er gar nichts weiß, mit der abgeschlossensten Hartnäckigkeit behauptet und mit diesen seinen seltsamen Aufstellungen die Wirtstafeln zu belustigen sucht, wo doch die meisten kaum eine Ahndung haben, daß ein vernünftiger Mensch so etwas im Ernste glaube und fördere. Dieser halbe Ernst, diese halbe Eitelkeit verbittern einem gar sehr, was er sonst an Wohlwollen und geistiger Kost darbietet, ihm fehlt das Vergütende, was Clemens mit seiner Unterhaltungsgabe gewährt. Dabei merkt er gar nicht, daß er andere kränkt, wenn er so öffentlich vor Fremden ihr Vaterland verunglimpft und zwar in so toller Art, daß er angiebt, Preußen unterdrücke den katholischen Glauben u.s.w. – Dabei ist ihm ein gewisses Wohlwollen gegen die Seinen nicht abzusprechen, wie er sich denn kürzlich um Franz einen Verdienst erworben, indem er einen Pater aus Dülmen, der in Wiesbaden badete, dazu beredete, sich einige Zeit bei dem Karl zu versuchen, ob er ihn vielleicht zu irgend einer Beschäftigung bringen, ihn dadurch von der Quälerei seiner Eltern befreien könne. Dieser Geistliche ist ein sehr lieber, braver Mann, aber ich zweifle, ob er es bei dem Karl aushält, der in einem ganz tierischen und dabei ganz hülflosen Zustande sich befindet und eben, weil er nicht gehen kann, in einem viel traurigern Einerlei leben muß als der Anton [der älteste der Brentanogeschwister war schwachsinnig]. Ich habe den guten Mann mitgebracht aus Wiesbaden. Der Karl ist jetzt wenigstens auf sein Zimmer beschränkt, da er sonst ohne irgendeinen Vorteil für sich alle andern beim Essen und in den Gesellschaftsstunden störte, dergestalt, daß niemand das Haus mehr besuchte. Die Josephine hat eine Art Neigung mit einem Grunelius, der allgemein gerühmt wird. Franz verlangt, wie ich höre, daß alle Kinder katholisch werden, und dadurch wird die Heirat gehindert. Sie geht jetzt mit Schlossers nach dem Kloster Neuburg bei Heidelberg, das dieser sich gekauft hat. Es liegt in der schönsten Gegend. Schlosser ist wohlerhalten, obgleich er über seine Gesundheit klagt, seine Frau ist viel stärker geworden. Bei Dufay war gestern ein mächtiger Ball; aber ich mied ihn, weil ich mir zu dem unbedeutenden Vergnügen Schuhe und Strümpfe hätte anschaffen müssen. Böhmer ist ein gar tüchtiger eifriger Literaturmann, worin er viel Ähnlichkeit mit Grimms zeigt, er giebt eine diplomatische Sammlung zur Geschichte Frankfurts. Mit großem Fleiße hat er die Romanzen von Clemens ins Reine geschrieben. Die Märchen vom Rheine sollten hier gedruckt werden, als Clemens plötzlich umsattelte, nachdem er von einigen Schulbuben die Namen seiner Personen auf der Straße nennen gehört, denen der Louis davon etwas erzählt. Böhmer meint, es wandle ihn die Furcht an, daß man die Geschichte der Nonne in Dülmen auch für seine Erfindung halten möchte, wenn er dergleichen erfundene Sagen vom Rhein vorausschicke. Clemens ist jetzt bei Sailer, also keine Hoffnung daß ich ihn hier sehe. Sailer war von einem Schlagflusse befallen, aber wiederhergestellt.

Alle erinnern sich Deiner mit herzlicher Liebe, fragen nach Armgard.

Ich küsse Dich herzlich und die Kinder. Bald hoffe ich bei Euch zu sein.

Achim Arnim

Die Heirat der Lulu ist entschieden, sie spricht in ihren Briefen von geistlicher Bestätigung durch Vermittelung hoher Personen.

449. *Bettina an Arnim.*

Berlin, 12. Oktober 1828
[13. Oktober abgeg.]

Lieber Arnim,
wahrscheinlich treffen Dich diese Zeilen nicht mehr, da ich jedoch von Serviere die Nachricht habe, daß Du Wiesbaden gebrauchst wegen Deinem Arm, so will ich Dich auf alle Fälle benachrichtigen, daß wir wohl sind alle miteinander. Freimund war in den Ferien in Wiepersdorf und kommt heute zurück, Guaitas werden zum Ende der Woche erwartet. Beängstige Dich nicht in Deiner Kur und schreib mir lieber noch einmal. Friedmund hat von seiner Klasse das Zeugnis No. 1 bekommen, Kühnemund auch nicht schlecht; wie's mit Siegmund geht, weiß ich nicht. Seine Zeugnisse sind noch nicht ausgestellt, und er war beinah 6 Wochen krank, bei ihm sind solche Unterbrechungen doppelt schädlich. Ich hoffe, daß Dein Arm nichts zu bedeuten hat, daß ich mit Guaitas Nachricht von Dir bekomme. Heiderlitzchen ist sehr liebenswürdig und wird Dir den besten Spaß machen; die Kunstausstellung dehnt sich täglich mehr aus, man erwartet immer Bilderzuschuß, auch wird sie diesmal zum wenigsten um 14 Tage verlängert. Adieu, ich grüße und küsse alle Geschwister und erwarte mit Sehnsucht den freudigen Augenblick, dich wieder in die Arme zu schließen, obgleich ich Dich mahne, Deine Abreise deswegen nicht zu beschleunigen,

sondern vielmehr, da Du durch diese Zeilen benachrichtigt bist, wie Alles in gutem Gleis ist, Dich keineswegs zu übereilen, sondern mit Bedacht gleich dem Zecher, der die Nagelprobe noch genießt, eh er den Becher wegsetzt, Deine Abreise zu beschließen, ich bitte Gott, daß Du gesund heimkehren mögst, und küsse Dich von Herzen.

Bettine

450. *Arnim an Bettina.*

Leipzig, d. 19. Oktober 1828

Liebe Bettine!

An dem Tage, wo Guaita's von Frankfurt abreisten, wurde mir die Ankunft des Clemens gemeldet. Ein glücklicher Zufall oder Geschick, es tat mir innerlich wohl, daß diese Reise mir auch diese Begegnung noch bereitet hatte, und ich stand keinen Augenblick an, meine Abfahrt aufzuschieben. Bei Steingaß, dem Schwiegersohne von Görres, fand ich ihn wieder, ganz der Alte, nur daß er etwas dicker geworden, und daß sich sein Haar anfängt zu entfärben. Er war bei Sailer in Regensburg gewesen, der sehr lustig und scherzend ihm jetzt zum Vorbilde diente, statt der altchristlichen Märtyrer, denen er früher nachstrebte. Neben seiner angenehmen Erzählerlaune entwickelte sich bei den Gesellschaften im Hause von Voigt und Görres und Steingaß dieselbe unbequeme Scherzhaftigkeit, welche keine Grenze kennt, kein Vertrauen achtet, sondern alles Dasein zur Füllung der Unterhaltung zusammenhackt und dabei meint, daß dieses Bloßstellen der einzelnen den glücklichsten Eindruck auf alle mache. So kommts, daß er bei allem Talent für die Geselligkeit doch eigentlich mit keinem in einem richtigen Verhältnisse steht, daß sich die meisten, wenn sie vertraulich werden, beklagen, wie er ihnen da und dort weh und unrecht getan, ja mit vielen, selbst mit Franz ist dies endlich zu förmlicher Entzweiung ausgebrochen gewesen, weil er eben ohne

Schonung der Toni nach bloßer Vermutung die härtesten Dinge gesagt. In dem Alter, wo er nun ist, läßt sich so etwas nicht mehr bessern, der gesellschaftliche Effekt wird ihn immer hinreißen, und der Mangel eines gewissen teilnehmenden Gefühls wird ihn immerdar behindern, zu entscheiden, ob er ein junges Mädchen oder des Teufels Großmutter mit der Mistforke kitzelt. Wenn das für sein Alter besorgt macht, daß er verlassen sein könnte, so muß man doch wieder denken, daß er sehr wohl die Menschen würdigen kann, wenn er mit ihnen allein ist und von dem Streben nach außerordentlicher Konversation nicht geplagt wird, daß manche auch wie Böhmer dies sehr wohl unterscheiden und das Unbequeme zu überhören wissen; kurz es ist mir für ihn nicht bange, seit er das viele Kreuzschlagen abgelegt hat und wieder in die alte bunte Jacke zurückgekrochen ist. Die Manuskripte von der Nonne beschäftigen ihn noch, aber er denkt doch auch an andre Dinge, und wenn ich nicht sehr irre, kehrt er zur weltlichen Muse zurück.

Von Christians Gesundheit kamen manche besorgliche Nachrichten, doch glaube ich, daß viele dieser Besorgnisse nur in seiner Einbildung liegen, obgleich er allerdings an Hämorrhoidalübeln leidet. Er war noch in Wiesbaden.

Mit tausend Grüßen werde ich überall von allen Freunden für Dich befrachtet, unter andern vom alten Voigt, von Molitor, den ich neben seinem Rabbiner fand, wie er ihm die Cabbala ausdeutete.

Nicht ohne Rührung nahm ich von Rödelheim Abschied, der Ort hat viel Reiz, obgleich ich ihn nicht für den gesündesten halte, und Georg mit seiner Prunkeinrichtung des zweiten Geschosses die wohnlichsten Zimmer dem Gebrauche entzogen hat, um sie vielleicht im ganzen Jahre zweimal zu öffnen. Er hatte noch so reiche Monatsrosen bei meinem Abschiede in seinem Garten, als ob es die schönsten Sommertage wären.

Guaita's Kinder grüßen die Ihren, eben so Georg und der junge Franz die Seinen. Meinen Brief lies Niemand vor, wie sich versteht, lasse ihn auch nicht herumliegen, verbrenne ihn lieber.

In Wiepersdorf denke ich nur so lange zu weilen, wie die Geschäfte dringend fordern, dann küsse ich Dich und die Kinder.

Achim Arnim

Arnim hat während dieser Reise ein Tagebuch geführt, das noch unveröffentlicht ist. (Henrici, Nr. 17 u. 18).

451. *Arnim an Bettina.*

Wiepersdorf, 2. Dez. 1828

Liebe Bettine!

Ich bin noch nicht acht Tage fort und sende Dir schon einliegend funfzig Taler zu den funfzig die ich zurückgelassen, damit Dich die besorgte große Not nicht ergreife.

Meine Gesundheit hat sich hergestellt, ich weiß nicht, ob durch Einwirkung der Witterung, die mir in Potsdam das rasche Durchlaufen durch die Gärten angenehm machte, oder durch Entfernung von dem Gram unserer unglücklichen Hauswirtschaft. An Sorgen fehlt es hier auch nicht, aber sie haben doch einen notwendigen Charakter, sie lassen sich durch Ausdauer, Wohlwollen und Geduld beseitigen. Ich habe durch die Sommerwitterung sehr viel von meiner Schäferei verloren, vielleicht hätte ich das Übel mindern können, wäre ich nicht ins Bad gereist. Es sollte nun einmal nicht sein, wenn ich nur irgend Frucht spürte von dem Bade. Ich wußte das Unglück zwar schon in Berlin, aber ich behielt es für mich, weil doch schon genug Elend im Hause zu finden war. Von meinem Bruder habe ich noch keine Kunde und doch wäre mir seine Rückkehr in manchen Geschäften erwünscht.

Ermuntre Freimund und Siegmund zum Fleiße, für den ersteren ist dieses halbe Jahr entscheidend und bestimmt seine Lebensbahn. [...]

Vielleicht, daß die eingetretene Kälte Dich und die Kinder zu dem Verstande bringt, daß jeder sein rechtes Zimmer findet. Das Zimmer Freimunds wäre völlig genügend auch für Siegmund, Du würdest in dem Zimmer, wo ich wohnte, Dich recht gut befinden. Ich behielte mein kleines Zimmer, das Mittelzimmer bliebe für Freunde, wenn dergleichen sich einstellen sollten. Das Bedientenzimmer bliebe immer noch frei, wenn sich ein ausgezeichneter Hauslehrer fände. Die schwarze Wäsche würde sonstwo ihr Unterkommen finden, oder noch besser die Köchin, so daß Du sie in der Nähe hättest, wenn etwas zu bestellen ist.

Ich schreibe in Eile, küsse Dich und die Kinder.

Achim Arnim

452. *Bettina an Arnim.*

7. Dezember 1828

Lieber Arnim!

Dein Brief enthält mehrere schwere Seufzer über unser irdisches Leben nebst 50 Taler: es wäre unrecht, Dein Herz noch mehr beschweren zu wollen; und im Grund habe ich auch keine Veranlassung dazu; ich habe, seitdem Du weg bist, einen sehr vergnügten Abend verlebt und zwar im häuslichen Kreis, dies wird Dich wundern, nehme es aber als ein gutes Zeichen, daß Gott vielleicht ein Erbarmen mit meiner irdischen Not hat, und nachdem er mich ein bißchen erfrischt, mir auch die Kraft giebt, das übrige zu bestehen. Freimund und Siegmund waren einen ganzen Abend in meiner Stube, haben ihre Witze gemacht, ihre Lieder gesungen und mich so lachen machen, daß ich mich ganz ermattet aber fröhlicher wie lange zu Bette legte, ich glaube Dir diese Neuigkeit mitteilen zu müssen, damit Deine Hoffnung wieder aufgefrischt werde, es ist mir überhaupt nicht so ganz übel ergangen; zur vornehmsten Veranlassung meiner erleichterten Sorgen rechne ich den Lehrer Rachard der den Kindern so zusagt, daß sie mit größtem Eifer bei ihm lernen. Siegmund scheint neu belebt fürs Lernen, und die ewige Klage mit der [er] mir sonst in den Ohren lag, daß er sich in der Schule nicht forthelfen könne, bedrängt mich doch nicht mehr. Deine versteckten Vorwürfe, daß ich viel Schuld durch meine Ungeduld an den Drangsalen der Wirtschaft habe, nehme ich mit Dank an, Du magst Recht haben, ich mache auch keine Entschuldigung, denn Du wirst mich gewiß selbst entschuldigen; besonders wenn Du hörst, daß ich gestern bei der Helvig, wo ich die Ahlefeldt, Freundin der Mereau, und Cotta mit seiner Frau traf, beim Nachhausegehen die ganze Treppe herunter fiel, Ellenbogen, Knie, Kopf und Hüfte sind geschunden, geschwollen oder braun und blau. Max und Armgard machen mir auch keine Sorgen jetzt, sie sind so eifrig beschäftigt, Dir ein paar wollne Strümpfe zu verfertigen, welche sie Dir schenken wollen, gehen Nachmittags zur Tante, so daß sich ein paar Stündchen Ruhe für mich gefunden, auf die ich gar nicht rechnete. Eine Lehrerin hat sich auch gefunden, ein Mlle. Kupelius, die Morgens zum Unterricht in Handarbeit wie im Lesen, Schreiben, Rechnen, Franz. p.p. sich verpflichtet hat und sehr gut mit Kindern umzugehen scheint. Nun freue ich mich doch, daß ich Dir heute nichts Schlimmes zu melden habe; von Deinem Bruder wirst [Du] den Brief als Beilage zu Siegmunds Brief jetzt haben. Guaita's lassen Dich herzlich grüßen; die Sophie hat den zärtlichsten Abschied von Max und Armgard genommen und mich mit Tränen gebeten, daß wenn sie es so einrichten könne, daß die Kinder zum Frühjahr nach Frankfurt können, ich sie ihr nicht versage, sie sagt: sie glaube, daß ihr ein neues Leben in den Kindern aufgehe, daß sie ewig in die Augen der Max sehen könne; sie hat noch den letzten Abend über eine Stunde kniend am Tisch versucht, sie beide im Profil zu zeichnen, und die kleine Ähnlichkeit, die sie dabei zu Stande brachte, hat sie in ihr Büchelchen gelegt; sie ist gut und wahrhaft und hat viel Liebe, so still sie auch erscheint, und ich weiß ihr diese Liebe zu meinen Kindern trotz der Verklatschungen der Stobwasser sehr Dank. –

Worüber ich Dir die Leviten zu lesen habe, das ist Deine Nachwehen über Deine Badereise. Rechnest Du die heiteren Tage für nichts und kannst Du's nicht verwinden, daß Gott Deine Schafe zu sich genommen, so glaube nur nicht daß Du sie hättest retten können, sondern vielmehr, daß Du sie hättest elend dahin sterben sehen und so statt der guten Tage ärgerliche gehabt und vielleicht Deine Gesundheit doppelt zerrüttet, statt daß sie jetzt doch vielleicht auf dem Wege der Besserung ist. Schiebe nur mir nicht zu, daß Du bist nach Aachen gegangen, denn es war Dein Wille, und meiner war nur der einer Reise mit dem Gebrauch eines Bades verknüpft, und wenn es mir nach geht, so machst Du nächsten Sommer noch eine Nachkur.

Nun leb herzlich wohl. [. . .] Dem Schneider seine Rechnung lege ich Dir hier bei, damit Du siehst wo Dein Geld hingekommen, auf der Rückseite stehen die anderen Posten die ich noch bezahlt, und so wirst Du sehen, daß ich keinen Mißbrauch von den hundert Taler gemacht habe, die seit 14 Tagen durch meine Hände gegangen –

. . . [Rechnung] . . .

Außer dieser ist noch die laufende Küchenrechnung. Du kannst also einsehen, daß hier ohne Verschwendung das Geld verzehrt ist, ich habe mich aller Käufe entschlagen, 50 Taler von Mendelssohn verbrauche ich in diesem Augenblick, somit wäre der Pelz, den ich mir von diesem Gelde bezahlt, wieder ersetzt. Ich ermahne Dich jedoch, Dir keine graue Haare über diese Ausgaben wachsen zu lassen, sie übersteigen immer noch nicht, was Du glaubst jährlich auszugeben; es sind 14 Tage, dabei eine Schneiderrechnung, die nur alle Jahr einmal vorfällt, und wenn Du aufs ganze Jahr drei bis viertausend Taler rechnest, so würden auf den Monat doch an 300 Taler kommen. Ich hoffe, daß Du so bald als möglich kömmst und warte mit jedem Moment auf den Vorratswagen.

Lebwohl und sei überzeugt, daß es mein fester Vorsatz ist, Dir soviel wie möglich allen Kummer zu ersparen, obschon ich leider zu schwach bin, immer alle Kleinigkeiten ungeklagt zu lassen, vielleicht gelingt mirs mit der Zeit, mein guter Wille kann Dir indessen ein Ersatz sein. Daß ich Dir die Rechnung der Ausgaben gemacht, soll Dir bloß beweisen, daß nichts verschwendet und verloren worden.

Ich küsse Dich herzlich

Bettine

453. *Arnim an Bettina.*

Wiepersdorf, 10. Dez. 1828

Liebe Bettine!

Du wirst mein Schreiben mit der Einlage von 50 Taler erhalten haben. Ich schicke heute, was ich an Lebensmitteln zusammentreiben konnte. Das Bier ist gut, aber es muß nach 24 Stunden abgezogen werden, weswegen es in die Küche zu legen ist, weil im Keller das Abziehen zu schwierig sein möchte. Die mitgeschickten Gartenfrüchte sind alle gut und lasse Dir darüber von den diebischen Köchinnen nichts einreden, die sich das Gesandte gewiß manchmal haben bezahlen lassen, indem sie jenes als unbrauchbar angaben.

Die Jagd war gestern nicht einträglich, es war so hell und klar, daß die Hasen uns schon in weiter Entfernung sahen, auch hatten wir nicht genug Schützen. Obgleich die sechs Scheffel Kartoffeln noch nicht aufgebraucht sein können, schicke ich doch noch ein paar Scheffel, weil es eben nicht friert.

Mit meiner Gesundheit geht es jetzt gut, ich bin gestern von Morgen bis fünf Uhr umhergelaufen, habe aber keine Folgen in den Beinen gespürt. Außerdem habe ich mir einige Methoden angewöhnt, die mich schützen; ich lasse mich beim Mittagessen durch nichts stören und empfange ich Abends Briefe, die mich irgend beunruhigen, so lasse ich sie bis zum Morgen liegen, so wird der Frieden der Nacht erhalten.

Denen Kindern habe ich geschrieben, daß ich zu Weihnachten hier keinen dulden kann, die beiden älteren müssen fleißig sein, den jüngeren nützt es hier gar nicht.

Die beiden Mädchen gehen mir im Kopf herum. In Jüterbog

fand ich eine Gouvernante beim Landrat, eine Mamsell Pfeifer aus Hamburg, die Dich bei Schleiermacher gesehen, ein vortreffliches Mädchen, wie es schien, die mit Ernst und Einsicht ihrem Geschäfte vorstand. Sie ist erst seit ein paar Monaten dort, sie suchte in Berlin vergebens ein Unterkommen. Wie leicht hätte uns das Geschick diese gewähren können!

Es tut mir noch in der Seele weh, daß Guaitas fortgereist sind, ohne daß wir ihnen in unserem Hause irgend eine Annehmlichkeit gewähren konnten, obgleich wir beide, Du und ich, bei unseren Anwesenheiten dort so viele Zeichen des Wohlwollens von den Frankfurtern empfangen. Nun, es ist vorüber, in Frankfurt lasse ich mich nicht wieder sehen.

Sei herzlich umarmt, der Himmel erhalte Dich und die Kinder.

Achim Arnim

454. *Bettina an Arnim.*

12. Dez. 1828

Lieber Arnim!

Ich hoffe doch, daß Du zu Weihnachten hierher kommst, ich finde keine Spur in Deinem Briefe; und doch erwarten Dich die Kinder und ich sehnsüchtig; daß Du nicht erlaubst, daß die Kinder die Ferien in Wiepersdorf zubringen, macht, daß auch ich keine habe, denn an Lernen werden sie nicht gewinnen, da ihre Lehrer auch abreisen.

Daß Deine Gesundheit besser ist, freut mich, vielleicht hat das Bad doch gute Wirkung getan, die erst später sich zeigt. Deine Sorge um die beiden Mädchen kannst Du auch beschwichtigen, ich habe jemand gefunden, der jeden Morgen hieher kömmt Unterricht zu geben in Handarbeiten, Schreiben, Lesen etc. Was die Mamsell Pfeifer anbelangt, so würde sie wahrscheinlich nicht zu uns gepaßt haben, soviel ich von ihr weiß.

Was Deine Beschämung anbelangt darüber, daß wir Guaitas nicht bewirten konnten, so kannst Du Dich nur darüber beruhigen. Guaita war ganz durchdrungen von Deiner Teilnahme, sein letztes Wort war, Dich zu grüßen; die Meline und Guaita wissen selbst aus Erfahrung, daß eine Frau die mit 7 Kindern meist allein ist und soviel ermüdende Beschäftigungen hat, nicht geeignet ist, Gäste zu haben; sie haben ja auch gesehen, daß ich nicht Zeit hatte, an den Gesellschaften außer dem Hause Teil zu nehmen, und ich glaube, es wär im Gegenteil lächerlich gewesen, wenn wir uns sehr angestrengt hätten, eine Fête zu geben, die Keinem einen großen Eindruck gemacht haben würde und uns gewiß viel Last; wenn Du also deswegen fürchtest, wieder nach Frft. zu gehen, so kannst Du sicher glauben, daß kein Mensch eine Ahndung davon hat, daß Du Ursach habest, Dich zu schämen.

In der Stadt giebt es nichts neues, die Kriegsnachrichten sind in der Zeitung. Die Humboldt ist wieder bedenklich krank, Brühl hat seinen Abschied mit 4000 Taler Pension erhalten, jedermann wundert sich, daß Pitt nicht hier ist, um sich zu melden, ich selbst glaube, daß er seine Ansprüche geltend machen könnte.

Nun habe ich noch ein paar Bitten wegen Weihnachten; erstens, daß Du kömmst, die Kinder haben außer den beiden Mädchen denen ich Puppensachen versprochen, Verzicht auf ein Weihnachtspräsent getan (indem ich kein Geld dazu verwenden kann) in der Hoffnung ihre Feiertage in Wiepersdorf zuzubringen. Da nun hieraus nichts wird, so sei Du zum wenigsten hier. 2^{tens} wünschen die Kinder die Drechselbank wieder in Gang gebracht, da sie nun doch in Wiepersdorf nichts nützt, so lasse sie doch mit nächstem Wagen hierherbringen. Endlich könntest Du mir ein angenehmes Präsent machen, wenn Du mir den Schiefertisch schicktest, seine Ungleichheiten und Mängel können mit Bimsstein weggeschliffen werden, er wär mir sehr angenehm, willst Du aber nicht, so lasse es bleiben.

Du wirst meinen Brief mit der Berechnung meiner Ausgaben erhalten haben und Dich also nicht wundern, wenn ich Dir sage, daß ich die letzten hundert Taler bei Mendelssohn habe holen lassen; und es war noch ein großer Trost für mich, daß ich sie noch dort hatte. Gestern habe ich müssen Holz fahren lassen 1/4 Kiehn, 1/4 Eichen nebst Fuhrlohn und Macherlohn macht an 18 Taler. In Deinen Briefen liegt gewöhnlich der Vorwurf, daß ich Dir viel Sorge mache und Dein Aufenthalt hier in Berlin viel Verdrüßliches für Dich hat, wahrscheinlich wegen meiner Not, meiner Klagen und Unbehülflichkeit, ich mache mir selbst den Vorwurf, und mein Bestreben ist, dies womöglich zu ändern, ich hoffe auch damit zu Stande zu kommen; denn 1tens habe ich mir selbst schon oft gesagt, daß ich nichts damit gewinne, wenn ich Dir jede Klage mitteile, 2tens etwas was man besteht, ohne sich zu wehren, ist schon überwunden, und ich wünsche mir nichts mehr, als zum wenigsten für die Zukunft Deine Sorgen so viel wie möglich zu mildern, wenn ich sie nicht ganz vertreiben kann. Wie könnte ich mir ein größeres Glück wünschen, als wenn ich die Beruhigung hätte, daß Du in Deinem täglichen Leben keine Störung mehr hättest.

Wenn Du nur auch den Entschluß faßtest, mir monatlich ein gewisses Geld zu geben; ich bin weit entfernt, irgend eine verkehrte Ausgabe zu machen, aber mir ist es eine große Pein, daß Du Dir die enormen Summen vorstellest, während Du Dir keine Übersicht machest, Dir mich als einen Verschwender denkst und endlich glaubst ersparen zu müssen, wo kein Vorteil dabei ist, denn wenn ich auch ein paar Scheffel Äpfel kaufe so tue ich dies aus dem guten Grund, weil ich glaube, daß die Natur der Kinder für ihre Gesundheit Vorteil dabei hat, die Hypochondrie und Hämorrhoidalbeschwerde so vieler junger Leute glaube ich dadurch zu hindern.

Dem Freimund muß ich jetzt Taschengeld geben, ich würde es mir vorzuwerfen haben, wenn er stehlen lernte; so oft er Geld verlangt, gebe ich ihm ohne Widerrede, und ich muß sagen, er ist sehr bescheiden.

Leb von Herzen wohl und fühle die Notwendigkeit, so bald wie möglich herzukommen um doch den Kindern ihr Weihnachtsfest anzuordnen, kannst Du aber durchaus nicht, so schreib mir, ich will dann einem jeden etwas aussuchen.

Ich küsse Dich von Herzen. Heiderlitz ist gesund, noch hat es das Titzchen nicht verlassen.

In dieser Zeit gestaltete sich die Beziehung zu Rahel wieder herzlicher. Bettina besuchte sie am 31. Januar 1829, die darüber an Varnhagen berichtet: „Liebender, vernünftiger habe ich sie nie gesehen. Aufwartend, leise, voller Einsicht. ... Nach drei Viertelstunden kamen die Kinder [aus Rahels Familie]. Da war sie erst göttlich, ... betrug sich wie eine mythologische Bonne mit ihnen. Kurz, wir waren *darin ganz eins*. So müssen *Menschen* sein: so ist Freundschaft; Menschenliebe; Einsicht; geöffneter Sinn. Sie sagte auch sehr schöne Dinge: besonders aber einverstanden über Kinderbehandlung." Und über einen Besuch am folgenden Tag: „*Vortrefflichst!* wie es sich nicht beschreiben läßt. Voller Anteil. Freute sich unschuldig innig Deiner Reise. Las Deinen lieben unschuldigen Kinderbrief. Sie sagte mir: Sie sind glücklich. Ich danke Ihnen. Ich habe keinen Brief gelesen, der mir so Freude gemacht hätte. Aber so Liebe und Zärtlichkeit ist auch nur Anerkennung, das kommt nit von selbst. [Fast scheint es, als denke Bettina hierbei an Arnims recht karge Briefe.] Dann sprach sie übrigens die herrlichsten Dinge. ... Und zuletzt machte sie noch gründlich, frei, edel, wahrhaft, die ganze Apologie der Leute, die das Leibgericht essen, was wir immer mit Henriette Solmar und Dr. Gans essen; und strömte ihre *ganze* Vorliebe für sie aus. [Gemeint sind hier die Juden]. Wie *wir* es nur können. Bei Gelegenheit einer Gouvernante, die sie wollte: *solche* wollte sie. So alle Edlen." (Briefwechsel, S. 199 f.) Worauf denn Varnhagen antwortet: „Bettine ist in der Tat ein einziges Wesen! Was soll man nun aus so viel Anerkennung, Einsicht, Billigkeit und guten Willen machen, wenn sie selber dies alles von Zeit zu Zeit immer wieder verleugnet, ja mit Füßen tritt? ... Mich freut Gutes, das sich in ihr zeigt, zunächst für sie selbst, denn ich möchte ja lebensgern durchaus gut von ihr denken. ... Die Lobrede, welche Bettine den Liebhabern des Leibgerichts ... gehalten hat, macht mich aus den Wolken fallen. Also *dahin* ist es gekommen! Nun ist nichts mehr unglaublich! Doch, als ihren Schmuck lasse ich ihre Äußerung in höchsten Ehren gelten und bezweifle die Echtheit nicht; darauf als Pfand etwas zu leihen, würde ich mich noch sehr besinnen." (Ebda., S. 218).

Am 8. Februar berichtet Rahel: „Vorgestern war Frau von Arnim hier; ich schlief aber, und sie ging: und befahl, mir nichts von dem Besuch zu sagen. Sie hätte einen kranken Mann. Arnim nämlich hat wieder Rheuma im Bein." (Ebda., S. 221).

Am 17. Februar war Bettina bei Rahel mit der Fürstin Carolath, Paul Ebers, Herrn und Frau v. Cotta u. a. zusammen: „Einen schönern Abend hat man wohl jetzt nicht leicht in Deutschland! ... Bettine verteidigte Ignoranz; ihre; prächtig; putzig. Bewies, daß eine Mutter keinen Arzt an ihr Kind kommen lassen müßte; geistvoll, naturkundig, fortreißend, tief ernst, mit Beispielen; und mit dem Sonnenschein des reichsten Scherzes darüber. Sie enchantierte die ganze Gesellschaft. Mann und Weib." Bettina war aus einer von ihr veranstalteten Theaterprobe gekommen. (Ebda., S. 266). Etwas später erzählt Rahel ihrem Mann: „Frau v. Arnim ... sagte mir überhaupt deutlich heraus: mein Umgang sei ihr höchster Gewinn. ... Nur Menschen schaden ihr; so – allein – will sie gerne kommen; sie warteten dann schon, sie solle etwas sagen; und dann täte sie's auch. Und das wäre immer schlecht." (Ebda., S. 287 f.)

Aber auch Arnim kommt manchmal mit. So am 3. März: „Arnims, Cottas, Ludwigs [Bruder L. Robert mit Frau], Moritzens [Rahels andrer Bruder und Frau], Willisen, Heine. Sich alle sehr, sehr amüsiert. ... Achim viel mit Cotta und Ludwig und Heine. ... Bettina rief mich vor Tisch und bat mich, Achim bei Frau von Cotta zu setzen." (Ebda., S. 320). Wie sehr Heine Arnim als Dichter schätzte und verstand, weiß man aus den bekannten Stellen in seiner „Romantischen Schule".

Am 7. März nimmt Arnim Abschied von Rahel. (Ebda. S. 338).

455. *Arnim an Bettina.*

Dahme, der 17. März 1829

Liebe Bettine!

Durch Geschäfte verhindert, teils auch in Erwartung hier einige Zeilen von Dir zu finden, setzte ich bis Dahme mein Schreiben aus. Ich hoffe, daß Du und die Kinder gesund seid, fast bekam ich einen Schreck durch einen Brief meines Bruders, den derselbe durch Expressen von hier abgesendet hatte, welchen Expressen ich hierher mußte zurückholen lassen. Dieser Brief enthielt aber nichts von Dir, auch überhaupt nichts Pressantes.

Was mich am meisten quält, ist der Müßiggang der beiden kleinen Mädchen, denn Müßiggang ist aller Laster Anfang. Es muß sich irgend eine Lehrerin entdecken lassen, die wenn auch nichts anderes, doch wenigstens einige gute Bücher mit ihnen liest, sie im Nähen unterrichtet, mit ihnen zeichnet, in festen unwandelbaren Stunden und ohne Spielerei. Ich denke baldigst einen Wagen mit allerlei Lebensmitteln abzusenden; von meinem Bruder wirst Du Geld erhalten. Ich küsse Dich herzlich und ermahne die Kinder zu allem Guten.

Achim Arnim

456. *Bettina an Arnim.*

20. März 1829

Lieber Arnim,

ich muß um Verzeihung bitten, daß ich nicht früher geschrieben; die Zeit vergeht so schnell, noch dazu war ich zweimal im Konzert des Paganini, und wenn man so selten ausgeht wie ich, so wird man sehr leicht zerstreut. Außerdem habe ich viele heimliche Aufträge, für die silberne Hochzeit, da Du nicht hier bist, so müssen wir uns ohne Deinen Rat forthelfen. Nach der Belagerung von Okersheim [verm. „Die Kapitulation von Oggersheim", ein „heroisches Lustspiel in 3 Aufzügen" von Arnim] haben wir geschickt, wenn wir das Manuskript kriegen, so soll es durch Serviere und seine Töchter, Rederns und uns besetzt werden, Du wirst auch eine Rolle übernehmen müssen, Savignys Büste soll gemacht werden, Karls Portrait und Leos halbe Figur von Wichmann, nächstdem ein türkischer Schal für die Savigny gekauft, ich habe noch vorgeschlagen, die Gartenstube, welche Savigny gern zum Studierzimmer hätte, heimlich einrichten zu lassen, mit einer Treppe, die in den Gartensaal führt. Den vier Kindern werde ich müssen neue Jacken machen lassen zu diesem Fest. Das letzte Tuch, welches ich gekauft, war gut, wenn Du zufrieden bist, so kaufe ich ähnliches. –

Von Paganini ist nicht genug zu sagen und eigentlich garnichts zu sagen, denn man muß verstummen; ein dünner Violinton, der die heftigste Leidenschaft, die wehmütigste Empfindung ausdrückt. Anton Serviere saß neben mir und beweinte seine Liebschaften; wer nicht hingerissen war, der war erstaunt. Pistor speit Feuer wie ein Krater vor Begeisterung, dabei speit er auch das Wasser, um zu löschen. Gestern war ich mit Karl und Louis bei Meusebach auf dem Ball, wo zum wenigsten 50 Paare tanzten, und der alte Meusebach war der erste und letzte Tänzer, der Schweiß lief ihm die Backen hinunter, er fühlte sich so frisch und jugendlich, dabei hörte er vortrefflich. –

Kühnemund ist seinen Husten nun los, noch acht Tage hat er müssen die Schule versäumen, denn er hatte ihn aufs Neue mit Erbrechen, Bosch gab ihm Stunden, dieser giebt auch jetzt den beiden Mädchen Unterricht, alle Tage zwei Stunden und sie lernen recht gut. Nachmittags sind sie bei Savigny, wo sie nähen. Zu Ostern hoffe ich eine andre Einrichtung zu treffen für die Max; für Armgard ist es einstweilen hinreichend. Siegmund ist sehr fleißig, so auch Freimund, es wird beiden vielleicht doch nichts helfen, wenn ich sehe, wie Meusebach den Herrn Spilleke und Wiegand invitiert mit ihnen Lhombre spielt, der Madame Spilleke die Cour macht, so ist leicht abzusehen, daß die Kinder avancieren.

Ich habe gerade eine Gelegenheit, diesen Brief abzuschikken, und schließe daher; Dein Bruder hat mir 400 Taler gegeben, ich habe 100 davon genommen und die übrigen sorgfältig eingesiegelt. Du wirst doch gewiß sobald kommen, wie möglich, ich bitte Dich, schreib mir, wann ich darauf zählen kann, daß Du kommst. Ich habe meine Zeichnung auf Deinem Tisch ausgebreitet, und denke sie auch als Geschenk für die silberne Hochzeit anzufertigen. Ich erwarte mit Sehnsucht einen Wagen und Nachricht, daß Du recht bald kommst.

Adieu, ich küsse Dich tausendmal

Bettine

Paganini wurde in Deutschland sehr gefeiert. Eine der besten Beschreibungen finden wir bei Carus, der ihn in demselben Jahr in Dresden hörte: „Diese wundersame Erscheinung! Dies blasse, steife Gesicht, wie das abgehauene Johanneshaupt in der Schüssel der Herodias! und dabei doch ein wühlendes, tief innerliches Feuer! Es lag etwas Dämonisches auf dem Menschen! Aber nie hatte ich zuvor eine so klare Tonbildung gehört, gegen alle andere kam sie mir vor, wie volles italienisches Sonnenlicht gegen deutsches, und ebendeshalb konnte man nicht los von ihm! Spielte er gute Kompositionen ... so war die Freude an solcher Tonbildung hinreißend, wurde auch wohl durch manche humoristische, nur von der ungeheuersten Fertigkeit eingegebene Bizarrerie erhöht. Mitunter freilich verlor er sich in die widrigsten Parforcetouren, und nur die sichere, überall durchleuchtende Genialität machte zuletzt auch diese erträglich. Er war damals 45 Jahre alt." (Lebenserinnerungen, II, 297).

457. *Arnim an Bettina.*

Wiepersdorf, den 22. März 1829

Liebe Bettine!

Ich sende heute, was ich zusammenbringen konnte und würde auch Geld senden, wenn ich Dich nicht veranlassen möchte, die Butter einmal zur rechten Zeit, d. h. im Augenblicke der Ankunft unterzubringen. Wustand ist mir immer als ein ehrlicher und ordentlicher Mann erschienen, was Dir die verrückten Köchinnen über die Redensarten seiner Diener erzählt haben, verdient gar keine Berücksichtigung. Du brauchst nur zu ihm zu schicken, ob er die Butter will, und wieviel er gibt, der Knecht soll dann am andern Morgen, wenn es nötig, fragen, ob er die Butter zu ihm hinfahren soll, doch scheint das fast zu umständlich und nur auf den Notfall.

Bei den 20 Flaschen Wein sind vier von älterer Sorte, durch einen Querschnitt bezeichnet, die zum Kochen bestimmt oder zu Bischoff, der andere wird ganz vortrefflich und kann dereinst für Bleicher gegeben werden. Zwei

Flaschen mit dem Essig für die Pflaumen müssen wieder drüber gegossen werden. Der Rahm ist abgekocht und wird sich hoffentlich halten.

Die Verzögerung beim Kammergericht wegen der Bestätigung der Justitiari verzögert meine Abreise. Ich werde das Geld an Savigny adressieren, mit der Post geht es doch sicherer, und dort liegt es auch besser als bei Dir, da Du lauter neue Leute bekommst. Sollte aber das Geld von meinem Bruder angekommen sein, so schreib es mir durch den zurückkehrenden Wagen. Übrigens hoffe ich, heute von Dir Briefe in Dahme zu finden, denn bis jetzt habe ich nichts aus Berlin.

Den Brief an meinen Bruder befördere rasch und sicher, es ist darin ein Papier von Bedeutung. Sollte er etwa nach der Uckermark gereist sein, so bewahre den Brief bis zu seiner Rückkehr.

Die drei Söhne können mir wohl mit dem Wagen ein Wort schreiben, wie es in der Schule steht.

Ob bei der eintretenden feuchten Witterung ein paar Bäder dem Sohn nicht gut täten gegen Fieber? Im Hause geht das nicht gut, Du müßtest ihnen etwas Geld dazu spendieren im Badehause, wenigstens dem Freimund und Siegmund.

Der Zahn von Max verdient, recht bald ausgezogen zu werden, sonst wird sie für ihr ganzes Leben durch einen schlechten Zahn entstellt, der doch auch nur Folge des frühen Zuckeressens ist.

Der Himmel erhalte Dich und die Kinder gesund. Ich küsse Dich herzlich.

Achim Arnim

458. *Bettina an Arnim.*

29. März 1829

Lieber Arnim,

ich schreibe Dir im Auftrag von Freimund und Siegmund, um Dich zu bitten, doch ja bald zu kommen, weil es ganz notwendig sei, daß Du mit Wiegand wegen der Versetzung Freimunds sprächest. Der letzte Termin Deiner Ankunft ist 9. April. Ich bitte Dich sehr, mir mit umgehender Post zu schreiben, ob wir bis dahin auf Dich rechnen können. Siegmund hat seine Stunden bei Rachard verdoppelt und hofft, nach den Ferien, wenn er sich examinieren läßt, doch noch versetzt zu werden, er wünscht aber sehnlich, daß Du bei dem Examen sein mögest. Also schreibe Dir's ins Gedächtnis, daß Du zum wenigsten zum 9. April da bist, und schreib mir gleich darüber, denn sonst muß ich Rachard bitten, daß er sich der Sache annimmt. Gestern ist die Humboldt gestorben, morgen wird sie begraben. Spontini und Redern haben sich so gezankt, daß man überzeugt ist, einer von beiden wird abgehen. Savignys Büste wird von Wichmann gemacht und ziemlich ähnlich, noch ist manches zu wünschen übrig. Ich warte Deiner Ankunft und kann nicht länger schreiben, weil sonst die Post abgeht. Das Kindchen ist kerngesund und spricht alles.

Ich küsse Dich tausendmal und wünsche, daß Du ebenso ungeduldig bist herzukommen, als ich Dich erwarte.

Bettine

459. *Arnim an Bettina.*

Wiepersdorf, der 1. April 1829

Liebe Bettine!

Ich hoffte, Dir mit Bestimmtheit schreiben zu können, ob es mir möglich zum 9. April in Berlin einzutreffen, doch ist der

Bote, welchen ich an den neuen Gerichtshalter geschickt, noch nicht zurückgekommen, wahrscheinlich weil dieser in Treuenbriezen nicht anwesend war. Es bleibt demnach unbestimmt. An Wiegand habe ich geschrieben und ihm noch einmal die Gründe auseinandergesetzt, warum mir Freimunds Versetzung wünschenswert scheint. Vielleicht schreibe ich auch noch an Meinecke.

Wir haben jetzt die ersten warmen Tage, doch war mir der Frost zum Ausroden eines Bruchs sehr nützlich gewesen, und war ich in großer Tätigkeit.

Der Brief an Wiegand hat mich aufgehalten, ich muß den Boten abfertigen.

Die Humboldt ist gewiß von großen Qualen befreit, aber die Ihren werden sie lange vermissen, besonders die Schwiegertochter.

Heinecke erzählte mir, daß der älteste Sohn die absurdeste Knauserei ausübt, die Eltern beständig um Geld quält, um es dann vorteilhaft zu verleihen, so nimmt er auch der Frau das Geld ab, was ihr die Mutter gab.

Bezahle ja den Gericke von dem vorrätigen Geld. Ich küsse Dich und die Kinder

Achim Arnim

460. *Bettina an Arnim.*

4. April 1829 [abgeg.]

Lieber Arnim,

ich vermute, daß Dir die Kinder geschrieben haben über ihre Schulangelegenheiten, Freimund scheint seiner Sache gewiß zu sein und Deiner Unterstützung nicht zu bedürfen, bei Siegmund würde Deine persönliche Einwirkung, wenn irgend etwas dabei zu tun ist, vielleicht auch später noch angewendet sein. Es sollte mir sehr leid sein, wenn Du Dich doppelt in den langweiligen Reisen müßtest einrichten, mache es lieber so, daß Du später wieder längere Zeit bleiben kannst.

Komme doch zur silbernen Hochzeit, die zwar garnicht brillant gefeiert wird, weil sie auf den Karfreitag fällt. Savignys Büste wird von Wichmann angefertigt, und wie man sagt sehr ähnlich und gut. Karl wird von Kolbe gemalt unter einem Myrthenbaum, in welchem ein silberner Kranz hängt, und wie ich an allem sehe, nebenbei getroffen. Das Sofa, an welchem Bettina schon seit Jahren näht, wird auch zu diesem Feste angefertigt, und endlich vermute ich, daß Savigny einen türkischen Schal kaufen werde, nach welchem Gunda schon als Jungfrau gestrebt hat, und nun endlich mit der silbernen Hochzeit erwirbt; dies hat mir was Seltsames, weil gewöhnlich nach jahrelangem Streben der Mensch zu etwas gelangt, was ihn weder anlacht noch anseufzt, und wozu er kein anderes Verhältnis hat, als daß es sein ist. –

Hollweg ist schon voraus abgereist. Seine Frau folgt in sechs Wochen. Dein Bruder war bei Schinkel mit dem Schulhausplan von Meinsdorf und wollte sich denselben verbessern lassen, Schinkel aber fand ihn vortrefflich, hat jedoch Pitt zuliebe ein paar Kleinigkeiten daran geordnet, er war bei Savigny und erzählte mir alles, was er mit Deinem Bruder dabei verhandelt hatte, komisch genug.

Gericke ist verreist, sonst würde ich ihn bezahlt haben. Die Bäume hat er noch nicht gesetzt, obschon ich ihn daran gemahnt habe, den Ofen auch nicht. Mit seinen Bauten scheint es etwas anzuhalten. An Schinkel ist noch garnichts eingegangen, obschon seit längerer Zeit Pläne von ihm eingereicht sind. [. . .]

Adieu, heute ist der 4. April, mein Geburtstag, und wenn Du hier wärst, so würde ich mir zur Feier etliche Freiheiten mit Dir herausnehmen, die Du mir verzeihen müßtest, jetzt werde ich zu Savignys gehen und sehen, ob ich mir etliche Präsente abholen kann. Heute Abend wird mir zu Ehren dort Gesellschaft gegeben, drei italienische Grafen, die an Savigny rekommandiert sind, Tonelli, Torregiani, Vitalino dal Verme, große Kunstkenner alle drei, letzterer reist zu seinem Vergnügen nach Nordamerika und kommt aus Lappland. Dieser letzte ist ein sehr angenehmer und guter Mensch, die andern kenne ich nicht, sie scheinen sehr vornehm. Die Agnes Rauch [. . . zerrissen] ist mit dem Anatomiker D'Alton versprochen, ein Sohn des D'Alton-Buch [Ed. Jos. d'Alton und Joh. J. C. Buch waren Jugendfreunde], er soll sehr liebenswürdig sein. Louis Brentano wird wahrscheinlich am Montag oder Dienstag bei Dir einrücken, um 8 Tage dortzubleiben, er hat die größte Sehnsucht aufs Land und bat mich dringend um Erlaubnis, es war natürlich, daß ich ihm versicherte, es würde Dir angenehm sein, da wir beide dem George dies schuldig sind. Er wird Dir auch gewiß nicht zur Last fallen, Ihr könnt dann beide zum 15. oder 17. herkommen. Noch eins, die Kinder seufzen sehr nach Wiepersdorf, da ich jedoch nicht weiß, wie Du es willst, so habe ich nichts eingerichtet. Über neue Kleider, die angeschafft werden müssen, hast Du auch nichts geschrieben, ich werde also nach Gutdünken und Gewissen handeln und das Nötigste anschaffen.

Adieu, die Zeit und Papier ist zu Ende, ich küsse Dich herzlich, silberne und goldene Hochzeit will ich gern mit Dir feiern, wenn es Dir lieb ist.

Ich küsse Dich, wie auch alle Kinder.

Bettine

461. *Bettina an Arnim.*

[10. April 1829]

Lieber Arnim,

ich hoffe ganz gewiß, daß Du in nächster Woche herkommst, solltest Du indessen verhindert sein, so schreibe mir, ob Du erlaubst, daß Friede und Kühne mit dem nächsten Wagen hinkommen, ihre Ferien fangen am Mittwoch an, und besonders Friedmund sieht etwas angegriffen von den Schularbeiten aus, so daß etwas Landluft ihm zuträglich. Die silberne Hochzeit wird garnicht gefeiert, sie fällt auf den Karfreitag. Karls Bild ist angefertigt von Kolbe und nichts weniger als ähnlich.

Die Varnhagen ist sehr gefährlich krank, man fürchtet die Brustwassersucht, er ist ganz trostlos. Fouqué hat das erste Heft seines Journals eingeschickt, es enthält zwei Erzählungen von seiner Frau und von ihm, die ihrige flau, die seine miserabler als alles, was er je geschrieben, so daß man sich schämt für die Mitarbeiter; dieses Journal kann nur gerettet werden, wenn die Herausgeber es nicht mehr besudeln.

Ich bitte Dich auf jeden Fall, recht bald den Wagen zu schicken und mir die genaueste Nachricht zu geben, ob ich die Kinder schicke, ob und wann Du kommst. Adieu, Schinkel hat Euer Schulhaus in der Mache gehabt und es gestern in Person an Pitt abgeliefert, dem er eine Visite gemacht, wobei ihm Pitt alle Zahnbürsten und Silberzeug, das er hat, vorzeigte.

Adieu, und mache doch, daß Du bald wieder einmal zu Hause bist.

Bettine

Fouqués neue Wochenschrift waren die „Berlinischen Blätter für deutsche Frauen". Anfang 1829 erschien zunächst ein „Probeheft", in dem die beiden Herausgeber, Fouqué und seine Frau, sich vorstellten. Er mit seiner Erzählung „Die Heimkehr" (neben einem Vorwort und einigen „Denksprüchen und Einfällen"), sie mit der Erzählung „Das Wochenblatt". Das erste eigentliche Heft wurde mit Arnims Aufsatz „Hamlet und Jakob" eröffnet. Er versuchte hier, „das Hamletproblem in seiner Bedeutung für Shakespeares Zeitgenossen zu erläutern". (Joachim Schwabe, „F. Baron de la Motte Fouqué als Herausgeber literarischer Zeitschriften der Romantik", S. 85). Auch Amalie v. Helvig war in dieser Nummer mit dem Beitrag „Heliotropus, genannt Sonnenwende" vertreten. In den ersten beiden Heften von Band IX stehen dann noch Arnims „Erinnerungen eines Reisenden". Die Zeitschrift hatte, wie auch ihre Vorgängerinnen, die der emsige Vielschreiber Fouqué herausgab, keinen Erfolg. Sie hörte Ende 1829 auf zu erscheinen.

462. *Bettina an Arnim.*

11. April 1829

Lieber Arnim,

ich hoffe, daß es Dir recht ist, daß ich den Siegmund auf etliche Tage zu Dir schicke, vorige Woch hatte er wieder zweimal das kalte Fieber. Es ist zwar mit Nechers Pulver vertrieben, indessen halte ich es für gut, daß er eine Luftänderung macht, auch versäumt er nichts, da sein Privatlehrer abgereist ist, und Du kannst ihn wieder mitbringen; ich denke nun gewiß, daß Ihr zusammen zurückkehrt zum 15. oder 17. April.

Adieu, lieber Arnim, gestern hat mir Strampf erzählt, daß die poetische Gesellschaft nach Dir seufzt. Varnhagen ist wieder hier mit dem hessischen Löwenorden, weiter weiß ich nichts, sie war auf den Tod krank und noch nicht ganz außer Gefahr. Ich küsse Dich von Herzen

Bettine

463. *Arnim an Bettina.*

Wiepersdorf, 14. April 1829

Liebe Bettine!

Mein letzter Brief wird Dir gesagt haben, daß ich selbst nach Berlin kommen wollte, doch hinderten mich daran viele Gründe. Einmal muß ich Aufsicht führen, wo beide hiesige Dirigenten ungewiß sind, ob sie fortziehen, also in eigenen häuslichen Gedanken sehr leicht das meine vernachlässigen können; dann hält mich der Karfreitag, der sich zu keinem Feste paßt, dann Mangel an Gespann, ich müßte sonst noch einen Wagen schicken. Endlich muß ich doch gegen Ende der Ferien mit den Kindern zurück, um über Siegmund etwas zu verabreden, ob er besser in ein anderes Gymnasium paßt oder zum Militär. Er hatte hier wieder etwas Fieber, es scheint aber vergangen von der schönen Frühlingsluft, die Heilung in sich trägt. So habe ich einen Auszug meiner guten Wünsche an Savigny einliegend geschrieben. Der Louis wollte sich nicht halten lassen, obgleich ich ihm vorstellte, daß er in wenig Tagen das Elbtal schön grün finden könne, um die Reise nach Dresden anzutreten, wo er in zwölf Stunden mit der Schnellpost eintrifft. Er gefällt sich sonst sehr wohl bei der Landwirtschaft und hat große Lust, ein Landwirt zu werden. Sein Mitreisen hinderte mich, Dir mehr Lebensmittel zu senden, ich mußte ihm Platz schaffen auf dem Wagen. Den beiden herreisenden Kindern schärfe nur ein, daß sie sich anständig auf dem Wege betragen, der Friedmund hat eine fatale Art, mit den Leuten zu reden. Freimund sagt, daß Du und auch die Marie wüßten, was ihm nachgeschickt werden solle, sein Schlüssel liegt hier im Brief. Was Siegmund begehrt, wird er schreiben, Freimund versichert, alle seine Sachen so gestellt zu haben, daß nichts vergessen werden könne, besonders seine Flinte, die sei eingewickelt und liege bei den andern Paketen.

Mancherlei Pflanzungen, die ich hier mache, müssen mich für die Einsamkeit trösten. Dem Schinkel danke für sein Bemühen um das Schulhaus. Seine Verzierung ist vortrefflich, wenn sie gut ausgeführt wird.

Ich schreibe in Eile, der Wagen wartet. Siegmund fährt nun doch mit wegen seinem zweiten Examen. Ich denk noch an Meinecke zu schreiben. Ich küsse Dich und die Kinder.

Achim Arnim

464. *Bettina an Arnim.*

16. April 1829

Lieber Arnim,

es war mir ein großes Herzeleid, daß Du nicht gekommen. Doch ich sehe ein, daß es besser war, als Dir die Mühe um einen Tag zu machen. Savignys sind noch obenein am Donnerstag weggereist, und kommen erst am Sonnabend wieder, um den Gratulationen zu entgehen, ich mußte auch zu Klenze, um es ihm zu sagen, wenn allenfalls die Professoren Lust hätten, daß er sie abbestellen solle. Diese aber hatten garnichts davon gewußt, und so war die Gratulationsfurcht umsonst. Die Varnhagen ist seit gestern außer Lebensgefahr, ich danke Gott für den Varnhagen, der war außer sich. – Unser Kindchen nimmt zu, und komm doch wegen ihm recht bald, es ist wirklich gar zu schön seinen vielen Späßen zuzusehen. Die Schleiermacher hat mir angeboten, meine Kinder nachmittags mit den ihren Stunden nehmen zu lassen, wenn dies zustande kommt, bleibt nichts zu wünschen übrig. Ich habe auch die kranke Fischer besucht [d. i. Schleiermachers somnambule Hausgenossin], die Mutter liegt nun seit 18 Jahren krank, und die Tochter seit 9 Monaten im Bett. Nun wünsche ich nur noch, daß Dir die Kinder nicht zu viel Sorge machen, und bitte Dich nochmals, für den Friedmund bessere Gesinnung zu hegen, er ist sehr rechtlich, macht mir keinen Verdruß, seine Schulpflichten gehen ihm über alles; seine Lehrer sind mit ihm zufrieden, mehr kann man von einem Kind nicht erwarten. Ich bitte Dich daher, sei ihm gewogen, besonders, da er sich fürchtet vor Strafreden.

Mich wandelt zuweilen eine Hypochondrie an, wenn ich mein vieles Alleinsein empfinde, und wenn ich Dich auch nur in der Nacht erwarten darf, um mir sagen zu lassen, wo Du gewesen bist, so ist mir dies ein besonderer Trost. Dein Bruder kömmt manchmal, denke Dir, daß er bei Savigny sehr beliebt ist, und daß seine Unterhaltung ihn sehr amüsiert. Die Frau Hasselbach hat eine kleine Tochter geboren, während sie Eierkuchen und Salat aß. Dies hat den alten Serviere sehr glücklich gemacht.

Der alte Helvig hat mich auf meinen Geburtstag beschenkt mit einem Kunstbuch und Du hast vergessen, mich zu grüßen, dies hättest Du tun können, manchmal bilde ich mir ein, daß ich Dir nur eine Last bin und kein Trost, besonders wenn ich bedenke, daß ich das Geld ausgebe und Dich also immer an das Unangenehmste mahne; 145 Taler hat nun Gericke, 26 Taler der Schuhmacher, halte es zusammen mit den beiden Rechnungen, wovon ich Dir die letzte vor 14

Tagen geschickt habe, und rechne das Geld hinzu, was ich seitdem wieder ausgeben müssen, so wirst Du sehen, daß ich zu Rande bin.

Nochmals sei gegrüßt und geküßt, wenn Dir was daran gelegen, woran ich manchmal zweifle; besonders diesmal kränkt mich, daß ich so allein bin, und ich wollte doch, daß sich eine Möglichkeit fände, daß Du nicht gar zu viel von Deinen Kindern und Deiner Frau entfernt warst; ich krieg manchmal einen Schreck wie vor einem Gespenst, wenn ich denke, wie sehr allein ich bin, und wie ich auch hier niemand habe, der mir zusagt, im Gegenteil sind mir alle Menschen zur Last, und ich glaube, daß ich nicht weniger den Menschen gleichgültig bin, als sie mir. Wer hätte das denken sollen? Wenn ichs Heiderlitzchen nicht hätte, so wär ich unglücklich, es küßt mich gar zu gern und alle Morgen steigt es zu mir ins Bett. – Verzeih mir mein Geseufze, ich bin schon seit heut Morgen mit Magenkrampf und Kolik geplagt, dies mag mich auch wohl traurig stimmen. Nun richte Dich so ein, daß Du das nächstemal zum wenigsten 14 Tage bei mir bleibst. Für die letzte Butter habe ich 13 Taler eingenommen.

Adieu, ich küsse Dich herzlich

Bettine

465. *Arnim an Bettina.*

Wiepersdorf, 19. April 1829
[22. April abgeg.]

Liebe Bettine!

Die Kinder kamen glücklich an und erfreuen sich, jeder in seiner Manier, des Landlebens. Dem Freimund zu Ehren hatte ich ein Scheibenschießen veranstaltet, wobei er aber mit seiner neuen Büchse kein Glück machte, sie ist zu kurz und darum jeder Schuß doppelt so künstlich, wie bei einer Büchse die doppelt so lang ist. An Meinecke habe ich wegen

Siegmund geschrieben, doch fürchte ich, daß es zu spät ist. Danke ihm für Apfelsinen, Äpfel und Pomeranzen. Die Letzteren wurden zum Scheibenschießen in Bischofsmützen verwandelt. Damen erschienen nicht, wohl aber viele Herren.

Daß Du unwohl, daß Du Dich allein fühlst, das alles fühle ich mit, und wenn ich des Geburtstags auch im Briefe vergessen, dessen habe ich wohl gedacht. Vielleicht erfrischt Deine Gesundheit die nun bald zu hoffende Eselsmilch. In der Osternacht wurde die Eselin von einer kleinen Eselin glücklich entbunden. Ich glaube, vier Wochen müssen sie miteinander bleiben, dann schicke ich beide nach Berlin, wohin ich mit den Kindern zu Ende der Ferienzeit reise. Deine Einsamkeit, mußt Du eingestehn, ist doch wohl Deine Schuld allein, es sind Dir viele freundlich entgegengekommen, die Du mit ungeselligem Übermut zurückgestoßen hast, bis wir nun endlich völlig vereinsamt sind. Suche Dich keinem interessant darzustellen, so werden wir alle interessant scheinen. Eben bin ich noch tief gerührt worden und bewunderte die Darstellungsgabe eines alten Pferdehändlers aus Jüterbog, der mir seine Familiengeschichte erzählte. Solcher Leute giebt es viele, wenn man sie nur zu finden wüßte. Unter sogenannten Künstlern, Gelehrten usw. habe ich nie dergleichen Stoff gefunden.

In dem mitgeteilten Probeheft von Fouqués Wochenblatt ist die Erzählung der Frau gar nicht übel, die des Mannes eine leere Fratze, ebenso schlecht in der Erfindung, wie in der Ausführung, besonders ist das Sprechende darin schrecklich zu lesen.

Savignys Reise nach Neustadt ist mir unerklärlich, warum geht er nicht wenige Meilen weiter bis Stettin? Bald bin ich bei Dir und küsse Dich und die Kinder.

Achim Arnim

466. *Arnim an Bettina.*

Wiepersdorf, 16. Mai 1829
[19. Mai abgeg.]

Liebe Bettine!

Ohne Unfälle bin ich hier angekommen, das Wetter ist seit ein paar Tagen wärmer geworden, alles grünt und blüht und macht mir damit Müh und Sorgen, wie es die Minnesänger zu Liedern spornte. Vielleicht mache ich eine Reise, um meinen Schafverlust zu ersetzen nach der Elbe, ob ich bis Dresden streife, weiß ich noch nicht, da ich mein Bedürfnis wohl früher befriedigen kann. Sieh doch zu, ob ich in einer der Schubladen meiner Tische oder unten im Kleiderschrank Wäsche vergessen habe, mir kommt es so vor.

Die Fouqué'sche Wochenschrift gefällt mir gar nicht übel, es ist doch ein Element darin, was in den andern fehlt. Ich schriebe Dir mehr, aber es wird doch Gemeingut im ganzen Hause, wie ich denn voriges Mal aus meinen Briefen durch Siegmunds Reden wieder vernahm, und die Blätter in der offenen Schieblade bemerkte. Auch unsere früheren Briefe liegen noch im offenen Kasten, und wenn ich sehe, wie Du Dich um Kleinigkeiten zuweilen abläufst, so giebt es mir immer einen Stich durchs Herz, daß Du in Jahren keinen Augenblick gefunden, diese mir werten Erinnerungen durch ein Schloß in einige Sicherheit zu bringen, was sehr leicht ist, wenn der Schluß von unten verdorben, an der Schublade eingelegt werden kann. Ermuntere die Kinder zum Fleiß und zu frommen Sitten, zu Bescheidenheit und Verträglichkeit, Dich küsse ich herzlich

Achim Arnim

467. *Bettina an Arnim.*

25. Mai 1829

Lieber Arnim,

ich hoffe, daß Du die verspätete Frühlingsluft nun für uns alle einsaugst, die Blätter und Blüten sind alle auf einmal hervorgestürzt und überraschen wie in den Kinderjahren. Rumohr hat mich nebst Waagen heimgesucht, meine Schiefertafeln besehen und folgenden Ausspruch getan: Diese Tafel ist unschätzbar, allein Sie verstehen nichts davon; alle Künstler, keiner ausgenommen, selbst Thorwaldsen und Schinkel müssen von Ihnen lernen, auf dieser Tafel ist mehr Genie, als man in diesem Jahrhundert auftreiben kann, da gehört ein Glas drüber und ein goldner Rahme, schenken Sie mir sie. Ich: Sie kostet mich acht Groschen. Er: Ich will Ihnen 8 Groschen geben. Ich: Nein, ich hab sie schon verschenkt. Er: Wer weiß, an welchen Esel, der niemals begreifen kann, welchen Wert sie hat. Abends kam er zu Savigny mit Waagen, um dort die Handzeichnungen zu sehen. Savignys waren nicht zu Hause, er blieb dem ungeachtet sitzen, demonstrierte dem Fischer und Louis Brentano, den er zuweilen beim Kopf kriegte und küßte, daß Schinkels Bild zwar von großem Genie zeige, allein durchaus verfehlt sei. Darauf sprach er von Platen, der sein persönlicher Freund, er sei der größte Dichter unserer Zeit, keine Frage, daß er allein von allen übrig bleiben werde, wie eine ägyptische Pyramide; die „Verhängnisvolle Gabel", ein ungeheures Werk, ja, sagte Fischer, der ganz in Rumohrs Erscheinung versunken, garnicht auf sein Reden gehört hatte, „es ist entsetzlich, wie ein junger Mann so schreiben kann", Rumohr: „Und Sie müssen nicht glauben, daß er so was aus dem Ärmel schüttelt, es kostet ihn seinen sauren Schweiß; ich habe dies Werk fünfmal hintereinander mit großer Anstrengung gelesen." Fischer: „O!" – Rumohr: „Sein ‚Ödipus' ist erst das non plus Ultra, der ragt bis über Jahrhunderte. Ich habe Bruchstücke daraus gehört, die ganz unerhört fleißig in der Metrik sind, darauf geht er allein aus, und dies ist auch das einzige, was not tut." Fischer, der immer noch nicht verstand, was Rumohr brummte, machte die „Verhängnisvolle Gabel" herunter, Rumohr war erstaunt über diese Kühnheit, Fischer zitierte Stellen und bewies ihre Schlechtigkeit, immer in dem Wahn, er spreche nach Rumohrs Sinn.

Rumohr ist seit 8 Tagen weg. [Wilh. v.] Humboldt bekam die Stelle als Erster bei der Kommission, für die Aufstellung der Kunstwerke im Museum, die Rumohr ambierte. Ich bin überzeugt, daß alle froh sind, daß es so gekommen und besonders Waagen, denn die gebückte Stellung, zu der er sich gedrungen fühlte, war ihm doch sehr zur Last; Rumohr würde alle von sich abhängend gemacht haben oder sie nicht haben gelten lassen.

Franz Savigny leidet schon seit 8 Tagen an sehr empfindlichen Ohrenschmerzen, die ihm Wolfart durchaus nicht zu lindern vermag trotz aller Prophezeiungen, daß sie in wenig Tagen vorbei sein werden – Franz sieht sehr krank aus. Die Helvig hat Lust einen Aufstand zu erregen von wegen nicht einlaufendem Honorar des Fouqué-Journals, obschon sie nur ein Blümchen am Wege gepflückt und keine wohlgepflegte Rose dazu gegeben; Du scheinst mit dem Journal zufrieden, ich muß aber sagen, daß ich nichts Trostreiches daran finde, und was mir am leidesten tut, ist, daß wahrscheinlich das Unbedeutende und sogar Schlechte so überwiegend sein wird, daß man, wie bei einem Felde, wo das Unkraut überhandgenommen, es nicht der Mühe achten wird, die Ernte zu machen; daß dann Deine Sachen, die gewiß, wenn ich sie nicht von der poetischen Seite ansehe, ein so lebenerregendes Prinzip in sich tragen, wieder da verborgen liegen werden unter einem Wust unnützer Blätter, daß es wieder beinah dem Zufall überlassen bleibt, ob das Aug des Lesers darauf falle. So Mancher würde geeignet sein, das Schöne zu verstehen, so Mancher gereizt werden, es zu benützen, aber wer wird auf den Einfall kommen, unter dem Toten zu wühlen. Du bist nicht wie der Kuckuck, der seine Eier in ein gutes Nest legt und so seine Jungen zu Ehren bringt, unter allen bist Du der am wenigsten Ansprüche, am meisten Bescheidenheit hat, der eine Anerkenntnis am innigsten empfindet, sie am wenigsten erkauft oder zu erhaschen sucht, dem die Kühle der Lorbeeren am wohlsten täte, und der sich darum nicht an ihren Ästen vergreift; – das kleine Blatt, was Du dahinein gabst, ist so richtig, so schön, so gemessen, so musikalisch, so überzeugend im Styl, daß ich nicht glaube, ein einziger, noch so glücklicher Geschichtsschreiber habe irgend eine so glückliche Kombination gemacht, trete so ästhetisch und gelehrt zugleich auf; Du würdest die Menschheit verschönern in ihrem Umgang, wenn Du ihr Schriftsteller wärest, denn Du legst die Erfahrung, Deinen Geist, mit Großmut und Anmut dar, so wie Du etwas besser weißt, läßt Du Dir nicht frönen, wie z. B. Rumohr, sondern Du bedienst die Menschen, wie es dem, der Geist hat, zukömmt.

Der arme Franz Savigny ist noch immer sehr krank; ich habe ein Buch, was für Dich gekommen – Organon der Homöopathie – mit ungemein vielem Interesse gelesen, und demnach beschlossen, mein kleines gesundes Heiderlitzchen jetzt in der Zahnperiode nicht impfen zu lassen. Gott wird mirs noch ein paar Jahre gesund erhalten, die vielen Erfahrungen, die bei dem Impfen der Kuhpocken gemacht werden, von Drüsen und dergl. und die sich zum Teil auch an unsern Kindern bewährten, sind nicht einladend.

Was die Schule anbelangt, so geht alles seinen guten Gang; außer daß der Lehrer mit seinen Exkursionen mich beinah alle Woche einen Taler kostet. Morgen wollen sie auf die Rüdersdorfer Berge. Freimund schießt fast alle Sonntag Morgen und kostet mich gewöhnlich an 8–10 Groschen. Siegmund ist, der am wenigsten Geld braucht, er lernt jetzt sehr eifrig und ist zufrieden. Freimund hat sehr viel zu tun; er bekömmt oft starkes Nasenbluten; wenn die Pfingstferien kommen, wird er wohl mit Gelegenheit Wiepersdorf heimsuchen. Du wirst es wohl so einrichten, daß der Wagen dann kömmt, Sommerhosen hab ich allen machen lassen, mit dem Tuch kommen sie noch aus bis Michaeli.

Ein merkwürdiges Ereignis ist, daß die Frau Schinkel, welche alle Tage dicker wird, garnicht schwanger sein soll, Schinkel, der früher eine Reise projektierte nach Dresden mit der ganzen Familie, gab diese auf, weil sie ihre Niederkunft erwartete. Jetzt ist die Reise jedoch beschlossen; daraus vermute ich, daß sie sich überzeugt hat, nicht schwanger zu sein. Das *Haus der Grafen Redern* [später Hotel Adlon] wird jetzt ganz abgeschält und mit Backsteinen eine andere Bauart darüber gemauert, ohne daß die alten Mauern abgebrochen werden; das Äußere wird jetzt einer Festung ähnlich gemacht, die von großen massiven Quadersteinen gemacht zu sein scheint. Vorher war das Projekt, eine Art Kastell daraus zu machen mit Türmen, dies gefiel dem Kronprinzen nicht.

Leb tausendmal wohl und komme Deiner Pflicht nach gegen mich, indem Du Dir's wohl sein lässest im Schoße der Natur, denke, daß es der meinige sei. Du kannst meine Sehnsucht für Dein Glück, für Deinen Genuß nicht hoch genug stellen; obschon ich diesem Bedürfnis in mir nicht immer entspreche, so sind es doch Sünden, die mich drücken, wenn ich daran denke und ich halte es für Unrecht, nicht jede Minute Dein Dasein als heiliger zu halten wie alles andere. Drum gehe, wohin die Lust Dich führt, und mache Deinem Jugendmut keine Einwürfe, sei doch einmal nachsichtig und freundlich gegen den lieben, interessanten Arnim, von dem man garnicht weiß, was man Herrliches in ihm untergräbt, wenn man ihn nicht gewähren läßt. [. . .]

Deine Bettine

468. *Bettina an Arnim.*

1. Juni 1829

Lieber Arnim,

Du hast mir gute Nachrichten verlangt, und ich kann sie Dir geben, besser wie seit langer Zeit, es ist Frieden im Hause und Ordnung, mehr wie je, und zwar durch ein sonderbares Ereignis; ich ging mit Louis unter den Linden, ein Knabe von 10 Jahren bekam ein Loch in den Kopf durch einen Stein, das Blut strömte über Gesicht und Hände, ich verband ihn mit meinem Schnupftuch, führte ihn nach seiner Weisung in seine Wohnung, er fürchtete von seinem Vater Prügel zu bekommen, da war aber kein Vater und keine Mutter, die Leute kannten ihn garnicht, er wurde ganz besinnungslos. Da er wieder zu sich kam, besann er sich, daß er schon seit 2 Jahren aus dieser Wohnung gezogen war, daß sein Vater von der Mutter geschieden, und daß er mit dieser unter den Linden wohne, ich führte ihn auch dahin, dort war die Mutter ausgegangen und eine andere Frau nahm sich seiner an; ich war ganz erfreut über die Menschlichkeit und Geschicklichkeit dieser Frau, bald erkannte ich an ihrer Sprache, sie sei aus Frankfurt a. M.; jetzt fand sich's, daß sie in zwei Häusern unserer Bekanntschaft 20 Jahre Köchin war, wie sie nach Berlin gekommen, ist zu weitläuftig, ihre Scheine besagten das beste Lob, nun kocht sie seit 8 Tagen, ist eine wahre Kindermutter; am Sonntag macht sie den Kindern allerlei Backwerk, sie versteht die Küche aus dem Fundament, glaubt jedoch nicht, daß sie perfekt sei; kurz, nie hat eine Person besser ins Hauswesen gepaßt, ihre beste Eigenschaft ist, daß sie garnichts davon weiß, daß sie irgend etwas nicht zu tun brauche; Du kannst nicht denken, welcher Stein mir vom Herzen gehoben. Ja, ich habe sogar Lust, Gäste zu sehen, weil dieser Person alles so leicht von Händen geht und sie so wenig braucht. –

Die Gräfin Keyserling hat beinah auf den Tod gelegen, ich habe ihr seit zehn Tagen meine Eselsmilch zur Hälfte abgegeben, sie hat sich sichtlich gebessert und war mir sehr dankbar, unglücklicherweise haben die Leute meinen gemieteten Esel verkauft, ich bitte Dich also, mir *meine Eselin mitsamt dem Jungen sobald als möglich herzuschicken, hörst Du, lieber Arnim, sobald als möglich*, denn ich möchte gern selbst trinken und auch der Frau gern noch etwas abgeben.

Über Rumohr habe ich Dir hinlänglich geschrieben, Du mußt den Brief jetzt in Händen haben, er hat sich zurückgezogen zum Besten der ganzen Compagnie, er würde der ärgste Tyrann geworden sein.

Onkel Schlitz war auch acht Tage hier, wegen der hessischen Angelegenheiten aus alter Zeit, matt, krank, gedächtnislos, wie Pitt erzählt. –

Schleiermachers Tochter, 16 Jahre alt, heuratet den Konrektor Lommatsch, wie ich höre, ein ganz ungewöhnlich gewöhnlicher Mensch, er ist der Bruder der visionären Fischer, 42 Jahr alt, also 25 Jahre älter wie die unschuldige, mit der Puppe spielende Braut. Die Leute sagen, dies hätte die Fischern in ihrer clairvoyance ersehnt, es mag sein wie es will, so ist gewiß, daß Schleiermacher keine besondere Freude daran zu haben scheint. Savigny gratulierte ihm und fragte, was der Schwiegersohn für einen Charakter und Neigung habe, Schleiermacher entschuldigte sich und sagte: „Ich kenne ihn garnicht, denn er war immer oben bei der Fischer und da hab ich ihn beinah nie gesehen." Es kann sein, daß diese Geschichte ein unangenehmes Licht auf den armen Schleiermacher wirft; denn wer sollte glauben, daß er sowas hinter seinem Rücken geschehen läßt. – Bei Serviere war ich heute, die Kinder erzählten mir, daß es zwischen dem Vater und Eugene sehr unangenehme Szenen gesetzt, letzterer hat seinen Abschied als Obristleutnant aus Spanien erhalten, und ihm ist mit diesem Titel ein Prozeß abgekauft, den er dort gehabt, und von dem er nichts gesagt hat; er macht, wie ich höre, lauter Geldverschwendung, lügt dabei, kauft sich Perücken p.p., letzt zog der Vater aus und wollte dem neuen Obristleutnant eine Ohrfeige geben, Jette fing sie auf, indem sie sich dazwischen warf, nächste Woche geht er nach Frankreich zurück, sein Vater setzt ihm dort eine Pension aus, die ihm regelmäßig für jeden Tag zufließen soll, weil er nichts in Händen behalten kann. Man sagt in der Stadt, daß Schlippenbach die Zimmermann heuraten werde und glaubt es nicht, jedoch scheint er in sie verliebt zu sein.

Die arme Schinkel ist noch krank von den vielen Medizinen um ihre falsche Schwangerschaft, ich war gestern mit ihr, Max, Armgard und Heiderlitzchen im Grunewald, ihre Kinder waren auch mit, er war aber in Potsdam mit Humboldt, um Bilder auszusuchen. Franz Savigny ist noch immer krank am *Ohrenzwang;* Wolfart kam letzt zu mir, um sich zu erkundigen, was die Frauen empfänden, in dem Augenblick, wo sie schwanger würden, auch sagte er mir, daß die Rinder, denen die Nabelschnur nicht abgeschnitten worden, bei der Geburt, lange nicht so bösartiges Pockengift bei dem Einimpfen der Kuhpocken erzeugten, und daß ich deswegen mein Kindchen von einem solchen solle impfen lassen. Dieser Wind ist doch grad wie in einem Blasebalg, der ein Loch hat und also keinen Effekt mehr macht. Ich glaube, daß, wenn er seine Clairvoyanten nicht hätte, er würde sich gleich in die Homöopathie werfen.

Die Käferwut des Lehrers Grothe kostet mich viel Geld; gestern war wieder die halbe Schule über Land, sie waren alle auf die Kalkberge gefahren, für jeden 12 Groschen Fahrgeld hin und zurück, und noch außerdem ein Taler Reisegeld war vom Lehrer ausbedungen; Friede und Kühne haben daher Leibesbewegung und Zerstreuung genug, allein Freimund wird wahrscheinlich am Ende der nächsten Wochen Ferien kriegen, und da er sich mit Lernen sehr angestrengt, halte ich es für zuträglich, daß er die 8–10 Tage in Wiepersdorf zubringt, dies darf Dich nicht hindern zu reisen, denn er braucht doch wahrlich keine Aufsicht, so wenig wie Siegmund, der auch Ferien hat und nicht weiß, was er dann anfangen soll, besonders da sein Lehrer auch auf 5–6 Tage verreist, lasse sie daher immer hingehen, sie werden keine Ungelegenheiten machen, wenn Du es jedoch nicht für gut findest, so schreibe mir sogleich darüber. Vielleicht wäre es möglich, daß Du mir die Eselin bis zum Ende der Woche schicktest, und sie könnten mit dem Wagen hin. Jedoch ist es um ihretwillen nicht nötig, sie gehen ebenso gut zu Fuß; da Du sie aber doch einmal schicken mußt, so wär's vielleicht besser, wenn Du indessen keine Pferde hast, so warte ich auch noch die 14 Tage ab. Heiderlitzchen nimmt so zu, daß schon wegen ihm es mir sehr leid tut, daß Du nicht mehr in der Stadt bist. Du schreibst, daß Du zum Wollmarkt kömmst, dies deucht mir sehr lang; wenn Du nur um Gotteswillen Dich sonst ein wenig ergehest, so bin ich zufrieden. Reise nach Dresden und Meißen und wo Dir sonst Deine kurzgeschnittenen Flügel möglich machen hinzuflattern. Ich küsse Dich von Herzen Deine Bettine

Max und Armgard gedeihen in der Weisheitslehre von Bosch.

469. *Arnim an Bettina.*

Wiepersdorf, 3. Juni 1829

Liebe Bettine!

Deinem Wunsche gemäß sende ich die Eselin mit ihrer Tochter, der Wagen kann dann meine beiden Söhne als Rückfracht laden, die sich noch mit einer dicken, guten wollenen Decke versehen können, damit der besorgliche Regen sie nicht durchdringen und auskälten kann. Ich wünsche die beste Wirkung von der Milch, die Zierlichkeit der jungen Eselin ist außerordentlich, es täte mir leid, wenn sie von den Kindern sehr gequält würde. Ich sende Heu und Kleie zur Fütterung mit, im nächsten Wagen wird Schrot folgen. Die Frankfurterin, die Du so rühmst, wird sich wohl auch etwas der Eselin annehmen können. Es ist ein guter Sitz für die Kinder besorgt und sie werden nicht behindert sein, wenn auch die beiden in Berlin noch liegenden Biertonnen, Butterfässer und dergl. mit zurückkommen.

Gern schriebe ich Dir einen ausführlichen Brief, für so viel Angenehmes, was Du mir berichtet hast, doch bin ich zufällig auf wenige Minuten beschränkt, weil Gruhl mir verständigerweise riet, den Wagen lieber heute als morgen zu schicken, weil sonst die beiden Gymnasiasten sich schon könnten auf den Weg zu Fuß gemacht haben.

Die beiden andern werden sich auf den naturhistorischen Exkursionen besser als hier unterhalten und unterrichten, auch hindern sich alle vier einander, wenn sie zu solchen Vergnügungen beisammen sind. Der Regen ist so nützlich wie die Kälte, die letztere zur Zerstörung der vielen Maikäfer, die uns bisher plagten und noch mehr die Bäume, ja die gesamte Natur verunreinigten.

Ich küsse Dich und die Kinder herzlich und schreibe ein andermal mehr. Heute ist der Auktionär hier.

Achim Arnim

470. *Bettina an Arnim.*

5. Juni 1829

Lieber Arnim,

der Esel hat uns allerseits überrascht, so früh hatten wir ihn nicht erwartet; gesorgt wird gewiß für ihn und auch für das Junge; die Eselsmilch wird jetzt häufiger verlangt, als je, ich glaub, es wäre keine schlechte Spekulation, diese Tiere zu vermehren, da sie in der Wirtschaft nützlich sind und nachher sehr gut können vermietet werden. Sie gelten dies Jahr 10 Taler und 15 Taler den Monat. Jetzt sind wir schon im Besitz zweier Eselinnen, wahrscheinlich wird noch eine dritte dazukommen, nämlich die, welche ich diese ganze Zeit über hatte, und die jetzt von der Gräfin Egloffstein benützt wird. –

Es waren große Vorbereitungen zu Festen gemacht zum Empfang der Kaiserin [Alexandra Feodorowna v. Rußland, Tochter Friedr. Wilhelms III.] und der Vermählung. Die Kaiserin hat einen Expressen geschickt und sich alles verbieten lassen. Alle Kaufleute, die spekuliert hatten, sind darüber entrüstet. Eine Neuigkeit muß ich Dir erzählen; Stüler, der Homöopath, ist nun Hausarzt bei mir, zwar hab ich ihn nicht für mich gebraucht, sondern nur für die Hausmagd Marie und Mine, die bei dem Kinde ist, erstere ist von einem langwierigen Übel geheilt, und zwar auf der Stelle, die zweite fängt morgen die Kur erst an. Er gefällt mir besser wie Necher, bescheiden, aufrichtig, wie er ist.

Die Frankfurter Köchin bewährt sich, sie ist allein rechtschaffen von allen Domestiken, die ich je gehabt habe, und ich möchte sie nicht missen, es ist gewaltige Last weniger, solang ich sie habe, ihre Einrichtungen mit dem Essen sind sehr gut, kurz wir essen gut, wie man nicht besser kann, und es kostet weniger Geld und weniger Nachdenken, und auch deswegen freu ich mich, daß Du bald kömmst, damit Du alle gute *Speisen* essen kannst; Savignys sind zu Itzenplitz, um die Feiertage da zuzubringen, Karl Guaita ist hier geblieben, kannst Du Dir denken, daß der mir eine Geschichte erzählt hat, die alle seine Launen, seine Bosheiten und Verbohrtheiten ganz entschuldigen, wo nicht gar rechtfertigen, für das Papier ist diese Geschichte jedoch nicht, sie muß mündlich erzählt werden. Franz leidet immer noch an seinem Ohrenübel, der pfuscht auch noch in die verschiednen Liebesintriguen im Haus. Keiner weiß, woher die Verwicklungen entstehen, die Läppischkeit des Louis ist musterhaft dabei.

Daß Hollwegs weg sind, hab ich Dir wohl geschrieben. Strauß hab ich bei Savigny gesehen, er grüßt Dich herzlich. Jetzt muß ich schließen, ich küsse Dich und bedauere am meisten, daß Du Dein Heiderlitzchen nicht täglich siehst, es macht die merkwürdigsten Fortschritte in allem.

Deine Bettine

Und komme so bald wie möglich.

471. *Arnim an Bettina.*

Wiepersdorf, 9. Juli 1829
[abgeg. 11. Juli]

Liebe Bettine!

Mehrere Reisen nach der Elbe, um den Verlust in meiner Schäferei durch Ankauf zu decken, haben mich außer den gewöhnlichen Geschäften beunruhigt. Von Dir habe ich keine Nachrichten, aber ich hoffe, daß es Dir wohl geht, so auch den Kindern.

Zu den mancherlei Seltsamkeiten, die ich nebenher auf jenen Schafreisen kennen gelernt, gehört das Lichtenburger Zuchthaus, welches der Berliner Verein noch nicht gemustert hat. Wenn Du den Dr. Julius siehst, ermahne ihn, da einzutreten, weil sehr viel von dem dort erfüllt ist, was sonst nur als Wunsch ausgesprochen wird, nämlich die Züchtlinge ohne Zwang zu einer nützlichen Tätigkeit hinzuführen, ihren physischen Zustand durch Reinlichkeit, möglichst gute Beköstigung, durch Aneiferung ihren moralischen Sinn zu bessern, fast glaube ich in Goethes Wanderjahren zu wandeln, das Ziel gefunden zu haben, wohin seine Wanderer heimlich streben. Die geschickten Werkmeister, welche überall verteilt die Spinnerei, Weberei usw. durch Unterricht förderten, die vielen Ehrfurchten gegen die Wächter, besonders gegen den Direktor, der einen großen Hund zu seiner Sicherheit mit sich führt, alles erinnerte an jene Oberen, die niemand über drei Tage an einem Fleck ruhig sitzen lassen. In drei Monaten wird der Ungeschickteste zum trefflichen Piquéweber umgewandelt, der Geschickte in sechs Wochen. 640 Züchtlinge verfertigen 8000 Stück Piqué, 36000 Paar Strümpfe, ebenso viele Nachtmützen und Handschuhe, außerdem Tuch, Stricke, usw. Nur im Gesang scheinen sie noch nicht die Fugensätze so inne zu haben, wie jene Wanderer. Eine schöne Entdeckung ist dort gemacht worden, nämlich die Befreiung von den lästigen Flöhen durch eingefangene Sperlinge, welche diese Speise allen anderen vorziehen und neben dem häufigen Scheuern es fertig brachten, daß ich da freier von Flöhen als durch Bärwalde wandern konnte. Für mich brachte ich aus der Anstalt Samen von neuseeländischem Spinat.

Mehr will mir der Drang von Baugeschichten nicht zu schreiben gestatten, ein Wagen geht in wenig Tagen ab, wo Du mehr von mir hören sollst. Ich küsse Dich herzlich

Achim Arnim

Sehr zu unrecht in Vergessenheit geraten ist der Hamburger Arzt und Sozialreformer Dr. Julius (1783–1862), der, als er sich 1809 christlich taufen ließ, die Vornamen Nikolaus Heinrich annahm. Er war zuerst Arzt im Hamburger Armenanstaltsviertel und Herausgeber von Fr. Perthes' „Vaterländischem Museum". 1824 ging er nach England, um dort das Gefängniswesen zu studieren, dessen Reform in Deutschland er jahrelang seine Haupttätigkeit widmete, obwohl er daneben auch zahlreiche literarhistorische Werke, vor allem über spanische Literatur, schrieb. In England wurde er der bedeutendste Vermittler deutscher Literatur bei Thomas Carlyle. Im März 1826 kam er aus England zurück und hielt dann 1827 in Berlin seine „Vorlesungen über Gefängniskunde", die im folgenden Jahre als Buch erschienen. Dr. Julius war es auch, der 1834, als er eben in England war, von wo er sich nach Amerika einschiffte, um auch dort die sozialen Zustände kennenzulernen, Bettina mit Mrs. Sarah Austen zusammenbrachte, der bedeutenden Übersetzerin deutscher Literatur. Näheres über ihn bei Camille Pitollet (Revue Germanique, 1908).

472. *Bettina an Arnim.*

9. Juli 1829

Ich habe noch keine Nachricht von Dir, doch hoffentlich bist Du gesund, unsere Kinder denken auf eine Ferienreise, die in der zweiten Hälfte dieses Monats angehen; Giesel hat Dir im Augenblick, da Dein Wagen abrollte, herzlich nachgeweint; sie sucht Dich noch oft in Deinem Zimmer und drückt ihr Bedauern aus, Dich nicht zu finden. Die Mine Stelzer ist Braut mit dem Sohn des Ministers Kleving, worüber sich die ganze Familie hochbeglückt fühlt; der 18jährige Sohn des Mundschenks Egloffstein ist gleich in den ersten Tagen seiner homöopathischen Kur gestorben. Es quoll ihm während drei Tagen verdorbenes Blut aus dem Halse bis zu seinem letzten Augenblick, wir glaubten anfangs, es würde dem Stüler Verdruß zuziehen, allein im Gegenteil waren die Eltern sehr zufrieden mit ihm bis zum letzten Augenblick. – Bettinchen ist in die alte Kränklichkeit zurückgefallen, ich glaube, sie hängt mit der alten Liebschaft zusammen, ich glaube nicht, daß sie sich so gut aus der Affaire wird ziehen, wie Deine Amra, etwas muß doch draus werden, man sieht, daß sie wieder im Einverständnis leben, obschon Karl [Karl v. Guaita, Sohn Melines] vor mir tut, als sei er noch der Unglückliche, so hat er sich doch unlängst vergessen, er saß im erleuchteten Gartensaal und ich vor der Tür auf der dunklen Bank, sie war in einer Ecke, wo man sie nicht sehen konnte, er schnitt sehr zärtliche, gerührte Gesichter, daraus ergab sich, daß sie auch ihr Mienenspiel trieb. Letzt sagte Savigny: der einzige Fehler von Bettinchen ist, daß sie zu wenig Koketterie hat, – es mag wohl sein, es wär besser, wenn sie mehr scherzte; jetzt scheint sie auch nicht den geringsten Anteil zu nehmen, es mag kommen, wer will; ich glaub, sie haben sich einander versprochen, sich zu heiraten, denn dies war früher schon einmal in Vorschlag, ich bin überzeugt, Karl wird sein Versprechen nicht halten, und sie, wenn sich eine andere Gelegenheit findet, auch nicht. – Es ist doch besser, wenn die Mädchen früh heiraten, darum werde ich nächstens die meinigen auf die Brautschau führen, Maxe hat vor ein paar Tagen Würmer verloren, hat Kopfweh und Übelkeit, morgen bekommt sie Stülers Pulver ein. Varnhagen reisen in diesen Tagen nach Baden-Baden, bei dieser Gelegenheit wollte ich ihnen den Saint Martin zurückschicken und siehe, es fehlt ein Band L'homme esprit, ich habe das ganze Haus umgekehrt und finde ihn nicht, solltest Du ihn etwa par méprise mitgenommen haben? Ich bitte Dich dringend, danach zu suchen, und wenn Du ihn hast, ihn gleich zu schicken. Wenn ich nicht irre, so hat er einen steifen, grün marmorierten Einband; ich bitte Dich, schreib mir gleich, ob Du ihn hast, Du weißt selbst, wie sehr einen so ein Suchen und Nichtfinden peinigen kann. Schreib mir doch auch ausführlich, was Du zu machen gedenkst, ob die Kinder kommen können, oder ob Du eine Reise vorhast. Adieu, ich breche ab, um das Porto zu sparen. Glaube gewiß, daß unter allen Vergnügungen, die ich mir machen könnte, ich es immer vorziehe, Dich hier zu haben, schicke bald einen Wagen.

Deine Bettine

473. *Arnim an Bettina.*

Wiepersdorf, 11. Juli 1829

Liebe Bettine!

Ich sende, was ich zusammenbringen konnte und lasse das Bier zurück, weil es von Dir nicht geehrt wird. Bei der Butter ist diesmal in der Eile eine kleine Unordnung gemacht, es waren nämlich zwei Fässer aus Bärwalde und ein Topf nicht gewogen, sondern sie sind nur abgeschätzt, weshalb eine zuverlässige Person beim Abwägen gegenwärtig sein muß. Wir haben hier schon wieder Heuschrecken. Versäume nicht das Impfen der Gisella, ich habe gestern 100 Schafe eigenhändig geimpft. Birkner hat sein jüngstes Kind verloren. Schreib mir doch genau, wann die verschiednen Ferien der Kinder angehen.

Meinen Brief wirst Du erhalten haben. Ich hatte den Vorsatz, Dir heute recht viel zu schreiben, da ich die Zeit mit dem Auspacken verloren, so muß der Geist überall dem Leibe auf Erden nachstehen.

Nur eine Neuigkeit noch. Ganz Dahme ist kurz vor dem großen Schießfeste durch das Verschwinden des dortigen Stadtkämmerers mit allen Geldern in Schrecken gesetzt worden, alle Hände zittern, keine Büchse kann treffen. Der Mann hat in der seltsamsten Art unter den Verwandten ausgeliehen, hat nie Aufwand gemacht und so bleibt nur eine Vermutung, daß er als Kollekteur der Lotterie selbst am meisten und sich am schlimmsten mitgespielt hat. Ich küsse Dich und die Kinder herzlich, der Himmel erhalte Euch gesund.

Achim Arnim

474. *Bettina an Arnim.*

[14. Juli 1829]

Lieber Arnim!

Ich fange gleich damit an, zu zanken, daß Du Dein Bier nicht geschickt und mir noch obendrein die Schuld giebst, wenn es nicht für mich ist, so war es doch für die Kinder, die alle gern Bier trinken, und so oft wir Bier von Wiepersdorf hatten, ist es auch von ihnen getrunken worden. Ich will jedoch viel lieber glauben, daß Dein Bier Dir nicht geraten ist und Du Dich nun ein wenig hinter mich versteckt hast. Was die Butter anbelangt, so hab ich sie allemal wiegen lassen, weil auf den Fässern nie das richtige Gewicht steht, sondern garnichts. Es war diesmal sehr viel Nachfrage darnach, und wir werden sie nach den ersten Tagen los sein. Hühner und Enten und Gänse werden uns nicht geschickt, stoße doch die Wirtschafterin ein bißchen mit der Nase darauf, daß sie schon vor zwei Monaten etwas dergleichen hätte schicken müssen. Vom harten Rindfleisch kann man nicht alle Tage leben, Kalbfleisch kostet vier Silbergroschen und Federvieh ist teuer, Enten ermangeln uns jetzt schon im zweiten Jahr. Nehm's nicht übel, daß ich dergleichen Ansprüche mache, ich bin's zufrieden, wenn ich auch nichts bekomme.

Gestern war Stüler bei mir und hat über die Schinkel geklagt, daß sie nämlich so mißtrauisch ist; daß sie behauptet, kränker zu sein, nämlich melancholischer wie je. Gott weiß, die Frau zeigt unendlich viel Unarten, von denen ich weiß, daß sie längst vor ihrer Krankheit in ihr gesteckt haben; sie hat sich immer eingebildet, daß sie unendlich vortrefflich sei, nun dies alles nicht klappen will, so schiebt sie die Schuld auf den Arzt und nicht einmal auf ihre Krankheit; sie hat die größte Sehnsucht, wieder zum alten Kunzmann umzusatteln, und ahndet voraus, daß sie dann wieder zu Stüler möchte. Sie klagte mir gestern, daß sie keinem Menschen mehr was sein könne, ich sagte ihr, daß die ausgezeichnetsten Menschen selten oder nie dazu kämen, irgend einem etwas zu sein. Sie könne die Wirtschaft nicht mehr führen, ich sagte „Ihre Kinder sind ja groß genug"; ihre Kleider würden ihr alle zu weit und sie wisse nicht, wie sie diesen Übelstand beseitigen sollte, sie esse zwar, aber ohne Appetit, kurz, eine Masse unbedeutender Umstände, die da beweisen, daß sie niemals ihren Egoismus bezähmt und garnicht daran denkt, daß der Geist doch etwas Gewalt über den Körper auszuüben habe. Ja, daß die Krankheiten gerade dazu geeignet sind, den Geist einmal daran zu üben, zumal, wenn er sonst auf keine Proben gesetzt wird. –

Gericke hat heute sein großes Tivoli eröffnet für den, wie er meint, mäßigen Preis von zehn Silbergroschen, wo dabei jedoch alles übrige, was genossen wird, noch à part bezahlt wird. Ich kann nicht glauben, daß er dies durchsetzen wird, eine bloße Entrée für neun Gr. cur. ist doch höllisch teuer, bloß um zu sehen, daß alles erst werden muß, denn seine Bäume sind doch erst Büschchen, sein Rasen noch dürrer Sand und seine Springbrunnen noch Pfützen, er hat in Person die Kaiserin eingeladen, hinaufzukommen, in Erwartung ihrer den Weg mit großen Unkosten in kurzer Zeit geebnet; am letzten Tag, wo seine feurige Einbildung ihn die Kaiserin erwarten ließ, hat er, da für einen Taler die Fuhre Bauschutt nicht zu haben war, die Chaussée mit guten Backsteinen ausgleichen und belegen lassen; und siehe da, die Kaiserin kam nicht. Er schätzt seinen übereilten Aufwand und Verlust auf 1400 Taler. Den Gneisenau kriegte er letzt, ich weiß nicht wo und wie, an und schleppte ihn hinauf, er sagte, ich weiß wohl, ich bin ein Schwätzer, aber mein Enthusiasmus sprengt mir das Herz, wenn ich ihn nicht auslasse; und demonstrierte alle vaterlandsliebischen Absichten, dies machte dem Gneisenau viel Vergnügen, er sagte ihm: Sie sind ein ganz charmanter Mann und sprechen sehr gescheut über Ihr Unternehmen. Übrigens war Gneisenau hier und wollte Dir seinen Gegenbesuch machen.

Der ganze Hof und höhere Adel ist schon seit gestern nach Potsdam gereist, die Wirtshäuser haben nicht alle fassen können, die Kasernen sind von den Rittern, welche im Karussell reiten, eingenommen, die Soldaten sind auf die Dörfer verlegt, die Privatquartiere sind für die mittanzenden und spielenden Damen in Beschlag genommen, kurz wie bei einer Frankfurter Krönung. Morgen als am Montag geht alles los unter freiem Himmel, sollte der Himmel ein Rieselwetter bescheren, so wird etwas Extraordinaires erlebt werden. Schinkel ist auch als Scharwenzel dahin bestellt, nämlich um anzuordnen und etwas nachzugenießen, allein sein Hauskreuz, wie auch, daß er homöopathische Medizin, welche ihn sehr angreift, genommen hat, haben ihn gestern noch unschlüssig gemacht. Wenn's zum Treffen kömmt, wird er sich in seiner Reiseequipage befinden, eh er sich's versieht. – Der „Romantische Ödipus" von Platen macht jetzt viel Aufsehen. Die großen Sprachkenner versichern, daß diese herrlichen Verse gleich unverwüstlichen Granitfelsen den deutschen

Parnaß überragen, ja, sagt Klenze, wer nicht weiß, was Anapästen sind, der versteht den Wert dieser Verse nicht zu schätzen. Anapästen sind wahrscheinlich extra gute Windmühlen, bei denen es einerlei ist, ob sie edlen Weizen oder Unrat mahlen, wenn sie nur im Takte klappern. Diesmal hält Platen sein Hochgericht auf der Lüneburger Heide, seine armen Sünder sind Immermann und Raupach, das Armsünderstühlchen ist der Nachtstuhl, auf dem Immermann sitzend hinter einer spanischen Wand hervor mit dem Publikum spricht, Raupach läßt einen streichen und Immermann hat Läuse; dies will garnichts heißen, daß ein einziger Narr, der sich für klug hält und edel und mit Gewalten energischer Dichterkraft ausgerüstet, von Italien aus, wo alles Wohlwollen der Natur auf jeden strömt und jeden jedem gleichhält, sein Krötengift herüber nach Deutschland spritzt auf zwei arme Grashüpfer, die es nur wie alle Grashüpfer machen, wenn sie der Zufall aufs Theater bringt. Aber daß Menschen, wie Klenze, Böcking, Rumohr und alle sich bedeutend über den gewöhnlichen Trapp eines Kleppers hinaussetzenden, sich nun im Unrat wälzen, als sei es ihre Schönheitssalbe, und davon sprechen, als von wahrer Poesie; wie kann es einen da noch wundern, wenn garnichts mehr von wahrer Poesie verstanden und empfunden wird.

Gestern ist Giselchen im Tiergarten gelaufen. Schleiermacher ging vor ihm her mit noch fünf anderen Herren, auf einmal packt es ihn bei den Rockschößen, macht einen krummen Puckel und sagt: Doktor, Soktor totlachen. Kein Mensch kannte das Kindchen, es sagte, ich heiße Giesel und nun kamen die anderen Kinder auch; darauf sagte es adieu Doktor, totlachen, totlachen. Es frägt häufig nach Dir.

Gestern kam die Zensur von Kühne und Friede, beide sehr gut, ihre Ferien gehen schon nächsten Sonntag an, Siegmund hat schon seit drei Tagen Ferien, und da jetzt sein Lehrer krank ist, er sich auch vorgenommen hat, noch vor dem Anfang der Schule wiederzukommen und zu lernen, so schicke ich ihn gleich mit, am Ende dieser oder Anfang der nächsten Woche, d. h. Sonnabend oder Montag können dann die drei andern kommen; Friedmund hat bisher immer redlich seine lateinische und französische Stunde bei Bosch genommen, aber nicht Kühnemund, der überhaupt am aller eigenwilligsten ist. Ich bitte Dich, und wenn Du willst, daß es fruchten soll, so rede ihm *freundlich* zu und sage ihm, wieviel davon abhängt, daß er noch Latein lerne.

Gestern war ich bei Fischenich, er weinte bittere Tränen über seine Krankheit, und bat um Verzeihung, daß er so weinen müsse, nun will er noch einmal die Homöopathie gebrauchen, aber nicht auf mein Zureden, denn ich habe dessen genug getan. Die alten Vorurteile sind wie die lernäischen Schlangen, wenn man ihnen den Kopf abgeschlagen, ja wenn man sie begraben hat, so stehen sie auf einmal wieder da; vorgestern hat Maxe ein Pulver von Stüler genommen, sie war mit Kopfweh, Erbrechen und Würmern geplagt, wie es scheint, so hat es ihr gut getan.

Soeben kommt Dein erster Brief in Deinen letzten, worin Deine Zuchthausbeschreibung. Ich werde diesen Brief an Goethe senden. Du schreibst mir jetzt so oft, daß Du gerne mehr schriebst, wenn Dich die Zeit nicht drängte. Lieber Freund, ich würde Dir gerne auch mehr schreiben, allein mich drängt die Zeit nicht, sondern die Gegenstände, die ich Deiner würdig achte, finden sich nicht; Du bist ein Dichter, und wenn Du mein Mann nicht wärest, wie sehr würde ich mich sehnen, eine Liebschaft mit Dir anzufangen, ja wie würde mich jedes kleine Gedicht, jede neue Erzählung aufs Neue zu Dir hinziehen, und so wahr ich leb', ich würde Deine alte Huzel von Hausfrau nicht schonen, die nichts mehr sich von Dir angedeihen ließ, als das tägliche Brot und das tägliche Sprechen, Schreiben, eheliche Küssen; ich müßte heimlich den Mann zum Küssen bringen, der eine Amra in Gedanken so zärtlich küßt. Weißt Du, was schade ist, daß ich, die einzige, die Deine herrliche, weltgenießende *Seele* energisch ohne Furcht vor dem alten Ehemann umarmen könnte, grade immer abwesend sein muß und Dich nie antreffen kann, weil ich für den Mann zu Hause leben muß. Spaß! Aber ernst ist es doch und wahr, daß auch jedes Deiner Werke mich erschüttert, eine Aurora jugendlicher Schlangenbadsgefühle aufregt und ich diese Aufregung sanft zur

Ruhe bringe, daß Du mein bist, oder auch nicht, *weil* Du mein bist, wenn nur Sonn und Mond Dir immer zulächelten, wenn Italien und andere Zaubergärten Dich umlagerten, kurz, wenn nur alle Nachtigallen, die Du ausbrütest, Dir auch wieder vorsängen. Diese Sehnsucht einer gutmütigen Hausfrau hab ich: Ich möchte Dir ein Himmelbett einrichten.

Bettine

475. *Arnim an Bettina.*

Wiepersdorf, 16. Juli 1829
[18. Juli abgeg.]

Liebe Bettine!

Der Siegmund und Dein Brief sind hier glücklich angekommen. Es tut mir leid, daß Freimund seine Büchse nicht mitgegeben hat, denn bei einer Fußwanderung hierher würde sie ihm allzu schwer. Er wird sich deswegen auf den Postwagen nach Jüterbog begeben müssen, denn in der Schnellpost möchten sie wegen der Flinte gleichfalls Umstände machen. Pferde zu senden, ist mir kaum möglich bei dem Drange von Fuhren, welchen einige Bauten noch vor der Ernte hervorbringen. Was Du vom Ödipus des Haller[münde] sagst, mag ganz wahr sein, doch will der Überdruß auch seine Literatur haben, wie ein verdorbener Magen gewisser Speisen bedarf. Einem gelehrten Holzbock ist es immerdar ein großes Behagen, wenn ihm bewiesen wird, daß die unter den Mitlebenden, vor denen er noch eine Scheu hatte, so wenig wert sind wie er selbst.

Gerickes Unternehmen wird über seinen eigenen verkehrten Enthusiasmus den Sieg davon tragen, denn ein Platz wie dieser bei einer großen Stadt, der einzige, welcher eine weite Ansicht derselben darbietet, muß gefallen, sobald er selbst hinlänglich bewachsen und begrünt ist.

Hebe mir ja die Staatszeitung auf und schicke sie mit

Gelegenheit jetzt mit den Kindern hierher, sie ist mir ein großer Genuß.

Aus Reiseunternehmungen wird wohl in diesem Jahre nichts. Meine Reise ist im vorigen Jahre meinen Schafen zu übel bekommen.

Ich schließe, um den Brief noch schnell nach Jüterbog zu fördern, damit die Kinder nicht auf Vorspann warten. Die Ernte hat hier schon an einigen Orten begonnen. Ich küsse Dich herzlich und danke der Max für ihr Briefchen, doch sollte sie jetzt schon lange Episteln schreiben können.

Achim Arnim

476. *Bettina an Arnim.*

[21. Juli 1829]

Lieber Arnim,

ich schicke Dir die Kinder auf der Schnellpost, ich hoffe, daß Du nicht unterdessen wieder andere Anstalten getroffen. Dein Brief kam erst nach Abgang der letzten Post hier an; jetzt, wo die Freßkompanie nicht mehr hier ist, brauchen wir auch weiter keine Fourage, als bis sie wiederkommen.

Mit der Schinkel ist's sehr merkwürdig ergangen, seit 4 Wochen brauchte sie Homöopathie und wurde nicht besser, zuletzt behauptete sie, wahnsinnig zu sein, sie sterbe in kurzem, sie habe die Wasserscheu, Stüler war ganz verwirrt; ich beschwor ihn, den Dr. Müller aus Leipzig, der auch Homöopath ist, hinzubringen. Dieser gab ihr auf der Stelle ein anderes Mittel, worauf sie ganz besser wurde. Dies ist gestern geschehen, ich hoffe, daß es anhält; die Reise nach Dresden war schon aufgegeben, jetzt werden sie über Leipzig reisen, um Müller noch einmal zu sprechen.

Alle Menschen, die mit der Kaiserin zu tun hatten, haben von ihr Geschenke erhalten, Hensel bekam eine goldne Dose, bloß weil er ihr eine kleine Zeichnung aus alter Zeit vorbrachte; alle, die bei dem Fest waren, bekamen Uhren,

Ringe, Ketten, Becher; Schinkel aber, der das ganze Fest besorgt hatte, für die Kaiserin den Plan zu einer Kapelle in drei ganz ausgezeichneten Bildern gemacht, wurde nur mit der Ehre bezahlt, es getan zu haben, auch war das Museum der einzige Ort, den die Kaiserin nicht besuchte; dies hat ihn abgespannt, der König war böse auf ihn, daß er die lebenden Bilder zu nackt und in schwarze Kulissen eingerahmt hatte und ließ sie nach eigenem Gutdünken umändern; Schinkel war daher auch nicht bei dem Fest. Dein Bruder hat mir all diese Neuigkeiten mitgeteilt; adieu, schreib mir doch ein wenig, ob Du bald kommst, wenn dies nicht ist, muß ich bald Geld haben – mein Vorrat besteht nur noch aus 25 Talern. Soeben habe ich noch die Quartale der Schule bezahlt. Für Siegmunds Privatstunden mußte ich 14 Taler bezahlen. Zum Ersten also bitte ich, mir Geld zu senden.

Alles ist abgereist; Varnhagen, die Dich grüßen, die Helvig, morgen oder übermorgen gehen Schinkels, so bin ich ziemlich von Besuchen erlöst. Zu Savigny gehe ich gar wenig, die Falschheit von [Karl v.] Guaita hat mir wahrscheinlich einen schlimmen Streich gespielt, ich glaube dafür, daß er mir Confidencen gemacht, hat er mich bei Bettina angeschwärzt und dem Louis [Louis Brent., Sohn Georges] weisgemacht, ich habe an Bettina geschrieben und ihn verkleinert, zum wenigsten behauptet Louis, dies zu wissen, und fühlt sich berechtigt, mir die größte Verachtung zu bezeigen. Ich schweige zu all diesen bösen Bubengeschichten, doch ist mir dadurch der Aufenthalt bei Savigny nicht angenehm. Varnhagen hat mir für meine Einsamkeit angenehme Nahrung gegeben, denn er hat mir alle Bücher seiner Bibliothek zu meiner Disposition gegeben.

Ich lese jetzt einen spanischen Roman, Don Alonso von Salvandy, den Goethe sehr rühmt. Adieu, ich küsse Dich und bitte herzlich, mich nicht zu vergessen und auch die zurückgebliebenen Kinder nicht, besonders unser Kleinstes.

Deine Frau Bettine

„Don Alonso, ou l'Espagne" von Narcisse Grafen von Salvandy war 1824 in Paris in vier Bänden erschienen. Ein Jahr darauf kam in

Breslau die deutsche Übersetzung des vielgelesenen Romans in fünf Bänden heraus. Der Weimarer Kanzler v. Müller berichtet von einem Gespräch mit Goethe am 20. Januar 1824: „Viel erzählte er dann von Alonzo ou l'Espagne, historischem Roman in vier Bänden à la Walter Scott, woraus er nun seit vierzehn Tagen viel Aufklärung über die innern Zustände Spaniens geschöpft. Er lobte die Darstellungsweise höchlich." (Gedenkausgabe, S. 322 f.)

477. *Arnim an Bettina.*

Dahme, den 23. Juli 1829

Liebe Bettine!

Friedmund und Kühnemund überbrachten mir Deinen Brief, in welchem Du Geld verlangst. Ich sende Dir einliegend 100 Taler. Die beiden Knaben sind wohl angekommen, es hätte weniger gekostet und wäre ihnen nützlicher gewesen, wenn sie zu Fuß gegangen.

Was Du von dem Betragen der Herren [unleserl.] schreibst betrübt mich; Du kanntest sie, es war also Deine Schuld, wenn Du ihr Vertrauen zu erlangen suchtest, und wenn Du gar auf ihr Geschwätz eine Wichtigkeit legtest, der eine ist ein eitler Geck, der andere beschränkt. Bettinchen, die sie durchschaut, neckt sich in ihrer Manier mit ihnen; zu etwas Schlimmem wird's nicht führen. Es ist nicht wert, daß sich ein anderer drum kümmert.

Was Du von der seltsamen Frau mit ihrer Wasserscheu schreibst, behalte ja für Dich und sprich darüber mit niemand, es könnte sonst eheliche Spannung geben. In jedem Fall würde ich die Savigny einmal im Scherz mit dem bekannt machen, was die beiden bekannt haben, doch mit dem Versprechen des Schweigens, denn ich könnte mir denken, daß ihr allerlei eingebildet würde von dem Guaita, wenn er mit Bettinchen wieder ausgesöhnt ist. Ich küsse Dich und die Kinder

Achim Arnim

478. *Bettina an Arnim.*

31. Juli 1829
[abgeg.]

Lieber Arnim,

soeben habe ich Papier, Federn, Federmesser, Siegellack gekauft, denn alles hatten mir die Kinder vor ihrer Abreise wegstibitzt, sonst hätte ich Dir früher geschrieben, daß Dein Brief mit dem Geld glücklich angekommen; Deine Warnungen mit der Schinkel sind mir einleuchtend; sie ist mit der ganzen Familie über Leipzig nach Dresden. Noch in den letzten Tagen hat sie mir einen fatalen Streich gespielt, der mich ganz krank gemacht hat, sie tat nämlich, als glaube sie, ich hätte sie mit Stüler zusammen vergiftet. Da sie sich nun mehrere Tage anstellte, als sei sie im Begriff wahnsinnig zu werden, so glaubte ich, sie sei wirklich schon toll, jeden Augenblick erwartete ich, sie würde aufspringen, und zügellos rasen, jedoch hatte ich mich geirrt, und es war nur hysterische Bosheit; Du mußt auch nicht glauben, daß ich aus eigenem Antrieb zu ihr gegangen bin, sie hatte mich mehrmals darum ersucht, und wenn ich einmal nicht kam, so weinte sie und sagte: Es hasse sie jedermann. Die Ärzte belog sie fortwährend, sodaß diese nicht klug aus ihrer Krankheit wurden, und die Ursache, warum sie alles dies tat, war wohl die lächerlichste auf der Welt; sie hat ihre Reinigung verloren und will sie wiederhaben und will mit Gewalt noch einmal schwanger werden, hast Du so was gehört! Ich möchte gern noch mehr schreiben, allein die Kinder stehen um mich her und wollen mit mir zur Meusebach gehen, so muß ich schließen, mache Dir nur so viel wie möglich gute Tage, ich bitte Dich, reise, wenn Du die Kinder zurückgeschickt hast, die Zeiten kommen nicht wieder. Tue doch ja alles, was Du denken kannst, das Dir Freude machen könnte, denn ich glaube, daß dies das beste Mittel ist, in den Himmel zu kommen; für Siegmund wäre es gut, wenn er so gegen Mitte August zurückkäme, denn er muß noch lernen, sonst möchte er allenfalls wieder nicht versetzt werden. Schubring will zum 10. Aug. hier sein, um ihm Stunden zu geben. Adieu, ich küsse Dich und wünsche, daß Du mich auch küssest.

Bettine

479. *Bettina an Arnim.*

9. August 1829 [abgeg.]

Ich habe Deinen Brief vom 2ten August [nicht erhalten] erst am 7ten spät erhalten, es ist als ob alle Postverbesserungen auf unsere Lage nicht einwirken; Deine Nachricht, daß Du krank bist, hätte mich auf der Stelle zu Dir gebracht, aber leider sollen die Öfen in diesem Augenblick umgesetzt werden, und die Furcht, mit den Kindern in diesem Augenblick, wo die Ernte ist, lästig zu fallen, hinderte mich auch daran; die Kinder haben Dir schon viele Briefe geschrieben um hinzukommen, und ich habe mir vorgenommen, wenn Du die Kinder zurückschickst, ohne mitzukommen, es so einzurichten, daß ich mit den Mädchen komme; wenn es Dir anders recht ist. Um nun von Deiner Krankheit zu sprechen, die doch durchaus nicht kann vernachlässigt werden, und immer nur abgewartet, ob sie wiederkömmt; so muß ich Dich bitten, doch einmal mit Groß in Jüterbog zu sprechen, dieser Mann hat einen so großen Ruf für chronische Krankheiten; Stüler, dem ich von Deiner Krankheit gesprochen, sagt, daß er glaube, daß Groß die glücklichste Kur an Dir machen würde. Du bist auf dem Lande, wo Du nicht leicht in Versuchung geführt wirst mit der Diät; was hilft alles Schwitzen und Laxieren; nimm Dir nur recht fest vor, es ein paar Monate durchzusetzen, ich glaube gewiß, daß Du ganz von Deinem Übel befreit wirst, und was ist Dir wesentlicher, was mir wichtiger, als Deine Gesundheit! Ich weiß nicht, ob es Liebe von mir ist, aber wahrhaftig, ich setze meine Gesundheit gern dran, um Deine zu erhalten, es ist mir zu notwendig, daß Dir zum wenigsten hierin Glück erblühe, und da es eine Möglichkeit, so bitte ich Dich herzlich, mit Groß zu sprechen. Stüler kann ihn nicht genug rühmen, er sagt mir, daß er glaube, daß Groß gerade die tiefsten Kenntnisse in Mitteln gegen Deine Zustände habe; so tue mir den einzigen Gefallen und sprich mit ihm, vielleicht wär Dir's auch lieb, ein paar Wochen im Bade zu sein, weil dies Deiner Natur so sehr zusagt, Du könntest auf ein paar Wochen nach Warmbrunn gehen und die schönen Gegenden in Schlesien bereisen; ich bitte Dich, tue doch nur alles, was Dir förderlich ist, und was Deiner Seele zusagt, Du kannst so selten sagen, Du habest gute Tage, daß ich ordentlich ein elastisches Wohlergehen empfinde, wenn Du Behagen äußerst.

Ich weiß nicht, ob ich Dir geschrieben, daß Canitz wieder hier ist, und ganz türkisch gesinnt; Müffling ist auf Befehl des Königs nach Konstantinopel, ich werde Dir in diesen Tagen die Zeitungen alle schicken, denn da ich in diesem Augenblicke keines Wagens bedarf, indem die Söhne nicht hier sind, so kannst Du Dir in der Einsamkeit den Luxus der Zeitung doch gönnen, wenn Du sie nicht haben willst, so schreib mit umgehender Post nur ein paar Worte. Deinen Bruder habe ich heute von weitem auf der Straße gesehen, aber noch nicht gesprochen; Savigny hat Kopfweh gehabt und ist noch leidend, Stüler hat ihm vor ein paar Tagen das erste Mittel gegeben, und wie es scheint mit Erfolg; der Bettina hat er auch etwas gegeben, worauf sich eine geschwollene Lippe zeigte und an mehreren Orten ihres Leibes Ausschlag, welches er für Radikalkur hält. Übrigens war Guaita bei mir, hat mir abermals die merkwürdigsten Mitteilungen über ihr beiderseitiges Verhältnis gemacht, woraus zu ersehen, daß ihr Heiraten notwendiger ist, als alles andere. Wenn doch der gute Strampf nicht wäre abgewiesen worden, er ist jetzt so nett und gebildet, er ist Mitglied einer poetischen Gesellschaft und steht schon auf der Höhe, sie unter sich zu fühlen. Was mir bei Guaitas Geschichte am merkwürdigsten ist, ist sein Journal, das er hält, worin er mit größter Genauigkeit aufschreibt, was ihm Bettina an Douceurs hat zukommen lassen jeden Tag; welche Intriguen sie gespielt, um ihn allein zu sehen, wie oft und wie lang sie ihn auf den Mund geküßt, ob sie zuerst geküßt etc., er gedenkt daraus einen Roman zu machen. Wenn sie das wüßte und wenn sie erst wüßte, an welche plauderhafte Lippen sie ihre Küsse verschwendet, das seltsamste ist, daß sie ihm immer sagt, sie liebe ihn nicht, sie sei ihm nur gut, und diese Güte zwinge ihm diese Zärtlichkeit auf. Ich habe ihn himmelhoch gebeten, zu schweigen, und er hat mir versichert, er würde nie daran denken, irgend einem Menschen was zu sagen, und daß er sich bloß an mich gewendet, um doch einen Menschen zu haben, bei dem er sich Rat erholen könne, da sie so zweideutig sei, bald unendlich kalt, bald rasend heiß. Ich halte mich nicht für berechtigt, irgend einem Menschen was darüber zu sagen, denn man kann da nicht dreingreifen und ändern oder bessern; sie hat keine kindliche [vielleicht ‚Liebe'?, Blatt zerrissen] in ihren Gefühlen, hält sie sich für majorenn und würde nie einsehen, sie habe sich geirrt oder Unrecht getan, wenn sich ihr ein Ersatz bietet, so wird die [Sache?] sich von selbst legen.

Laß Dir noch ein paar Worte von unserm Gieselchen sagen, wie schade, daß Du es nicht jeden Tag siehst, wie habe ich dieses Kind so lieb, es ist zwar ein wenig eigensinnig, aber es ist gar heiter und klettert so geschickt und singt so hübsch, und kurz ich hab's den ganzen Tag. Letzt ging die Mine mit ihm unter den Linden, da kam ein Herr und sagte: Ach, dies ist ein kleiner Arnim, also muß es Dir doch sehr gleichen. Nun Adieu! Ich bitte um ein paar Zeilen über Deine Gesundheit und wenn es Dir lieb wäre, so möchte ich gar so gerne kommen, denn ich kann am Ende die Öfen auch später setzen; wie Dir's recht ist, nur das eine ist mir not, daß ich gleich erfahre, ob Du besser bist. Ich küsse Dich tausendmal

Bettine

Bettina zeigt sich hier sehr wohlinformiert. Müffling war am 20. Juni abgereist, um als Abgesandter des preußischen Königs bei der Hohen Pforte das Ende des russisch-türkischen Kriegs zu erwirken. Seine Mission war ein „vollständiges Geheimnis", ängstlich gehütet bis zum Tag der Unterredung am 4. August. (Friedr. Carl Ferd. Freiherr v. Müffling, „Aus meinem Leben", Berlin 1851, SS. 302, 303).

480. *Bettina an Arnim.*

[11. August 1829]

Lieber Arnim,

Freimund hat mir dringend abgeraten, mit dem Wagen Dich zu besuchen, er glaubt, daß es nur Störung gäbe und versichert mich, daß Du besser bist. Wenn ich von hier weg könnte ohne Sorgen, so sollte dies mich nicht abhalten, allein die Jüngeren sind durchaus nicht ohne Aufsicht zu lassen; und das Kleinste ist grade heute etwas unwohl, die Augenzähne sind im Durchbrechen, jedoch ist es durchaus nur, daß es etwas schlaflose Nächte hat und am Tag etwas empfindlich ist. Die Kinder sagen, daß Du in künftiger Woche einen Wagen schickst, wenn es Dir daher lieb und recht ist, daß ich mit den beiden Mädchen hinkomme, so schicke die Kutsche, ich werde meine Einrichtung treffen, daß ich dann eher abkommen kann; über die Posteinrichtung möchte man verzweifeln, so spät kommt alles, ich schreibe es der Dahmer Nachlässigkeit zu! Ich bitte Dich herzlich, mir mit umgehender Post nur mit einer Zeile über Dein Befinden zu schreiben, es ist mir genug, wenn ich weiß, daß Dirs besser geht, strenge Dich ja nicht an, mehr zu schreiben, Du hast auch jetzt so viel zu tun, also bitte ich nur um ein Wort. Ich habe gehört, daß es ganz notwendig sein soll, Aachen zweimal hintereinander zu brauchen, weil man sonst in derselben Zeit, wo man im vorigen Jahr gebadet hat, wieder Gicht bekömmt, und daß es nur im zweiten Jahr ganz vertrieben wird; überlege Dir dies, und ich bitte Dich, bedenke, ob es Deiner ganzen Natur und Situation nicht angemessen wäre, eine Reise zu machen, und wenn Dir's nicht recht ist, daß ich komme, so mach es ganz nach Deinem Willen. Vielleicht kämst Du her, das wär gewiß am besten, wenn auch nur auf kurze Zeit, da könntest Du mit dem Arzt sprechen und Dich eher entscheiden, ob Du reisen willst, ich hoffe gewiß, daß Du kömmst. Adieu, und schreib mir bessere Nachrichten; Staatszeitung, 5 Pfirsich, 1 Melone, 2 Ellen Gichtpapier sind im Kober; wenn Du nach Jüterbog kommst, so versäume nicht Groß zu sprechen.

Bettine

P. S. Der Mühlenfels, welcher solang gefangen war, nachher entsprungen ist und in England bei der Universität als Professor der nordischen Sprachen mit einem sehr bedeutenden Gehalt angestellt worden, ist jetzt hier. Kampz ist sein bester Freund und ladet ihn zu Tisch ein. Ich wollt, ich könnte mit, damit ich aller Sorgen los wär um Dich. Ich küsse Dich von Herzen.

481. *Bettina an Arnim.*

13. August 1829

Lieber Arnim,

Stieglitz ist schon zwei bis dreimal bei mir gewesen wegen dem Musenalmanach, seine Sorgen steigen mit jedem Moment; Dein Bruder war bei mir, er wird Dir geschrieben haben, um Dir auch zu raten, dies Jahr wieder ins Bad zu gehen; ich hab heute gedacht, ob nicht Wiesbaden Dir gelegener wär, und doch auch wahrscheinlich ebenso nützlich. Du könntest Deine Reise durch kleine Umwege Dir interessanter machen; überlege und schreib; daß Guaitas in Kassel sind, wirst Du wohl wissen.

Die Spiegel aus Weimar ist hier, läßt Dich grüßen, ich hab sie bei Savigny eingeführt. Morgen geht sie wieder weg. Die Heygendorf wird nun wahrscheinlich nicht herkommen, sie hat in Teplitz dem König aufgepaßt und gehofft, er werde mit ihr sprechen, und so wollte sie in die Höhere Gesellschaft durchschlüpfen, es ist ihr jedoch mißraten; und so wird sie denn Dresden dem leidigen Berlin vorziehen, dort aber hält Strohmeyer sich noch auf und wirft einen starken Schlagschatten auf ihre reinen Intentionen. Es soll wirklich wahr sein, daß in Weimar alle möglichen Vorschläge für die

Tochter gemacht wurden, die sie alle abgeschlagen, bloß weil sie mit Gewalt noch ein Teil Weltfreuden genießen will. – Von Goethe hat mir die Spiegel erzählt, daß er das Gartenhaus bewohnt und daß ihn die Zügellosigkeit des Sohnes sehr niederdrückt, dieser Sohn hat eine Verbindung mit einer Madame Gilet de basse extraction, mit welcher er und noch mit etlichen Saufbrüdern Landpartien macht, die oft acht Tage währen, er soll mehr betrunken als nüchtern sein.

Am Sonntag kam ich in Schleiermachers Garten, die Fischer war darin grade im hellsehenden Zustand, sie adressierte sich an mich, mit einer unglaublichen Frechheit behauptete sie, mich zu durchschauen, machte mir ein Bild von meinem Charakter; ich hatte mir gleich vorgenommen, zu allem ja zu sagen, dies begeisterte sie noch mehr, daß sie alles so gut traf, sie sah Geister und beschrieb sie genau, sie beschrieb mir die andere Welt und alles genau, wie es uns jenseits gehen werde, dies alles hätte ich passieren lassen, sie erzählte, wie sie von jeher einen großen Wissensdurst gehabt, ein Geist habe ihr gesagt, sie brauche sich keine Mühe geben zu studieren, es werde alles von selbst kommen; und nun sei diese Prophezeiung wahr geworden durch den Somnambulismus, zuerst habe sie der Geist 2000 Jahre zurückgeführt und ihr alles gelehrt und mit Augen gezeigt, was damals gelehrt, gedacht und gehandelt sei; die großen Griechen und Römer habe sie alle selbst gesprochen, dann habe sie sich sowohl unter die Erde wie unter die Meere gesenkt; dann habe sie der Geist in die Regionen aller einzelnen Wissenschaften geführt, in der Physik habe sich der Geist aller Pflanzen und Metalle vor ihren Augen entbunden. Der Pflanzengeist sei ein kleines blaues Flämmchen und hüpfe in diesem Augenblick vor ihren Augen umher p.p. In der Politik sei es ihr ganz besonders ergangen, da habe sie das ganze Weltgeschick deutlich in Bildern gesehen; Napoleon sei ihr auch seit seinem Tod mehrmals erschienen, einmal als feuerspeiender Berg mit einer großen Felspartie hinter sich. Mit Geistern gehe sie sehr viel um, besonders aber, wenn sie manchmal gezwungen sei, in Gesellschaft zu sein, Augen und Haare haben sie wie andere Menschen, und auch wenn es Geister sind, die früher gelebt haben, so haben sie ihre eigentümliche Gestalt, jedoch ist diese aus einem Dunst oder Licht gewebt, je nach ihrer geistigen Komplexion; ich würde mich wohl über all dies sehr verwundern, allein das seien Kleinigkeiten gegen ihre himmlischen Reisen und ihre unmittelbare Anschauung von den Verwandten Gottes, die sich häufig mit ihr ins genaueste einließen p.p.; sie hörte nicht auf mit dergleichen, ich tat, als ob mir dies alles ganz natürlich erschiene und erstaunte nicht ein einziges Mal, aber meine Verwunderung ist außerordentlich, wie es möglich ist, daß sie inmitten von Schleiermachers Familie sitzt wie ein Wesen, von dem alle Kraft ausgeht.

Bettinchens Verhältnis mit Guaita wird immer seltsamer, ich glaube, sie rechnet sich dieses Talent, Vater, Mutter und Bruder zu betrügen, sehr zum Verdienst an. Guaita machts, wie es ihm zukömmt. Er ist das Ganze satt und wünscht nichts sehnlicher, als es möchte sich ein Bräutigam finden. Letzt war Strampf da, dem machte sie nicht übel die Cour, solange Guaita abwesend war, und ich glaube, sie würde sich schon entschließen, ihn oder auch einen anderen ihren Eltern aus kindlicher Liebe zum Schwiegersohn zu schenken, allein Strampf scheint überwunden zu haben und von jetzt an noch zehn Jahre feldauswärts zu reisen, ehe er feldeinwärts einer Frau zuzufliegen gedenkt, denn er will seine Bildung zu einer normalen machen.

Die Kinder haben sich mit ungestörtem Eifer ihre Arbeiten vorgenommen und so geht alles in passablem Gleis. Wenn ich nur erst weiß, daß Du besser bist, und daß Du Dich entschließest, noch eine Reise zu machen, ich sehne mich, daß Deine Schmerzen, Deine Opfer Dir durch etwas Lebensgenuß möchten ersetzt werden, und hier ist es ja Deine Pflicht, denn Du mußt doch alt werden und daher jetzt alles tun, um es Deiner Seele wohnlich zu machen. Überlege die Wiesbader Reise, komme vorher noch auf ein paar Tage; nur die eine Einbildung laß nicht aufkommen, daß es nicht gut tunlich sei. Der Vorteil, den Du durch eine gestärkte Gesundheit erwirbst, ist größer als jeder andere. Schreib, wie Dir's geht, und bist Du krank – was ich nicht glauben kann, weil mich's zu sehr kümmert, so bitte ich herzlich, mach gleich Anstalt, daß ich zu Dir komme, ich kann abkommen, die Savigny nimmt sich der Kinder unterdessen an und ich hab auch gute Leute. Adieu, ich küsse Dich tausendmal

Bettine

482. *Bettina an Arnim.*

17. August 1829

Lieber Arnim,

ich bin sehr froh, daß es besser geht mit Dir und hoffe, daß es standhalten soll, und indessen, wenn Du Dich auch ganz wohl fühlen solltest, so scheint ein Bad Dir doch ganz wesentlich zu sein; welches Dir am zuträglichsten sein kann, das brauche, und kein anderes, weil es vielleicht näher ist, auch muß ich sehr dagegen sprechen, daß Du es nur flüchtig und nur vierzehn Tage benützen willst; wenn Du fühlst, daß es Dir gut tut, so brauche es lieber 8 Wochen als 14 Tage, es ist sehr übel angebrachte Sparsamkeit, etwas so Wichtiges nur obenhin oder nur halb zu tun, da die Quelle Deiner ganzen Wirksamkeit bloß aus Deiner Gesundheit entspringt; ich wollte, Du hättest mit Pistor reisen können bis Frankfurt und konntest da Wiesbaden gebrauchen, er hat dort den Clemens überrascht, der gerade die Geschichte einer Koblenzer Nonne redigierte, er nahm ihn mit in eine Gesellschaft bei Thomas, wo er sehr vergnügt war, man fragte viel nach Dir, von da aus ist er weiter nach Brüssel, Lyon, Paris, London. Lotte [Pistor] sitzt hier und spekuliert auf einen Mann für Betti, fürs erste hat sie sich Rudorff ausersehen, er ist jetzt Professor geworden, man hofft auch, daß er Gehalt bekommen werde; er hat viel Enthusiasmus für Bettis Gesang geäußert, und die Pistor hat ihn zu einem alleinigen tête à tête eingeladen.

Die Spiegel war mit mir auf dem Kreuzberge, um das Monument zu sehen, da habe ich über die Bretter etwas weniges von Tivoli erblickt und die Rutschsessel herunterdonnern hören, so oft die beiden Sessel herunterrutschen, so oft rutschen dem Gericke 8 Groschen in die Tasche, jede Person bezahlt für ihre Person zu rutschen 2 Silbergroschen. Doch prophezeit man ihm schon den Untergang, weil der beleidigte französische Cafétier, den er hierher zog und dann nicht behielt, jetzt mit dem Hofjäger en compagnie eine viel höhere Rutschbahn anlegen soll.

Es freut mich, daß Dir die Pfirsich gut geschmeckt, Freimund hatte sie gekauft, die Kinder sind alle fleißig, Giesel ist gut und sehr sprechsam. Ich wollte nur, daß Du sie einmal sehen könntest. Überlege Dir's mit Wiesbaden, vielleicht ist Dir's lieb, den Clemens wiederzusehen, vielleicht aber ist Dir's in Deinem reizbaren Zustand nicht angenehm, auf jeden Fall, sorge ganz für Dich und laß keine anderen Sorgen Dich in dieser behindern. Daß 14 Tage eine hungrige Anstalt sind, ist gewiß und Du kannst immerhin das Doppelte zugeben. Friedmund hat die Taschen voll Steine, lauter mineralische Schätze, die er vor dem Tore sammelt. Bei Gelegenheit schick mir wieder Geld, wenn ich jetzt übrig hätte, so würde ich Torf kaufen, weil der beste nur 8 Taler 12 Groschen kostet.

Adieu, ich küsse Dich in der Erwartung, daß Du nächstens hier sein wirst. [. . .]

Savigny ist wieder unwohl. Stüler ist wieder hier, hat kein Gutachten von Hahnemann mitgebracht.

Varnhagen, der Clemens Brentano im März in Koblenz gesehen hatte, schreibt an Rahel: „Er sprach . . . mit hoher Anerkennung und doch fast ungerecht von Arnim, verehrend von Bettinen." Und: „Er sprach von Arnim, meinte, er sei einseitig und beschränkt geworden, gut preußisch gesinnt und protestantisch, sie könnten beide nicht viel mehr aneinander haben." (Briefwechsel, SS. 374 und 385).

483. *Arnim an Bettina.*

Wiepersdorf, 25. August 1829

Liebe Bettine!

Es ist ein Glück, daß ich noch nicht in irgend ein Bad gegangen bin, die Reise so wenig wie das Bad würden mir bei der seltsamen Witterung von Nutzen gewesen sein. Ein paar Tage waren so kalt, als ob der Winter schon einträfe. Die Ernte macht sich sehr schwer und zögernd, wie wir in den Zeitungen lesen, ist es in den Niederlanden und England noch schlimmer, so daß sich die Preise vielleicht bessern, die hier in der Gegend sehr sinken.

Gestört von Geschäften und Unwohlsein habe ich an Stieglitz wenig denken können, doch will ich in diesen Tagen Einiges an ihn abschicken, was aber wahrscheinlich zu spät kommt, bloß um ihm meinen guten Willen zu zeigen. Ich schicke Dir einliegend 50 Taler und denke bald selbst nach Berlin zu kommen. In jedem Fall wäre es gut, wenn Dir Georg einigen Kredit bei Mendelssohn eröffnete, da Du meines Wissens in diesem Jahr noch garnichts von Frankfurt bezogen hast.

In diesem Augenblick ist der Justitiarius hier, Dümkes Tod wird erforscht, aber alle Spuren abgeleugnet. Der Bruder behauptet, ein unbekannter Mann habe ihm gesagt, er komme mit trauriger Nachricht, sein Bruder läge erschlagen auf der Heide bei Behrensdorf. Er sei dem Mann mit der Karre gefolgt, habe den Bruder gefunden, ihn aufgeladen und dann sei der Unbekannte verschwunden, ohne seinen Namen zu sagen, während er den Bruder mit großer Mühe heimgefahren. Ich schließe in Eile, indem ich Dich und die Kinder herzlich küsse

Achim Arnim

484. *Bettina an Arnim.*

28. August 1829 [abgeg.]

Lieber Arnim,

Du solltest mich nicht so lange ohne Antwort lassen, es peinigt mich manche Stunde in die Nacht hinein, daß ich nicht weiß, wie Dir's geht. Ich denke immer, daß Dich Erntegeschäfte so sehr in Beschlag nehmen, daß Du meiner vergissest und auch des Geldes, was ich bedarf, Du bist jetzt schon über 2 Monate abwesend und noch weiß ich nicht einmal, wann ich auf Dich rechnen kann. Die arme Giesel hat wirklich ein Schicksal wie eine arme Waise, wenn ich doch auf die Zukunft rechnen könnte, daß Du in etwas mehr der Familie zuteil würdest; über Dein Baden habe ich auch gedacht und gesprochen, ich habe garnicht gewußt, daß es so notwendig und allgemein bekannt ist, daß man Aachen zwei Jahr hintereinander brauchen muß, und zwar um dieselbe Zeit, weil man sonst gerade um diese Zeit den Gichtanfall – wie es bei Dir eingetroffen – bekommt; schreibe mir, ob Du noch baden wirst, vielleicht in Wiesbaden; dann will ich Deine Abwesenheit gern noch ertragen. Auf alle Fälle sei nicht so ängstlich, das Bad nur kurze Zeit zu brauchen, sondern wirklich ordentlich bis auf die letzte Stunde, wo Dirs nützlich sein kann. Warum willst Du nach Teplitz gehen, wo Du Langweile haben wirst, und nicht lieber dahin, wo Du Freunde findest; wenn ich Dirs nur begreiflich machen könnte, daß Du Dich an Dir selbst versündigst, indem Du alle Deine höheren Bedürfnisse Dir als Luxusartikel versagst, da doch alles Andere Luxusartikel ist, eher als das, was dem Gemüte zusagt, und dem Geist wohl bekömmt und dem Körper zugleich, und Dir bekömmt es allemal wohl, wenn Du reisest, und denen, zu denen Du gehest, auch. –

Reimer hat gestern seines 25jährigen Sohnes Hochzeit gehalten, zwei seiner Töchter sind auch Bräute, und so wird bald das kindervolle Haus leer werden. Neues kann ich Dir nicht sagen, die Giesel hockt mir den ganzen Tag auf dem Rücken; daß ich abends ganz müde und früh zu Bett gehe und wenig Menschen sehe. Gestern war ich bei Schleiermachers zufällig, es wurde der Fischer ihr Geburtstag gefeiert, sie hat eben das Quartier verlassen müssen und ist nun unten mitsamt ihrer Bedienung ins Quartier geplumpt, das ohnedem voll genug ist. Ich ging früh weg; Schleiermacher seufzte schwer über die Last des Lärm und Durcheinanderrennens und sagte mir leise: Gott weiß, wie nötig mir die Ruhe wär, aber im Schlafzimmer wird Braten aufgeschnitten, da muß ich warten, bis die Gäste abgefertigt sind, in meinen späten Tagen bin ich wie ein Kind, das durch tolles Treiben aus dem Schlaf geweckt wird und vor Betäubung vergißt zu schreien.

Adieu, lieber Arnim, die Savigny steht da und will mich mitschleppen, ich hoffe, Du lässest mich nicht lange ohne Antwort und ohne Geld, ich habe zwar etwas aufgenommen, es ist schon wieder alle. Ich küsse Dich und im Glauben an Deine Gesundheit fühle ich mich erleichtert.

Bettine

485. *Bettina an Arnim.*

28. August 1829 [abgeg.]

Lieber Arnim,

soeben erhalte ich Deinen Brief mit dem Gelde und da ich Dir gestern geschrieben, daß ich welches brauche, so zeige ich Dir hiermit den Empfang an. Du irrst, wenn Du glaubst, ich habe dies Jahr noch kein Geld aufgenommen, ich habe bereits das 4te Hundert Taler, denn im Februar habe ich 150, im März und April 100. Ich würde sehr in Verlegenheit sein, wenn ich nicht manchmal da holen könnte. Wenn mir in Deiner Abwesenheit das Geld ausgeht; die Rechnungen vom Schneider und Schuster habe ich bis jetzt noch nicht zahlen können, sonst würde meine Kasse gesprengt sein, Privatlehrer und Schulgelder haben mich ja diesmal schon über 50 Taler gekostet. Du hast mir in zwei Monaten 300

Taler gegeben, für alle Bedürfnisse, Wäsche, Nahrung und Licht, Holz reichen drei Taler am Tag nicht hin, nun kömmt dazu der Lohn der Leute, die Lehrer und notwendigen Ausgaben, die garnicht zu vermeiden sind; ich kann daher jetzt, wo alle Menschen Torf und Holz kaufen, weil es billiger ist und besser, keines kaufen, denn sonst hätte ich nichts, um die Haushaltung zu führen; sollte ich jetzt noch Geld bei Mendelssohn aufnehmen, so würde es mir mangeln am Ende vom Jahr, wo ich Rechnungen zu bezahlen habe. Zum Oktober habe ich die Einrichtung getroffen, nur mit 2 Leuten auszukommen, Gott weiß, ob es möglich sein wird, ich mag aber durchaus nicht zu viel ausgeben, da Du selbst so sehr sparest und nicht einmal wagst, ein Bad für Deine Gesundheit zu brauchen, die rauhe Witterung würdest Du im Bade besser vertragen können, und das Bad selbst würde Dir auch besser tun, als Dich ohne dasselbe zu verkälten. Ich ermahne Dich auch jetzt noch, an eine Reise zu denken, Du hast noch an sechs Wochen dazu, es ist zu erwarten, daß wir einen besseren Nachsommer haben.

Gestern spukte die Nachricht, daß die Russen in Konstantinopel eingerückt seien, jedoch steht davon nichts in der Zeitung. Neues weiß ich Dir nichts. Savigny ist noch ein um den anderen Tag unwohl. Hahnemann hat ihm Mittel geschickt und diese sind seltsamerweise mit samt dem Brief verloren gegangen auf der Post. Ich erwarte, daß Du bald kommst, und denke, daß Du dann von hier eine Reise noch unternimmst. Wir haben einen langen Winter vor uns, in dem Du manchmal genötigt sein wirst, in unangenehmer Witterung Reisen zu machen, daher mußt Du Dich gesund machen, so viel wie möglich.

Herzlich Bettine

486. *Arnim an Bettina.*

Wiepersdorf, 30. August 1829

Liebe Bettine,
meinen Brief mit 50 Taler, welchen ich in Jüterbog abgab, wirst Du erhalten haben. Ich befragte an dem Tage den Dr. Groß, welchen Stüler empfohlen hat, er gab mir 12 Pülverchen, einen Tag um den anderen zu nehmen. Sei es nun Wirkung dieser Pulver, die das fast vergessene Übel in meinem Fußgelenk wieder hervorriefen oder Einwirkung der Witterung, genug, ich habe seit voriger Nacht wieder Schmerzen und Fieber, so daß ich meine Ankunft in Berlin, die ich auf Morgen bestimmt hatte, um noch ein paar Tage aussetze, um der Wirkung dieser Heilmethode nicht in den Weg zu treten, da ich ohnehin kein sonderliches Vertrauen zu derselben habe. Ich hoffe übrigens, daß ich bald nachfolgen kann, da sich der Schmerz vermindert. Gestern war mitten im Regen eine merkwürdige juristisch-medizinische Leichenfeier in Meinsdorf: Der alte erschossene Dümke wurde wieder ausgegraben, und die Ärzte bescheinigten feierlich, daß wegen Verwesung nichts an ihm zu bemerken. Da hätten die Maler etwas zu studieren gehabt. Treu und Nuglisch hätten ihren ganzen Vorrat zu diesen Studien absetzen müssen. Seltsam war es, daß die Sache den versammelten Weibern und Männern lächerlich vorkam, weil es stank. Ich mußte immer zum Ernst ermahnen; ein neuer Beweis, daß der Gestank das Komische in der physischen Natur ist, wie aber viele dem Komischen abgeneigt sind, so auch dem Gestank. – Der Jäger, welcher ihn erschossen, erklärte, daß er ihn nicht mehr erkenne, was sehr natürlich, da er sehr zerstört war. Nach dieser Handlung stärkte sich der Jäger durch eine ganze Pfanne voll Eier und Butter geschlagen. Auch die anderen Dümkes wurden von dem Jäger nicht erkannt als jene Wilddiebe, mit denen sie die Schlacht geliefert, so daß eine Verabredung zwischen den Parteien nicht unwahrscheinlich ist, und daß die Wilddiebe nach wie vor Herren des Waldes bleiben.

Freimund hat seine Uhr hier vergessen, ich werde sie ihm mitbringen, so auch zwei bunte Schnupftücher.

Ich würde raten, einige Butter aufzuheben, die ohnehin jetzt in Berlin wenig gilt, im Winter kommt eine Zeit, wo wenig Butter eintrifft, auch ist manche schon zum frischen Verkauf zu alt geworden.

Ich küsse Dich und die Kinder und hoffe Euch alle bald zu sehen.

Achim Arnim

487. *Arnim an Bettina.*

Wiepersdorf, 6. Sept. 1829

Liebe Bettine!

Ein Separationstermin, der auf den 8. anberaumt, veranlaßt mich, ein paar Tage länger zu verweilen, sonst würde ich heute abgereist sein, da meine Schmerzen nachgelassen. Ob nun diese letzte Erscheinung Wirkung der Pulver gewesen oder nicht, genug, sie hatte das Seltsame, daß dieselben Schmerzen, aber in minderem Grade sich alle wiederholten und in einem flüchtigeren Übergang. Groß hat etwas Eigenes in der Art, wie er die Pulver giebt, was ich bei Savigny nie hörte, entweder abends drei Stunden nach dem Essen, oder morgens ein paar Stunden vor dem Frühstück. Allerdings scheint dies bei der kleinen Portion sehr wesentlich zu sein. Den Abend zieht er vor, freilich bleibt da der Körper eine Reihe von Stunden ungeniert jener Einwirkung übergeben. Der Geschmack unterscheidet die Pulver nicht, obgleich sie wahrscheinlich verschieden sind, sie schmecken wie staubiger Zucker, der sich lang auf einem Tisch herumgetrieben hat. Er ist nicht so ängstlich in der Diät, als ich ihm sagte, daß ich schon seit Wochen Wein, Bier, Kaffee, Gewürze vermeide, sagte er, mehr könne man nicht verlangen und schien weder Petersilie noch ähnliche Kleinigkeiten zu fürchten, auch nicht den Tee, weil ich daran gewöhnt sei.

Sieben Pulver sind verschluckt, ich soll ihm erst Nachricht geben, wenn alle 12 herunter.

Die Witterung ist gar schrecklich für das Heumachen, alle Wiesen stehen voll Wasser. Ich küsse Dich und die Kinder

Achim Arnim

488. *Arnim an Bettina.*

Torgau, der 22. Sept. 1829

Liebe Bettine!

Mit dem ersten hellen Tage habe ich mich aufgemacht und wirklich war gestern der erste Herbsttag, der regenlos vorüberging. Bis Mittag wartete ich in Wiepersdorf auf die himmlische Entscheidung. Seltsamerweise steht mir immer das Oktoberfest vor Augen, die Glyptothek und dergleichen Siebensachen in München: Wenn ich mich nicht sehr irre, so geht meine Streiferei dahin, doch will ich alles erst in Leipzig abwägen. Ich habe die Stadt seit 27 Jahren nicht gesehen. Die meisten Bauwerke sind seitdem erst entstanden, die Kunstwerke sehr vermehrt, viele alte Bekannte dort anwesend, während ich im vorigen Jahre so ziemlich alles empfunden, gesehen und überdacht habe, was der Rhein darbietet. Wenn ich mich eile, kostet es nur etwa 20 Taler und ein paar Tage, um über Frankfurt zurückzukehren.

Den Tag vor meiner Abreise bezeichnete ich durch solenne Erntefeste in Bärwalde und Wiepersdorf, ich führte mit der großen Magd den ersten Tanz auf und tanzte auch nachher mit den gebetenen Gästen, woraus Du schließen kannst, daß meine Beine wieder mobil sind. Die gebetenen Gäste bestanden wie gewöhnlich aus den Familien Birkner, Keßler, Seyffertitz und dem Prediger mit Schwester und Schwestertochter. Ich hatte ganz neue Erfindungen in der Kochkunst gemacht, u. a. einen Kuchen nach einem alten Rezept aus der gerichtlichen Registratur, der vortrefflich ausfiel. Der

Regen hörte auf, als die Leute den Tanz anfingen, so daß ich hier zuerst Hoffnung wegen gänzlicher Änderung der Witterung schöpfen konnte.

Dem Siegmund sage, daß ich seine Doppelflinte durch einen geschickten Büchsenmacher in Jüterbog habe herstellen lassen mit neuem Ladestock und auch am Schlosse. Sie ist so wie seine anderen Jagdgeräte an Gruhl übergeben. Auch Freimunds sämtliche Sachen hat Gruhl. Die Zimmer sind eingerichtet.

Da Du auch wohl einmal an Ringseis ein paar Worte der Erinnerung schreibst, so schicke ihm etwas Nachricht, wie es Dir und den Kindern ergeht. Komme ich nicht nach München, so ist daran immer nichts verloren, als die wenigen Federzüge, treffe ich aber dort ein, so würde es mich sehr glücklich machen, etwas von Dir zu empfangen. Ein paar Zeilen von Klenze an den Bruder wären mir auch lieb, da ich ihn nicht kenne und Ringseis mit ihm verfeindet sein soll. Mache den Brief frei, damit Ringseis nicht belastet wird. Und nun Gott befohlen. Ich gehe, um einen prächtigen Anblick von gestern abend, die bei großen Kienfeuern nächtlich fortdauernden Arbeiten an einem Festungswerk am Elbrande näher zu betrachten.

Ich küsse Dich und die Kinder

Achim Arnim

489. *Arnim an Bettina.*

Leipzig, der 23. Sept. 1829

Liebe Bettine!

Der Würfel ist gefallen. Ich bin bis Nürnberg auf dem Eilwagen eingetragen. Prof. Hasse, der sich schon hatte eintragen lassen, bestimmte mich, seinem Beispiele zu folgen, er ist ein angenehmer Gesellschafter. In Nürnberg möchte ich gern einen Tag weilen, so auch in Regensburg. Komme ich durch Landshut, will ich mich nach Savignys Wohnung erkundigen, um die Deine zu finden. Meinen Mantelsack mußte ich so klein wie möglich machen, da jetzt strenger Befehl ergangen, keine Überfracht bei den Eilwagen aufzunehmen. Einen Paß habe ich nicht, wenn mich die Bayern als einen Vagabunden zurückweisen an der Grenze, so komme ich umso eher heim und spare mein Geld.

Ein schöner Lärmen ist hier gewesen mit betrunkenen Studenten, die einem Postillon in die Zügel gefallen, welcher den französischen Gesandten fuhr. Der Gesandte hat sehr ernsthaft Genugtuung verlangt, wahrscheinlich werden sie relegiert.

Ich küsse Dich und die Kinder.

Achim Arnim

490. *Bettina an Arnim.*

24. September 1829

Lieber Arnim,

Deine Zeilen aus Torgau haben mich sehr gefreut, ich dachte schon, es könnte Dich reuen und aus der ganzen Reise würde nichts, nun freut's mich umso mehr, daß Du nach München gehst, unterlasse doch ja nicht, wenn die Witterung gefällig ist, auch Salzburg oder Tirol zu durchstreifen, und lasse Dich von keinen Ängstlichkeiten befallen, sondern genieße und nehme alles mit, wonach Dich gelüstet. Um mich und die Kinder brauchst Du nicht zu sorgen, meine Gesundheit hat sich gebessert, und sonst geht ja alles den alten Gang. – Mit diesen Zeilen hast Du also meinen Beifall zu allem, was Deiner Lebenslust entsprechen kann, und mein Mißfallen, wenn Du durch eine ängstliche Kleinlichkeit von irgend einem wohltätigen Genuß Dich abhalten [ließest]. Du hast soviele Freunde im Auslande, noch gestern hörte ich durch Rudorff, daß der Prediger Goldmann durchaus diesen Winter nach Berlin kommen will, bloß um Dich kennen zu lernen. Rudorff hat mit ihm die Kronenwächter gelesen und sich sehr daran gefreut. Adieu, lieber Arnim, in Hoffnung, daß diese Zeilen nicht umsonst geschrieben sind, sondern Dich bei glücklicher Reiselaune in München treffen, küsse ich Dich herzlich und freue mich, wenn Du wieder kömmst und mir sagen wirst, wie befriedigt Du bist. Soeben kömmt Siegmund vom Examen, was er sehr gut bestanden und als der erste in Klein Tertia ist, ich denke, daß Dir's Freude macht.

Bettine

491. *Arnim an Bettina.*

München, der 6. Oktober 1829

Liebe Bettine!

Große Freude machte mir Dein Brief und daß Du wohler Dich fühlst als bei meiner Abreise aus Berlin. Die Masse des Gesehenen hat mich fast erdrückt, was mich aber abhielt vom Schreiben in Nürnberg, wo ich drei Tage weilte, war die Sorge, ich möchte einen Rückfall meiner Gichtschmerzen erfahren, welche Sorge sich mit den Schmerzen allmählich zerstreut hat, wozu nicht wenig mein jetziger Aufenthalt mit lauter alten Freunden beiträgt. Ich wohne hier bei Görres, der dabei selbst abwesend sich in Bozen befindet, wohin ich ihm vielleicht mit Ringseis nachwandere, höchst angenehm, bequem, in bestem Verkehr, was mir umso mehr wert war, da ich wegen des Oktoberfests bei meiner Ankunft nur ein stinkendes Hinterstübchen im Wirtshaus gemeinschaftlich mit einem Reisegefährten erhalten konnte. Ringseis selbst war abwesend im Gebürge, seine Frau zeigte mir sein drei-Wochen-Töchterlein, das erste Kind seiner Ehe, während er vier angenommene Kinder seiner Schwester und ihrer Schwester mit großer Sorgfalt in seinem Hause erzieht. Bald kam er mit Cornelius zurück, ganz der Alte und unzerstörbar heiter bei innerlichem Kampfe, den er in seinem Geschäftskreise auszufechten hat. Cornelius ist etwas stärker geworden, seine Frau ging vor kurzem zu ihren Eltern nach Italien, wohin er im Frühjahr nachfolgen will, wenn ihn die Arbeiten loslassen. Seltsam trifft alles hier zusammen, um meine Augen zu beschäftigen, denn gar bald wird die Aufstellung der Künste eröffnet, sowie schon zum Feste der Bazar mit seinen Freskomalereien aus der bayerischen Geschichte dem Volke enthüllt wurde. Diese Gemälde von Schülern des Cornelius ausgeführt, zeugen sämtlich von bedeutenden Talenten, erregen die größeste Aufmerksamkeit bis zu den gemeinsten Vorüberwanderern, und beweisen so recht einleuchtend, wieviel wirksamer die Malerei im Vergleich mit Bildnerei zu dem Volke spricht. Die übermäßigen Kritiker, deren leidige Saat sich hier wie überall findet, wollen Meisterwerke, Raffaelische Stanzen, ohne zu denken, daß es höchste Gefahr wäre, wenn es jetzt einen Raffael gäbe, seine Werke unbewacht in offenen Hallen auszustellen, wo jeder Neider mit boshafter Anspritzung sie verderben könnte. Öffentlich, leicht zugänglich mußten aber diese Bilder sein, wenn sie wirklich die Menge zu sich einladen sollten, wie es jetzt geschieht, wo alle, die nach dem englischen Garten gehen, dort vorbeigehen müssen, da der Bazar die Verbindung zwischen der Residenz und der Bildergalerie macht. Doch ich eile zum Oktoberfeste, das Dir in näherer Beziehung steht. Die Tierrassen habe ich den Tag vorher beschaut. Es war darunter nichts ausgezeichnet, als ein langhaariges, seltsames großes Schaf alter Gebürgsrasse, dann schönes Rindvieh von mittlerer Größe, aber sehr tief gebaut, ähnlich dem Tiroler. Am Feste regnete es, ich stand mit der Frau Görres und Töchter auf den Terrassen, die einen sehr bequemen Überblick gewähren, unter einem ausgespannten Zelte, mit erhöhtem Boden befand sich der Hof, Gesandte u. dgl., die preiswürdigen Tiere wurden von ihren Besitzern einzeln vorgeführt, ausgerufen, empfingen Fahnen und Geld. Zum Wettlauf rannten 24 Pferde, vereint um die Rennbahn in 15 Minuten. Unter den Knaben, die sie ritten, erscheinen einzelne in griechischem Kostüm neben den gewöhnlichen Landestrachten. Ausgestellt waren einige neue ökonomische Werkzeuge, Sämereien, Seidenbereitung und Keramik usw.

Unzählige Regenschirme in bunten Farben erschienen wie eine chinesische Illuminierung, dagegen waren die seidnen Fahnen nicht ausgestellt, welche sonst rings am königlichen Zelte aufgesteckt werden. Die Masse der Zuschauer war sehr groß, doch viel kleiner als sonst bei gutem Wetter. Was sonst an Scheibenschießen und anderen Lustbarkeiten sich vorfindet, würde heut zu weit führen. Eben eile ich nach der Glyptothek, die ich bis jetzt nur äußerlich angeschaut habe. Von dem Zuwachs Münchens hast Du nur einen Begriff, wenn Du den Plan sehen wirst, doch scheinen die Unternehmungen allzu kühn fortzuschreiten und es stehen schon sehr viel Häuser leer. Ich freue mich über Siegmund und küsse Dich und die Kinder herzlich.

Achim Arnim

Die Schilderung dieser Reise und des Münchner Oktoberfestes bilden den Inhalt seines Beitrags für Fouqués „Berlinische Blätter für deutsche Frauen", Bd. IX, Hefte 1 und 2.

492. *Bettina an Arnim.*

13. Oktober 1829 [abgeg.]

Gott sei Dank, daß ich endlich Nachricht von Dir habe, mir war schon bange, daß Du krank geworden sein könntest, nun schreibe ich gleich, damit auch Du ohne Sorgen in Deiner fröhlichsten Stimmung ungetrübt bleibst, und Dich nicht allenfalls von irgend etwas abhalten lässest. Die Kinder sind alle wohl und ich auch. Bei Savigny geht auch alles im besten Gleis, Savigny selbst ist gesünder wie seit langen Zeiten. Gestern ist der alte Brockhausen gestorben, die Hofdame, die einzige von den Kindern, die bei ihm war, ist ganz untröstlich, und hatte im Augenblick seines Todes einen Anfall von Wahnsinn. Sophie Brentano hat mehrmals um die Kinder geschrieben, auch George, ich habe also alles zugerüstet, um bei passender Gelegenheit sie dahin zu senden oder zu bringen, vermutlich wird sichs so machen, daß die Jordis Firnhaber sie entweder abholen oder doch ein gut Stück entgegenkommen. Varnhagens sind auch wieder hier, sie haben den Goethe in bestem Wohlsein zwischen Zelter und Ternite pokulierend gefunden. Freimund hat mit Franz Savigny 4 Tage in Wiepersdorf die Jagd belaufen, sie haben sich herrlich amüsiert. Die Kinder grüßen alle, Friedmund läßt den Ringseis besonders grüßen, er glaubt, daß seine Gevatterverwandtschaft den Ringseis Dir ganz besonders verpflichtet. Was Du vom Oktoberfest schreibst, hat mich sehr gefreut, weil es ziemlich mit meiner Komposition übereinstimmt. Ich habe auch meinem Hammel gleich lange Haare gemacht. Dein Bruder geht noch immer in seliger Überzeugung, daß ihn nächstens die Intendantur bekleiden wird. Adieu, Gott erhalte Dich gesund und schenke Dir allen möglichen Genuß.

Ich küsse Dich von Herzen.

Bettine

493. *Arnim an Bettina.*

München, 15. Oktober 1829

Liebe Bettine!

Alle Reisen ins Gebürge werden durch Regen und Schnee unausführbar. Gestern war der erste warme, helle Tag, den ich hier erlebte, ich benützte ihn, nach Schleißheim zu fahren, die reiche Galerie, wo auch Boisserées Bilder ausgestellt sind, in Gesellschaft der Herren zu beschauen. Heute weht eine eisige Luft. So werde ich bald über Regensburg heimkehren, möchte nur gern den Görres hier noch abwarten, der täglich aus Bozen erwartet wird. – Von Deinen früheren Bekannten soll ich Dir wohl zuerst berichten. Herrn Moy fand ich nicht zu Hause, also von ihm ein andermal. Freyberg sah ich im Archive, dem er vorsteht, von Ringseis eingeführt; nachher haben wir einander besucht, ohne uns zu finden. Er scheint mit diesem in seiner Art einzigen Archive wohlbekannt, es sind da die meisten Urkunden des ganzen Landes versammelt. Er hat in seinem Wesen etwas Zurückhaltendes, was ich mir sehr gut erklären kann, wenn ich an seine ungemäßigten Erwartungen denke, die er einst über sich äußerte. Auch bei Schenk war ich mit Ringseis, ein behaglicher dicker Mann, jetzt sehr belastet mit Geschäften, Theaterarbeiten usw. Eine närrische Parteiung, die hier wie überall die Leute trennt, ohne daß sie genau überzeugt sind, ob irgend ein hinreichender Grund vorhanden, stört den Verkehr, doch davon mündlich, da so etwas dem Entfernten als völlig unmöglich erscheinen kann, wenn man nicht alles im Einzelnen erläutert. Genug, der Historiker Hormayr gilt hier wie ein Mephistopheles, der alle verführt, allen schadet, ist aber gewiß an dem meisten ganz unschuldig. Ich lebe in dem Kreise der sogenannten Kongregation, die von dem Könige als eine Pflanzstätte der Jesuiten gescheut wird, unter denen sich aber meines Erachtens alles Mögliche, nur nicht dieses Ordenszeichen findet. Alle Woche essen sie einmal zusammen und wenn ich Dir die Einzelnen nenne, so widerlegt sich die Sache von selbst. Da findest Du Cornelius, der herzlich grüßt, [Gotthilf Heinrich] Schubert, der Bildhauer Eberhard. Wahrscheinlich hast Du diesen und seinen Bruder nicht kennen gelernt, sonst würdest Du schon damals Bildhauerei getrieben haben, so ein paar angenehme behagliche alte Leute kommen nirgends sonst vor. Der Eine, welcher der Laienbruder genannt wird, fegt die Zimmer, kocht und meißelt, der Andere zeichnet, malt, modelliert. Ein schönes Relief kommt von ihm an die neuerbaute Schloßkapelle samt zwei Aposteln. Neben ihm hat sich ein großes plastisches Talent, der junge Schwanthaler entwickelt, dessen erste größere Arbeiten, vier große Reliefs, die Kunstausstellung schmücken. Eines darunter, wie Bacchus von den Räubern gefangen, ist unvergleichlich. Im Bildnis steht hier Rauch durchaus hocherhaben über alle. Er hat nun seine eigne Büste und den kleinen Goethe ausgestellt. Sein großer König ist fast beendigt; er hat ihn jetzt etwas verjüngt, was ich ihm so oft geraten und zwischen den beiden Löwen erscheint eine hohe schöne Gestalt der Bavaria. Er hatte das Unglück, hier auf der Straße zu fallen, so daß ihm, wie er klagt, seine Vorderzähne noch jetzt lose sind, nachdem die Geschwulst von den Lippen verschwunden. Er erzählte mir, daß Schinkel einen neuen Palast für den Prinzen Albert am Brandenburger Tor baut, mein Glückwunsch dazu. Hat er mehr Talent, Erfindung, Kunstsinn als Klenze, was niemand leugnen wird, so wohnt dagegen in Klenze eine größere Gewalt, sich die äußeren Umstände zu unterwerfen; es muß so gebaut werden, wie er will; die Leute müssen Paläste bauen, mögen sie ihnen mehr kosten und weniger einbringen. Es ist keiner hier, wie es scheint, der seine Geschicklichkeit besitzt, und so zeichnet es sich freilich aus, was er geschaffen hat. Des Königs Wille, Tätigkeit, Hingebung verdienen jedes Lob.

Ich muß schließen, indem ich Dich und die Kinder herzlich küsse.

Achim Arnim

Für Freyberg hatte Bettina im Jahre 1810 eine schwärmerische Zuneigung gefaßt und war unschlüssig gewesen, ob sie ihn oder Arnim heiraten solle. Näheres darüber in „Andacht z. Menschenbild" SS. 166–170.

494. *Arnim an Bettina.*

Salzburg, 21. Okt. 1829

Liebe Bettine!

Keinen zweiten Brief habe ich von Dir in München erhalten, das machte mich sehr ängstlich, doch gab mir Dein erstes Schreiben so gute Warnung, mich nicht entmutigen zu lassen, daß mit dem ersten schönen Tage, in mir der Entschluß erwachte, wenigstens Salzburgs Bergsgegend zu sehen, und wenn es sich fügte, über Wien heimzukehren, wo ich mit geringem Umwege eine neue Welt sehe. Mein Abschied von München war mir herbe, ich hatte die Tage da so angenehm, so reich an mancherlei Erfahrung und Anschauung zugebracht, daß ich in einer Fürstenlaune mich befand, ich meine in jener, wo eben eine Fürst zur Regierung gekommen, von allen Seiten neue Herrlichkeiten aufgeputzt sieht. Eine herrliche Fahrt hatte mich zum Stahremberger See geführt, den Du meines Wissens ebenfalls bereist hast. Herrlich durch die naherückenden Alpen, die bis dahin nur getrennt wie ein Traum über der Erde stehen, nach Tegernsee wollte das Wetter nicht aushalten, ebensowenig in das *Gebierig*, wie Ringseis dies in seiner Nationalsprache mit besonderer Liebe nennt. – Zu Moys gelangte ich, lernte auch den Sohn kennen, der außer seinem Kirchenrechte sehr einsichtsvoll eine Messingfabrik treibt. Alle erkundigten sich eifrigst nach Dir, besonders ließ noch eine Tante sich empfehlen durch den jungen Moy, die längere Zeit mit Dir in einem Zimmer geschlafen hat. Bei Klenze aß ich am letzten Tage zu Mittag, sehr prachtvoll. Er sagte mir, daß sein Bruder durch die Geburt eines Sohnes hoch erfreut sei, wozu ich ihm Glück wünsche. Unter den Gästen war Hormayr, der einen kuriosen Eindruck macht, mehr wie ein verweichlichter, listiger, ältlicher Advokat, denn wie ein kriegerischer Tiroler und Landsturmchef. Auch der berühmte Baron Férusac fand sich da ein, der alle Fürsten zu Mitarbeitern seines Journal universel verbindet und schon Dreie, den Dauphin, den Großherzog von Baden und den König von Württemberg eingespannt hat, jetzt den König von Bayern und den Kaiser von Österreich anschirren will. Deutschland müßte als Paroli den Saphir nach der ganzen Welt herumschicken, um die Poesie in Aufnahme zu bringen bei den hohen Herrschaften. – Mit Oken war ich ein paarmal zusammen, der mir sehr wohl gefiel. Dort sind die Leute wenig mit ihm zufrieden, weil er nicht genug philosophischen Wind macht, sondern sich mit seinen paar Göttern begnügt. – Genug von München. Meine Reise hierher machte ich in Gesellschaft eines kleinen Griechen, der zwei Jahre in München in Pension gewesen, dort deutsch gelernt hatte, der Sohn eines griechischen Seekapitäns von [unleserl.], der mir erzählte, sein Vater habe fünf Türken gefangen, viere habe er zur Arbeit brauchen können, den fünften erschossen, weil er zu nichts nütze war. Auch den jungen Bazzaris sah ich bei Ringseis, er hat etwas von Siegmund, auch einen Sulioten, beide in prächtigem Nationalkostüm. Den gestrigen Tag hier, den ersten ganz hellen auf meiner Reise, brachte ich in halber Trunkenheit zu über alle Pracht der Gegend, der Stadtlage, der Festungen und Befestigungen, der Gartenanlagen. Gewiß, der ist glücklich, der so etwas als sein Vaterland lieben kann, der Himmel aber muß mit ihm strenger sein als mit uns andern, daß in solcher Einwirkung nichts aus ihm wird. In der Stadt siehst Du italienische Häuser ohne Dach, d. h. die Dächer sind in der Mitte eingesenkt, lassen ihr Regenwasser durch b.) ausfließen, während die Art Attica a), c), d), e), ohne daß sie sich von der übrigen Mauer unterscheidet, jede Spur des Daches bedeckt. [Zeichnung]

Auf dem Kreuzberg ist so ein Haus gebaut und ich hielt es für originell, da es doch bloß nachgeahmt ist. Olivier ist in Hinsicht der Berge, Festungen, selbst der Bäume höchlich zu loben, er hat mehr gegeben als ein sehr gelobtes Panorama, welches ich kürzlich in München sah, doch hat ihn niemand gelobt. Was alle Eindrücke der Gegend jetzt erhöht, ist der Schnee auf der Bergspitze, wodurch sie zu einer höheren Zone entrückt, noch fremder und größer durch das helle Himmelsblau zu uns blicken gleichsam wie das Weiße im Auge. – Der Garten des Fürsten Schwarzenberg, den jetzt sein Sohn benutzt, der hier Theologie studiert, übertrifft alle andern, er ist von einem ehemaligen Erzbischof angelegt. Dem Reichen fällt alles zu, das mag wohl endlich den Untergang der Welt notwendig machen. Es ist die Eigentümlichkeit der Gegend, daß sich große Felsmassen, von den Höhen abgelöst, im Tale mit Bäumen wohl bewachsen finden, so findet sich auch in diesem Garten eine unvergleichliche Insel mit Buchen bewachsen, welche alles überschaut. – Nun war ich auch in Berchtesgaden, auf dem Königssee bis spät in die Schauer der Nacht, wo [ich] unter den überragenden Felsen hinfuhr und kann mich rühmen, etwas gesehen zu haben, was so nicht jedem begegnet, Frühling und Winter. Das einsame Schloß, welches Schinkel den Anlaß zu einer

Landschaft gab, kann man in solcher Zeit nur so zauberisch sehen, wenn schon der Schnee fast bis an die grünenden Baumwipfel streift. Auch Berchtesgaden, die Saline hier ist reichlich lohnend. Ungern reiße ich mich los, doch denke ich noch heute den 22. nach Linz und Wien mit dem Eilwagen zu gehen. In Wien halte ich mich nicht lange auf, um Briefe zu erhalten. Schreib mir nach Dresden poste restante, daß ich einige Ruhe dort finde, und einen Brief nach Wiepersdorf, wo ich zuerst eintreffe. –

Tausendmal sei geküßt mit den Kindern. Wenn ich reich wäre, daß Ihr das alles mitgenießen könntet!

Achim Arnim

495. *Arnim an Bettina.*

Wien, den 27. Oktober 1829

Liebe Bettine!

Seit vorgestern bin ich nach einer seltsamen Fahrt von Salzburg auf Retourchaisen glücklich in der kleinen Hauptstadt mit den großen, großen Vorstädten angekommen. Ein Diamant, an dem der Stephansturm die Spitze ausmacht in einer sehr breiten Fassung. Aus Salzburg wirst Du meinen Brief erhalten haben, wie ich Berchtesgaden bereiste; den Rest der Zeit verwandte ich noch auf Salzburg, den merkwürdigen Friedhof mit der Höhle des Maximus und die Umgegend wieder zu beschauen. Die Sommerresidenz wird vom Kaiser, wie man sagt, zum Witwensitz der Kaiserin eingerichtet, die allerdings nirgends in der Welt so schön, so nahe den Ihren wohnen kann, da der König von Bayern regelmäßig alle Sommer einige Wochen in Berchtesgaden sich aufhält.

Gern wäre ich länger dort geblieben, aber mich ergriff die Sorge nach Hause in ängstlichen Träumen. Da der Eilwagen gefüllt war, auf dem Beiwagen aber mein Mantelsack kein Unterkommen finden konnte, so ergriff ich das Anerbieten eines edlen Kutschers, der den schönen Wagen seiner Herrschaft nach Kloster Lambach heimfuhr, und mich für ein Billiges mitnehmen wollte. So fuhr ich denn allein in einem Staatswagen durch die anmutigen Gegenden, mußte aber abends oder vielmehr nachts, wir kamen um 2 Uhr nachts an, in einer eiskalten Stube in ein eisiges Bett mich legen, daß ich die andre Hälfte der Nacht mit heftigen Bewegungen zubrachte, um es einigermaßen in der Art zu erwärmen, wie jener Gelehrte mit einer Klobe Holz, die er beständig in seinem Zimmer heftig laufend umhertrug, während eines ganzen Winters einheizte. Am Morgen kam dann eine Gelegenheit, wie gerufen, ein Kutscher mit vollem Wagen, der aber vorn auf dem Bock einen luftigen Platz hatte, den er mir billig einräumte. Sehr närrisch führte ich mich hier beim Handel an; ich bot ihm viel mehr, als er forderte, und meinte, ihm sehr viel abgehandelt zu haben. Ich war nämlich unbewußt über Nacht über die Silbergrenze geschritten und in das Papierland gekommen. Nebeneinander besteht nun dreierlei Gulden, der vierundzwanzig-Gulden-Fuß in allen ehemals bayerischen Provinzen, der Papiergulden und der zwanzig-Gulden-Fuß in den älteren österreichischen Landen, dabei Kupfermünzen, die wieder etwas ganz anderes mit ihrem Gepräge aussagen, als was sie gelten, und deren Wert ich bis jetzt noch nicht durchdrungen habe. Im Wagen saß ein Panoramenmaler mit Familie und Bedienten, dessen Werke ich in München kürzlich gesehen hatte, der nun voranging nach Linz, wohin ihm sein dreihundert Zentner schweres Gebäude auf Isar und Donau schon vorausgefahren war. Es war schon dunkel, als ich in Linz ankam, doch hatte ich am Morgen Zeit, die reizende Umgegend zu beschauen, auch den Turm nach Montalambert'scher Art, welcher bei den letzten Übungen 900 Schüsse glücklich überstanden, ein Spektakelstück, das allerdings interessant, Tausende aus der Fremde angezogen hatte. Denke Dir nur, daß allein über 90 Bomben von größter Art darauf niederfielen und zersprangen, und zwar, da der Turm auf einer Höhe liegt, zur deutlichen Anschauung aller, ein Feuerwerk, wie es nicht leicht nachgeahmt werden kann, dabei höchst zweckmäßig, da die meisten Festungsbauten nach angenommenen Sätzen, ohne erneute Erfahrung ausgeführt, ihre Prüfung vom Feinde erst erwarten, wo kein Fehler mehr verbessert werden kann. Genug, diesmal hatte der Turm bestanden, nachdem der vor einigen Jahren erbaute ohne Gnade eingeschossen war. In einem kleinen Chais'chen ging es weiter, wenig erlustigt durch die Gesellschaft einer alten Frau, die mein fremder Dialekt völlig stumm gemacht hatte. Übrigens war das Wetter hell, und die Donauufer jenseits stiegen in abwechselndem Reichtum himmelan. Nach stetem Paßabfordern auf den Nachtstationen wurde mir der Paß noch einmal in Ebersberg abverlangt. Ein ganzes Truppencorps von Polizeisoldaten ist mit diesen und ähnlichen Lumpereien beschäftigt, während das ganze Land von Bettlern und Vagabunden durchschwärmt wird. Alle Anhöhen, wo der Wagen etwas langsamer fahren mußte, waren mit Bettlern besetzt, wenn sie denen einige Kreuzer gegeben, hätten sie auch das ganze unnütze Paßrevidieren übernehmen können und die Polizeisoldaten wären erspart worden. Mein Kutscher fuhr nur bis Umstetten, dort war ich einen Abend in höchst interessanter Gesellschaft mit einer ansehnlichen Kreiskommission, welche die sehr vernachlässigten Kunststraßen revidierte; ohne Mühe lernte ich hier die ganze Kreisverfassung kennen. Sehr glücklich traf es sich, daß ein Eisenhändler, der zu Markte nach Wien mit zwei Gehilfen reiste, noch einen Platz in seinem Wagen hatte, wodurch ich billig und in angenehmer Unterhaltung bis Wien gelangte, und auf dem Wege durch einen Umweg, welchen er nach Ybbs machte, das herrlich gelegene kaiserliche Lustschloß Persenberg sah. Die Ufer der Donau haben hier, wo Landreisende selten hinkommen, alle Schönheit des weiteren Rheintals, es fehlt nicht an Schlössern, hohen Wallfahrtskirchen, wohlbebauten Ortschaften, nur die Weinberge fehlen hier noch und die Schiffe, welche den Rhein durchsegeln. Die Schiffe hier, meist streifig bemalt, sind von roher, flacher Bauart ohne Segel. Die reiche Abtei Melk am steilen Donauufer überraschte mich wieder wie vor 27 Jahren mit ihrer Herrlichkeit. Morgens 8 Uhr kam ich in Wien an und stieg im Goldnen Lampel auf der Wieden ab, sah gleich alle neuen Anlagen auf den ehemaligen

Festungswerken, den Theseus Canovas im Tempel des Volksgartens, sein Grabmal der Erzherzogin, Kettenbrücken usw.

Unseren Gesandten, die Witwe [Adam v.] Müllers und den Maler Olivier habe ich besucht, mit dem letzteren die Ambroser Sammlung besehen, ein ungeheurer Schatz, darin auch das Mosaikbild von Vinci's Abendmahl aus Mailand von Napoleon bestellt, für Österreich beendigt; noch weiß man nicht, in welcher Kirche es ausgestellt werden soll. Es ist wohl das großartigste Mosaikbild, doch habe ich die in der Peterskirche Roms nicht gesehen. Bald denke ich fort, ob ich über Prag oder Breslau reise, weiß ich noch nicht. Auf letzterem Wege treffe ich Dich früher in Berlin.

Ich küsse Dich und die Kinder in herzlicher Liebe.

Achim Arnim

496. *Bettina an Arnim.*

Frankfurt, 3. November 1829

Lieber Arnim,

erschrecke nicht, wenn Du liest, daß mich Dein Brief hier in Frankfurt a. M. getroffen, die Ursachen, warum ich mich so schnell entschlossen, sind löblich und erheblich. Die kleine Giesel ist in Verwahrung der Savigny, die Haushaltung ist auch unter Aufsicht, und da nur eine Person im Hause ist, geht sie ganz gut, wär ich noch dort geblieben, so hätte ich diesen Winter die Kinder [Maxe u. Armgard] noch länger alles entbehren lassen, was ihnen hier so reichlich zugemessen ist; die sehnsüchtigen dringenden Briefe der Sophie und von George haben mich bewogen, da sich kein anderer fand, der mit den Kindern reisen konnte, dieses Opfer selbst zu bringen. Ich bin Tag und Nacht gereist, damit ich Zeit sparen konnte, und so bin ich seit 5 Tagen hier und kann es nur für himmlischen Einfluß, der das Beste unserer Kinder bezweckt, erklären. Die Liebe der Sophie, die Pflege der Claudine, alles was hier in jeder Hinsicht für die Kinder getan wird, ist mehr als eine fürstliche Erziehung wert. George ist in beide verliebt; ich bin nun zwar sehr sehnsüchtig zurück zu Euch allen und zu meinem kleinen Gieselchen, aber die Geschwister drängen mich, noch ein paar Tage zu bleiben, auch wär es unnatürlich, nicht die weite Reise doch etwas den Verwandten, die den Kindern so viel Liebes erzeigen, zu verwenden, besonders da mir Savignys schreiben, daß alles in bestem Wohlsein ist. Daher werde ich noch den nächsten Sonntag hier abwarten, also den 9. November: so wird sich's denn fügen, daß wir grade zusammen oder doch kurz hintereinander eintreffen. Dich bitte ich zum wenigsten nicht im mindesten sorgenvoll zu sein und Dir allen Genuß mit einem bitteren Nachgeschmack zu verderben, ich hoffe, die Homöopathie soll Dir noch ein Pulver gegen die unnötigen Sorgen reichen, und dann bist Du ganz geheilt und ich ganz glücklich; mich kann nichts ergötzen, als wenn ich auf irgend eine Weise erkenne, daß Dein Jugendquell, den Du manchmal mit Hypochondrie verstopft hast, durchdringt und mit neuer Macht emporspringt. Wenn ich doch Einfluß auf Dich haben könnte, dann sollte mir nichts fehlen, denn alles, was dem hohen Genius, der Dich heiligt, im Wege läge, würde weggeräumt, denn dies allein ist Sünde: was Dir Bande anlegt, was Dich drückt. Lust und Genuß dessen, was Gott Dir durch Dich giebt, ist Nahrung, die Dir zukommt und Leben, wie es eine Pflicht ist. Könnt ich's Dir doch nach Wien mit den Winden hinhauchen, daß Du Dich um nichts zu bekümmern hast, und daß so wie Du wirklich durch manche steile Klippe hindurchgeschifft, es Dir immerdar gehen wird; Deine sieben Kinder sind Dir Bürge, daß einst der himmlische Nimbus Deinem irdischen Lebenslauf nicht fehlen wird; nur fühle auch recht, was Dein Beruf ist, nämlich Dich in *dem* Element zu bewegen, was die frühesten Regungen Deiner Seele wieder zur Begeisterung steigert; so warst Du mein, so hab ich Dich leidenschaftlich geliebt, vertausche Dich daher nicht und schwinge Dich auf zu allem, was Dir Genuß gewährt.

Soeben kommt Nachricht, daß die Kinder in Berlin sich alle wohl befinden.

Deine Bettine

Auf der Rückreise (Mitte November) fuhr Bettina, zum erstenmal seit 1826 wieder, durch Weimar. Aber: „Den alten Herrn hab ich nicht gesehen. Er hält seine Stunden regelmäßig, wer später kömmt, wird nicht angemeldet." Nur den Sohn August findet sie in offenbar betrunkenem Zustand, berichtet sie ihrer Schwester Gunda. (And. z. Mensch., S. 244). Als aber der Maler Wilhelm Zahn Goethe im selben Jahr Grüße von Bettina brachte, fragte er, doch nicht ohne Wohlwollen: „Was macht denn der wilde Bursche?" (Gedenkausgabe XXIII, 653). – Arnim kam am 16. November in Wiepersdorf an, wohin Bettina von Frankfurt aus wenige Tage später auch kam.

497. *Arnim an Bettina.*

Wiepersdorf, 6. Dezember 1829
[8. Dezember abgeg.]

Liebe Bettine!

Einliegend ein Brief von George aus Frankfurt a. M., der gute Nachricht über die beiden Mädchen enthält. Der Frost dauert noch immer und ist wegen des beständigen starken Ostwindes fast unleidlich auf dem Lande. Der Stadtrichter hielt hier Gerichtstag, da gab es mancherlei Besorgung. Wenn Du meinen Bruder siehst, so sage ihm, daß die beiden Kontrakte nach Prenzlau an Hugo abgesendet werden. An der Dümken'schen Mordgeschichte wird noch immer verhört, doch ohne Erfolg, da die Gefährten bei der Jagdgeschichte nicht erkannt sind und sich nicht selbst anzugeben Lust haben. Dem Kammergericht war mein Jäger Wolff als mitverdächtigt angegeben, was entschieden nicht wahr sein konnte, da er in jenen Tagen, wo meine Kinder hier waren, gewiß vermißt worden wäre. Er mußte auch verhört werden.

Der Siegmund, welcher hier gerade ankam, als Freimund unseren Nachbarn eine kleine Kollation gab, hat sich wahrscheinlich im ersten Unmut, weil er nicht mit tätig dabei gewesen, davon ausgeschlossen, ist bei Pinnig geblieben und hat da geschimpft auf diese Nachbarn, denen er doch eigentlich bei jedem Aufenthalt freundliche Aufnahme schuldig geworden ist. Das hat sich weiter erzählt, wie denn auf dem Lande nichts untergeht, was ein Mensch irgend erzählt, spricht, ausruft, – eine zwar an sich schöne Aufmerksamkeit, die aber Vorsicht notwendig macht. – Die Leute sind deswegen gegen ihn eingenommen und beleidigt. Wenn ich nun denke, wieviele er schon durch diese seine unbesonnene, gedankenlose Rederei beleidigt hat, wie er mir in Schulen und mit den Bedienten mehr Ärger gemacht, sich selbst mehr Zurücksetzung und erniedrigende Behandlung zugezogen hat als all die anderen Kinder zusammengenommen, wenn ich sein aufsätziges Wesen gegen Dich sehe, so kommt mir eine Art Grauen, was aus dem Siegmund werden soll. In sich trägt er ein unseliges Selbstgefühl, als wenn er schon etwas sei, spricht höhnisch über die Jüngeren ab und hat nicht die kleinste Ahndung, was ihm nicht bloß in Kenntnissen gegen andere seines Alters fehlt, sondern wieviel von wohlwollender Gesinnung gegen andere ihm abgeht. Ihm wäre eine strenge Klostererziehung wie in Schul-Pforta zu wünschen gewesen, doch nun ist es zu spät. Versuche wenigstens, wenn Du ihn aufmerksam machst auf sein verkehrtes Wesen, und was das wirkt, ob Du ihn zur Vernunft bringst.

Wie bald ich Vorräte schicke, bei welcher Gelegenheit der Freimund herunterfahren kann, oder ob ich selbst mitkomme, ist mir wegen einiger Geschäfte noch zweifelhaft, Reiz hat der Landaufenthalt in strenger Kälte wahrlich nicht. Allen Kindern Gedeihen, ich küsse Dich herzlich.

Achim Arnim

498. *Bettina an Arnim.*

[13. Dezember 1829]

In den Hundstagsferien war Siegmund mit Birkner, Keßler und Anderen auf der Jagd, sie aßen in Bärwalde zu Mittag, Birkner führte mancherlei unanständige Reden, die für die Ohren eines jungen, unschuldigen Menschen sehr beleidigend sind, darauf sagte er: Dieses wisse er alles aus Erfahrung, was er aber nicht aus Erfahrung wisse, sondern von seinen Eltern gelernt habe, das sei – – – – hier kam eine ungeheure Schweinerei und gröbste lasterhafteste Rede, er wendete sich an Siegmund, der sehr errötet war und voll Zorn und sagte: Fragen Sie nur Ihren Vater, der wird Sie auch darüber belehren. Siegmund stand auf und sagte: sein Vater würde nicht einmal leiden, daß er solche Gemeinheiten mit anhöre, und deswegen ging er auch weg, seitdem hat er Birkner gemieden, ohne jedoch ein Wort über ihn zu sagen, auch hat er Dir's verschwiegen, um Dir Deinen Umgang mit diesen Leuten nicht zu stören. Wie er das letzte Mal in Wiepersdorf ankam, ging ihm Freimund entgegen, um ihm zu sagen, daß Birkner da sei, und sie machten miteinander aus (vielleicht in Gegenwart von Pinnig) daß er durchaus nicht hinübergehen sollte. Freimund blieb auch eine ganze Weile und ging erst ganz spät wieder zur Gesellschaft, die nicht er, sondern Gruhl veranstaltet hatte, und bei der er nur war, um Gruhl zu befriedigen. Ebensoviel Sorge, die Dir Siegmund nun durch diese Geschichte gemacht, da Du nichts davon wußtest, ebenso viel Freude wird es Dir machen, daß dies vielmehr von einem edlen Charakter zeugt, der Festigkeit, Dir etwas zu verschweigen und doch auch Mut, einem gemeinen Menschen Trotz zu bieten, ohne ihn zu verunglimpfen. Ich habe auch die Geschichte nicht aus ihm herausgekriegt, sondern nur Tränen des Unmuts, er war grade im Begriff Dir die Rede Schleiermachers am Grabe seines Kindes abzuschreiben. Später sprach ich mit Freimund, und der erzählte mir, was ich Dir geschrieben. Da ich Siegmund fragte, warum er es mir nicht habe sagen wollen oder Dir, so sagte er: Weil er Dir erstens keinen Verdruß habe machen wollen, und dann habe er gefürchtet, Du würdest die Zoten haben hören wollen, und es kränke ihn, daß man nur wisse, daß er etwas Ähnliches habe anhören müssen, viel weniger möge er es sagen. Es ist also besser, daß man den Herrn Birkner in Zukunft hinter seinen Birken lasse und auch den Gruhl dahin bedeute, daß er, wenn Siegmund da ist, den Herrn Birkner nicht einlade. Die Kinder sind alle gesund und uns geht's wohl, die Rede

Schleiermachers schicke ich nicht, Du wirst sie hier finden. – Ich hoffe, daß Du bald kömmst, Freimund freut sich aufs Land, mir ist es eine Entbehrung.

Bettine

499. *Arnim an Bettina.*

Wiepersdorf, den 16. Dezember 1829

Liebe Bettine!

Ich habe bis jetzt keine Nachricht von Dir; das Schreiben in der Kälte ist unbequem, so erklär ich mir diese Sorge. Ein mächtiger Wagen zieht heute fort, wenn Freimund Ferien hat, so kann er mit hierher kommen, die Ferien der andern sind zu kurz und die Winterreise auch nicht sonderlich erquicklich. Ich wäre gern mitgekommen, wenn ich nicht noch etwas Geld durch Verkauf zusammentreiben müßte. Wem wirst Du die Aufsicht über die Speisekammer geben, wenn Freimund fort ist? Ich sende für Savignys die Hemmschuh und Kette samt dem kleinen Koffer aus ihrem Wagen mit vielem Danke. Verehre Savignys eine Gans und einen Puthahn, sonst aber schenke nichts fort, wir brauchen es selbst. Mit der Butter gehe sparsam um, die Kälber kommen in diesem Jahre viel später als sonst.

Das kleine Eselein ist wenige Tage nach seiner Ankunft hier verstorben, ungeachtet aller Pflege, es war so entsetzlich abgehungert, daß die Reise allein wohl nicht der Grund des Todes gewesen. Es ärgert mich, daß ich es nicht früher abholen lassen.

Meinen Brief mit der Einlage von George wirst Du erhalten haben. Gern hätte ich Wein, Bier, Gartenfrüchte heute gesendet, aber der Frost ist noch zu stark. Vor Weihnachten denke ich in Berlin zu sein, Dich und die Kinder zu umarmen

Achim Arnim

Daß Bettina gerne die Landprodukte verschenkte, wissen wir aus Rahels Briefen.

500. *Bettina an Arnim.*

20. Dezember 1829

Lieber Arnim,

erstens habe ich viel Wege zu machen, da ich noch keine Leute zu Weihnachten habe, zweitens hat die Köchin vier Tage im Bett gelegen, drittens war das kleine Gieselchen krank, es ist jetzt wieder wohl, viertens war ich selbst krank, fünftens habe ich Dir vor 8 Tagen und zwar gleich nach Empfang Deines Briefes geschrieben, trotz aller Hindernisse, mithin war es nicht die Kälte, die mich abhielt, Dir zu schreiben, weil ich Dir schon geschrieben habe. Freimund kann Dir nun das Nähere von Siegmunds Geschichte sagen. Weihnachtsgeschenke habe ich nicht kaufen können, da ich kein Geld habe, und es tut not, daß Du kommst, heut hab ich das letzte Geld ausgegeben. Übermorgen bist Du vier Wochen weg, seitdem habe ich einen halben Haufen Torf und einen halben Haufen Birkenholz gekauft, kömmt im ganzen an 25 Taler. Dann habe ich die Rechnung für den Bedienten mit 15 Taler 25 Gr. bezahlt, und ich will Dir nicht wieder die Rechnung vorkäuen, denn die kleine Giesel will mit aller Gewalt etwas ausgeschnitten haben und ich bin eine geplagte Mutter. Ich danke Gott, daß Du gesund bist und nun hoffentlich bald wieder hier bist. Serviere hat einen reichen Bräutigam für seine Tochter Jette erbeutet, den Sohn des reichen *Kattunfabrikanten* Leitenberger aus Prag, ich weiß nicht, ob Du Dich erinnerst, daß der Alte und sein Bruder gute Freunde von Clemens waren. Adieu, ich muß schließen, ich mag wollen oder nicht. Herzlich

Bettine

501. *Bettina an Arnim.*

Ende Dezember 1829
[kurz vor Weihnachten]

Lieber Arnim,

es tut mir leid, daß Du nicht kömmst, doch kann ich Dir's nicht übel nehmen, weil die Reisen beschwerlich sind, und besser, daß Du später eine Zeit hintereinander hier sein kannst. Dem Kind habe ich etwas Spielzeug gekauft und für Alle Zuckerwerk, und so wird es denn auch ganz gut gehen, allein Geld habe ich nicht mehr, ich habe unterdessen müssen Holz kaufen, nun wollen die Leute Lohn und Weihnachten, auch muß ich die Ochernal honorieren; für Unterricht in der Mathematik habe ich 6 Taler bezahlt; ich werde also Savigny um 100 Taler ansprechen, damit ich alles abmachen kann. –

Radziwill hat schon zweimal meine Zeichnung zum Oktoberfest holen lassen, einmal um sie dem Kronprinzen zu zeigen; in der Zeitung wirst Du lesen, daß Schinkel Oberbaudirektor geworden ist. Hier ist alles ganz friedlich gesinnt und kein Mensch glaubt an Krieg, aber daran glaubt jeder, daß das Korn ganz besonders steigen werde, am meisten der Weizen, gestern gab mir Willisen den Auftrag Dir's zu schreiben. Entschuldige, daß ich Dir nichts weiter schreibe, aber der Weihnachtsbaum muß geputzt werden. Ich küsse Dich tausendmal

Bettine

In Gubitz' „Gesellschafter" ließ Arnim am 24. Februar 1830 eine schon vor längerer Zeit geschriebene eingehende kritische Würdigung von Jacob Grimms Buch „Deutsche Rechts-Altertümer" erscheinen. (Wieder abgedruckt bei Steig III, 596 ff.)

502. *Arnim an Bettina.*

Wiepersdorf, der 21. April 1830

Liebe Bettine!

Meine Bücklinge, meine Bücklinge machen mir aus der Ferne tausend Bücklinge. Die wurden vergessen, Du mußt sie nur nicht zu essen vergessen, sonst geht's wie mit der Leiche des Polonius [im „Hamlet"].

Ein Glück ist's, daß Freimund nicht mitgekommen, wir haben schändliches Regenwetter, es ist kaum auf den Acker zu kommen, auch fehlen die Schnepfen gänzlich, nach denen sein Jagdherz Verlangen trägt. Sag ihm, daß sich seine beiden Flinten wohl befinden, so auch dem Siegmund, daß nichts an seiner Flinte verrostet ist.

Seltsam ist mir hier die Stille, ich lauere zuweilen, ob nicht in den Nebenzimmern irgend ein großer Streit mit widersätzlichem Gesinde ausbricht, und dann habe ich das behagliche Gefühl eines aus der Schlacht glücklich entkommenen Kriegsmanns. Übrigens fehlt es hier auch nicht an Kontroversen, nur mache ich es nach meiner Art mit wenig Worten ab. In Nonndorf sind bis jetzt nur Notställe erbaut, das Holz wird in der Stülpeschen Heide geschlagen, der Birkner war von dem Unfall einige Zeit so zerstreut, daß er die zur Anfuhr bequeme Zeit zum Teil verloren hat. Die Leute, welche ihm seine Sachen retten wollten, (er selbst war an dem Tage mit der Frau zu seinem Bruder gefahren) haben ihm zum Teil schlimme Streiche gespielt, und seinen besten Spiegel aus dem zweiten Stockwerk auf die Straße geworfen. Ein Ökonom, der junge Gersdorff, trug das gerettete Tassengeschirr nach dem Brande ins Haus zurück, stürzte und brach alles zusammen. Birkners, Kesslers, der Prediger empfehlen sich Dir bestens; die Mamsell schien sehr dankbar für die Auswahl der Kleiderzeuge. Über den geringen Ertrag an Butter in Bärwalde bin ich aufgeklärt, dem Vieh wurden im Winter, weil sich Krankheit zeigte, Fontanellen gelegt, diese haben sie sehr mitgenommen und manche sind erst jetzt zugeheilt, zwei Kühe habe ich an dieser Krankheit und acht vorjährige Absatzkälber verloren, zwei Kühe außerdem durch Unglücksfälle, deren Fleisch aber noch verkauft werden konnte. Ich hatte selbst noch den Vieharzt zu den Fontanellen, aber ich dachte nicht, daß die Dinger solange gewirkt hätten.

Ich werde wahrscheinlich etwas früher schon, nämlich zum 21. Mai, nach Berlin kommen, da ich zum engeren Ausschuß des Kreditvereins vorgeschlagen bin.

Sobald es möglich ist während der Saatzeit, schicke ich den Wagen mit Lebensmitteln. Sei möglichst sparsam, es steht alles sehr zweifelhaft auf dem Lande.

Ich küsse Dich und die Kinder herzlich

Achim Arnim

503. *Bettina an Arnim.*

26. April 1830 [abgeg.]

Lieber Arnim,

die Bücklinge haben mir freilich auch Sorgen gemacht, ein Teil davon ist unmittelbar von uns, ein anderer durch Verabfolgung an die Herren Bosch verspeist worden, ein Teil aber ist wirklich in die Rapuse gegangen.

Vorgestern war die Hochzeit der Jette Serviere mit Herrn Leitenberger, da war Lachen und Weinen und zuletzt große Betrübnis der Eltern, denn der Bräutigam hatte sich in der letzten Zeit auf die närrischste Weise eifersüchtig gezeigt, sodaß er die Jette auf dem Appartement bewachte und am Hochzeitstag war er so toll, daß Serviere öffentlich mit ihm zankte; die Frau Serviere weint Tag und Nacht, jedoch hat sie heute Nacht Gott gebeten, er möge ihr doch eine Erscheinung schicken, die ihr andeute, ob ihr Jettchen unglücklich würde, sie hatte den Hund Bergemann in den Hof gesperrt, um ganz ungestört die Erscheinung abzuwarten, auch hatte sie eine große Lampe angezündet und so erwartete sie die Erscheinung, vorbereitet, vor Schreck zu sterben und so dem

Jammer zu entkommen, ihr Kind unglücklich zu sehen. Und siehe da, die Glocke schlug 12 Uhr und es war alles totenstill, da überliefen sie kalte Schauer bis Glockenschlag 1 – und wie da alles noch ganz still war, entschloß sie sich, nicht mehr auf die Erscheinung zu warten und lieber zu Bett zu gehen, worauf ihr auch ein beruhigender Schlaf zuteil ward, und jetzt ist sie ganz überzeugt, daß ihr Kind glücklich sein wird, denn es ist erzählt worden, daß ein Storch über der Brautkutsche weggeflogen ist.

Ein anderes, viel reelleres Unglück ist, daß Berta Lützow [Tochter des Onkels Karl v. La Roche] ihr jüngstes vier Monate altes Knäbchen in 24 Stunden an der Lungenentzündung und wahrscheinlich an den heftigen Mitteln gestorben ist. Gott sei Dank für alles Hauskreuz, wenn damit die Schuld, die wir an das Schicksal abzutragen haben, getilgt ist, und ich will gern mich mit der Wirtschaft placken und Notstreiche, die die Kinder in ihrem Übermut begehen, ertragen, wenn es damit abgemacht ist.

Haxthausen hat wieder bei mir gespeist, und der Zufall wollte, daß es Kohlrüben gab, Du weißt vielleicht schon, daß er eine Reise für die Regierung macht, wobei er sich zwei Taler 20 Gr. Diäten ausbedungen und nachher erfuhr, daß er das Doppelte hätte fordern können.

Louis hat sein Fieber verloren und heute wieder bekommen, jedoch sehr schwach, die Erlaubnis hat er von Haus erhalten, hier zu bleiben, und die macht ihm große Freude, er weiß noch nicht, daß Paulinchen Serviere mit ihrer Schwester nach Nîmes geht.

Bettinchen hat mit Wigram scharmuziert, da hat die Bardeleben große Eifersucht gespürt und sich der bitteren Tränen nicht enthalten können. Bettina geht in wenig Tagen nach Kunersdorf und nimmt die kleine Luise [das Hausmädchen] mit, die sehr mager geworden ist; ich vermute, daß Savignys glauben, Louis sei in diese verliebt, und wollen sie ihm aus den Augen bringen, es kann etwas Wahres daran sein, denn kaum hatte Louis gehört, daß sie weggeht, so bekam er wieder das Fieber. Varnhagen ist wieder schrecklich vom Husten geplagt, er grüßt Dich von Herzen, ich freue mich sehr, daß Dich die Gelegenheit bald wieder nach Berlin bringt; was die Sparsamkeit anbelangt, so kann ich nicht mehr tun, als jetzt, und doch schwindet das Geld unter den Händen, Freimund hat 5 Taler Schulgeld und Siegmund am 20. 5 Taler für Püllemann, Friedmund auch für Bücher zur neuen Klasse und Kühnemund für eine Lupe, die der Insekten-Lehrer für jeden Schüler bestellte, ich habe bei Rosenwald eine neue Kutte für Kühnemund aus einem alten aufgefärbten Mantel von mir machen lassen, mehr Beweise meiner Ökonomie kann ich Dir nicht geben.

Adieu, Gott erhalte Dich gesund, bis Du wieder bei mir bist.

Bettine

504. *Arnim an Bettina.*

Wiepersdorf, 2. Mai 1830

Liebe Bettine!

Viel Glück den jungen Eheleuten, wenn sie noch in Berlin sind. Die Eifersucht des Mannes ist weiter nicht seltsam, es weiß keiner, was ihm vielleicht von anderen in den Kopf gesetzt worden, jeder macht sich ein Vergnügen, den beglückten Bräutigam zu necken.

Sage Serviere, er solle in Rübsen, Raps und Öl spekulieren, es würde wahrscheinlich sehr steigen, weil die Saat meist verdorben. Was Du von Louis neuer Leidenschaft vermutest, hat manches Wahrscheinliche, ich war verwundert, daß Savignys nicht für eine weniger anregende Aufwartung sorgten. Warum durch Unbesonnenheit erst solcher Verwirrung Anlaß geben und sich nachher darüber ärgern und verwundern. Ich bin heute nach Bollersdorf eingeladen und habe etwas die Zeit versäumt, daher ich mich kürzer fassen muß. Mein Wagen bleibt noch etwas aus, weil die Saatzeit alle Pferde dringend beschäftigt. Ich werde ein engl. Wörterbuch für Freimund mitschicken, auch ein französisches.

Der Lützow bezeuge mein Beileid, wenn Du sie siehst.

Meinem Bruder erzähle, daß ich die Klassensteuer von uns abgewälzt hätte, weil ich die Wohnung in Berlin habe und meine Familie dort fixiert ist.

Einliegend ein Brief an Siegmund; sag doch ihm und den andern, daß sie Briefe bereiten, die mit dem Wagen hierher gehen können. Schöne Tage erfüllen jetzt die Luft mit Wonne, die Erde ist mit Blüten überdeckt, was wollen wir mehr! Der Baron Anton [v. Seyffertitz] läßt die M. Fexer von seiner Tante adoptieren, um sie wegen der Fideikommißklausel heiraten zu können. Diese Adelung durch Adoption kostet Geld, er will dazu sein Vögelkabinett verkaufen, dies zur Nachricht für Liebhaber. Vielleicht kauft es Leitenberger.

Ich küsse Dich herzlich und die Kinder ermahne ich zum Guten.

Achim Arnim

505. *Arnim an Bettina.*

Wiepersdorf, 11. Mai 1830

Liebe Bettine!

Mein letztes Schreiben mit einer Einlage an Siegmund wirst Du erhalten haben. Von Dir habe ich seit dem ersten Briefe keine Nachricht mehr. Ich hoffe, daß keine andere Ursach als die Erwartung des Wagens Dich verhindert hat, zu schreiben. Es war wegen mehrerer Regengüsse nicht möglich, früher den Wagen abzusenden, die Bestellung war sehr dringend durch das im Eise stecken gebliebene Jahr. Zur Abwechslung hatte ich wieder einmal Schmerzen im Fuß, hatte mich aber schon mit homöopathischen Pulvern im voraus versehen, sodaß es rasch vorüberging. Kommt der Schmerz nicht wieder, so denke ich, den 20. in Berlin einzutreffen, aber gleich wieder mit denselben Pferden umzukehren, weil Bauwesen und Schafschur meine Gegenwart fordert. Sollte ich nicht eintreffen, so mache Dir auch keine Sorge, so wichtig sind die Pfandbriefangelegenheiten nicht, daß ich mir darum eine schmerzliche Reise machen sollte.

Die alte Eselin ist tragend, aber wie bald sie jungt, noch unbekannt. Die Esel müssen jetzt fleißig arbeiten, Mistfahren nach dem Garten, Mehl und Saat holen und zeigen große Talente für diese Bestimmung, insbesondere dadurch, daß sie mit ihren dünnen Beinchen keine tiefen Eindrücke am Boden zurücklassen, auch nicht wie Pferde übermütig stampfen, sondern nur schreien, wenn ihnen geniale Gedanken einfallen.

Den Manzoni [„I promessi sposi"] habe ich endlich ausgelesen; das Buch hat doch sein eigentümliches Verdienst, nur weiß er seinen Effekt nicht so vor Augen zu halten, wie Scott u. Cooper. Die Pest, welche an sich manches geschichtlich Interessante enthält, wird dadurch zur langweiligsten Plage für den Leser mit, die ganze Geschichte tritt dadurch so in den Hintergrund, daß wir uns kaum mehr für die guten Leute interessieren können.

Ich bin recht begierig auf Neuigkeiten aller Art, auch aus Frankfurt, ob mein Geschenk Beifall erhalten. Die Kinder ermahne alle zu Fleiß und Ordnung und küsse sie herzlich von mir, dem Gieselchen gieb nicht zuviel Zucker.

Frage doch meinen Bruder, ob er keine Nachricht vom Onkel hat, ob dieser sich bessere usw. Ich habe nur wenig Hoffnung bei seinem Zustande.

Deine Badezeichnung verschenke nicht wieder, ich muß durchaus eine Deiner Arbeiten bewahren unter Glas und Rahmen.

Ich denke in diesen Tagen zu einer Bockreise an die Elbe zu gehen, da werde ich manche Verwüstung sehen.

Ich küsse Dich tausendmal von Herzen

Achim Arnim

506. *Bettina an Arnim.*

[13. Mai 1830]

Lieber Arnim,

ich habe Dir nicht geschrieben, weil Sorgen aller Art mich abhielten, vorzüglich, weil ich nicht Lust hatte, Dir davon zu schreiben. Als erste Hiobspost habe ich Dir zu melden, daß am Tag ungefähr 2 Stunden nach Deiner Abreise die Frau Meißner einen Überfall auf unsre Wohnung machte; da man ihr die Tür nicht öffnete, so hat sie auf dem Hausflur vor meiner Tür einen großen Skandal gehalten und mich mit mehreren Schimpfnamen belegt; da ich nun auf keiner Seite Hülfe hatte, so bin ich nachmittags mit Freimund und der Tischern zu Gericke gefahren und habe ihn gebeten, mir das Quartier der Meißner für die Zukunft zu überlassen, er war auch gleich dazu willfährig und versicherte mir, er würde am anderen Tage seinen besten Kopf aus Tivoli schikken, der die Sache in Ordnung bringen würde; am andern Tag kam sein Associé in meine Stube, sagte, er habe Auftrag von Herrn Gericke, mich zu bewegen, das Quartier sobald wie möglich zu verlassen, weil alle Mieter, namentlich Herr v. Bülow wegen mir ziehen. Dabei war er impertinent grob, ich ließ ihn allein stehen, ohne ihm ein Wort zu erwidern, Friedmund wies ihm die Türe. Nachmittags ging Freimund mit Bosch auf den Kreuzberg mit einem Brief an Gericke, um zu hören, ob der Associé wirklich beauftragt war, mir alle Grobheiten nebst dem Quartier aufzusagen. Gericke sagte, er würde mir persönlich antworten, tat's aber nicht, Savigny und Dein Bruder Pitt fuhren zusammen hinaus, um ihn zur Rede zu setzen; Pitt ging ihm hart zu Leibe, er mußte ein Papier ausstellen mit der Erlaubnis, das Quartier zu verlassen, sowie ich ein anderes fände, dieses ist nun bis jetzt noch nicht gefunden, aber andere Infamien haben sich ereignet; die Frau Meißner durch die Protektion des Wirts war so dreist, sich vor ein paar Tagen wieder ins Quartier zu drängen, ich ging grade durch die Küche zu Kühnemund, der seit 14 Tagen das kalte Fieber hat und weder durch Stüler noch Wolfart bisher geheilt ist. Die Frau Meißner ging auf mich los, schimpfte mich mit allen erdenklichen Namen, ging hinaus, kam gleich noch einmal mit derselben Prozedur, es gelang meinen Leuten, die mehr tot als lebendig waren, die Küchentür hinter ihr zuzumachen, alle Leute versammelten sich vor der Tür, die fuhr eine geraume Zeit fort zu schimpfen. Ich ging zu Savigny, er nahm den alten Beelitz mit auf die Polizei, der Kommissär kam, vernahm meine Leute und behauptet, er habe die Meißner angepelzt und bedroht; wenn's wahr ist, so hat es wenig geholfen, denn gestern ging die ganze Komödie von Neuem an, zwar nicht unmittelbar durch die Meißner, sondern durch eine liederliche Person, welche jetzt an der Küchentreppe wohnt und mit der Meißner in Verbindung ist. Ich will Dir das Detail dieses Skandals ersparen und würde Dir auch von allem nicht geschrieben haben, wenn es nicht höchst wünschenswert wäre, daß Du hierher kämst, denn da es höchst wahrscheinlich ist, daß wir zu Johanni kein Quartier finden, so ist doch notwendig, eine Einrichtung zu treffen und mit dem Wirt zu sprechen.

Dieses sind nun die Haupthorreurs, außerdem hat zum complet de malheur nicht gefehlt, daß die kranke Köchin am 16. zuzog, am 18. krank wurde, am 23. Holz stahl, in Verbindung mit dem Stiefelputzer, zu welchem Behuf sie das Schloß an der Tür, welche zum Quartier im Nebenhaus führt, zerbrochen hatte, und der Gang zum Holze immer offen war. Vor Schreck, bei dem Diebstahl erwischt zu sein, bekam sie das kalte Fieber, ich konnte sie also nicht brauchen, am 2. lief sie davon zu einem Liebhaber; außerdem klingelt die alte Köchin von Below allemal, wenn sie an der Tür vorübergeht, um die Leute zu ärgern, Siegmund hat sie dabei ertappt, und ich könnte Dir noch 20 andere Dinge sagen; nach Quartieren bin ich bisher gelaufen, wie ein Jagdhund und bin nun sehr erschöpft, das Beste ist, daß ich endlich abgestumpfter geworden bin.

Von Deinem Onkel höre ich, daß er völlig im Geist geschwächt und höchst selten ein paar lichte Augenblicke hat. Adele hat an Pitt darüber geschrieben, daß Bassewitz jetzt alle Geschäfte besorgt.

Willisen hat meine Zeichnung vom Bade holen lassen, und sie dem Kronprinzen gezeigt. Die Generalin Braust hat mit Tränen mir für den herrlichen Kunstgenuß gedankt, im übrigen ist die Zeichnung schlecht und nicht wert, daß man sie unter Glas und Rahmen bringt, und wenn sie auch alle Leute schön finden, so ist sie doch schlecht, aber jetzt hab ich eine Revue von Amazonen erfunden, die kann besser werden, aber sie wird so groß, daß das Glas wieder mehr kostet, als es wert ist. Vorgestern hab ich eine Venus Urania erfunden, sie hebt den Amor zu den Sternen empor, dies ist ganz klein und hat mir am besten gefallen, dann hab ich gestern einen Fischzug von sechs Fischern komponiert, die eine Sirene mit dem Netz aus dem Wasser ziehen. Gern hätte ich Dir noch Manches geschrieben, was die üblen Nachrichten wieder ein wenig verwischt, allein der Knecht eilt. Daß ich Überwasser habe und mich nicht der Verzweiflung hingebe, beweist Dir schon, daß ich so manches zeichne, und dann sind die Leute auch noch bis jetzt sehr gut; eigentlich war mein Plan gewesen, dir garnichts davon zu schreiben, aber Savigny, der bei dieser Gelegenheit soviel für mich getan, verlangte es.

Beiliegende Briefe von George habe ich in Bezug auf Louis beantwortet. Lebe wohl und verzeih, daß Du durch mein Mißgeschick immer geplagt wirst, Varnhagen grüßt herzlich und schickt das Buch. Sie haben mich gestern auf eine Deklamationspartie der Schröder eingeladen, sie waren ganz allein mit dem Dichter Robert [Rahels Bruder], die Schröder deklamierte den Monolog aus der Iphigenie höchst langweilig. Die Varnhagen hatte sie vorher für die erste tragische Schauspielerin erklärt, fand aber auch kein Behagen daran.

Die Kinder sind bis auf Kühnemund gesund, und dieser scheint mir auf der Besserung, schade, daß er wieder solange Schulunterbrechung hat. – Adieu, ich grüße und küsse Dich und bitte herzlich, Dich über das Geschehene nicht zu ärgern, denn einmal ist's geschehen, und wenn Du sowas nicht ertragen kannst, ohne daß es an Deiner Gesundheit schadet, so verliere ich auch noch Deine Beihülfe, ich hoffe gewiß, daß Du kommst, solltest Du wider Vermuten nicht kommen, so bedenke, daß ich nur noch 45 Taler im Pult habe, daß die keine 14 Tage mehr reichen. Gestern habe ich auf einen Stutz 30 Taler ausgezahlt, denn da kam Holz, Service, Lohn für die Lehrer und Marktangelegenheiten. Die ganze Zeit war die Vorratskammer leer, da sind wir unter drei und vier Taler täglich nicht fertig geworden. Exzesse habe ich keine gemacht, außer, daß ich auf den Kreuzberg gefahren bin in der Wohnungsangelegenheit, welches mich 1 Taler 12 Gr. kostete.

In der Hoffnung, daß ich Dich bald haben werde, küsse ich Dich.

Bettine

507. *Arnim an Bettina.*

Wiepersdorf, 30. Mai 1830
[1. Juni abgeg.]

Liebe Bettine!

Eben ist Siegmund hier glücklich, aber etwas ermüdet eingetroffen. Zugleich überbringt er mir ein Schreiben von Dir, nach welchem Dir noch immer kein besserer Gesundheitszustand zuteil geworden. Der Himmel weiß, daß es mich bebetrübt.

Das gewaltige Sturmgewitter hat hier nur geringen Schaden getan, aber in der Umgegend Jüterbogs 6 Mühlen umgeworfen, viel Holz entwurzelt in der Stülperheide, bei Luckau alles verhagelt. Viele wollen ein Erdbeben dabei gewittert haben, ich habe nichts davon gespürt, obgleich die Bewegung der Luft sich allem mitteilte, was irgend auf Erden beweglich ist.

Gleich nach den Festtagen denke ich einen Wagen mit Lebensmitteln zu schicken und ausführlicher zu schreiben, heute muß ich eilen, daß der Brief noch fortkommt. Dem Kühnemund guten Mut, es scheint doch, daß das Fieber allmählich nachlassen will.

Ich küsse Alle und Dich herzlich

Achim Arnim

508. *Bettina an Arnim.*

[4. Juni 1830]

Lieber Arnim,

Siegmund ist glücklich angekommen, und sehr vergnügt über alles Erlebte, besonders über die Glashütte. Mit Kühnemund geht's besser, aber noch nicht ganz gut, Giesel hat den Husten bekommen und ist dabei sehr ärgerlich, sodaß ich sie beinah' den ganzen Tag auf dem Schoß haben muß. Bei mir steht noch alles beim alten und ich habe meine Verwunderung darüber, denn wenn es auf Vermehrung von Gottes Segen deutet, so ist gewiß, daß Gott seine besonderen Absichten dabei hat; indessen hat mir Gunda das Herz erleichtert, ihr ist es vor ein paar Jahren grade so gegangen, sie war drei Monat lang im Wahn guter Hoffnung zu sein und hatte alle Anzeichen davon und nachher war es nichts, drum wollen wir uns keine Gedanken machen und die Zeit abwarten.

Das Lied von Clemens [Moseleisganglied, 1830 von Böhmer veröff.] habe ich in Gesellschaft vorgelesen, es hat einen so großen Effekt gemacht, daß mir die Leute zum Teil 2 Taler fürs Exemplar gegeben. Mendelssohns hatten Gesellschaft, wo es von Dr. Hasse sollte vorgelesen werden, nach den ersten Versen legte er es hin und sagte, es wär ihm unmöglich, so plattes Zeug über die Zunge zu bringen; die Varnhagen war voll Enthusiasmus und sagte, sie würde nie mit demjenigen sprechen, der dieses Lied nicht lobte. Von Logis habe ich ferner nichts gesehen, man hat mir das Haus an der katholischen Kirche, welches den Garten an der Straße nach der Wache zu hat, zum Kauf angeboten, es soll 32 000 Taler kosten; das Haus ist gut gelegen, aber ich glaube, daß man für dieses Geld ein schöneres bauen könnte. Gezeichnet hab ich in diesen Tagen viel am Oktoberfest, und ich glaube, daß dies ziemlich so gut wird, daß man es lithographieren könnte, besonders wenn es erst noch einer, der es besser versteht, wie ich, ein bißchen verbessert; gestern sagte mir Herr v. Below, daß der Kronprinz bei Tafel von meinem Kunsttalent gesprochen habe.

Das Kind ist so unruhig, daß ich Dir garnicht mehr schreiben kann, denn es sitzt schon die ganze Zeit, als ich schreibe, auf meinem Schoß, ich muß also schließen mit den besten Wünschen für Dich; lasse Dich keine trüben Gedanken anfechten; denn was auch geschieht, so erwarte ich noch Gutes davon, und es macht einem auch Freude mitsamt den Sorgen; indessen hab ich doch der Savigny ihren Zufall als den meinigen zu sehen alle Ursache. Überlege doch, ob ich vielleicht diesen Sommer eine kleine Reise machen kann, erholen möchte ich mich, ich hab's nötig. Adieu und komm sobald wie möglich [. . .]

Bettine

509. *Bettina an Arnim.*

Berlin, 12. Juni 1830 [abgeg.]

Lieber Arnim!

Ich habe endlich ein Haus gefunden, was zu verkaufen ist, und mir ganz zusagt, es kann zu Johanni schon bezogen werden, der Eigentümer ist auf dem Punkte abzureisen, weil er sich in Halle angekauft hat; die Bardeleben und Wigram wollen sehr gern ein Kapital herschießen, wenn Du allenfalls nicht Geld genug frei hättest, ich halte es für eins der besten Häuser in der ganzen Stadt, was die Gegend und auch die Einrichtung betrifft, es kömmt also nur darauf an, daß Du einen Entschluß fassest; das Haus ist jetzt so vermietet, daß wie der Kaufpreis steht, wir vorläufig zu 300 Taler ein schönes Quartier bewohnen könnten; der Hauptmieter aber hat sich schon erboten, daß wenn man ihn will wohnen lassen, er noch 150 Taler will zulegen, auch will Wigram eine Wohnung darin haben, so glaube ich, daß es ein guter Kauf wäre; die unsäglichen Verdrießlichkeiten, die garnicht abbrechen, machen uns ein Eigenhaus sehr wünschenswert; und es ist auch das einzige, was einem etwas Haltung in der

Welt giebt, wenn der Mann nicht fortwährend die Stütze der Familie sein kann. Dieses Haus ist nun wirklich so ansehnlich, daß es einen nicht reuen kann, alle Leute, die es kennen, finden es sehr billig, Varnhagen ist auch der Meinung. Der Besitzer will also bis zum 17. seinen Aufenthalt verlängern, wir könnten daher noch zu Johanni außerhalb dieser schlechten Gemeinheit, die jeden Tag in diesem Hause zunimmt, sein. Ich hoffe, daß Du Dir angelegen sein lässest, zum wenigsten die Sache genauer, und zwar hier auf dem Fleck zu überlegen und in Augenschein zu nehmen; was den Platz und den Preis betrifft, so nenne ich sie nicht, damit Du mich nicht allenfalls mißverstehst oder Dir die Sache überlegst, ehe Du sie untersucht hast. Ich werde mir den Stier bestellen und mit ihm das Haus von oben bis unten untersuchen, ob es allenfalls einen Schaden hat, wenn Du kommst, so kannst Du mit Schinkel überlegen, inwiefern durch kleine Veränderungen großer Vorteil daraus zu ziehen, ich muß Dich jedoch mahnen, Deine Reise soviel wie möglich zu beschleunigen, denn ein Haus zu kaufen, ist so gut wie eine Heirat und dabei beeilt man sich doch auch.

Dümmler druckt das Lied von Clemens ab, weil so viel Leute darnach fragen – der junge Hugo ist in Kunersdorf beim Baden ertrunken, man hat den Leichnam trotz aller Bemühungen nicht gefunden. Friedmund hat das kalte Fieber, Kühnemund ist's auch noch nicht los, jedoch hat er's nur schwach, ich gehe soeben zu Stüler, der bis jetzt so sehr krank war, daß er garnichts unternehmen konnte. Wolfart ist schon 8 Tage in Frankfurt a. M. Giesel hat ein Katarrhalfieber gehabt, jedoch geht's jetzt wieder gut.

Bettine

Mein lieber Arnim,

nach dem, was wir hören, ist es sehr der Mühe wert, auf das Haus zu reflektieren, und gewissermaßen sehe ich Sie schon als dessen Eigentümer an. Nötig ist es aber darum gar sehr, daß Sie auf der Stelle kommen, denn nicht so leicht bietet sich ein so gut gelegenes und wie es scheint ein so gut käufliches an. Kommen Sie und sehen Sie und dann werden wir

Sie sehen und Ihnen alles Herzliche sagen können, was wir immer für Sie empfinden.

Gunda Savigny

510. *Bettina an Arnim.*

[16. Juli 1830]

Deine Besorgnis um meine Gesundheit tut mir unendlich wohl und macht mich wirklich sehr disponiert, gesund zu sein; weil ich empfinde, daß Dir an mir gelegen ist, und ich will auch gern so sein, wie es Dir am besten zusagt, also gesund. Zu diesem Behuf hab ich gestern ein Pulver von Stüler eingenommen, der mir jetzt mehr Vertrauen einflößt, er hat dem Friedmund rasch vom Fieber geholfen. Über Bettina ist von den Ärzten Wolfart und Barthels eine Konsultation gehalten und dahin beschlossen, daß sie nach Schlangenbad soll; sie wird mit der Mutter allein gehen, ich kann nicht mitreisen, weil es sie zu sehr angreifen würde, es ist toll, was sie sich und anderen weismacht. Louis' Portrait wird meiner Ansicht nach ganz vortrefflich, und es ist mir eine große Freude, es dem George geben zu können. Was nun meine Reise anbelangt, so wird es gut sein, wenn ich den Wagen erst hier habe, dann werde ich mich bald entschließen, denn die Kinder muß ich doch besuchen. Wenn Du den Wagen, der Friedmund und Freimund abholen soll, schickst, so bedenke, daß ersterer krank war und noch schwach ist und durchaus in gedecktem Wagen fahren muß. Die Krankheit hat ihn sehr angegriffen, weit mehr wie Kühnemund, und ich erinnere Dich, daß Du doch ja Nachsicht mit ihm habest, denn ich finde, daß sein Kopf wirklich etwas schwach ist, und sechs Wochen auf dem Lande werden ihm sehr notwendig sein. Gericke hat über das Quartier geschrieben, daß er die Meißner nicht vor Neujahr herausschaffen kann und bittet um schleunige Antwort, ob wir bis April bleiben wollen. Du könntest ihm schreiben, daß ich im Begriff sei abzureisen, keine andere Wohnung suchen kann, und daß, wenn wir in Zukunft diese Frau loswürden, wir wohl noch auf länger Kontrakt zu machen geneigt seien.

[...]

Savignys waren in corpore bei dem Maler Magnus und haben Louis' Bild recensiert und zwar, als ob sie ein Brett vor dem Kopf gehabt hätten, Franz Savigny verglich es mit der Zaide, dem Pferde, was auf der Rennbahn den Preis gewonnen, der brave Magnus war so verblüfft, daß er ganz traurig ward, und Du würdest erstaunen, wenn Du das Bild sähest, ich glaube nicht, daß etwas auf diese Weise besser und zugleich zusagender gemacht werden kann.

Adieu, lieber Arnim, wenn ich allein reise, so komme ich über Wiepersdorf und bringe das Bild mit.

Bettine

511. *Bettina an Arnim.*

[18. Juli 1830]

Lieber Arnim,

Deinen Brief hab ich an Gericke abgeschickt, er ist so ganz recht. Ich denke, nun noch in dieser Woche abzureisen, vielleicht am Donnerstag, damit ich soviel als möglich die Zeit benütze, wo die Kinder auf dem Lande sind; Savignys reisen am Montag, Mutter und Tochter, und wenn sie vernünftig wären, so könnten wir die Reise zusammen machen, allein Bettina wird für zu krank geschätzt, als daß sie Lärm im Wagen ertragen könnte. Du wirst mich allerdings verpflichten, wenn Du mir etwas Geld schickst, ich werde mir bei Mendelssohn welches fordern, weiß aber nicht, ob ich noch Kredit habe. Ehe ich abreise, will ich auch das Bild von Louis noch bezahlen, auch hab ich allerlei zu kaufen, den Kindern mußte ich neue Strümpfe anschaffen, und für Giesel und mich ein paar neue Kleider; für Kühne und Friede müssen neue Röcke gemacht werden, besonders kann Kühne nicht mehr so in die Schule gehen, ich habe daher dem Freimund den Auftrag gegeben, daß er ihm bei Jourez einen bestellt, dieser ist ebenso billig wie die anderen, hat recht gutes Tuch und verschneidet doch nichts. Die Savigny hat mich sehr gebeten, dem Karl zu erlauben, daß er mitgehen dürfe, weil er sich die ganze Zeit unwohl befunden. Wenn Du mir also Geld schicken willst, lieber Arnim, so tue es gleich, damit ich weiß, wie ich mich einrichten muß; ich werde Dir dann genau über alles schreiben, ehe ich weggehe, denn ich denke, wenn ich von hier mit der Post gehe, daß ich nicht über Wiepersdorf gehe, weil es erstens Geld kostet und dann, weil die Kinder da sind, so möchte es an Betten fehlen. Das Wetter ist zu trübe, als daß Friedmund es wagen dürfte im Freien zu sitzen und sich einen kühlen Regen auf den Leib kommen zu lassen, so ist eben beschlossen, den großen Wagen zu nehmen. *Eins beherzige recht sehr*, gehe ja recht freundlich mit dem armen Friedmund um und zanke nicht, wenn er auch manchmal was Dummes sagt oder tut, sein Kopf ist in der Krankheit ganz schwach geworden, er konnte zuletzt garnicht mehr zusammenhängend sprechen, Wolfart, der ihn mehrmals besuchte, glaubte, er habe ein halbes Nervenfieber, er ist auch noch so gereizt, daß er sehr leicht weint. – Schinkels gehen en famille nach Paris, da kommen sie über Frankfurt, werden Guaitas besuchen und Clemente, heute sind sie abgereist. – Dein Zimmer wirst Du recht bequem eingerichtet finden, ich lasse den Schreibtisch hineinstellen und ein Sofa, vielleicht bist Du so gut und begleitest die Kinder her, um hier alles in Ordnung zu bringen und die Einrichtungen zu treffen.

Wenn ich einen bequemen Wagen finde und kann ihn auf ein paar Monat billig mieten, so gehe ich direkt von hier, auf alle Fälle schreibe ich Dir alles genau, ehe ich abgehe. Ich bitte Dich schreibe gleich mit umgehender Post, wie Du es mit dem Gelde halten willst.

Meine Zeichnung habe ich fertig und sie ist prächtig geworden, noch habe ich ein paar Tage daran zu tun, dann wird sie auf eine Pappe gespannt, die man dreimal ineinander legen kann und mitgenommen.

Adieu, behalte mich lieb und verzeihe etwaige Verkehrtheiten Deiner

Dich liebenden Frau Bettine

Schinkel war bei Kolbe, der hat sein Erstaunen ausgedrückt über die Verbesserungen.

512. *Arnim an Bettina.*

Wiepersdorf, den 25. Juli 1830
[27. Juli abgeg.]

Liebe Bettina!

Eben sind die vier Peregrinanten im grünen Wagen glücklich angelangt, nachdem mein Bruder gestern von dannen gezogen. Ich eile, in Beziehung auf das Geld Dir anzuzeigen, daß ich 186 Taler 15 Silbergr. durch Coupons an Aarons gesendet habe, die er Dir vielleicht gleich zahlen kann, es liegt ein Briefchen an Dich in dem Briefe des Aaron, was Du davon brauchst, nimm mit, das übrige gib an Savigny, wo ich es erhalten werde. In der Quittung, die Aaron wahrscheinlich fordern wird, sage ausdrücklich, daß Du durch ihn den Betrag der von mir übersandten Coupons mit 186 rh 15 Gr. erhalten. Wird solche Quittung allgemein ausgestellt, so bleibt sie liegen, und kann nach Jahren als eine Anleihe mißverstanden werden. Der Bote wartet. Ich küsse Dich und das Kind

Achim Arnim

513. *Bettina an Arnim.*

Berlin, 5. August 1830

Ich wollte Dir nicht früher schreiben, lieber Arnim, bis mein Reiseplan feststand, acht Tage lang habe ich auf die Savigny gewartet, die sich am letzten plötzlich entscheiden mußte, hierzubleiben, weil ihre Leute ihr alle zugleich aufsagten, nun ist sie mit Bettina zur Itzenplitz gereist. Die politischen Nachrichten über Paris [Julirevolution] haben hier allgemeine Spannung erreget, sehr viele Leute, besonders Professoren, waren im Begriff, die Ferien in Paris zuzubringen, u. a. Schleiermacher, Klenze, Gans, jetzt suchen sie andere Wege. Schinkel wird sich wohl auch nicht hinwagen oder wenn er schon dort sein sollte, wird er davonlaufen. Gestern ist zum ersten Mal das Museum eröffnet worden, ich habe noch nichts von der Herrlichkeit gehört. –

Morgen Nachmittag denke ich mit Gisela abzureisen, Savigny leiht mir wieder seinen Wagen, für welche große Güte ich ihm nicht genug danken kann, denn es war keiner hier unter 16 Taler zur Miete zu haben und diese waren sehr schlecht. So wie ich in Frankfurt angekommen bin, werde ich Dir wieder schreiben. Unterdessen leb wohl, heute kann ich nicht mehr schreiben wegen Packgeschäften. Das Geld von Aarons habe ich in Empfang genommen und darüber Quittung ausgestellt. Wie ich dabei verfahren bin, wirst Du bei Savigny vermerkt finden. Pistor [in seiner Eigenschaft als Postrat] gibt mir wieder eine Rekommandation mit; und so hoffe ich ohne Gefahr anzukommen, das Haus wird auch ordentlich bestellt werden, zum wenigsten hat mir Jeanette, die sich bis jetzt gut aufgeführt, alles mögliche Gute versprochen. Meine Zeichnung des Oktoberfestes, die bereits an 8 Tage von Stapel gelaufen und die ich mit nach Frankfurt nehmen werde, hat großes gloria in excelsis gemacht; mehrere Herren Künstler haben an meine Türe gepocht, um selbige in Augenschein zu nehmen. Keller war auch da, konnte aber nicht loben, der Maler Schlesinger sagte mir gleich, er wolle mir's gemalt zurückgeben, wenn ich ihm eine Durchzeichnung davon geben wolle. –

In diesem Augenblick bin ich im Begriff in den Wagen zu steigen. Was die Wirtschaft betrifft, so wird sie durch Franz Savigny und Jeanette besorgt. Ich habe mancherlei Ausgaben gehabt für Frankfurt, für Giesel und für die Jungens. Ich habe mir daher bei Mendelssohn noch 100 Taler holen lassen, denn 150 rät mir Savigny mitzunehmen, das Übrige gebe ich, damit die Wirtschaft davon bestritten werde, an Savigny.

Ich hoffe, daß ich Dich gesund wiederfinde, daß [Du] Dich zuweilen an mich erinnerst und mich lieb behaltest, ich schreib recht bald.

Deine Bettine

514. *Arnim an Bettina.*

Wiepersdorf, 15. Aug. 1830
[17. Aug. abgeg.]

Liebe Bettine!

Gestern, den 14. August sind die drei Söhne mit Karl Savigny nach Berlin abgereist; ich hätte sie begleitet, um unsere Hausgenossenschaft in Berlin zu beobachten, aber es war kein Platz im Wagen, auch hielten mich hier einige Geschäfte. Mitschicken konnte ich auch nur wenig an Lebensmitteln aus Mangel an Raum, aber 50 rh sandte ich an den Rendanten Franz, da Siegmund das schnelle Schwinden der nachgelassenen Barschaft meldete. Friedmund hatte sich hier vollständig erholt und Kühnemund sah recht wohlgenährt aus, als er von hier zog, obgleich ich hier nie mehr als zwei Gerichte dulde. Ich hoffe, daß Du gleich nach dem Bade geeilt bist und Deine Zeit nicht mit Redensarten in Frankfurt verlierst. Trifft Dich mein Brief am Badeorte, so möge Dir meine Erinnerung zur rechten Zeit kommen, daß Du Dich den anerkannten Baderegeln fügst, nicht wie früher einmal in Schlangenbad aus dem Wunsche nach Seltsamkeit halbe Tage im Wasser bleibst und dadurch die Wirkung des Bades aufhobst. Es kommt beim Baden, wie bei aller Medizin fast nie darauf an, wie man sich augenblicklich befindet, sondern wie die Einwirkung auf die Zukunft sich vermuten läßt. Dasselbe gilt fürs Trinken der Brunnen, wenn Dir dies empfohlen ist. Meide insbesondere gesellige Anstrengung, ebenso wenig überlasse Dich der Lässigkeit, die so leicht an Badeorten sich einfindet, auch ist Vorsicht im Essen und Trinken nötig.

Ich hoffe recht bald gute Nachrichten von Dir und den Kindern zu empfangen. Fast bist Du zu beneiden, daß Du außer so vielen anderen guten Dingen, die Dich umgeben, auch alle Ereignisse in Frankreich so viel früher, vielleicht sogar von Augenzeugen erfährst. Vielleicht wird diese Annehmlichkeit durch das verhaßte Parteinehmen wieder gestört, wo jeder leere Schwätzer statt die Ereignisse mit Verstand aufzunehmen, seine paar Ansichten hineinzutragen sich bestrebt. Die Bauern hier haben gar kein Interesse daran, wenn ich einem etwas davon erzähle, so meint er, es komme doch nichts als dummes Zeug aus Frankreich, sie hätten die ganze Geschichte schon einmal gehört.

Herzliche Grüße allen lieben Verwandten, insbesondere den treuen Bewahrern unserer Kinder.

Ich küsse Dich herzlich

Achim Arnim

N. S. Dem Clemens wollte ich schreiben, nun ist es zu spät, herzliche Grüße ihm und Christian.

515. *Bettina an Arnim.*

Frankf., 21. August 1830 [abgeg.]

Lieber Arnim!

Ich bin zur bösen Stunde in mein väterlich Haus gekommen. George hat in demselben Augenblick, als ich aus dem Wagen stieg, seinen ältesten Sohn Franz verloren an einem ähnlichen Fieber, wie sie jetzt die herrschenden sind; Kopfweh, Frost, Hitze, Schwindel, Laxieren, gerade wie Friedmund und Kühnemund, Franz bekam Eis auf den Kopf gelegt, er wehrte sich und warf das Eis mit Gewalt von sich, man legte ihm immer wieder frisches auf, da rührte ihn plötzlich der

Schlag und in wenig Stunden war er tot. Du kannst nicht glauben, in welcher Zerrüttung der alte George ist, die arme Sofie ganz zerrissen, Louis, kurz alle im ärgsten Jammer. Mein Maxelchen liegt schon 14 Tage im Bett und hat ein ähnlich Fieber wie Friedmund hatte, ich habe mir alle ärztliche Hilfe verbeten und pflege sie selbst, ich hoffe auch zu Gott, sie wieder herzustellen, allein ich muß den Vorteil für meine Gesundheit, das Bad zu gebrauchen einbüßen, denn ich kann die Maxel nicht verlassen; die arme Sofie ist nicht fähig, irgend etwas zu tun, als mit ihrem Vater zusammen zu weinen, der so trostlos ist, daß es schaudervoll anzusehen. Meline hat sich wieder als die beste Pflegerin erwiesen, aber alle sind krank von der Erschütterung; wir wollen Gott danken, daß uns bisher noch nicht ein ähnliches Schicksal betroffen hat und gern Verzicht leisten auf jedes andre Glück. George rief immer: Nehmt mir Haus und Hof und laßt mich betteln gehn mit meinem Kind; ganz besonders war's, daß Franz und der alte George in dem letzten Jahr so glücklich miteinander lebten, daß er sich in alles fügte, was der alte George von ihm verlangte, daß er sich der Handlung mit ungemein glücklichem Erfolg in diesem letzten Jahr gewidmet hatte, daß er soviel Scharfsinn, soviel Lebenskraft zeigte – die Indolenz war ganz überwunden, und es war zugleich ein sehr zärtlich Verhältnis zwischen ihm und dem Vater eingetreten; in der Nacht, kurz ehe man ihm mit dem Eis das Garaus machte, sprach er von allen in der ganzen Familie und sprach seine Liebe gegen alle aus, auch Dich und mich hat er genannt, die Sofie mußte mit ihm beten. Sonderbar ist es, daß er erst anfing zu phantasieren, als man ihm starke Portionen Naphta gab, mit Ekel und Widerwillen nahm er diese Medizin, und nur die dringendsten Bitten des Vaters konnten ihn dazu vermögen, und wenn der Vater weg war, sagte er immer: Ihr werdet sehen, ich muß dran sterben, jetzt macht sich der alte George die ärgsten Vorwürfe und schreit immer: Ach, hätte ich ihm gefolgt, so hätte ich ihn noch! Maxe, die ganz bedeutend krank ist, hat nun gar keine Medizin genommen, außer von Kesselbach, der Homöopath ist, in den letzten Tagen und es tut ihr sehr gut.

Wahrscheinlich geht die ganze Familie jetzt mit Firnhabers nach dem Neuhof, dann bleibe ich mit der Maxe und der alten Claudine allein, wird Maxe früh genug besser, so nehme ich sie mit nach Ems oder Schlangenbad, sonst muß ich ganz auf das Bad verzichten, von den andern hab ich noch niemand gesehn. –

In Brückenau, welches nur 2 Meilen von der geraden Postroute nach Frankfurt abliegt, habe ich ein paar Tage verweilen wollen und bin 8 Tage da geblieben. Der König von Bayern ließ mich nicht weg, ich war kaum eine viertel Stunde da oben in einer schlechten Kapuse logiert unter die Musikanten, weil nirgendwo mehr Platz war, so ging die Türe auf, ein fremder Mann kam herein und sagte: Frau v. Arnim, Sie haben mein Andenken verschenkt, was ich Ihnen anno 09 in München schenkte, das Glas, woraus ich dem Napoleon Verrat trank, – ich erkannte sogleich den König, er blieb über eine Stunde bei mir, obschon er Gesellschaft hatte, der Kanzler Müller aus Weimar hatte ihn zu mir führen müssen, es waren nur zwei Stühle im Zimmer; er setzte sich auf die eine Hälfte des einen Stuhls und Müller mußte sich auf die andre Hälfte setzen, ich sagte endlich zur Majestät, ob er nicht glaube, daß es besser sei zu stehen, als auf heißen Kohlen neben ihm zu sitzen, da erlaubte er ihm aufzustehen. Am andren Tag gab ihm die Gesellschaft eine Fête, wobei Müller seine poetische Ader angestrengt hatte. Es wurde eine Charade aufgeführt; in meinem Leben habe ich nichts Dümmeres gesehen. Die Charade hieß Willkommen. *Will* wurde durch drei Mörder ausgedrückt, die im Ausdruck, sich einander morden zu wollen dastanden. *Kommen* durch einen Tanz, wobei man sich die Hände reichte. Die Künste waren auf die Erde gehockt, aber ganz in gewöhnlichem Frauenkostüm, kein Mensch wußte, warum sie da waren, die Wissenschaften staken in einer Ecke, zwei dicke Herren am Tisch sitzend, ein Fernrohr, ein Bündelchen Heu, ein Bündelchen Stroh und ein Flügel von einem Raubvogel, der an einem Tor angenagelt gewesen war, wie auch das Horn eines Schafbocks lagen auf dem Tisch und sollten die Naturwissenschaft darstellen. Plötzlich fiel es der ganzen hochadeligen Gesellschaft ein, daß es der König für Ironie nehmen könnte, indem die Wissenschaft bei ihm in nicht so hohem Ansehen stünde, wie die Künste, es wurde also die getrocknete Wissenschaft wieder weggeräumt und ohne diese wichtige Erscheinung das Fest begonnen, welches auch sofort sich durch den dritten Akt schloß, in welchem Emilie von Gleichen, die ehemalige Schiller, ein paar ganz hirnlose Verse von Müller deklamierte, dabei aber so embarassiert war, daß sie die Endreime verwechselte, obschon sie sie ablas und dadurch noch etwas Mystisches in die Verse brachte, deren letztes Wort *Willkommen* war. Wir waren alle angewiesen, dies letzte Wort dreimal zu repetieren, wir schrien überlaut *willkommen* und so war die Repräsentation geschlossen. Der König sagte ganz lustig: Die Frau v. Gleichen ist ganz durchtrieben, sie hat mir in den Versen den Sinn dieses schönen Kompliments verdreht und verschleiert, ich werde mir aber die Erlaubnis nehmen, den Schleier aufzuheben. Dabei ging er an sie heran und hob ihr den Flügel ihrer Mütze in die Höhe. Nachher wurden Pfänder gespielt, wobei der König ganz glücklich war, er bediente alle Damen, er machte die Fenster auf und zu, wie es der Gesellschaft am angenehmsten war; ich war auch der Königin vorgestellt und der ältesten Tochter, die Königin hat etwas so Zutrauliches, Freundliches, daß ich wahrhaft entzückt war, mit ihr zu sprechen. – Ein paar Tage darauf habe ich dem König mein Oktoberfest gezeigt, er schrie einmal übers andere, ich sei die einzige Künstlerin. Die Königin hat auch den Brouillon von den badenden Nymphen gesehen und sich eine Durchzeichnung davon ausgebeten; der König kam nach ein paar Tagen noch einmal auf mein Zimmer, wie ich eben ganz allein war; er fragte mich genau, wie es möglich geworden, daß eine so reichhaltige Komposition, die keinem lebenden Künstler so gelingen würde, mir, die ungelernt sei, so habe gelingen können; ich sagte: Oh, Majestät, ich habe Ihre Gedichte gelesen und dann gezeichnet, er schwieg eine Weile, dann sagte er: Sie schmeicheln, aber so wie mir's unendlich wohl tut, manche schmeicheln so, daß man sich davor ekelt und dann reichte er mir die Hand und ging weg. Am andren

Tag lud er mich zu einer Landpartie, die Königin mit, man saß auf Leiterwagen, die mit Stroh ausgepolstert waren; auf freiem Feld war ein Zelt errichtet, ich saß zwischen dem König und dem Fürsten Taxis. Bei der Tafel nach Tisch packte er mich bei den Händen, stellte mich vor die Königin, sah mich an und sagte, ohne zu stottern, ein Gedicht von Zedlitz her: Aus den Totenkränzen: der Tambour, ich kann grade nicht sagen, daß er trefflich deklamierte, er macht rechte bayerische Verkehrtheiten und sagte allemal *Troomel*, welches äußerst lächerlich klang; er sagte nachher: diese Lieder sind mir von dem Dichter zugeeignet und Sie sehen, daß es nicht verloren ist, wenn man meiner gedenkt in den Künsten.

Die Besuche des Königs machten, daß ihm alle nachahmten, so kam eine Fürstin Hohenloh auf meine Kammer und ein Fürst Wallerstein und Taxis machten mir regelmäßig morgens ihre Visite oder gaben Karten ab, mir gegenüber wohnte die Geistlichkeit, ein Domherr namens Schwäbl, der jetzt Sailers Platz hat, und der den Clemens bei Sailer hat kennen lernen; ist ein sehr freundlicher Mann, und auch einer namens Hurtig besuchte mich und lehrten mich die ganze Gesellschaft von geheimen Seiten kennen. Auf der ersten Hoffête kam eine Dame auf mich los und nannte sich meine Tante, es ist die Schwester der Rottenhof, der dritten Frau unseres Vaters, sie ist Erzieherin bei der ältesten Tochter des Königs, dieser machte ich ein Geschenk mit der kleinen Psyche, welche den Amor zu den Sternen hebt und im Tierkreis steht, die ich noch am letzten Abend Deines Aufenthalts in Berlin zeichnete. Sie machte der Prinzessin unsäglich viel Freude. Ein Herr von Maltzahn, der einmal vier Wochen lang in Dresden ganz rosa angezogen war und dadurch eine große Wette gewann zum besten der Armen, war auch da, dieser Mensch ist von liebenswürdigem und ganz kindlichem Witz und war sehr freundlich gegen mich, auch war ein Herr Barthels mit drei jungen Töchtern da, die ganz allerliebst Volkslieder sangen. Barthels sagte mir, er habe mit Clemens und dem Dr. Kestner [Sohn von Goethes Lotte] zusammen studiert, nachher frug er mich nach einem gewissen Achim Arnim, ich fragte ihn, was er von ihm wisse, und da er mir sagte, er habe gehört, daß er ein ganz ausgezeichneter Dichter sei, und nannte mir Mehreres, was er von Dir gelesen, nun sagte ich ihm, daß Du mein Mann seist.

Den König hab ich noch mehrmals auf der Promenade begegnet in dem wunderlichsten Aufzug, einmal marschierte er ganz allein bergauf in Hemdsärmeln, einmal lief er wie ein Wilder in der Wildnis umher und schoß und torkelte wie ein Wahnsinniger umher, der Hut fiel ihm mehrmals vom Kopf, er setzte ihn allemal wieder auf; von Savigny sagte mir der König, er hätte ihn gar so gern in seine Dienste genommen, mir schlug er vor, mich als Lehrer der Komposition anstellen zu lassen, er wolle mir ein gut Gehalt geben; dann erzählten mir die Herren vom Hofe, daß das Monument von Rauch ebenso wenig wie das von Thorwaldsen für den Herzog von Leuchtenberg dem König besonders gefiele, besonders das viele Geld, was beide dafür sich ausbedingt. So bekommt Rauch bloß für die Erfindung und Anfertigung des Modells 80 000 Taler, und noch sind 200 000 zur Gießung der Statue ausgesetzt, dies giebt aber die Stadt und nicht der König.

Adieu, lieber Arnim, ich hatte Dir noch manches zu schreiben, aber die Zeit und die kleine Giesel macht mir zuviel Not. Ich muß Dir dringend die Kinder anempfehlen, ich bitte Dich ein paar mal nach Berlin zu gehen und sie nicht so ganz und gar sich selbst zu überlassen, sie könnten auch wieder krank werden, namentlich der arme Friedmund, der mir einen recht herzlichen Brief hierher geschrieben hat, aber klagt, daß er noch ganz übel sei und daß er sich so matt fühle, und es ihm so schwer werde zu lernen. Da ihm nun während seiner Krankheit der Kopf wirklich sehr angegriffen worden und der Arzt sagte, er müsse menagiert werden, so hättest Du ihn wohl noch länger auf dem Lande behalten können, wie sein Wunsch und auch mein Rat war. Du mußt durchaus während meiner Abwesenheit ein wenig mit den Kindern zusammen sein; wenn es wegen der Max möglich wäre, so würde ich vielleicht sehr bald zurückkehren, aber jetzt würde es nicht angehen, die Max kann ich nicht so verlassen.

Adieu, lieber Arnim, Savignys teile doch mit aus meinem Brief, was ihnen interessant sei, auch daß die Kinder Geld genug haben müssen, um ihre Wirtschaft zu führen und namentlich Friedmund, der noch nicht ganz hergestellt ist, sich nicht zu sehr anstrenge. Ich werde Dir in wenigen Tagen Nachricht über Max geben. Ich küsse Dich herzlich

Bettine

Christian ist in Wiesbaden und Clemens in Koblenz.

Bettina lernte den damaligen Kronprinzen von Bayern 1808 auf einem Ball kennen, in ihrer ersten Münchner Zeit, und freundete sich mit ihm an. Damals schenkte er ihr das Glas, „woraus er trank, eh er in den schrecklichen Krieg ging". Bettina bot es Arnim zum Geschenk an, aber er verschmähte es. Er hatte keine Sympathien für den bayerischen Kronprinzen, dem er Napoleon gegenüber Schwäche vorwarf. (Steig II, 306, 312). Im Jahre 1809 fand Bettina Ludwigs Gedichte „ungehobelt, aber voll Feuer". (Ebda., S. 271).

Mortimer Baron v. Maltzahn war damals preußischer Gesandter am Wiener Hof. Eine rechte Biedermeierfigur (daß er 1843 in geistiger Umnachtung starb, ist durchaus kein Widerspruch dazu). Carus weiß aus dem Jahre 1827 über ihn zu berichten: „Wer nämlich in jenen Jahren in Dresden lebte, wird sicher sich eines Barons von Maltzahn erinnern, der zum Unterschiede von vielen dieses Namens der Rosenfarbene genannt wurde. Ein welterfahrener, im Reiten, Jagen, Schießen und Spielen wohl geübter, schlanker Mann, in den Hauptstädten Europas viel verweilend und in London, wo er die Tochter eines reichen Brauherrn geheiratet, nun mit einem Vermögen ausgestattet, hatte er sich endlich in Dresden niedergelassen, und außer dieser seiner Frau lebte noch eine Schwester derselben, Miss Thomson, sowie die Witwe seines vor einigen Jahren schnell verstorbenen Bruders ... in seinem Hause. Als ich das erstemal dort eintrat, fand ich mich in einem reichen Salon, eine lange, weißgekleidete Engländerin von schöner Bildung lehnte an einer Harfe." Carus spricht dann auch von jener Wette, „welche den Beinamen des Rosenfarbenen veranlaßte, indem der Baron sich vermessen hatte, einen vom Hut zum Schuh ganz rosenfarbenen Anzug acht Tage unausgesetzt auf Markt und Straßen so zu tragen, daß demungeachtet kein Auflauf dadurch veranlaßt werden sollte, was er denn auch geschickt vollführt". (Lebenserinnerungen, II 262 f.)

516. *Bettina an Arnim.*

Frankfurt, 23. August 1830
[24. August abgeg.]

Lieber Arnim,

soeben erhalte ich Deinen Brief vom 14. Aug., Du wirst den Meinigen mit der traurigen Nachricht vom Tod des ältesten Sohnes von George schon empfangen haben. Da ich Dir meldete, daß Max krank sei, so will ich Dir gleich auch die gute Nachricht geben, daß sie sich merklich bessert, ich kann Dir nur sagen, daß sie in einem höchst bedenklichen Zustand war, ans Bad ist in diesem Augenblick nicht zu denken, sondern ans Pflegen bei Tag und Nacht. Du siehst also, daß *überflüssige Redensarten*, wie Du Dich in Deinem Brief ausdrückst, mich nicht abhalten, wie auch daß *Lust an Seltsamkeiten* mich nicht zu lang im Wasser halten werden und daß *gesellschaftliche* Anstrengung mich nicht krank machen werden, weil ich hier in Rödelheim ganz allein mit meinen Kindern bin, während die ganze Familie diesen Jammerort verlassen hat. Ich und der Hofrat Wichterich haben das Begräbnis besorgt, ich konnte nicht vermeiden, den Leichnam des guten, liebenswürdigen Franz, der in dem letzten Jahr seinem Vater soviel Freude gemacht hatte, mit eignen Händen in Tücher zu hüllen und nebst ein paar Scheuerfrauen und Handwerksleuten die Stiege hinunterzubringen; alles war weg aus dem Hause, die alte Claudine lag im Bett, Wichterich apprehensiv, die Verwesung träufelte von dem Körper, und kurz ich habe mich zusammennehmen müssen, der Bediente liegt auch am Nervenfieber krank, wie auch die Gärtnersfrau und zwei Kinder, alle appellieren an mich, und ich habe keine Zeit zu verlieren an mich zu denken, wenn ich allen Anforderungen genügen will, auch die ganze Haushaltung zu führen; gestern haben wir den Franz begraben, ich habe den Sarg bestellt, die katholischen kirchlichen Gebräuche mit der Einsegnung des Leichnams besorgt, den Toten geschmückt, ihm den Myrtenkranz, den ihm die Rödelheimer Jungfrauen geflochten, aufgesetzt, endlich noch alle Blumen in den Sarg gelegt, dann wie der Deckel aufgeschraubt wurde, so trug ich Sorge, daß keine Ecke vom Gewand und nichts von den Blumen heraußen blieb, dies mußte alles ohne Wissen der Maxe und der alten Claudine vor sich gehen; der arme Franz! Seine Krankheit bestand in denselben Zufällen, die Friedmund und Kühnemund auch gehabt, allein er bekam Naphta, Blutigel, Eis auf den Kopf und Moschus, Louis sagte gleich, die Ärzte hätten ihn geliefert. – Ich bitte Dich, trage etwas Sorge für die Gesundheit der Kinder, mache daß Friedmund sich nicht zu sehr anstrengt und um alles in der Welt nimm keinen Arzt außer einem Homöopathen, lieber gar keinen. George ist so zerrissen, wie ich selten einen Menschen gesehen habe, er will nie wieder den Fuß nach Rödelheim setzen.

Du meinst, gesellschaftliche Anstrengung könnte mir schaden; wo hab ich je zuviel Gesellschaft gesehen! Ich hab im Gegenteil daran gelitten, daß ich unter dem Joch aller höchst unangenehmen Schicksale, alles Drucks einer schweren Haushaltung nie eine gesellige Erholung hatte; ich habe immer klüger gehandelt für die Gesundheit meiner Kinder, als die philisterhaften Ärzte samt aller Erfahrung, wenn ich denen hätte ängstlich folgen wollen, so hätten sie vielleicht auch ins Gras beißen müssen, also weise mich nicht an, nach Vorschrift der Badeärzte zu leben, was das Essen anbelangt, so weißt Du, daß ich sehr mäßig bin, auch muß ich nehmen, was man an einem Badeort bekommt; und endlich meine Lust nach Seltsamkeit in zu langem Baden zu büßen, ist mir noch nie eingefallen, ich begreife nicht, daß Du alle möglichen Verkehrtheiten an mir entdeckst, und nie die geringste Eigenschaft, die das Zutrauen, was Du mir geschenkt hast, Deine Frau und Mutter Deiner Kinder zu werden, rechtfertigt. Indessen hat mir nun Gott andere Verhaltungsregeln gegeben, die die Deinigen umstoßen, und ich hab das große Zutrauen in mich, daß ich's allein besser durchführen werde und unsere Kinder, ohne der Vorschrift des Arztes Gehör zu geben, gesund verlassen werde. Ich habe gleich die vorgeschriebene Diät aufgehoben, Maxe, die im Gesicht so verzerrt war, daß ich sie nicht mehr erkannte, hat sich sehr erholt, sei also ohne Sorge und baue auf mein Glück, wenn auch nicht auf meinen Verstand, ich werde Dir sehr oft Nachricht geben, wenn sie sich bald erholt, so geh ich mit ihr ins Bad.

Von Frankreich das Neueste: Die Fonds sind sehr gefallen als Beweis, daß das jetzige Ministerium nicht haltbar ist. Die Ouvriers haben abermals Spektakel gemacht, Pflaster aufgerissen p.p., sonst weiß man nichts. Man fürchtet hier sehr für die nächsten Zeiten, der Orleans wird allgemein verachtet, England hat schreckliche Satiren gegen ihn gemacht, ich möchte Dir gern den politischen Heißhunger besser stillen, aber Du kannst denken, daß ich nur mit abgelegten Nachrichten hier in dem öden Rödelheim versehen werde.

Christian und Clemens sind in Wiesbaden, wo sich der Bischof von Nancy aufhält, man erwartete, sie würden bei diesem Trauerfall herbeieilen, um doch Anteil an den Gebeten und Messen, die für den Toten gehalten werden, zu nehmen. Allein, obschon die ganze Familie sich versammelte, so sind diese ausgeblieben und werden sich allem Vermuten nach sobald nicht einfinden, so daß ich vielleicht weggehe, ohne sie gesehen zu haben. Die Ursache, warum ich dies vermute, ist, daß Beide, vorzüglich aber Christian, einen Karren in den Dreck geschoben haben und ihn nun drinnen stecken lassen. Dies ist nun nichts anderes als ein Heiratsprojekt für *Fine* [Josefa, Tochter v. Franz Brentano, verm. mit A. Th. Brentano – Toccia], welches die ganze Familie in Bewegung bringt, gestern machte der Prätendent an die jungfräuliche Krone der Josefine eine Visite mit dem alten Franz bei mir, ein vertrockneter, schiefer Philister, der trotz seiner Dürrbeinigkeit doch doppelt ist, nämlich ein Maulschwätzer, *Kakatholik*, wie man ihn hier nennt, nämlich ein Ultra in der Religion, der sich jedoch nicht herausläßt vor Leuten, die dies nicht billigen. Christian hat ihn in Rom aufgegabelt, allwo er mit einem Freunde Gerhard die Antike studierte und auch etwas herausgegeben hat mit ihm zusammen, er nennt sich Bock und ist ein Bürgermeisterssohn aus Aachen, vielleicht hast Du etwas von seiner Familie erfahren. Nun ist hier alles aufs lächerlichste über dies Heiratsprojekt gespannt, Toni liegt vor lauter innerem Unfrieden und Ungewißheit, was hier zu tun sei, im Bett; Josefine sagt, sie könne vor Langeweile mit dem Antiquar sich des Gähnens nicht enthalten, und doch ist sie nicht entschieden ihn auszuschlagen, der alte George wird aufgefordert, die Sache ins Klare zu bringen, er sagt aber: Il n'est pas fait pour Toni parce qu'il n'est pas assez vigoureux, il n'est pas fait pour sa fille parce qu'elle en est dégoutée, il n'est pas fait pour toute la famille parce qu'il n'a rien qui puisse l'intéresser, il n'est fait que pour François parce qu'il lui en fait accroire. Blittersdorf ist empört über ihn. Erst hat er sich annoncieren lassen als Herr von Bock, nachher hat er müssen die adeligen Manschetten ablegen, nachher ist er aufgetreten als Herr Dr. Bock, jetzt wird ihm dieser armselige Titel auch schon streitig gemacht. Christian hatte ihn der Familie als einen zweiten Savigny, nur noch viel gelehrter, viel kindlicher, viel wahrhafter und endlich als reiner gottergebener Katholik vorgestellt; ich male Dir ihn mit dem Worte *Tartüff* und Du kannst denken, daß ein solcher einer durch Aberglauben halb närrisch gewordenen Familie imponiert.

Adieu, die Botenfrau verlangt meinen Brief. Heute, als 24 Stunden später schließe ich mit der tröstlichen Nachricht, daß Max sich nach Umständen besser befindet. Ich habe mir gestern den Kieselbach aus Hanau kommen lassen, der hat mir Mittel gegeben, die er mit großer Zuversicht anempfiehlt. Ich bitte nochmals, die Kinder in Berlin ein paar Mal heimzusuchen und mir bald von Euch Allen Nachricht zu geben, ich schreibe bald wieder; mit aller Liebe

Bettine

Die Giesel ist gar zu lustig und gesund und eigensinnig.

Cornelius Peter Bock war damals erst 26 Jahre alt. Er stammte aus einer angesehenen Aachener Patrizierfamilie, war mit Görres befreundet, trieb archäologische Studien und wurde ein sehr bedeutender Wissenschaftler, vor allem auf dem Gebiet der karolingischen Literatur und der byzantinischen Geschichte. In dieser Zeit war er auch dichterisch tätig unter dem Pseudonym „Christodorus“.

517. *Arnim an Bettina.*

Wiepersdorf, 30. August 1830

Liebe Bettine!

Mit Herzklopfen betrat ich gestern zum sechsten Mal das Haus des Postmeisters zu Dahme, denn so oft bin ich wegen Briefen von Dir in meinem Einspänner dahingefahren. Da fand ich nun zwei Briefe mit demselben Postzeichen vom 24. August, also ohne Grund war meine Besorgnis nicht, der gute Franz, den ich vor zwei Jahren so vergnügt aus Barmen nach dem väterlichen Hause heimkehren sah, ist tot, die Max recht krank. Sein Fieber muß Nervenfieber gewesen sein nach allen Umständen, denn die kleinen Ähnlichkeiten mit den Krankheiten des Friedmund und Kühnemund wollen nichts heißen, beide hatten die entschiedensten Wechselfieber in der Art, wie hier in der Gegend schon Leute zwei Jahre hintereinander damit behaftet sind. Sollte Max die gleiche Krankheit gehabt haben, so scheint sie wenigstens, da sie drei Wochen überstanden, nicht mehr in Gefahr. Mit Schaudern las ich, wie Du Dich ohne Nutzen der gefährlichen Ansteckung bei der Leiche des Franz ausgesetzt, indem Du sie ankleiden helfen, sie tragen, heben usw. Wo so ein Unglück geschehen, möchte der Gutwillige gern etwas leisten an Beihülfe, wenn es auch etwas ganz Verkehrtes wäre. Vergebens habe ich Dir von der Nervenfieberpest in Königsberg so manchesmal erzählt, so wenig helfen Erfahrungen. War Max an Nervenfieber krank [es war Typhus], so lasse weder Armgard noch Giesel zu ihr, am wenigsten in der Zeit des Schweißes. Aber Du wirst das aufnehmen, wie meine Warnungen wegen der Bäder, als müßige Redensarten, worauf Du wieder andere Redensarten antworten mußt. Warnte ich Dich gegen gesellige Anstrengungen in Bädern, weil die Gesunden da aus Langeweile alle Art Fahrten erfinden, die den Kranken schädlich sind, so frägst Du, ob Du denn jetzt in Rödelheim oder in Berlin zuviel Gesellschaft hattest! usw. Doch das wird für einen Brief zu weitläufig, nur das eine weiß ich, daß ich guten Rat, selbst wenn ich ihn nicht brauchen konnte, nie mit Hohn abgewiesen habe. Der George tut mir gar leid, er war eigentlich gegen den Franz sehr nachsichtig, stellte sich nur aus Liebe zu ihm zuweilen strenger an, er wünschte, daß er sich auszeichne, ungeachtet der junge Mann eine Art der Lässigkeit hatte, die nicht im Geiste, sondern eher in einem körperlichen Mißverhältnis liegen mochte. Was wird nun aus dem Louis? Wenn er sich zur Handlung entschließen könnte, wäre es das Beste, früher riet ich zur Landwirtschaft, aber er könnte auch Beides verbinden, wenn sein Geschäft sich bloß auf Geldumsatz beschränkte, wie dies bisher bei Deinen Brüdern der Fall ist.

Für die Beschreibung der Brückenauer Festlichkeiten sage ich meinen Dank. Ganz eigen nimmt sich so ein leicht entworfenes geselliges Fest aus, wenn man sich selbst nicht dafür interessiert. Das Geldspekulieren war mir schon in München unleidlich an dem Könige von Bayern. Während er für Bauten und Kunstwerke verschwendet, redet er doch beständig von Ökonomie und klagt, wieviel ihm dies und jenes gekostet; so wurde wenigstens von ihm erzählt. Warum macht er einen Kontrakt derart mit Rauch, wenn ihm das Geld lieber ist? Weder Eberhard noch Schwanthaler hätten ihm die Statue so machen können, sie ist nach meiner Überzeugung viel besser noch geraten, als irgend eine andere Statue von Rauch. Das Denkmal des Herzogs von Leuchtenburg kostet ihm keinen Pfennig, das hat die Herzogin bezahlt. Der Maltzahn, welcher Dir da vorgekommen, opferte eine sehr liebenswürdige Frau, eine Engländerin, einer etwas anrüchigen Frau von Hartmann auf, mit der er auf ein Jahr ins Österreichische zog, dann übergab er sie einem Bekannten, jetzt ist sie Herrenhuterin geworden; von seiner Frau und seinen Kindern habe ich nichts weiter gehört, als daß sie zu ihren Eltern nach England wollte, die sich aber mit ihr entzweit hatten schon über die Heirat, keine Scheidung zugeben und sie selbst nicht aufnehmen wollten.

Mir fiel neulich ein, ob etwa die Frankfurter Naturforschende Gesellschaft das Vogelkabinett von Seyffertitz kaufen möchte. Wenn Du Neuf oder Mayer siehst, kannst Du sie einmal fragen, es ist ein vollständiges Kabinett aller

Vögel, die unsere Gegend bewohnen und durchziehen, darunter sehr viele nordische, die nur auf dem Zuge hier sich ausruhen. Von den Kindern habe ich gute Nachricht bis jetzt aus Berlin, morgen sende ich Lebensmittel dahin und sobald ich eine dringend notwendige kleine Reise wegen meiner Schäferei beendigt habe, gehe ich selbst nach Berlin, nur die schlechte Erntewitterung hat mich gehindert, sonst wär ich schon dort, aber beständig mußte das Gespann auf der Lauer sein, um gutes Wetter zu benützen, wenn es eintreten sollte. Wir hatten einmal 4 Tage ununterbrochenen Regens, wie ich mich dessen aus meinem ganzen Leben nicht erinnere. All das kam mit dem Westwind aus Frankreich. Viel herzliche Grüße allen lieben Verwandten und Bekannten. Die arme Fine mit ihren Schrullen wird nun einem alten Bock zuteil! Christian kann wohl ganz unschuldig daran sein, der Mann vielleicht nicht so übel, warum machen die Leutchen gleich einen Heirater daraus. Von einem Bürgermeister Bock erinnere ich mich nicht in Aachen etwas gehört zu haben, wenn ich mich nicht irre, hieß der Kölner Bürgermeister Bock, der vor zwei Jahren in Berlin als Deputierter war. Du schreibst mir nichts von Goethe, ob er noch immer zurückweisend abgeschlossen ist. Wenn Du George siehst, sag ihm das Beste, was Du zu seinem Troste sagen kannst, ich will ihm nächstens schreiben. Allen herzliche Grüße, der Max kaufe in meinem Namen irgend etwas, was ihr lieb ist zur Genesung. Ich küsse Dich und die Kinder

D. Achim Arnim

518. *Bettina an Arnim.*

Rödelheim, der 1. September 1830

Lieber Arnim,

ich habe Dir nun schon zweimal von hier geschrieben und noch keine Antwort erhalten, wenn man so ins Unglück hinein kömmt wie hier, so möchte man gar so gern jeden Augenblick überzeugt sein, daß es den Angehörigen gut geht, und so mache ich mir manchen Augenblick Sorgen um Euch, die hoffentlich ganz überflüssig sind. Gestern haben wir Maxe zum ersten Mal aus dem Bett gebracht, um sie frische Luft genießen zu lassen, ich habe mich jedoch überzeugt, daß es noch zu früh ist, und daß sie noch an 14 Tage zu liegen haben wird, ans Bad ist nicht zu denken, ich bin hier allein zu ihrer Pflege. Sophie ist mit ihrer Schwester nach Schwalbach, und die alte Claudine ist durch die Laune von George und durch das unsichere Verhältnis ihrer Schwester, welche wegen den Unruhen mit Aufopferung ihrer Pension Paris verlassen will, ganz in Anspruch genommen; ich selbst kann an der Familie keinen Anteil nehmen, weil ich Mühe habe, die Pflege der Meinigen durchzusetzen. Die Toni war auch krank, ist jetzt wieder besser, die Heiratsgeschichte der Josefine, die eine der verkehrtesten von Christian, Clemens und anderen Teilnehmern zusammen- und wieder auseinandergeklatschten Geschichten, hatte die Meisten auch so eingenommen, daß sie gar an mich nicht denken konnten; seit ein paar Tagen scheint es gewiß, daß nichts daraus wird; und dies ist ohne Zweifel das Beste; Blittersdorf hatte gradehin erklärt, daß er nie mit diesem Menschen leben werde, und so wie er aussieht, dieser Ultrakatholik, kann er allerdings keine Ansprüche machen. Das Nähere dieser Geschichte werde ich Dir mündlich mitteilen, Clemente, der gestern aus Wiesbaden hier angelangt ist, ist deswegen mit Franz verfeindet, und zwar, wie ich merke, mit weniger Schuld, als man ihm aufbürdet, denn Toni hat ihn zum Sündenbock geweiht, und der Bräutigam, der *Bock* heißt, hat ihn angeklagt als derjenige, der ihm eine so große Aversion gegen die ganze Familie beigebracht habe, daß er sich nicht entschließen könne, die Josefine zu heiraten. – Nun hat Clemens eine so wunderliche Empfindung, fühlt sich so unsicher gegen jedermann, daß er wie ein scheuer Vogel einem aus dem Weg geht, auch hat er sich manche Feinde gemacht durch seine politischen Meinungen, die natürlich ganz jesuitisch sind, nun hat er keine Ruh, er läuft in den Bädern herum und probiert, inwiefern seine Gesinnungen Eingang finden, und wo man ihm nicht beipflichtet, speiet er Grobheiten aus.

Die Brüsseler Insurrektion werdet Ihr nun auch schon erfahren haben, wie auch, daß sich alles zur Ruhe wendet, hier waren schon Anzeichen, daß in Darmstadt alles in Feuer und Flammen sei, gewiß ist, daß sich sehr aufrührerische Gesinnungen zeigen.

Görres soll gestern in Frankfurt bei seinem Schwiegersohn eingetroffen sein, da er nur wenig Tage bleibt, so wird es wahrscheinlich, daß ich ihn auch diesmal nicht sehe, wie ich ihn nun noch nie gesehen habe, denn von hier kann ich mich nicht bewegen; meine Gesundheit wird dadurch allerdings nicht befördert, davon hab ich Beweise, allein ich bin überzeugt, daß nichts schädlicher ist als Angst und Sorge um den eigenen Leib, insofern man sich nicht schonen kann.

Die Wellen der Zeit schlagen allmählich über dem Verlust des armen Franz zusammen, auch selbst der alte George scheint sich hineinzufügen, er hat die Kleider des Verstorbenen an Louis vererbt, und wie es scheint, auch die Vermahnungen, denn er schulmeistert ihn jeden Augenblick wie den kleinsten Knaben, und ich fürchte, daß das bißchen Haltung, was er in Berlin gewonnen, ganz verschwindet. In unserer Familie ist ein unseliger Stiefel *(denn Geist ist es nicht)* von Nichtigkeit eingerissen, keiner denkt, keiner weiß, keiner hat ein Bedürfnis zu wissen, was in der Welt vorgeht; sie halten die freie Reichsstadt für den Mittelpunkt, ja für die Weltkugel selbst, und alles Übrige für Staub und Dunst; wenn man den alten George über den König von Preußen hört, wie er durchführt, daß er von jeher sich zum lutherischen Papst habe wollen krönen lassen, wenn man sieht, welche Schwiegersöhne der alte Franz für seine Tochter auswählt und welche er ausschlägt, so meint man wirklich, sie wären beide Narren; so hat vor kurzem ein Herr von Malchus, württembergischer Major, katholisch, Sohn des Malchus, der Minister war, um Fanny angehalten; Franz hat sie ihm abgeschlagen, weil er meint, Major sein sei kein Stand, und weil der Vater eine Zeitlang in westfälischen Diensten war. Christian und Clemens unterstützen den Franz in diesen Gesinnungen, oder vielmehr, sie flößen sie ihm ein; die armen Mädchen sind so heiratslustig, daß sie beinah verzweifeln und zwar mit aus dem Grund, weil ihnen die Toni das Hausleben durch üblen Humor, durch Ohrfeigen, durch Entziehung aller Erheiterungen verbittert. Der mißratene George, ihr Sohn, läßt die Frechheit soweit gehen, daß er seinen eigenen Vater in öffentlicher Gesellschaft zum Gespött macht, so hat er letzt mehrere von seinen liederlichen jungen Freunden aufgefordert, zuzusehen wie er in einer Gesellschaft zu seinem Vater gehen werde, den an der Nase ziehen, ohne daß dieser es übel nehmen werde, und dies hat er auch durchgeführt, er schreit ihn in der ganzen Stadt für wahnsinnig oder für simpel aus und gibt auch die Beweise davon; dieser Mensch hat jährlich 3000 Gulden von seinem Vater, ohne das, was ihm die Mutter gibt und dabei hat er das ganze Leben frei, er tut nichts auf dem Comptoir, hält sich mehrere Maitressen, ist meistens mit schändlichen Krankheiten geplagt, und würde, wenn's die Umstände erlaubten, sich vielleicht noch ärgerer Verbrechen schuldig machen, wenn es nämlich noch was Ärgeres giebt, als eines guten Vaters spotten.

Die Post geht ab; Neues kann ich Dir nicht melden, weil noch nichts in Rödelheim. Gestern kam die Nachricht, daß der Prinz Karl von Preußen durch Löwen mit sechs Pferden, daß das Volk dem Wagen entgegen- und nachgelaufen mit Steinwürfen, und daß nur die Energie der Postillone ihn noch mit Geschwindigkeit durchgebracht.

Heute, als am 1. September kann ich Dir von Max melden, daß es sehr langsam mit ihr geht, alle Andern sind in großer Furcht und wollen, daß ich einen hiesigen Arzt nehme, ich aber bin überzeugt, daß die Homöopathie allein hier ohne *Versündigung* angewendet werden kann und bleibe dabei, ihre Krankheit ist der von Friedmund sehr ähnlich, sie hat alle 24 Stunden einmal Öffnung mit Leibweh und Durchfall, sie hat abwechselnd Fieber, in Hitze und Kälte sehr gering, ist sehr mager und empfindlich, und *sehr, sehr schwach*, dies alles hat Friedmund auch gehabt. George hat nun erst den Sohn an dieser Krankheit verloren, der mit Naphta, Blutigel, Stahl, Moschus, Eis auf den Kopf in Zeit von 4 Tagen durch diese ganze Krankheit durchgejagt zum Tode und nun hat er schon wieder keine Ruhe, und meint, man solle doch einen anderen Arzt nehmen, weil es nicht geschwind genug zur Besserung gehe, obschon er in den ersten Tagen fest überzeugt war, die Ärzte haben sein Kind umgebracht; von hier werde ich allerdings nicht weg können, ehe Max ganz wohl ist, und dies ist sehr unbestimmt. Ans Bad ist garnicht zu denken, der Herbst ist vor der Tür, und es ist nicht zu erwarten, daß Max innerhalb 8 Tage soweit wäre, um eine kleine Tagreise zu machen, sonst hätte ich immer noch auf 14 Tage versucht, denn es ist mir sehr nötig, ich habe in diesen drei Wochen nun schon zum dritten Mal einen starken Blutverlust, indessen befinde ich mich wohl, Blut speie ich nicht und hab auch keine Brustschmerzen, nur daß es mich schwächt, auch greifen mich die Nächte an, denn ich hab die Giesel und die Maxe zu besorgen, die eine und die andre veranlassen mich, doch mehrere Mal die Nacht aufzustehen; aber ich hab dergleichen schon mehr vertragen, ohne Schaden zu nehmen, so wird es hoffentlich auch diesmal gehen, nur möchte ich beruhigende Nachrichten von Euch haben.

Adieu, ich küsse Dich herzlich

Bettine

519. *Arnim an Bettina.*

Wiepersdorf, 8. September 1830

Liebe Bettine!

Vorgestern erhielt ich Deinen Brief aus Rödelheim, in welchem die Auflösung der *Bock'schen* Vermählung mir anzeigst, gerade als ich mir drei Sprungböcke von der Elbe geholt hatte. Ich wünsche Glück zu der Lösung dieses beschwerlichen Rätsels. Du wirst inzwischen meinen Brief, welchen ich selbst in Herzberg auf die Post gab, erhalten haben, so schrieb ich auch einmal an George, als ich gar keine Kunde von Dir hatte. Also der Max geht es besser, aber sie ist noch sehr schwach, Nahrung tut da das Beste, Stärkungsmittel wenig. Vielleicht wäre ein Luftwechsel günstig, obgleich die Pflege und Beihülfe an einem anderen Ort mehr fehlen möchte; Rödelheim ist sehr schön, aber etwas feucht gelegen. – Von den Kindern in Berlin habe ich gute Nachricht, Friedmund wächst stark, aber er ist gesund und arbeitet jetzt mit Lust, in ein paar Tagen reise ich nach Berlin, nachdem ich mein Erntefest abgemacht. Ein Vogelschießen erhöhte das Fest; der Vogel, von Pinnigs bildender und malender Meisterhand war dem Saale gegenüber aufgestellt. Ich schoß gut und kochte mit neuen Erfindungen. Viel hat die Ernte gelitten, es wird ein knappes Jahr.

Die Unruhen in Brüssel sind ein treues Bild dieser simplen Nachahmer der Franzosen, ein paar Dutzend bösartige Leute sind da imstande, alles anzuregen; das greuliche Gemisch von frechen Atheisten und heidnisch bornierten Katholiken ist das Charakteristische der Bevölkerung. Wäre der Magistrat gescheit gewesen, er hätte die ganze Masse öffentlicher Mädchen, von denen die Stadt wimmelt, statt der Bürgergarde gegen den tobenden Pöbel anrücken lassen, die ganze Sache wäre ohne Schaden abgelaufen. Ich fürchte bloß den eigentümlichen Starrsinn des sonst höchst vortrefflichen Königs der Niederlande, den jedes andere Volk anbeten würde. In den ehmals österreichischen Niederlanden weiß das gemeine Volk durch seltsame Sprachdialekte abgesondert, garnichts von dem, was geschieht; die einen sprechen vlamländisch die andern wallonisch in drei Dialekten, nur in den Städten ist eine halbfranzösische Bildung, diese machen den armen Teufeln weis, was sie Lust haben; und während sie sich einer Freiheit erfreuen wie kein anderes Volk, bilden ein paar Schreier, die gern Stellen haben möchten, ihnen ein, sie seien unterdrückt. Ich habe dies Völkchen vor zwei Jahren kennen gelernt.

Die Savigny ist noch in Kunersdorf, er aber in Berlin. Von Tieck ist ein Katalog der Statuen des Museums herausgekommen, (er ist Direktor dieser Abteilung) der sehr flüchtig gearbeitet ist. Waagen hat einen dicken Katalog der Gemälde geschrieben, (er ist Direktor des A[lten Museums]) der mehr Studium zeigt, aber in den Abteilungen verfehlt scheint. Ob Schinkel nach Paris gegangen, weiß ich nicht. Maaßen der mir damals beim Quartier so redlich gegen Bernstorff beistand, ist Finanzminister geworden.

Regen, Regen, das ist überall die einzige bedeutende Neuigkeit, nebenher einiges Neue vom Schloßschulzen in Dahme, der in einem seltsamen Wagen ohne Langbaum nach Teplitz ausreisend, in Dresden für einen Papageien sein ganzes Reisegeld ausgegeben hat, umkehren muß, auf der Dresdener Brücke seinen seltsamen Wagen bricht, mit einem durch Stricke verbundenen Repswagen und einem Papageienbauer heimkehrt, sich auf dem Schloßflur mit seiner Frau zankt, wie sie einander alle Untreuen vorwerfen, sie ihm u. a. seine Verbindung mit einer Frau von Flemming, die Kindermädchen in Nonndorf war, und dann einen bettelnden Herrn von Flemming heiratete, was dieser hört, den Schulz auf Pistolen fordert, die Schulz eine theatralische Szene spielt, um schreckliches Blutvergießen abzuwenden, wie sich endlich die Sache damit endet, daß Flemming die Frau zurückläßt und Schulz sie ernähren soll.

So eine Geschichte hat nun ganz Frankfurt doch nicht aufzuweisen. – Dem Clemens viel herzliche Grüße, so allen lieben Verwandten. Tausend Wünsche für Dich und die Kinder, ich küsse Euch

Achim Arnim

520. *Arnim an Bettina.*

Berlin, 14. September 1830

Liebe Bettine!

Ich bin auf drei Tage hierher gereist, um die hiesige Wirtschaft zu revidieren. Die Kinder sind gesund, der Friedmund sieht ganz wohl aus und ist arbeitsam. Die Ausgaben waren nicht zu hoch. – Die Ereignisse in Braunschweig und Dresden erfuhr ich erst hier, die Leipziger hatte ich schon in Wiepersdorf vernommen. Die Braunschweiger erklären sich aus der langen Spannung, aus der Hoffart des Herzogs gegen die Stände und die Stadt gar leicht, er hatte eine Deputation der Stadt zum Schloß hinauswerfen lassen, aber die sächsischen Unruhen sind schwerer zu erklären. Sie haben den Wunsch preußisch zu werden, was denn auch unter dem mancherlei Geschrei vorgewaltet haben soll, doch das hätte keine Unruhen gemacht, als ein Ding, was eigentlich keiner herbeiführen kann, hauptsächlich lag es aber an drei üblen Verhältnissen, an der veralteten vormundschaftlichen Gewalt der Magistrate in Sachsen, die über das Eigentum der Städte nach Gefallen schalten und walten, dann an den Streitigkeiten über Religionsangelegenheiten mit dem Hofe, der seit der Erhebung zum Königtum viel freier die Katholiken begünstigte, sogar das Augsburger Säkularfest in mancherlei Art störte, aber das Entscheidende war der schlechte Erfolg des letzten Landtags, wo der König von Sachsen viel gefordert, aber garnichts bewilligt hat von allen vorgeschlagenen Besserungen, so daß der Landtag nicht geschlossen, sondern nur ausgesetzt wurde. Höchst leichtsinnig war es unter diesen Umständen, daß der Hof wegen der Leipziger eigentlich schon beendeten Unruhen die meisten Soldaten nach Leipzig geschickt hatte. Der Verlust an Hypothekenakten, die verbrannt wurden, soll sehr schwer zu ersetzen sein. Wenn man nun ringsumher so unerwarteten Lärmen sieht, so möchte man sich fragen, ob bei uns Ähnliches zu erwarten? Ich glaube, in Beziehung aufs Ganze mit einem zutraulichen Nein antworten zu können, aber für einzelnen Lärmen mit Handwerksgesellen und Fabrikarbeitern kann niemand einstehen, denn in dieser Klasse ist so etwas ansteckend; die ganze Anregung geht von einigen Flaschen Branntwein aus, aber ich glaube, daß wir sicher auf unsere Krieger rechnen können, um so etwas rasch zu unterdrücken, da der Landmann, welcher dessen Korn ausmahlt, zufrieden ist. – Noch ist keine Nachricht hier, ob die schönen Gemälde im Braunschweiger Schloß gerettet sind, man weiß nur, daß ein Flügel abgebrannt und das ganze Schloß ausgeplündert wurde. Wenn der verstorbene Winkelmann noch da gelebt hätte, welch ein Stoff für seine Muse; jahrelang trug er sich mit der Geschichte eines alten Stadtaufruhrs in Braunschweig, nun hätte er ganz frische Nahrung zu einem Trauerspiel gehabt. Du erinnerst Dich doch noch seiner und seiner politischen Faseleien.

Von der Möglichkeit oder Wahrscheinlichkeit eines Krieges ist viel und wenig zu sagen. Die Niederlande sind der Punkt, wo sich ein Krieg noch entwickeln kann. Kommt da eine verständige Vereinigung zustande, so bleibt es gewiß Friede. Was Du schreibst von Steinwürfen auf einen unserer Prinzen, ist eine Fabel. Prinz August ist ohne alle Störung durch mehrere Städte gefahren, wo eben Tumult war, die Diligencen sind in der Zeit ebenso ungefährdet gefahren. Prinz Karl war garnicht in den Niederlanden. Eine ähnliche Fabel ist, als ob Prinz Wilhelm 15 Mann eines aufrührerischen Landwehrbataillons habe erschießen lassen.

Von der Sophie, die ich herzlich grüße, habe ich ein Schreiben an Bettinchen gelesen, das aber nicht später war, als Dein Brief, auf den ich antwortete. Wahrscheinlich finde ich einen Brief von Dir in Wiepersdorf, wohin ich morgen reise. Wärest Du hier, so hätte ich einen Ausflug nach Hamburg zu den Naturforschern gemacht. Vielleicht auch nicht, da noch immer auf dem Lande viel zu tun ist, manches Heu noch bei dem steten Regen gerettet werden kann. Mir fällt dabei die Bibelstelle ein: Alle Welt vergeht wie Heu, wo die Leute meinten, daß Luther Gras hätte übersetzen sollen, weil Heu sich sehr gut halte. Die Leute sollten nur das Heu hier auf den Wiesen ansehen. Herzliche Grüße an werte Verwandten, tausend gute Wünsche für die Kinder, ich küsse Dich herzlich Achim Arnim

August Stephan Winkelmann war der geniale Jugendfreund Arnims und Brentanos. Er hatte Physik in Jena studiert, wurde ein bedeutender Arzt und war für die ersten Bücher der Freunde eine Art künstlerisches Gewissen, versah sie mit witzigen Glossen, überwachte die Drucklegung, veränderte wohl auch manches und schrieb die Nachrede zu Brentanos Erstlingsroman „Godwi". Er dichtete auch selbst und war so recht einer aus der Familie der vielseitig begabten Romantiker, die früh starben. Er wurde nur 26 Jahre alt.

521. *Arnim an Bettina.*

Wiepersdorf, 20. Sept. 1830

Liebe Bettine!

Seit dem 5., also jetzt schon seit 15 Tagen habe ich keine Nachrichten von Dir. In Berlin sah ich ein Schreiben von George an Savigny, welches mich einigermaßen beruhigt, da es nichts Besorgliches über Dich und die Kinder enthielt. Mein letztes Schreiben war aus Berlin, ich sagte Dir darin, daß die Kinder gesund, daß dort bis jetzt alles ruhig, daß aber bei den vielen Gesellen und Handarbeitern in Fabriken die ansteckende Krankheit der Tumulte sich auch dahin verbreiten könnte. Aus der Einlage von Freimund wirst Du ersehen, daß allerdings auch Berlin einen solchen Spektakel erlebt hat, möge es der letzte sein. Ich habe an Savigny geschrieben, daß er mir für den Fall ähnlicher Vorfälle einen Boten schickt, so fahre ich gleich in die Stadt, um Aufsicht über die Kinder zu führen; doch wie dieser Lärmen ohne Grund und Absicht bloß aus einigen angetrunkenen Gesellen hervorgegangen, wird er sich bei den ernsten Maßregeln nicht wiederholen; die Neugierde ist auch befriedigt, die Leute haben gesehen, wie sich so etwas ausnimmt.

Wir quälen uns hier noch immer mit dem Heu in der nassen Witterung. Möge Dich ein freundlicherer Himmel umscheinen. Viele herzliche Grüße an George und Franz, an alle Lieben und Guten, die sich meiner erinnern, ich küsse Dich und die Mädchen herzlich

Achim Arnim

522. *Bettina an Arnim.*

14. September 1830
[19. Sept. abgeg.]

Lieber Arnim,

wenn ich jetzt nur noch Briefe von Dir und den Kindern erhalte, daß Ihr alle wohl seid, so kann ich wieder ruhig sein, denn Maxe ist jetzt in voller Besserung, obschon sie das Bett noch nicht verlassen kann; sie war sehr krank, und ich habe etwas auszustehen gehabt, meinen Willen durchzusetzen, denn alle drangen in mich, einen andern Arzt zu nehmen; wenn man nun eine Verantwortung auf sich ladet und die Sache so zweideutig steht, wie hier, so wird man allerdings sehr geängstigt, wenn man mit seiner Überzeugung so allein steht; indessen Gott sei Dank, ich bin nicht wankend geworden und nun sind wir über dem Berg; der alte George sieht dies mit an und schreit oft auf, daß es ihm mit seinem Franz so elend gegangen ist, er ist überzeugt, daß ihn die Ärzte geliefert haben und ich auch; indessen wenn er heute noch lebte, und dieselbe Krankheit noch einmal machte, ich bin überzeugt, man würde ebenso inkonsequent verfahren. Ganz besonders ist mir's, daß ich diese Nachtwachen und rastlose Mühseligkeit so gut vertragen habe, denn mehrere Nächte hab ich an Maxens Bett verwacht, immer durch den Gedanken aus dem Schlaf geschreckt, jetzt könnte sie tot sein, so leichenblaß, so regungslos und leise atmend war sie; es liegen noch drei Leute von George an derselben Krankheit hier, ich gehe von einem zum andern, denn sie meinen Alle, wenn ich käme, so gehe es ihnen besser.

Der alte Clemente läßt sich nicht sehen, Christian ist nicht da, er hatte eine garstige Geschichte angezettelt, nun ist sie beendet, ich habe mir alle Mühe gegeben, ihren Verlauf genau zu erfahren, um Dir eine Novelle zu verschaffen, allein hier in Rödelheim ließ sich das nicht machen, besonders da keiner was weiß außer den Hauptpersonen, und die lügen, um die Schuld von sich zu wälzen.

Bis hierher hatte ich Dir geschrieben und bin durch mehrere Tage verhindert worden fortzufahren, da Max sich besserte, habe ich mich ein paar Mal in die Stadt gewagt, während der treue Clausner Wache an ihrem Bette hielt. Da hab ich denn den Görres aufgesucht, den ich noch niemals zuvor gesehen; meiner Neugier wurde aber durch seine Frau, welche dick genug dazu ist, das Loch, wodurch ich ihn hätte sehen können, zugedeckt, denn sie war zu Hause und er war unterdessen bei uns, ich umarmte sie und wiegte mich auf ihrem dicken Bauch und lagerte mich recht sanft an das Vorgebürg der guten Hoffnung, unter dem Vorwand zärtlicher Anhänglichkeit verbarg ich meine Müdigkeit, und sie fühlte sich dadurch sehr geschmeichelt. Am andern Tag ging ich wieder hin und fand Deinen Bruder Einsiedler, ich umarmte ihn mehrmals mit angefragter Erlaubnis, er hielt auch mit gottgeweihtem Temperament seine Wange hin, sprach viel von Dir, nachdem ich weggegangen, begegnete er mir auf der Straße und fragte, ob er mich nicht nach Rödelheim begleiten dürfe, ich ging also zu Fuß mit ihm auf einem sehr schönen Weg, auf dem manches Merkwürdige abgehandelt wurde, besonders über Religion; mir ist ein seltsames Licht über ihn aufgegangen, er fragte mich nämlich mehrmals, ob es bei mir nicht zum Durchbruch gekommen mit der Religion, ich sagte, wenn er mir deutlich mache, was er darunter verstehe, so wolle ich ihm antworten; er sagte, es gebe eine Gemeinschaft des Heiligen und Religiösen als Symbol desselben, ob ich nie Neigung gehabt, daran teilzunehmen? Ich erzählte ihm nun, daß Clemens mir den Tag zuvor eine Geschichte vorgelesen habe, von einer Nonne, die Christum geheiratet, wobei Gott Vater und die Mutter Gottes nebst vielen Engeln auf der Hochzeit gewesen, daß am Abend nach beendeter Lustbarkeit Christus die Braut in die Kammer geführt habe und sie ausgekleidet habe. Am anderen Tag ein neues rotes Kleid mit weißseidenem Futter, weißseidene Schuh, weißem Gürtel und ein Tüchlein auf dem Kopf mit drei Falten, dies bedeute die Dreifaltigkeit, an die sie sich vermählt, daß sie in dieser glücklichen Ehe auch sehr bald ein Kind geboren, mit Namen Gehorsam, und so eins nach dem anderen bis sieben an der Zahl, nachher habe diese Ehe plötzlich aufgehört; Clemente habe mich auch versichert, daß diese Ehe vielmehr Wirklichkeit gehabt als eine irdische; da meine Ehe mir aber reell genug sei, so möge ich keine noch reellere versuchen. – Dies ist ein kleiner spaßiger Brocken der langen Konversation. Der andere bedeutende Gegenstand war der König von Bayern; es war dem Görres scheinbar sehr interessant zu erfahren, was der König alles mit mir verhandelt habe, auch warnte er mich, ihm näher zu kommen, weil er sehr ungleich sei, und mehr dergleichen, was ich Dir einst mündlich mitteilen will und auch meine Ansicht darüber. Ich habe Beiden etwas geschenkt, ihm einen sehr schönen Becher und ihr eine wunderschöne Tasse, mit Deinem Namen auf Beiden, ich habe es in Deinem Namen gegeben und es schien ihnen Freude zu machen. Gestern waren sie hier in Rödelheim, Görres besuchte die Maxe an ihrem Bett und meinte auch, daß die Gefahr vorüber sei, jedoch wollte er über die Homöopathie losziehen und meinte, sie sei ebenso albern, wie die Zeiten; dies hab ich ihm nun abdemonstriert, und da er sich nie die Mühe gegeben, sie zu untersuchen, so hat er versprochen, von nun an sie zu untersuchen. Meine Zeichnung hat er auch gesehen und obschon seine Beziehung auf himmlische Ehen oder Gemeinschaft des Heiligen besteht, so scheint sie ihm doch zu gefallen.

Lieber Arnim, dieser Brief ist oft unterbrochen worden, schon vor 8 Tagen angefangen, seit drei Tagen kann Maxe wieder ganz außer Bett zubringen, Kieselbach will durchaus, daß ich sie zum wenigsten auf 8 Tage ins Bad bringe, um Luft zu wechseln. Deinen Brief aus Berlin hab ich erhalten und nun bekömmst Du meinen verstümmelten so spät; allerdings könnte ich Dir eine ebenso interessante Geschichte erzählen, wie die vom Schloßschulzen. Ich rate Dir doch, Deine Ausflucht nach Hamburg zu den Naturforschern zu machen, die Kinder werden nichts davon spüren, ob Du in Wiepersdorf bist oder in Hamburg. Über meine Rückreise kann ich nicht eher bestimmen, bis Maxens Gesundheit ganz gefestigt ist, aber noch einmal, wenn Du Lust hast, so kann Dich nichts abhalten, nach Hamburg zu gehen, und es sollte mir im Gegenteil eine große Beruhigung sein, wenn ich wüßte, daß Du Dir diesen kleinen Genuß machst. Schreib mir, ob die Ausstellung schon angefangen, ich küsse Dich herzlich, der Bote von Rödelheim geht ab. Von Paris aus haben wir Nachricht, daß dort alles, was kann, das Feld räumt. Man glaubt nicht, daß Philipp sich auf dem Thron halten könne. Nikolaus Voigt sagt: Da ist mir mein Nachtstuhl lieber, als der Thron von Frankreich, wenn ich mich draufsetze, da weiß ich doch, vor was. Herzlich

Bettine

Görres schilderte seinem Freunde Arnim auch die Begegnung mit Bettina: „Seltsam genug, daß ich der Bettine in so vielen Jahren nie begegnet ...; es war inzwischen frühe genug, um das schöne, große, unverfälschte Naturell in ihr zu erkennen und die große Wahrheit in ihrem Innersten. Das ist freilich mit allerlei kuriosen Circumflexen umwachsen, sie hat doch das alles indessen so künstlich zusammengeflochten und allerlei Arabesken eingebogen, daß man es als ihren Garten betrachten muß, in dem sie als Gärtnerin wohnt und die absonderliche Plantage hütet: der Irrgarten ist so gut komponiert und so künstlich ineinandergeschlungen wie ihre Zeichnung zum Oktoberfest, die mich durch ihre ungemeine Lieblichkeit, Anmut, Unschuld und Schönheit ungemein erfreut und dieselbe Wirkung bei allen hervorgebracht, die sie hier gesehen. Ich weiß keinen in München, der es gemacht haben könnte und dem es so gelungen wäre, es kann auch überhaupt keinem Mann gelingen, so viel Zierlichkeit zusammenzufangen und in den paar Strichen festzuhalten. Antik ists nicht, romantisch auch nicht, aber Bettinisch, eine eigene anmutige Mittelgattung." (J. v. Görres, „Ausgew. Werke u. Briefe" herausg. v. W. Schellberg, 1911, II, 480 f.)

523. *Arnim an Bettina.*

Wiepersdorf, der 26. Sept. 1830

Liebe Bettine!

Seit dem 5. hab ich nun keine Nachrichten von Dir, und meine Besorgnisse steigen mit jeder Stunde, doch was soll ich Dich von meinen Sorgen unterhalten, hast deren vielleicht selbst genug. Meinen Brief mit Freimunds Berichten über den lächerlichen Tumult neugieriger Personen in Berlin, die gern einen Tumult sehen wollten, ohne daß einer Lust hatte, einen zu machen, wirst Du erhalten haben. Seitdem ist nichts vorgefallen. – Nachträglich, weil ich meine, es vergessen zu haben, muß ich noch aus Berlin erwähnen, daß die Werder'sche Kirche der Triumph Schinkels wird, ein so wunderbares Zusammenwirken von Baukunst, Malerei, Bildhauerkunst, Tischlerei ist mir aus neuer Zeit nie vorgekommen. Die Malereien finden erst dort ihre richtige Schätzung, Begas und Schadow und Wach können Schinkel nicht genug dankbar sein. Ich zweifle nicht, daß jetzt die ganze Schar Neider und Krittler gegen ihn losgehen wird, denn solche Wirkung ist für sie verzweiflungsvoll. Zu den unwissendsten Kritikern über Schinkel gehört auch der Franz Savigny, so daß es einem mehr Spaß als Ärger macht, ihn darüber zu hören. An den Decken in den antiken Sälen des Museums tadelt er hauptsächlich die dunklen Schlagschatten der Balken, merkt aber garnicht, daß das Ganze mit Absicht dunkel gefärbt ist, um die Wirkung der weißen Bildsäulen zu erhöhen. Wer in dieser Hinsicht das Museum mit der Münchener Glyptothek vergleicht, muß das Talent Schinkels anerkennen. Ich möchte behaupten, daß manche geringere Sachen im Museo mehr wirken, als die besten in der Glyptothek, wo man obenein nur wenige von allen Seiten beschauen kann, was im Museo fast mit allen möglich ist. – Die Ausstellung ist in Berlin eröffnet und soll sehr zahlreich und reichhaltig sein, als ich dort, war sie noch geschlossen, so daß ich nicht sagen kann, ob Kolbe fertig geworden ist.

Hier sind noch immer kalte Fieber und Ruhren zu finden, eine so beschwerliche Ernte habe ich noch nicht erlebt. Vor drei Tagen fiel ein so entsetzlicher Regen, daß das Wasser bei Bärwalde höherstand als im Frühjahr, ich glaube wirklich, daß ein Komet mit seiner Dunstkugel auf die Erde gefallen ist, die Astronomen haben es nur nicht bemerkt, weil in der Dunkelheit am Himmel nichts zu sehen war und sie deswegen lieber zu Bette gingen. Mit tausend guten Wünschen für Dich, die Kinder und alle lieben Befreundeten küsse ich Dich herzlich

Achim Arnim

524. *Bettina an Arnim.*

30. September 1830 [abgeg.]

Ich habe Dir in meinem letzten Brief geschrieben, daß ich im Begriff sei, nach Ems zu gehen; daraus ist nun nichts geworden, die zu schlechte Witterung hat mich abgehalten, Maxe erholt sich auch allmählich, obschon sie nicht ganz fieberfrei ist und es sehr zu wünschen wäre, daß sie Luft wechselte. Ich wollte erst noch nach dem Rheingau auf 8 Tage, Toni ist dort und so üblen Humors über die Bock'sche Liebesaffaire, die in ihren Folgen noch immer nicht beschwichtigt ist, daß es nicht tunlich ist, bei ihr zu logieren, ich müßte also wo anders wohnen, und dies würde wieder übel genommen werden. Christian und Clemens sind ganz verkehrt und behandeln den alten Franz auf eine sehr unwürdige Art, Josefine ist geopfert, denn nach einer Geschichte, die so viel Aufsehen gemacht, und wo die beiden Brüder so schmachvoll für die ganze Familie dabei geklatscht haben, wird sich nicht so leicht ein Freier finden.

Der Revolutionsbrief von Freimund hat hier guten Effekt gemacht, er ist schon abgeschrieben und nach Paris geschickt worden, wo man die fürchterlichsten Nachrichten über die Unruhen in Deutschland hat. Wilhelm Grimm wird hier jeden Tag erwartet, er soll bei Thomas logieren, er wird ungefähr 8 Tage hierbleiben, es wird mich sehr freuen, ihn noch zu sehen. Der alte George ist auf dem Neuhof mit Sophie, ich bin mit Clausner und den Kindern in Rödelheim ohne Equipage, also gänzlich abgetrennt von allem in der Stadt, sonst könnte ich Dir mehr von Görres erzählen. –

Sowie ich also die Maxe in vollkommener Gesundheit weiß, und Sophie wieder zurück ist, mache ich Anstalt wieder in die Heimat zurückzukehren, wo mir Gott diesen Winter

Ruhe bescheren möge, denn ich hab sie wahrlich nötig; mein Aufenthalt hier war mir nicht dadurch versüßt, und wenn ichs hätte möglich machen können, nach Ems zu gehen, so hätte ich's gewiß getan, weil das Wasser, was ich zwar jetzt auch trinke, an der Quelle viel heilsamer sein soll, es ist jedoch das teuerste Bad, und man versichert mich, daß unter 100 fl. die Woche nicht auszukommen sei. Die Krankheit der Max läuft sehr ins Geld, da der Arzt immer drei Meilen weit geholt werden muß und da es nun schon so spät im Jahr ist, so ist es zweifelhaft, ob ihr die feuchte Luft am Rhein oder in einem Bade noch zuträglich ist, ich bin daher geneigt, mit ihr auf 8 Tage zu Firnhaber an den Rhein zu gehen und dann einzupacken, damit ich doch Mitte Oktober wieder abreisen kann; sehr gern hätte ich etwas über die Bilderausstellung gehört und wie lange sie dauert, und ob Kolbe sein Bild zur Ausstellung bringt, und wie Herbig's Bild ausgefallen, ob es gekauft wird. Du wirst doch gewiß auf ein paar Tage nach Berlin gehen, um alles zu sehen. Dann bitte ich Dich, schreibe mir etwas darüber; die Savigny hat mir von Berlin aus geschrieben, wie sehr das Museum den Fremden mißfällt und wie allgemein die Ausstellung der Antiken getadelt wird und nur die Ausstellung der Bilder Beifall findet, es kam mir lächerlich vor, daß sie bis ins einsame Rödelheim ihre kritische Neigung verspüren läßt.

Deine Bettine

Hier scheint ein Brief Bettinens, in dem sie ihren Plan, nach Ems zu gehen, mitteilte, verlorengegangen zu sein.

525. *Arnim an Bettina.*

Wiepersdorf, 27. Sept. 1830
[29. Sept. abgeg.]

Endlich ein Brief von Dir, liebe Bettine, das nenne ich doch ohne Grund geängstiget; fast schäme ich mich der Torheit meiner Sorgen und Verzweifelung, da ich doch nun schon lange weiß, daß Du garnicht schreibst, wenn Du mir nicht irgend etwas Quälendes, Trauriges mitteilen kannst, hättest Du mir in der Zwischenzeit von 22 Tagen nur die wenigen Worte geschrieben, die Max bessert sich langsam, so war ich beruhigt und ungestört in meinen ohnehin oft wenig erfreulichen Geschäften, in meiner schwermütigen Einsamkeit. Du wirst inzwischen von mir 5 Briefe erhalten haben, in einem als Einlage Freimunds Bericht von dem lächerlichen Tumulte der Neugierigen in Berlin. Nachträglich schreibt er mehr Anekdoten, daraus ein paar: Ein dicker Mann stand breitbeinig und wurde in der Dunkelheit von einem Polizeimann für mehrere Personen gehalten und ihm geboten, *auseinanderzugehen*. Der Mann setzte seine Beine noch breiter auseinander, aber der Polizei bleibt bei seiner Forderung, bis jener an die Erde fiel; im Voigtlande, Du weißt, da wohnt das ärmste Fabrikantenvolk, war auch Unruhe, ihre Freiheitslieder waren: Wenn ener wees, wie enem is, wenn ener enen nimmt! Einer schrie immer wie besessen: Es lebe Freiheit und Gleichgültigkeit! Alle waren äußerst kontent mit dem Jubel der drei Tage, meinten auch, sie hätten viel weniger Stöße bekommen, als sonst bei Wisotzky auf dem Tanzboden. Sie fragten einander: Gehst Du heut abend zur Revolution? – Ich freue mich ungemein über meine Vaterstadt, daß kein Bürger daran gedacht hat, diese niederträchtigen Zusammenläufe dazu zu benutzen, von der Regierung Zugeständnisse irgend einer Art zu erhalten, obgleich bei uns wie überall noch so manche Wünsche unerfüllt geblieben sind, noch so manches zu tun ist. Als ein wahres Glück können wir es ansehen, daß der König endlich den altersschwachen Schuckmann durch einen neuen Minister, Herrn von Brand [Brandt?] ersetzt hat, bei jenem blieb alles liegen, was auf ständische Angelegenheiten Beziehung hatte; übrigens kenne ich diesen neuen Minister nur durch andere, die ihn als sehr tätig und lebendig rühmen.

Daß Du Görres kennen gelernt, freut mich gar sehr, sein redliches Herz, sein offener Charakter sind ein Schatz. Seine Frau ist voll Güte und Einsicht, seine Kinder alle, jeder in seiner Art ausgezeichnet. Sein Geschick hat ihn gegen einen großen Teil der Welt übellaunig gemacht, und leider schiebt er alle Schuld der Welt zu, da er doch billig mit ihr teilen sollte. Acht der besten Lebensjahre verbrachte er ohne Wirksamkeit in der Fremde, überhaupt würde ihm eine äußere praktische Tätigkeit neben den Studien wahrscheinlich besser zusagen als diese allein. Es freut mich, wenn Du ihm ein Angedenken in meinem Namen verehrt hast, ich habe oft gesonnen, was ich ihm schenken sollte, da ich im vorigen Jahre solange in seinem Hause gezehrt habe. Wenn Du noch etwas findest, das ihm Spaß machen kann, so biete es ihm dar in meinem Namen. Frag ihn doch, ob er meinen Brief mit den beiden kleinen Druckschriften im Frühjahr erhalten und grüße ihn und die Frau recht herzlich von mir. Ich legte ein Briefchen an ihn ein, wenn Du nicht inzwischen vielleicht ins Bad gegangen bist, welches Dir und den Kindern wohl gedeihen möge. – Mit Hamburg ist's zu spät, hätte ich damals Nachricht von Dir gehabt, wäre ich gereist, unter vielen anderen Annehmlichkeiten wurden die Naturforscher auch durch Dampfschiff nach Helgoland gefahren, welches mir unendlich viel Spaß gemacht hätte.

Ich küsse Dich und die Kinder und begrüße alle lieben Freunde

Achim Arnim

526. *Bettina an Arnim.*

4. Oktober 1830

Lieber Arnim,

ich habe Dir immer redlich auf jeden Brief geantwortet, den Du mir geschrieben und habe auch in der Zwischenzeit von *13 Tagen*, in denen ich Dir nicht schrieb nur 2 und nicht 5 Briefe erhalten; meine Bitte, nach Hamburg zu gehen, habe ich an demselben Tag geschrieben, als ich Deinen Brief erhielt, in welchem Du Lust zu dieser Reise bezeigt hast, es ist also nicht meine Schuld, wenn der Brief zulange ausblieb, sondern vielleicht die Botenfrau, oder ist er auch auf dem Comptoir unbemerkt liegen geblieben, was sehr häufig geschieht, besonders da es dieser Tage ganz unbesetzt war, indem George bei seiner Tochter in Neuhof und Franz im Rheingau waren. Von mir müssen außer diesen noch zwei Briefe unterwegs sein. In den *13* Tagen, in denen ich nicht schrieb, war die Giesel krank, sie litt nämlich an Verstopfung und weinte den ganzen Tag, wohl 20 Mal hatte sie Lust etwas zu machen und konnte nicht, ich mußte das schwere Kind den ganzen Tag herumtragen und auch die Nacht; dabei lag Maxe im Bett und litt unsäglich an angegriffenen Nerven, sie weinte beständig um das Kind, ich hatte genug zu tun, den Hausgenossen soviel wie möglich alles zu verbergen, besonders dem George, der nach seinem Verlust sehr empfindlich geworden und den Kinderlärm garnicht ertragen kann; gewiß wenn es unter diesen Umständen möglich gewesen, ich wäre schon lange zurück. Ich habe noch mehr Last gehabt als diese, ich mußte für die Kinder eine Schule aussuchen und eben bin ich im Begriff in einer Anstalt, worin sie alles Wesentliche lernen sollen, ihnen Plätze auszuwirken, denn Sophie kann wegen den Brüdern Clemens und Christian sie nicht gut im Hause behalten; verzeih mir nun, daß ich Dir wieder traurige Nachrichten melde, ich hätte sie nicht geschrieben, wenn es nicht wäre, um mein Stillschweigen zu rechtfertigen, bemerke auch, daß ich Dir nicht eine Nachricht geschrieben, die ängstigend war, als bis die Gefahr vorüber war; wenn Du Dich also geängstigt hast, so liegt es mehr in Deinem Charakter und in Deinem Mißtrauen in meine Handlungsweise als in meinen Briefen, es war ja natürlich, daß ich Dir Nachricht gab über eine Krankheit, die man hier für unheilbar hielt und mit dem Namen zehrendes Fieber belegte. Wenn das Kind nun wirklich gestorben wäre, so hättest Du mir Vorwürfe gemacht, daß ich Dir nichts davon geschrieben, kurz, gewiß hab ich Dich nicht ängstigen wollen, oder in irgend einem Vergnügen stören, sondern mir ist außerordentlich leid, daß Du Dir die Reise nach Hamburg versagt hast, aber ich beteuere Dir nochmals, daß ich Dir unmittelbar auf Deine Bemerkung wegen Hamburg geantwortet, ja, daß mir vor Eifer, Dir diese Reise plausibel zu machen, das Schreiben zu langsam ging und wenn der Brief nicht an Dich gekommen, so ist er durch die Botenfrau verloren oder auf dem Comptoir. Meine Reise nach Ems hat sich bis jetzt nicht machen lassen wegen schwankendem Wetter, und weil Giesel und Max wirklich nicht wohl waren, ich habe auch gar keine Hülfe von dem Mädchen, was ich mitgenommen, sie ist eine von den widerwärtigsten Kreaturen, die sich gleich mit den Worten gewehrt hat, die Maxe zu bedienen, sie sei nicht dazu gemietet. Ich bitte Dich nochmals, verarge mir's nicht, wenn ich nicht alles mache, wie ich sollte, denk daran, daß meine Gesundheit nicht die festeste ist, daß ich also auch leichter ermüde und manchmal etwas auf den nächsten Tag verspare, an dem ich dann unvermutet gehindert werde, und daß es dann so kommt wie diesmal.

Adieu, ich grüße und küsse Dich herzlich

Bettine

4. Oktober, an welchem ich Deinen Brief empfangen habe.

527. *Arnim an Bettina.*

Wiepersdorf, 10. Oktober 1830
[12. Oktober abgeg.]

Liebe Bettine!

Dein Brief mit der Nachricht von Grimms naher Herkunft traf hier zugleich ein mit den Nachrichten von Brüssel, die viel Besorgliches ahnen lassen. Dem Grimm schicke ich das einliegende Gedicht, was ich kürzlich für eine milde Sammlung in hiesiger Gegend machte [die 27 strophige Sage „Der Brunnen in Rheinsdorf", A.'s letztes Gedicht; bei Steig III, 611]. Ich fürchte aber, die neuen Schreckensszenen werden den alten das Interesse nehmen. –

Freimund ist hier und schießt fleißig, in drei Tagen schicke ich ihn nach Berlin zurück, da seine Ferien zu Ende. Im Hanau'schen sind auch allerlei Unruhen, so daß ich wünschen möchte, Du wärest erst durchgedrungen zu uns, wo bis jetzt noch überall Friede und Ordnung herrschen. Seltsam ist es, wie man sich lange in Deutschland so schmerzlich um andere Länder bekümmert hat, wo Revolutionen ausbrachen, und die eigenen Wehen zu einer Revolution nicht spürte. – Unsere Gebrüder Gericke sollen ihren Gläubigern angezeigt haben, daß sie unfähig wären zum Zahlen, diese Nachricht brachte Freimund, der sich Dir ergebenst empfiehlt, auch steht ihr Name nicht mehr unter den Anzeigen von Tivoli. Der nasse Sommer und der schlechte Weg wegen der angefertigten Chaussee haben ihnen viel Schaden getan, weniger das Elysium, wohin auch nur wenige gehen. Wenn Görres noch in Frankfurt, so sage ihm, daß ich seine politischen Schriften in diesen Tagen wieder gelesen, er würde sich wundern, wie seltsam anders so vieles gekommen, obgleich überall die richtige Ahndung großer Umwälzungen durchblickt. In Beziehung auf unseren alten Staat kannte er zu wenig den Umfang der künstlichen Revolution aus dem Jahre 1810, die Impfung, die unser Volk gegen eine wirkliche schützt, soweit mein Beobachten reicht.

Freimund versichert mir, daß Kolbes Bild nicht ausgestellt, also noch nicht fertig sei. Ein Hylas von Sohn macht viel Aufsehen, die Ausstellung dauert bis über das Ende des Monats. – Ich begrüße herzlich alle lieben Verwandten und küsse Dich und die Kinder

Achim v. Arnim

528. *Bettina an Arnim.*

12. Oktober 1830

Lieber Arnim,

seit 8 Tagen kampiere ich mit den drei Kindern auf dem Neuhof bei Firnhabers, da es durchaus nicht geraten war, die Bäder noch zu besuchen bei so später Jahreszeit, indem die Bequemlichkeiten für Kurgäste schon bis zum nächsten Jahr aufgehoben, auch die Logis dort nicht mit Öfen versehen sind; so habe ich es leider aufgeben müssen, denn ich glaube, daß Ems mir selbst sehr zuträglich gewesen sein würde. Für Maxe ist die Luftveränderung auf dem Neuhof ebenso zuträglich, sie ist noch sehr müde, aber sonst scheint sie vollkommen hergestellt; sowie ich nach Frankfurt komme, werde ich Anstalt zu meiner Rückreise machen, so daß ich vor Ende Oktober noch bei Euch sein werde, schreib mir, ob Du zu dieser Zeit in Wiepersdorf bist und ob Dir's recht ist, wenn ich zufürderst dahin komme.

Von Firnhabers Wirtschaft ist nicht genug Rühmliches zu erzählen, er selbst ist voll Tätigkeit und Lust und hat den unermüdlichen Eifer von morgens bis abends, über jede Kleinigkeit wacht er, es ist nichts, was ihm entgeht, so daß es oft komisch ist zu hören, wie er Hunde und Menschen befehligt; sie sind beide voll Freundlichkeit gegen mich und die Kinder; es gefällt mir hier viel besser, wie in Rödelheim, dort ist es jetzt nicht gut sein, denn der alte George hat seit dem Tod des Sohnes viel Hypochondrie; in der Stadt ist alles voll Mißtrauen und Hetzerei, welches die beiden müßigen Brüder veranlassen.

Ich habe für den Görres eine Partie guten Weines bestellt, als Geschenk von Dir wird er ihn in seiner Heimat finden. Solltest Du auch Lust haben zu etwas Wein, so schreib mir und ob Du lieber weißen oder roten willst. George hat einen roten, der ganz vortrefflich ist, man nennt ihn den Lebensverlängerer, auch mir hat er sehr wohl getan, er kostet hier in Frankfurt 10 Gr. courant, sollte Dir ein guter Weißwein lieber sein, so kannst Du gute Sorten bekommen, die weniger kosten. Schreib also gleich darüber, damit ich mich darnach richten kann. Am 16. bin ich wieder in Frankfurt und dann packe ich und komme. Grüße Savignys und sage, daß ich der Gunda alles besorgen werde. Ich hoffe, daß wir uns alle gesund wiederfinden und küsse Dich herzlich

Bettine

529. *Arnim an Bettina.*

Wiepersdorf, den 18. Okt. 1830

Liebe Bettine!

Ich war in Berlin, um mich nach den Kindern umzusehen und Freimund zurückzubringen, der hier die Ferien in stetem Jagen zugebracht hatte, zugleich brachte ich Geld, bezahlte auch die 50 Taler, welche Du bei Savigny aufgenommen hattest. Die Kinder waren alle wohl und versichern Dir ihre Ergebenheit. – Die Ausstellung füllte meine ganze Zeit. Kolbe ist wirklich noch nicht erschienen, ich kann nicht Auskunft geben, ob er die Leute noch zum Schluß überraschen wird. Lessing ist diesmal der entschiedenste Sieger durch zwei Bilder, 1. ein trauernder Alter und eine trauernde junge Frau bei einem Sarge in alter Ritterhalle. Es soll zu einer Ballade von Uhland gehören, ist aber durch sich völlig klar, der übergroße Schmerz zeigt deutlich, daß der Eingesargte einziger Sohn des Alten, Mann der Frau gewesen, des Hauses Bestehen. Kein Mensch zweifelt daran, so ganz deutlich und mächtig ist der Ausdruck und man streitet sich nur, welcher von beiden Köpfen noch mehr sagender, noch ausdrucksvoller als der andere ist. Die Antikenmaler möchten verzweifeln, das andere Stück ist architektonisch landschaftlich ein beschneiter Klosterhof mit eingefrorenem Brunnen, prächtig die beschneiten Tannen, im Kreuzgang eine Leiche vor einem erleuchteten Altar ausgestellt, Klosterfrauen, die verschleiert zum Begräbnis ziehen. Du denkst, ich beschreibe Dir einen Friedrich, hier ist aber erreicht, was jener zu malen wünschte, es ist die vollendetste Natur, wie auf einem alten Holländer, dabei die Architektur höchst eigentümlich erfunden, zwei schmerzlich gedrückte und beschneite Karyatiden am Eingange von einer größeren Wirkung als lebendig trauernde Menschen. Nach meiner Überzeugung ist Lessing ein Maler, der den Besten der guten Zeit zugesellt werden kann. Blechen erregt durch zwei wunderbare italienische Landschaften Staunen und Verdruß bei den Leuten, er hat nicht die beliebten schönen Gegenden gewählt, sondern solche wie jene Müggelgegend vor zwei Jahren, und doch so eigentümlich ganz Italien darin, daß es garnicht gesagt zu werden braucht. Sohn hat im Wettstreit mit jenen Fischerknaben Hübners einen Hylas geliefert, der sich halb unwillig von drei schönen Nymphen ins Wasser ziehen läßt, viel besser als alles, was wir je von ihm sahen. Hübner hat ein Prachtbild seiner Frau geliefert; sämtliche Bilder von Magnus zeichnen sich vorzüglich aus, seine Albaneserin gefällt allgemein. Von einem Kasseler Pelicin als Gegenstück eine andere trefflich gemalte Italienerin. Herbigs Mutter mit den drei Kindern hat alle überrascht, man fühlt deutlich, daß noch viel aus ihm werden könnte, wenn er mehr Zeit hätte. Fatal sind die blonden Härchen des kleinen Kindes. Von Pistorius und Schulz prächtige Genrebilder, schöne Landschaften, überall reiche Entwicklung; nur wenig Platz bleibt mir von Bildnerei zu sprechen und doch ist ein Fischerknabe von Wolff ausgestellt in Marmor, eins der herrlichsten Werke neuerer Kunst, eine Menge Bronzen, Granitarbeiten usw. Die reichste Ausstellung, 1344 Nummern in aller Art. General Grolmann begegnete mir auf der Ausstellung, ich fragte ihn: Wo alle die jungen Künstler hingeprescht werden würden, wenn es zum Schlagen käme? Ich dächte, man stiftete eine eigene Künstlergarde. Auf dem großen Bilde von Krüger ist schon solch ein Corps abgebildet. Du findest nämlich auf diesem merkwürdigen Bilde als Zuschauer alle bedeutenden bildenden Künstler, Paganini und die Sontag usw., es ist das Meisterwerk von Krüger in aller Art, u. a. ein Kadett, der den Militärdienst ganz vergißt und ein paar Hunde aneinander hetzt.

Leb wohl, ich schrieb nur, um Deine erste Neugierde wegen der Ausstellung zu befriedigen, man glaubt, daß sie bis Ende des Monats noch offen bleibt. Ich küsse Dich und die Kinder und alle werte Verwandte

A. Arnim

Herbigs reizendes Bild der Mutter mit den drei Kindern (Henriette Herbig mit ihren drei ältesten Kindern) gehört wohl zu den gelungensten und bezeichnendsten Familienbildern jener Zeit. Es ist abgebildet in „Geschichte der Familie Herbig 1572–1939", herausg. v. Hedwig Kreyenberg. Zelter schreibt am 21. November 1831 an Goethe: „Ein Bild von Herbig Nr. 248 hat mich (gegen die Meinung anderer) besonders angesprochen. Sujet, Zeichnung, Colorit und Beleuchtung schien mir tüchtig und anmutig zugleich."

530. *Bettina an Arnim.*

22. Oktober 1830

Lieber Arnim,

soeben komme ich vom Neuhof, wo sich Maxe sehr erholt hat und ich sehr ruhige Tage gehabt; früher würde ich nicht ohne Sorgen von hier gegangen sein wegen Maxens Gesundheit, allein nun bin ich völlig beruhigt. Wilh. Grimm hat seine Reise hierher nicht gemacht, wahrscheinlich aus Furcht vor den Unruhen, denn nach allen Seiten hin wurde Revolution erwartet, und die Vergrößerungen kleiner Aufregungen würden mit dem besten Tubus nicht erreicht worden sein. Die Revolution in Hanau war eine in der größten Ordnung gehaltene Prozession nach dem Mauthhaus, um Papiere und selbst Geld, was sich da vorfand, zu verbrennen. Dem Herzog von Darmstadt hat man erklärt, daß insofern die Mauth nicht wieder eingeführt würde, nichts zu befürchten sei. Und so von allen Seiten. –

Wenn ich noch die Angelegenheiten der Kinder wegen Schule und Meister in Ordnung gebracht, werde ich meinen Aufenthalt hier beenden; recht leid ist mir's, daß ich nicht einmal das Rheingau besuchen konnte, wo jetzt Franz mit den Seinigen ist, allein es ist unmöglich gewesen wegen Max, die mir bis jetzt ganz überlassen war. – Ich habe Dir geschrieben, daß ich dem Görres Wein als Präsent von Dir nach München befördern lasse und auch gefragt, ob Du selbst von hier welchen willst, ich glaube, daß er Dir auf jeden Fall nicht unangenehm sein kann und werde daher sehen, welchen zu bekommen. Ich bitte Dich, schreibe mir etwas über die Kinder in Berlin, ob sie zufrieden und ruhig sind, es kann sein, daß ich bei dem schönen Herbstwetter noch ein oder zwei Tage nach dem Rheingau Gelegenheit finde. Wenn ich nun über die Kinder beruhigt bin, so gönne ich mir diesen Genuß noch, wobei ich mehr noch von Franz Abschied zu nehmen berücksichtige, als um des Vergnügens willen. Deinen Brief v. 12. Okt. habe ich hier gefunden und Dein Lied an Wilhelm Grimm hier vorgelesen, es hat viel Freude gemacht. *Thomas* wird es dem Grimm schicken. Meine Zeichnung vom Oktoberfest hat der Vorstand vom Städel'schen Museum gesehen und mich bitten lassen zu erlauben, daß man eine Durchzeichnung davon machen dürfe fürs Museum; so geht's, wenn man viel aneinanderhängt, denn hätte ich diese Gruppen auf einzelnen Blättern gezeichnet, so würden sie wahrscheinlich niemand imponiert haben. Görres ist noch hier. Morgen gehe ich in die Stadt und will ihm mündlich alles Gute von Dir sagen.

Adieu, behalte mich lieb, schreib, ob ich über Wiepersdorf komme, was ich auf jeden Fall tun möchte, wenn Du da bist, vielleicht bist Du aber von heut über 14 Tagen in der Stadt. Auf jeden Fall schreibe ich noch.

Dein Weib Bettine

531. *Arnim an Bettina.*

Wiepersdorf, der 24. Oktober 1830
[26. Oktober abgeg.]

Liebe Bettine!

Schwerlich trifft Dich noch dieser Brief in Frankfurt, so muß ich wenigstens aus dem Inhalt Deines letzten Briefes schließen, doch wär es möglich, daß Du durch irgend eine Besorgung abgehalten, die Reise verzögertest und so will ich Dich nicht gern ohne Nachrichten lassen. – Wegen der Weinsendung mache Dir keine Mühe. Die rheinischen Weine gelangen jetzt auf so mannigfaltigen Wegen zu uns, daß wir in Berlin selbst die beste Auswahl ohne alles Risiko haben. Die ernste Zeit, welche sich naht, ist der Anschaffung solcher Vorräte auch nicht sonderlich geeignet, in Berlin taugt unser Keller nichts, hier könnte mir ein Kosakendurchmarsch alles rauben; ich will damit nicht sagen, daß die Kriegsfrage schon entschieden ist, aber auf dem Lande hier glaubt schon jedermann an Krieg, ja die Bauern erzählen schon lange Geschichten von Schlachten, die ihnen von irgend einem Spaßvogel aufgebunden sind, sie sprechen von ganzen Armeecorps, die vernichtet sind, und hoffen zu Gott, daß diesmal alle Franzosen umgebracht, die Welt von ihrer Stänkerei, wie sie sehr naiv ihre großen politischen Revolutionen nennen, befreit werden soll.

Daß der Kronprinz von Bayern in Berlin angekommen, um seine Studien fortzusetzen, wirst Du wohl gehört haben. Ich habe ihn nicht gesehen, aber mein Bruder sagte mir, daß man ihn sehr liebenswürdig finde. Luxburg hat ihn bei Jäger einquartiert.

Einige schöne Tage haben mich hier sehr erfreut, sehr warm und heiter, wie Frühlingstage, morgen ist Weinlese in Ahlsdorf, man verspricht sich einen guten Wein, die Trauben sind süß und ziemlich viel Anhang. Ich denke nun, daß die Ausstellung noch in den November hinein dauert, da sie sehr besucht ist und noch von allen Zeitungen besprochen wird. Drei Bilder der Schuckmann sind allein eine Reise nach Berlin wert. Tieck sagte mir, daß er sie habe ausschließen wollen, daß aber die anderen für die Annahme gestimmt, weil die Frau gegen gute Sachen so kritisch gesinnt sei, sie so schnöde verachtet, daß sie zu eigener moralischer Besserung an sich selbst eine Erfahrung machen müsse. Es führte zu weit, sie zu beschreiben, ich denke, Dir wird das Glück, diese gräßlichen Kindergestalten zu schauen, noch werden. Eines heißt Die Gurke, das andere Die rote Rübe und das dritte Pastinake.

Herzliche Grüße allen Verwandten und Freunden. Ich küsse Dich und die Kinder.

A. A.

532. *Bettina an Arnim.*

5. November 1830

Lieber Arnim,

ich habe mit Schmerzen Wiepersdorf beiseite lassen müssen und bin direkt hierher gekommen. Als ich in Wittenberg ankam, war es bei einbrechender Nacht, und der Postmeister erklärte, daß die Wege nicht praktikabel, auch die Postillone kennten den Weg nicht, ich hätte also warten müssen bis am anderen Tag und mich nach einer anderen Fuhre umsehen; die Hauptursache aber war das Mädchen, welches ich noch zum 5. nach Berlin bringen mußte, weil da ihre Zeit herum ist und es garnicht dienlich und notwendig, daß sie länger bei mir bleibt. Ich bin nun seit einer halben Stunde hier, gesund, und auch die Giesel, und erwarte, daß Du sobald wie möglich kommst, damit ich Dir alles erzählen kann. Bei Savigny bin ich noch nicht gewesen und schreibe Dir nur in Eile, um Dich über mich zu beruhigen. Ich habe Gott gedankt, daß ich die Kinder alle wohl und die Leute rechtlich und ordentlich gefunden. Von Görres hab ich einen Brief an Dich, da er aber nichts Wichtiges enthält und Du doch gewiß in den ersten Tagen hier bist, so hab ich ihn nicht mitgeschickt.

Ich küsse Dich herzlich und freue mich auf den Augenblick, Dich zu umarmen

Bettine

533. *Arnim an Bettina.*

Wiepersdorf, 9. November 1830

Liebe Bettine,

mit herzlicher Freude feiere ich Deine glückliche Rückkehr nach Berlin. Gern wäre ich schon bei Dir, aber ich kann noch nicht fort, doch komme ich, sobald es mir irgend möglich ist.

Ich schickte gerne Geld mit, aber ich habe bei der mir bekannten Nachlässigkeit der Knechte immer Besorgnis wegen des Verlierens, deswegen lege ich lieber ein Briefchen an Savigny ein, der Dir das Nötige geben wird bis zu meiner nahen Ankunft. Zu den Dingen, die mich hier halten, gehören u. a. ein paar Doppelfenster für mein Zimmer, die immer noch nicht fertig werden und doch vor dem Frost durchaus noch eingesetzt werden müssen. Ich hoffe dabei einige Holzersparnis und manche Annehmlichkeit, da ich mich in der Frostzeit meinen alten verwitterten Fensterrahmen garnicht nähern durfte, also wie ein Bratapfel mich zum Ofen halten mußte.

Tiefgerührt bin ich vom Schicksal Antwerpens, keine Stadt hatte ich so lieb wie diese, da war eine Fülle von Altertum und Jugend in Bauwerken, eine so glückliche Lage, so denkwürdige Geschichte, Leben, Tätigkeit, wie sonst vielleicht nirgends. Und doch war bei dem Wahnsinn der Einwohner kein anderes Geschick möglich, und vielleicht kann der Eindruck die Belgier endlich zur Besinnung und zum Nachdenken bringen. Bei der Willigkeit der Holländer, sich von den Belgiern zu trennen, war alles mit wenigen Tagen Abwarten von Seiten der Belgier ausgemacht.

Du wirst Dich jetzt der Ausstellung erfreuen, alle Tage denke ich daran, wie gern ich da umher wandelte. Vielleicht wird zum Schluß noch Kolbes Schlachtbild fertig, damit die Ausstellung mit einem Knalleffekt schließt.

Die Mamsell sagt mir, daß Kühnemund bei letzter Anwesenheit ein Bettlaken, das an seine Decke genäht war, mit eingepackt und fortgeführt hat. Sende es gefälligst hierher zurück.

Weizenmehl und zwar besseres will ich mitbringen. Was ich jetzt habe, ist von geringerem Weizen und vom Müller auf frischgeschärftem Stein gemahlen; einige herrliche Herbsttage in letzter Zeit wollen für den Regensommer entschädigen, doch kann ich noch jetzt wegen der Nässe an manchen Orten nicht ackern. In Dahme war ein großer Karpfenschmaus von 125 Personen, mich hielt das schreckliche Wetter ab, hinzugehen, es wurde im alten Rittersaale des Schlosses gefeiert. Schulz hat aber der Gesellschaft für die Zukunft die Miete des Saales aufgesagt, einesteils, weil seine Frau nicht die erste Polonaise angeführt hat, dann auch weil ihm irgend ein boshafter, bedrängter Mensch etwas in sein Zimmer gemacht hat, eine durchtriebene Arbeit. Warum läßt er sein Zimmer offen und verschließt seinen Abtritt!

Nun meine dringende Bitte, Töpfe, Fässer, insbesondere Beutel und Säcke mit dem Wagen zurückzuschicken, besonders die Säcke, denn diese bleiben immer in Berlin, so daß wir uns zum Einpacken nicht zu helfen wissen. Ich küsse Dich und die Kinder.

Achim Arnim

534. *Arnim an Bettina.*

Wiepersdorf, 17. November 1830

Liebe Bettine!

Mit den Fenstern ergeht es mir, wie Du vermutet hast, sie werden nicht fertig, doch war die größte Hemmung der Mangel an Pferden wegen der Bestellung, die ich gern noch fertig sehen wollte. Montag, den 22. denke ich anzukommen, doch hab keine Sorge, wenn ich mich um einen Tag verspäte, was bei der jetzt vielleicht sich ändernden Witterung möglich ist.

[...]

Ich schreibe bloß, um Dir meine verzögerte Ankunft zu erklären und darum spare ich alles andere bis zu meiner Ankunft auf, besonders über den Brief von Görres, der sich einbildet, alles vorausgesagt zu haben. Wenn Du meinen Brief nachliesest, steht kein Wort davon in demselben, sondern nur, daß er recht gut den revolutionären Geist geahndet, obgleich alles ganz anders gekommen, als er vermutet, oder vielmehr diktatorisch ausgesprochen hatte. Ich küsse Dich und die Kinder.

Achim Arnim

535. *Arnim an Bettina.*

Wiepersdorf, den 15. Dezember 1830

Liebe Bettine!

Deinem Wunsche gemäß meine glückliche Ankunft anzuzeigen, erzähle ich Dir, daß ich im Wagen mit echten Kirschbäumen aus Bärenbruch beladen hier wohlerhalten anlangte, nachdem ich von Schlange an zu meinem Staunen das Feld mit Schnee belegt gefunden. Gestern war ich in Annaburg wegen eines Körnerkaufs und die Kälte war schon empfindlicher. Der Schnee mehrte sich, vielleicht haben wir bald Schlittenbahn. Wäre es nicht besser, den Kühnemund jetzt nach dem ehemaligen Zimmer des Siegmund zu legen, oder heizt sich sein jetziges Zimmer besser, oder vielleicht nach dem Zimmer, wo die Max und Armgard schliefen, was jetzt unbenutzt ist und sich sehr gut heizte. Dem Siegmund laß sein Bette in das Zimmer setzen, wo er arbeitet, das Sofa wird er durch das Schlafen darauf verderben, überhaupt ist das Wohnen in zwei Zimmern von gar keinem Nutzen. Vergiß nicht, bei Wolfart nach Schutztabletten für unser Kind Dich zu erkundigen. Ich habe es leider bei meiner Anwesenheit vergessen. Keine Krankheit erweist sich jetzt so gefährlich, wie echte Pocken. Wagner in Schlieben hatte die Cholera in hiesiger Gegend nach dem Durchmarsch von Truppen zu bemerken geglaubt, es ist aber bloß eine Art Erbrechen mit Rülpsen gewesen von überladenem Magen mit starker Begleitung von Blähungen, wovon sich eine Untersuchungskommission unter Beobachtung nötiger Vorsicht und Aufstellung eines Militärcordons überzeugt hat.

Der Himmel helfe weiter. Das gefährliche Jahr neigt sich zu seinem Ende, die goldne Zeit soll nun kommen. Ich küsse Dich und die Kinder

Achim Arnim

536. *Arnim an Bettina.*

Wiepersdorf, den 22. Dez. 1830

Liebe Bettine!

Mein Getreideverkauf hält mich hier zurück, nicht der Schnee, obgleich die Wege eben nicht einladend mit solchem losen Zeug bestreut sind. Was ich an Lebensmitteln zusammenbringen kann, erfolgt, Du wirst leicht zusammenbringen, was zur ersten Freude des Festabends an Leckereien gehört, französische Pfefferkuchen, Traubenrosinen, Knackmandeln, gute Äpfel, etwas Marzipan sind bald herbeigeschafft, sowie einige Spielsachen für die Giesel. Versichere allen in meinem Namen, daß ich die ernsten Wünsche, soweit es mein Beutel gestattet, gleich nach meiner Ankunft berücksichtigen werde. Soll ich Tuch kaufen? Der Umweg über Luckenwalde wäre nicht angenehm und sieht man sich um in Berlin, so ist es vielleicht dort bei Fabrikanten ebenso wohlfeil zu bekommen. Die Hasen sind von einer solennen Jagd. Wir hätten doppelt soviel gehabt, wenn uns nicht der Schnee geplagt und ermüdet hätte, sie gelten übrigens einen Taler das Stück jetzt in Berlin, hiesige Aufkäufer geben 18 Groschen. Vielleicht sende ich auch 1 Stück Pastete mit, die zu dem Feste verfertigt wurde. Mein Justitiarius war vorgestern bis Jüterbog vorgedrungen, verzweifelte aber am Wege und kehrte wieder heim, indem er mir einen entschuldigenden Brief schickte. Jetzt muß ich ihn her zitieren, sonst muß ich in der Mitte Januar wieder hierher zurück.

An das Kammergericht habe ich schon geantwortet auf das Mandat wegen der Miete.

Nach der Spannung wechselnder Neuigkeitskrämerei in Berlin bin ich hier auf zwei Stunden reduziert, wo Neuigkeiten anlangen. Der Siegmund soll nicht vergessen, mir sämtliche neue Staatszeitungen zu schicken.

Dem Serviere schicke doch einen guten Hasen.

Die drei Kapaunen lasse nicht braten, da werden sie gemeiniglich verdorben, sondern dämpfen mit einer Trüffelsauce.

An die Pastete drücke etwas Zitronensaft und trinke vom weißen Burgunder dazu am Weihnachtsabend und laß die Kinder anstoßen auf ein gutes künftiges Jahr.

An Varnhagens schicke doch auch einen Hasen in meinem Namen und an Schinkel und vergiß nicht viele Grüße an Savignys. Ich küsse Dich und die Kinder recht herzlich.

Achim Arnim

Ein Zeichen von Arnims besserem Einvernehmen mit Varnhagens ist auch seine 1830 in den „Blättern für literarische Unterhaltung" anonym erschienene Besprechung von Varnhagens „Denkwürdigkeiten" und seinem „Zinzendorf".

537. *Arnim an Bettina.*

Wiepersdorf, der 1. Januar 1831
[4. Januar abgeg.]

Liebe Bettine!

Dir schreibe ich die ersten Zeilen mit der neuen Jahresbezeichnung, möge das Jahr Dir und den Kindern heilsam und erfreulich sein. Den Silvesterabend habe ich bei Birkner zugebracht, wo die jungen Damen sich mit alten, wohl hundert Jahr alten seidenen Kleidungsstücken, Hauben und Schuhen ausschmückten und einen Galoppwalzer tanzten. Diese Kleider stammen aus der Erbschaft seiner verstorbenen Frau und wären eine wichtige Erwerbung für das Theater, um einmal zur Abwechslung ein Gellert'sches Stück im Kostüm zu geben. Von Heineckens, wohin ich heute zu fahren gedenke, habe ich sehr unterhaltende Mémoires de la Comtesse Dubarry, der bekannten Geliebten Ludwigs des XV. geliehen, suche sie zu erhalten durch Varnhagen, der sie gewiß schon gelesen hat.

Mit meinem Getreideverkauf bin ich bis aufs Geldholen fertig, aber nun kommt der Stadtrichter den 4. Januar und ich muß gegenwärtig sein. Deswegen werde ich vor dem 7.

Januar schwerlich eintreffen. Die Anforderungen der Kinder sind nach Siegmunds Schreiben in Beziehung auf Weihnachtsgeschenke zu groß, sie werden sich mäßigen. Savigny wird so gefällig sein, Dir Vorschuß für die Wirtschaft zu machen.

Fast hätte ich vergessen, Dir zu berichten, wie ich in Dahme zu einem Balle gewesen und mit Madame Unverdorben eine Polonaise getanzt habe. Sie hatte eine Näherin und Putzmacherin mitgebracht, die, weil sie so hübsch war, Herr von Lochow veranlaßte, zu tanzen, ihn, der sonst nie tanzt; die ganze Gesellschaft war empört, weil sie nicht ressourcefähig sei als Lohnarbeiterin. Die Erklärungen sollen immer heftiger werden, die andern Frauen werfen der Madame Unverdorben vor, sie wolle immer das Prae haben; es wird daraus eine Revolution gegen Unverdorben selige Erben!

Ich küsse Dich und die Kinder

Achim Arnim

538. *Arnim an Bettina.*

Wiepersdorf, der 7. Jan. 1831

Liebe Bettine!

Ein Schmerz im Knie und im Fuße hinderte mich an der Abreise. Ich hoffe, es soll bald wieder vergehen, da ich mich ernst des Schwitzens befleißige. Töpfer, d. h. der August vom Schäfer, ist für diese Tage mein erster Kammerdiener geworden, sodaß ich besser bedient bin als in Berlin. Mache Dir daher keine Sorgen, komme nicht etwa auf den Gedanken, hierher zu kommen; der Frost ist stark und die Kinder in Berlin bedürfen Deiner Gegenwart. Ich schreibe Dir bloß, daß Du keine Besorgnisse wegen meiner verzögerten Ankunft hegst. Ich küsse Dich und die Kinder

Achim Arnim

539. *Arnim an Bettina.*

Wiepersdorf, 12. Januar 1831

Liebe Bettine!

Es geht mir besser, aber ich bin noch immer nicht ganz frei von Schmerzen und die Jahreszeit fordert natürlich Vorsicht bei einer Reise nach Berlin. Wenn es Savigny belästigt, Geld vorzustrecken, so werde ich dieses durch die Post senden. Er wird durch Niebuhrs Tod sehr angegriffen sein, auch ich bedauere herzlich den braven Mann, sowie den glänzenden Kreis von Talenten und Kenntnissen, der ihm zu Gebote stand. Ich schreibe bloß zu Deiner Beruhigung und wüßte Dir auch nichts Neues mitzuteilen, als was mir die Dubarry erzählt hat. Ich küsse Dich und die Kinder,

Achim Arnim

540. *Arnim an Bettina.*

Wiepersdorf, 16. Jan. 1831

Liebe Bettine!

Ich schreibe, weil Du im letzten Briefe den Wunsch ausdrückst, jeden Posttag Nachricht von mir zu haben, obgleich ich Dir wenig zu sagen weiß, als daß ich mich langsam bessere. Du scheinst inzwischen bei großen Kunstversuchen sehr vergnügt, was auch mir wohltut. Es ist Dein vierter Ansatz zum Ölmalen, vielleicht findest Du jetzt weniger Schwierigkeit als früher, weil Du der Umrisse sicherer geworden bist. Ich wünsche guten Fortgang, küsse Dich und die Kinder.

Achim Arnim

541. *Bettina an Arnim.*

18. Januar 1831

Lieber Arnim,
mir ist Dein Bleistiftschreiben kein beruhigendes Zeichen, und obschon ich in vollem Eifer der Malerei bin, die mir so ganz über Erwarten gelingt, so hab ich vorderhand alle Lust verloren und mein Bild beiseite gestellt, bis ich weiß, ob Dir's wieder besser geht, denn aus Deinem Brief kann ich mich nicht vernehmen, ob Du wirklich die Wahrheit sagst. Wenn ich nun bis zum Sonnabend nicht bessere Nachricht habe, so komme ich den Sonntag. Der Weg ist ja so klein, und meine Gesundheit ist jetzt recht gut. Gern würde ich Dir vorderhand eins von den Kindern schicken, aber alle sind zu sehr beschäftigt und ist wohl in diesem halben Jahr so wesentlich, daß sie nicht unterbrochen werden, besonders Freimund und Siegmund. – Hier in der ganzen Stadt heißt es, Savigny werde Justizminister, sogar ist im Radziwillschen Hause davon als von einer ausgemachten Sache gesprochen worden, ich glaube jedoch, daß er selbst sich zu sehr kennt, als daß er es annehmen würde, man erwartet, daß Fischenich bei dieser Gelegenheit einen wichtigen Posten bekomme. –

Hast Du auch schon gehört, daß die arme Niebuhr ihrem Manne nachgestorben ist? Savigny ist Vormund der Kinder, der andere Vormund, den Niebuhr ernannt hatte, ist unterdessen auch gestorben; man sagt, bei Niebuhr und seiner Frau habe das viele Aderlassen Schuld gehabt; Stüler hat indessen hier manche ausgezeichnete Kuren gemacht, die ihm sehr viel Ruhm eingeerntet haben. Ich danke Gott, daß Du keinen übermütigen Arzt in Deiner Nähe hast, indessen fürchte ich auch, daß Du nicht soviel an Dich wendest, um den Groß von Jüterbog holen zu lassen, dies wäre sehr unrecht von Dir und ich bitte Dich recht sehr, es doch nicht zu versäumen und mir zu schreiben, daß Du ihn geholt hast. Beikommender Brief von Grimm ist mir von Meusebach gebracht worden, da ihm Grimm geschrieben, er würde von Deinem Brief noch Neues hören, so habe ich keinen Anstand genommen, ihm Deinen Brief lesen zu lassen. Die Geschichte der Universität Göttingen hat hier sehr viel Interesse erregt.

Ich wollte doch nur, daß Du erst hier wärst, so wollte ich Dich gewiß nicht so bald fortlassen. Wenn ich nun nicht die Überzeugung habe, daß Du wirklich ganz auf der Besserung bist, so muß ich Dich besuchen. Die Kinder grüßen und ich küsse Dich von Herzen und mit der Sehnsucht, bei Dir zu sein.

Bettine

Drei Tage später, am 21. Januar, starb Arnim „plötzlich und schmerzlos" an einem Nervenschlag, fünf Tage vor seinem 50. Geburtstag. Bettina schreibt am 1. Februar 1831 an die Brüder Grimm:

„Ihr lieben Freunde von Arnim! ‚Wenn zwei in meinem Namen versammelt sind, so bin ich mitten unter ihnen', so sagt Christus, der für die Seinen gestorben ist. Arnim ist auch für die Seinen gestorben, denn sein Tod hat uns alle in ihm versammelt, und sein Wort ist lebendig in uns geworden; und jedes Ereignis in seinem Leben gibt Zeugnis von seiner Liebe. Sein Tod ist auch kein schreckliches Ereignis, sondern ein schönes und wohltätiges für mich und seine Kinder, und als ein ganz besonderes Zeichen, daß Gott Wohlgefallen an ihm habe, gilt mir sein Tod. Der göttliche Meister hat ein Kunstwerk aus seinem Lebenslauf gebildet, und sein schöner Geist reifte ihm ungestört entgegen, und es erwuchsen ihm die Flügel in Folge seiner Reife und so ist er seinem Schöpfer entgegengeflogen, ohne Schmerz, ohne Abschiedswehmut, leicht wie ein Kind, das der Vater von der Erde aufnimmt, um es zu küssen. Bedauert mich nicht, Ihr lieben Brüder, ich bin sein Weib und habe seine Kinder unter dem Herzen getragen, es ist sehr viel Schönes in diesen Kindern, ich soll noch eine Weile mit diesen Kindern sein, und diese Prüfung meiner Liebe soll mich ihm neu vermählen. Der Ring, den er zwanzig Jahre als Zeuge unbefleckter Treue am Finger getragen, steckt jetzt wieder als Verlobungsring für die Ewigkeit an meinem Finger. Ist denn eine verlobte Braut, deren Freund erst noch andere Welten durchzieht, bis er sich mit ihr vereinigt, so unglücklich? Sie sehnt sich nach Mitteilung, und alles Schöne, was ihr das Leben bietet, möchte sie mit ihm genießen, und ‚wär er nur da, daß ich ihm die Füße küssen könnte und Verzeihung und Versöhnung feiern könnte', so denkt sie; und siehe, während sie ihn entfernt glaubt und ihrer Liebe unerreichbar, findet sie ihn im Herzen. Lieben Freunde, wenn er mir nur nie ferner steht wie jetzt, wenn mir nicht auf das neue Erblühen dieser Liebe ein

Frost oder Reif kömmt, wie es manchmal in den schönen Frühlingstagen der Fall ist. ...

Mein ältester Sohn Freimund scheint mir der wahre Erbe von Arnims Milde, Güte, anspruchsloser Selbstverleugnung, allen Balsam des Trostes, den Arnim mir gewiß von Gott erbeten, hat er mir durch das Wesen dieses Jünglings zufließen lassen ...

Wir werden ihn noch so fort haben, und wenn der Zufall guten Willen hat, so bringt er uns bald zusammen, und dann werden wir den Arnim gewiß in unserer Mitte haben; dem Wilhelm ist zugedacht, daß er seinen Nachlaß ordne, er soll sich darauf freuen, denn es wird für ihn gewiß der reichhaltigste Lohn daraus erwachsen, ich sage Euch: tausendfältiges Neue und was Ihr nicht in ihm geahndet, das werdet Ihr entdecken. Arnim war so bescheiden, ja so keusch mit seinen Poesien, daß es Pflicht ist, diese Bücher, die er so sehr gehütet, daß er selbst nicht litt, wenn man sie von außen berühren wollte, nur mit dem reinsten kindlichsten Herzen anzuvertrauen, und dazu seid Ihr mir ausersehen und vorab der Wilhelm, der schon einmal der Bote Eurer unverbrüchlichen Treue war und dem er so manches freiwillig hingab, was er andern verweigerte. Ja, lieber Wilhelm, Sie sind gewiß jetzt ganz auf der Besserung und bitte ich Sie, betrüben Sie sich nicht über den schön Vollendeten in einer höheren Welt, der jetzt alles hat, wonach er früher gestrebt hat, und der auch mich hat und die Kinder und die Freunde. O nehmt es, wie ich es empfinde, ich würde noch manches hinzuschreiben, wenn ich nicht tausendfache Störung erlitte durch Menschen, die sich geeignet und verpflichtet glauben zu trösten. ... Tausendmal sage ich Euch Lebewohl und bitte Gott, daß er Euch in Euerm Glück nicht stören möge. Bettine.“ (Steig III, 620 ff.)

Nun kann Bettina die Verklärung Arnims zu dem romantischen Dichter, den sie geliebt und geheiratet hatte, beginnen. Wie früh sie damit begann, spricht aus einem Brief Leopold Rankes an seinen Bruder vom 24. März 1831:

„... Indes habe ich hier eine Wohnung über Frau von Arnim bezogen. Ich habe sie auf einer neuen Stufe der Entwicklung angetroffen. Der Tod ihres Mannes hat einen großen Einfluß auf sie ausgeübt. Er ist schön gestorben. Er schien kerngesund und wollte in wenigen Tagen nach Berlin kommen. Von einer Gesellschaft seiner ländlichen Bekannten in seinem Hause hinweg war er in sein Zimmer gegangen und hatte den Sternbald [L. Tiecks „Franz Sternbalds Wanderungen“, 1798, der erste romantische Bildungs- und Wanderroman] zur Hand genommen. Ich weiß nicht, welches Lied von Sehnsucht nach der Seligkeit er eben aufgeschlagen, als ihn, wie Frau v. A. sagt, Gott zu sich emporhob – er stehend niedersank. Die Bedienten glaubten, er sei ohnmächtig geworden; er tat noch einen Atemzug und war hin. Seine Kinder sind hingereist. Der eine hat ihn im Traume gesehen und hat von ihm gehört, er sei selig; er hat am Morgen ein langes Lied gesagt, worin auch etwas für die Mutter, das ihm der Vater vorgesprochen habe. Sie selbst behauptet, ihn nicht verloren zu haben. Denn da die Menschen mit einander auch in der Liebe oft nur in einem Scheingespräch seien, von dem ihr wahres Dasein nichts wisse, in dem dies sich sogar verhülle, so trete man durch den Tod mit jemand in eine wahrere, tiefere Gemeinschaft, als die das Leben erlaube. Sie erkennt die Wahrheit der Religion, sie ist zu einer unmittelbaren Anschauung der Verhältnisse zwischen Gott und Menschen geläutert. Ich kann Dir nicht sagen, mit welchem Erstaunen und Wohlgefallen ich ihr wieder zuhöre. Es ist eben, als finge Malchen [des Bruders zweijährige Tochter], indem Du mit ihr auf dem Sopha spielst, von göttlichen Dingen zu reden an, zwischen denen hindurch sie wieder einmal von Zuckerschaufeln phantasierte." (L. v. Ranke, „Das Briefwerk", S. 236 f.)

Die Ausgabe von Arnims Werken, von Wilhelm Grimm mit Bettinas Hilfe veranstaltet, begann 1839 zu erscheinen. Der 22. Band mit den Gedichten wurde von Varnhagen betreut. Wilhelm Grimms Vorrede ist das schönste Denkmal für Arnim.

Erst jetzt, nach Arnims Tode, tritt Bettina als Dichterin hervor.

Nachwort von Werner Vordtriede

In diesem Briefwechsel tritt vor allem Bettina hervor. Wie könnte es anders sein. Sie bleibt in Berlin, sieht Menschen um sich, die von ihr berichten können, kann ihre Briefe mit den großen Namen der Zeit füllen, läßt sich immer reicher anregen und erschließt sich dem geliebten Manne ohne Rückhalt. Arnim dagegen lebt auf dem Lande, kaum einer bekommt ihn zu Gesicht, so daß er nur selten in zeitgenössischen Erinnerungen und Briefen auftaucht. Seine Bücher geraten in Vergessenheit. Zudem verhindert ihn Bettinas achtlose Behandlung seiner Briefe, sich ihr wirklich zu öffnen. Schon nach wenigen Ehejahren verschließt er sich vor seiner Frau, berichtet fast nichts über seine dichterischen Arbeiten. So erscheint der phantastischste, überströmendste und dichterisch ungeordnetste aller deutschen Dichter als strenger, pädagogisch wachsamer und disziplinierter Gutsherr. Ein literarhistorisches Rätsel.

Dabei war Arnim in allem, was er tat und schrieb, in seinem Verhältnis zur Zeit und zu den Menschen immer in witzigster Laune aller Philisterei entgegen. Nicht wie Brentano aus genialischem Getriebensein und innerer Entwurzelung, sondern aus einem sicheren Qualitätsgefühl heraus. Schon die Art seiner Heirat ist ein bezeichnendes Zeugnis dafür. Er schreibt darüber an Görres:

„Wir sind ohne irgend Jemands von unseren beiderseitigen Verwandten Wissen hier in der Stadt fünf Tage verheiratet gewesen, bis wir es selbst an Clemens und Savigny erzählt haben. Die Schwierigkeit wirst Du begreifen, wenn Du weißt, daß ich Zimmer an Zimmer mit Clemens wohnte, und Bettina bei Savignys. Es ging aber wie in tausend Komödien: eine Kammerjungfer vermittelte alles. Heimlich wurde ich morgens auf dem Zimmer eines alten achtzigjährigen Predigers getraut, kam abends wie gewöhnlich zu Savignys, polterte die

Treppe hinunter, schlug die Haustüre zu, und schlich mich heimlich in Bettinas Zimmer zurück, das recht fröhlich mit Rosen, Jasmin und Myrten belaubt war. Morgens ging ich fort, behauptete dem Clemens, ich hätte in der Nacht eine heftige Kolik bekommen, daß ich mich in ein Wirtshaus begeben müssen, zugleich nahm ich ein leichtes Brechmittel ein und das überzeugte alle. Du wirst fragen, wozu alle diese Umstände? . . . Weil alle lauteren Hochzeiten, wie unsre unvermeidlich geworden wäre, zu dem widrigsten Spotte alles Sakraments, zu den heillosesten Zoten gehören, wobei sich die Leute gar noch verpflichtet halten, noch einige Tränen zu vergießen."

Der ganze Arnim ist darin: sein märkisches Schamgefühl; sein Drang, alles, was ihn selbst betrifft, geheimzuhalten; die studentische Lebensweise; die Weihung eines neuen Zustands durch einen Uralten; die Lust am Spaß und der Hang zum Grotesken. Das Brechmittel, das er einnahm, ist die im Grunde ganz unnötige Krönung des Ganzen, so wie in seinen Werken keine behagliche Idylle triumphieren darf, kein zufriedenes Gefühl sich behauptet, da immer eine gewagte und unvorherzusehende Teufelei das Ganze skurril untermalt.

Arnim der Dichter aber tritt in diesen Ehebriefen kaum in die Erscheinung. Die innere Spannung, das eigentliche intime Drama dieser Brieffolge besteht ja eben darin, daß sich die Gewichte zwischen den beiden Partnern im Laufe ihrer Ehe verschieben. Im selben Maße, wie er unproduktiv wird und sich künstlerisch verschließt, erstarkt in Bettina der künstlerische Trieb. So mag es eine willkommene Ergänzung sein, Arnim nun auch von seiner eigentlich schöpferischen Seite zu verstehen.

Bevor unser Briefwechsel einsetzt, waren schon vier seiner Hauptwerke erschienen. „Des Knaben Wunderhorn" im Jahre 1805, in dem er und Clemens Brentano in einer Mischung von archivarischem Wissen und schöpferischer Begeisterung (womit ja, so merkwürdig es heute erscheinen mag, einmal die ganze Wissenschaft der Germanistik begann) in einem letzten noch möglichen Augenblick die deutschen Volkslieder sammelten und die zersungenen Strophen in sympathetischer

Schwingung umdichteten und ergänzten. Sein herrliches Nachwort „Von Volksliedern" macht ihn zum Begründer der Volksliedkunde. Einen Garten wollte er bestellen, ein Gut bepflanzen, schon damals, denn die neugewonnenen Lieder sollten nicht nur ergötzen, sondern neu erblühen und wirksam werden. In dem anschließenden Streit mit dem grimmig polternden J. H. Voß zeigt sich Arnim von seiner witzigsten und schärfsten Seite. Sein Feldzug gegen den Widersacher in 93 Sonetten erwuchs aus jener überschäumenden Fruchtbarkeit, die den Heidelberger Romantikern im freundschaftlich erhöhten Augenblick in tausend geselligen Späßen zur Verfügung stand.

Auch der „Wintergarten" war schon erschienen, in denen alte Erzählungen mit halb ironischer Hausbackenheit und kindlicher Anmut neugefaßt wurden. Der alte Winter stapft so musikalisch brummend durch das Rahmenwerk und Ariel bläst als luftiger Fremdling hindurch. Die sonderbarste Geschichte darin aber ist keine alte nacherzählte, sondern eine aus Arnims englischem Aufenthalt gewonnene: „Mistris Lee", die ungewöhnliche psychologische Studie einer weder im Guten noch im Bösen beheimateten zerstörerischen Schönen. Goethe nannte Arnims Verse, die ja auch seinen Freunden oft so schwer verständlich waren, „unklar, ungesellig und zum Traum geneigt", die „Mistris Lee" aber fand er „ganz vortrefflich". Der Anfang der Erzählung kreist um einen höchst zweideutigen Traum, der vom Verehrer der Mrs. Lee als religiöse Allegorie gedeutet wird und im Gegensatz zur romantischen Traumdichtung nicht als fabelhafte Erfindung und Stimmungszauber erscheint, sondern als Mittel zu gefährlicher Einsicht in die Seele der Träumenden und des seine Zerstörung vorbereitenden Deuters. Um 1810 sammelte Arnim mit Brentano Selbstbiographien aller Art, um sie herauszugeben; zeitlebens las er mit Vorliebe die Memoirenliteratur. Seine Methode der Menschenbetrachtung scheint im Realistischen von seinen Physikstudien herzukommen. Seine Phantastik aber lebt, in einem ganz anderen Grade als bei Tieck oder selbst E. T. A. Hoffmann, vom Aufspüren der im Menschen verschüttet liegenden Seelenbilder, die sich gleichsam selbständig machen und die Gestalten seiner Dichtungen gegen ihren bewußten Willen ins Verhängnis ziehen.

In dem großen Doppeldrama „Halle und Jerusalem" greift Arnim ein Schauspiel von Gryphius auf, das dieser wieder aus einer altitalienischen Novelle gewonnen hatte. Unter Arnims Händen wird das nun ein großes unregelmäßig gebautes Gefäß, aus dem es aus allen Ritzen heraus keimt. Studentenleben und Dirnenwesen im ersten Teil sind trotz aller Buntheit noch durch eine mächtige Realität gebändigt; im zweiten Teil aber glaubt man dem Werk eines Wahnsinnigen zu begegnen. Die Figuren, die man aus Halle gut zu kennen glaubte, werden nun wie Träumende im Schifferstechen, als Ordensbrüder, im Bund mit dem Teufel, bei Zauberern, als Pilger auf dem Meere, bei einer Satansfeier im Sturm, bei der Belagerung von Akra, bei Versuchungen in der Wüste, im Harem des Bassa, im Nonnenkloster, beim Ritterschlag am Heiligen Grab wie Irrwische dahingetrieben; zwei werden von der Riesenjungfrau mit dem Storch zertreten. Das Ganze ist mit den verblüffendsten Späßen durchsetzt. „Alles rauscht und eilt und jagt vorüber wie ein Geisterheer", wie Görres sagte. Nur noch einmal, in seiner 1813 entworfenen, aber erst nach seinem Tode veröffentlichten „Päpstin Johanna" hat sich Arnim in einen ähnlichen Wirbel allegorisch-symbolisch-psychologischer Wirrnisse gestürzt. Es ist, als habe ein schwer Bedrängter nach der Lektüre etwa des zweiten „Faust" diese ganze Dichtung in unruhigem Schlaf verwildert nachgeträumt und versuchte nun, beim Erwachen, diesen Traum mit schwerer Zunge und entrücktem Sinn nachzuerzählen.

Sein darauffolgender Gegenwartsroman „Armut, Reichtum, Schuld und Buße der Gräfin Dolores" scheint zunächst einem ganz anderen Geiste anzugehören. Planvoll, behutsam, gegenwartsnah wird hier in ordentlicher Folge ein Eheroman erzählt. Dolores, eine leichtsinnige Spielerin des Lebens, gerät an den etwas pedantischen Grafen, der ein edler aber unzulänglicher Weltverbesserer ist. Die beiden ungleichen Eheleute, liebenswert und untüchtig beide auf ihre Art, begeben sich in ein psychologisches Labyrinth, durch das Arnim einen mit erfinderischer Besonnenheit führt. Unversehens wird der psychologische Eheroman zum politischen Zeitroman, in dem das Für und Wider der restaurativen Möglichkeiten in einer zerstörten Welt zum Hauptthema werden. Gleichzeitig aber ist es auch die erste Dorfgeschichte. So klar gesehen sind diese Gestalten, daß man in ihnen Porträts vermuten muß: der Prediger Frank, der ein geistiger Verführer ist; der pockennarbige Baron, der auf Frauen durch seelische Grobheit wirkt; die freche, schlaue Dorfemanzipierte, die tolle Lise. Der Herzog aber ist ein Bruder einer der verwegensten Urgestalten, die die Romantik hervorgebracht hat. Er ist ein Roquairol, der Ästhet, der, in einer der raffiniertesten Verführungskünste der deutschen Literatur, sich durch gespielte Glut, durch ruchlosen Witz und teuflische Schöngeistigkeit die Gräfin gefügig macht. So runden sich die ersten drei Teile, „Armut", „Reichtum" und „Schuld", zu einem epischen Zeitbild. Erst im letzten Teil, der „Buße", läßt Arnim, wie so oft, plötzlich die Zügel schießen und strebt einem ganz anderen perspektivischen Punkt zu. Ein Übermaß an Ereignissen und Themen löst den graden Faden der Handlung auf. Ohne ersichtlichen Grund werden ganz neue Themen eingeführt, wie das der Päpstin Johanna, einer inzestuösen Liebe des Sohnes zur Mutter, das Motiv des Grafen von Gleichen und andere. Dazu eine ganz unnötige und unerklärte Gespensterszene. Vor allem aber fängt hier mit einer neueingeführten Figur, der Fürstin, auch ein ganz neuer Roman an. Man ist in Sizilien. Die Fürstin ist eine echte Titanide, starkgeistig, aber mit zerweichter Seele, die nordische und weibliche Spielart des südlichen Herzogs. Sie geht an ihrer Leidenschaft zu einem viel jüngeren Manne, dem Gatten der Dolores, zugrunde. Es gab solche Frauen in der Nähe der Literatur zu jener Zeit. Man denkt sogleich an Frau v. Krüdener, an Charlotte v. Kalb. Die sichere Zeichnung dieser komplizierten Gestalt entschädigt für den Wirrwarr. Und da tritt, nur kurz, aber mit kräftigem Strich hingesetzt, ein echter Ideologe auf, der Ritter Brülar: „Er wollte die Menschen ohne ihr Mitwissen zum Glück hinbetrügen." Einmal befindet man sich kurz im Schlosse des Prinzen von Palagonien, einem grotesken Ort, wie ihn nur Arnim erfinden konnte:

Es hat unermeßliche Summen gekostet, um alles hervorzubringen, was gegen den Geschmack, gegen die Bequemlichkeit, gegen jede Art Kunstsinn verstößt. Keine Mauer ist gerade oder in einer bestimmten Krümmung, kein Fenster dem andern gleich; die schiefe Türe, die von der Mitte des Hauses wenig absteht, ist von den ekelhaftesten, in Marmor gehauenen Chimären umgeben; erst da bemerkt man, daß die ganze Mauer mit solchen Unwesen ordnungslos überzogen ist. Beim Eintritt erschrickt der Kunstliebende vor den schönen, heiligen Bildern großer Meister, womit der Fußboden belegt ist, wogegen die Wände mit den Zerrbildern kleiner Kinder in kostbaren Rähmen prangen; alle Fensterscheiben sind aus zerbrochenen Stücken sehr beschwerlich zusammengelötet, und die Decke des Zimmers ist mit einem Gemische alter goldener Rahmen, Muscheln, Ordensbänder und Dokumente mit großen Wappen bedeckt; die prächtigen Stühle haben alle nur zwei Beine, und die Tische liegen alle umgekehrt. Das kostbare, aber in seiner Vermischung ganz ungenießbare Frühstück war in einem künstlichen Pferdestalle . . . bereitet, der freilich nie den Pferden eingeräumt worden; die herrlichsten Majolikagefäße als Krippen, die künstlichsten Glasgitter als Heuraufen zeichneten ihn vor allen Zimmern im Schlosse aus.

Auf solche Erfindungen dürfen sich die französischen Surrealisten berufen, wenn sie Arnim zu ihren Ahnen zählen. Wohl zu Unrecht. Denn seine groteske Phantasie zielt immer auf seelische Wirren, auf falsche Zeittendenzen, auf gesellschaftliche Verkehrtheiten. Das Groteske ist ihm mehr Waffe als Kunstübung. So wird denn auch dieses Schloß als „Gedankenunzucht“ entlarvt.

Die Novellen von 1812, das erste Werk, das Arnim nach seiner Verheiratung erscheinen ließ, enthalten einige seiner gelungensten Schöpfungen. Vor allem die von Heine so hochgeschätzte „Isabella von Ägypten“, dieses kunstreiche Gewebe von mythischen Ursprüngen, Waldeinsamkeit, Alraun, Bärenhäuter, Golem und träumerischer Geschichtlichkeit. Schon der erste Satz dieses großen Werkes macht den Reiz und die Schwierigkeit der Arnimschen Dichtung klar:

Braka, die alte Zigeunerin im zerlumpten roten Mantel, hatte kaum ihr drittes Vaterunser vor dem Feuer abgeschnurrt, wie sie es zum Zeichen verabredet hatte, als Bella schon den lieben, vollen, dunkelgelockten Kopf mit den glänzenden, schwarzen Augen zum Schieber hinaus in den Schein des vollen Mondes streckte, der glühend wie ein halbgelöschtes Eisen aus dem Duft und den Fluten der Schelde eben hervorkam, um in der Luft immer heller wieder aus seinem Innern heraus zu glühen.

In diesem ohne schweren Anlauf wunderbar unvermittelt anhebenden Anfangssatz blickt man gespannt auf eine alte Zigeunerin. Unversehens aber muß man sich von ihr weg und zu Isabella hinwenden, nur um von beiden weggeführt und vor den glühenden Mond versetzt zu werden. So ist es oft bei ihm.

Auch in seinem Hauptwerk, dem einsam in der deutschen Literatur dastehenden halbhistorischen Roman, den „Kronenwächtern". Erfindung folgt auf Erfindung. In ein wahres Dickicht von Bezügen schreibt Arnim sich fliegenden Atems hinein, um dann mit erfinderischer Lust, nicht ohne hundert neue Seitenblicke, die Fäden wieder zu entwirren. Die Personen verändern sich dabei nach ihrer eigenen Gesetzmäßigkeit, indem die in sie hineingelegten Schwächen langsam um sich greifen und alle Idealität zerstören. Das ist gegen alle Erzählkonvention seiner Zeit. Er ist historisch aus Passion, nicht aus Bildungsdrang, und so verhalten sich die „Kronenwächter", frisch und wie unangetastet, zu den wenig später erscheinenden historischen Romanen der Scottnachahmer wie eine apulische Osteria zu dem italienischen Touristencafé einer nördlichen Großstadt. Was hier in vielen Gestalten, Märchenmotiven, derben realistischen Späßen, Symbolen, grotesken Schnörkeln und immer neuen Erfindungen zusammenschießt, hat ein großes und in keiner Weise historisierendes Hauptthema: die gefährliche Verblendung, durch hochfliegende restaurative Ideale eine neue Zeit zurückschrauben zu wollen. Alle Hauptpersonen dieses reichen Werks schlagen falsche Wege ein, werden auf höchster Ebene verbrecherisch, auf mittlerer sich selbst entfremdet und auf der untersten lächerlich. Wie in der „Dolores", der „Isabella" und dem wunderlichen „Martin Martir" stellt Arnim eine echte Spannung her zwischen einer alten und einer neuen Lebensart. Dabei gelingt ihm nun der kühne Kunstgriff, einen schwachen, wankelmütigen und sich selber nicht verstehenden Helden mittenherein zu versetzen. Dadurch kommt eine perspektivische Tiefe zustande, die trotz der bunten Fülle immer wieder einer höchst präzisen Kontrolle unterworfen ist. Gewiß, aus heutiger Sicht will es scheinen, als habe Arnim damit, als einer von mehreren, einen mächtigen Topos der Zeit ergriffen. Nicht anders, zumindest methodisch, verfahren Walter Scott in „Waverley" und „Rob Roy", Puschkin in der „Hauptmannstochter" und Mickiewicz im „Pan Tadeusz". Aber nirgends scheint eine solche heimlich eingebaute Kritik am romantisch-rückläufigen Geist mitten ins scheinbar romantische Geschehen von vornherein eingebaut zu sein. Dabei ist das Buch so prall erzählt, daß es, mehr noch als Jean Paul, uns wie ein kaum erst angegriffener Schatz in den Kammern der deutschen Dichtung erwartet.

Vieles hat Arnim selber nicht veröffentlicht oder nicht gesammelt. Er war ein erfolgloser Dichter, der mit seinen Werken auch seine Getreuesten befremdete. Das hängt vor allem zusammen mit der „Weise seines Geistes sich mitzuteilen wie in einer Art von Sterneblinken, mit abwechselnden Anwandlungen des Aufleuchtens und Verglimmens", wie Görres in seiner schönen Würdigung des toten Freundes sagt. Man könnte dieses Bild von Görres weiterführen und feststellen, daß so manches stetige und verläßliche Licht sich uns heute als oft allzu gemütliche Tranfunzel entpuppt, während der Arnimsche Irrwisch uns nach wie vor ins Gefährliche lockt. Immer wieder griff er, wenn die eigentliche Form schon gefüllt schien, noch weiter aus, brach die Wand des Gebäudes ein und ließ nun alles Geschaffene ins Unendliche herausfließen; wie etwa in der „Isabella", die in sich abgeschlossen scheint, nachdem die Heldin mit kühnem Sprung zu den Ihren herabspringt und damit ihr Geschick begreift, obwohl sich dann noch die Seiten mit den großen Ausblicken auf die Verwirrungen Kaiser Karls V. anschließen.

Dieser umsichtige Gutsherr und genaue Vater hatte nämlich, wie man vor allem in seiner Schelmennovelle „Owen Tudor“ sieht, ein eigentümliches Verhältnis zum Tanz, zum Wirbel. Erst wenn er atemlos ist, ist er inspiriert. Und aus dem Wirbel kann er manchmal sogar in den Taumel verfallen. Er ist – wer vermöchte es in dem seelisch so schamhaften Junker zu vermuten? – ein dionysischer Dichter. In seinem Dramolett „Die Frühlingsfeier“ naht der Frühlingsgott in dionysischer Gestalt. Seine Ankunft, die zu Raserei und Liebestod führt, wird in Versen beschrieben, die in ihrer Mischung von Rauschhaftigkeit und Genauigkeit kaum ihresgleichen in der zeitgenössischen Dichtung haben:

Ein Wunder naht im frischen Morgenwind,
Die Schwäne ziehen einen Purpurnachen,
Am Maste steht ein Jüngling wie ein Kind
Und singt, daß alle Echos rings erwachen;
Die Laute klingt in seiner zarten Hand,
Als wüßte sie, was seine Lippen sagen,
Die Schwäne schlagen in dem Unbestand
Den Wellentakt mit mächtigem Behagen.
Die Reben steigen aus dem Nachen auf,
Zum Schattendach sich über ihm verschlingen,
Die bunten Vögel sitzen rings darauf
Und lernen, wie sie bald so lieblich singen.
Die Nachtigall sitzt auf des Sängers Hand
Und flattert, sich in Gleichgewicht zu halten,
Wie er auch spielt, so heftig, so gewandt,
Sie scheint bezaubert von des Tons Gewalten.

Ein Wort muß über den sonderbaren Makel an diesem so lauteren Charakter gesagt werden. Jeder, der ihn kannte, rühmt seine männliche Milde, sein gerechtes Denken, seine vornehme Haltung. Dennoch sind einige seiner Werke von einem, wie es scheint, phantastischen Antisemitismus erfüllt. Daß persönliche unglückselige Erfahrungen dabei eine Rolle gespielt haben (ein törichtes Duell, Verschuldung seiner übernommenen Güter) ist gewiß. Bei näherem Zusehen aber gewahrt man, daß von allen diesen Judengestalten eine unabweisbare, schaurige Faszination auf Arnim ausgeht. Sie waren ihm, dem das Problem der Fortdauer des Urtümlichen, der Überalterung des Abgelebten im Mittelpunkt stand, als einzige lebendige Zeugen eines Uralten höchst bedeutungsvoll. Er braucht sie als mythische Handlungsträger. Da wo er, wie in der „Isabella", die Zigeuner, das einzige andre ihm bekannte alte Volk, dafür einsetzt, ist eigentlich nur der Name vertauscht. Es scheint deutlich, daß er sie ihrer ehrwürdigen Geschichte wegen und da sie in moderner Zeit die einzigen sichtbaren Vertreter des Mythischen sind, so gerne groß und bedeutend sähe. Eigentlich müßten sie die notwendigen Kräfte der Erneuerung ins heutige Leben tragen. Ob Arnim ihnen wohl in traurigem Trotz übelnahm, daß sie diese Rolle nicht erfüllten? Heine hat es ihm nicht verargt und ihn unter allen Romantikern am meisten geliebt. Es ist auch bemerkenswert, daß Clemens Brentano noch im Jahre 1825, als er schon lange durch seine Rückkehr zur Kirche dem Freunde ferner stand, bekannte, er fühle, daß Arnim ihm „moralisch und geistig . . . überlegen" sei.

Zu dieser Ausgabe

Die Briefe sind bis auf wenige Nummern unveröffentlicht. Bruchstücke aus folgenden Briefen erschienen in der schweizerischen Zeitschrift „Du" (Januar 1953) und danach in englischer Übersetzung in dem Buch „Bettina, a Portrait" von A. Helps und E. J. Howard (London, 1957): Nr. 4, 27, 29, 39, 47, 49, 60, 89, 116, 119, 122, 133, 141, 143, 145, 230, 235, 540, 541.

Im Jahrbuch des Freien Deutschen Hochstifts erschienen vollständig: Nr. 27, 471, 474 (1926); Nr. 113 (1934/35).

In Bettinas „Sämtlichen Werken", hrsg. von W. Oehlke (Berlin 1922), VII, 370 ff.: Nr. 43, 45, 113.

Bruchstücke aus folgenden Briefen bei Reinhold Steig, Achim von Arnim und die ihm nahe standen (Stuttgart und Berlin, 1904), III, 392, 541, 577 f.: Nr. 44, 260, 434, 436.

In der Literaturbeilage der „Frankfurter Zeitung", März 1938: Nr. 8.

Im Henrici-Versteigerungskatalog kleine Bruchstücke aus: Nr. 260, 262, 263, 265.

Die Rechtschreibung wurde weitgehend modernisiert, aber der alte Lautstand beibehalten. Die Zeichensetzung wurde immer da geklärt, wo es die Lesbarkeit erforderte. Die vielen Namensverschreibungen wurden, wo immer es möglich war, stillschweigend berichtigt. Eckige Klammern bezeichnen entweder Erläuterungen oder Erschließungen [des Herausgebers]. Oft hat das erbrochene Siegel Lücken verursacht. Eine Reihe von Briefen ist gekürzt, einige wenige wurden ausgelassen. Gestrichen wurde einzig das, was weder ehegeschichtlich noch kultur- oder allgemeingeschichtlich von irgendeinem Interesse war – Haushaltsgeschichten, Abrechnungen, Dienstboten- und Wohnungsnöte, die den Leser nur ermüdet hätten. Wir haben wohl eher zuviel als zuwenig davon stehen lassen. Die Kommentare hinter den Briefen beschränken sich auf ein

Mindestmaß. Zur genaueren Orientierung über die vorkommenden Personen dient das ausführliche Register. In dieses wurden jedoch nicht aufgenommen die Wiepersdorfer Bauern, die Kinder Arnims, ihre Hauslehrer, das Dienstpersonal und belanglose Namen. Die Briefe stammen aus der Hinterlassenschaft von Fräulein Sophie Brentano, der Tochter Lujo Brentanos, und gehören zu den wertvollen Handschriften des Freien Deutschen Hochstifts, deren Betreuern hier für ihr freundliches Entgegenkommen herzlich gedankt sei. W. V.

Personenregister

A. D. B. = Allgemeine Deutsche Biographie. Steig = Reinhold Steig, Achim von Arnim und die ihm nahe standen. Bd. I–III. 1894–1913

insel taschenbuch 1095
Achim und Bettina
in ihren Briefen

Der Text folgt der Ausgabe: Achim und Bettina in ihren Briefen. Briefwechsel Achim von Arnim und Bettina Brentano. Herausgegeben von Werner Vordtriede. Mit einer Einleitung von Rudolf Alexander Schröder. Suhrkamp Verlag Frankfurt am Main 1961. Umschlagabbildung des ersten Bandes: Bettina von Arnim. Farbige Miniatur von unbekannter Hand. Foto: Freies Deutsches Hochstift-Goethe-Museum Frankfurt am Main. Umschlagabbildung des zweiten Bandes: Achim von Arnim 1804. Gemälde von Peter Eduard Ströhling (1768-1826). Freies Deutsches Hochstift-Goethe-Museum Frankfurt am Main. Foto: Bildarchiv Preußischer Kulturbesitz, Berlin.